KB175096

원전으로 읽는 우리 고전 3

팔찌의 인연

쌍천기몽

4

원전으로 읽는 우리 고전 3

팔찌의 인연

쌍천기봉

4

장시광 옮김

이담 Books

역자 서문

　역자가 <쌍천기봉>을 처음 접한 것은 1993년도, 대학원 석사과정 1학기 때였다. 막 입학하였는데 고전소설을 전공하는 이지하, 김탁환, 정대진 선배 등이 <쌍천기봉>으로 스터디를 하고 있는 것이었다. 당시에는 무슨 내용인지도 모른 채 선배들 손에 이끌려 스터디 자리 한 구석을 차지하고서 소설 읽기에 동참하였다. 그랬던 것이, 후에 이 작품으로 석사논문을 쓰고, 이 작품을 포함하여 박사논문을 쓰기에 이르렀다. <쌍천기봉>은 역자에게는 전공에 발을 들여놓도록 하고, 학업의 징검다리 역할을 한 실로 은혜로운(?) 소설이 아닐 수 없다.

　역자가 <쌍천기봉>에 매력을 느낀 것은 무엇보다도 발랄하고 개성이 강한 인물들의 존재와 그에 기인한 흥미의 배가 때문이었다. 아버지가 정해 주는 중매결혼보다는 마음에 드는 여자를 발견하고 멋대로 결혼한 이몽창이 가장 매력적이다. 남편에게 무조건 복종하기보다는 자신의 주체적 의지를 강조하며 남편에게 저항하는 소월혜도 매력적이다. 비록 당대의 윤리에 저촉되어 후에 징치를 당하지만, 자신의 애정을 발현하려고 하는 조제염과 같은 인물에게서는 측은한 마음이 든다. 만일 이들 발랄하고 개성 강한 인물들이 존재하지 않고, 윤리를 체화한 군자형, 숙녀형 인물들만 소설에 등장했다면 <쌍천기봉>은 윤리 교과서 외의 존재 의미를 지니지 못했을 것이다.

역자는 이러한 <쌍천기봉>을 현대 독자들도 알았으면 하는 바람을 가지고 틈틈이 번역을 하였다. 북한에서는 1983년도에 이미 번역본이 출간되었는데 일반인들이 접하기 쉽지 않고, 또 북한 어투로되어 있어 한국에서도 새로운 번역본의 출간이 필요하다는 생각에 번역을 시작한 것이다. 2004년에 시작하였으나 천성이 게으른 탓에다른 일 때문에 제쳐 두고 세월만 천연한 것이 벌써 13년째다. 이제는 마냥 미룰 수만은 없다는 생각에 '결단'을 내리고 작업을 매듭지으려 한다.

이 책은 총 2부로 구성되어 있다. 1부에는 현대어 번역본을, 2부에는 주석(註釋) 및 교감(校勘) 본을 실었다. 저본은 한국학중앙연구원 소장본(18권 18책)이고 교감 대상본은 국립중앙도서관 소장본(19권 19책)이다. 2부의 작업은 현대어 번역의 과정을 보여준다는 의미와 더불어 전공자가 아닌 분들도 흥미롭게 읽을 수 있도록 하려는취지에서 덧붙인 것이다.

이 번역, 교감본을 내는 데 여러 분의 도움과 격려를 받았다. 원문의 일부 기초 작업은 우리 학교에서 공부 중인 김민정, 신수임, 남기민, 유가 등이 수고해 주었다. 이 동학들과는 <쌍천기봉> 강독 스터디를 약 1년 전부터 꾸준히 해 오고 있는데, 이제는 원문을 능수능란하게 읽어 내는 모습에 보람을 느낀다. 역자에게도 자신을 돌아보게 한 스터디가 되었음은 물론이다. 어학을 전공하는 목지선 선생님과 우리 학교 한문학과 황의열 선생님은 주석 작업이 완료된 원문을꼼꼼히 읽고 해결이 안 된 부분들을 바로잡아 주셨다. 이 자리를 빌려 감사드린다. 2004년도에 대학 동아리 웹사이트에 <쌍천기봉> 번

역문 일부를 연재한 적이 있는데 소설이 재미있다는 반응이 꽤 있었다. 그 당시 응원하고 격려해 준 선후배들에게 늘 빚진 마음이 있었다. 감사드린다.

<쌍천기봉>이라는 거질을 번역하는 작업은 역자의 학문적 여정에서 특별한 의미가 있다. 그런 면에서, 역자가 고전문학을 공부하도록 이끌어 주시고 지금까지도 격려와 질책을 아끼지 않으시는 정원표 선생님과 박일용 선생님, 이상택 선생님께 고개 숙여 감사드린다. 역자의 건강을 위해 노심초사하시는 양가 부모님께는 늘 죄송하고 감사한 마음뿐이다. 마지막으로 동지이자 반려자인 아내 서경희에게 감사한 마음을 전한다.

차례

제1부

현대어역

✽ 일러두기 ✽

1. 번역의 저본은 제2부에서 행한 교감의 결과 산출된 텍스트이다.
2. 원문에는 소제목이 없으나 내용을 고려하여 권별로 적절한 소제목을 붙였다.
3. 주석은 인명 등 고유명사나 난해한 어구, 전고가 있는 어구에 달았다.
4. 주석은 제2부의 것과 중복되는 것은 가급적 삭제하거나 간명하게 처리하였다.

쌍천기봉 卷 7

장옥경은 모함 받아 쫓겨났다 시가에 복귀하고
이몽창은 팔찌 한 짝으로 소월혜와 마음대로 정혼하다

이때 설최는 장 씨를 아내로 얻으려 하다가 못 얻자 속으로 화가 났다. 그러던 중에 장 씨가 이씨 집안에 들어가 부마의 대우가 가볍지 않음을 듣고 한 꾀를 내어 누이에게 계교를 알려 주니 누이 설 귀비가 하루는 태후를 모시고 말하다가 아뢰었다.

"이제 계양 옥주가 아름다운 덕으로써 장 씨를 이씨 집안에 들여와 같이 형제처럼 지내되 부마는 조금도 감동함이 없이 장 씨를 소중히 대우하고 공주를 박대한다 하니 이 어찌 공주를 저버리는 일이 아니겠나이까? 또 장 씨가 방자하고 간악하여 부마를 자기편으로 하고 공주를 업신여기고 깔본다 하니 애달픔을 이기지 못하겠나이다."

태후가 다 듣고 크게 노하여 명패(命牌)[1]를 내려 부마를 부르니 부마가 괴이하게 여겨 바삐 내시를 따라 궐내에 이르러 네 번 절하고 태후를 뵈었다. 태후가 분노한 낯빛으로 부마를 크게 꾸짖었다.

"짐이 한 손녀를 위하여 경을 부마로 삼았으니 공주의 출신으로 겸손할 필요가 없으되 장 씨 때문에 경의 기색이 좋지 않다고 들어 내 흔쾌히 장 씨를 경의 재실로 허락하여 공주의 뜻을 좇은 바 있도

---

1) 명패(命牌): 임금이 벼슬아치를 부를 때 보내던 나무패.

다. 그런데 어찌하여 경이 장 씨를 소중히 대우하고 공주를 박대했다는 말이 짐의 귀에 들리는 것인가? 모름지기 장 씨를 영영 끊어 제집에 보내도록 하라."

부마가 엎드려 다 듣고는 안색을 화평히 하고 섬돌에서 내려와 죄를 청하며 말하였다.

"미천한 신이 천은(天恩)을 과도하게 입어 태후께서 궁궐의 금지옥엽으로 짝을 지어 주시니 스스로 근심함을 이기지 못하오니 어찌 공주를 박해한 일이 있겠나이까? 이는 마땅히 공주의 주변 사람을 불러 물으시면 될 일입니다. 장 씨로 말하자면 당초에 신과 정혼한 여자였지만 물리고 공주와 혼례를 올린 후 신이 감히 장 씨 데려올 생각을 내지 못하였습니다. 그러다가 갑자기 성지(聖旨)를 내리시어 장 씨를 데려오라 하시니 황명으로 데려와 집에 두었던 것입니다. 그런데 성지(聖旨)가 이와 같으시니 마땅히 장 씨를 제집으로 보내겠나이다."

태후가 부마의 안색이 온화하여 조금도 불만의 빛이 없자 오랫동안 생각에 잠겨 말이 없었다. 부마가 이에 조회에서 물러나 집에 돌아와 부모에게 고하니 공이 말하였다.

"태후의 전지(傳旨)가 이와 같으시니 너는 어찌하려 하느냐?"

부마가 절하고 아뢰었다.

"장 씨 때문에 괴로운 일이 계속되니 제가 계교로 이런 일을 막을 것입니다. 부모님은 제가 하는 대로 두소서."

승상이 고개를 끄덕였다.

부마가 물러나 조하당에 이르러 장 씨가 없으므로 설매에게 물으니 설매가 대답하였다.

"아침 문안 후에 계양궁에 가셨나이다."

부마가 즉시 궁에 이르니 장 씨와 공주가 함께 말하며 흥이 높아 있었다. 부마가 난간에 서서 홍련을 불러 일렀다.

"네 부인에게 전해 오늘부터 친정에 가 있으라고 하라."

홍련이 의아하여 소저에게 고하니 소저는 벌써 짐작하고 몸을 일으켜 공주에게 하직하고 시부모에게 하직하려 승상부로 가려 하자 부마가 다시 일렀다.

"하직하여 쓸데없으니 바로 가라 하라."

말을 마치고 재촉해 덩에 들라 하니 장 씨가 감히 거역하지 못하고 덩에 들었다. 부마가 가마꾼에게 명령해 장 씨를 모셔 가라고 하니 공주가 부마의 이 같은 행동을 보고 의아함을 이기지 못해 말하였다.

"알지 못하겠습니다. 오늘 장 소저 친정에 어느 분이 편찮으신 것입니까? 행색이 총총하니 무슨 까닭이 있는 것입니까?"

부마가 답하지 않고 단정히 앉아 책을 뒤적이는데 그 기색이 편안하였다. 공주가 다시 묻지 못하고 놀라움과 의아함을 이기지 못해 승상부에 가 알아보려 하여 일어나니 부마가 바야흐로 일렀다.

"공주가 까닭 없이 본부에 가려고 하십니까? 내 여기에 있으니 감히 떠나지 못할 것입니다."

공주가 부마의 기색이 온화함을 보고 잠간 마음을 진정하여 앉았으나 놀라움과 의아함을 참지 못하였다. 낮이 되어 부마가 나가므로 공주가 바야흐로 승상부에 가 문안하니 존당과 시부모가 좋은 낯빛으로 담소하며 내색하지 않으므로 까닭을 알 길이 없어 물러나 중당(中堂)으로 갔다. 둘째 공자 몽창이 난간에 누워 있다가 바삐 일어나 맞이하니 공주가 이에 말하였다.

"첩이 도련님께 이제 묻자올 말씀이 있으니 잠깐 앉으시면 다행일까 하나이다.”

공자가 안색을 바로 하고 공손히 대답하였다.

“옥주께서 무슨 말씀을 소생에게 물으려 하시나이까?”

드디어 팔을 들어 공주 앉기를 청하고 스스로 방석 앞에 꿇어앉았다. 예를 갖춘 모습이 엄숙하며 안색에 위엄이 있고 눈을 낮추었으니 소부(少傅) 이연성과 태부인에게 아양을 부리던 때와는 다른 사람이었다.

공주가 옷깃을 여미고 말하였다.

“아침에 장 부인이 친당(親堂)에 가시는 광경이 참으로 괴이하니 그 연고를 알려고 하나이다.”

몽창이 문득 웃음을 머금고 잠자코 있다가 대답하였다.

“가형(家兄)의 하는 일을 소생이 어찌 알겠나이까?”

공주가 미소를 짓고 말하였다.

“첩이 민첩하지 못하나 이 집안에 들어온 지 삼 년입니다. 도련님이 어찌 내외를 하시나이까?”

몽창이 바삐 사죄하며 말하였다.

“소생이 옥주를 속이고자 함이 아니라 말이 나면 윗사람을 시비하는 일이라 삼가 감히 발설치 못했던 것입니다. 옥주의 말씀이 이와 같으시니 어찌 두 번 속이는 일이 있겠나이까? 아침에 태후 낭랑께서 이리이리 하셨으므로 가형이 그 명령을 받아 장씨 형수님을 친정에 보내셨는가 싶더이다.”

공주가 말을 다 듣고 크게 놀라 오랫동안 말을 않고 있다가 이에 탄식하며 말하였다.

“첩 때문에 장 부인이 또 화를 보셨으니 무슨 낯으로 훗날 서로 보겠나이까?”

공주가 바로 궁에 돌아와 진 상궁과 허 보모 두 사람을 불러 일렀다.

"내 마음과 힘을 다 써 장 씨를 겨우 이씨 집안에 들여와 서로 사랑하며 지낸 지 일 년이 되었거늘 그대들이 무슨 말을 대궐에 아뢰었기에 책망이 부마에게 미치고 장 씨가 이씨 집안을 떠나게 되었는가?"

말을 마치자, 분노의 빛이 눈썹 사이에 맹렬하고 열렬한 기운이 가득하니 두 사람이 크게 놀라 급히 관(冠)을 벗고 죄를 청하며 말하였다.

"첩 등이 옥주의 크신 덕에 감격하고 장 소저의 얼음과 옥 같은 맑은 기질을 사랑하여 잠시 떠남을 아까워하였거늘 어찌 태후 낭랑께 거짓말을 아뢰겠나이까? 이는 참으로 억울하니 옥주께서는 살피소서."

공주가 그들의 말을 다 듣고 말하였다.

"사부와 보모가 애매하다면 누가 장 씨와 원한이 있어 장 씨를 해하겠는가? 사부가 마땅히 내 표(表)를 가지고 궐 안에 들어가 알아오라."

진 씨가 그렇게 하겠다고 하니, 공주가 붓과 벼루를 내어 와 표를 쓰는데 문득 궁인(宮人)이 아뢰었다.

"부마 어르신이 오시나이다."

공주가 놀라서 쓰던 것을 급히 소매에 넣고 일어나 맞이하니 부마가 들어와 앉으며 눈을 들어 보니 벼룻집이 열려 있고 벼루에 먹을 쓴 흔적이 있으므로 이미 짐작하고 모든 종이를 들춰 보았으나 표를 쓴 것이 없었다. 이에 자리를 옮겨 공주 곁으로 나아가 공주의 소매를 잡고 살피려 하니 공주가 소매를 떨치고 물러나 앉으며 낯빛을 바꾸었다. 부마가 다시 나아가 손을 잡고 소매를 뒤져 소표(疏表)[2]를 찾아내니 겨우 대여섯 줄을 쓴 상태였다.

부마가 바야흐로 물러앉아 화로의 불을 집어 태워 버리고 묵묵히 말을 안 하니 공주가 그 행동을 보고 어이없어 오랫동안 말을 하지 않다가 한참이 지난 후 낯빛을 고치고 슬피 탄식하며 말하였다.

"첩의 행동이 어리석으니 이를 것이 없거니와 군자께서는 무슨 까닭으로 첩을 이처럼 심하게 용납하지 않는 것입니까?"

부마가 바야흐로 안색을 평안히 하여 대답하였다.

"제가 어찌 옥주를 용납하지 않겠나이까?"

공주가 낯빛을 바로 하고 대답하였다.

"태후 낭랑께서 비록 대궐에서 잘못 들으시고 군자를 꾸짖으셨으나 군자께서 그것으로 역정을 내어 장 부인이 시부모께 하직도 못하게 하시고 내쫓아 보내셨으니 어찌 첩이 안심할 일이겠습니까?"

부마가 잠시 온화하게 웃고 말하였다.

"공주가 하나를 알고 둘은 모르십니다. 예로부터 부마에게는 두 아내가 없거늘 공주께서 과도하게 대궐에 아뢰어 장 씨를 우리 집안에 들여오니 생이 옛사람을 잊지 못하는 뜻이 있었으나 불안하던 차였습니다. 그런데 오늘 아침에 태후의 명령이 이와 같으니 참이든 거짓이든 간에 그 명령을 느슨하게 행해서는 안 될 것입니다. 그렇거늘 공주가 또 상소 표를 지어 대궐에 어지럽게 아뢰려 하시나 이는 내가 원하는 바가 아닙니다. 공주는 모름지기 내 뜻을 좇아 조용히 있으소서. 태후 낭랑께서 노년에 공주를 지극히 사랑하시거늘 어찌 다른 사람을 위하여 그 뜻을 받들지 않습니까? 공주는 잠자코 있으면서 나중을 보는 것이 옳을 것입니다."

공주가 다 듣고 낯빛을 고치고 사례하였다.

---

2) 소표(疏表): 임금에게 올리는 글.

"군자의 말씀이 첩의 흉금을 시원하게 하셨습니다. 태낭랑(太娘娘)께서 첩 때문에 덕을 훼손하셨으므로 간(諫)함이 또한 그르지 않은가 하였더니 군자의 경계가 이와 같으시니 어찌 거역하겠습니까마는 훗날 제가 장 부인을 무슨 낯으로 보겠나이까?"

부마가 웃으며 말하였다.

"장 씨가 또한 일의 형세를 알 것이니 어찌 유감을 품겠습니까?"

그러고서 온화한 기운이 가득하여 조금도 거리끼는 마음이 없고 공주와 화락함이 변치 않으니 진 상궁이 부마에게 감격하고 장 씨의 일을 불쌍히 여겼다.

하루는 진 상궁이 대궐에 이르러 태후를 뵈니 태후가 공주의 안부를 묻고서 말하였다.

"부마가 장 씨를 소중히 대우하고 공주를 홀대한다고 하니 지금도 그러한가?"

진 씨가 머리를 조아리고 대답하였다.

"당초에 옥주께서 장 씨 때문에 하실(下室)에 내려 부마를 보지 않으시자 부마가 그 덕에 감격하시어 장 씨와 혼례를 올린 후 공주께 먼저 정을 주시고 공주를 태산처럼 소중히 대접하셨는데, 저희가 이와 같은 일을 낭랑께 다 이르지 못했습니다. 그런데 갑자기 전지(傳旨)가 부마에게 이르러 부마가 장 씨를 내쳤습니다. 그럼에도 공주와는 화락(和樂)이 감치 않았습니다. 그러나 옥주께서는 장 씨 일로 밤낮 즐거운 빛이 없으니 부마께서 어찌 공주를 박대한다고 하겠나이까?"

태후가 오랫동안 생각하다가 말하였다.

"내 이미 자세히 들었으니 경(卿) 등이 공주의 말을 듣고 나를 속이는가 하노라."

진 씨가 관을 벗고 고개를 조아려 아뢰었다.

"신 등이 낭랑의 명령을 받들어 공주를 모셔 이씨 집안에 이르렀으니 만일 조금이라도 공주께 해로운 일이 있다면 어찌 낭랑 안전에서 속이겠나이까? 이 일은 진정 근거가 없으니 원컨대 낭랑께서 들으신 데를 알고자 하나이다."

"귀비 설 씨가 짐에게 일렀으니 어찌 다른 사람의 말을 허투루 들은 것이겠으며 부마의 행동이 그러하다면 귀비가 여염집에서 들었을 것이니 부마에게 진실로 그러한 일이 없었다면 짐이 어찌 들었겠는가?"

진 씨가 대답해 아뢰었다.

"풍문에 전하는 말이야 어찌 곧이들을 만하겠나이까? 이는 반드시 장 씨와 원한이 있는 자가 있어 이런 근거 없는 말을 낭랑께 아뢴 것입니다. 바라건대, 낭랑께서는 성은(聖恩)을 내리셔서 장 씨가 다시 이씨 집안에 들어오게 하소서."

태후가 잠자코 있다가 말하였다.

"경의 말이 이러하니 아직 보아 가며 잘 처리하겠노라."

이에 진 씨가 더 이상 억지로 청하지 못하고 물러와 공주를 모셔 태후의 말씀을 일일이 고하고 말하였다.

"설 귀비가 어디로부터 근거 없는 말을 듣고 부질없이 태낭랑 안전에 고하였으니 알지 못하겠나이다."

공주가 듣고 놀라고 근심하여 오랫동안 생각하다가 일렀다.

"설 귀비의 사람됨이 참으로 교활하니 부질없는 말을 한 것이 아니라 반드시 장 씨와 원한이 있어 근거 없는 말을 한 것인가 싶거니와 장 씨가 규중에 있는데 설 귀비와 무슨 원한이 있어 설 귀비가 이와 같이 하는가? 진실로 알지 못하겠도다."

나중에 장 씨 시녀 홍련이 글을 가지고 이르니 공주가 다 보고 은근한 내용으로 글월을 닦아 보낼 적에 말끝에 물었다.

"부인이 일찍이 후궁 설 씨를 알고 있느냐?"

홍련이 놀라 말하였다.

"우리 소저가 어찌 설 귀비를 알겠나이까? 또 옥주께서 물으심은 어째서입니까?"

공수가 말하였다.

"내 너의 부인이 까닭 없이 친정에 가신 연고를 몰라 하다가 이제야 들으니 설 귀비가 말을 지어 낭랑께 고했다 하니 괴이해 묻는 것이다."

홍련이 잠자코 생각하다가 깨우쳐 말하였다.

"옳습니다. 설 귀비 형 한림이 우리 소저에게 구혼하였는데 어르신이 꾸짖어 돌려보내신 일이 있나이다. 반드시 이 때문에 원한을 품었다가 우리 소저를 해한 것입니다."

공주가 역시 깨달아 탄식하고 말하였다.

"소인의 심술이 부질없는 일에 원한을 품어 사람을 해친 후 그칠 것이니 진실로 알지 못하겠구나. 내가 또 지식이 없어 부인이 내쫓기심을 편안히 목도하고 근본을 깨닫지 못하고 있었더니 이제 네가 영리하게 이르지 않았다면 어찌 알았겠느냐? 너는 돌아가 부인께 고하라. 내 끝내 부인을 저버린 죄악이 있으니 부인의 밝으신 안목으로 내 마음을 거의 알 것이니 다른 말을 안 하노라."

홍련이 눈물을 흘리고 머리를 조아려 말하였다.

"우리 부인이 귀궁(貴宮)의 은혜에 백골난망입니다. 옥주의 은혜를 어찌 다 갚겠나이까?"

공주가 슬피 말하였다.

"네 어찌 이런 말을 하는 것이냐? '원하건대, 부인은 옥동자를 낳아 서로 만나기를 바라나이다.'라고 전하라."

홍련이 절하고 돌아갔다.

공주는 장 씨가 친정에 간 날로부터 즐거운 빛이 없고 온화한 기운이 줄어들었으나 부마는 이를 조금도 개의치 않아 공주에 대한 대우가 갈수록 더하고 일찍이 장 씨 친정에 가지 않았다.

몇 달이 지난 후, 승상이 부마를 불러 말하였다.

"장 씨가 해산하였다고 하니 빨리 가서 보고 아이가 남자인지 여자인지를 알아 오라."

부마가 듣고는 놀라고 기뻐 즉시 장씨 집안으로 향하였다.

차설. 장 씨가 부마의 재촉 때문에 총총히 친정에 이르니 상서 부부가 온 까닭을 물었다. 장 씨가 부마의 행동을 일일이 고하니 상서가 놀라서 말하였다.

"이는 반드시 태후께서 책망하시는 전지가 이르렀기 때문이다. 백균[3]이 짐짓 너를 급히 보낸 것이니 너는 모름지기 이곳에서 편안히 지내라."

소저가 절하고 도로 옥호정에 들어가 고요히 세월을 보냈다.

하루는 본부에 내려가 홍련을 계양궁에 보내고 부모를 모셔 공주의 어짊을 칭찬하고 있었는데 홍련이 돌아와 공주의 말을 일일이 고하였다. 소저가 놀라서 말을 안 하고 상서는 분노가 극에 달해 말하였다.

"설최가 까닭 없이 원한을 품어 딸아이를 해쳤으니 이것이 어찌 사람이 할 짓인가?"

---

3) 백균: 이몽현의 자(字).

소저가 대답하였다.

"이는 모두 소녀의 운수이니 어찌 남을 한하겠나이까?"

그러고서 눈물을 흘리며 말하였다.

"제 몸이 죽어도 계양 옥주의 은혜는 다 갚지 못하겠나이다."

상서 부부가 감탄함을 마지않았다.

두어 달 후에 소저가 딸을 순산하니 상서 부부가 크게 서운하게 여겼으나 소저는 기뻐하였다. 설매 등이 괴이하게 여겨 물으니 소저가 말하였다.

"내가 만일 아들을 낳았다면 부마가 필연 장자(長子)로 삼았을 것이니 이는 본디 내 뜻이 아니다. 그래서 이제 여아를 낳은 것을 기뻐하는 것이다."

사람들이 그 겸손함에 감탄하였다.

장 공이 이씨 집안에 기별하고 산실(産室)4)에 들어가 갓난아이를 보고 탄식하며 말하였다.

"상관없는 것이로다."

말을 마치기 전에 시비(侍婢)가 아뢰었다.

"이 부마가 와 계십니다."

상서가 듣고 반김을 이기지 못해 그곳으로 올 것을 청하니 부마가 시녀를 따라 옥호정에 이르렀다. 상서가 이에 중당(中堂)에 나와 손을 이끌고 방안에 들어가 일렀다.

"현서(賢壻)를 본 지 참으로 오래되었건만 감히 청하지 못하고 있었더니 오늘은 무슨 일로 폐사(弊舍)5)에 왔는고?"

부마가 절하고 말하였다.

---

4) 산실(産室): 아이를 낳은 방.
5) 폐사(弊舍): 자기 집을 낮추어 이르는 말.

"소서(小壻)가 또한 이르러 뵙고자 하는 마음이 적겠습니까마는 심사가 불안하여 이르지 못하고 있다가 아내가 해산했다는 소식을 듣고 이르렀습니다. 알지 못하겠나이다. 낳은 것이 무엇입니까?"

상서가 이에 웃고 말하였다.

"딸아이가 처음으로 딸을 낳았으니 참으로 내세울 게 없구나."

부마가 듣고 크게 서운히 여겨 눈을 들어 아이를 보고 말을 하지 않으니 상서가 다시 웃고 말하였다.

"딸아이가 비록 딸을 낳았으나 현서(賢壻)에게는 공주가 계시니 옥동 낳는 것을 근심할 일이 없도다. 모름지기 과도히 서운해 하지 말라."

부마가 잠깐 웃고 말을 하지 않았다.

이윽고 집으로 돌아가니 승상이 바삐 물었다.

"며느리가 무엇을 낳았더냐?"

부마가 미소 짓고 꿇어 앉아 대답하였다.

"딸을 낳았습니다."

승상이 듣고 놀라 즐거워하지 않고 잠자코 있으니 무평백 이한성과 소부 이연성이 크게 웃고 치하하여 말하였다.

"조카가 처음으로 옥녀(玉女)를 얻었으니 훗날 이적선(李謫仙)[6] 같은 사위를 얻을 것이라 우리가 미리 치하하노라."

부마가 웃고 대답하였다.

"소질(小姪)의 평소 뜻이 아들과 딸을 구분하지 않으려 하였으니 비록 딸이 내세울 것은 없으나 딸인들 자식이 아니겠나이까? 소질의 마음은 이러하여 딸이어도 관계하지 않나이다."

---

6) 이적선(李謫仙): 적선(謫仙)은 귀양 온 신선이라는 뜻으로, 중국 당(唐)나라의 시인 이백(李白)을 이름.

태사가 천천히 말하였다.

"내 비록 아들 세 명[7]이 있으나 중요함이 관아[8]와 현아[9]에게 있거늘 이제 처음으로 딸을 낳으니 재미가 없구나."

승상이 바야흐로 대답하였다.

"오늘 몽아가 딸 낳은 일이 기쁘지는 않으나 저희 나이가 이십이 못 되었으니 장래에 아들을 낳을 것입니다. 과도하게 염려하지 마소서."

태사가 잠깐 웃고 대답하지 않았다.

부마가 이날 밤에 공주궁에 이르니 공주가 나직이 장 씨의 순산함을 치하하고 딸 낳음을 애달파하니 부마가 미소하고 말을 안 했다.

승상이 장씨 집안에 이르러 장 씨의 안부를 극진히 묻고 돌아와 부마에게 가라 하니 부마가 명령을 듣고 장씨 집안에 가 장인과 장모를 뵙고 소저 침소에 갔다. 소저는 몸이 평안하여 다른 병이 없으므로 세수를 마치고 옷을 여며 부마를 맞이해 예를 마쳤다. 부마가 순산함을 일컫자 장 씨가 부끄러운 빛을 띠어 대답하지 않고 나직이 시부모의 안부를 물으니 부마가 화평히 대답하였다. 딸을 나오게 해 보니 살빛은 옥 같고 피부와 골격이 맑고 우아하여 인간 세상의 절색이었다. 부마가 웃으며 말하였다.

"여자가 아름다우면 자고로 운명이 기박하니 너의 아름다움이 중요하지 않은 것이로다."

그러고서 소저를 대해 말하였다.

"그대의 팔자가 매사에 좋지 못하여 이번 잉태에 남자를 낳지 못

---

7) 아들 세 명: 태사 이현의 아들 이관성, 이한성, 이연성을 이름.

8) 관아: 이관성을 이름.

9) 현아: 이관성의 아들 이몽현을 이름.

하였으니 내 서운해 하노라."

소저가 천천히 대답하였다.

"공주께서 위에 계시니 첩이 설령 아들을 낳으나 무엇이 기쁘겠나이까?"

부마가 웃으며 말하였다.

"학생이 생각건대 부인은 어렸을 때 조강지처로 내가 예법으로 떳떳하게 맞았으니 비록 법을 굽히지 못해 공주를 상원(上元)¹⁰⁾으로 높였으나 그대가 만일 남자를 낳았다면 어찌 아이를 장자(長子)로 하지 않았겠소?"

소저가 대답하였다.

"가당치 않습니다. 첩이 비록 공주의 큰 덕을 입어 군자 곁에 있으나 어찌 항렬과 위차를 같이하여 첩의 자식으로써 이씨 집안의 종사를 받들게 하겠나이까?"

부마가 잠깐 웃고 말을 안 했다.

부마가 비록 단엄하였으나 처음으로 어린아이를 얻으니 미우(眉宇)에 자연스레 기쁜 빛을 띠어 아이를 사랑하여 밤을 이곳에서 지내니 장 씨와 서로 사랑하는 정이 새로웠다.

이튿날, 부마가 세수를 마치고 바야흐로 낮이 지난 후에 나와 경치를 둘러보니 시절이 봄의 꽃이 피는 계절이라 온갖 꽃이 흐드러지게 피어 있으며 수양버들이 푸른 실을 드리운 듯하니 경물(景物)이 시인의 흥을 도왔다. 부마가 섬돌 앞에서 배회하며 입으로 맑은 시를 읊으니 소리가 단혈(丹穴)¹¹⁾의 봉황이 우는 듯하였으므로. 듣는 사람들이 걸음을 멈추고 칭찬함을 마지않았다. 장 공이 이에 이르러

10) 상원(上元): 윗자리.
11) 단혈(丹穴): 중국 전설에 나오는 산 이름. 봉황이 산다고 전해짐.

부마의 거동을 보고 기쁨을 이기지 못해 바삐 나아가 손을 잡고 말하였다.

"이곳의 경치가 이렇듯 한데 현서가 꽃나무가 가득한 곳에서 배회하며 시를 읊으니 이 늙은이의 눈에는 현서의 풍채에 꽃과 풀이 무색해진 것 같도다."

부마가 겸손히 사양하고 마루에 올라 말하더니 상서가 말하였다.

"태후 낭랑의 엄한 성시(聖旨)가 그대에게 미쳤으니 이 늙은이의 마음이 불안하구나. 딸아이에게 이제 자식이 생겼으니 마음을 넉넉히 하고 근심을 풀 수 있을 것이니 현서는 이후로는 이곳에 오지 말기를 바라노라."

부마가 다만 절해 사례하고 집에 돌아왔다. 마침 태부인이 담소를 나누려고 뒷문을 열고 나와 중청(中廳)으로 나오니 태사 부부와 승상 형제, 정 부인이 철 부인 등과 함께 모셔 자리를 이루고 철연수, 태부 몽훈과 영 씨(연수 처), 위 씨(몽훈 처) 등이 다 열을 지어 있었다.

부마가 안색을 낮춰 자리에 나아가니 경 시랑이 물었다.

"오늘 그 딸을 보니 어떠하더냐?"

부마가 짐짓 대답하였다.

"일색(一色)이었습니다."

경 시랑이 손뼉 치며 크게 웃고 말하였다.

"부마가 아무리 제 딸을 기려도 연수의 딸과 몽훈의 아들만 못할 것이니 현제(賢弟) 아무리 기특하나 처음으로 손녀를 보았으니 내 아들의 효성과 내 팔자만 못하도다."

승상이 기쁜 빛으로 웃고 대답하였다.

"소제(小弟)는 유복함이 형님께 미치지 못하고 몽현의 효성이 불초하여 첫 손아(孫兒)를 딸로 보았으니 형님을 부러워하나이다."

시랑이 크게 웃고 사람들을 시켜 연수의 딸 미혜와 몽훈의 아들 웅남 공자를 데려오게 하니 미혜는 다섯 살이요, 웅남은 네 살이니 곤륜산의 옥과 같았다.

시랑이 부마에게 말하였다.

"네 딸이 이 아이들과 비교해 어떠하더냐?"

부마가 만면에 웃음을 머금고 대답하였다.

"미혜와 웅남 두 아이는 보통 아이니 어찌 소질(小姪)의 딸에게 비길 수 있겠나이까?"

시랑이 거짓으로 노한 척하며 말하였다.

"누이의 손녀와 내 손자는 곤륜산과 형산의 옥과 같으니 네 딸이 비록 좀스러운 자색이 있으나 어찌 이 아이들에게 미치겠느냐?"

소부가 웃고 말하였다.

"뉘 집 자식이 웅남, 미혜만 못할 것이라고 형님이 가소로이 구시는 것입니까? 몽현이 평생 처음으로 말이 시원하거늘 나중은 형님을 노하시도록 하니 이는 몽현이 형님을 더욱 가소롭게 여겨서 그런 것입니다."

시랑이 부마에게 말하였다.

"네가 그렇게 여긴 것이냐?"

부마가 황공해 대답하였다.

"소질이 어찌 감히 숙부를 그렇게 여기겠나이까?"

유 부인이 웃으며 말하였다.

"경아[12]는 나이가 흰 머리털이 나기 시작하는 때가 되어도 자질 구레한 말을 즐겨 그치지 않으니 어린아이들이 민망하여 하는도다.

_____

12) 경아: 시랑 경혁을 이름.

몽현아, 너에게 물어 보겠다. 네 딸이 누구 같더냐?"

부마가 대답하였다.

"아직 젖먹이 어린아이라 어찌 알겠나이까? 다만 제 어미 같을까 싶습니다."

부인이 웃으며 말하였다.

"갓난아이가 제 어미 같다면 미혜 등보다 나을 것이다. 경아는 그만 다투거라."

시랑이 웃고 말하였다.

"몽현의 딸이 여와씨(女媧氏)[13]가 다시 살아난 것이라도 모친께는 거짓 것이리니 아마도 웅남에게는 미치지 못할 것입니다."

유 부인이 말하였다.

"아무래도 아들과 딸이 같겠느냐? 이미 아는 일이라 그리 이르지 않아도 어찌 모르겠느냐?"

좌우의 사람들이 일시에 웃으니 태부인이 웃으며 말하였다.

"노모의 적적한 마음을 너희 아니면 어찌 풀 수 있겠느냐? 노모가 지리히 살아 몽현이 자식 낳는 것을 보니 어찌 기쁘지 않겠느냐? 그러나 몽창이 열네 살이 되었거늘 어찌 혼인을 의논하지 않는 것이냐?"

승상이 조모의 말에 느끼는 바가 있어 안색을 온화히 하고 대답하였다.

"몽창의 신장과 행동거지를 보면 다 자랐으니 제가 또한 바삐 혼인시키려 하지만 저 위인이 미친 것 같아 그를 진압할 여자를 얻으려 하나이다."

---

13) 여와씨(女媧氏): 중국 전설상에 나오는 선녀의 이름.

태부인이 웃고 말하였다.

"몽창의 사람됨이 지극히 온화하고 순하니 어찌 미쳤겠느냐? 모름지기 어서 아름다운 며느리를 택하여 노모 생전에 보게 하라."

승상이 이에 명령대로 하겠다고 하였다.

문득 조정에 급한 공사가 있어 승상이 조복(朝服)을 갖추고 나가니 태부인이 몽창에게 물었다.

"너는 원래 어떤 여자를 얻고 싶으냐?"

몽창이 웃고 대답하였다.

"얼굴과 덕행을 멀리 이를 것 없이 공주 같은 여자를 얻고자 하지만 공주께서는 너무 엄격하시니 약간 온화하고 순한 아내를 바라나이다."

사람들이 크게 웃고 태부인이 또한 웃고 말하였다.

"공주는 고금에 하나니 어찌 둘이 있겠느냐? 네 소망이 그렇다면 머리가 흰 실이 되어도 아내를 못 얻을 것이다."

공자가 대답하였다.

"천하에 어찌 공주만 못한 여자만 있겠나이까? 만일 어진 아내를 얻지 못한다면 화락하지 않을 것이니 이것이 소손(小孫)의 지극한 소원입니다."

태사가 미소하고 말하였다.

"아내가 아름답지 못하다 하여 박대를 한다면 네 생전에 나와 네아비 안전(案前)에 뵈지 못할 것이요, 죽은 후에도 사당에 오르지 못할 것이다."

몽창이 엎드려 말이 없으니 소부가 웃고 물었다.

"형님이 너를 진압할 여자를 얻어 주겠다고 하시니 너는 어찌하려 하느냐?"

몽창이 대답하였다.

"소질이 어찌 여자에게 잡혀 살겠나이까? 소질의 성품으로 처자를 가르치려 하나이다."

소부가 웃고 말하였다.

"그것도 그리 이르지 말라. 네 아내가 만일 항우(項羽)[14]와 같다면 네가 능히 감당하겠느냐?"

공자가 웃고 대답하였다.

"항우 아냐 오악신(汚惡神)[15] 같은 여자라도 소질(小姪)에게는 감히 뜻대로 하지 못할 것입니다."

소부가 말하였다.

"네 이제 저리 담이 큰 체하고 장한 말을 하지만 만일 얼굴이 세상에 무쌍하고 인물이 세차다면 네가 얼굴에 정신을 잃고 자연히 그 손바닥에 쥐여 농락을 당할 것이다."

몽창이 크게 웃고 말하였다.

"소질이 설사 어리석으나 어찌 여자에게 잡히겠나이까? 정은 태산 같을지라도 그런 일은 용서하지 않을 것이니 숙부께서는 장래를 보소서."

소부가 말하였다.

"그렇다면 네 아내 되는 이는 목숨을 보전하지 못하겠구나."

공자가 대답하였다.

"사생(死生)이야 소중하니 의논할 것이 있겠습니까마는 진실로 큰 죄가 있다면 그것인들 못하겠나이까?"

---

14) 항우(項羽): 중국 진(秦)나라 말기의 무장. 스스로 서초(西楚)의 패왕(霸王)이 되어 유방과 패권을 다투다가 해하(垓下)에서 포위되어 자살함.

15) 오악신(汚惡神): 불교에서 말하는 악귀의 하나.

모두 크게 웃고 말하였다.

"이놈의 말이 흉포하니 차라리 홀아비로 두어 남의 여자에게 서러운 일을 끼치지 말 것이로다."

태부인이 기뻐해 웃고 말하였다.

"이 말은 장부의 풍채가 거룩해서이니 몽현이 비록 기특하나 몽창에게는 미치지 못할 것이다. 너희는 장차 창아가 크게 되는 모습을 보라."

태사가 모친이 즐거워하는 모습에 역시 기뻐하였다. 또한 뭇 손자에 이르르는 아들인 승상이 있으니 몽창을 근심하지 않고 자연히 사랑이 컸다. 오늘 몽창의 말을 방자하게 여겼으나 그 기상을 사랑하여 그 손을 쥐고 지극히 사랑하였다.

날이 저물자 태사가 모친을 모셔 정당으로 돌아가고 뭇 소년이 다 흩어졌다. 이로부터 이씨 집안의 영화가 지극하였다.

부마가 비록 회포를 나타내지는 않았으나 마음속에 딸아이를 잊지 못해 백일이 지난 후 교자를 보내 딸을 데려왔다. 일가 사람들이 모두 정당에 모여 보니 유모가 아이를 꾸며 일어나 모든 데 뵈니 아이의 얼굴은 옥 같고 눈은 별 같았다. 영리하여 말을 할 듯하니 승상과 태사가 크게 사랑하였으나 아들이 아님을 한하며 숙부들이 칭찬하고 흠모하며 말하였다.

"몽현과 장 씨가 기이하니 그 낳은 것이 어찌 평범하겠는가?"

유 부인과 정 부인도 아이 사랑함을 마지않았다.

승상이 이름 지어 미영이라 하고 손 위에 얹어 무궁히 사랑하였다. 공주가 아이 왔음을 듣고 급히 와 미영을 보고는 놀라고 기뻐하며 그 사랑이 진정으로부터 나니 모두 그 도량을 탄복하였다.

공주가 이에 모든 데 고하고 유모와 아이를 데리고 궁에 돌아와 자기 방안에서 아이를 기르며 귀하고 소중하게 대함이 자기가 낳은 자식보다 더할 정도였다. 부마가 궁이 이르면 미영을 무릎 위에서 내리지 않았다. 뭇 궁인이 공주의 뜻을 따라 미영 사랑이 은근하니 미영이 도리어 계양 한 궁의 보배가 되었다.

이때 공주가 잉태하니 부마가 크게 기뻐하고 태사와 승상이 기뻐하여 아들 낳기를 바랐다. 열 달이 차자, 태후가 의원을 보내 대령하게 하고 임금이 날마다 문후하며 태후가 궁인을 보내 해산하기를 기다려 보호하라 하니 수레와 말이 길에 메이니 부마가 기뻐하지 않았다.

공주가 남자아이를 순산하였다. 이때 승상이 궁에 이르러 밖에 앉아 있다가 소영이 나와 공주가 아들 낳았음을 아뢰니 승상이 다 듣기도 전에 기쁜 빛이 미우를 움직였다. 즉시 태감을 시켜 궐내에 아뢰라 하고 본부에 이르러 태사에게 고하니 일가 사람들이 치하하고 태사가 크게 기뻐하며 말하였다.

"몽현이 처음으로 딸을 낳았을 적에 이 늙은 아비가 자못 즐기지 않더니 이제 아들을 낳았으니 무슨 근심이 있겠느냐?"

경 시랑과 무평백 등이 자리를 떠나 태사와 승상에게 치하하였다.

승상이 삼 일 후 태사를 모시고 궁에 이르러 낳은 아이를 보니 얼굴은 옥 같고 우뚝한 코에 누에눈썹이라 참으로 보통 아이가 아니었다. 태사와 승상이 크게 기뻐 공주를 향해 칭찬하고 하례함을 마지 않고 이름을 지어 흥문이라 하였다.

이때 태후가 공주가 아들 낳았다는 소식을 듣고 크게 기뻐하여 금옥(金玉)과 비단을 수레로 실어 보내 상을 거룩히 하였다. 삼칠일 후 공주에게 입궐할 것을 재촉하니 공주가 흥문을 보모에게 맡겨 교자에 태우고 미영을 함께 데려갔다.

이때 미영은 돌이 지난 때였다. 걸음을 옮기며 영민한 것이 사람들 사이에서 특출하고 말을 잘하며 곱기가 절묘하니 보는 사람들이 기특하게 여기지 않는 이가 없었다. 공주가 미영을 단장시켜 데리고 들어가 태후에게 조현(朝見)하니 태후가 흥문을 보고 크게 사랑하여 말하였다.

"짐이 홀로 살아 네가 아들 낳은 것을 보니 어찌 슬프지 않겠느냐?"

공주가 역시 슬피 눈물을 흘리니 태후가 이어 미영을 보고 크게 놀라 말하였다.

"이 아이는 누구냐?"

공주가 대답하였다.

"부마의 딸입니다."

태후가 말하였다.

"장 씨가 낳은 아이가 아니냐?"

공주가 말하였다.

"장 씨의 딸입니다."

태후가 말하였다.

"이 아이의 고움은 겨룰 사람이 없고 아들이 저렇듯 기이하니 부마의 팔자가 유복하도다. 그런데 아이가 어찌 강보의 어미를 떠나왔는고?"

공주가 대답하였다.

"부마가 어린아이를 처음 보고 잊지 못해 데려와 신(臣)이 양육하나이다."

태후가 탄식하고 말하였다.

"너의 어진 덕은 갈수록 새롭구나."

공주가 조용히 고하였다.

"낭랑께서 풍문을 믿으시고 부마를 꾸짖으셔서 장 씨가 억울하게 쫓겨나는 화를 입어 친정에 있습니다. 이 아이의 어미 떠난 사정이 자못 불쌍하니 낭랑께서는 살피소서. 대강 낭랑께서 설 귀비의 아뢰는 말씀을 들어 믿으셨다 하니 신이 그 사이 곡절을 아뢰겠나이다. 장 씨가 수절하여 친정에 있을 적에 설 귀비의 오라비 설최가 구혼하자 장 상서가 꾸짖어 물리쳤다 합니다. 설 귀비가 이러한 원한 때문에 그러한 말을 하였으나 부마는 조금도 꺼려함이 없었으니 원컨대 낭랑께서는 이후로는 분노를 몽현에게 내리지 마시고 장 씨가 이 씨 집안에 들어오게 하소서."

태후가 공주의 말을 듣고 바야흐로 깨달아 허락하니 공주가 사은(謝恩)하고 며칠을 머무르다가 궁에서 나와 부마를 대해 태후의 말을 전하니 부마가 오랫동안 생각하다가 말하였다.

"장 씨 때문에 태낭랑께 근심을 끼치고 사람들의 시비가 자못 괴로우니 공주는 장 씨를 그 집에 편히 있게 하고 거취를 의논치 마소서."

공주가 이에 놀라고 의아하여 말하였다.

"태후가 중간의 거짓말을 들으시고 당초에 그렇듯 하셨으나 군자가 어찌 그 때문에 장 부인을 버려두려 하십니까? 마땅히 곧바로 청할 일입니다."

부마가 대답하지 않고 밖으로 나가니 공주가 매우 괴이하게 여기다가 문득 그 뜻을 깨달았다.

며칠 후 진 씨를 태후에게 보내 사연을 아뢰고 부마에게 친히 전교(傳敎)하기를 청하니 태후가 허락하고 다음날 이른 아침에 부마를 불러 전교하였다.

"짐이 저번에 전하는 말을 듣고 경을 꾸짖었더니 이제 들으니 전해 들은 말은 거짓말이었도다. 짐이 옛일을 뉘우치니 경은 장 씨를 데려다 공주의 뜻을 좇고 규방에 원한을 끼치지 말라."

부마가 태후의 전후 처사가 이러함을 그윽이 개탄하되 내색하지 않고 네 번 절해 사은하고 물러났다. 집에 이르러 부모를 뵙고는 이 말을 고하고 장 씨를 부르고자 했다.

이때 장 씨는 마침 병이 아직 낫지 않아 세월을 보내더니 공주가 그 소식을 듣고 매우 근심하였다.

화설. 이 공자 몽창의 자는 백달이니 승상 이관성의 둘째 아들이다. 어머니 정 씨가 꿈에 하늘로부터 별이 떨어져 변해 붉은 용이 되는 것을 보고 깨어 괴이하게 여기고 의아해 하더니 그 달부터 잉태하여 열다섯 달 만에 바야흐로 공자를 낳았다. 공자가 나면서 울지 않기를 닷새를 하고 젖 안 먹기를 닷새를 하니 부인이 의심하거늘 조부 태사공이 말하였다.

"며느리는 근심하지 말라. 이 아이는 훗날 큰 귀인이 될 것이다."

공자가 어려서부터 얼굴이 크게 비범하여 두 눈은 단혈(丹穴)에 사는 봉황의 눈을 닮았고 누에의 눈썹이요, 입시울이 단사(丹沙)를 찍은 듯하여 붉기가 남다르고 흰 이마가 뚜렷하여 한 떼의 옥륜(玉輪)16)이 구름 사이에 비낀 듯, 귀 밑이 형산(荊山)의 백옥을 깎아 세운 듯, 눈썹 사이에 맑은 정기가 어려 팔채(八彩)17)가 영롱하니 보통 사람은 감히 치밀어보지 못할 정도였다. 태사와 승상이 크게 사랑하여 몽창이 장래에 큰 그릇이 될 줄 알았다.

---

16) 옥륜(玉輪): 옥으로 만든 수레라는 뜻으로 달을 이르는 말.
17) 팔채(八彩): 여덟 색깔의 무늬. 중국 요(堯)임금의 눈썹에 여덟 가지 무늬가 있었다는 데서 유래하는바, 고귀한 인물을 묘사할 때 사용됨.

공자의 나이 두 살 적에 모부인이 여환의 해를 입어 이씨 집안을 떠났으므로 공자가 부친에게 길러져 그 정이 자모(慈母)보다 더하였다. 승상이 또한 양육하여 사랑이 다른 아들보다 더하되 일찍이 얼굴에 나타내어 구구히 사랑함이 없었다. 그러나 중요하게 여기는 아들은 장자(長子)요, 끔찍이 사랑하는 아들은 차자(次子)였다.

공자가 사람됨이 본디 고집이 세고 성품이 과도하여 숙부인 소부를 닮았으며 기상이 시원스러워 거리끼는 일이 없었다. 나이 대여섯 살이 되도록 글자를 모르니 승상이 남경에서 돌아와 엄히 가르쳐 잠깐도 잘 대하지 않았다. 공자가 부친을 두려워해 마음을 잡아 글을 읽으니 문리(文理)[18]가 크게 발전해 한 번 본 글을 외우며 머리 돌리는 사이에 칠언 장편 수십 수를 지으니 그 글의 맑고 빼어남이 고금에 비할 자가 없었다. 승상이 더욱 사랑하였으나 내색하지 않고 다른 아들들보다 더욱 엄히 훈계하였다.

공자가 천성이 효성을 으뜸으로 삼았다. 그래서 부친을 잠시도 떠나지 않고 숙부(叔父)인 소부 섬기기를 부친보다 덜하지 않게 하였으므로 소부가 더욱 사랑하여 자기 아들보다 더할 정도였으니 평소 숙질 사이에 마음을 속이는 일이 없었다.

공자가 장성하여 열네 살에 이르니 골격이 빼어나고 풍채가 용과 호랑이 같아 엄숙한 태도가 굳세어 대장부의 거동이 있었다. 키는 팔 척 오 촌이요, 두 어깨는 화려한 봉황이 나는 듯하였으며 두 팔이 무릎 아래를 지나니 완전히 영웅의 기상이었다. 조부모가 지나치게 사랑하여 승상에게 명해 어서 어진 며느리를 택하라 하니 승상이 명령을 받들어 널리 숙녀를 찾았다.

---

18) 문리(文理): 글의 뜻을 깨달아 아는 힘.

공자의 나이는 약관이 안 되었으나 문득 여색에 무심하지 않아 집안의 치마 두른 시비 중에 정을 통한 자가 몇 명이나 되었다.

하루는 공주궁에 갔다가 궁녀 소희를 보고 눈 주어 정을 두니 공주가 스쳐 살피고 이에 정색하고 말하였다.

"첩이 당돌하오나 도련님의 몸가짐 허물을 이르고자 하니 도련님이 즐겨 들으시겠나이까?"

공자가 이미 짐작하고 웃음을 머금고 꿇어앉아 대답하였다.

"옥주께서 소생의 허물을 이르실진대 소생이 어찌 고치지 않겠나이까?"

공주가 정색하고 말하였다.

"도련님이 어려서부터 『예기(禮記)』를 읽으시어 예의를 알 것이니 어찌하여 천한 시녀의 색을 탐하여 첩의 앞에서 무례하십니까? 또 도련님이 아버님의 태교를 받아 몸이 귀하거늘 천인(賤人)을 마음에 두시는 것은 옳지 않습니다. 도련님은 첩의 당돌함을 용서하시고 일찍 허물을 고쳐 남교(藍橋)[19]의 숙녀를 기다리소서."

말을 마치자 안색이 엄숙하여 추상 같으니 공자가 웃고 사죄하였다.

"소생이 나이 젊고 생각이 없어 옥주 안전에서 삼가지 못하였더니 이렇듯 밝게 가르치시는 말씀을 들으니 두 번 그른 일이 있겠나이까?"

공주가 고마워하며 말하였다.

"첩이 당돌히 도련님 안전에 말을 고하였더니 이렇듯 빨리 깨달으시니 기쁨을 이기지 못하겠나이다."

---

19) 남교(藍橋): 중국 섬서성 남전현 동남쪽에 있는 땅. 배항(裴航)이 남교역(藍橋驛)을 지나다가 선녀 운영(雲英)을 만나 아내로 맞고 뒤에 둘이 함께 신선이 되었다고 하는 이야기가 배형(裴鉶)의 『전기(傳奇)』에 실려 있음.

공자가 웃고 말이 없었다.

승상이 아들의 기상이 저렇듯 기이하니 비슷한 며느리를 얻으려 해도 쉽지 않아 몽창이 바야흐로 열다섯 살이 되도록 아내를 못 얻고 있었다. 며칠 후 예부시랑 상공영이 중매로 구혼하니 승상이 태사에게 아뢰자 태사가 말하였다.

"규방의 여자가 어진지, 그렇지 않은지를 알기 어렵거니와 상 공은 정직한 군자라 혼인을 맺는 것이 좋겠구나."

승상이 명령을 받들어 혼인을 허락하고 택일하니 겨우 십여 일이 남았다.

이에 연수 등 뭇 사촌들이 몽창을 기롱하였다.

"우리가 들으니 상 소저는 무염(無鹽)[20]보다 더하다 하니 너는 어찌하려 하느냐?"

몽창이 웃고 말하였다.

"그러하거든 버리고 재취를 할 것이니 상관할 것이 있겠나이까?"

모두 웃는 중에 부마가 정색하고 말하였다.

"조부께서 일찍이 우리에게 두 아내를 두지 말라고 하셨으니 네 말이 어디 가서 통하겠느냐?"

몽창이 웃고 말하였다.

"그럼 형님은 어찌 두 부인을 두셨나이까?"

부마가 어이없어 탄식하고 말하였다.

"나는 부득이하여 그렇게 된 것이지만 너는 한 아내도 못 얻은 것이 벌써 여럿을 두겠노라 하니 그것이 옳은 말이냐?"

몽창이 미소하고 말을 안 했다.

---

20) 무염(無鹽): 중국의 대표적인 추녀 종리춘(鐘離春)을 가리킴. 전국시대 제(齊)나라에 종리춘이 무염 지방에 살았다 해서 붙여진 별명.

혼인날이 가까워지니 이씨 집안에서 수레와 말을 보내 장 씨를 불렀다. 장 씨가 명을 받아 이씨 집안에 이르니 존당(尊堂)과 시부모가 크게 반겨 위로하고 공주가 궁으로 바삐 청하여 지난 일을 이르며 사례하니 장 씨가 자리를 떠나 사죄하며 말하였다.

"첩이 친당(親堂)에 이르러 어버이를 모셔 든든히 지내다가 왔거늘 옥주께서 어찌 첩을 대하여 이렇듯 하시나이까?"

공주가 재삼 겸손히 사양하고 미영과 흥문을 데려오라 하여 장 씨에게 보이니 장 씨가 흥문을 보고 크게 놀라 말하였다.

"이 아이가 이렇듯 기이하니 참으로 천리구(千里駒)입니다."

공주가 웃고 말하였다.

"첩의 어리석은 마음에 부인이 남자아이 낳기를 바랐더니 딸을 낳으셔서 낙심했습니다. 그러나 딸아이가 저렇듯 아름답고 첩으로 모녀의 정이 심상치 않으니 사랑함이 흥문보다 더합니다."

장 씨가 딸이 장성하여 아름다워진 모습을 보고 기쁨을 이기지 못해 사례하였다.

"옥주께서 어미 없는 것을 이렇듯 사랑으로 양육하셨으니 첩의 모녀가 옥주의 은혜를 다 못 갚을 듯하나이다."

공주가 기뻐하지 않으며 말하였다.

"첩은 흥문과 미아를 내가 낳고 남이 낳았음을 분별하지 않거늘 어찌 이런 말씀을 하시나이까?"

장 씨가 더욱 감사하되 사례를 못 하였다.

이후 장 씨가 이에 머무르니 옥주의 대접이 갈수록 새롭고 부마의 대접이 여전히 두터웠다.

그럭저럭 몽창의 혼례일이 되자 일가 사람들이 모두 몽창에게 길복(吉服)을 입혀 보내니 몽창이 길복을 입고 예식을 미리 익히니 풍채가 빛나 태양을 가릴 정도였으니 존당과 부모가 새로이 사랑하였다.

날이 늦어 상씨 집안에 이르러 기러기를 올리고 신부가 교자에 오르기를 재촉하니 상 공이 신랑의 풍채를 보고 크게 기뻐하였다.

상 소저가 일곱 가지 보석으로 곱게 꾸민 옷을 입고 덩에 드니 공자가 교자를 봉하고 호송하여 집안에 이르러 교배석(交拜席)21)에 나아가 합환주(合歡酒)를 먹고 부채를 내렸다. 공자가 바삐 눈을 들어 보니 신부의 용모가 보통사람과 크게 달라 백만 가지 태도가 겨룰 이가 없으니 공자가 속으로 기쁨을 머금고 미우에 온화한 기운이 가득하였다.

신부가 단장을 고치고 시부모에게 폐백을 드리니 맑은 살빛과 별 같은 눈망울이며 연꽃 같은 두 뺨이 자못 기특하여 공주의 가을하늘 같은 얼굴에는 떨어지나 장 씨에게는 미치지 못함이 없었다. 자리의 사람들이 크게 칭찬하고 태부인이 기뻐하였으나 홀로 태사와 승상이 기뻐하지 않아 미우에 기쁜 기색이 덜하였으니 모두 괴이하게 여겼다.

종일 즐거움을 다하고 석양에 잔치를 파하니 신부 숙소를 초양당에 정하여 신부를 보내고 일가 사람들이 모여 한담하였다. 최 숙인이 신부의 용모를 일컬으며 몽창을 향해 치하하자 몽창이 웃고 말하였다.

"얼굴은 특이하나 천명이 짧아 내 오래지 않아 상처(喪妻)를 할 것이니 근심입니다."

숙인이 놀라서 말을 미처 못 하는 중에 승상이 몽창을 꾸짖었다.

"네 어찌 새사람을 두고 말이 이렇듯 괴이하냐? 모름지기 말을 진

---

21) 교배석(交拜席): 맞절을 하는 자리.

중하게 하고 삼가 이런 행동을 말지어다."

몽창이 사죄하고 말을 안 했다.

밤이 깊어 자리를 파하고 몽창이 신방에 이르러 상 씨를 대하니 꽃 같은 용모에 옥 같은 태도가 등불 밑에 더욱 절승(絶勝)하였다. 공자와 같이 풍류를 알고 호탕한 기상을 가진 사람이 어찌 혹하지 않겠는가? 이에 그 손을 잡고 원앙 금침(衾枕)에 나아가니 은정의 깊음이 태산과 같았다.

상 씨가 이로부터 시가에 머무르며 시부모를 예법으로 섬기고 동서들과 화락함이 극진하여 어진 행동에 미진한 것이 없었다. 이에 시부모가 지극히 사랑하고 몽창의 사랑이 비할 데 없어 잠시도 떨어져 있지 않으니 집안의 사람들이 희롱하며 웃었다. 그런데도 공자는 마음을 제어하지 못해 상 씨를 대하면 넋을 잃고 그 손을 놓지 않았다. 상 씨가 비록 규방 여자의 수습하는 태도가 있었으나 공자가 친근하게 사랑하는 모습을 보고 또한 공자 곁을 떠날 사이가 없었다. 그렇게 되자 자연히 서로 가까워지게 되어 낭랑하게 화답하고 온화하게 응대하니 몽창이 더욱 기특하게 여겨 사랑이 날로 더했다.

하루는 소부가 웃고 물었다.

"네 전날 여자 수중에 농락당하지 않겠다고 말하더니 어찌 상 씨를 잠시도 떠나지 않는 것이냐?"

공자가 웃고 대답하였다.

"소질이 상 씨에게 제어를 당하는 것이 아니라 상 씨에 대한 소질의 정이 중하고 상 씨가 저의 뜻을 거스르지 않으며 공손하게 대답하므로 허물이 없으니 제가 무엇으로 꾸짖겠나이까?"

소부가 웃고 옳다고 하였다.

상 씨가 몽창과 혼인한 지 두어 달 만에 잉태하니 몽창이 너무 일찍 잉태한 것을 우습게 여겼다. 그러나 승상은 기뻐하는 것이 홍문이 났을 때보다 더했다. 이는 상 씨가 단명할 것을 불쌍히 여기던 차에 그 자식이 있음을 듣고 후사가 끊어지지 않을 것으로 생각해서였다.

상 씨가 만삭이 되어 아들을 순산하니 얼굴이 옥과 같이 기질이 영리하며 골격이 비범하였다. 승상이 상 씨가 아들 낳은 일을 듣고 크게 기뻐하다가 칠 일 후에 들어가 아이를 보고 문득 기뻐하지 않아 미우(眉宇)를 찡그리고 말을 하지 않았으니 대강 그 아이의 불길함을 알았기 때문이었다.

상 씨가 산후 기운이 평상시와 같으니 공자가 더욱 과도히 사랑하여 한시도 상 씨 곁을 떠나지 않았다.

하루는 공자가 석양에 침소에 이르니 상 씨가 아이를 앞에 눕히고 즐겁게 웃고 있었다. 생이 나아가 소저의 손을 잡고 아이를 안으며 말하였다.

"그대의 팔자가 유복하도다. 생과 함께 지낸 지 일 년 만에 옥동자를 낳았으니 누가 그대의 팔자에 비기겠는가?"

상 씨가 대답하였다.

"군자가 어찌 매양 아녀자를 대하여 희롱하기를 일삼는 것이옵니까?"

생이 웃으며 말하였다.

"학생은 부인을 보면 잠시도 떠나기 어려우니 그대의 정도 이러하냐?"

상 씨가 탄식하고 말하였다.

"군자의 두터운 은혜가 감사하나 첩의 기골이 맑고 약하여 혹 매사가 뜻 같지 않을까 하나이다."

공자가 벌써 그 불길함을 스쳐 알고 말없이 있었다. 그런데 홀연

짝 잃은 원앙이 슬피 울고 날아가니 그 소리가 참으로 슬프고 쓸쓸하였다. 상 씨가 그 소리를 듣고 홀연 눈물이 가득하여 말하였다.

"짐승도 그 쌍을 잃으면 거동이 저러하니 사람의 마음이야 이르다 뿐이겠나이까? 첩이 근래 마음이 슬프고 꿈이 불길하여 생각건대 세상에 오래 있지 못할까 하나이다. 상공(相公)은 원컨대 첩이 죽은 후 이 아이를 어여삐 여기소서."

말을 마치자 눈물이 옥 같은 뺨에 굴러 연꽃 같은 얼굴에 가득하니 슬픈 거동이 장부의 심간(心肝)을 끊는 듯하였다. 공자가 크게 슬퍼 친히 소매로 그 눈물을 닦아 주며 위로하였다.

"그대의 나이가 청춘이요 몸에 병이 없거늘 이런 괴이한 말을 하는고? 꿈은 본디 허탄하거늘 그대가 어찌 이렇듯 애태우는가?"

상 씨가 묵묵히 탄식하였다.

이해 봄에 알성(謁聖)[22]이 열리니, 몽창이 부친에게 과거에 응하기를 청하고 과거장에 나아갔다. 글제를 보니 생각이 샘솟듯 하여 고개 돌릴 사이에 다 써서 바쳤다. 시관(試官)이 임금을 모셔 글 평가하기를 마치고 으뜸 비봉(祕封)[23]을 뜯으니 이몽창의 이름이 뚜렷이 장원에 올라 있었다. 전두관(殿頭關)[24]이 옥계(玉階)에서 호명하였다.

"장원은 금주 사람 이몽창이요 부(父)는 좌승상 이관성이라."

공자가 수많은 사람 중에서 몸을 빼어 옥계 아래에 다다르니 얼굴이 기이하여 흰 달이 누대에 떨어진 듯, 가는 허리와 봉황의 눈, 누

---

22) 알성(謁聖): 임금이 문묘에 참배한 뒤 실시하던 비정규적인 과거시험.

23) 비봉(祕封): 남이 보지 못하게 단단히 봉함.

24) 전두관(殿頭關): 임금의 명령을 큰소리로 대신 전달해 주는 임무를 주로 맡은 시종(侍從).

에눈썹이 보통사람에 비할 바가 없으니 조정을 가득 채운 관리들이 크게 놀라 낯빛이 변하고 임금이 매우 기뻐하며 이몽창을 옥계에 올려 어화(御花)25)와 청삼(靑衫)26)을 주고 사주(賜酒)27)하였다. 몽창이 관복을 끌고 네 번 절해 사은하니 나아가고 물러남이 늠름하며 안색이 추상(秋霜)과 같아 보통사람이 감히 우러러보지 못할 정도였다.

임금이 승상을 불러 치하하며 말하였다.

"짐이 몽현 같은 인재를 신료에 두지 못함을 매양 탄식하더니, 오늘 몽창의 영특함이 출중함을 보니 그 형의 아우라 어찌 기특하지 않으리오? 승상의 유복함을 부러워하노라."

승상이 고개를 조아리며 사은하고 물러나 생을 데리고 집에 이르니 생황과 퉁소, 북 소리는 하늘을 흔들고 행렬을 좇아가는 무리가 큰길을 메웠다. 생이 꽃 같은 뺨, 별 같은 눈에 술기운을 띠어 은근히 붉은 색이 도도하고 어깨에는 청삼(靑衫)이 날아갈 듯하고 머리 위에는 금화(金花)가 흔들리니 빼어난 풍채는 만고(萬古)를 견주어 보나 겨룰 사람이 없었다. 구경하는 보는 사람들이 길을 메우고 칭찬함을 마지않았다.

본부에 이르러 내서헌 누각헌에 나아가 태사를 뵈니 원래 태사가 승상의 자리를 사양한 이후로 대서헌을 승상에게 맡기고 자기는 내서헌에 있었던 것이다. 태사가 오늘 몽창의 거동을 보니 기쁨이 지극하여 몽창의 손을 잡고 내당에 들어가 모친에게 보였다. 장원이 좌중에 절을 하자 태부인이 급히 손을 잡고 매우 기뻐하다가 도리어

---

25) 어화(御花): 과거 급제자가 머리에 꽂는 꽃.

26) 청삼(靑衫): 조복(朝服) 안에 받쳐 입던 옷. 남빛 바탕에 검은 빛깔로 가를 꾸미고 큰 소매를 달았음.

27) 사주(賜酒): 임금이 신하에게 술을 내려 줌.

눈물을 흘리며 말하였다.

"내 쓸모없는 인생이 지금까지 살아 너의 이 같은 영화를 보니 어찌 슬프지 않겠느냐?"

이에 장원이 위로하였다.

"조모는 슬퍼 마소서. 오늘 제가 이처럼 영화를 맞게 된 것이 다 조모의 덕분입니다."

외당에 손님이 구름같이 모이자, 승상이 부친을 모시고 자식들을 거느려 나가 손님들을 응대하고 풍류를 들여 즐겼다. 장 상서, 임 시랑 등의 벗들이 승상을 대해 치하하기를 마지않고 정 각로는 더욱 몽창의 장원급제를 기뻐해 그 손을 잡고 태사를 향해 말하였다.

"소제(小弟) 30살이 넘은 후 딸아이를 낳아 사랑하기를 강보(襁褓)의 갓난아이처럼 하더니 어느 사이에 그 아들이 과거에 장원급제하였으니 소제의 기쁨은 더 이상 없나이다."

태사가 겸손히 사양하며 말하였다.

"현부(賢婦)가 내 집에 들어온 지 해가 오래되 조금도 미진한 점이 없고 영특한 자식을 여럿을 낳아 복(僕)[28]의 집 종사(宗嗣)를 번창하게 하니 소제는 현형(賢兄)에게 사례하나이다."

각로가 웃고 또한 고마운 뜻을 나타내었다.

모든 관료가 신래(新來)[29]를 내려 희롱하다가 날이 서산에 저무니 모두 자리를 파하였다. 장원이 부모께 잠자리 안부를 마치고 상 씨의 침소에 이르니 상 씨가 맞아 장원급제함을 치하하였다. 생이 옷을 벗어 후리치고 왼손으로 상 씨의 손을 잡고 오른손으로는 아이를 이끌어 웃으며 말하였다.

---

28) 복(僕): 자기를 낮추어 부르는 말.
29) 신래(新來): 과거에 급제한 사람.

"생이 장원급제한 것도 기쁘지만 생의 기쁨은 그대와 이 아이밖에는 중요한 것이 없도다."

상 씨가 미소를 짓고 대답하지 않으니 온화한 기질이 더욱 기특하였다. 생이 애정이 지극하여 능히 참을 수 없을 정도였다.

다음 날 성지(聖旨)가 내려와 생을 한림학사에 임명하였다. 생이 벼슬에 나아가니 공명정대한 행동과 씩씩한 풍채를 겨룰 사람이 없었다. 이에 임금이 몽창 총애함을 심상하게 하지 않고 관료들이 예법으로 대함이 승상 버금이었다.

이때 상 씨가 임금에게서 봉관화리(鳳冠花履)30)를 받아 부귀와 영화가 지극하니 사람들이 부러워하기를 마지않았다.

늦봄이 되어 상 씨가 갑자기 병을 얻어 날로 위태해졌다. 집안의 모든 사람들이 크게 걱정하며 승상 부부가 슬퍼하여 의약으로 극진히 다스렸으나 병이 점점 더 심해졌다. 승상과 태부인이 속수무책으로 천명을 기다리고 정 부인이 눈물을 흘리며 초조함을 이기지 못하였다. 몽창이 상 씨의 천명이 다했음을 이미 알고 의약에도 힘쓰지 않고 밤낮 곁에 앉아 아이를 어를 따름이요 밤을 맞으면 예와 같이 동침하여 사랑이 더했다. 상 씨가 생의 이러함을 괴이하게 여겨 물러가 눕기를 청하니 생이 대답하였다.

"그대가 오래지 않아 지하로 돌아갈 것이니 생의 이러함이 마지막이로다."

상 씨가 이 말을 듣고 눈물을 머금고 말을 안 했다.

십여 일 후, 상 씨의 병이 지극히 심해져 하룻밤 사이에 인사를 모르게 되니 생이 마음을 진정하지 못해 눈썹을 찡그리고 홑옷만 입

---

30) 봉관화리(鳳冠花履): 봉관(鳳冠)은 봉황의 장식이 있는 예관(禮冠)이고, 화리(花履)는 아름다운 꽃신으로, 고관(高官) 부녀의 복식을 가리킴.

고 곁에 누웠다. 밤든 후 홀연 상 씨가 깨어 돌아누우며 말하였다.

"첩이 인사를 몰라 상공께 한 말도 못 하고 죽을까 하였더니 잠깐 나으므로 상공께 하고 싶은 말을 하고 눈을 감고 돌아갈 것입니다. 상공은 첩이 죽은 후 윤문을 불쌍히 여기소서."

생이 잠잠하였다가 일렀다.

"윤문은 내 자식이라 그대가 사랑해 달라 이르지 않는다고 해서 내 모르겠는가? 이런 말은 말고 이르고 싶은 말이 있거든 이르라."

상 씨가 탄식하고 말하였다.

"예로부터 새사람을 보면 옛사람을 잊으니 상공이 비록 윤문을 사랑하시나 장래 일을 어찌 믿겠나이까?"

생이 잠깐 웃고 말하였다.

"내 비록 사리에 밝지 못하나 고수(瞽叟)의 행동31)을 하지는 않을 것이니 오늘 밤에 하늘이 살필 것이니 어찌 한 번 이른 말이 평생 동안의 굳은 마음이 아니겠는가?"

상 씨가 사례하며 말하였다.

"첩이 구천(九泉)에 가나 상공이 윤문을 불쌍히 여기신다면 풀을 맺어 갚을 것입니다. 그러나 상공이 들이는 여자가 안색이 양귀비 같고 말이 꿀 같으며 배에 칼이 있다면 이 아이가 목숨을 보전하지 못할 것입니다."

생이 또 웃으며 말하였다.

"아무 여자라도 나 몽창이 얽매이지 않을 것이니 그대는 공중에서 살피라."

그러고서 그 손을 어루만져 크게 웃으니 상 씨 또한 웃은 후 말하

---

31) 고수(瞽叟)의 행동: 고수는 중국 고대 순임금의 아버지. 순임금이 제위에 오르기 전에 고수가 계실(繼室)의 말을 듣고 순임금을 죽이려 한 일을 말함.

였다.

"내 지하에 가나 어찌 윤문이를 잊겠나이까? 상공이 매사에 소탈하시니 이 아이가 필연코 목숨을 보전하지 못할 것입니다."

생이 고하였다.

"내 비록 소탈하나 한 자식은 넉넉히 보호할 것이로다."

이렇게 이르며 상 씨를 위로하였다. 새벽닭이 울 때 상 씨가 도로 인사를 모르는데, 목 위에 숨이 오르므로 생이 길이 탄식하고 그 낯을 어루만지며 일렀다.

"그대가 나를 만난 지 몇 해 되었어도 내가 그대를 부족하게 여긴 적이 없고 그대는 내 뜻을 거스른 적이 없더니 그대 이제 황천길을 바라보니 운수의 기구함이 어찌 이러한고?"

상 씨가 눈을 들어서 보고 눈물이 낯에 가득한 채 말하였다.

"첩이 상공의 알아주심을 갚지 못해 부질없이 먼지가 되니 마땅히 지하에 돌아가 상공의 자손이 창성케 하겠나이다."

생이 탄식하고 넓은 소매를 들어 그 눈물을 닦아 주었다. 이때 상 씨의 슬퍼하는 거동이며 참담한 광경은 길을 가는 사람이라도 눈물을 흘리지 않을 수 없게 할 것이요, 감정이 있는 이라면 간장(肝腸)이 시들게 할 정도였으니 그 정을 두었던 남편의 마음을 이루 이를 수 있겠는가? 그러나 몽창은 철석과 같은 마음을 지녔으므로 끝내 눈물 내는 것을 아꼈다.

날이 밝자 승상과 정 부인이 태사를 모시고 들어와 보니 이미 할 일이 없었다. 승상이 슬퍼하여 얼굴빛이 바뀌고 두 눈을 내리깔고 말이 없더니 상 씨가 겨우 정신을 차려 눈을 들어 시부모를 보고 시비에게 자신을 붙들게 해 일어나 앉아 하직하였다.

"불초한 며느리가 미미한 몸과 어질지 못한 행실로 귀한 가문에 들어와 태산처럼 큰 덕택과 사랑을 받아 시부모님을 종신토록 모실까 하였더니 첩의 팔자가 기박하여 이제 지하로 돌아가니 원컨대 시부모님께서는 만수무강하소서."

그러고서 눈물이 흘러 옥 같은 뺨에 맺힐 사이가 없었다. 태사와 승상이 차마 보지 못하여 눈에서 물결이 요동치니 정 부인이 상 씨의 손을 잡고 오열하며 말하였다.

"현부가 탁월한 용모와 무쌍한 덕행을 하늘로부터 받아 몽창이의 아내가 되니 우리의 기쁨이 지극하여 만년을 누릴까 하였더니 어찌 이에 이를 줄 알았겠느냐? 조심하여 조리하고 마음을 애태우지 말거라."

상 씨가 눈물을 흘리며 대답하였다.

"첩의 목숨이 이미 오늘을 부지하지 못할 것이니 어찌 옛날같이 되기를 바라겠나이까?"

또 말하였다.

"부친을 보아 영결하고 싶나이다."

승상이 모친과 부인을 들어가라 하고 시녀를 시켜 상 시랑을 청하니 상 공이 연일 의약을 다스리느라 분주하여 낯빛이 재 같은 채로 이에 들어왔다. 상 씨가 이에 부친을 붙들고 슬피 울며 말하였다.

"소녀가 모친을 여의고 아버님을 종신토록 모시려 하였더니 이제 젊은 나이에 죽습니다. 바라건대 아버님은 저를 생각지 마시고 만수무강하소서."

상 공이 눈물이 연이어 흘러 말 못 하니 승상이 슬픔을 참고 위로하였다.

"우리 며느리가 비록 병이 중하나 어찌 너무 슬퍼하여 부친의 슬픈 마음을 돋구는 것이냐?"

상 씨가 비록 경황이 없는 중이나 대의를 알았으므로 눈물을 거두고 사례하였다.

이윽고 상 씨의 기운이 올라 베개에 누우니 승상과 태사가 차마 보지 못해 밖으로 나가고 상 공과 한림이 곁에 앉아 있었다. 상 씨가 또 눈을 떠 부친과 한림을 거들떠보거늘 한림이 그 손을 잡고 두 번 부르니 상 씨가 겨우 말하였다.

"윤문을 불쌍히 여기소서."

그러고서 명이 다하였다. 한림이 손을 잡았다가 놓고 밖으로 나온 후 승상과 태사가 즉시 상 공을 이끌어 나와 구호하였다. 초혼(招魂),[32] 발상(發喪)[33]을 하니 승상과 뭇 사람이 서러워하여 마음이 찢어지는 듯하였으며 상 공은 자주 기절하고, 집안 상하 사람들의 통곡하는 소리가 하늘을 흔들었다. 한림은 두어 번 울고 일어나서 모친을 보니 모친이 너무 슬퍼해 기운이 막혔으므로 급히 붙들어 구호하고 재삼 위로하였다. 부인이 아들의 마음을 돋우지 않으려 소리를 참았으나 눈물이 비오듯 하니 생이 다시 위로하였다.

"상 씨가 이미 팔자가 사나워 죽은 것이니 다시 생각하여 부질없습니다. 모친은 저의 낯을 보아 슬픔을 누그러뜨리소서."

부인이 오열하며 말하였다.

"마디마디 좋은 일이 없고 상 씨 같은 며느리가 죽었으니 어찌 서럽지 않겠느냐?"

생이 태연스레 웃고 말하였다.

"소자가 상 씨 같은 아내를 수레로 실어서 집안에 들일 것이니 모친은 근심하지 마소서."

---

32) 초혼(招魂): 사람이 죽었을 때에, 그 혼을 소리쳐 부르는 일.
33) 발상(發喪): 상제가 머리를 풀고 슬피 울어 초상난 것을 알림.

그러고서 좌우를 시켜 술을 가져오라 하여 대여섯 잔을 들이키고 모친을 재삼 위로하였다. 부인이 몽창의 말이 진정이 아님을 아나 그 효성을 기특하게 여겨 눈물을 거두고 말을 안 했다. 승상이 밖에 앉아 초상을 극진히 다스려 염습(殮襲)[34]하고 바야흐로 생을 불러 반함(飯含)[35]하라 하였다. 한림이 마음을 굳게 진정하여 한 번도 그곳에 가지 않으며 눈물을 내어 울지 않다가 아버지의 명을 받아 빈소에 이르러 덮은 것을 열고 보니 옥 같은 얼굴에 연꽃 같은 뺨이 평소와 다름이 없었다. 한림이 한 번 보고 넋이 아득하고 슬퍼하는 마음이 앞섰으나 겨우 정신을 차려 일어나 반함을 마쳤다. 그러고서 밖으로 나왔으나 마음을 더욱 진정하지 못하였다.

입관(入棺)[36]과 성복(成服)[37]을 마치고 일가 사람들이 다 모여 울고 제(祭)를 지내니 통곡하는 소리가 하늘에 사무쳤다.

제를 마치고 승상이 들어가 조모를 뵈니 태부인이 눈물을 금치 못하고 말하였다.

"노모가 오래 살아 오늘날 이런 슬픈 광경을 보게 되었으니 팔자가 어찌 기구하지 않으냐?"

승상이 위로하였다.

"상 씨의 기질이 허약해 오래 살 골격이 아니었습니다. 이것도 다 운명이니 어찌 과도히 슬퍼하시나이까?"

태사가 또한 좋은 말로 어머니를 위로하였다.

유 부인과 정 부인[38]이 절절히 서러워하니 승상이 재삼 위로하고

---

34) 염습(殮襲): 시신을 씻긴 뒤 수의를 갈아입히고 염포로 묶는 일.
35) 반함(飯含): 염습할 때에 죽은 사람의 입에 구슬이나 쌀을 물림.
36) 입관(入棺): 시신을 관에 넣음.
37) 성복(成服): 초상이 나서 처음으로 상복을 입음.

부마 이몽현 등이 지성으로 위로하였다. 이에 부인들이 겨우 참았으나 계양 공주와 장 씨를 보니 눈물이 솟아나 금하지 못했다.

한림은 슬퍼함도 없고 즐거워함도 없이 윤문을 데리고 서당에서 시 짓기와 책 읽기로 날을 보내며 상 공에게 사위의 예를 지극히 하니 상 시랑이 감격하고 한림을 더욱 사랑하였다.

택일하여 금주로 상구를 거느려 갈 적에 정 부인이 제문을 지어 제하고 관을 두드려 통곡하니 계양 공주와 장 씨가 극진히 위로하였다. 부마와 한림이 영구를 거느리고 금주에 이르러 안장하였다. 한림이 바야흐로 성분(成墳)39)하고 목 놓아 통곡하니 그 소리가 비장하고 슬퍼 구천(九泉)에 사무치고 눈물이 마치 강물이 흐르는 듯하였다. 이에 소부가 나아가 손을 잡고 위로하며 말하였다.

"너의 마음을 일러 알 바 아니지만 너무 이러함이 몸을 돌아보는 것이 아닌가 하노라."

한림이 눈물을 거두고서 절하고 사례하였다.

"소질이 편벽되게 못 잊어 하는 것이 아닙니다. 그 젊은 나이에 지하의 영혼이 된 것과 소질이 상 씨를 지기(知己)의 부부로 알던 일을 생각하니 예로부터 그런 사람이 없어 한번 울어 그 지기를 갚으려 하는 것이니 숙부께서는 근심하지 마소서."

소부가 그 도량에 탄복하였다.

두어 날 쉬어 경사로 오다가 호광(湖廣)40) 땅에 이르러 소부가 홀연 찬 바람을 쐬어 두어 날 주점에서 조리하므로 부마 형제가 함께

---

38) 유 부인과 정 부인: 유 부인은 승상 이관성의 어머니이자 태사 이현의 아내 유요란을 이르고, 정 부인은 이관성의 아내 정몽홍을 이름.

39) 성분(成墳): 흙을 둥글게 쌓아 올려서 무덤을 만듦.

40) 호광(湖廣): 중국의 호북(湖北)과 호남(湖南) 두 성(省)을 아울러 이르는 지명.

의약으로 다스렸다.

이때는 한여름 염간(念間)[41]이었다. 날씨는 매우 덥고 햇열매는 막 익고 있었다. 한림이 심사가 우울하여 주점 문을 나와 두루 거닐다가 산에 올라 열매를 따 입에 넣으며 글을 읊었다. 그러던 중 홀연 멀리 바라보니 건너편 산 곁에 오색 꽃이 울타리가 서듯 한 것이었다. 한림이 경치를 사랑하여 그곳에 이르니 꽃과 나무가 무성하고 그 속에 작은 정자가 있어 매우 정결하였다. 마음이 심심하여 그 집의 뒤로 나아가니 홀연히 말소리가 낭랑하게 났다. 놀라서 몸을 돌려 숨어서 엿보니 정자에 발을 걷고 두 시녀가 난간에 의지하여 앉아 있었다. 눈을 씻고 자세히 보니 한 여자가 화장을 정결히 하고 단정하게 앉아 바느질을 하고 있었으니 그 옥 같은 손의 빠름이 바람이 지나는 듯하였고 얼굴의 기이함이 천지 사이의 맑은 기운을 다 가진 듯하였다. 멀리서 바라보니 눈이 황홀하여 진정하고 다시 보니 안색이 아름다움을 벗어나 입으로 형용해 말할 수 없을 정도였으니 어찌 상 씨에 비길 바이겠는가.

한림이 한 번 보고 크게 놀라 헤아렸다.

'우리 집의 계양 공주와 대적할 쌍이 없을까 했더니 이 사람이 이렇듯 기특할 줄 알았으리오? 이 사람의 얼굴이 세속의 사람과 달라 미우(眉宇)에 오복이 가득하나 사납지 않으니 내 당당히 아내로 취해야겠다.'

또 다시 생각하였다.

'내가 경사로 돌아간 후 이곳에 이르기가 쉽지 않을 것이니 예의에 맞지 않으나 잠깐 권도(權道)[42]를 써야겠구나.'

---

41) 염간(念間): 스무날의 전후.
42) 권도(權道): 목적 달성을 위하여 그때그때의 형편에 따라 임기응변으로 일을 처리하

이렇게 생각하고 걸음을 돌려 정자로 내려가니 난간에 있던 시녀가 크게 놀라고 의아하여 소리 질러 말하였다.

"아가씨! 대낮에 신선이 내려왔나이다."

생이 이 말을 듣고 웃음을 참지 못했는데 소저가 문득 눈을 들어 생을 보고 몹시 놀라 방 안으로 들어가며 일렀다.

"도적이 들었으니 노복을 불러 잡도록 하라."

생이 웃고 마루 위에 올라앉으며 시녀에게 말하였다.

"네 소저에게 할 말이 있으니 너희는 노자를 부르지 마라."

그리고서 방문을 열고 소저를 바라보고 절하니 소저가 낯빛이 찬 재 같아 박힌 듯이 서 있었다. 한림이 공손히 읍하며 말하였다.

"복(僕)은 지나가는 나그네이온데, 우연히 소저의 팔덕(八德)43)이 구비되어 있는 상을 보니 소저를 아내로 취하려는 뜻이 없지 않아 당돌함을 잊고 이에 와 고하니 소저는 용서하소서."

소저가 억지로 참고 단정히 앉아 말을 하지 않으니 생이 눈을 쏘아 바라보며 흠모하는 뜻을 이기지 못해 다시 말하였다.

"소저는 어찌 너무 야박한 체하는 것이오? 오늘의 행동이 예법이 아닌 줄 모르지 않으나 소생이 경사 사람으로 이곳에 다시 이르기가 쉽지 않을 것이므로 권도로 언약을 두려 하는 것이니, 소저가 만일 순순히 대답하신다면 소생이 공경하여 돌아가고 끝내 입을 다무신다면 모욕하는 행동이 있을 것입니다."

소저가 발끈 성을 내고 낯빛이 변해 말하였다.

"성스러운 임금이 다스리는 시대에 남녀가 안팎으로 떨어져 있어

는 방도.

43) 팔덕(八德): 여덟 가지의 덕. 인(仁), 의(義), 예(禮), 지(智), 충(忠), 신(信), 효(孝), 제(悌)를 이름.

야 하거늘 어떤 미친 나그네가 여기에 와 남의 규수를 대해 모욕함이 깊거늘 유모는 어디 갔기에 노자를 부르지 않는 것이냐?"

소리에 응해 한 늙은 유모가 들어와 생에게 일렀다.

"낭군은 어디 사람이신데 남의 규방에 들어와 무례히 구시는 것이나이까?"

생이 말하였다.

"나는 경성 이 승상의 둘째아들 이 한림이다. 지금까지 아내를 얻지 못하고 있었더니 오늘 네 소저를 보니 내 평생 소원하던 여자인 까닭에 예법이 아닌 줄 알지만 잠깐 권도로 소저와 언약을 하고자 하거늘 네 소저가 어찌 허락하지 않는 것이냐?"

유모가 웃고 말하였다.

"우리 소저가 규중(閨中)에서 예의를 지키시거늘 어찌 예의를 벗어난 남자를 대해 혼사를 허락하겠나이까? 다만 한 가지 일이 있으니 우리 소저가 자금(紫金)⁴⁴⁾ 팔찌 한 짝을 가지고 계신데 신인(神人)이 알려 주되, '이 팔찌 한 짝을 가진 이가 소저의 배필이다.'라고 하였으니 상공께 이 팔찌가 있나이까?"

생이 웃으며 말하였다.

"그렇다면 네 소저가 죽을 때까지 혼인을 못 할 것이다. 그 팔찌를 보고 싶구나."

유모가 말하였다.

"제가 당돌하나 이 물건이 귀중한 것이요, 상공께 보이면 혹 만드는 폐단이 있을까 하니 저 기운을 보소서."

손으로 동녘의 누대 위를 가리켰다. 생이 눈을 들어 보니 맑은 기

---

44) 자금(紫金): 검붉은 색이 나는 도자기 잿물의 빛깔.

운이 주변에 쏘였다. 이에 생이 또 말하였다.

"그러나 여자가 어찌 저 기운을 지켜 늙겠느냐? 내 이곳에 들어와 이만큼 대하였으니 너의 소저를 끝내 버리지 못할 것이다. 지금 내 가는 길이 바빠 성명도 듣지 못하지만 훗날 다시 와 찾으리라."

그러고서 눈으로 소저를 눈여겨보며 말하였다.

"소저가 만일 나 이몽창을 저버리신다면 만대(萬代)에 걸쳐 두 성 (姓)을 섬겼다는 말을 면하지 못할 것입니다."

그러고서 바삐 나오니 대개 부마가 찾을까 해서였다.

머문 곳에 돌아오니 부마가 정색하고 말하였다.

"네 부모님이 낳아 주신 몸으로 벼슬이 존귀하거늘 무슨 까닭으로 행렬도 없이 갔더냐?"

생이 대답하였다.

"아까 우울하여 산 위에 갔습니다."

부마가 정색하고 다시 말을 하지 않았다.

두어 날 후 소부의 병이 차도가 있으므로 함께 길을 나서 경사에 이르니 일가 사람들이 맞이해 조문하고 상 씨의 신위(神位)를 별원에 두었다. 이에 정 부인과 상 시랑의 서러움이 더하였다.

한림은 집에 돌아온 후 오로지 마음이 소 소저에게 있었다. 하루는 중당(中堂)에 이르니 홀연 맑은 기운이 조모 유 부인의 침소로부터 눈앞에까지 왔다. 생이 놀라 다시 보니 마치 호광에서 보던 팔찌의 기운과 같았다. 생이 의심하여 몸을 일으켜 죽설각에 이르러 그 기운 나는 데를 보니 조그만 궤짝 안에서 나는 것이었다. 궤짝을 열고 보니 자금 팔찌 하나가 있으니 진주로 꾸며져 있고 만들어진 것이 기묘하여 천하의 진귀한 보물이었다.

생이 다 보고 의아하여 생각하였다.

'이것이 무엇인데 한 짝이 있는고? 조모께 여쭈어 봐야겠다.'

이렇게 생각하고 있더니 유 부인이 태부인에게 갔다가 이에 이르러 웃으며 말하였다.

"너는 늙은 할미의 세간을 어찌 살피는 것이냐?"

몽창이 웃고 대답하였다.

"소손(小孫)이 아까 중당에 앉아 있더니 기이한 기운이 비치므로 찾아 이르러 보니 이것이 있었습니다. 그런데 짝이 없으니 어찌된 일이옵니까?"

부인이 놀라 말하였다.

"이것은 당초 네 조부께서 내게 빙물로 준 것이었다. 그런데 환란에 분주하다가 우리 두 사람이 만났는데 내가 동경 소 처사 집에서 팔찌 한 짝을 잃고 심사가 우울하더니 그날 밤 꿈에 나의 부친이 이리이리 이르셨는데 내가 지금까지 깨닫지 못하고 있던 것이니라."

한림이 웃고 대답하였다.

"소손이 아내를 잃고 장가들지 못하였고 이 물건의 기운이 제 눈에 보였으니 돌아가신 할아버지의 말씀이 소손을 두고 이르신 것인가 싶나이다. 소손이 이것을 가지고 다니다가 아내를 얻고자 하나이다."

부인이 기뻐하며 마음대로 하라 하니 한림이 여러 번 싸서 주머니 안에 넣었다.

이때 경성의 사대부 가운데 딸을 둔 이는 몽창의 풍채와 부귀를 흠모하여 구혼하기를 구름이 모이듯 하였으나 승상이 허락하지 않고 상 씨의 소기(小朞)⁴⁵⁾를 기다렸다.

―――――――――

45) 소기(小朞): 사람이 죽은 지 1년 만에 지내는 제사.

세월이 물 흐르듯 하여 상 씨의 소기가 지나자 시부모의 슬퍼함과 한림의 비창함은 이루 말할 수 없었고 상 공의 서러워함은 차마 보지 못할 정도였다.

승상이 상 씨의 소기가 지나자 몽창에게 바삐 아내를 얻어 주려 하였다. 최문상이 그 셋째딸로써 상의하니 최 숙인이 적녀(嫡女)46)의 아름다움을 말하며 혼인할 것을 힘써 권하였다. 승상이 비록 입으로는 말을 하지 않았으나 속으로는 결정하려 하였다. 이에 몽창이 급하여 숙인에게 말하였다.

"아주머니의 적녀가 여와씨(女媧氏)47) 같아도 내 마음을 둔 곳이 있으니 맹세하여 취하지 않을 것이요, 설사 아버님 명령으로 취해도 나 몽창이 죽었으면 죽었지 정은 안 둘 것이니 아주머니가 최문상의 딸이 문을 바라보는 과부가 되게 하려 하거든 아버님께 천거하라."

숙인이 놀라 말하였다.

"최 소저의 현숙함이 다른 사람과 크게 달라 아버님께 고한 것이었더니 낭군의 뜻이 이와 같다면 어찌 마음을 내겠는가? 낭군의 마음 둔 데가 어디인고?"

몽창이 말하였다.

"아무 데라도 있을 것이니 아주머니가 중매 노릇만 그치면 되네."

숙인의 어미 주 씨가 일렀다.

"한림의 뜻이 이러하니 그 고집은 소진(蘇秦)과 장의(張儀)48)의 말솜씨라도 돌이키지 못할 것이다. 너는 부질없는 노릇을 하여 남의

---

46) 적녀(嫡女): 정실이 낳은 딸. 최 숙인은 최 상서의 첩으로 들어갔으므로 정실이 낳은 딸을 이와 같이 표현한 것임.

47) 여와씨(女媧氏): 중국 고대에 살았다고 전해지던 선녀.

48) 소진(蘇秦)과 장의(張儀): 모두 중국 전국시대의 변론가들. 소진은 합종(合從)을, 장의는 연횡(連橫)을 주장했음.

일생을 그릇되게 만들지 마라. 다만 낭군에게 묻나니 뜻을 어디에 두었기에 이 혼사를 거절하는 것인고?"

몽창이 말하였다.

"소손이 아무 데라도 뜻을 둔 데가 있으나 조모에게는 고하지 못하겠나이다."

이에 주 씨가 일어나며 말하였다.

"아무래도 거짓 것이로다. 내 자손이 아니니 더욱이 서조모⁴⁹⁾에게 이르겠는가?"

생이 웃고는 말을 하지 않았다.

숙인이 이 말로 상서에게 고하니 최 상서가 놀라 다시 몽창을 생각하지 않고 다른 데 정혼하였다. 생이 매우 기뻐하였으나 또 다른 데 정혼할까 마음이 급해 외숙 정 상서에게 말하였다.

"소질이 근래 심사가 우울하니 숙부는 소질이 남방 땅에서 외임(外任)을 하도록 하소서."

이에 상서가 허락하였다.

생이 들어가 외조모를 뵙고 말하다가 보니 부인 앞에 신임하는 시녀 옥란이 자색이 매우 뛰어났으므로 한림의 눈에 들었다. 한림이 하직하고 나오다가 중당에 이르러 차를 가져오라 하니 마침 옥란이 가지고 왔으므로 한림이 차를 받고 그 손을 이끌어 후당에 들어가 친함을 맺고 당부하였다.

"네 이 일을 입 밖에 낸다면 죽을 것이다."

옥란이 교태를 머금고 응낙하였다.

한림이 돌아와 두어 날 후 외조모 여 부인을 뵙고 앞에서 애교를

---

49) 서조모: 주 씨는 이몽창의 조부인 태사 이현의 첩이므로 이몽창에게는 서조모가 됨.

부리며 옥란을 달라고 하니 부인이 기뻐하며 허락하였다. 한림이 외가에서 두어 날 묵으며 옥란과 친함을 맺으니, 아 애달프다! 후에 윤문이 옥란의 손에 죽고 소 씨가 구사일생하니 이 모두 하늘의 뜻이리라.

이해 봄에 각 도에 어사를 보낼 적에 상서가 호광 어사로 이몽창의 이름을 방에 넣으니 임금이 낙점하여 즉시 이몽창을 호광 순무사에 임명하였다. 한림이 크게 기뻐하며 즉시 여장을 준비해 길을 떠나니 집안사람들이 중당에 모여 작은 잔치를 베풀고 전별하였다. 승상이 정사를 베푸는 득실을 가르치고 경계하여 말하였다.

"네 어린 나이로 큰일을 맡아 가니 공적인 일을 조심스럽게 하여 깨끗하고 분명하게 백성을 다스려 선조의 맑은 덕을 떨어뜨리지 마라."

어사가 두 번 절해 명령을 듣고 모든 사람에게 하직하고 외가에 이르러 하직하였다. 정 승상 부부가 몸을 건강하게 유지할 것을 이르고, 정 상서는 웃으며 말하였다.

"현질이 우숙(愚叔)의 덕으로 영광을 띠어 큰 소임에 거하니 네 모름지기 잘 다스려 널 천거한 우숙의 이름을 욕되게 하지 마라."

어사가 절하고 말하였다.

"소질이 용렬하나 숙부의 경계를 잊지 않겠나이다."

드디어 하직하고 절월(節鉞)50)을 돌려 호광 땅으로 향하니 지나는 고을마다 깃발이 해를 가리고 행렬이 길에 가득하였다. 17살 소년으로 옥 같은 얼굴과 영웅의 풍채가 천신과 같아 허리 아래 금인(金印)51)을 비스듬히 차고 네 마리 말이 끄는 수레를 타고 바람과 같이

---

50) 절월(節鉞): 임금이 장수에게 내어 주던 물건으로 군령을 어긴 자에 대한 생살권(生殺權)을 상징함.

지나갔다. 고을의 지현(知縣)[52]들이 거리거리 나와서 기다리다가 수레 앞에서 이몽창 행렬을 맞이하니 그 영광이 빛났다. 이에 길에 가득한 사람들이 부러워함을 마지않았다.

각설. 예부상서 도어사 소문은 처사 소경의 아들이다. 위인이 현명하고 강직하여 당대에 명망 있는 사람이었다. 나이 열 살이 되었을 적에 부친을 여의고 모친 노 씨는 처사의 후취로서 나이가 서른이 갓 넘었으므로 서러움을 이기지 못한 채 삼년상을 겨우 지내고 산속에서 그럭저럭 생계를 이어나갔다. 소문이 열다섯 살에 경사에 올라와 갑과(甲科)에 급제하여 재주와 명망이 자자하니 장세걸이 그 누이로써 혼인시켰다. 장 씨는 옥과 연꽃 같은 얼굴에 하는 행동이 미진한 점이 없어 소문이 매우 사랑하였다. 동경에 가 모친을 모셔와 경사에서 지내니 이 태사가 극진히 사랑하고 유 부인이 전날의 은혜를 생각하여 소문과 내외하지 않고 지내며 노 부인 섬기기를 부모와 같이 하였다. 소문이 몇 년 내에 예부상서 도어사를 하니 이때 이 승상은 곧 벼슬을 시작한 때라 서로 사랑함이 동기와 같았다.

소 상서가 생산을 일찍이 못 해 스물다섯 살이 넘은 후 일자일녀를 낳았다. 아들의 이름은 형으로서, 풍채가 단아하고 침묵하여 군자의 풍모가 있었다. 딸의 이름은 월혜니 강보에 있을 때부터 얼굴이 천하에 쌍이 없으며 조용하고 단엄하여 성정이 넓고 커 보통사람이 헤아리지 못할 정도였다. 소 상서가 크게 사랑하여 소저를 자기 무릎 위에서 내려놓지 않았다.

소저가 여섯 살이 되었을 때는 홍희(洪熙)[53] 원년이었다. 강서 땅

---

51) 금인(金印): 금으로 된 인(印). 인(印)은 예전에 관직의 표시로 차고 다니던 쇠나 돌로 된 조각물.
52) 지현(知縣): 현의 으뜸 벼슬아치. 수령.

에 도적이 일어나니 간신이 소 상서를 천거하므로 임금이 대도독 인을 주어 출병하게 하였다. 이때 이 태사가 마침 병들어 집에 있다가 소문이 간 후 이 기별을 듣고 어전에 들어가 머리를 땅에 두드리며 힘써 간언하였다.

"소문이 불과 한 문사로서 붓을 들어 문장을 닦을 따름이거늘 제 어찌 군사로 전투를 벌일 수 있겠나이까? 마침내 전투에서 패할 것이니 성상이 어찌 살피지 않으시고 한 사람의 천거를 좇아 대사(大事)를 가볍게 처리하셨나이까?"

임금이 깨달아 뉘우쳤으나 소문이 벌써 군대를 거느려 갔으므로 어찌할 수 없었다.

이때 소문이 강서에 이르러 도적과 서로 싸울 적에 기강이 없고 대오를 잃어 앞뒤가 어지러웠으므로 도적이 달려들어 크게 무찌르니 소 공이 도적을 제어하지 못하고 대패하여 일만여 군사를 다 잃고 겨우 자기 목숨만 보전하여 한 마리 말로 경사에 이르러 스스로 몸을 매어 대궐 아래에서 벌을 기다렸다. 임금이 소식을 듣고 어이없어 말을 않으니 13성의 어사들이 모두 소문을 죽이라 하였는데 이는 대개 평소에 소문의 논의가 너무 과격하였으므로 동료들에게 밉게 보였기 때문이었다. 이 태사가 구할 길이 없어 초조해 하고 패군한 장수에 대해 법을 굽힐 수 없어 이에 임금에게 아뢰었다.

"소문이 본디 일개 문관으로 군대의 일을 알지 못하거늘 소문과 사사로운 원한이 있는 자가 폐하께 잘못 천거하여 나라의 군대를 욕먹이고 도적의 날카로운 기세를 배나 오르게 하였으니 이 무리를 다 귀양 보내고 소문을 군역에 복무하게 하소서."

---

53) 홍희(洪熙): 중국 명(明)나라의 제4대 황제인 인종(仁宗, 재위 1424~1425)의 연호.

임금이 바야흐로 말하였다.

"짐이 그릇하였으니 어찌 소문의 탓이겠는가마는 국법에 패군한 장수를 죽이라 하였으나 이는 홀로 제 죄뿐만이 아니니 경의 말대로 하겠노라."

태사가 사은하고 성지(聖旨)를 받아 소문을 절강 독부 여운의 막하 종사관을 시켜 당일에 떠나도록 하였다. 소 상서가 임금의 은혜에 감사하고 집에 돌아오니 집안사람들이 모두 소문이 죽을 줄로 알았다가 살아 돌아온 것을 다행으로 여겼으나 멀리 떠남을 슬퍼하여 노 부인이 상서를 붙들고 목 놓아 울었다. 상서가 슬픔을 참고 노모를 지극히 위로하며 말하였다.

"패군한 죄인의 집안사람들이 하루도 도성에 있지 못할 것입니다. 마땅히 고향으로 갈 것이되 절강에서 동경이 길이 머니 제가 생각건대, 서숙(庶叔) 노 태감이 호광에 있으니 모친은 저와 함께 가시다가 호광에 이르러 편히 계시면 피차 기별도 자주 듣고 일마다 편할 것입니다."

노 부인이 옳게 여겨 함께 길을 날 적에 이 태사 부자가 이르러 위로하고 이별을 슬퍼하니 소 공이 사례하고 말하였다.

"패군한 장수는 죽기를 면치 못하거늘 대인께서 구하시고 천은을 입어 한 목숨이 구차히 살아 먼 곳으로 돌아가니 어느 때 대인을 뵙겠나이까?"

태사가 위로하였다.

"국법이 지엄하여 명공(明公)이 이에 이르렀으나 훗날 사면이 있을 것이니 그대는 몸을 보중하여 어서 모이기를 기다리라. 명공의 일가가 경사에 머무신다면 내가 극진히 보호할 것이네."

상서가 겸손히 사양하여 말하였다.

"소생이 비록 고향에 못 돌아오나 은혜를 마음속 깊이 새기겠나이다. 일가는 죄인의 처자로서 한시인들 도성에 있을 수 있겠나이까? 외삼촌의 고향에 의탁하려 하나이다."

태사가 그 높은 뜻을 칭찬하였다.

소 공이 잠깐 이씨 집안에 이르러 유 부인과 이별하니 부인이 눈물을 흘려 그 만 리에 귀양 가는 것을 염려하였다. 소 공이 또한 슬피 안색을 고치고 설해 하직하고 길을 났다. 태사 부자가 십 리 밖에 가 이별하니 소 공이 그 높은 의기에 감사하고 서로 손을 잡아 연연하다가 장정(長亭)54)에서 이별하니 이 공 부자가 슬피 눈물을 뿌리고 돌아왔다.

소 공이 일가를 거느려 호광에 이르니 노 태감이 크게 놀라 맞이하니 원래 노 태감은 노 부인의 얼오라비55)이다. 영락(永樂)56) 연간에 내시 소임을 하다가 병들어 고향으로 돌아왔는데 집안이 부유하였다.

소 공 일가가 내당에 들어가 태감과 서로 보고 온 연고를 이르니 태감이 한편으로는 놀라고 한편으로는 기뻐하며 여러 칸 집을 치워 일행을 편히 있게 하였다. 소 공이 두어 날 묵고 적소(謫所)로 갈 적에 장 부인이 차마 가부를 외로이 멀리 보내지 못해 두 아이를 노 부인에게 드리고 상서를 좇아 가니 노 부인이 아들과 며느리를 붙들고 매우 슬퍼하며 피눈물이 맺힐 사이가 없었다.

두 사람이 노 부인을 붙들고 재삼 위로한 후 상서가 모친에게 고하였다.

---

54) 장정(長亭): 먼 길을 떠나는 사람을 전송하던 곳.

55) 얼오라비: 아버지의 서자(庶子)를 여동생 입장에서 부른 말.

56) 영락(永樂): 중국 명나라 성조(成祖)의 연호(1403~1424).

"제가 이제 가면 10년 안에는 못 돌아올 것이니 자녀의 혼인은 소자를 기다리지 마시고, 특히 월혜는 보통 아이가 아니니 특출한 사위를 가리소서."

그러고서 길을 나니 노 부인이 설움을 참고 두 아이를 거느려 세월을 보냈다.

이때 공자 소형이 장성하니 노 부인이 널리 알아보아 고을 선비 위극의 딸을 소형의 아내로 맞이하니 위 씨의 성격이 차분하고 얼굴이 가을물의 연꽃 같아 보통사람과는 크게 달랐으니 노 부인이 기뻐하고, 한편으로는 슬픔을 이기지 못하였다.

소형이 나이가 차 이미 아내를 얻자 즉시 조모에게 고하고 부친의 적소로 갔다.

월혜 소저가 장성하여 열다섯 살에 이르니 용모의 기이함은 이르지도 말고 성격의 차분함과 예법의 비범함이 미칠 사람이 없었다. 예법이 엄격하고 진중하여 까닭 없이 문밖을 나가지 않으며 말을 함부로 하지 않아 신중하고 말이 적으니 노 부인이 크게 사랑하고 노 태감이 기특하게 여겨 사랑하여 후원에 정자를 짓고 이름을 옥인각이라 하였다. 소저가 고요한 것을 좋아하여 밤낮 이곳에 있으면서 하루 두 번씩 나와 조모를 뵈었다.

하루는 조모가 변소에 가고 없어 혼자 앉아 있더니 홀연 보니 궤속으로부터 맑은 기운이 솟아나거늘 소저가 놀라서 열고 보니 지금 팔찌 한 짝이 있었다. 만들어진 것이 기묘하고 작은 종이에 '조부 소 처사 꿈에 나타난 유 처사 말을 기록한 것이라.'라고 적혀 있었다.

소저가 놀라서 오래 생각하며 말을 안 하고 있더니 이윽고 노 부인이 들어와 보고 말하였다.

"네가 어찌 저것을 내어 보았느냐?"

소저가 대답하였다.

"아까 소손이 이에 와 앉아서 보니 이 궤 속에서 맑은 기운이 일어나기에 열어서 보니 이것이 들어 있으므로 알지 못할 일이옵니다."

노 부인이 말하였다.

"이것은 돌아가신 소 처사의 것이다. 꿈속의 일이 분명하니 네 배필은 이 자금 팔찌 한 짝 가진 사람이 될 것이니 백 년 후라도 만나거든 혼인을 허락하라."

소저가 부끄러워 대답하지 않으니 소저의 유모 운아가 나아가 말하였다.

"예전에 제가 이것을 얻었는데 처사 어르신이 보시고 간직하며 이르시되, '내 손녀의 배필은 이 자금 팔찌 한 짝을 가진 사람이다.'라고 하셨나이다. 그때는 소저가 나지 않을 때였는데 어르신이 신명하셨으니 이것을 소저에게 주어 그 배필을 얻게 하소서."

부인이 옳게 여겨 그 팔찌를 내어 소저에게 주니 소저가 입으로는 말을 하지 않았으나 팔찌를 받아 돌아와 쇠로 만든 상자에 깊이 감추어 두니 그 기운이 멀리까지 쏘였다.

소저가 매양 부모를 생각하여 입을 열어 웃는 적이 없었다.

하루는 더위 속에서 바느질을 하고 시녀 홍벽과 홍아는 난간에 앉아 있다가 이 한림의 행동을 보고 기운을 잃어 말을 못 하니 운아가 위로하였다.

"그 낭군의 풍채가 고금에 비슷한 이가 없으니 소저의 일생이 헛되지 않을 것입니다. 소저는 번뇌치 마소서."

소저가 오랫동안 말을 하지 않다가 탄식하고 말하였다.

"내 반평생 공부하던 마음이 오늘날 그림의 떡이 되었으니 이 모두 팔자라 누구 탓을 삼겠는가? 어미는 이렇게 이르지 마라. 이 사람이 얼굴이 아름다우나 그 행동은 금수와 같으니 내 이미 저의 그물에 걸렸으니 다른 성은 좇지 못하겠지만 그런 미친 나그네의 아내 되는 것은 원하지 않노라."

운아가 말하였다.

"그 상공이 이르기를, '예의에 어긋나나 언약을 청하노라.'라 하였으니 그 말도 옳습니다. 소저는 조금도 의심하지 마소서."

소저가 대답하지 않고 이후로는 마음이 우울하여 문밖을 나가지 않았다.

차설. 이 어사가 호광에 이르러 정사를 힘써 다스렸다. 창고를 열어 백성들을 구휼하니 백성들이 부모를 바라보듯 하여 이몽창의 깨끗하고 맑은 이름이 원근에 들렸다.

이 어사가 서너 달을 다스리니 일이 한가하였으므로 이에 안장을 한 말을 갖추어 타고 노 태감 집에 이르렀다. 노 태감이 크게 놀라 바삐 의관을 바르게 하고 어사를 맞아 초당에 이르러 예를 마치니 어사가 말하였다.

"전날 족하(足下)를 한 번도 본 일이 없으니 당돌히 나아온 것을 족하가 그릇 여길 줄 아나 의논할 일이 있어 이에 이르렀으니 용납함을 얻을 수 있겠는가?"

태감이 자기의 두 손을 맞잡고 대답하였다.

"소환(小宦)[57]은 시골의 농민이라 어찌 어사 어르신의 물으시는 말씀을 감당하겠나이까? 그러나 무슨 까닭인 줄 몰라 의혹하나이다."

어사가 대답하였다.

---

57) 소환(小宦): 내시가 자신을 낮추어 부르는 말.

"다른 일이 아니라 학생이 들으니 족하 집안에 규수가 있다고 하니 알지 못하겠도다, 그 근본을 듣고자 하노라."

태감이 놀라 생각하였다.

'외딴 곳에 충군(充軍)[58]한 소 상서의 딸을 어사 어른이 물으시는 일이 지극한 경사로구나. 바로 이르면 반드시 서운하게 여길 것이니 잠깐 권도로 일러야겠다.'

이렇게 생각하고 이에 대답하였다.

"소환이 적매(嫡妹) 한 사람이 있는데 본 고을의 소 처사 부인입니다. 처사가 한 딸을 두시고 일찍 세상을 떠나셨으니 이런 까닭에 소환이 소 처사 부인을 모셔다가 식물을 공급하나이다.[59] 소 처사 집안이 대대로 명문벌열이었더니 처사에 이르러는 부귀공명을 원하지 않아 산중에 은거해 계시다가 돌아가셨으나 그 가문은 대단합니다."

어사가 다 듣고 말하였다.

"학생이 평소에 생각한 뜻이 있어 지금까지 아내를 얻지 못하였네. 또 기이한 일이 있어 우리 선조께서 자금 팔찌 한 쌍을 빙물로 삼으셨더니 하나를 잃고 꿈에 이러이러한 일이 있으므로 생의 할머니께서 깊이 간수하고 계셨네. 하루는 기운이 학생의 눈에 보이기에 학생이 또한 마음에 자금 팔찌가 합하기를 기다리더니 이제 들으니 족하의 집에 계신 규수가 팔찌를 갖고 계시다 하니 혼인을 맺고자 하니 의견이 어떠한가?"

---

58) 충군(充軍): 죄를 짓고 벌로서 군역에 복무함.
59) 소환이~공급하나이다: 노 태감은 소 처사의 아내이자 소월혜 할머니 노 부인의 얼 오라비임. 그런데 여기에서 노 태감은 소월혜 어머니가 노 부인인 것처럼 말하며 자신을 소월혜의 서숙이라 하고 있음.

태감이 땅에 엎드려 자세히 듣고 이전 소 처사의 꿈 이야기와 월혜 소저의 눈에 그 기운이 보인 것을 익히 들었으므로 크게 기특하게 여기고 기뻐 절하고 말하였다.

"과연 적질(嫡姪)이 그 팔찌를 얻고 소 처사의 꿈이 이와 같으니 소환이 적매의 뜻을 받아 두루 사윗감을 구하되 얻지 못하였더니 이제 어르신의 말씀이 이러하시니 이는 천 년에 한 번 일어날 법한 기이한 만남입니다. 적매를 보고 의논하여 보겠으나 어찌됐든 갖고 계신 자금 팔찌 한 짝을 주신다면 적매에게 있는 것과 비교하여 보겠나이다."

어사가 즉시 주머니에서 팔찌 한 짝을 내어 주고 재삼 결혼할 것을 이르고 돌아왔다.

태감이 즉시 팔찌를 가지고 들어가 노 부인에게 보이고 이 어사의 말을 일일이 고하니 노 부인이 크게 기뻐 말하였다.

"월혜의 배필을 지금까지 정하지 못해 근심하고 있더니 어찌 이런 기특한 배필이 있을 줄 알았으리오?"

이에 운아에게 명해 이전에 얻은 팔찌를 내어 오라 하여 한 데 놓고 보니 꾸민 것과 만들어진 것이 조금도 다름이 없어 참으로 한 쌍이었다. 부인이 크게 기뻐 운아를 주어 소저에게 주라 하였다. 운아가 받아 소저에게 보이고 경성 이 한림이 이르러 찾는 줄 일일이 이르니 소저가 낯빛이 변하는 줄 깨닫지 못하고 말을 하지 않았다.

노 태감이 다음 날 자금 팔찌를 가지고 관아에 이르러 사례의 뜻을 보이고 말하였다.

"어르신의 말씀을 적매에게 고하니 적매가 혼인을 허락하였습니다. 그러니 어르신은 길일을 택해 혼례를 이루소서."

이렇게 말하고 자금 팔찌를 도로 드리니 어사가 크게 기뻐 택일하니 겨우 수십 일 남았다.

어사가 비록 부친의 책망을 근심하였으나 소 씨의 얼굴과 행동을 보니 자신의 죄를 상쇄할 만하였고 자신이 태어난 이래로 부친의 사랑을 입어 부친으로부터 큰 소리를 들은 적이 없었으므로 이를 믿고 쾌히 길일을 택한 것이었다. 날이 다다르자 어사가 길복(吉服)을 갖추고 노씨 집안에 이르러 기러기를 상에 올리고 소저와 함께 합환주를 마시고 동빙(洞房)에 이르니 깔아 놓은 자리가 화려하였다.

밤이 깊은 후 소저가 나와 멀리 앉으니 밝은 빛이 어두운 방에 빛나 화촉이 빛을 잃었다. 어사가 기쁨이 가득해 이에 웃고 말하였다.

"그대 전날 학생을 미친 나그네라 하더니 어찌 오늘 학생의 아내가 되었는고?"

소저가 안색을 엄숙히 하고 대답하지 않으니 어사가 참지 못해 나아가 소저의 손을 잡고 말하였다.

"학생은 경사에 있고 그대는 호광에 있으니 산천(山川)이 몇 겹이나 있겠는가마는 우리가 하늘의 인연으로 기특히 만나고 두 팔찌가 기이하게 만난 것이 천 년에 있을 만한 특이한 일이라 그대는 어찌 한 마디 말도 안 하는가?"

소저가 정색하고 손을 떨쳐 물러나 앉아 잠자코 있으니 엄숙한 빛이 사방에 쏘였다. 어사가 비록 기뻐하지 않았으나 전날 지은 허물이 있었으므로 소저가 평온하지 않음을 스쳐 알고 다만 함께 침상에 나아갔다. 어사의 호방한 기질로 소 씨와 같은 숙녀와 짝을 지었으니 어찌 은정을 잘 참을 수 있겠는가마는 마음 한 편에 아버지에게 고하지 않고 멋대로 혼인한 것을 근심하여 정을 맺지는 않았다. 다만 소 씨를 편히 눕히고 자기는 그 곁에 누워 팔을 내어 소저의 손을 잡을 뿐이요 부부의 즐거움은 전혀 이루지 않았으니 그 효성이 기특하였다.

다음 날 이른 아침에 일어나 세수를 마치고 노 부인에게 들어가 뵈니 노 부인이 생의 풍채를 보고 기쁨과 슬픔이 극하여 눈물을 흘리며 말하였다.

"노인이 오늘 손녀로 그대와 같은 기린을 얻었으니 기쁨이 극하거니와 제 어버이가 멀리 있어 이를 보지 못하니 어찌 기쁘지 않으리오?"

어사가 그 말이 노 태감의 말과 다름을 괴이하게 여겨 짧게 대답하고 물러와 소저에게 물었다.

"그대 서숙(庶叔)이 그대를 적질(嫡姪)이라 하더니 오늘 장모는 그대를 손녀라 하니 그 어찌된 말인고?"

소저가 대답하지 않으니 생이 정색하고 말하였다.

"그대 어떤 여자기에 남편의 말에 대답을 하지 않는가? 나 이몽창이 비록 용렬하나 여자의 기 센 것은 용납하지 않을 것이니 그대는 생각하라."

이에 운아가 나아가 대답하였다.

"우리 소저는 친한 사람과도 말하는 것을 즐기지 않으시니 하물며 소천(所天)을 처음으로 대함에 있어서이겠나이까? 어르신은 짐작하여 용서하소서."

어사가 듣고 잠깐 웃고는 대답하지 않았다.

어사가 관아에 돌아오니 문득 경사에서 성지(聖旨)가 내려왔는데 이 어사가 백성 잘 다스린 것을 표창하고 특별히 예부시랑으로 벼슬을 올려 역마로 상경하라 하는 내용이었다. 어사가 전지(傳旨)를 받고 북쪽을 향해 사은하고 즉시 하리(下吏)에게 명령하여 행장을 차리라 하고 노씨 집안에 이르러 모든 사람에게 이 말을 고하니 노 부인이 매우 놀라 말하였다.

"낭군을 얻어 사랑을 다 베풀지 못한 채 떠나니 마음이 빈 듯함을 이기지 못하겠으니 바라건대 낭군은 손녀의 일생을 저버리지 마소서."

생이 사례하며 말하였다.

"소생이 경사로 돌아가 부모님께 고하고 즉시 말과 수레를 보낼 것이니 장모는 여자의 삼종지의(三從之義)를 생각하소서."

드디어 방에 들어가 소저를 대해 말하였다.

"내 이제 성지를 받아 경사로 돌아가니 존당에 아뢰고 그대를 데려갈 것이네."

소저가 별 같은 눈이 가늘고 미우가 엄숙하여 대답하지 않았다. 생이 끝내는 노하여 또한 묵묵히 있으니 이날 밤을 함께 지내고 다음 날 소저와 이별할 적에 다시 말하였다.

"그대 비록 부끄러움이 있을 것이나 멀리 가는 가부를 대해 끝까지 묵묵히 있으려 하는가?"

소저가 인사에 마지못해 잠깐 답하려 하였으나 부끄러울 뿐만 아니라 전날 생의 행동을 생각하니 분함이 앞서 입 열기를 주저하니 생이 또 말하였다.

"내 부모께 고하지 못하고 그대를 맞이하였으므로 부부의 정을 맺지 못하고 가니 그대는 진중히 있으면서 생의 수레와 말이 이르거든 경사로 오라."

소저가 참고 대답하려 하다가 이 말을 듣고 크게 놀라고 더욱 분노하여 대답하지 않았다. 생이 답답하게 여겼으나 갈 길이 바빴으므로 노 부인과 태감에게 하직하였다.

어사가 바삐 행렬을 거느려 경사에 이르러 대궐에서 사은하니 임금이 문화전에서 어사를 불러 보고 호광 잘 다스린 일을 표창하고 술을 내려 주니 시랑이 절해 사은하였다. 집에 돌아가 조부모와 부모를 뵈니 집을 떠난 지 거의 반년이었다. 집안사람들이 크게 기뻐하며 몽창이 경사에 돌아온 것을 치하하고 각각 백성 다스리던 바를 물었다. 시랑이 붉은 입술과 옥 같은 이 사이로 말이 도도하여 일일이 고하니 모두 칭찬하기를 마지않고 유 부인이 시랑의 손을 잡고 말하였다.

"네 어느 사이에 장성하여 몸이 호광 한 지경의 대관(大官)이 되어 땅을 잘 다스리니 이 모두 현부가 태교를 잘한 덕이구나."

정 부인이 자리를 옮겨 절하고 승상은 미소를 짓더니 소부가 웃음을 머금고 고하였다.

"어머님은 오늘 몽창이 성장함이 누구 공이라 하시는 것이나이까?"

유 부인이 기미를 알고 웃으며 말하였다.

"정 현부의 공이라 했도다."

소부가 웃고 아뢰었다.

"오늘 모친의 말씀을 들으니 모친이 그릇 아신 것입니다. 옛날 형수님이 우리 집안을 떠나시고 형님이 남쪽으로 가신 후 몽창이 소자가 아니었다면 몸을 부지하지 못했을 것입니다. 형수님이 몽창의 어머니시지만 소자는 고행 겪음을 그 어머니보다 더했거늘 몽창이 장성하여 지위가 시랑에 이르렀어도 소자의 공을 일컫는 이가 없으니 어찌 억울하지 않겠나이까?"

사람들이 크게 웃고 유 부인이 웃으며 말하였다.

"네 비록 몽창이를 양육하려 해도 현부가 낳지 않았다면 어떻게 양육했겠느냐?"

소부가 웃고 대답하였다.

"형수님이 설사 몽창이를 낳으셨으나 소자가 기르지 않았다면 어찌 저토록 성숙했겠나이까?"

모두 옳다고 하였다.

자리를 파해 모두 물러나니 시랑이 서당에 돌아와 소씨 집안 사람들을 돌려보낼 적에 서간을 쓰니 문득 연수, 연경과 몽훈, 몽경과 무평백 이한성의 장자 몽성 등이 부마 이몽현의 뒤를 따라 들어왔다. 시랑이 쓰던 서간을 소매에 넣고 일어나 맞이하니 뭇 사람들이 자리를 정하고서 연수가 웃으며 말하였다.

"현제(賢弟)가 우리를 보고서 무엇을 감추었는고?"

시랑이 웃고 대답하지 않으니 연수가 말하였다.

"이 반드시 정을 둔 이가 있어 가만히 서간을 쓴 것이로다. 우리가 모두 달려들어 **빼앗아** 보아야겠다."

시랑이 이 말을 듣고 두려워 소매에서 서간을 내어 화로의 불을 집어 태워 버리니 사람들이 박장대소하고 말하였다.

"이 반드시 정을 둔 사람이 있어서 서간을 가만히 쓰다가 탄로가 난 것이로다. 만일 그렇지 않았다면 어찌 없앴겠는가? 우리가 급히 **빼앗지** 못함을 뉘우치노라."

부마 역시 의심하여 정색하고 말하였다.

"무슨 비밀스러운 서간이기에 우리에게 보이지 않고 불 질러 수상하게 구는 것이냐?"

시랑이 웃고 대답하지 않으니 부마가 크게 의심하였으나 부마가 말을 신중히 하는 까닭에 다시 묻지 않고 일어나 나가니 사람들이 다 차차 일어나 나갔다. 시랑이 다시 서간을 써서 소씨 집안 사람에게 맡겨 보냈다.

이때 임금이 태자를 봉하고 천하에 크게 사면하였다. 이 승상이 매양 소 처사의 은혜가 모친에게 두터웠음을 생각하고 은혜 갚기를 꾀하더니 그 하나밖에 없는 아들이 변방에 충군함을 밤낮 잊지 못하다가 이때를 타 임금에게 아뢰었다.

"전임 예부상서 소문이 전투에서 패배한 죄로 변방에 적거한 지 거의 10년이 되었으니 국법에 패군한 장수는 20년 충군하게 하였으나 소문의 재주가 남보다 뛰어나니 원컨대 폐하께서는 관대한 은전을 베푸심이 죽을 죄인을 살리시는 제왕의 덕일까 하나이다."

임금이 깨달아 일렀다.

"짐이 또한 선제(先帝)의 말씀을 들으니 선제께서 소문이 재주 있음을 이르셨으나 짐이 후인을 징계하려 하여 사면하지 못했다. 경의 말이 옳으니 이번 사면에서 풀려나도록 하라."

승상이 물러나 성지(聖旨)를 받들어 소문을 옛 벼슬로 부르니 사면하는 명령이 절강으로 갔다.

이때 몽창이 밤낮으로 소 씨를 그리워하였으나 부친을 두려워해 감히 내색하지 못하였다. 승상은 몽창이 오랫동안 홀로 있음을 생각해 널리 구혼하여 형부시랑 순회의 딸과 정혼하니 시랑이 크게 놀라 이에 아버지 앞에서 고하였다.

"제가 아내를 잃은 후 심사가 즐겁지 않은데 저 집 규수의 어짊 여부도 모르고 어찌 경솔하게 허락하셨나이까?"

승상이 그 방자함에 마음이 편치 않아 정색하고 말을 안 하니 엄한 기운이 사방에 쏘였다.

몽창이 황공하여 물러나 서당에 와 소 씨를 생각하니 그 온갖 광채가 눈가에 벌여 있으니 차마 잊지 못해 그 일생이 순탄하지 않을 것을 염려해 자고 먹는 것이 달지 않고 심사가 우울해 며칠 사이에 살갗이 전과 달라졌다. 이에 순씨 집안에서 신랑이 병들었다는 말을 듣고 근심하였다.

십여 일이 되자 시랑이 그리움을 참지 못해 한 번 누우니 온갖 병이 대발(大發)하여 크게 위중하였다. 집안사람들이 근심하고 임금이 어의를 보내 간병하게 하니 승상이 그 병을 상사병으로 의심하였으나 나타나지 않은 일에 의심하는 것이 옳지 않아 극진히 구호하였다. 또 생의 미간이 불길하여 액(厄)이 있음을 보고 혹 이곳에서 목숨을 마칠까 우려하여 자는 것을 폐하고 근심하였다.

이십여 일에 이르러는 생이 인사를 몰라 혼절하므로 부마가 망극하여 소부를 대해 말하였다.

"아우의 병이 자못 괴이합니다. 아우가 접때 서간을 쓰다가 소질을 보고 감추니 소질이 물으려 하였으나 소질이 늘 기색이 온화하지 못해 동생 사랑을 지극히 못 하는 까닭에 아우들이 저를 한갓 과도하게 공경하고 제가 사랑으로 대하는 일이 없었습니다. 아우는 결코 소질에게는 이르지 않을 것이니 숙부는 조용히 그 마음을 물어 누구를 사랑해 그러는지 힐문하소서."

소부가 깨달아 이날 밤에 병소(病所)에 들어가니 시랑이 인사를 모른 채 정신이 혼곤한 상태였다. 소부가 시랑의 병이 위중한 것을 보고 눈물을 머금고 나아가 손을 잡고 물었다.

"네 어찌 병이 갑자기 이렇듯 생겨 형님께 불효를 끼치는 것이냐?"

시랑을 눈을 떠 보고 대답하였다.

"소질이 또한 모르는 것은 아니되 마음대로 못해 병이 여기에 이르렀으니 또한 천명이라 어찌하겠나이까?"

소부가 오래 있다가 물었다.

"우숙(愚叔)이 현명하지 못하나 가만히 보건대 너의 행동이 아마도 마음을 허비하고 사람을 생각하는가 싶으니 나에게 이르는 것이 해롭지 않을 것이니라."

시랑이 갑자기 놀라 일렀다.

"소질이 어찌 사람을 사모하며 마음을 허비하겠나이까? 숙부께서 짐작해 물으시는가 하나이다."

소부가 기색을 스치고 이에 그 머리를 짚고 어루만지며 말하였다.

"네가 늘 사리에 달통하더니 오늘은 어찌 이리도 막혔단 말이냐? 내 비록 아는 것이 없으나 너의 행동은 알겠으니 네 아마도 사람을 생각하고 있는 것이다. 그렇다면 부모에게 속히 일러 사람을 데려오고 이렇듯 하지 말 것이거늘 스스로 노심초사하여 죽기를 재촉하니 형님과 형수님께 불효가 될 것은 생각도 말고 천 년의 죄인이 되려고 하는 것이냐? 모름지기 우숙에게 자세히 일러 뉘우치는 일이 없게 하라."

시랑이 깨달아 오래 잠잠하다가 이에 일렀다.

"마음대로 행동한 죄가 산과 바다 같아 차마 남에게 못 이르고 있었더니 숙부께서 물으시니 어찌 속이겠나이까?"

그러고서 처음에 정자에 가 소 씨에게 시험 삼아 한 말과 이번에 가서 소 씨를 아내로 맞은 일을 한바탕 다 고하고 나서 다시 일렀다.

"소질의 죄가 깊으니 원컨대 숙부는 아버님과 형님께 고하지 마소서. 만일 아신다면 저는 죽을 것입니다."

소부가 다 듣고 크게 놀라 말하였다.

"네 어찌 이런 큰 행동을 짧은 사이에 하였느냐? 형님 성품이 아버님보다 더하시니 형님이 만일 아신다면 너는 호된 꾸지람을 면하지 못할 것이다. 우숙이 입을 잠그려니와 마지막엔 어찌하려 하느냐?"

시랑이 대답하였다.

"소질이 처음에 소 씨의 기이함이 세속의 사람과 달라 소 씨를 아내로 맞이하였더니 아버님 기색이 엄정(嚴正)하시니 할 수 없나이다. 이제 소 씨에게 다른 성이나 섬기라 허락하고자 하나이다.”

소부가 웃으며 말하였다.

“어느 여자가 납폐(納幣)[60]하고 친영(親迎)[61]한 남편을 버리고 다른 가문에 가겠느냐? 네 또 소 씨를 사모하는데 소 씨를 다른 가문에 가게 할 수 있겠느냐?”

시랑이 슬픈 표정으로 내답하였다.

“소질이 이 일은 앞일을 헤아리고 소 씨와 정을 맺지 않고 소 씨의 팔뚝에 앵혈(鶯血)[62]을 남겨 두었으니, 소질이 소 씨의 기이한 자색을 본 후 발 빠른 자에게 소 씨를 빼앗길까 하여 권도로 혼례를 한 것이었으나 애초 부모님의 명령이 없음을 생각하여 정을 맺지 않은 것입니다. 지금 소질에게 병이 난 것은 순가 혼사로 마음이 어지러워 그런 것이니 만일 순가 혼사를 물리면 병이 나을 것입니다.”

소부가 말하였다.

“그러면 순가 혼사를 물리는 일을 형님께 고해 보아야겠다.”

생이 대답하였다.

“아니 되옵니다. 아버님이 자못 예의를 중요하게 여기시니 어찌 소질의 사사로운 정을 드러내겠나이까? 삶과 죽음이 운수에 달려 있습니다. 소질이 병에 죽지 않을 것이니 원컨대 숙부는 아버님과 형님께 고하지 마소서.”

소부가 응낙하고 말하였다.

“네 말도 옳으니 함구하고 있다가 조용히 조모께 고하여 일이 잘

---

60) 납폐(納幣): 신랑 집에서 신부 집에 예물을 보내던 일.
61) 친영(親迎): 신랑이 신부의 집에 가서 신부를 직접 맞이하는 의식.
62) 앵혈(鶯血): 나이 어린 처녀의 팔뚝에 찍던 붉은 표식.

되게 해야겠다."

시랑이 사례하였다.

소부가 다음 날 이른 아침에 병소에서 나오자 부마가 전날 몽창과 이른 말을 물었다. 소부가 부마의 위인을 어렵게 여겼으므로 다만 말하였다.

"내 재삼 힐문하였으나 그런 일이 없다 하고 제 기색이 그렇지 않은 듯하니 조카의 짐작이 그른 듯하노라."

부마가 다만 짧게 대답할 뿐이었다.

소부가 몽창의 속마음을 들은 후는 자못 즐거워하지 않으며 좋은 계교를 생각하고 있었다.

하루는 정 씨의 침소에 들어가니 부인이 물었다.

"몽창의 병이 어떠하나이까?"

소부가 부인을 소중히 대우하니 어찌 본마음을 속이겠는가. 이에 몽창의 마음을 일일이 이르고 말하였다.

"조카의 병이 심려로부터 난 것이니 그 병을 형님이 고치시지 않는다면 편작(扁鵲)[63]이 살아 돌아오나 못 고칠 것이네."

부인이 놀라 가만히 있다가 말하였다.

"조카가 소 씨를 사모하여 죽는 지경에 이르렀으니 상공은 아주버님께 이해득실로 고하여 그 원하는 바를 이루게 하는 것이 어떠하나이까?"

소부가 말하였다.

"내 또 모르는 바가 아니로되 이 일을 형님이 한 번 들으신다면 몽창이 곧 죽을 것이니 그대는 이 일을 입 밖에 내지 말게."

---

63) 편작(扁鵲): 중국 전국시대의 명의.

부인이 알았다고 대답하였다.

소부가 나간 후 부인이 몸을 일으켜 정 부인 침소에 이르니 정 부인이 몽창의 사생을 염려하여 옥 같은 얼굴에 눈물이 마르지 않았다. 소부 부인이 이에 말하였다.

"몽창의 병이 더욱 위중하니 근심이 적지 않나이다."

부인이 눈물을 흘리고 말하였다.

"내 여러 아이가 있으나 늘 봉장을 편애하여 장래에 귀한 사람이 될까 믿었더니 이제 몽창이 위태하게 되었으니 내 먼저 죽어 모르고자 하노라."

소부 부인이 이때를 틈타 일렀다.

"몽창이 사는 것은 모두 아주버님께 달려 있나이다."

부인이 홀연 깨달아 속에 분기가 일어났으나 내색하지 않고 일렀다.

"조카64)의 말이 무슨 말인가? 만일 승상이 몽창을 살릴 방법이 있다면 부자(父子)의 정으로 마음을 다하지 않겠느냐?"

소부 부인이 숙모의 기색이 온화함을 믿어 이에 몽창의 전후수말을 자세히 이르고 일이 순순히 되기를 간청하였다. 부인이 말을 다 듣고 입술을 열어 흰 이가 밝게 드러나게 웃으며 말하였다.

"몽창의 행동을 쇠와 돌에 박아 후세에 전해 줌 직하구나. 그 가문이 어떻다고 하더냐?"

소부 부인이 대답하였다.

"노 태감의 생질(甥姪)이라 하니 자세히 알지는 못하나이다."

정 부인이 더욱 웃고 말하였다.

"가문이 더욱 혁혁하구나."

---

64) 조카: 이관성의 아내 정몽홍은 이연성의 아내 정혜아에게 숙모가 되므로 이와 같이 부른 것임.

소부 부인이 말하였다.

"숙모는 웃지 마시고 아주버님께 고하시어 몽창을 구하소서."

부인이 짐짓 응낙하더니 소부 부인이 돌아간 후 세세히 생각하니 마음속으로 크게 노하여 옥침(玉枕)에 비겨 종일토록 말 없이 지냈다.

석양에 승상이 들어오니 부인이 일어나 맞이해 자리를 정하니 승상이 몽창의 병을 근심하여 미우를 찡그리고 말을 하지 않았다. 이에 부인이 잠자코 있다가 일렀다.

"상공이 오늘 불초자의 소행을 듣고 싶나이까?"

승상이 놀라서 물었다.

"무슨 일이오?"

부인이 미미히 웃고 이에 몽창의 전후수말을 고하고 말하였다.

"몽창의 행동이 이러하되 부모가 이를 알지 못하고 제 또 맑은 가문에 나서 환관의 친조카를 아내로 맞이하였다 하니 이런 일이 어디에 있겠나이까? 첩이 어미 되어 부끄러우니 상공은 몽창이를 엄히 다스려 잘 대하지 마소서."

승상이 처음 들을 때부터 안색이 점점 변하더니 소 씨의 앵혈을 남겨 두고 소 씨를 개가시키려 한다는 말에 이르러는 갑자기 웃고 말하였다.

"남자가 혹 방탕하여 삼가지 못하는 일이 있으나 몽창 같은 것이 어디에 있겠는가? 소 씨가 태감의 족속이나 향리에 거주하는 내시의 겨레니 몽창을 만나는 날 벌써 일생을 마쳤도다."

이렇게 이르며 분노한 기색이 얼굴에 어려 누각헌에 들어가 부친을 뵙고 수말을 자세히 고한 후 죄를 청해 말하였다.

"제가 불초하여 몽창이 천고에 듣지 못하던 변고를 저질렀으니 잠깐 다스리고자 하나이다."

태사가 다 듣고 크게 놀라 묵묵히 말을 않다가 일렀다.

"예기에 이른바, '사람이 배우지 않으면 도(道)를 알지 못한다.'고 하였으니 너를 이른 것이로구나. 우리 선조가 어떠하신 사람인데 태감 집안과 결혼할 수 있겠느냐? 모름지기 엄히 다스려 잘 대우하지 마라."

승상이 절해 명령을 받고 불러나 급히 생을 잡아다 치려고 하였으나 지금 혼질한 지경에 있으므로 하릴없어 부마를 보고 일렀다.

"네 아우가 순 씨 혼사 때문에 병이 생겼다 하므로 혼사를 속히 물릴 것이니 몸을 조리하여 일어나라 전하라."

부마가 이대로 시랑에게 이르니 시랑이 크게 기뻐하여 마음을 시원히 하자 병이 점점 나아 며칠 후에 차도가 있었다. 이에 소부가 크게 기뻐 근심을 덜고, 동궁(東宮)에 입시(入侍)해야 했으므로 대궐 안으로 들어갔다.

차설. 이 승상이 몽창을 크게 한스러워하여 마음이 분하고 우울하였으나 시랑이 병이 중하고 소부가 있어 내색하지 않고 있었다. 십여 일 후 소부가 입번(入番)하고 시랑의 병이 점점 나아간다는 소식을 듣고, 이날 밤에 승상이 저녁 문안을 마치고 부모가 침소에 들어간 후 서헌에 나와 좌우의 사람을 꾸짖어 횃불을 밝히게 하고 태형 기구를 차리라 하였다. 뭇 노자들이 두려움을 이기지 못하고 부마가 의심하며 승상을 모시고 서 있었다. 승상이 하리(下吏)를 명하여 시랑을 잡아오라 하였다.

이때는 보름달이 또 대낮 같고 횃불이 밝은데 승상이 흰 도포에 검은 관을 쓰고 난간머리에 의지하여 분노한 기색이 미우에 가득하였다. 노복이 크게 두려워 이에 서당에 가 시랑에게 승상의 명령을 전했다. 시랑이 이미 짐작하고 이에 크게 두려워 온몸에 땀을 흘리고 억지로 옷을 입고 노자를 따라 서헌에 이르렀다. 광경이 크게 좋지 않았으나 시랑이 안색을 변하지 않고 계단 아래에 엎드렸다. 승상이 생을 보고 대로하여 자연히 안색은 찬 재 같았고 눈을 부릅떴다. 이에 명령하여 생을 결박하여 꿇리고 좌우를 돌아보아 햇불을 다 앗으라 하고 뭇 노자를 다 밀어 내치고 다만 노자 네다섯 명을 머무르게 해 몽창을 태장하도록 하였다. 승상이 냉랭하게 성난 눈을 하고 부채로 난간을 치며 꾸짖었다.

"네 어려서부터 성현의 글을 읽어 자못 예의를 알 것이거늘 먼저 남의 규중(閨中)을 엿보며 규방에 들어가 다른 가문의 여자를 핍박하고, 둘째는 부모를 속이고 임금의 명령을 받아 외방에 가 미녀를 탐하여 아비에게 고하지 않고 혼인하였으며, 셋째는 나의 자식으로서 내시의 족속과 결혼하여 이씨 집안의 맑은 덕을 네가 다 무너뜨려 버리고 존당과 부모를 욕먹였으니 너 같은 자식을 두어 부질없다. 너에게는 또 아들이 있어 후사는 근심하지 않아도 될 것이니 속히 죽어 이씨 집안의 명예를 더럽히지 마라. 내 차마 대낮에 너를 치지 않은 것은 뭇 사람이 보는 것을 꺼린 것이니 이는 또 내가 약해서이다. 불을 앗은 것은 내 차마 너같이 더러운 것을 다시 보지 않으려 해서이다. 네 한 미인 때문에 아비를 다시 못 보고 매 아래의 주검이 되려 하느냐?"

시랑이 이 말을 듣고 잠시 말을 하지 않다가 고하였다.

"소자의 죄는 태산과 같거니와 아버님이 평소에 소자를 자애하시던 정을 생각하여 관전(寬典)65)을 베푸소서."

승상이 대로해 말하였다.

---

65) 관전(寬典): 관대한 은전.

"네 죄를 네 스스로 알아 죽는 것이 옳으니 다시 나를 아비라 할 수 있겠느냐? 내 자식은 이렇지 않으니 어느 입으로 관전 두 글자를 내뱉는 것이냐?"

그러고서 매우 치라 재촉하고 매마다 죄를 일컬으니 시랑이 다시 말을 하지 않고 순순히 매를 맞았다.

40여 장에 이르러는 생이 큰 병이 난 후 기운이 허약해 있던 때여서 징신을 수습하지 못하였으나 승상의 노기는 점점 높아졌다. 부마가 머리를 땅에 두드려 애걸하였으나 승상이 들은 체도 하지 않았다. 50여 장에 이르자 시랑이 기운이 막혀 기절하니 승상이 명령하여 매를 잠깐 그치라 하고, 반나절 후 시랑이 정신을 차리니 또 매를 치기 시작하였다. 승상은 몽창이 성장한 후에도 곁에 눕혀 어루만지며 깊이 사랑하였으니 이는 뭇 자식들이 감히 바라지 못할 사랑이었는데 오늘 광경은 차마 사람이 하지 못할 바였다. 승상의 천성이 노기를 내면 그치지 못하였으므로, 일찍이 분노한 기색을 비복에게도 낸 일이 없다가 평생 처음으로 엄숙한 빛과 열렬한 노기가 눈 위에 찬 달이 비치는 듯, 얼음 위에 북풍이 차게 부는 듯하였으니 노복들은 손발을 떨고, 부마는 마음을 진정하지 못하였다. 부마가 이를 억지로 참고 고개를 조아려 진정으로 간하였으나 승상이 들어도 들은 체하지 않았다. 100여 장에 이르니 피가 뜰 앞에 흐르고 살이 헤져 생이 아주 주검이 되었으니 승상이 바야흐로 끌어 내치게 하고 문을 닫아 버렸다.

부마가 그 아우의 이와 같은 광경을 보고 눈물이 샘솟듯 하여 아우를 친히 안고 서당에 돌아와 침상에 눕히고 구호하였다. 이때 모든 아우가 다 어렸으므로 홀로 셋째동생 몽원만 데리고 청심환을 연이어 풀어 넣었다. 밤이 된 후 몽창이 숨을 내쉬었으나 인사를 차리지 못했으므로 부마와 셋째공자가 목 놓아 울고 연이어 약을 썼다. 그러나 날이 밝도록 몽창이 인사를 모르고 눈을 감은 채 숨소리만 낼 뿐이었다.

다음 날 아침에 집안사람들이 바야흐로 전날의 일을 알고 크게 놀라 철 상서, 무평백, 경 시랑 등이 서당에 와 몽창의 상처와 그 인사 차리지 못함을 보니 몽창이 살 것이라 예상하는 것이 맹랑하였다. 사람들이 크게 놀라고 무평백은 마음이 약했으므로 몽창을 어루만지며 눈물이 마구 쏟아지고 경 시랑과 철 상서 두 사람이 서헌으로 나와 승상을 보고 일렀다.

"그대가 무슨 마음을 가졌기에 아들을 죽였는가?"

승상이 자약히 웃고 일렀다.

"몽창의 죄를 헤아리건대 죽이는 것이 족하나 소제(小弟)가 아비와 아들의 정으로 살려 내쳤으니 몽창이 어찌 죽겠나이까?"

경 시랑이 낯빛을 고치고 말하였다.

"자수가 전날에는 어짊이 지극하더니 어찌 자식에게는 이렇듯 모질고 독한고? 몽창의 상처와 그 정신을 보건대 몽창이 어찌 회생할 수 있겠는가?"

승상이 웃고 대답하지 않으니 경 시랑이 내당에 들어가 유 부인에게 고하였다.

"어젯밤에 자수가 몽창을 수없이 두들겨 몽창이 거의 죽어 가오니 모친은 어찌 구하지 아니하나이까?"

유 부인이 말하였다.

"나는 알지 못했구나. 다만 몽창에게 이러이러한 죄가 있어 제 아비가 꾸짖었다 하더니 그토록 큰 매를 더했을 줄 어찌 알았겠느냐?"

이에 승상을 불러 물었다.

"네가 자식을 죽였다 하니 그 말이 맞느냐?"

승상이 절하고 말하였다.

"제가 몽창의 죄를 놀랍게 여겨 약간 매를 쳐 내쳤나이다."

경 시랑이 말하였다.

"자수는 자당을 속이지 마라. 몽창의 거동을 보니 편작이 살아 돌아와도 다스리지 못할 것이다."

유 부인이 낯빛을 바꾸고 말하였다.

"내 자식이 반평생 몸가짐에 어미 속이기를 섭렵한 것이더냐? 몽창이 만일 생도(生道)를 얻지 못한다면 내 생전에 너를 자식이라 하지 않을 것이다."

승상이 황공하여 땅에 엎드려 죄를 청해 말하였다.

"몽창이 혈기가 아직 단단하지 않으므로 매를 이기지 못해 잠시 정신이 흐릿한 듯하나 대단치는 않을 것이니 어머님은 너무 염려하지 마소서."

유 부인이 정색하고 대답하지 않았다.

이때 태부인이 몽창이 매 맞은 일을 몰랐다가 듣고 크게 놀라 태사를 불러 꾸짖어 말하였다.

"몽창은 이 늙은 어미가 편애하는 손자이거늘 네 어찌 관성을 재촉하여 큰 매를 더하게 하였느냐? 옛 사람은 어버이를 사랑하면 그 개와 말이라도 사랑한다고 하였거늘 너희가 어찌 이렇듯 불초하냐?"

태사가 온화하게 위로하였다.

"몽창이 이러이러한 과실이 있으므로 훗날을 징계하려 하여 제 아비가 약간의 벌을 주었으나 제 창창한 나이니 자연히 빨리 회복될 것입니다. 어머님은 너무 염려하지 마소서."

진 부인이 그제야 연고를 듣고 웃으며 말하였다.

"몽창의 행동이 자못 그르나 어찌 그처럼 매우 쳐서 병이 위중하다고 하느냐?"

태사가 좋은 말로 위로하였다.

몽창이 10여 일이 된 후 곡기를 그치고 병이 위중하니 부마가 어찌할 줄을 모르더니 몽창이 겨우 입을 열었다.

"아버님은 감히 바라지 못해도 숙부나 보게 해 주소서."

부마가 즉시 편지로 소부를 청하니 소부가 번(番)을 동료 관리와 교체하고 나왔다. 부모를 뵙고 서당에 와 시랑을 보니 영걸스러웠던 풍채가 다 사라져 해골이 되어 있었고 눈을 감고서 인사를 차리지 못하고 있었다. 소부가 크게 놀라 이에 그 상처를 보니 차마 보지 못할 정도였다. 매우 놀라 눈물을 흘리고 그 손을 잡아 일렀다.

"아침에 몽현이 보낸 서간에 네가 형님께 꾸중을 들었다고 하기에 우연히 맞았는가 하였더니 어찌 이토록 할 줄 알았겠느냐? 알지 못하겠다. 네 저지른 행동을 누가 형님께 고하였느냐?"

시랑이 겨우 일렀다.

"소질의 죄가 중하니 어찌 이에 이른 것을 한하겠나이까?"

소부가 차마 보지 못해 소매로 눈물을 씻으며 나와 승상을 보고 말하였다.

"조카 몽창이의 행동이 불과 어린 나이에 호방한 기운을 참지 못해 나온 것이거늘 어떤 사람이 형님께 말을 보태 고하여 저런 모양을 만든 것입니까?"

승상이 말하였다.

"몽창이가 비록 제 죄를 감추나 내가 어찌 몰랐겠느냐? 제 모친이 나에게 이르기에 내가 조금 태장하여 내쳤더니 현제가 어찌 과도히 구는 것이냐?"

소부가 다 듣고 대로하여 말하였다.

"조카 몽창이가 설사 그르나 형님이 아버지와 아들의 천륜으로써 차마 이 지경이 되도록 할 수 있나이까? 이 반드시 정 씨가 형수님께 고한 것이니 자기 아들을 몽창처럼 다스려 원한을 풀겠나이다."

다 말하고 나서 분노한 기운이 가득해 내당에 이르니 정 씨 숙질이 중당에서 말을 하고 있었다. 소부가 대청에 오르지 않고 중계(中階)66)에 서서 자기 아들 몽석을 잡아 내리고 종을 시켜 때리게 하며 말마다 어미 죄를 일컬었다. 혜아 부인은 웃음을 머금고 말을 하지 않았으나 정 부인은 그 뜻을 짐작하고 이에 발걸음을 움직여 중계에 서서 말하였다.

"오늘 서방님이 무슨 까닭으로 조카를 매우 꾸짖으시는 것입니까? 또 조카가 무슨 죄가 있기에 꾸지람이 조카에게 미치는 것이나이까?"

소부가 팔을 꽂고 예를 갖추어 말하였다.

"이 아이의 어미가 경솔하게 발설하여 사람을 죽게 만들었으니 이는 반드시 조카 몽창이와 원한이 있어서입니다. 그러니 그 자식을 다스려 그 죄를 다스리는 것입니다."

정 부인이 웃고 말하였다.

"서방님이 조카를 말이 없다 하고 치시더니 이제는 다시 경솔하게 발설한 죄 있다고 하나이까?"

소부가 정색하고 말하였다.

"정 씨가 소생에게는 교만하고 말이 없는 체하며 형수님께 부질없는 말을 고하여 몽창을 사지(死地)에 넣었으니 어찌 죄가 없다고

---

66) 중계(中階): 집을 지을 때에, 기초가 되도록 한 층을 높게 쌓아 올린 단.

하겠나이까?"

부인이 웃으며 말하였다.

"몽창의 행동은 고금에 없는 음란한 필부의 것이니 이 일은 마침내 숨기지 못해 한 번 드러나기는 면하지 못할 것입니다. 잠깐 다스려 잘못을 뉘우치게 함이 무엇이 잘못이라고 죄도 없는 조카를 치시는 것입니까? 첩의 낯을 보아 용서하소서."

소부가 낯빛을 바꾸고 말하였다.

"형수님이 몽창을 낳으셨다면 어찌 측은한 마음이 없나이까? 평소 어지시던 성품이 몽창에게는 홀로 박하시니 소생이 괴이하게 여기나이다."

부인이 용모를 단정히 하고 대답하였다.

"첩이 어찌 몽창 사랑이 덜하겠나이까마는 저를 사람 되게 하려고 하여 천륜의 정을 그친 것이니 서방님은 조카를 용서하소서."

그러고서 몽석을 이끌고 내당으로 들어가며 소부가 몽창 사랑함을 감격하였다.

소부가 자기 부인을 크게 꾸짖고 서당에 나와 밤낮으로 시랑을 구호하였다. 의관(醫官)이 문에 메여 몽창의 상처를 보고는 속수무책으로 물러났다.

10여 일에 이르자 상처가 썩어나며 시랑이 인사를 몰랐다. 소부가 마음이 급해 승상에게 고해 한 번 보기를 청하니 승상이 들어도 들은 체하지 않았다. 소부가 더욱 초조하여 내당에 들어가 모친에게 급히 말하였다.

"몽창이 지금 목숨이 끊어지게 생겼고 상처가 썩어 모든 태의(太醫)가 고칠 엄두를 못 내고 있거늘 형이 끝내 보지 않으니 모친은 보도록 명하소서."

부인이 놀라 승상을 불러 꾸짖었다.

"네 평소 도량이 너그럽고 크더니 무슨 까닭에 자식이 죽어가도 보지 않는 것이냐? 모름지기 들어가 보아 사생에 한이 없게 하라."

승상이 비록 불쾌하였으나 명령을 들어 생의 병소에 이르니 생이 조용히 세상모르고 이불 속에 버려져 있어 옥 같은 얼굴이 귀신의 모습이 되어 있었다. 승상이 나아가 이불을 열고 상처를 보니 온몸이 다 헤져 참으로 낫기 어려운 지경이었다. 소부와 부마 등은 눈물을 금치 못하였으나 승상은 안색이 변하지 않았다. 침을 가져 상처를 찢어 내고 약을 붙인 후 물러나 앉으니 만일 승상의 의술이 아니었다면 시랑이 회생하지 못했을 것이다. 생이 반나절 후에 숨을 내쉬고 눈을 들어 보니 승상이 자기 곁에 앉아 있으므로 눈물을 흘리고 부친 손을 잡고 말을 못 하였다. 승상이 두 눈을 가늘게 뜨고 볼 뿐이더니 잠시 후 손을 들어 그 잡은 손을 밀치고 나갔다. 시랑이 탄식하고 눈물이 얼굴에 가득하니 이는 모두 예전에 부친의 사랑이 지극했던 것을 생각해서였다.

생이 부친의 신묘한 약방문에 힘입어 두 달이 된 후 상처가 잠깐 나은 듯하고 덜 아팠다. 바야흐로 심사가 우울한 듯하였으므로 부마가 곁에 앉아서 모든 아우를 거느려 밤낮으로 위로하였다. 소부가 또한 생을 붙들어 보호하는 것이 마치 강보의 어린아이처럼 하니 몽창이 잠깐 마음이 누그러져 석 달이 된 후 상처가 어지간하게 아물었다. 그러나 시랑이 오래 부모를 뵙지 못하였으므로 마음이 슬펐다.

하루는 서숙(庶叔) 문성을 시켜 옷을 입히라 하여 막대를 짚고 일어나니 몸이 떨리고 다리가 아파 능히 움직이지 못하였다. 그러나 겨우 참고 서헌에 이르니 승상이 생을 보고 발끈 성을 내며 소매를 떨쳐 일어났다. 생이 이를 보고 슬프고 황공하여 누각헌에 들어가니 태사가 절절히 꾸짖어 소 씨를 아내로 맞이한 일이 불가함을 이르고 뉘우칠 것을 경계하였다. 생이 고개를 조아려 죄를 인정하였다. 물러나 모친 침소에 이르니 정 부인이 문을 굳이 닫고 시녀 영매가 협문 틈으로 고개를 내밀고 일렀다.

"부인이 이르시되, '네가 풍교(風敎)를 더럽히고 무슨 낯으로 나를 보려 하느냐? 내 차마 네 어미가 되어 네 얼굴 보기를 원하지 않으니 빨리 돌아가고 오지 마라.'라고 하셨나이다."

생이 눈물을 머금고 일렀다.

"내 비록 죄와 허물이 있으나 부모님께서 이렇듯 하시니 어찌 세상에 머물고 싶겠느냐? 원컨대 모친께 고하여 내 죄를 용서하시라고 전하라."

영매가 들어가더니 또 나와서 일렀다.

"부인께서 노한 기색이 엄하시어 비자 등을 꾸짖으시니 상공은 돌아가시어 부인 노기를 돋우지 마소서. 부인의 분노가 가라앉은 후에 들어오시는 것이 다행일까 하나이다."

생이 하릴없어 정당에 들어가 진·유 두 부인을 뵈니 두 부인이 크게 반기고 기뻐하며 일렀다.

"네 아비가 예의를 굳게 잡은 까닭에 너를 태장하였구나. 노모가 밤낮으로 근심하더니 이제 네가 무사히 회복하였으니 다행이구나."

생이 절하고 말하였다.

"불초 소손이 죄를 풍교에 얻어 아버님께 책망을 얻었으나 어찌 원망하고 한하겠나이까마는 이제 부모님이 다 소손을 용납하지 않으시니 소손이 어느 낯으로 사람을 대할 수 있겠나이까?"

부인이 위로하였다.

"네 부모가 너를 개과시키려 하므로 용납하지 않은 것이나 부자

(父子) 천륜으로 어찌 매양 그러하겠느냐? 너는 안심하고 이후에는 뉘우치고 스스로 몸가짐을 바르게 하여 그른 일이 없게 하라. 또 네 기운이 지금도 허함이 심할 것이니 잘 조리하라."

생이 사례하고 물러나 생각하되, 부모가 자기를 용납하지 않을 줄로 알아 마음이 평안하지 않아 병 위에 병이 되어 신음하였다.

하루는 홀연히 생각하였다.

'내가 한낱 소 씨 때문에 인륜에 죄인이 되었으니 한 아내를 마음에 두어 부모 안전에 못 들어가면 되겠는가?'

이렇게 생각하고 서간을 닦아 창두에게 주어 호광 땅으로 보냈다.

이때 승상이 생의 병이 나았음을 기뻐하였으나 내색하지 않더니 하루는 무평백이 물었다.

"이제 형님이 몽창을 꾸짖으셨는데 소 씨를 어떻게 하려 하시나이까?"

승상이 오래 묵묵히 있다가 일렀다.

"저 여자가 여느 사람과 달라 환관의 천한 족속이니 내 차마 며느리 항렬에 둘 뜻이 없어 진실로 처치하기를 어렵게 여기노라. 노 태감 적질임이 분명한지 연성에게 물으려 해도 그러면 연성이 내 말을 몽창에게 일러 그 마음을 더욱 방자하게 할 것이니 함구하고 있었던 것이다. 현제(賢弟)가 모름지기 조용히 그 여자의 근본을 물어 보라."

무평백이 명령을 듣고 이에 서당에 가 말하다가 물었다.

"네 소 씨 때문에 100여 장을 맞고 목숨이 위태하였더니 내 오늘에야 일을 알고서 너에게 묻노라. 소 씨는 어떤 사람이며 그 얼굴이며 행동이 어떠하냐?"

생이 탄식하고 대답하였다.

"소질이 소 씨 때문에 부모 안전에 죄인이 되었으니 그 가문의 어젊과 어질지 않음을 의논하여 무엇하겠나이까?"

무평백이 말하였다.

"그렇지 않다. 네가 비록 부모에게 고하지 않고 아내를 맞이하여 매를 맞았으나 그 일은 버리지 못할 것이니 나에게 이르라."

생이 대답하였다.

"소질이 이미 죄를 입었으니 어찌 숙부 안전에 숨기겠나이까? 상 씨의 장사를 지내고 오다가 호광 땅에 이르러 숙부가 찬 바람을 쐬어 잠깐 조리하시거늘 마음이 울적하여 산에 올라 거닐다가 우연히 소 씨가 있는 정자에 이르러 소 씨를 보았나이다. 그 얼굴은 다시 이를 것이 없고 팔덕(八德)이 눈썹에 드러난 것을 흠모하여 잠깐 시험 삼아 말하였더니 소 씨의 행동과 유모의 말이 이러이러했나이다. 소질이 듣고 돌아왔더니 조모 침소에서 팔찌를 얻어 괴이하게 여기다가 호광에 가 또 이리이리하여 며칠 동안 소 씨 집에 있다가 돌아왔습니다. 돌아올 적에 소 씨의 출신과 관련하여 노 부인의 말을 듣고 괴이하게 여겨 소 씨에게 물으나 소 씨가 입을 열지 않으니 노 태감에게도 묻지 못하였나이다. 소 씨의 부친은 소 처사라 했나이다."

무평백이 일렀다.

"네 이제 소 씨를 어찌하려 하느냐? 그 용모가 누구와 닮았느냐?"

몽창이 대답하였다.

"친영한 지 이틀 만에 떠났으니 어찌 알겠나이까마는 그 현숙함은 공주께 지지 않은가 싶나이다. 그러나 부모님이 그릇 여기시니 어찌 소 씨를 마음에 두겠나이까? 며칠 전에 절혼(絶婚)하는 글을 만들어 보냈나이다."

무평백이 놀라 꾸짖었다.

"소 씨가 너와 초례를 지내고 혼인을 하였으니 어찌 까닭 없이 개가할 것이라고 망령되게 굴었느냐?"

생이 말하였다.

"소 씨가 개가하나 안 하나 소질의 입장에서는 부모님이 허락하지 않는 처자니 어찌 소질이 소 씨의 사정을 돌아보겠나이까?"

무평백이 웃고 서헌에 이르러 몽창의 말을 한바탕 설파하여 고하니 승상이 또한 어이없어 웃고 일렀다.

"몽창이 이렇듯 정신이 나갔는가? 정설을 지키고 바른 여자를 제 마음처럼 여겨 개가하라 하니 이런 일이 어디에 있는가? 또한 위인이 어설픈 양하여 어찌 노 부인의 손녀인지 딸인지를 분간하지 못하는고?"

그러고서 잠자코 있더니 석양에 죽설각에 들어가니 부모가 함께 있으므로 승상이 평안히 시립하고 있다가 모친에게 물었다.

"어머님이 자금 팔찌를 몽창에게 주셨나이까?"

부인이 말하였다.

"몽창이 이곳에 와서 자금 팔찌를 내어 이리이리 하기에 노모가 또 옛날 꿈을 생각하고 저에게 주었더니 네가 묻는 것은 어째서냐?"

승상이 이에 몽창의 전후수말을 자세히 고하고 일렀다.

"소 씨가 이미 노 태감의 적질이라 하니 일이 이에 이른 후에는 버리는 것이 의리가 아니라 거두려 하오니 부모님의 명을 청하나이다."

태사가 일렀다.

"소 씨가 이미 노 태감의 친질이라도 몽창이 아내로 맞은 후에는 버리지 못할 것이거늘 하물며 적질임에랴. 제 말을 들으니 소 씨가 현숙한가 싶으니 빨리 소 씨를 맞이하도록 하라."

승상이 절하고 말하였다.

"밝으신 가르침이 마땅하시니 그대로 하겠지만 아직 잠깐 늦추어 몽창이 채 깨닫기를 기다리사이다."

태사가 고개를 끄덕이고 유 부인이 감회에 젖어 말하였다.

"옛날 선군(先君)의 가르치심이 오늘 맞았구나. 몽창이 소 씨와 우연한 인연이 아니니 자금 팔찌가 합한 것이 기특하구나. 너는 몽창과 소 씨가 하늘이 정해 준 인연인 줄 생각하여 몽창이를 과도하게 꾸짖지 마라."

승상이 절하며 명령을 듣고 물러났다.

각설. 소 씨가 이 어사를 보내고 낯빛이 찬 재와 같아 옥침(玉枕)에 비겨 말을 하지 않으니 운아가 나아가 말하였다.

"오늘 소저께서 근심하시는 것은 무슨 까닭이 있어서입니까? 아니면 신혼에 이별한 것을 슬퍼해서입니까?"

소저가 잠시 있다가 말하였다.

"어미가 어찌 이런 말을 하는가? 내 평생을 알 수 있어서 이런 까닭에 근심을 이기지 못하겠노라."

운아가 말하였다.

"소저가 어찌 이런 말씀을 하시나이까? 이 어사의 풍채가 신선과 같으므로 소저의 평생이 탄탄할 것이니 근심할 것이 있겠나이까?"

소저가 탄식하고 말하였다.

"어미는 한갓 얼굴이 곱고 말이 빛나는 것을 기특한 것으로 아는가? 이생이 행실이 패악한 것은 이르지도 말고 은근히 그 부모 몰래 혼인을 하였으니 그 부모가 안다면 어찌 나를 용납하겠는가? 내 당초 정한 뜻은 이생에게 모욕을 당한 이상 규방에서 평생을 늙으려 하였네. 그러나 할머님이 혼인을 하라 하시니 차마 내 마음을 고하지 못해 편안히 낯을 들어 이생을 좇은 것이네. 훗날 이생이 날을 구렁에 넣은 후에 일이 그칠 것이니 유모는 훗날을 보게나."

운아가 말하였다.

"이 상공이 부모에게 고하지 않고 혼인한 줄을 어찌 아셨나이까?"

"자기 스스로 일렀으므로 내가 들었노라."

운아가 말하였다.

"설사 이 어르신이 부모에게 고하지 않고 혼인하셨으나 이 어르신의 부모님이 소저를 보신다면 소저께서 어찌 사랑을 받지 않겠나이까?"

소저가 말하였다.

"어미는 우스운 말을 말라. 내 어찌 시부모의 사랑을 바랄 것이며 또 예의를 조금이라도 마음으로 깨친 분이라야 그 아들을 다스릴 수 있지 않겠는가?"

운아가 역시 탄식하였다.

몇 달 뒤에 소 상서가 풀려났다는 기별이 이르렀다. 집안사람들이 크게 기뻐하고 소저는 하늘을 우러러 사례하며 부모를 기다렸다.

며칠 뒤에 경사의 이씨 집안 종이 이르러 서간을 올렸다. 소저가 조모를 모시고 중당에 있더니 노 부인이 급히 뜯어보니 다음과 같은 내용이었다.

'모월 모일에 이몽창은 어진 소 소저에게 두 번 절하고 공경하여 올리오. 우리가 한 번 손을 나눈 후 산과 내가 가리고 파랑새가 서신을 전하지 않으니 생의 마음을 어디에 부칠 수 있었겠소? 당초에 두 팔찌가 기이하게 만난 것을 믿어 부모께 고하지 않고 그대를 취하였더니 지금 부모의 책망이 엄하시니 내 사사로운 정으로 그대를 거두지 못할 것이요, 내 또 그대로 허명은 부부지만 이렇게 될 줄 짐작하고 정을 맺지 않았으니 조금도 구애될 것이 없소. 혼서를 도로 보내고 그대는 다른 옥랑(玉郎)을 잘 맞아 일생을 즐겁게 누리기를 바라오'

노 부인이 다 보고 크게 놀라 소저에게 주어 서간을 보라 하니 소저가 공손히 받아 서간을 다 본 후에 문득 웃고 말하였다.

"사람의 팔자가 괴이하니 고금에 희한한 말과 천고에 없는 실성한 사람을 보았나이다."

드디어 홍벽을 불러 혼서(婚書)와 채단(采緞)을 내어다가 단단히 봉해 이씨 집안 종을 주라 하니 노 부인이 일렀다.

"네가 얼음 같은 자태와 옥 같은 자질을 가지고 어찌 이씨 집안의 버린 사람이 되어 삼오 꽃다운 얼굴로 빈 규방에서 늙을 수 있겠느냐? 어사의 조모가 내 집에 와서 지냈고, 이 승상이 네 부친으로 막역지우니 네 아비가 오기를 기다려 이런 일을 처리할 것이니 빙물을 머물러 두어라."

소저가 대답하였다.

"소녀가 들으니 승상은 현명한 군자라 반드시 소녀를 버리지 않을 것이로되 이생이 부모의 책망을 듣고 역정하여 혼서를 찾는가 싶으니 혼서를 머물러 둔다면 남이 그 구차함을 비웃을 것입니다. 그러니 혼서를 설사 보낸들 이씨 집안이 소녀를 버리지 않으려 하면 혼서를 보냈다 하여 아니 찾을 것이며, 이 혼서를 집에 둔들 이씨 집안이 소녀를 버리려 하면 어찌할 수 있겠나이까?"

노 부인이 웃고 말을 못 하니 홍벽이 혼서를 내어다가 이씨 집안 종에게 주며 까닭을 물으니 종이 시랑이 부모의 책망 들은 것을 이르고 답간 써 줄 것을 청하였다. 홍벽이 들어가 고하니 소저가 말하였다.

"너는 다음과 같이 이르라. 입이 있어도 할 말이 없고 어찌할 수가 없다고 하라."

홍벽이 이대로 나와 전하니 종이 이 말을 듣고 하릴없어 경사로 갔다.

이때 노 부인이 소저를 붙들고 슬피 울며 말하였다.

"네 부모를 하늘 끝에 보내고 너를 겨우 길러 혼인을 시켰는데 이렇게 될 줄 어찌 알았겠느냐?"

소저가 안색을 화평히 하고 위로하였다.

"소녀가 이 군을 좇던 날 벌써 이런 일이 있을 줄 알았으니 어찌 새롭게 놀라겠나이까? 당초에 이 군이 이 지방의 순무어사로 와 가득한 공사(公事)를 잊고 처자를 구하되 부모를 속이고 멋대로 혼인하니 소녀가 이미 알았으나 차마 처자의 몸으로 이런 말을 못 하고 순순히 이 군을 좇았던 것입니다. 그 사람됨이 실성한 막된 사람이라 소녀의 운명이 기구하고 운수가 험하여 부모를 어린 나이에 이별하고 조모의 기르심을 입어 장성하였는데 의외에 이생 같은 예의, 염치를 모르는 신망 없는 사람을 만났으니 이 또 소녀의 팔자니 누구를 원망하겠나이까? 이제 이씨 집에서 혼서를 찾아 가서 소녀는 기쁩니다. 일생을 부모를 모시고 고요히 늙으면 이만큼 시원한 일이 없을 것이니 할머님은 부질없는 염려를 마소서."

노 부인이 소저의 한바탕 상쾌한 말을 듣고 크게 기뻐 소저를 어루만지며 일렀다.

"너의 마음이 이렇듯 상쾌하니 노모의 막힌 흉금이 열리나 네가 빈 방 지키는 것을 차마 어떻게 보겠느냐?"

소저가 웃고 말하였다.

"소녀가 본디 뜻이 물외(物外)에 벗어나고 하물며 이랑의 부정(不貞)한 말과 음탕한 거동을 백 년을 보지 않아도 그리워하지 않을 것이니 잠자코 나중을 보소서."

드디어 침소에 돌아오니 운아가 맞이해 울며 일렀다.

"접때 소저가 이씨 어르신을 의심하시기에 제가 과도하다 여겼더니 이제 마침내 소저의 말씀이 맞을 줄을 어찌 알았겠나이까? 이제 장차 소저께서는 일생을 어찌하려 하시나이까?"

소저가 미소를 짓고 말하였다.

"이는 적은 일이니 어미는 근심하지 마라. 훗날 내 이 군 때문에 목숨을 보전하기 어려울 것이니 차라리 나를 찾지 않는 것이 참으로 시원한 일일 것이네."

운아가 말하였다.

"소저가 어찌 남을 너무 의심하시나이까? 이씨 어르신의 소저 향하신 정이 태산 같으시니 어찌 소저를 버리겠나이까마는 이는 모두 그 부모의 책망을 두려워해서입니다."

소저가 다만 웃고 말을 안 했다.

이날 밤에 한 꿈을 얻으니 홀연 방문이 열리며 한 여자가 들어와 앉았다. 소 씨가 놀라서 눈을 들어 보니 빼어난 기질이 비할 데가 없었다.

"그대는 어떠한 사람인가?"

그 여자가 손을 들어 말하였다.

"나는 다른 사람이 아니라 경사 이 어사의 처 상 씨이니 이제 한 말을 소저에게 고하려 합니다."

소저가 놀라 생각하였다.

'이생이 아내를 얻지 않았다 하더니 이 사람의 말이 어찌 이러한고?'

이에 답하여 말하였다.

"첩은 이 씨에게서 버려진 사람이라 부인이 무슨 말을 하시고 싶은 것이오?"

상 씨가 눈물을 뿌리고 일렀다.

"첩이 이 어사를 만난 지 두 해째 봄에 지하로 돌아갔으니 서러운 한이 가슴에 박혔으니 이를 어디에 비하겠나이까? 요행히 골육이 세상에 있는데 행여 계모가 어지지 못할까 영혼이나 염려하더니 소저의 현숙하심이 극진하여 첩이 사정을 고하는 것이니 불쌍히 여기소서. 그러나 부인의 운수가 참혹할 것이니 그 몸을 보전치 못할 듯하기니와 첩의 힘이 닿는 대로 소저를 돕겠나이다."

또 곁에 있는 미녀를 가리키며 말하였다.

"아무 때라도 이 아이가 드리는 음식을 먹지 마소서."

소 씨가 다 듣고 넋이 놀라 몸을 일으켜 절하고 말하였다.

"첩은 이씨 집안에서 버린 인생이거늘 부인의 유령이 이렇듯 밝히 가르치시니 삼가 따르려 하나 어디에 가 이를 알 수 있으리오?"

상 씨가 대답하였다.

"오래지 않아 이씨 집안에 들어가실 것이니 근심하지 마소서. 이 승상은 군자이시니 어찌 여자에게 원한을 끼칠 것이며 시어머니 정부인은 고금에 없는 여자니 소저 일생은 평안할 것입니다. 다만 어사의 위인이 다른 사람과 다르니 부인에게 긴 날에 애를 많이 썩일 것입니다. 모름지기 제 말을 잊지 마소서."

말을 마치고 홀연히 간 데가 없었다.

소 씨가 놀라 깨어 꿈의 일을 생각하고 참으로 괴이하게 여겨 생각하였다.

'이 군이 원래 정실이 죽고 나를 후실로 취한 것이로다. 내 평생에 이런 일을 괴이하게 여겼더니 내가 당할 줄을 어찌 알았겠는가? 상 씨가 만일 살아 있었다면 나와 함께 지냈을 것이다.'

이처럼 생각하고 이생을 더욱 한스럽게 여겼다.

소저가 이후로는 색이 없는 깁옷을 입고 심규(深閨)에 있으면서 심사가 자연히 우울하여 근심에 잠긴 눈썹을 피하지 못하니 운아가 크게 불쌍히 여겨 위로하였다.

"소저는 이씨 집안으로부터 버려짐을 슬퍼 마소서. 어르신이 들어오시면 잘 처리하실 것입니다."

소저가 탄식하고 말하였다.

"나는 이씨 집안에서 날 찾지 않음을 다행히 여기니 어찌 버려짐을 염려하겠는가? 내 근심하는 바는 앞일을 생각해서라 스스로 간담이 서늘하니 어찌 이럴 수가 있겠는가?"

운아가 말하였다.

"훗날 이밖에 무슨 다른 일이 있겠나이까?"

소저가 길이 탄식하고 말하였다.

"어미는 두고 보게. 내 몸이 천 길 구렁에 빠지는 것은 오히려 작은 일일 것이네."

그러고서 탄식하더니 홍아가 밖에서 들어오며 고하였다.

"상서 어르신의 행차가 5리 장정(長亭)[67]에 와 계신다 하나이다."

소저가 다 듣지도 않고서 넋이 아득하여 정신없이 내당으로 들어갔다.

---

67) 장정(長亭): 예전에, 먼 길을 떠나는 사람을 전송하던 곳.

쌍천기봉 卷 8

이몽창은 우여곡절 끝에 소월혜와 혼인하고
소월혜는 모함을 당해 이몽창의 박대를 받다

차설. 소 상서가 적거(謫居)한 지 10년이 되었다. 독부 여운이 대접을 극진히 했으므로 몸은 평안하였으나 고향에 다시 돌아가 조정에 조회하지 못하고 자당에게 절할 길이 아득하였으므로 구름 낀 아침과 비 내리는 저녁에 북쪽을 바라보며 남아의 눈물이 소매에 젖음을 깨닫지 못하고 자기의 운수가 기박함을 슬퍼하였다.

세월이 물 흐르듯 하여 중양절이 되자 아들 형이 호광에서부터 왔다. 상서가 바삐 불러서 보니 공자가 이미 머리에 관을 쓰고 얼굴과 풍채가 미진한 점이 없으니 상서가 기쁘고 슬퍼하며 모친의 존후(尊候)를 묻고 월혜 소저의 안부를 물었다. 공자가 일일이 응대하고 노부인과 소저의 글월을 올렸다. 상서가 뜯어서 보니 노 부인의 수없는 회포와 그리워하는 사연이 자식의 효성스러운 마음을 베었으며 또 위 씨의 아름다움을 일렀으니 상서가 새로이 슬픈 마음을 이기지 못하고 말하였다.

"내 하늘에 죄를 얻어 편모(偏母)께 불효를 이렇듯 끼쳤으니 지하에 돌아가 어느 낯으로 선친을 뵙겠는가?"

장 부인이 월혜의 서간을 붙들고 오열하며 일렀다.

"저를 강보에 두고 이렇듯 하늘 한 가에 돌아와서 눈을 감으면 앞에 있는 듯 보이더니 제 이미 성장하여 행동거지가 성녀(聖女)의 풍모가 있다 하니 어느 날 어느 때에 서로 만나볼꼬?"

공자가 재삼 위로하니 상서 부부가 공자를 데리고 잠깐 마음을 놓아 두어 해를 보냈다.

홀연 석방한다는 명령이 내려오니 상서가 놀라기도 하고 기뻐하기도 하며 향안(香案)[68]을 배설하고 전지(傳旨)를 받으니 성은에 감격하여 머리를 두드려 북쪽을 향해 사은하였다. 이에 모친의 편지를 보니 월혜 소저가 이몽창과 결혼하였음을 일렀으므로 상서가 놀라고 기뻐하며 일렀다.

"내 경사에 있을 적에 이몽창의 재주가 남보다 뛰어남을 사랑하더니 이제 월혜의 가부(家夫)가 되었으니 어찌 기특하지 않은가?"

드디어 행장을 차려 길을 나니 여 독부가 잔치를 크게 열어 전송하였다. 상서가 재삼 은혜에 감사하며 말하였다.

"복(僕)이 패군한 죄인으로 명공(明公) 막하의 소졸(小卒)이 되었거늘 명공께서 대접을 제 바람보다 넘치게 하시고 이제 잔치를 베풀어 송별하시니 은혜를 잊기가 어렵나이다. 훗날 풀을 맺어 갚기를 원하나이다."

독부가 사양하며 말하였다.

"명공은 대조정의 충신으로 마침 시운이 불행하여 소관이 있는 곳에 이르러 계셨으나 소관은 한낱 무관이라 어찌 명공을 공경하지 않으리오? 그러나 10년을 함께 따르다가 명공께서 하루아침에 떠나시게 되었습니다. 소관은 경사로 갈 길이 멀었으니 어찌 서운하지 않겠나이까?"

---

68) 향안(香案): 제사 때에 향로나 향합(香盒)을 올려놓는 상.

상서가 역시 슬퍼하고 술이 거나하게 취해 시를 지어 읊으니 다음
과 같았다.

　　작은 몸이 재주 없어,
　　만군을 구렁에 넣었도다.
　　스스로 사람 보기를 부끄러워하거늘
　　군상께서 죄를 내리셨으니
　　변새의 병졸이 되었는지라
　　머리를 돌려 눈물을 흘리는도다.
　　산과 바다를 지나오니
　　독부의 은혜가 두텁도다.
　　십 년을 머물다가
　　오늘 고향에 돌아가니,
　　기쁘고 기쁨이 마음에 가득하거니와
　　은인을 깊이 생각하고
　　피눈물을 흘리노라.
　　무양하고 늙지 아니하여
　　원컨대 다시 만나고 싶노라.

상서가 맑은 목소리로 느릿하면서도 맑게 읊으니 소리가 매우 슬
펐다. 좌우의 사람들이 느껴 슬퍼하고 상서가 다 읊고 슬피 눈물을
흘리며 말하였다.

"복이 명공을 오늘 떠남에 정이 맺혀 참지 못해 당돌함을 잊고 한
수의 시를 한 폭에 고하니 명공은 복의 정성을 밝히 아소서."

독부가 역시 눈물을 머금고 말하였다.

"명공은 진실로 의리와 정이 두터운 사람입니다. 명공이 주옥같은
글로 이 무부(武夫)를 과도하게 칭찬하셨으니 차운(次韻)이 없지 못
할 것이나 무부가 시를 모르니 원컨대 내 노래를 불러 정을 보내겠

나이다."

드디어 옥젓가락으로 술병을 치며 노래를 부르니 그 노래는 다음
과 같았다.

성인이 때를 만나지 못함이여
몸이 더러운 땅에 떨어졌도다.
소진(蘇秦)과 장의(張儀)[1]처럼 붓대를 잡아 문장을 닦을 것이어늘
간신이 임금의 총명을 가려 대장을 삼았도다
평소에 군법을 모르니 어찌하겠는가?
일만 군사가 장평(長平)의 화[2]를 만나고
군사가 변새에서 수자리를 사니 끝없는 외로움을 겪었도다.
천도는 어진 사람을 도우니 금의환향하게 되었구나.
이 무부는 수족을 잃은 듯하니
원컨대 잊지 말지어다.

독부가 다 부르니 상세가 낯빛을 고치고 사례하며 말하였다.

"복은 패군한 죄인이거늘 어찌 이처럼 과도한 칭찬을 감당하겠나
이까?"

말이 끝나기 전에 소 공자가 이르러 길을 재촉하니 상서가 바삐
독부와 이별하고 길에 올랐다. 이에 독부가 적잖은 군졸을 거느려
10리 장정(長亭)에까지 가 배송하고 돌아갔다.

소 상서가 10년의 옛 한을 다 떨쳐 버리고 네 마리 말이 끄는 수
레를 타고 벼슬이 올라서 떠나 자당 앞에 절하고 싶은 마음이 급해
채를 쳐 호광에 이르니 노 태감이 5리 장정에 나와 맞이하였다.

---

1) 소진(蘇秦)과 장의(張儀): 중국 전국시대의 유세객.
2) 장평(長平)의 화: 중국 전국시대에 조(趙)나라의 조괄(趙括)이 진(秦)나라의 장수 백기
(白起)에게 속아 장평(長平)에서 대패한 일을 이름.

상서가 태감의 손을 잡고 노친을 편히 모신 것을 재삼 사례하고 집에 이르렀다. 노 부인과 월혜 소저가 바삐 내달아 장 부인과 상서를 붙들고 목 놓아 우니 상서 부부가 정신이 없어질 듯하고 목이 메어 눈물이 자리에 고였다. 한참 동안이나 말을 못 하다가 상서가 먼저 모친을 말리고 죄를 청하며 말하였다.

"소자가 불효가 막심하여 한 몸이 먼 귀양지의 군졸이 되어 이생에 다시 존인(尊顔)을 뵈올 줄 밀시 못했습니다. 그랬더니 이관성의 덕을 힘입어 천은이 망극하시어 오늘 고향에 돌아와 모친을 뵈오니 몇 년 맺힌 한이 풀립니다. 그러하거늘 어머님은 어찌 슬퍼하시나이까?"

부인이 눈물을 거두고 일렀다.

"네 어미의 팔자가 기박하여 선군(先君)을 여의고 너만 의지하고 있었더니 뜻밖에도 귀양을 가게 되어 이제 10년이 되었구나. 아침 구름과 저녁 비에 애를 썩이더니 이제 널 보니 무슨 한이 있겠느냐?"

상서가 재삼 위로하고 이에 딸아이를 보니 소저가 모친 무릎 위에 엎드려 기운이 막혔으므로 상서가 바삐 나오게 해 머리를 쓰다듬으며 일렀다.

"우리 생전에 부녀가 모였거늘 어찌 기뻐하지 않고 과도히 구는 것이냐?"

소저가 바야흐로 정신을 진정하여 눈을 들어 부모를 보고 반가움이 지극하여 도리어 일 천 줄 눈물이 옥면(玉面)을 덮어 흘러내렸다.

"소녀가 죄가 심하여 어려서 부모를 이별하고 이때까지 존안을 알지 못해 스스로 운명의 험함을 서러워하더니 오늘 뵈오니 죽어도 한이 없겠나이다."

상서가 친히 그 눈물을 씻으며 위로하고 얼굴을 보니 눈이 한 쌍의 해를 걸어둔 듯, 두 짝 옥 같은 뺨이 일만 광채를 머금었으니 어찌 연꽃과 모란에 비할 바이겠는가. 신장과 두 어깨가 두루 특출하여 고금에 비할 사람이 없으니 상서가 기쁨이 가득하여 등을 두드려 기뻐하고 장 부인이 소저의 손을 잡고 오열하며 말하였다.

"우리가 너를 어린 나이에 버려두고 머나먼 변방에 돌아갔으나 어찌 잠시라도 너를 잊었겠느냐? 그러나 네 부친의 죄가 심상치 않아 이생에 고향에 돌아오기를 바라지 못하더니 네가 이제 이렇듯 장성하였으니 우리가 부모 되어 너에게 무슨 은혜를 끼친 것이 있었겠느냐?"

상서가 부인의 슬퍼함을 말리고 바야흐로 전후 지내던 바를 베풀어 이별의 회포를 푸니 날이 저무는 줄 깨닫지 못하였다.

상서가 위 씨의 거처를 부인에게 물으니 부인이 말하였다.

"저 집에서 네가 오거든 신부의 예를 하려고 하였느니라."

상서가 또 이몽창의 위인을 물으니 부인이 손을 저으며,

"묻지 마라. 노모가 월혜의 일생을 마쳤으니 무슨 말을 하겠느냐?"

라고 하니 상서 부부가 크게 놀라 바삐 물었다.

"이 무슨 말씀입니까?"

부인이 말하였다.

"다른 일이 아니라 옛날 운아가 얻은 팔찌를 내 궤에 넣어 두었더니 하루는 그 기운이 월혜에게 보였으므로 노모가 전날 선군의 꿈을 생각하고 월혜를 주어 아무나 자금 팔찌 한 짝 가진 사람으로 월혜의 배필을 정하려 하였느니라. 그런데 올 봄에 몽창이 자금 팔찌 한 짝을 가지고 이르러 저의 조모의 꿈이 이러이러하고 그 기운이 자기 눈에 보이던 줄을 말하거늘 노모가 두 짝 자금 팔찌를 한 데 놓고

보니 참으로 한 쌍이었다. 그래서 노모가 조금도 의심을 하지 않고 혼인을 허락하였더니 이제야 들으니 몽창이 관성에게 이르지 않고 월혜를 아내로 맞이하였다고 하더구나. 관성이 몽창을 매우 치고 월혜를 며느리의 항렬에 넣지 않고 몽창이 접때 서간을 보내 혼서를 찾아 갔다. 그런 일이 어디에 있으며 이는 월혜의 일생을 마친 것이 아니겠느냐?"

그러고서 이씨 집안의 종이 이르던 말을 하니 상서가 다 듣고 크게 놀라 말하였다.

"몽창이 부모에게 고하지 않고 멋대로 혼인한 것은 성교(聖敎)에 크게 어긋난 일입니다. 이관성은 의리를 깊이 생각하는 군자라 그 아들을 때려 버릇을 고치려 한 것은 괴이하지 않습니다. 그러나 의리를 끊고 혼서를 찾아 간 것은 그 사이에 곡절이 있어서일 것입니다. 소자가 경사에 나아간 후 천천히 자세히 알아 잘 처리할 것이니 모친은 염려하지 마소서."

그러고서 다른 말을 하다가 물러와 쉬었다.

다음 날 위 씨가 이르러 시부모에게 폐백을 드리니 법도가 여유가 있고 용모가 수려하였으니 상서 부부가 기쁨을 이기지 못하였다.

소 공이 이틀을 쉰 후 가솔을 거느려 경사로 갈 적에 노 태감에게 금은과 비단을 주어 그 은혜에 사례하고 밤낮으로 길을 가 북경에 이르러 교외에 숙소를 잡고 잠깐 쉬었다.

이때, 이 시랑이 소 씨가 봉채(封采)[3] 보낸 것을 보고 자연히 안색이 달라졌다. 부마가 마침 있다가 답서를 내라 하니 노자가 대답하였다.

---

3) 봉채(封采): 혼인 전에 신랑 집에서 신부 집으로 채단(采緞)과 예장(禮狀)을 보내는 일. 또는 그 채단과 예장.

"부인이 말씀을 전하시되, '입이 있으나 할 말이 없고 어찌할 수 없다.'라고 하신 외에는 다른 말씀도 서간도 없나이다."

부마가 다 듣고 탄식하며 말하였다.

"제수씨의 큰 덕이 이와 같으시니 보지 않아도 알겠도다. 네 어찌 부모를 역정한 듯이 봉채를 찾아 왔느냐?"

시랑이 대답하였다.

"부모님이 소제(小弟)를 소 씨 때문에 꾸짖으셨으니 소 씨를 어찌 편안히 데리고 살겠나이까?"

부마가 대답하지 않았다.

시랑이 수십 일 누워 있으나 더 덧나고 심사가 우울하여 겨우 몸을 일으켜 발걸음을 움직여 조금씩 나아가 승상을 뵈었다. 그러나 승상이 기상이 엄숙하여 본 척을 하지 않으니 시랑이 두려워 대청 끝에 날이 저물도록 모시고 있었다. 그러고서 침구를 옮겨 와 모시며 사죄하니 승상이 그 거동을 보았으나 알은 체하지 않고 눈을 조금도 돌려 보지 않았다.

시랑이 부친의 내쫓는 명령이 없는 것을 다행으로 여겨 이후엔 밤낮으로 부친을 모시고 지극히 조심하며 있으니 승상이 이를 알아보았으나 묻지 않았다. 생이 더욱 상심하여 내당에 이따금 들어가나 정 부인이 보지 않으니 슬픔을 이기지 못하였다.

승상이 소 상서 일가가 교외에 왔다는 말을 듣고 크게 반겨 무평백 등과 함께 교외에 나가 소 공을 보니 서로 반김을 이기지 못하였다. 승상이 먼저 앞을 향해 사례하며 말하였다.

"현형이 간사한 사람의 해를 입어 10년을 변방에서 고초를 겪고 오늘 고향에 돌아왔으니 소제 등의 기쁨이 지극합니다."

소 공이 사례하였다.

"학생이 국가의 큰 죄를 지은 죄인으로 살아 돌아올 기약이 없었거늘 명공의 바다와 같이 큰 덕으로 다시 옛 땅에 돌아와 모자가 한 집에서 모였으니 현형의 높은 덕을 자나 깨나 마음에 새겨 잊지 못하였나이다. 전후(前後)에 이씨 집안의 은혜를 입은 것이 적지 않아 소제가 풀을 맺어 갚을 뜻이 있거늘 이렇듯 멀리 와서 보시고 위로해 주시니 감격함을 이기지 못하겠나이다."

승상이 공손히 사양하였다.

"현형이 높은 재주를 지녔으나 10년을 먼 귀양지에서 곤핍하게 있었습니다. 오늘 돌아오신 것이 오히려 늦었으니 어찌 과도한 예를 차리시나이까?"

무평백 등이 또한 사례하였다.

"자모께서 영대인(令大人)께 은혜를 두텁게 입으셨으니 저희가 명공을 숙부와 다름이 없이 믿었더니 뜻밖에 변방에 귀양 가셨으니 마음이 항상 슬펐습니다. 이제 무사히 돌아오셨으니 지금부터는 예전처럼 즐길 것이니 기쁨을 이기지 못하겠나이다."

소 상서가 기뻐하며 사례하였다.

소 공이 대궐에 이르러 죄를 청하니 임금이 이끌어 보아 지극히 위로하고 호부상서에 임명하니 상서가 극히 사양하여 말하였다.

"신이 패군의 장수로서 목숨 건짐이 족하니 어찌 높은 벼슬에 거할 수 있겠나이까?"

임금이 말하였다.

"간신이 경을 그른 곳에 빠지게 하였으나 법을 가볍게 못해 경 같은 인재를 오랫동안 충군(充軍)케 하여 짐이 개탄하고 있었으니 경은 벼슬을 사양하지 말라."

상서가 성은에 감격하여 백 번 절해 사은하고 물러나 집안에 이르니 대문과 뜰이 화려하고 붉은 용마루가 엄숙하여 옛날 위풍이 있었다. 상서가 옛날을 생각하고 슬픔을 이기지 못해 일가 사람들을 편안히 있게 하고 집안을 정돈하였다.

다음 날 관복을 바르게 하고 이씨 집안에 이르러 바로 누각헌에 들어가 태사를 뵈니 태사가 크게 반겨 손을 잡고 탄식하였다.

"그대가 불행한 시운을 만나 10년을 머나먼 곳에서 풍상을 겪었는데 이 늙은이가 돌아가신 처사의 부탁을 생각하고 마음이 밤낮으로 평안치 못했도다. 그런데 이제 무사히 돌아오니 기쁨이 극하도다."

상서가 사례하고 즐겁게 말을 하다가 물러와 유 부인 뵙기를 청하니 유 부인이 중당에 나와 상서를 보고 눈물을 흘려 말하였다.

"상서를 친오빠같이 여기더니 뜻밖에 하늘 한 가의 가 살아 돌아올 기약이 아득하였으므로 밤낮 하늘에 빌어 상서가 돌아오기를 바라더니 오늘 상서를 보니 기쁘고 감격함을 이기지 못하겠나이다."

상서가 역시 감격하여 자리를 피하며 말하였다.

"소생이 죄를 저질러 천 리 밖의 군졸이 되어 다시 부인 뵙기를 믿지 못하였더니 오늘 돌아와 부인을 뵈니 소생의 마음도 다른 일과는 다릅니다."

부인이 노 부인 안부를 묻고 옛날 은혜를 사례하고 상서 저버림이 큼을 일컬었다.

유 부인이 술과 안주를 내어 와 대접하더니 상서가 유 부인에게 고하였다.

"소생이 들으니 승상의 둘째아들 몽창이 재주가 비범하다고 하니 보고자 하나이다."

유 부인이 시녀를 시켜 몽창을 부르니 시랑이 기운이 평안하지 않았으나 억지로 일어나 이에 웃옷을 입고 이르니 부인이 말하였다.

"이 분은 나의 은인 소 상서시니 자질(子姪)[4]의 예로 뵈어라."

몽창이 공경하여 앞에 나아가 절하고 말석(末席)에 앉으니 소 공이 점잖게 앉아 움직이지 않고 눈을 들어서 보니 몽창의 안색이 위엄이 있고 준수하였으니 본 바 처음이었다. 다만 낯빛이 누르러 혈색이 없으므로 한 번 보고 기뻐하는 뜻이 가득하였으나 그 행동을 마뜩치 않게 여겨 이에 말하였다.

"그대의 풍류와 빛나는 풍채를 익히 들었더니 오늘 보니 헛되지 않도다. 그러나 어찌 저렇듯 병색이 많은고?"

시랑이 대답하였다.

"소생이 여러 날 병들어 신음하여 그러하나이다."

상서가 미소를 짓고 말하였다.

"이 반드시 매를 맞아 생긴 독으로 고생하고 있는 것이니 너무 속이지 말지어다."

시랑이 놀라고 의아하여 대답하지 않으니 상서가 이에 정색하고 물었다.

"알지 못하겠도다. 그대가 나의 한 딸을 아내로 맞이하였다가 죄 없이 버린 것은 무엇 때문인고? 자세히 알고자 하노라."

생이 크게 놀라 눈으로 소 공을 보고 대답하였다.

"소생이 합하(閤下)의 따님을 아내로 맞이한 일이 없으니 이 무슨 말씀입니까?"

상서가 웃으며 말하였다.

"그대가 진실로 무지한 사람이로다. 그대가 호광 어사로 가서 노 태감을 보고 두 팔찌를 빙물로 하여 내 딸을 아내로 맞지 않았는

---

4) 자질(子姪): 아들과 조카.

가?"

시랑이 더욱 놀라 말하였다.

"소생이 노 태감을 인연하여 소 처사의 여아를 아내로 맞이하였거니와 어찌 존공의 딸이겠나이까?"

상서가 노하여 말하였다.

"이 진실로 꿈속의 사람이로구나. 환관의 위인이 형세를 좇는 까닭에 내가 수자리 살러 갔음을 그대가 듣는다면 아내로 맞지 않을까 하여 그렇게 일렀으나 그대가 아내로 맞은 여자는 내 딸이요 노 태감은 자당의 얼제(孼弟)니 이제도 깨닫지 못하겠느냐? 다만 무슨 까닭으로 봉채(封采)를 찾고 절혼하였는가? 그 죄를 일러 준다면 내가 다스리겠노라."

시랑이 바야흐로 깨달아 잠잠하니 상서가 자리를 떠나 팔을 밀고 자리에서 말하였다.

"오늘 소생이 한 말씀을 유 부인께 고하려 합니다. 소생이 어려서부터 부인과 함께 한 집에 있으면서 정이 동기 같고 또 약관에 경사에 이르러 부인과 대인의 사랑하심을 입어 바라는 바가 동기 같고 자수 등과도 정이 심상하지 않더니 소생이 어리석음이 커 나라에 죽을죄를 얻어 변방으로 돌아가고 자친(慈親)이 여아를 거느려 예전처럼 계시다가 몽창을 보시고 여아를 결혼시키셨나이다. 몽창이 멋대로 한 죄가 있으나 자수가 전날의 정의(情誼)를 매몰차게 끊고 아들을 매우 치고 내 딸과 절혼(絶婚)하였으니 소생이 그 연고를 감히 자세히 알지 못하고 마음속으로 한 딸 사랑이 간절한 까닭에 구구함을 면치 못하여 졸렬함이 심했나이다."

말을 마치니 좌우의 사람들이 놀라고 유 부인이 말을 미쳐 못 하여서 승상이 자리를 떠나 죄를 청하며 말하였다.

"관성이 매사에 달통하지 못해 오늘 존형(尊兄)에게 죄를 얻었습니다. 전날 저를 알아주신 바를 저버렸으니 어찌 부끄럽지 않겠나이까? 그러나 형이 연고를 물으시니 소제가 또한 자세히 고하겠나이다. 불초자 몽창이 아내를 잃고 상여를 거느려 선영에 장사지내고 오다가 영녀(令女)를 엿보고 이리이리 하고 또 그 후 어사로 가 아내로 맞이하고 왔으나 어버이를 속이고 스스로 사모하니 학생이 최후에야 알았으나 신실로 형의 딸인 줄은 꿈에도 몰랐나이다. 다만 환관의 친질(親姪)로 알았고, 불초자의 행동이 풍교를 더럽혔으므로 약간 벌을 내리고 영녀인 줄을 몰랐으나 이미 아내로 맞이한 후에는 버리는 것이 의리가 아니므로 조만간 아내로 맞게 하려 하였더니 오늘 형의 말씀을 들으니 관성의 죄는 죽으려 해도 죽을 땅이 없습니다. 무슨 말을 하겠나이까?"

소 공이 웃고 승상을 붙들어 말하였다.

"학생이 사정이 간절하여 소회를 베푼 것이거늘 자수가 어찌 이토록 과도히 공손하게 구는 것입니까? 또한 형이 나를 속이는 것이 있으니 만일 내 딸을 찾으려 했다면 아들을 심하게 다루지 않았을 것인데, 아들을 심하게 다루어 몽창이 그를 견디지 못해 제 은정은 중하되 끝내 혼서를 찾아 왔으니 이는 결국 합하가 내 딸을 버린 것이 아닙니까?"

승상이 사죄하였다.

"관성이 비록 불초하나 어찌 거짓말로 현형을 속이겠나이까? 불초자를 꾸짖은 것은 남의 규방에 들어간 것에 대한 것이요 내 입으로 소 씨와 절의하라 한 것은 아니었나이다. 이 반드시 아비를 역정해서 그런 것이니 몽창에게 물어 보소서."

그러고서 머리를 돌려 생을 보고 말하였다.

"알지 못하겠구나. 소 씨의 혼서를 누가 찾아 오라고 했더냐?"

생이 부친의 엄숙함을 두려워해 다만 대답하였다.

"제가 소 씨를 우여곡절 끝에 아내로 맞이하였으나 죄를 성교(聖敎)에 얻었으니 심사가 평안하지 않아 절혼(絶婚)하였나이다."

승상이 차게 웃고 소 공에게 다시 죄를 청해 말하였다.

"불초자의 거동이 이와 같으니 소제는 이 아이를 실성한 사람으로 알아 도리어 책망도 하지 않나이다. 관성이 설사 사리에 밝지 못하나 죄 없는 여자를 버리겠나이까? 현형은 원컨대 소제가 일찍 알지 못함을 허물치 마시고 며느리가 혼례를 속히 행하도록 하소서."

소 공이 승상의 낯빛이 자약하고 극진히 죄를 청하는 것을 보고 사례하여 말하였다.

"소생이 한 딸아이 사랑이 과도한 까닭에 형 안전에 실례가 많으니 참으로 부끄럽거늘 형이 과도히 죄를 청하나이까?"

승상이 겸손히 사양하며 말하였다.

"관성의 밝지 못함이니 형이 어찌 부끄러워할 일이겠나이까? 불초자가 사리에 밝지 못하여 숙녀의 평생이 좋지 못할 것이므로 이것이 소제가 탄식하는 바입니다."

상서가 감당하지 못할 말이라 하며 사양하고 유 부인이 바야흐로 웃고 말하였다.

"몽창의 전후 행동이 그르나 예전에 우리 부친이 나의 꿈에 나타나 간곡하게 이르신 말씀이 있으셨노라. 이제 두 팔찌가 다시 합쳐졌으니 이는 천고에 희한한 일이요 하늘이 맺어준 인연이라 우리 아이는 과도하게 책망하지 말거라."

상서가 놀라고 의아하여 말하였다.

"선친께서 부인과 이별하시고 꿈을 꾸었는데 꿈이 이러이러하고 또 지금 팔찌를 얻어 간수하여 계셨더니 이제 부인의 꿈이 이러하셨다니 몽창이 천 리의 신물을 맞춰 두 팔찌가 합한 것이 사람의 힘으로 할 바가 아니라 존형이 어찌 그토록 태장을 한 것입니까?"

승상이 잠깐 웃고 말하였다.

"두 팔찌의 기이함이 하늘의 인연이거니와 불초자의 소행은 들을수록 한심하니 소제는 그 아비 된 것이 부끄럽나이다."

상서가 바야흐로 시원하게 웃고 시랑을 돌아보니 시랑이 부친의 진실되고 단엄한 말을 듣고는 두렵고 부끄러워 옥 같은 얼굴을 붉히고 미우에 부끄러운 빛이 은은하였다. 비록 병이 들어 혈색이 줄었으나 그 풍채는 비할 곳이 없었으므로 월혜를 생각하고 재주와 용모가 서로 어울림을 기뻐하여 이에 나오게 해 손을 잡고 말하였다.

"네가 숙녀를 사모하여 마음을 다해 아내로 얻었을 적에 어찌 장인을 묻지 않고 부모를 속여 매를 맞은 괴로움이 폐간을 삭히게 하였느냐?"

자리에 있던 소부 이연성이 웃고 말하였다.

"학생은 가만히 헤아리건대 몽창의 행동이 모두 남아의 풍류요 호탕한 기상에서 나온 것이거늘 형님이 아주 죽이려 날뛰시던 일을 생각하니 지금도 간담이 서늘합니다."

그러고서 승상이 몽창을 벌 주던 일과 50장을 치고 몽창이 기절하니 다시 깨워 50장을 친 일을 이르고 그 말리기 어려웠던 바를 이르니 상서가 말하였다.

"내 전날에 자수를 어질고 의로운 사람으로 알았더니 자식에게는 어찌 그렇듯 모진고?"

승상이 미소를 짓고, 무평백 이한성이 또 웃고 말하였다.

"형님이 몽창을 두들겨 내친 후 영녀를 어찌 처치할까 근심하여 노 태감의 친질로 알아 걱정하시더니 끝내는 노 태감의 적질로 들으시고 기뻐하심이 진정에서 우러나왔으니 형님이 몽창을 편애하시는 까닭에 그 아내에게 다다라 더욱 사랑하시나이다."

상서가 웃으며 답하였다.

"제 딸아이가 불초하니 승상 눈에 차기가 쉽겠나이까?"

말이 끝나기 전에 한 소년이 밖으로부터 들어오니 머리에는 금관을 쓰고 몸에는 비단옷을 입었으며 허리에 금인(金印)을 빗겨 찼으니 풍채가 빛나 흰 달이 떨어진 듯하였고 예법을 갖춘 모습이 평온하고 진중하여 이미 학문이 깊은 자 같았다. 앞에 와 네 번 절하고 평안히 시립(侍立)하니 상서가 놀라 물었다.

"소년은 어떤 사람인가?"

부마가 평온히 대답하였다.

"소생은 몽창의 형 몽현이옵니다."

상서가 크게 놀라 말하였다.

"내 적소로 갈 적에 그대가 어린 아이였더니 어느 사이에 벼슬이 이에 올랐는고?"

승상이 대답하였다.

"제 아이가 임금님의 은혜를 입어 부마 항렬에 낀 까닭에 복색이 새로우나 소제는 긴요하지 않게 여기나이다."

상서가 칭찬하였다.

"형은 진중하고 단엄하여 성인의 풍모가 있고 아우는 영걸차고 빼어나 호걸의 틀이 있으니 존부인의 복록과 형의 태교가 지극함을 소제가 항복하나이다. 소제가 오늘 부마 형제를 보니 어두운 눈이 시원해졌으니 그 있는 바를 마저 보고 싶나이다."

승상이 사양하며 말하였다.

"형이 어찌 미미한 아이를 이처럼 과도하게 칭찬하시는고?"

이에 세 아들을 부르니 몽원이 몽상과 몽필을 거느려 와 절하니 몽원은 12세요, 몽상은 8세요, 몽필은 7세였다. 하나하나가 준수하여 한 떼의 옥룡이 모인 듯하였으니 상서가 큰 소리로 칭찬하였다.

"자수 형이 기특하므로 저 아들들이 그러한 것이 괴이하지 않거니와 다른 사람과 비교하면 또 어찌 쉬운 일이겠나이까? 옛날 부인이 길에서 고초를 겪으시던 때를 생각하면 하늘과 땅처럼 차이가 나니 옛일을 생각하니 마음에 느끼는 바가 많나이다."

부인이 슬피 탄식하고 말하였다.

"미천한 몸이 여러 아이를 두어 손자들이 이렇듯 기이하니 스스로 분수에 넘음을 두려워하더니 오늘 상서의 말씀이 참으로 맞는지라 첩도 새로이 마음에 느끼나이다."

소 공이 위로하고 한참을 한담하다가 돌아갔다.

승상이 소 씨가 소 상서의 딸인 줄을 알고 크게 기뻐 태사에게 수말을 고하니 태사가 기뻐하며 말하였다.

"이 늙은 아비가 소 씨의 처치를 어떻게 할지 어렵게 여기고 있었다. 그런데 이제 자현의 딸인 줄 자세히 알았으니 다시 무슨 의심이 있겠느냐?"

승상이 즉시 물러와 안장 갖춘 말을 타고 소씨 집안으로 갔다.

이때 소 상서가 돌아가 모친에게 이 승상의 말을 다 고하니 노 부인이 크게 기뻐하며 장 부인도 기뻐함을 마지않았다. 상서가 중당에 이르러 딸을 부르니 소저가 담담한 푸른 치마와 녹색 저고리를 입고 이에 이르렀다. 공이 이씨 집안에 가 했던 말과 이 승상의 말을 일일이 이르니 소저가 미우를 잠깐 찡그리고 일렀다.

"시가에서 소녀를 찾으면 찾을 것이거늘 아버님은 어찌 부질없이 가서 힐난하셨나이까?"

상서가 웃고 대답하려 하더니 시녀가 급히 아뢰었다.

"이 승상께서 와 계시나이다."

상서가 급히 나가 맞이해 당에 올라 자리를 잡고 누추한 집에 이른 것을 사례하니 승상이 대답하였다.

"형이 어찌 이런 말씀을 하시나이까? 여기에 이른 것은 며느리를 보고자 해서이니 형은 서로 보게 하소서."

상서가 기쁜 빛으로 말하였다.

"딸아이는 이씨 집안에서 버려진 사람이라 일찍이 규방 밖을 나서지 않더니 아까 내가 불러서 중헌에 나와 있으니 같이 들어가사이다."

그러고서 승상과 함께 중당에 이르니 소저가 난간에 의지하여 고요히 앉아 있다가 두 공을 보고 크게 놀라 천천히 일어났다. 상서가 먼저 당에 올라 일렀다.

"이 분은 너의 시아버지시니 모름지기 예를 폐하지 마라."

소저가 몸에 예복이 없어 부끄러움을 이기지 못하였으나 마지못해 천천히 네 번 절하고 엎드려 낯을 들지 못하니 승상이 편히 있으라 하고 눈을 들어 소저를 보았다. 소저의 안색이 기이하여 한갓 보통사람과 다를 뿐만 아니라 미우에 일만 광채가 영롱하고 눈에서는 맑은 빛이 사방에 쏘였으며 귀 밑이 흰 것이 눈과 같고 입시울이 붉은 것이 단사를 찍은 듯하였으며 엄숙한 용모는 흰 달이 눈 위에 떨어진 듯하였다. 깨끗한 품격을 지녀 모습이 시원스럽고 매끈하며 상쾌하고 영롱하였으며 아담하고 맑은 가운데 아리따운 기질이 자리의 모든 사람을 놀라게 하였으니 비하건대 공주보다도 나은 것이 있었다. 승상이 그 너무 고운 것을 기뻐하지 않았으나 덕스러운 기운이 미우에 어려 있는 것을 기뻐하며 말하였다.

"우리 며느리가 내 아이의 내조가 된 지 오래 되었으되 연고가 있어 오늘에서야 보니 넉넉한 덕성이 거의 우리 집안을 흥하게 될 것이라 기쁨이 지극하도다. 우리 며느리가 비녀 꽂은 지 오래 되었거늘 어찌 예복이 없는 것이냐?"

소저가 옥 같은 얼굴에 붉은 빛을 띠어 능히 대답하지 못하니 상서가 일렀다.

"딸아이가 이름은 춘경(春卿)[5]의 처자이나 일찍이 부인의 직첩과 봉관화리(鳳冠花履)[6]를 춘경이 주지 않았고 또 이씨 집안으로부터 버려진 사람이므로 죄인으로 자처하여 복색이 저러하니 현형은 살펴 용서하소서."

승상이 놀라 말하였다.

"내 알지 못했나이다. 돌아가 내 아이에게 물어 예복을 찾아 보내겠나이다."

그러고서 기쁨을 이기지 못하고 말하였다.

"오늘 신부를 보니 내 아이의 내조를 빛낼 것이니 어찌 다행하지 않은가? 존당이 며느리를 즉시 보지 못해 우울하시니 현형은 속히 택일하여 처음 보는 예를 이루소서."

공이 응낙하였다.

승상이 돌아가 부인을 뵙고 소 씨의 큰 덕을 일컬어 말하였다.

"소 씨의 특출하고 비범함이 몽창의 내조를 번창하게 할 것이니 어찌 기쁘지 않겠나이까?"

---

5) 춘경(春卿): 춘관(春官)의 장관. 춘관은 중국 주나라의 관직명으로 예(禮)를 담당하였음. 여기에서는 이몽창이 예부시랑이므로 이와 같이 말한 것임.

6) 봉관화리(鳳冠花履): 봉관은 귀족의 부녀가 쓰던 예관(禮冠)으로, 위에 금옥(金玉)으로 만든 봉황 모양의 장식이 있음. 화리는 아름다운 꽃신을 말함.

태부인과 유 부인이 물었다.

"소 씨가 공주와 비교해 어떠하더냐?"

승상이 대답하였다.

"제가 헤아리건대 공주와 대적할 쌍이 다시 없을까 하였더니 소 씨의 얼굴은 잠깐 공주보다 나은 것이 있고 덕행도 지는 것이 없는가 싶사오나 다만 너무 강렬한 기운이 있으니 몽창과 양립하지 못할 듯하옵니다."

두 부인이 기뻐하며 말하였다.

"소 씨의 현철함이 그렇듯 하다면 몽창의 죄를 상쇄할 만하니 너는 몽창이를 용서하라."

승상이 절해 명령을 듣고 물러났다.

차설. 몽창이 부모의 기쁜 기색을 보지 못해 심사가 우울하고 상처가 완전히 아물지 않은데다 심려를 써서 병이 회복되지 않아 밤낮으로 신음하였다. 그러나 부친을 두려워하여 서헌에서 매양 모시고 있으므로 편히 조리도 못 하고 속으로 앓으니 옛날 준수하던 얼굴이 점점 시들어지고 몸이 바짝 마르고 뼈가 앙상하게 드러났다. 이에 부마가 위로하였다.

"부모님이 너의 방탕함을 꾸짖으셨으나 네 어찌 조심하여 조리하지 않고 속으로 심려를 써 안색이 예전과 매우 달라졌으니 너는 그것을 알지 못하는 것이냐?"

시랑이 슬피 대답하였다.

"소제가 처자 때문에 부모님께 불초자가 되었으니 죽어도 족합니다. 그러니 어찌 몸을 수습하겠나이까?"

부마가 망령되다고 꾸짖었다.

시랑이 부친의 즐거운 낯빛을 보지 못해 밤낮으로 마음을 쓰더니 소 씨가 소 상서의 딸임을 듣고 또 부친이 소 공과 말한 것을 들어 잠깐 다행으로 여겼다. 서헌에 돌아와 홀로 앉아 소 씨가 상경함을 기뻐하여 보고 싶은 마음이 적지 않았으나 감히 내색하지 못하고 종일토록 앉아 있었다. 날이 저물어 등불을 밝히고 부친이 나오기를 기다렸으나 밤이 깊도록 동정이 없고 아픔을 이기지 못해 베개를 내어 와 베고 눈을 감았다. 이때 문득 문 여는 소리가 나므로 놀라서 일어나 보니 승상이 홑옷에 침건(寢巾)[7]으로 들어와 침상 위에 앉는 것이었다. 시랑이 억지로 몸을 일으키니 승상이 한참을 잠자코 있다가 일렀다.

"내 차마 생전에 너를 바로 보지 않고 말을 서로 통하지 않으려 했더니 존당께서 너를 용서하라 명령하시고 내 마음이 약해 오늘부터 너를 자식 항렬에 넣을 것이니 네가 더욱 나를 없는 것처럼 여겨 방자한 마음이 더하겠느냐?"

말을 마치니 단엄한 낯빛이 등불 밑에 빛나니 시랑이 황공하여 머리를 바닥에 두드리며 죄를 청하였다.

"더러운 자식이 아버님의 큰 가르치심을 저버려 한 여자를 위해 몸이 천고의 죄인이 되었나이다. 스스로 뉘우치나 부모님이 죄를 용서하지 않으시어 스스로 죽고자 하더니 오늘 대인께서 저의 태산 같은 죄를 용서하시고 다시 사람 무리에 넣어 주시니 제가 어찌 두 번 그른 일을 하겠나이까?"

승상이 머리를 흔들어 말하였다.

"네 거동을 보면 너는 정신없는 사람이라 내가 어찌 믿겠느냐? 네 지금 내 앞에서 말을 쉽게 하나 저 성품이 끝내 그치지 못해 훗날

---

7) 침건(寢巾): 잠잘 때 쓰는 두건.

마음대로 하는 행동이 오늘보다 더할 것이니 네 어찌 두 번 그른 일이 없다고 쉽게 이르는 것이냐?"

시랑이 절하고 말하였다.

"제가 설사 사리에 밝지 못하나 어찌 대인을 두 번 속이겠나이까?"

승상이 정색하고 다시 말을 하지 않으니 그 엄숙함이 사람의 뼈를 녹일 정도였다. 시랑이 부끄러워 어찌할 줄을 모르고 있더니 문득 소부가 안에서 나왔다. 이에 승상이 물었다.

"현제가 어찌 야심한데 자지 않고 분주히 다니는고?"

소부가 들어와 앉으며 대답하였다.

"아까 모친 침소에 갔다가 이에 이르렀거니와 형님이 어찌 몽창을 두려워하게 만드시는 것입니까? 옛날 소제의 행동이 몽창에게 지지 않았으나 아버님이 꾸짖으신 후 다시 경계하시고 말씀하셨으니 형님이 아들 가르침은 너무 과도하신가 하나이다."

승상이 말하였다.

"우형(愚兄)이 어찌 대인의 큰 덕을 따르겠는가마는 몽창의 행동은 너보다 십분 심하니 너의 행동에 어찌 비길 수 있겠느냐?"

소부가 웃고 대답하였다.

"소제나 몽창이나 다 나이 젊었을 때는 까마귀의 암수를 구분하지 못하니 어찌 등불 아래를 분변할 수 있겠나이까?"

승상이 잠깐 웃고 말을 안 했다.

이후 승상이 몽창을 예전처럼 앞에 두어 자애함이 예전과 다름이 없으니 시랑이 크게 다행으로 여기고 기뻐하였다. 그러나 더욱 조심하여 마음을 놓지 않으니 신음함이 극하여 용모가 더욱 딴사람처럼 되었다. 이에 억지로 일어나 지팡이를 짚고 다녔다.

시랑이 부친의 용서를 받아 마음이 매우 시원하여 모친 침소에 들어가 뵙고 죄를 청하였으나 부인은 얼굴이 냉랭하고 두 눈을 가늘게 뜨고 눈을 들지 않았다. 시랑이 마음이 급했으나 또한 안전에 모시고 있으므로 잠깐 마음을 놓아 서로 말을 하기를 바랐다. 그러나 부인이 아들들과 함께 담소하다가도 시랑을 보면 담소를 그치고 미우가 엄숙하였으므로 아들들이 감히 간하지 못하고 시랑이 슬픔을 이기지 못해 미우에 슬픔이 어리고 먹고 마시는 것이 목으로 내려가지 않았다. 밤낮으로 바늘 위에 앉은 듯 근심하고 우울해 하니 부마가 크게 불쌍히 여기고 근심하였으나 감히 입을 열어 간하지 못하였다.

이러구러 소 씨의 신행(新行) 날이 다다르니 승상이 부모와 존당을 위하여 잔치를 크게 열고 사람들을 많이 모아 즐기니 사람들의 행렬이 10리에 걸쳐 이어졌다.

계양 공주와 장 씨가 예복을 갖추고 시부모를 모셔 자리에 나왔다. 정 부인의 타고난 자태가 젊은 사람들의 옥 같은 용모를 비웃을 정도였으니 다시 이를 것이 없었으나 공주의 영롱한 태도와 장 씨의 아담하고 엄숙한 용모는 고금에 비할 자가 없었다. 또 혜아 부인과 초왕비의 기이함이 막상막하였으니 뭇 손님들이 입을 열지 못하다가 마지막에 모두 말하였다.

"우리가 무슨 복으로 선궁(仙宮)에 와서 서왕모를 대하고 있는고?"

이윽고 신부가 이르러 폐백을 올리니 모든 눈이 일시에 소 씨를 구경하였다. 신부의 외모와 행동이 보통 사람보다 크게 뛰어나 맑은 눈매는 가을 물결이 요동하는 듯하고, 한 쌍의 아름다운 눈썹은 채색 붓을 더하지 않았어도 이미 봉황의 눈썹을 닮았고 두 보조개에는 온갖 아리따운 모습이 있어 비할 데가 없었으니 용모를 어찌 다 기록할 수 있으리오.

찬란한 광채가 자리에 빛나며 맑고 탐스러운 용모는 영소전(靈宵

殿)8)의 다람화9) 한 가지가 아침 햇볕에 빛나는 듯하고, 엄숙하고 시원스러운 행동은 흰 달이 방 안에 떨어진 듯하였으며 키는 살대와 같았고 허리는 촉깁10)을 묶은 듯하였다. 예법을 차리는 모습은 신중하고 걸음을 걷는 줄을 알지 못하였으니 그 누가 소 씨와 맞설 수 있겠는가. 다만 공주가 아니면 능히 대적할 사람이 없었으니 천지 사이의 맑은 기운이 다 소 씨에게 모인 줄을 모두 깨달았다.

자리에 있던 사람들이 크게 놀라 말을 못 하고 시부모가 크게 기뻐하였으니 태부인이 승상에게 말하였다.

"오늘 며느리가 이렇듯 아름다우니 참으로 몽창의 배필이로구나. 노모가 너에게 이를 치하하노라."

승상이 기쁜 낯빛으로 사례하였다.

신부가 예를 마치고 장막에 들어가니 신랑의 유모 춘화가 봉관화리(鳳冠花履)를 내어와 입히니 신부가 다시 자리에 나와 형제 항렬에 앉았다. 그 찬란한 용모가 좌중에 더욱 빛났으므로 하객들이 다투어 치하하니 유 부인과 정 부인의 기쁨이 지극하여 조금도 그 치하를 사양하지 않았다.

종일토록 즐기고 잔치를 파하니 신부 숙소를 죽매각에 정하여 보내고 태부인이 태사, 무평백 등을 대해 신부의 특이함을 낱낱이 일렀다. 날이 어두워지자 승상이 저녁 문안을 드리러 부마 형제를 데리고 들어왔다. 태부인이 이에 또 승상 형제를 대해 소 씨의 어짊을 이르니 승상이 절하고 말하였다.

---

8) 영소전(靈宵殿): 옥황상제가 기거한다는 전설상의 건물.
9) 다람화: 홍람화(紅藍花), 즉 잇꽃을 이름. 잇꽃은 국화과의 두해살이풀로 7~9월에 붉은빛을 띤 누런색의 꽃이 줄기 끝과 가지 끝에 핌. 씨로는 기름을 짜고 꽃은 약용하고, 꽃물로 붉은빛 물감을 만듦.
10) 촉깁: 촉나라에서 나는 비단.

"이것은 다 조모님의 덕택입니다."

부인이 웃고 말하였다.

"네 말이 잠깐 그른가 하노라. 내 비록 덕이 있은들 몽창이 아내로 맞아 오지 않았다면 소 씨를 어찌 알았겠느냐?"

승상이 꿇어 듣고서 미소하고 말을 하지 않았다. 태사가 이에 정 부인을 나아오라 하여 일렀다.

"몽창이 멋대로 혼인한 죄가 대단하나 이제 신부를 보니 족히 그 죄를 용서할 만하고, 모자지간에 너무 오래 안 좋은 감정을 두는 것이 뭇 사람들에게 보기 좋지 않구나. 그러니 우리 며느리는 오늘로부터 몽창이를 용서하여 모자 사이의 천륜을 온전히 하라."

정 부인이 꿇어 듣고 자리를 옮겨 절하고 말하였다.

"소첩이 인물이 어리석고 식견이 넓지 못하여 몽창의 용렬함을 마음속으로 불쾌하게 여겨 세월이 오래도록 풀지 못했사옵니다. 그런데 오늘 아버님의 큰 가르치심이 이와 같으니 첩의 불통함을 깨달았으니 삼가 받들어 행하겠나이다."

태사가 미우에 기쁜 빛을 가득히 머금고 일렀다.

"현부의 통쾌한 뜻을 노부가 어찌 일러 알 수 있겠는가? 몽창의 행동이 그른 것은 그른 것이나 너무 용서하지 않음은 은정을 상하게 할 수 있으니 현부는 불쾌하게 여기지 말고 내가 보는 데서 몽창을 경계하여 그른 일이 없게 하라."

부인이 엎드려 사례하고 이에 자리를 물러나 안색을 바르게 하고 몽창을 나아오라 하여 말하였다.

"너의 몸가짐이 패악함은 능히 몇 수레의 책에도 다 기록하지 못할 것이요, 죄를 명교(名教)에 얻고 풍교를 더럽혔으니 내 스스로 사람 대하기를 부끄러워하고 너의 음탕한 얼굴을 보지 않으려 하였다.

그런데 오늘 존명(尊命)이 있으셔서 너의 태산과 같은 죄를 용서하니 이후에는 명심하여 부모를 욕먹이지 말고 선조의 맑은 덕을 더럽히지 마라."

말을 마치고서 어른의 앞이므로 기운이 더욱 나직하고 눈이 미미하여 몸을 수습하는 행동이 더욱 빼어나니 태사와 진, 유 두 부인의 기쁨은 이를 것도 없고 승상이 눈을 들어 보지 않았으나 마음속으로 기이함을 참지 못했으니 그 나머지 사람들은 일러 무엇 하겠는가.

시랑이 다만 무릎을 꿇고 사죄할 따름이요 말이 없으니 유 부인이 시랑의 손을 잡고 정 부인에게 기쁜 낯빛으로 말하였다.

"현부는 낯빛을 좋게 해 몽창이를 사랑하여 이 아이의 마음이 평안하도록 하라."

정 부인이 머리를 굽혀 사례하고 안색을 좋게 해 시랑을 경계하니 좌우 사람들이 탄복하고 시랑이 바야흐로 마음을 놓아 고개를 조아리고 죄를 순순히 인정하고 물러나 자리에 앉았다. 이에 사람들이 서로 밤이 깊도록 담소하였다.

승상과 태사가 물러가고 소부가 머물러 주 씨에게서 술을 구해 먹었다. 시랑이 부친을 모시고 나가려 하다가 소 씨를 보고 가려 하여 잠깐 앉아 있다가 이윽고 지팡이를 짚고 일어나니 주 씨가 웃으며 말하였다.

"오늘 소 부인이 안색이 시원하여 홍옥(紅玉)과 같거늘 낭군은 어찌 얼굴이 누렇고 가죽이 녹어 귀신의 형상이 되었으며 지팡이를 짚어 늙은이의 거동을 하는고?"

시랑이 미소 짓고 답하지 않으니 소부가 또 웃고 말하였다.

"네 거동이 과연 근래에 우습기는 우스운가 싶다. 서모가 평생 단엄하시고 침묵하셨는데 이런 말씀을 하시니 너는 아직 소 씨를 보지 마라. 약혼한 여자가 기절하겠구나."

시랑이 잠깐 웃고 발걸음을 돌려 소 씨의 침소로 가니 홀연 셋째 동생 몽원이 뒤따라와 일렀다.

"아버님께서 부르십니다."

시랑이 크게 놀라 급히 서헌에 이르러 명령을 들으려 하였다. 승상이 다른 말은 하지 않고 편히 자라 하므로 시랑이 그 뜻을 깨달아 두려워하여 잠자코 있으니 승상이 한참 후에 경계하였다.

"네 비록 소 씨를 잊지 못하나 네 기운을 보건대 동침함이 좋지 않으니 며칠 동안 이곳에서 조심하여 조리하고 나다니지 마라."

시랑이 도리어 감격하여 명령을 듣고 이후에는 서헌에 깊이 들어 앉았다.

이튿날 일가 사람들이 정당에 문안하니 소 씨가 한 벌 예복을 입고 봉관(鳳冠)을 쓰고 한 낱 옥비녀를 바르게 꽂아 형제 항렬에 앉았다. 의복이 검소하나 시원한 골격이 무리 중에 빼어나니 태사가 일컬어 말하였다.

"예전에 공주가 검소함을 숭상하더니 이제 또 소 씨가 이러하니 내 무슨 복으로 이런 현부들을 가득 두었는고?"

유 부인이 윤문을 나오게 해 소 씨 앞에 앉히고 말하였다.

"이 아이는 죽은 상 씨가 낳은 아이다. 우리 며느리와는 모자의 의리가 있으니 모름지기 한 번 보아 모자의 의리를 펴라."

소 씨가 공경하여 듣고 잠깐 두 눈을 돌리자 광채가 온 자리에 빛나니 좌우의 사람들이 더욱 기이하게 여겼다. 소 씨가 한 번 윤문을 보고 크게 놀라 자연히 안색이 변하는 줄을 깨닫지 못하였다. 한참 지난 후 스스로 괴이한 줄 깨달아 즉시 낯빛을 고치고 잠자코 있으니 사람들 가운데 잘 모르는 이는 그 전실의 자식이 있는 것에 소 씨가 놀라는가 하였으나 유, 정 두 부인과 태사와 승상은 이미 기미를 알고 그 신명함을 더욱 아름답게 여겼다.

문안을 마치고 승상이 외당에 나오니 소 상서가 왔으므로 예를 마친 후 상서가 시랑의 손을 잡고 근심하여 말하였다.

"이 아이가 저번보다도 혈색이 더욱 안 좋아졌으니 소제(小弟)의 염려가 적지 않나이다. 형은 예의를 중히 여기시니 어렵겠지만 딸아이가 근래에 몸이 평안하지 못해 음식을 먹지 못하니 원컨대 두어 달 허락해 주시면 딸아이를 데려가 보호하겠나이다. 몸이 좋아진 후 존문(尊門)에 나아와 며느리의 소임을 받들게 하고자 하나이다."

승상이 대답하였다.

"소제가 어찌 형의 청하시는 바를 안 듣겠습니까마는 존당과 부모님이 계시니 아뢴 후 그렇게 하겠나이다."

상서가 사례하고 돌아갔다.

승상이 즉시 내당에 들어와 사람들에게 이 말을 고하니 태사가 말하였다.

"소 씨가 너무 맑고 약하니 자현11)의 말대로 제집에 보내 편히 있게 하는 것이 옳다."

승상이 명령을 듣고 있더니 문득 소 공자가 행렬을 거느려 왔다. 승상이 소생을 청해 부마 등과 서로 보게 하니 소 공자는 얼굴이 옥 같고 몸가짐이 신중하여 군자의 도를 얻었으므로 승상이 칭찬하고 흠모하여 말하였다.

"나의 다섯 아들이 자현 형의 한 아들만 같지 못하도다."

소생이 부마에게 말하였다.

---

11) 자현: 상서 소문의 자(字).

"백달[12]이 매부가 된 지 오래되었으나 일찍이 보지 못했으니 명공은 서로 보게 하소서."

부마가 흔쾌히 소생을 데리고 서헌에 이르렀다. 소생이 보니 집은 반공에 닿았는데 대청이 백 칸이나 하고 좌우로 겹겹이 서당이 있어 이루 기록하지 못할 정도였다.

방에 들어가니 금벽(金壁)이 휘황하고 채색 깁창이 영롱한데 산호상(珊瑚林)이 가지런하고 그 아래 작은 상을 놓고 시랑이 털옷을 껴입은 채 휘양[13]을 쓰고 베개에 누워 있다가 일어났다. 이에 부마가 말하였다.

"이는 소 씨 제수의 동생이니 너와는 초면이구나."

시랑이 눈을 들어서 보고 예를 마친 후에 소생이 먼저 일렀다.

"그대가 우리 집안에 들어온 지 오래되었으나 내 가친을 모시고 적소에 갔다가 상경한 후에 이런저런 연고가 있어 즉시 못 보았으니 가석했도다. 다만 소년의 왕성한 기운을 가지고 무슨 병이 그처럼 낫지 않으며 얼굴은 어찌 귀신 형상이 되었는고?"

시랑이 미소 짓고 말하였다.

"사람이 매양 병이 없을 것이라고 그대가 내 얼굴을 귀신의 형상이라 조롱하니 어찌 손을 처음 보고 하는 말이 이리도 황당한고?"

소생이 대답하였다.

"그대의 풍채가 준수하다는 말을 익히 들었더니 오늘 보니 한낱 귀신이라 하도 놀라 인사하는 예를 폐했노라."

시랑이 웃고 말하였다.

---

12) 백달: 이몽창의 자(字).

13) 휘양: 추울 때 머리에 쓰던 모자의 하나. 남바위와 비슷하나 뒤가 훨씬 길고 볼끼를 달아 목덜미와 뺨까지 싸게 만들었는데 볼끼는 뒤로 잦혀 매기도 하였음.

"그대 말이 이와 같으니 그대는 귀신 매부를 얻은 것인가?"

소생이 또한 웃고 말하였다.

"진실로 놀랍도다. 우리 누이를 보고 그대를 보건대 어찌 놀랍지 않으리오?"

시랑이 말하였다.

"그래도 내버려두라. 그대 누이가 가면 나을 것이다."

소생이 어이없어 말하였다.

"우리 누이가 어찌 너와 같겠는가? 어리석은 무리가 우러러 볼 수 있을까?"

이에 시랑이 웃었다.

소 씨가 들어가 존당에 하직하니 일가 사람들이 무엇이 없어진 듯하여 빨리 돌아오라 하고 정 부인이 손을 잡고 오랫동안 연연해 하니 소 씨가 큰 은혜에 감격하여 두 번 절해 사례하고 윤문을 나오게 해 연연해 하다가 덩에 들었다.

소생이 호송하여 집안에 이르니 노 부인과 장 부인이 크게 반겨 바삐 손을 이끌어 곁에 앉히고 시가에 가 하던 일을 물었다. 소저가 이 씨 집안의 번성함과 시부모의 사랑을 갖추어 고하니 상서가 물었다.

"네가 백달을 보았느냐?"

소저가 잠깐 웃고 대답하였다.

"귀신이 되었다 하거늘 소저가 어찌 볼 수 있겠나이까?"

상서가 크게 웃었다.

상서가 시랑의 병을 근심하여 하루도 안 가 보는 날이 없었다.

삼동(三冬)이 지나고 정월이 되자 시랑이 바야흐로 병이 나으니 옥 같은 얼굴이 복숭아꽃 같고 기질이 날아갈 듯하니 승상이 기뻐하고 소 공이 크게 좋아하였다.

하루는 소 공이 승상을 찾아보고 일렀다.

"소제가 백달을 사위로 맞이한 지 두 해가 되었으되 한 쌍 원앙의 즐김이 없어 소제가 우울했나이다. 그러나 제 병이 깊었으므로 두 사람을 같이 있게 할 마음을 먹지 못했더니 이제는 쾌차하였으니 우리 딸과 신방에 깃들이게 허락해 주는 것이 소제의 소원입니다."

승상이 말하였다.

"소제가 명을 받들고 싶으나 제 아이의 기골이 맑되 큰 병 후 갓 회복하였으니 형은 짐작하소서."

소 공이 그 말이 옳음을 보고 다시 청하지 못하고 돌아갔다. 이때 몽창이 병이 낫고 부모가 말하는 것을 허락하여 자애함이 전날과 다름이 없으니 마음속으로 거리낄 일이 없어 소 씨를 생각함이 깊었으나 부모의 말이 그렇듯 하니 감히 내색하고 못하고 듣기만 하였다.

이때 꽃이 피는 삼춘(三春)의 계절이었다. 온갖 꽃이 만발하고 날씨가 따뜻하였으므로 생이 처음으로 외가에 갔다 오다가 잠깐 수레를 돌려 소씨 집안에 갔다. 상서는 마을에 가고 소생이 홀로 있다가 시랑을 보고 크게 반겨 말하였다.

"백달이 어찌 오늘은 옥청의 신선이 되어 이르렀는고? 이전과 비교해 본다면 두 사람이 되었도다."

시랑이 웃고 대답하였다.

"그대는 어찌 나를 매양 업신여기는가? 어쨌든 장모님 뵙기를 청하노라."

소생이 이에 들어가 모친에게 고하니 장 부인이 놀라고 기뻐 자리를 베풀고 시랑을 청해 서로 보았다. 시랑이 자줏빛 조복(朝服)과 오사모(烏紗帽)를 하고 들어와 예를 마치니 장 부인이 눈을 들어 보았다. 시랑의 넓은 이마와 맑은 눈매며 흰 낯이 엄숙하고 단엄하여 비할 곳이 없으니 부인이 기쁨이 가득하여 말하였다.

"현서가 우리 딸의 짝이 된 지 오래되었으되 이런저런 까닭으로 지금까지 못 보았더니 오늘 요행히 찾아와 주었으니 감사함을 이기지 못하겠도다."

시랑이 절하고 말이 온화하니 부인이 기뻐 술과 안주를 가득 준비하여 대접하였다.

이윽고 생이 물러가기를 고하니 부인이 만류하며 말하였다.

"집이 누추하나 오늘 밤을 지내고 가는 것이 어떠한고?"

생이 대답하였다.

"어렵지 않으나 부모님께 제가 가는 곳을 고하지 않았으니 훗날 다시 오겠나이다."

드디어 하직하고 나오다가 소생에게 말하였다.

"영매(令妹)를 잠깐 보려 하니 침소를 알려 달라."

소생이 웃고 소매를 이끌어 소저의 침소에 이르렀다. 방안이 정결하고 아담하였다. 소생이 시랑과 함께 들어가 앉으며 홍벽을 보고 소저가 간 곳을 물으니 홍벽이 대답하였다.

"정당에 계시나이다."

소생이 즉시 내당에 이르러 소저를 보고 시랑의 말을 이르니 소저가 기뻐하지 않아 대답하지 않았다. 장 부인이 크게 기뻐 소저를 타일러 내려보내니 소저가 마지못해 침소에 이르렀다. 시랑이 몸을 일으켜 맞이해 읍하니 소저가 답례하고 한 가에 앉았다. 시랑이 눈을 들어서 소저를 보니 맑고 아름다운 모습이 이전보다 더 풍만하였으므로 시랑이 마음 가득 반가워 기쁜 낯빛으로 웃고 소저를 향해 말하였다.

"서로 손을 나눈 지 몇 해나 되었는가? 생이 그대 때문에 매를 맞아 괴롭게 지낸 것이 두 해였네. 몸이 아파 도리어 그대에게 원한이 깊었으나 마음이 굳지 못하므로 오늘 이르러 그대를 찾았으니 그대는 생이 신의 있음을 알지어다."

소저가 어이없어 속으로 냉소하고 대답하지 않았다. 시랑이 이에 손을 잡고 종내 사모하던 말을 베풀어 말이 계속되었으나 소저가 안색이 자약하고 눈을 내려깔아 요동하지 않았다. 이에 시랑이 정색하고 밀하였다.

"내 비록 어리석어도 여자가 온순하지 않음은 용납하지 않으려 하거늘 그대가 어찌 이렇게 하는가?"

소저가 다 듣고는 안색을 고치고 자리를 피해 말하였다.

"오늘 상공의 책망을 들으니 여자의 마음으로 두려움을 이기지 못하겠나이다. 첩이 어찌 상공을 공경하지 않겠나이까마는 옛날 비례(非禮)의 거동과 부모님께 고하지 않고 첩을 맞이한 것 때문에 상공이 몸에 큰 매를 맞게 되었으니 이는 모두 첩의 얼굴 탓입니다. 스스로 마음이 얼떨떨하고 생각이 쓸쓸하니 첩이 군자 안전(案前)에 보이는 것도 부끄럽거든 어찌 혀가 도와 말이 나올 수 있겠나이까? 이런 까닭에 입을 못 연 것이거늘 상공이 한갓 교만함으로 미루어 헤아리시니 첩이 비록 불민(不敏)하나 소천(所天)을 업신여기겠나이까? 전날을 생각하면 마음이 서늘해지나이다."

말을 마치고는 안색을 정돈하고 눈길을 가느다랗게 뜨니 아리따운 태도가 매우 빼어났다. 시랑이 비록 영웅의 굳센 마음을 가졌으나 스스로 마음이 풀어짐을 깨닫지 못하고 위로하였다.

"접때의 거동은 생이 나이 젊어 미쳐 길게 생각지 못해 그대를 시험하고자 해서였으니 그대는 너무 불안해 하지 말라."

소저가 탄식하고 대답하지 않았다. 시랑이 두터운 은정이 산과 바다 같아 날이 저무는 줄을 깨닫지 못하니 소저가 홀연 일렀다.

"군자께서 시아버님께 고하고 오셨나이까? 해가 서쪽 고개에 넘었거늘 어찌 갈 줄을 잊으셨나이까?"

시랑이 놀라서 눈을 들어 보니 붉은 해가 벌써 서산을 넘었으므로 바삐 옷을 여미고 일어나 나가니 소생이 따라와 중문까지 나와 일렀다.

"저녁밥을 먹고 가라."

생이 말하였다.

"날이 벌써 저물었네. 아버님의 책망이 두려우니 어찌 머물겠는가?"

이렇게 말하고 급히 돌아가니 날이 저물었다.

서헌에 들어가 저녁을 먹으니 승상은 이미 짐작하고 있었으므로 묻지 않았는데 무평백이 물었다.

"네 오늘 어디를 갔다가 이제야 왔느냐?"

시랑이 대답하였다.

"외가에서 종제(從弟)들이 만류하여 이제야 왔나이다."

소부가 미소 짓고 말하였다.

"네 속이지 마라. 소씨 집안에 다녀온 것이다."

시랑이 부친이 아는가 민망하여 나직히 미소를 지었다.

이때 소 공이 마을로부터 돌아와 시랑이 왔던 일을 듣고 놀라 일렀다.

"어찌 만류하지 않고 쉽게 보냈느냐?"

소생이 대답하였다.

"제 부친에게 고하지 못하고 왔다 하고 날이 저물었으므로 책망이 두려워 급히 가더이다."

상서가 웃고 말하였다.

"백달은 군자로구나. 그 아비의 명령을 어기지 않으니 진실로 기특하도다."

다음 날 조회를 마친 후 이씨 집안에 이르러 승상을 보고 말하였다.

"백달이 나이 장년(壯年)이요 또 몸이 쾌차하였으니 형은 모름지기 허락하여 내 딸과 함께 있게 하는 것이 어떠하나이까?"

승상이 흔쾌히 말하였다.

"저의 소행은 패악하나 소제가 저를 어려서부터 스스로 길러내 기골이 맑으니 조심함이 적지 않아 형의 명을 받들지 못하고 있었더니 형의 말씀이 옳으니 어찌 받들지 않겠나이까?"

소 공이 사례하고 돌아갔다.

석양에 승상이 시랑을 불러 소씨 집으로 가라 하니 시랑이 기대하지 않았던 기쁜 일이 뜻밖에 생겨 서당에 가 옷을 입었다. 이때 홀연 연수가 내달아 물었다.

"현제가 날이 저물었는데 어디를 가는 것이냐?"

시랑이 대답하였다.

"소씨 집에 가나이다."

연수가 놀라 물었다.

"숙부께서 가라 하시더냐?"

시랑이 말하였다.

"소제가 어찌 마음대로 하겠나이까?"

연수가 손을 잡고 크게 웃으며 말하였다.

"오늘이 무슨 날이며 오늘 저녁이 무슨 저녁인고? 몇 년 그리워하던 마음이 시원하게 되었으니 우형(愚兄)이 말이 어눌어 치하를 다 못 하거니와 현제는 너무 호색하지 말고 몸을 돌아보라."

시랑이 웃고 대답하지 않았다.

소씨 집에 이르니 상서 부부가 중당에 자리를 베풀고 술과 안주를 성대히 갖추어 대접하고 시랑을 지극히 사랑하였다.

야심 후 시랑이 침소에 이르러 소저를 대하니 몽창의 몇 년 상사하던 마음이 오늘 밤에 다 풀어졌다. 두 사람이 관계를 맺으니 온갖 은정이 산과 바다가 얕을 정도였다.

시랑이 다음 날 돌아오니 연수 등이 기롱하며 웃었다. 문득 성지가 내려 시랑을 도어사로 승탁(昇擢)[14]하니 시랑이 바삐 대궐에 들어가 사은숙배하였다. 상이 이끌어 보아 사주(賜酒)하고 위로하며 말하였다.

"경이 청춘 장년(壯年)에 무슨 병을 그토록 오래 않았는고?"

시랑이 배무(拜舞)[15]하고 말하였다.

"신이 우연히 독질을 얻어 쉽게 낫지 않아 오래 국사를 다스리지 못했으니 신의 죄는 만 번 죽어도 아깝지 않나이다. 벌을 받기를 바라더니 미미한 신을 높은 벼슬에 임명하시니 외람하고 황공함을 이기지 못하겠나이다."

상이 위로하니 시랑이 사은하고 물러나 소씨 집에 가 소 공을 보고 말하였다.

"임금께서 은혜를 내리시어 작은 몸을 과하게 아시어 벼슬을 크게 입게 하셨나이다. 소생이 손님을 맞는 것이 번거로우니 모름지기 제 아내를 보내 주시어 아내의 도리를 폐하지 말게 하소서."

공이 흔쾌히 말하였다.

"너의 말이 옳으니 여자가 어찌 남편의 집을 저버리겠느냐?"

---

14) 승탁(昇擢): 벼슬이 오름.
15) 배무(拜舞): 절하는 예식을 할 때 추는 춤.

드디어 행렬을 갖추어 소저를 보냈다. 소저가 이씨 집안에 이르러 시부모와 존당에게 두 번 절하고 뵈니 존당과 시부모가 크게 기뻐 이별의 회포를 이르고 더욱 사랑하였다.

소저가 물러나 침소에 와 가사를 정돈하고 시부모를 예로 섬기고 윤문을 양육하였는데 마치 자신의 몸에서 난 자식처럼 사랑하였다. 계양 공주를 공경하고 장 씨를 우애하여 조금도 분수에 넘치지 않았으니 일가 사람들이 칭찬하고 정 부인이 사랑하고 없어서는 안 될 사람으로 여겼다. 원래 공주는 태부인의 의복을 받들고 장 씨는 태사 부부의 의건(衣巾)을 받들었으니 승상 부부의 옷은 소 씨의 차례였다. 소 씨가 나이가 어렸으나 조금도 구애됨이 없이 사계절 의건(衣巾)을 때에 맞게 받들어 그 행동의 신중함과 여공(女工)의 기이함이 비할 데가 없었으니 사람들이 사랑하지 않는 이가 없었다. 그러나 소 씨는 조금도 냉담한 기색이 없이 온화하게 사람들에게 응대하였다. 다만 시랑을 대하면 낭랑한 담소가 없어지고 기색이 엄숙하여 시랑 대하기를 괴롭게 여겼으니 시랑이 자못 괴이하게 생각하였다.

하루는 시랑이 마을에서 저물게야 돌아와 부모를 뵙고 침소에 이르니 소 씨가 사창(紗窓)[16]에 기대고 있다가 일어섰다. 이에 어사가 서서 관복을 벗기라 하니 소 씨가 눈을 들지 않고 홍아를 불러 벗기라 하니 어사가 발끈 성을 내 말하였다.

"그대가 어찌 나를 심하게 업신여기는가? 홍아는 당하(堂下)의 여종이라 어찌 내 관복을 벗길 수 있겠는가?"

소 씨가 정색하고 말하였다.

"첩이 비록 미미하나 그대의 시첩이 아니니 어찌 관복을 벗겨 소

---

16) 사창(紗窓): 사붙이나 깁으로 만든 창.

희(小姬)의 소임을 하겠나이까?"

어사가 정색하고 말하였다.

"관복을 벗기는 것을 본디 시첩만 하랴? 그대 또한 나의 수하에 있으니 관복을 못 벗길까 싶으냐?"

소 씨가 안색을 거두어 엄숙히 하고 말을 하지 않으니 생이 더욱 노하여 스스로 관복을 벗어 후리치고 죽침을 베고 쓰러지니 소 씨 또한 멀리 앉아서 보기만 하고 별 같은 눈에 찬 기운이 어렸다. 밤이 된 후, 생이 일어나 앉아 소저를 절절히 꾸짖기를 마지않으니 소저가 듣고도 응하지 않았다. 생이 성난 눈을 비스듬히 떠 오랫동안 얼굴빛을 살피더니 닭이 울자 소저가 아침 문안하러 들어가니 생이 또한 일어나 문안하였다. 다시 침소에 들어와 시랑이 소저를 대하니 소저가 괴로움이 심했으나 한결같이 앉아 있을 뿐이요 또 요동하지 않으니 시랑이 크게 노하고 더욱 성내 다시 말을 않고 밥상도 들이면 여러 번 도로 물리쳤다. 그러나 소저는 노기가 조금도 풀리지 않아 일절 식사를 권하는 일이 없으니 어찌 어사의 산과 바다 같은 노기가 풀리겠는가.

하루는 장 씨가 일이 없어 소 씨에게 안부를 물으러 갔더니 마침 어사가 만면에 노기를 띠고 단정히 앉아 있으므로 돌아나오다가 들으니 어사가 소저를 대해 매우 꾸짖되 소저가 조금도 온화한 기운이 없고 매우 냉담하였다. 장 씨가 괴이하게 여겨 운아 등에게 물으니 그들이 대답하였다.

"저희가 어찌 자세히 알겠나이까마는 어사 어른이 소저가 온순하지 않으시다 하여 아침 저녁 때 밥을 전부 안 드셨으니 저희가 이 때문에 황송하고 민망하였으나 감히 말씀드리지 못하고 있었나이다. 원컨대 부인은 소저께 좋은 말로 타이르소서."

장 씨가 놀라서 이에 부마가 들어오자 운아의 말로 고하니 부마가 놀라고 의아하여 서당에 가 시랑을 불렀다. 시랑이 억지로 이에 이르러 부마가 유의하여 보니 시랑의 얼굴에 노기가 가득하였으므로 정색하고 말하였다.

"네 요사이 무슨 연고로 노기가 얼굴에 가득하여 기색이 평안하지 않은 것이냐?"

시랑이 대답하였다.

"소 씨가 소제를 능멸하고 업신여기니 이런 까닭에 평안하지 않나이다."

부마가 꾸짖었다.

"네 대장부 되어 아녀자와 겨루는 것이 옳지 않고 하물며 소 씨 제수는 맑은 덕을 지닌 여자시니 네 마음에 무엇이 부족하여 사오일 동안 밥도 안 먹고 처자를 보채느냐?"

시랑이 웃고 대답하였다.

"형님이 어디에 가서 이리 자세히 들으셨나이까? 형님 말씀도 옳으시거니와 소 씨가 소제를 업신여기고 모욕하여 말을 해도 대답하지 않고 온순한 기색이 없으니 형님이 당하셔도 극히 괴로우실 것입니다. 소제가 그 기운을 꺾을 것이니 형님은 용서하소서."

부마가 말을 다 듣고 정색하고 말하였다.

"소 씨 제수가 본디 기색이 단엄하신 것이요, 또한 너의 행동거지를 보시건대 어느 마음에 온순하고 싶겠느냐? 모름지기 괴이한 거동을 그칠지어다."

생이 사죄하며 말하였다.

"형님의 말씀으로 미루어 보건대 소제가 많이 그릇하였으니 이후에는 그러지 않겠나이다."

이렇게 말하고 물러갔다.

부마가 이날 궁에 가 공주를 보고 일렀다.

"소 씨 제수가 아우가 사오 일 밥을 안 먹는 것을 보아도 한 마디 권하는 말이 없다 하니 이는 여자의 도리를 너무 잃으신 것입니다. 또 여러 날이 되어 운계[17] 형이 안다면 희롱거리가 되어 좋지 않을 것이니 공주는 조용히 소 씨 제수를 보시고 온순할 것을 이르소서."

공주가 웃고 대답하였다.

"소 소저가 대체(大體)를 아는 사람이요, 첩이 언변이 없으니 어찌 그 마음을 타이르겠나이까?"

부마가 또한 웃고 말하였다.

"몽창의 행동을 대해서는 내가 여자라도 화가 날 것입니다. 그러나 여자의 도리는 온순함이 귀하니 공주는 일찌감치 일러 고치도록 하소서."

공주가 한가히 웃으며 말이 없었다.

공주가 다음 날 상부에 가 문안하고 중당에 가 소 씨 보기를 청하였다. 소 씨가 바삐 이르니 공주가 좋은 낯빛으로 웃고 일렀다.

"마침 여름날이 더운데 몸이 적적하여 소저를 청한 것이니 소저께서 빛나게 이르러 주셨으니 다행입니다."

소 씨가 사례하였다.

"첩은 미천한 여자입니다. 어찌 옥주의 지나친 공손하심을 감당할 수 있겠나이까?"

공주가 웃고 말하였다.

"피차 형제의 의리가 있으니 겸손히 사양하실 바가 아닙니다."

---

17) 운계: 철연수의 자(字). 철연수는 이몽현, 이몽창 형제의 조부(祖父)인 이현이 양녀로 들인 경혜벽의 아들로, 이몽현 형제에게는 이종사촌임.

소 씨가 사례하고 말하더가 홍아가 바삐 돌아와 고하였다.

"어른이 또 상을 내어 버리셨나이다."

소저가 말을 다 듣고 안색을 자약히 하여 말을 하지 않으니 공주가 짐짓 물었다.

"무슨 일로 서방님이 밥을 다 드시지 않으시나이까?"

소 씨가 미소를 짓고 대답하였다.

"첩이 인사에 어리석으니 군자의 뜻에 맞추기가 쉽겠나이까? 이런 까닭에 군자가 첩을 마뜩지 않게 여겨 밥을 먹지 않나이다."

공주가 다시 일렀다.

"부인이 권해도 그리 하시나이까?"

소 씨가 대답하였다.

"군자가 이미 첩을 마뜩지 않게 여겨 그러하니 어찌 첩이 말을 하겠나이까?"

공주가 말을 다 듣고는 안색을 엄정히 하고 소리를 낮추어 말하였다.

"첩이 오늘 소저 안전에 말을 내는 것이 당돌한 줄 모르는 것이 아니나 첩이 이미 소저와 형제 항렬에 외람되게 함께 있어 동기의 의리가 있으므로 어찌 사리에 옳지 않은 소저의 행동을 보고 한 말씀을 드리지 않을 수 있겠나이까? 이제 서방님의 행동이 잠깐 도리에 어긋났으나 큰 과실이 아니고 큰 과실이라도 소저가 마땅히 조용히 타이르셔서 서방님의 마음을 평안히 하시도록 하셨어야 할 것입니다. 그런데 이제 소저께서는 서방님이 연일 음식 드시지 않는 것을 보시고도 한 말씀을 하지 않으셨으니 첩이 만일 남자라도 뜻을 세우고 그칠 것입니다. 하물며 서방님처럼 기개가 고상한 분은 더욱 그럴 것입니다. 서방님이 사오 일 하시는 행동은 진실로 사람들이 보기에 괴이하고 몸을 염려할 만하니 소저는 모름지기 서방님을 개유하시어 그 뜻을 좇으시는 것이 다행일까 하나이다. 하물며 이곳은 집안이 번성하여 사람들의 시비(是非)가 어지러울 수 있으므로 여자가 조심해야 하는 곳입니다. 소저는 첩의 당돌함을 괴이하게 여기지 마시고 온순함에 힘쓰소서."

소 씨가 공경하는 태도로 다 듣고 안색이 처량하여 눈물을 머금고 자리를 옮겨 대답하였다.

"오늘 옥주의 명하시는 바가 금옥(金玉)과 같으니 첩이 어찌 봉행하지 않으며 또 제 행동이 그른 줄을 모르겠나이까? 다만 마음속에 깊은 소회가 있으니 오늘 옥주 안전에 고하고자 하나이다. 첩의 어리석음은 진실로 이를 만하지 않으나 군자의 하는 거동이 하나도 볼 만한 일이 없고 더욱 첩을 향해 구는 거동은 첩으로 하여금 부끄럽게 만듭니다. 첩이 비록 지식이 없어 어리석으나 그 거동을 헤아리건대 첩을 저버리고 그칠 것입니다. 이를 생각하면 심담이 서늘하니 진실로 말하려는 마음도 없어 찬 재와 같고 개유하고 싶은 마음도 없나이다. 이런 까닭에 개유하지 못했더니 옥주의 말씀이 이와 같으시니 어찌 받들지 않을 수 있겠나이까?"

말을 마치고 옥 같은 얼굴에 눈물이 슬피 떨어지니 공주처럼 신명한 사람이 또 어찌 알지 못하겠는가. 역시 슬피 탄식하고 위로하며 말하였다.

"소저가 언참(言讖)[18]의 해로움을 생각지 않으시고 괴이한 말씀을 하십니까? 서방님이 소저와 부부 사이이니 앞날에 어찌 소저를 저버릴 까닭이 있겠나이까?"

---

18) 언참(言讖): 우연히 한 말이 나중에 돌이켜보면 예언처럼 된 말.

소 씨가 길이 탄식하여 말을 하지 않으니 공주가 재삼 위로하고 돌아갔다.

소 씨가 또한 침소에 돌아오니 시랑이 죽침에 누웠다가 곁눈으로 보니 소저의 얼굴에 눈물 자국이 있었다. 그 슬픈 거동이 장부의 넋을 녹였으므로 그런 노기(怒氣) 가운데서도 사랑하는 마음이 무궁하였으나 내색하지 않았다. 시녀가 저녁밥을 올리나 생이 일어나지 않으니 소저가 꾹 참고 이에 나직이 말하였다.

"첩이 불초하여 설사 군자의 뜻에 맞지 않으면 군자가 죄를 다스려 내치는 것이 옳거늘 무슨 까닭으로 연일 밥을 먹지 않으시어 몸이 상함을 돌아보지 않으시나이까?"

생이 낯빛을 바꾸고 대답하지 않으니 소 씨가 다시 일렀다.

"군자가 진실로 무슨 마음이 있으시나이까? 사람이 지극한 슬픔 중에도 음식을 먹거늘 군자는 무슨 까닭에 벌써 오륙 일째 음식을 먹지 않으니 그 거동이 우습기에 가깝나이다. 첩이 비록 아녀자나 군자의 행동을 그윽이 취하지 않으니 군자는 몸을 스스로 돌아보시면 다행일까 하나이다."

생이 바야흐로 소매를 후리치고 일어나 앉아 일렀다.

"내가 밥을 안 먹는 것이 그대 마음을 시원하게 하려 해서이거늘 그대가 또 번거롭게 묻는 것은 어째서인고?"

소 씨가 담담하게 말하였다.

"군(君)이 진실로 괴이합니다. 군자가 밥을 먹지 않는데 첩이 마음이 시원할 까닭이 있겠나이까?"

시랑이 정색하고 말하였다.

"그대가 생 미워하기를 원수같이 하여 기쁜 기색이 있다가도 생을 곧 보면 분노한 빛이 일어나고 생을 업신여겨 생을 홍모(鴻毛)와 같이 여기되 내 능히 그대를 제어치 못하니 생이 어찌 밥을 먹어 사람 무리에 참여하겠는가? 공주처럼 귀하신 분도 형님을 지극히 공경하시거늘 그대는 어떤 사람이기에 학생 업신여기기를 이처럼 심하게 하는가?"

소 씨가 자리를 떠나 사죄하며 말하였다.

"첩이 비록 불초하나 어찌 가군(家君)을 업신여기겠나이까? 그러나 첩의 행동이 불민하니 그 죄를 밝히 다스리시고 밥상을 내 오시기를 청하나이다."

시랑이 정색하고 말하였다.

"그대가 말을 꾸며 생 대하기를 괴롭게 여기니 이는 반드시 다른 마음을 두어서일 것이다. 그대가 내치라 하지 않아도 조만간 그대를 내칠 것이다."

소 씨가 정색하고 잠자코 있으니 생이 밥을 먹고 상을 물린 후 한참 동안 잠잠하다가 일렀다.

"그대가 내가 밥 먹지 않는 것을 이르면서 그대는 어찌 밤에 잠을 자지 않는 것인가?"

소 씨가 억지로 대답하였다.

"군자께서 평온하지 않아 편안히 쉬지 않으시니 첩이 어찌 마음을 놓을 수 있겠나이까?"

시랑이 그 말을 비웃고 대답하지 않았다.

이후 소저가 억지로 잠깐 온순하려고 애를 쓰니 생이 크게 기뻐하여 그 은정이 상 씨에 비기지 못하였다. 그리하여 잠시도 소 씨 곁을 떠나지 않으니 소 씨가 괴로움을 이기지 못하였다. 그러나 생이 임금을 섬김에 충을 으뜸으로 하고 부모를 섬김에 효성이 지극하고 벗을 대함에 신의가 오롯하니 몸가짐에 반점 허물이 없으므로 소저가 간할 말이 없고 전날을 생각하여 묵묵히 있으니 생이 과도히 사랑하여 소 씨 곁을 잠시도 떠나지 않았다.

하루는 일가 사람들이 중당에 모여 한담하였다. 이때 소 씨가 마침 기운이 평안하지 않아 침소에서 조리하였으므로 중당에 나오지 못하였다. 그래서 시랑이 잠깐 앉아 있다가 즉시 일어나 침소로 가니 승상이 눈을 들어 그 가는 데를 보다가 미우를 찡그리고 탄식하며 말하였다.

"몽창이 소 씨 향한 정이 저렇듯 과도하니 생각건대 한결같지 못할까 하노라."

소부가 말하였다.

"소 씨의 눈썹과 눈이 맑되 물결이 낀 듯하고 안색이 너무 찬란하니 오래 살 골격이 아닐까 염려롭습니다."

승상이 대답하였다.

"네가 아는 것도 밝거니와 소 씨가 맑은데 윤택하고 찬란한데 탐스러우니 단명하지는 않겠지만 미간이 불길하니 큰 액을 겪을 것이다. 그러나 마침내는 무사할 것이다."

소부가 사례하고 말하였다.

"형님의 밝은 식견은 진실로 우리가 미치지 못하겠나이다."

이때 옥란이 이 어사의 며칠 은정이 하해(河海)와 같을 줄 믿어 일생을 의탁하려는 바람이 있더니 어사가 호광에 가 소 씨를 맞이해 돌아와 매를 맞고 두 달을 고생한다는 말을 듣고 놀라며 기뻐하였다. 대개 놀란 것은 소 씨를 맞이해서요, 기뻐한 것은 승상의 꾸짖음이 커서 승상이 소 씨를 받아들이지 않을까 해서였다. 그런데 또 들으니 소 씨가 시가에 돌아와 그 총애와 권세가 무겁다 하므로 옥란이 발을 굴러 말하였다.

"풍류 남자가 내 일생을 헤집어놓고 이처럼 무심한가?"

이렇게 말하고 번뇌하여 한번 이씨 집안에 나아가 소 씨를 보려 하였다. 그러나 부인에게서 신임을 받는 시녀로서 잠시 틈을 얻지 못해 밤낮으로 노심초사하였다. 그런데 하늘이 사람의 소원을 좇은 것인지 정 공의 아들과 형제들이 집에 가득하여 집이 좁았으므로 집을 늘려 이씨 집안 곁에 큰 집을 사서 왔다. 이에 정 부인과 혜아 부인이 기쁨을 이기지 못해 내외로 협문을 두어 아침 저녁으로 왕래하였고, 정 공과 태사는 막역지우로서 정이 더욱 두터워졌고 승상과 정 상서의 정도 더욱 극진하였다.

하루는 정 부인이 친정에 가 모친을 뵙고 말을 하더니 옥란을 보고 놀라고 의아하여 이에 옥란을 물러가라 하고 여 부인에게 고하였다.

"옥란이 안색이 살기등등하고 거동이 요괴로우니 가까이 부릴 것이 아닙니다. 그러니 밖으로 내 보내소서."

부인이 말하였다.

"내 옥란을 또 요괴롭다고 여겼으나 제 하는 일이 영민하여 밖으로 내 보내기를 주저하고 있었다. 네 말이 옳으니 그대로 해야겠구나."

이에 옥란을 밖으로 내 보내니 옥란이 짐짓 다행스럽게 여겼다.

하루는 이씨 집안에 가 모든 부녀를 살펴보았으나 누가 소 씨인 줄을 몰라 그저 돌아왔다.

또 하루는 이 어사가 정씨 집안에 와 한담하다가 협문으로 나가니 옥란이 계단 위에서 슬피 울었다. 어사가 돌아보고 잠깐 웃고 말하였다.

"군자가 숙녀를 만났으니 너 같은 것은 지나가는 인연이다. 거리끼지 말고 모쪼록 서방을 만나 지내라."

말을 마치고 길이 생각하다가 돌아가니 옥란이 미워함을 이기지 못하였다.

하루는 음식을 장만하여 가운데 독을 두어 이씨 집안에 가 유모에게 물었다.

"소 부인의 침소가 어디인고?"

유모가 손을 들어 죽매각을 가리켰다. 옥란이 죽매각에 이르니 시녀 홍아가 난간에 앉아 수를 놓다가 옥란을 보고 일렀다.

"그대는 어떤 사람인가?"

옥란이 대답하였다.

"나는 여 태부인의 시녀인데 부인의 명령을 받아 이르렀으니 그대는 이대로 전하라."

홍아가 즉시 들어가 소저에게 고하니 소저가 사창(紗窓)을 밀고 옥란을 불렀다. 옥란이 두 번 절하고 치밀어보니 그 타고난 자태가 눈과 귀를 놀라게 하였다. 옥란이 크게 놀라고 당황하여 미워하는 마음으로 칼을 꽂고 싶어 하였으나 참고 고하였다.

"부인이 마침 오늘 술과 안주를 장만하셔서 소저께 보내셨나이다."

소저가 다 듣고 천천히 눈을 들어 보니 이는 곧 예전에 상 씨가 가리키던 아이였다. 크게 놀라 두어 번 거들떠보다가 홍아를 명해 음식을 받으라 하고 짐짓 부인의 은덕을 칭송하였다. 옥란이 계단 아래에서 머뭇거리다가 가니 소저가 오랫동안 생각하다가 홍아를 명해 음식을 난간 밑에 묻으라 하였다. 이에 홍아가 놀라 말하였다.

"정씨 집안의 노부인께서 보내신 것을 무슨 까닭으로 묻으라 하시나이까?"

소저가 미소를 짓고 재촉하여 묻은 후 속으로 생각하였다.

'이는 곧 이 군의 시첩인가 싶으니 내 반드시 이 사람 손에 죽겠구나.'

이처럼 생각하고 마음이 자못 편안치 않았다.

이때는 겨울이었다. 소 씨가 만삭하여 아들을 낳으니 얼굴이 준수하고 기운이 단엄하여 윤문의 무리가 아니었다. 생이 크게 기뻐하고 일가 사람들이 치하하였다. 소 씨가 친정에 와 해산하고 몇 달이 지난 후에 가려 하였다.

이해 섣달에 임금이 후원에서 눈이 내린 경치를 보고 과거를 베풀어 인재를 뽑으려 하였다. 이에 소형이 나아가 과거에 급제하니 당일에 과거 급제자의 이름이 불려 계화청삼(桂花靑衫)[19]으로 집에 이르렀다. 노 부인이 기뻐하고 상서 부부가 놀라면서도 기뻐하는 것이 비길 데가 없어 이에 잔치를 크게 베풀어 조정의 모든 관리를 모아 즐겼다. 장 부인이 정 부인 등을 청하니 정 부인이 가기를 어렵게 여겼다. 이에 유 부인이 태사에게 아뢰니 태사가 말하였다.

"부인이 일찍이 그 집의 은혜를 두터이 입었고, 하물며 사돈의 의리가 있으니 가는 것이 해롭지 않을 것이오."

유 부인이 기뻐하며 정 부인 등 세 며느리와 딸 초왕비[20]와 상 부인, 철 부인 등과 계양 공주, 장 씨를 거느려 소씨 집안에 이르렀다. 장 부인이 위 씨와 딸을 거느리고 뭇 손님을 영접하여 자리를 잡을 적에 노 부인을 받들어 주인 자리에 모시고 이에 유 부인을 상좌(上座)에 안내하니 부인이 사양하며 말하였다.

"첩이 무슨 사람이라고 존부의 연회(宴會)에 와서 상좌를 감당하겠나이까?"

장 부인이 다시 청하여 말하였다.

---

19) 계화청삼(桂花靑衫): 계화는 과거 급제자가 머리에 꽂는 꽃. 청삼은 조복(朝服) 안에 받쳐 입던 옷으로, 남빛 바탕에 검은 빛깔로 가를 꾸미고 큰 소매를 달았음.

20) 초왕비: 승상 이관성의 여동생 이위염을 이름.

"부인께서 자리가 높으시고 연세가 또 우리보다 많으신데 어찌 상좌를 사양하시나이까?"

뭇 손님이 모두 일렀다.

"우리가 외람되게 잔치에 참여하려 이르렀으나 어찌 존태사 부인이며 대승상 자당인 분과 자리를 바꾸겠나이까? 모름지기 고집하지 마소서."

부인이 마지못하여 객좌의 가장 윗자리로 나아가니 정 부인 등 다섯 사람이 시어머니를 모셔 차례로 앉고 뭇 손님이 모두 자리를 잡았다. 꽃같이 아리따운 얼굴과 얼음 같은 자태가 자리에 빛났으나 정 부인에게 누가 미칠 수 있겠는가. 노 부인이 유 부인의 손을 잡고 반김을 이기지 못하여 말하였다.

"노인이 살았다가 부인을 다시 볼 줄 어찌 알았겠나이까?"

유 부인이 절하고 말하였다.

"부인께서 상경하신 후 첩이 즉시 나아와 뵈올 것이로되 몸에 질병이 낫지 않고 자리가 옛날과 같지 않아 즉시 나아와 뵙지 못하였으니 배은(背恩)함이 심했나이다."

말을 마치기 전에 소 씨가 봉관화리(鳳冠花履)로 앞에 와 절하고 오랫동안 문안 못 했음을 사죄하였다. 이에 유, 정 두 부인이 아들 낳은 것을 기뻐하고 소 씨가 오래 떠나 있음을 허전하다 하였다.

이윽고 공주와 장 씨의 행렬이 이르러 장 씨가 먼저 들어와 좌중에 예를 마치고 뒤따라 공주가 봉련(鳳輦)[21]에서 나와 무수한 상궁이 붙들어 좌중에 이르니 뭇 손님이 일시에 당에서 내려와 맞이해 대청에 올랐다. 공주가 방석을 이끌어 정 부인을 시좌(侍坐)하니 그

---

21) 봉련(鳳輦): 꼭대기에 황금의 봉황을 장식한, 임금이 타는 가마.

아래로 장 씨와 소 씨가 차례로 앉았다. 공주의 한없는 광채와 장 씨의 엄숙하고 아담한 모습이며 소 씨의 온갖 아름다운 자태가 한결같아 위아래를 분간할 수 없으니 좌중의 분 바른 사람들이 다 기운이 빠졌다. 자리에 있던 사람들이 모두 놀라고 장 상서 부인 오 씨가 이 자리에 왔다가 공주를 보고 이에 기운을 잃어 한참 후에나 정신을 차리고 자리를 떠나 유, 정 두 부인에게 몸을 굽혀 사례하였다.

"첩의 딸이 어리석은 기질로 부마의 아내 노릇을 함이 불가하되 존당과 정 부인께서 기출(己出)같이 은혜로 돌보아 주시니 첩이 감격하여 이를 비할 데가 없나이다. 다만 규방이 바다 같고 예의에 구애하여 일찍 나아가 사례하지 못했더니 오늘 동생[22]의 잔치를 맞아 이에 이르러 부인의 존안(尊顔)을 대하오니 감히 한 말씀으로 사례하나이다."

유 부인이 기쁜 낯빛으로 말하였다.

"우리 며느리의 얼굴과 행동이 미진한 곳이 없으니 우리가 매우 사랑함이 보통 일이라 어찌 부인의 치사를 감당하겠나이까?"

정 부인이 용모를 단정히 하고 말하였다.

"며느리는 우리 아이의 어렸을 적 정실이되 이런저런 까닭으로 자리가 낮추어졌으니 우리가 부인 뵙는 것이 부끄럽나이다. 하물며 우리 며느리는 자식 항렬에 있으니 사랑하거늘 부인이 어찌 치사를 하시나이까?"

부인이 재삼 사례하고 이에 공주 앞에 나아가 공손히 절하고 말하였다.

"첩의 더러운 딸이 옥주의 동렬(同列)이 되는 것이 격에 맞지 않

---

22) 동생: 상서 소문의 아내가 장 씨이고 자신은 장 씨와 남매지간인 장 상서의 아내이므로 이와 같이 말한 것임.

습니다. 하물며 첩의 딸은 빈 규방에서 늙을 것이거늘 옥주께서 산처럼 높고 바다처럼 넓은 은덕을 펴시어 첩의 딸로 하여금 마치 죽은 나무에서 잎이 나게 하셨나이다. 또 첩의 딸을 재삼 예의로 타이르시어 부마의 부인을 삼으시고 사랑하심을 바란 바에 넘치도록 하시니 첩이 길이 구슬을 머금고[23] 은혜 갚기를 원했나이다. 그런데 오늘 밤이 무슨 밤이기에 옥주의 존안을 뵈올 수 있게 되었나이까? 천첩이 당돌함을 잊고 한 말씀을 고하였으니 옥주는 길이 용서하소서."

공주가 낯빛을 바로 하고 방석을 떠나 손을 맞잡고 대답하였다.

"첩이 깊은 궁에서 나고 자라 세상일을 알지 못했으므로 영소저가 빈 규방에서 원한을 품은 줄을 알지 못하다가 늦게야 일을 도모한 것을 부끄러워하니 어찌 이 말씀을 감당하겠나이까? 하물며 영소저와 같이 어진 자질을 가진 사람이 첩보다 아래 위치에 있어 불안함을 이기지 못하겠나이다."

말이 온화하고 안색이 유순하니 오 부인이 탄복함을 마지않았다.

소 상서 부인 장 씨가 정 부인을 향하여 사례하였다.

"첩의 부부가 액운이 심하여 자녀를 두고 천 리 밖 먼 곳으로 갔으니 자녀를 혼인시킬 길이 아득하였습니다. 아들은 제 스스로 앞길을 열기 쉬우나 가련한 딸아이는 사람 무리에 머리를 채우기 어렵더니 현서(賢壻)가 천 리를 멀다 하지 않고 와서 두 팔찌가 다시 합하고 딸아이를 군자의 좋은 짝으로 삼았으니 첩이 감격하여 이루 헤아릴 길이 없었나이다. 딸아이가 존문(尊門)에 나아감에 시골에서 자라나 부덕이 적고 매사에 어리석거늘 부인과 대승상께서 지극히 사랑하시니 첩이 감격하여 은혜를 잊지 않겠나이다."

---

23) 구슬을 머금고: 은혜 갚음을 말함. 중국 수후(隋侯)가 다친 뱀을 치료해 주었는데 그 뱀이 후에 수후에게 명월주를 바쳐 은혜를 갚았다는 이야기가 전함.

정 부인이 공손히 사양하며 말하였다.

"현부는 세상에 드문 성녀(聖女)입니다. 운수가 이롭지 않음을 만나 제 아들 같은 미친 사람을 만났으니 일생이 순탄하지 못할 것입니다. 첩이 이 때문에 탄식하오니 어찌 이 말씀을 감당하겠나이까?"

장 부인이 웃으며 말하였다.

"현서는 천생 신선입니다. 제 딸이 약한 기질로 감당하지 못할까 염려하거늘 부인이 시랑 논박(論駁)을 심히 하시나이까?"

정 부인이 잠깐 웃고 겸손히 사양하였다.

날이 늦어 상을 들이고 풍류를 즐겼다. 외당에 풍류 소리가 진동하였으므로 뭇 부인이 몸을 일으켜 주렴 사이로 밖을 보니 신래(新來)의 옥 같은 얼굴과 풍채가 대단한데 모든 관리들이 명하여 신래를 보챘다. 그런데 한 소년 재상이 몸에 붉은 도포를 입고 머리에 오사모를 썼으며 손에 옥홀(玉笏)을 들어 난간 기슭에 앉아 심하게 보채며 온갖 괴로운 노릇을 다 시켰다. 그 소년이 미우에 강산의 정기를 혼자 가져 여덟 색깔 눈썹에 미미한 웃음을 띠고 앉아 있었으니 뭇 손님이 그 풍류를 우러러보았다. 장 부인이 새로이 기뻐하며 말하였다.

"이는 현임 도어사 이몽창이니 첩의 사위입니다."

뭇 손님이 놀라 탄복하고 칭찬하며 말하였다.

"우리가 소 부인을 보고 그 쌍이 없을까 하였더니 이제 그 가군(家君)의 뛰어난 풍채가 이처럼 준수하니 부인의 복을 하례하나이다."

장 부인이 웃고 사양하지 않았다.

이때 이 어사가 짐짓 뭇 각로에게 명을 청하여 소생을 심하게 보챘다. 소생이 이 어사가 자기와 동갑의 나이로 자기를 이처럼 보채는 것이 야속하여 순순히 듣지 않으니 어사가 창부와 광대를 엄히 꾸짖어 소생의 얼굴에 먹을 어지럽게 바르도록 하니 그 모습이 괴이하였다. 어사가 부친이 윗자리에 있었으므로 희롱을 시원히 못 하고 다만 입을 가려 미소 짓고 말하였다.

"그대 전날에 나를 보고 귀신이라 하더니 그대는 어찌 오늘 야차(夜叉)24)가 되었는고?"

소생이 할 말이 없어 웃었다. 어사가 더욱 곤히 보채자 승상이 그치라 명령하였으므로 어사가 명령을 들어 이에 소생을 용서하여 당에 올리고 손님과 주인이 크게 즐겼다. 축하하는 잔이 어지럽게 날리고 춤추는 소맷자락이 너울거렸다.

종일 즐기고 석양에 잔치를 마치니 내객(內客)이 흩어질 적에 승상 삼 형제가 주거(朱車)25)를 내와 모친이 나오기를 기다리고 부마 형제가 덩 앞에 서서 정 부인이 들기를 청하니 유 부인과 정 부인의 복록이 비길 곳이 없었다.

유, 정 두 부인이 노 부인, 장 부인과 이별하고 본부에 이르니, 주 씨 등이 맞이해 정당에 가 태부인을 뵈었다. 미처 말을 못 해서 태사와 승상이 부마 등을 거느리고 이어서 들어와 각각 잔치 자리의 성함을 이르더니 유 부인이 말하였다.

"오늘 장 상서 부인을 보니 우리 며느리의 어짊을 족히 알겠구나."

소부가 웃고 아뢰었다.

"제가 보건대 어머님 슬하에 한갓 장 씨만 어진 것이 아니고 공주와 소 씨가 다 차등이 없고 정 씨 형수와 설 씨 제수의 어지심이 고

---

24) 야차(夜叉): 두억시니. 모질고 사나운 귀신의 하나.
25) 주거(朱車): 붉은 칠을 한 바퀴가 달린 수레로 높은 지위에 있는 사람이 탐.

금을 살피나 비할 사람이 없으니 이는 다 어머님의 복이 두터우셔서 그런 것입니다. 어찌 한 사람만 이를 수 있겠나이까?"

주 씨가 말을 이어 말하였다.

"상공 말씀이 참으로 옳으십니다. 만일 부인께 복록이 없으시다면 어찌 정 부인 등이 한결같이 빼어나겠나이까?"

태부인이 옳다 하니 유 부인이 자리를 옮겨 사례하였다.

이때 소 씨의 병이 회복되고 몸이 무사하였으므로 며칠 뒤에 아들을 데리고 이씨 집안에 이르니 시부모가 새로이 사랑하고 생이 더욱 소중히 대우하여 자식의 이름을 성문이라 하고 사랑함이 윤문과 다름이 없었다. 소 씨는 무릇 일마다 윤문을 먼저 하여 사랑함이 성문보다 더하였다.

이때 윤문은 네 살이었다. 고운 얼굴이 당대에 대적할 쌍이 없었으나 다만 말을 못 하고 행동거지가 어리석은 듯하여 아비, 어미를 모르는 듯하였다. 어사가 이를 매양 안 좋게 여기더니 성문을 얻자 그 기상이 강보의 어린 아이 같지 않았으므로 하루는 침소에서 두 아이를 어루만지며 소 씨에게 일렀다.

"상 씨는 팔자가 그대만 못 해 몸이 죽은 후 한 명의 골육이 이렇듯 어리석고 성문은 강보의 아이로되 거동이 이렇듯 여유로우니 그대 팔자는 묻지 않아도 알겠도다. 그러니 지금도 생을 비난하고 싶은가?"

소 씨가 정색하고 답하지 않으니 생이 스스로 웃을 따름이었다.

이때 옥란이 소 씨가 아들을 낳자 더욱 분노가 쌓여 밤낮으로 소 씨 해칠 생각을 하였으나 계교가 궁하였다.

하루는 이씨 집안에 이르러 죽매각에 가니 소 씨는 정당에 가고 시녀 난매가 난간 기슭에 혼자 앉아 앵무새를 길들이고 있었다. 옥란이 한 꾀를 생각하고 나아가 웃고 물었다.

"언니야! 한 번도 본 적이 없다가 우연히 만났으니 이는 참으로 기특한 일이오. 이후에 서로 사귀어 형제처럼 지내기를 바라오."

난매가 옥란의 말이 맑고 전아하며 안색이 옥 같음을 공경하여 이에 대답하였다.

"언니는 어떤 사람이기에 나 같은 사람에게 과도하게 공손한 것이오?"

옥란이 웃으며 말하였다.

"언니의 선녀 같은 모습을 보니 언니의 가마를 이끌고 싶은데 어찌 과도하게 공손하지 않으리오? 내 있는 곳이 누추하나 언니는 잠깐 가서 말을 하는 것이 어떠한고?"

난매가 옥란의 은근한 정을 보고 몸을 일으켜 옥란을 따라 옥란의 방에 이르니 벌여 놓은 것과 꾸민 것이 매우 사치스러웠다. 이에 난매가 놀라고 의아해 말하였다.

"언니는 정 각로 댁 시녀인데 어찌 이렇듯 부유한고?"

옥란이 웃고 말하였다.

"나의 부친이 지금 표기대장군 두연의 막하 종사관이 되어 권세가 산악 같고 금백(金帛)이 산과 같으니 무엇이 어렵겠소?"

난매가 흠모함을 이기지 못해 말하였다.

"언니는 여염집 종이라도 부유함이 이와 같구나."

옥란이 난매의 마음이 동한 것에 기뻐하여 웃고서 일렀다.

"내가 언니의 옥 같은 모습에 흠모하여 감복하였으니 서로 형제가 되는 것이 무엇이 어려운 일이겠소?"

난매가 기뻐하며 허락하니 옥란이 기뻐 향을 피우고 난매와 함께 여덟 번 절하여 형제가 되었다. 나이를 물으니 난매가 한 살이 더 많

앉으므로 형이 되고 옥란은 아우가 되어 옥란이 축원하였다.

"우리 두 사람이 유비, 관우, 장비의 도원결의를 본받아 형제가 되었으니 만일 한 명이라도 마음을 다르게 먹는다면 하늘이 재앙을 내려주실 것이다."

이렇게 축원하고 매우 기뻐하여 옥란이 이에 난매에게 금구슬 열 개와 옥노리개 두 쌍을 주며 말하였다.

"소소하지만 이것들로 형제의 정을 드러냅니다."

난매가 바란 바에 넘쳐 크게 기뻐하여 그것들을 받아 돌아왔다. 이후 서로에 대한 정이 매우 두터웠다.

하루는 옥란이 난매를 청해 제 방에 와 사치스러운 음식을 먹이니 난매가 물었다.

"아우는 이것을 어디에 가서 얻었는고?"

옥란이 말하였다.

"내 부친이 표기장군 막하에 있고 또 우리 형이 장군의 소실이 되었으니 음식은 거기서 온 것입니다. 이 음식은 작은 일입니다. 황금과 비단이 수없이 오나 내 쓸 데가 없어 안 받나이다."

난매가 부러움을 이기지 못해 말하였다.

"나는 우리 부인이 매우 엄정하시고 또 홍벽과 홍아가 가까이에서 모시고 있고 나는 바깥 시녀가 되어 금 한 푼인들 어디에 가서 얻어 쓰겠는가? 현제의 부귀를 부러워하노라."

옥란이 거짓 슬퍼하며 말하였다.

"가련하다! 형의 가난함이여. 내가 아우 되어 어찌 돕지 않을 수 있겠나이까? 내 마땅히 아비 집에 기별하여 형이 평생 쓸 것을 줄 것이니 내일 아침에 오소서."

난매가 기뻐하고 돌아갔다.

이튿날 또 가니 과연 옥란이 백금 삼십 냥과 야명주 열 개를 가지고 난매를 주며 말하였다.

"이것이 비록 적으나 언니가 한 달 쓸 것은 될 것이니 훗날에 또 얻어 주겠나이다."

난매가 매우 기뻐하다가 도리어 멍한 듯 말하였다.

"현제가 이런 귀한 보물을 뜻밖에 주었으니 내 무엇으로 이 은혜를 갚을꼬?"

옥란이 말려 말하였다.

"이는 형제의 정에 예삿일이니 어찌 과도히 일컫나이까?"

난매가 무수히 사례하고 돌아가 물건들로 꾸미니 의복과 노리개가 매우 사치스러웠다. 이에 소 소저가 괴이하게 여겨 하루는 난매를 불러 꾸짖었다.

"네 당하(堂下)의 종으로서 의복이 찬란한 줄 살피지 않으니 어찌 됐든 이르라. 누가 너에게 저런 귀한 보물을 주었느냐?"

난매가 소저가 엄정히 묻자 창졸간에 말을 제대로 하지 못해 낯이 붉고 말이 돕지 않아 머뭇거리다 대답하였다.

"소비(小婢)의 형이 보냈거늘 소비가 잠시 생각지 못하고 몸에 가까이 하였더니 없애는 것이 무엇이 어렵겠나이까?"

소저가 그 기색을 보고 크게 괴이하게 여겼으나 말을 진중하게 함이 남보다 더했으므로 다시 묻지 않았다. 난매가 물러나와 우울하여 즐거워하지 않다가 옥란에게 가서 보니 옥란이 물었다.

"언니가 어찌 오늘은 얼굴에 근심이 심합니까? 이것은 생활이 힘들어서 그런 것이 아닙니까? 만일 그런 일이 있거든 내가 약간의 금과 비단을 주겠나이다."

난매가 눈썹을 찡그리고 일렀다.

"현제가 날 잘 돌봐 준 데 힘입어 황금이 상자에 있고 명주가 몸에 머물러 있어 스스로 통쾌해 하더니 우리 소저가 이리이리 꾸짖으시니 이후에 다시는 보석을 몸에 가까이 못할 것이네. 이 때문에 탄식하는 것이라네."

옥란이 이 틈을 타 잠깐 난매를 격동시켰다.

"언니의 나이가 이미 청춘이요 안색이 옥과 같거늘 외로이 심궁(深宮)에 들어가 남의 아래 사람이 되어 저렇듯 절제를 받으니 어찌 탄식하지 않으리오? 언니는 모름지기 계교를 지어 몸을 벗어나는 것이 어떠하나이까?"

난매가 그럴 듯하여 말하였다.

"현제의 말이 옳으나 내 조상부터 이씨 집안의 시녀이니 어찌 벗어나겠는가?"

옥란이 가만히 일렀다.

"언니는 듣지 않았나이까? 큰 일을 이루는 자는 작은 절개를 돌아보지 않는다 하였으니 어찌 소저를 해치고 몸을 벗어나지 못하는 것입니까?"

난매가 오래 생각하다가 일렀다.

"내 마음속이 안개처럼 가려 있어 좋은 계책을 생각하지 못하겠구나."

옥란이 이에 황금 이십 냥을 주며 난매의 손을 붙들고 일렀다.

"언니는 모름지기 내 말대로 하면 부귀가 극진할 것입니다."

난매가 일렀다.

"전날 준 금은도 상자에 있으니 이것을 또 가져다 어디에 쓰겠는가?"

옥란이 웃고 말하였다.

"언니는 소탈한 사람이구려. 훗날 장부를 만나 자손을 둘 때 어찌 쓸 곳이 없을까 근심하겠나이까?"

난매가 옳게 여겨 황금을 거두니 옥란이 이에 자리에 나오게 해 말하였다.

"언니가 비록 장부를 얻어 살려고 해도 소 씨 여자가 있는 한은 결단코 뜻을 못 이룰 것입니다. 내 보니 어사의 전실(前室) 상 씨가 낳은 자식이 있으니 저를 죽여 소 씨로 하여금 입이 있으나 변명을 못 하게 하고 이후에 계교를 베풀어 소 씨 여자를 죽인 후 언니와 내가 군자를 얻어 돌아가려 합니다."

난매가 비록 요사스럽고 악하였으나 이 말을 듣고는 매우 머뭇거리며 말하였다.

"소 씨가 비록 어진 모습이 없으나 내 어찌 차마 원한도 없이 강보의 아이를 죽이겠는가?"

옥란이 낯빛을 바꾸고 말하였다.

"언니는 진실로 대사(大事)를 의논하지 못할 사람입니다. 한갓 사람 목숨 해치기를 아껴 긴 날을 속절없이 괴롭게 보내다가는 저 소 씨 여자가 필경 언니를 죽이고 그칠 것이니 그때를 맞이해 뉘우쳐도 돌이키지 못할 것입니다."

난매가 한참을 생각하다가 일렀다.

"그대의 말이 옳으니 당당히 좇으려니와 알지 못하겠도다. 현제가 소 씨와 무슨 원한이 있는가?"

옥란이 눈물을 머금고 일렀다.

"이때를 당해 내가 언니와 마음을 서로 비추니 어찌 속마음을 속이겠나이까? 나는 과연 이 어사와 운우(雲雨)의 정(情)[26]이 깊더니 소 씨가 이씨 집안에 들어온 후 나는 문을 바라보는 과부가 되었으니 어찌 서럽지 않겠나이까? 이러므로 원수를 갚고 군자를 얻어 돌아가려 하는 것입니다."

난매가 슬픈 빛으로 말하였다.

"현제의 일이 원래 이러했구나. 내 어찌 현제를 위해 마음을 다하지 않겠는가? 다만 윤문이 비록 강보의 아이지만 인명이 지중하니 어찌 소리 없이 죽겠는가?"

옥란이 상자 속에서 한 봉지 싼 것을 내어 주며 일렀다.

"언니가 만일 틈을 얻거든 이 약을 술에 타 입에 넣으소서. 그러면 반드시 즉사할 것입니다."

난매가 약을 받아 사례하고 돌아와 이후에는 밤낮으로 틈을 엿보았다.

원래 상 씨가 있을 적에 윤문을 유모 계옥에게 맡겨 기르게 하였다. 계옥이 또한 윤문을 정성으로 보고 윤문이 정이 붙어 또 한때도 떠나지 않으니 계옥이 밤낮으로 윤문을 데리고 다녔다.

이때는 여름 유월이었다. 날씨가 매우 더워 사람을 피곤하게 하였다. 계옥이 윤문을 데리고 죽당(竹堂)에 있더니 윤문이 잠들었으므로 계옥이 윤문을 난간에 눕히고 뒷못에 발을 씻으러 갔다. 난매가 이때를 틈타 급히 나아가 독약을 입에 부으니 윤문이 잠을 깨지 못하고 이미 죽어 버렸다. 참으로 불쌍하다. 상 씨의 후손이 끊겼도다.

이때 소 소저가 죽매각에 있더니 홀연 마음이 놀라고 손이 떨렸으므로 괴이하게 여겼다. 잠깐 생각하다가 소매에서 한 괘를 얻고 크게 놀라 말하였다.

"윤문이가 어찌 이에 이르렀는고?"

---

26) 운우(雲雨)의 정(情): 남녀 사이에 성관계를 맺음.

급히 발걸음을 재촉하여 중당에 이르니 윤문은 이미 침을 흘리고 죽어 있었다. 소저가 차마 보지 못해 나아가 붙들고서 약질(弱質)이 기절하고 말았다. 이처럼 굴 적에 계옥이 이르러 보고 크게 놀라 통곡하니 집안사람들이 소리를 듣고 놀라서 모여 소 씨를 구하고 드디어 승상과 부마, 어사 등이 모두 윤문을 보았으나 어찌할 수 없었다. 승상이 참혹히 여기는 마음이 끝이 없고 어사는 기운이 막혀 능히 소리를 이루지 못하니 승상이 일렀다.

"윤문이 갓 났을 적에 내 이럴 줄 알았으니 설마 어찌하겠느냐?"

어사가 겨우 정신을 진정하여 아버지에게 고하였다.

"윤문이 오래 살 골격이 아닌 줄은 알았사오나 이제 이렇듯 급히 죽은 것이 괴이하니 계옥을 죄주어 묻고자 하나이다."

승상이 탄식하고 말하였다.

"계옥은 충성스러운 종이니 어찌 이런 노릇을 했겠느냐? 어쨌든 물어 보아야겠다."

드디어 계옥을 불러 물었다.

"네 어찌하여 공자를 보호하지 않아 불의에 요절하게 하였느냐?"

계옥이 울며 말하였다.

"비자(婢子)가 아까 공자가 잠든 것을 보고 잠깐 뒷못에 발을 씻으러 갔더니 소 부인이 오셔서 공자를 붙들고 기운이 막히셨으니 소비(小婢)가 망극함을 이기지 못하겠나이다."

승상이 말하였다.

"이 불과 강보의 아이가 심한 더위에 숨이 막힌 것이니 너는 괴이한 의심을 하지 마라."

어사가 부친의 말이 옳음을 알고 다시 말을 하지 않았다. 그러나 상 씨의 한 점 혈육이 마저 없어진 것을 크게 비통해 하여 옥 같은 얼굴에 눈물이 이어지니 승상이 역시 참담함을 이기지 못하였으니 유, 정 두 부인의 서러워함을 헤아릴 수 있겠는가?

즉시 비단으로 염빈(殮殯)27)하여 선영(先塋)으로 갈 적에 어사가 나라에 말미를 받아 셋째아우 몽원과 서숙(庶叔) 문성과 함께 금주로 갔다.

이때 태사가 윤문의 죽음이 매우 슬펐으나 태부인의 마음을 돋우려 하지 않았으므로 과도하게 서러워하지 않았다. 어느 날 밤에 승상이 침상 아래에서 모시고 있으니 태사가 물었다.

"윤문이 원래 오래 살 것은 아니나 급히 죽은 것이 괴이하니 이는 집안 여종 가운데 몽창이가 정을 둔 이가 윤문을 죽이고 소 씨를 해칠 근본을 열기 위해서 그런 것이 아니냐?"

승상이 대답하였다.

"저 또한 이러한 생각이 있었으나 몽창의 위인이 매우 소탈하여 행여나 현부를 의심하는 일이 있을까 하여 몽창에게 그렇게 일렀거니와 필경이 무사할지 믿지는 못하나이다."

태사가 탄식하고 말하였다.

"소 씨의 미간이 매우 불길하고 몽창의 정이 너무 지극하니 어찌 한 번 고생하기를 면할 수 있겠느냐? 그러나 고어(古語)에 말하기를, '일을 이루는 것은 하늘에 있고 도모함은 사람에게 있다.28)'고 하였으니 너는 모름지기 몽창을 엄히 경계하여 그런 일이 없도록 하라."

---

27) 염빈(殮殯): 시체를 염습하여 관에 넣어 안치함.
28) 일을~있다: <삼국지연의>에서 제갈량이 한 말. 원래 '일을 도모함은 사람에 달려 있으나 성공은 하늘에 달려 있으니 억지로 될 수 있는 것이 아니다.'라고 하였음. 제갈량이 위(魏)나라를 정벌할 때 사마의(司馬懿)의 군대를 호로곡(胡蘆谷)으로 유인한 후 화공(火攻)으로 공격하여 승리할 기회를 얻었으나 갑자기 소나기가 내려 승리하지 못하자 탄식하면서 한 말.

승상이 이에 명령을 들었다.

이때 어사가 윤문의 상구를 거느려 금주에 이르러 깊이 안장하고 무덤을 두드리며 곡을 하고 정신을 차리지 못하니 문성과 몽원이 극진히 위로하였다. 경사로 돌아와서는 어사가 본디 도량이 넓었으므로 낯빛을 온화하게 하여 존당을 뵈었다. 태사와 승상이 탄식하여 위로하고 유, 정 두 부인이 눈물을 드리워 말을 하지 않았다.

어사가 서당으로 나오니 성분이 유모에게 안겨 왔다. 어사가 손을 저어 물리치고서 슬픔을 느껴 눈물이 눈에 어렸다. 이에 부마가 위로하였다.

"네 어찌 한 자식을 위하여 과도하게 슬퍼하느냐? 이제 성문이 있고 또 너는 청춘의 나이이니 이제 몇 명을 더 낳을 줄 알겠느냐?"

어사가 넓은 소매로 눈물을 닦고서 절하고 말하였다.

"소제가 어찌 형님의 경계를 그릇 알겠나이까? 다만 윤문은 다른 자식과 달라 제 어미를 잃고 몸이 의지할 곳이 없어 외롭던 중에 제 어미의 임종 때 말을 생각하니 지금 소제의 상 씨 저버림이 심합니다. 소제가 비록 남자지만 어찌 낯을 들어 지하의 사람을 보고 싶겠나이까?"

부마가 한참 생각하다가 말하였다.

"알지 못하겠구나. 윤문을 누가 스스로 죽였느냐? 네 말이 어찌 모호하냐?"

어사가 대답하였다.

"소제가 그러한 생각이 없으나 상 씨의 임종 때 부탁을 생각하니 심사를 진정하기 어려워서 그런 것입니다."

부마가 위로하였다.

"사람마다 슬하에 자식이 먼저 죽는 일은 참지 못할 일이다. 그러나 부모가 당에 계시고 다른 아들이 있으니 너의 도리로 이렇게 구는 것이 효도와 의리가 아닌가 하노라."

어사가 사례하고 슬픈 기색을 거두었다. 문득 경 사인, 철 한림 등이 이르러 어사를 위로하고 술과 과일을 먹고 마시니 어사가 슬픈 마음을 참고 함께 담소하다가 야심한 후에야 자리를 끝마쳤다.

어사가 죽매각으로 들어올 때 홀연 죽당(竹堂) 난간 아래에서 은은히 일렀다.

"우리 소저가 진실로 모지시더라. 공자를 스스로 죽이고 거짓으로 기절하시어 지극히 서러워하는 것처럼 보이셨으니 누가 곧이듣지 않겠는가?"

어사가 크게 괴이하게 여겨 생각하였다.

'어떤 악인이 소 씨와 원한이 있어서 이런 말을 하는가?'

한 사람이 또 일렀다.

"우리 소저가 성문 공자에게 종사(宗嗣)를 받들게 하시려고 윤문 공자를 죽이셨으니 인심이 할 수 없구나."

이렇게 말하며 나오거늘 어사가 보니 홍벽과 홍아 두 사람 같았다. 어사가 속으로 의심하였다.

'소 씨는 고금에 드문 숙녀라 이런 악한 일을 하지 않을 것이나 홍아 등의 말이 이러하니 소 씨가 혹 그런 일을 했는가?'

오래 헤아리다가 죽매각에 이르니 이때 소 씨는 윤문이 눈앞에서 죽는 것을 보고 마음이 어리어리하여 침소에 돌아와 진심으로 지극히 서러워하였다. 벌써 옥란의 일인 줄을 짐작하여 자기의 앞날이 순탄하지 못할 것을 헤아리니 눈물이 줄줄 흘러내린 채 상에 누워 있었다. 어사가 들어오니 일어나 맞아 자리를 정하니 다만 근심하여 눈물이 옷깃에 젖었다. 어사가 역시 슬퍼 눈을 들어 보니 옥 같은 골격이 모습이 바뀌어 몇 달 사이에 몰라보게 되었다. 그윽이 감동하여 조금 전에 들은 말은 시비들이 소 씨를 미워하여 일부러 자기가 듣게 그렇게 했는가 하여 다시 마음에 두지 않았다. 소 씨에 대한 사랑의 지극함이 예전 같아 손을 잡아 탄식하고 말하였다.

"상 씨가 일찍이 대갓집 여자로서 내게 와 반점 미진한 행실이 없이 청춘에 길이 돌아가고 한 날 자식을 두어 이제 마저 죽었으니 어찌 불쌍하지 않은가?"

소 씨가 눈물을 뿌려 대답하였다.

"첩이 목강(穆姜)[29]의 행실이 없어 이제 윤문이 이 지경에 이르렀으니 군자를 대하여 무슨 할 말이 있겠나이까?"

어사가 친히 그 눈물을 닦아 주며 말하였다.

"윤문이가 본디 오래 살 상(相)이 아니니 이는 천명이라 차마 어찌할 수 있겠는가? 학생에게 아들이 있으니 비록 윤문이 죽었으나 어찌 그토록 슬퍼하겠는가마는 옛사람의 자취가 갑자기 끊어졌으므로 이를 참지 못하겠도다."

소 씨가 묵묵부답하고 미우에 슬픈 빛이 비치니 흰 달이 비 갠 뒤 맑은 바람을 만난 듯 두 쪽 보조개에 눈물 자국이 처량하여 시원한 얼굴이 더욱 기이해 보였다.

어사가 마음이 역시 우울하여 잠이 오지 않거늘 옥침(玉枕)에 비스듬히 누워 소저의 고운 팔을 어루만지니 사랑하는 정을 헤아릴 수 없었다. 소 씨가 임신한 지 대여섯 달에 약질이 견디지 못해 간간이 미우를 찡그리니 어사가 물었다.

---

29) 목강(穆姜): 중국 진(晉)나라 정문거(程文矩)의 아내 이씨(李氏). 목강은 자(字), 친아들 둘을 두고 전처의 아들 넷이 있었는데 정문거가 죽은 후 전처의 아들 넷이 목강을 박대하였으나 목강은 자애롭게 대하고 특히 병든 큰아들을 지성으로 구호하자, 네 아들이 감화를 받음.

"부인이 어디가 불편한가?"

소 씨가 대답하지 않으니 어사가 한참을 보다가 홀연 잠깐 웃고 편히 눕기를 청하고 자기는 옷을 벗고 함께 이불에 들어가 다시 손을 잡고 물었다.

"부인이 잉태한 것이 아닌가?"

소저가 한참 후에 대답하였다.

"아직 어찌 자세히 알 수 있겠나이까?"

어사가 잠깐 웃고 말하였다.

"그대가 심한 약질이라 내 헤아리건대 생산을 못 할까 하였더니 이렇듯 자주 임신을 하는고?"

소저가 놀라고 부끄러워 대답을 하지 않았다.

어사가 이후로 은정이 지극하였다.

소 씨가 이해 말에 또 아들을 낳으니 시부모가 크게 기뻐하고 어사의 기쁨 또한 헤아릴 수 없었다.

하루는 소 씨가 정당에 들어가고 어사가 홀로 걸어 침소에 이르렀다. 소저가 없거늘 문득 서안(書案)에 기대어 연갑(硯匣)[30]을 뒤적이더니 홀연 한 편지가 떨어지니 겉에, '생은 소 소저께 부치노라.'라고 써져 있었다. 어사가 크게 괴이하게 여겨 뜯어보니 다음과 같은 내용이었다.

'위생은 소 소저께 올립니다. 한 번 손을 나눈 지 몇 해가 지났는고? 호광에서 운우의 정이 교칠(膠漆)[31] 같더니 소저가 상경하신 후 그리워하는 회포를 견디기 어려워 이제 이에 이르러 한 통의 서신을 고하니 소저가 생을 이처럼 저버리려 할진대, 꽃과 나비가 그물을

---

30) 연갑(硯匣): 벼룻집.

31) 교칠(膠漆): 사귀는 사이가 아주 친밀하여 서로 떨어질 수 없음.

면치 못하는 것처럼 생으로 하여금 어찌 천 년의 원귀가 되게 하는고? 모름지기 뜻을 회보하라.'

또 한 서간에는 다음과 같이 써져 있었다.

'천만뜻밖에 낭군의 서찰을 얻으니 첩의 심신이 아득함을 이기지 못하겠나이다. 첩이 옛날에 이가로부터 절혼을 당해 만나 낭군과 운우의 정을 이루었더니 또 이가가 첩을 찾으니 그 세력을 가히 거역하지 못하였나이다. 시가에 놀아오니 가부가 첩을 소중히 대우하는 것이 산악 같았으나 전처의 자식이 있으므로 행여 첩의 자식이 종사(宗嗣)를 받들지 못할까 시름하여 짐살(鴆殺)³²⁾하였나이다. 그러고서 다른 생각이 없더니 낭군이 첩을 그리워하는 모습을 보니 심사가 더욱 착잡합니다. 틈을 엿보아 이가의 골육을 마저 없애고 돌아가겠나이다.'

이처럼 써져 있으니 어사가 다 보고 매우 놀라고 의아하여 생각하였다.

'소 씨는 이런 사람이 아니니 누가 이런 괴이한 노릇을 하였는가?'

곧바로 글을 잡아 태우려 하다가 다시 헤아렸다.

'믿지 못할 것은 사람이다. 소 씨가 비록 어지나 혹 이런 일을 했는지 어찌 알겠는가? 어쨌거나 나중을 보아야겠다.'

그러고서 편지를 거두어 소매에 넣고 깊이 생각하다가 말을 하지 않았다. 이윽고 소 씨가 정당에서 오거늘 어사가 일단 불편한 마음이 없지 않아 잠자코 말을 안 하고 있더니 홀연 소부 시비(侍婢)가 장 부인 서간을 가지고 이르렀다. 소 씨가 공경하여 보기를 마치고 답서를 쓰거늘 어사가 비록 전날 소저가 붓글씨 쓰는 모습을 보았으

---

32) 짐살(鴆殺): 짐주를 먹여 사람을 죽임. 짐주는 짐새의, 독이 있는 깃털을 담가 만든 술.

나 유의하지 않았으므로 짐짓 자세히 보다가 빼앗아서 자기 소매에 넣었다. 이에 소 씨가 불쾌해 일렀다.

"어찌 서간을 소매에 넣으시나이까?"

어사가 미미하게 웃고 일렀다.

"잠깐 쓸 데가 있으니 다시 쓰라."

소저가 괴이하게 여겼으나 다투기가 싫어 다시 써서 소씨 집안에서 온 사람에게 주고 몸을 일으켜 정당으로 들어갔다. 어사가 소저가 위생에게 보낸 서간과 아까 쓴 서간을 놓고 보니 한 글자도 조금의 차이가 없었다.

'내 원래 윤문이 죽은 것을 의심하였더니 대개 소 씨가 한 일이로구나. 다 내가 현명하지 못해 이 사람의 속마음을 몰랐더니 이제 간부(姦夫)와 마음을 합쳐 성문을 마저 죽이려 하니 천하에 이런 대악(大惡)의 여자가 어디에 있겠는가? 당당이 부친께 고하고 다스려야겠다.'

그러다 다시 생각하였다.

'범사에 서두르는 것이 옳지 않고 평소에 부모님이 소 씨를 사랑하셨으니 어찌 곧이들으실 것인가. 또 소 씨의 평일 행동을 본다면 결코 그런 일을 하지 않을 것인데 소 씨에게는 적국(敵國)33)이 없으니 누가 소 씨를 해치려 하는가?'

이처럼 헤아리며 반신반의하여 마음이 자못 평안하지 않았으므로 십여 일이 되도록 죽매각에 들어가지 않고 이리저리 생각하였으나 간사한 정황을 깨닫지 못하였다.

이때 옥란이 난매와 마음을 같이해 윤문을 박살내고 또 난매를 시

---

33) 적국(敵國): 동일한 남자를 짝으로 둔 다른 여자.

켜 소 씨의 필적을 얻어 서간을 지어 어사를 속였다. 원래 소 씨는 본디 시가에 온 후 글쓰기를 숭상하지 않았으니 난매가 어찌 얻어 볼 수 있겠는가마는 소 씨가 친정에 서간을 보낼 때 난매가 옥란에게 주니 옥란이 공교히 본떠 이 어사를 속인 것이다. 그런데 별다른 동정이 없었으므로 옥란이 급한 마음을 이기지 못하였다.

옥란이 하루는 그 형을 보러 두씨 집안에 갔다. 그 형의 이름은 금란이니 자색이 매우 뛰어났으므로 두 상군이 소실을 삼고 지극히 총애하여 안 듣는 말이 없었다. 그 아비 송선을 막하 관리를 삼아 군대의 대소사(大小事)를 다 맡기니 송선이 탐욕스럽고 극악하였으므로 황금이 수중에 누거만(累巨萬)이요 재물을 이루 셀 수 없었다. 그리하여 옥란이 보배 보기를 흙같이 한 것이다. 송선이 제 딸을 사 내어 서방을 만나 살게 하려 하였으나 옥란이 소 씨에게 원한을 갚고 그치려 하였으므로 사양하고 시집을 가지 않았다. 그러다가 이날에서야 서로 보고 오래 떠났던 정을 폈다. 금란이 문득 일렀다.

"나는 기특한 계교로 장군의 부인을 내치고 총애를 혼자서 차지하였으니 이처럼 시원한 일이 없구나."

옥란이 바삐 물었다.

"어떻게 그리 했나이까?"

금란이 대답하였다.

"다름이 아니라 아주 쉽더구나. 장군의 얼제(孼弟) 하나가 심양의 강주라 하는 곳에 있는데 지난해에 와서 이르되, '심양에 외면단이라는 약이 있어 그 약을 먹으면 되려고 하는 사람이 된다.'라고 하기에 내가 금과 비단을 주고 여러 낱을 사 와 과연 부인이 되어 장군 있는 데 가서 음란한 모습을 보이니 장군이 곧이듣고 부인을 내치더라."

옥란이 놀라서 말하였다.

"언니, 어쨌거나 나에게 그 약을 보여 보소서."

이처럼 간청하니 금란이 상자에서 약을 내어 놓았다. 옥란이 받아서 보니 콩만 하고 빛이 푸르니 옥란이 여러 낱을 달라고 하였다. 이에 금란이 말하였다.

"아우가 이것을 무엇에 쓰려고 하는 것이냐?"

옥란이 문득 울며 말하였다.

"소제에게 남모르는 지극한 원통함이 있으니 삼가 고하겠나이다. 소제가 이 승상의 차자 이 어사의 돌아봄을 입어 백 년 동안 같이 살기를 바랐더니 요사스러운 소 씨 여자가 어디로부터 내달아 고운 얼굴을 자랑하고 어사의 사랑을 독차지하여 양양자득하니 소매(小妹)의 원한이 뼈에 사무쳤나이다. 내일 죽으나 가슴에 쌓인 한을 잠깐 풀려고 하는 것이니 형은 아끼지 마소서."

금란이 다 듣고 슬픈 빛으로 말하였다.

"현제의 이러한 사정을 알지 못하고 있었구나. 이제야 들으니 분함을 참지 못하겠으니 어찌 만금인들 아끼겠느냐?"

드디어 개면단(改面丹) 여남은 낱을 주었다.

옥란이 가지고 돌아가 난매를 보고 일렀다.

"형이 이제 큰일을 저질러 윤문을 죽이고 간부(姦夫)의 편지를 날려 소 부인을 해하였으니 그 죄는 죽고 말 것입니다. 그러니 이리이리 하는 것이 어떻겠나이까?"

난매가 전부 옥란의 계교대로 하였다.

하루는 흰 달이 희미한데 난매가 죽매각에 이르러 두루 살피니 마침 소저가 장 씨와 함께 담소하느라 당이 비어 있었다. 급히 옥란을 청하여 계교를 행하니 옥란은 약을 삼켜 소 씨 얼굴이 되고 난매는 소년 미남자가 되어 서로 희롱하고 손을 잡으며 몸을 맞대 부부의 사랑하는 행동을 하였다. 이때 어사가 오래 서당에 있다가 이날 밤에 몸을 일으켜 두루 배회하다가 홀연 죽매각에 이르렀다. 소 씨가 봉관(鳳冠)을 하고 창에 걸터앉아 한 남자와 희롱이 무르익었거늘 어사가 보고 크게 놀라서 자세히 보니 소 씨와 다름이 없었다. 속으로 크게 분노하여 생각하였다.

'소 씨가 어찌 이런 행실을 하는가? 이 사람은 반드시 위생일 것이다. 내가 한 칼로 베어 분을 풀리라.'

드디어 발을 올리고 들어가니 이 남자가 놀라서 급히 뛰어 나가고 소 씨는 자못 부끄러운 빛이 있었다. 어사가 노기가 가득하여 들어가 앉으며 말하였다.

"그대가 누구와 손을 잡으며 희롱하였는가?"

소 씨가 발끈 성을 내고 얼굴빛이 달라져 말하였다.

"이는 나의 옛사람 위생이니 군이 모름지기 간섭을 잘하는도다."

말을 마치고 비단옷을 떨쳐 일어나 나가니 어사가 놀라움이 극하여 즉시 몸을 일으켜 밖으로 나가니 마침 부마가 있었다. 어사가 눈썹을 찡그리고 물러나 앉으니 부마가 눈을 들어서 보고 괴이하게 여겼다. 이에 몽원이 물었다.

"형님이 무슨 까닭으로 오늘 기운이 평안하지 않으시나이까?"

어사가 묵묵히 생각하다가 답하였다.

"우형(愚兄)이 시운이 불리하여 오늘 큰 변을 보았으니 이런 까닭에 기색이 좋지 않구나."

부마가 물었다.

"알지 못하겠구나. 오늘 현제의 말이 무슨 말이냐? 집안에 일찍이 예법과 가법이 돈독하니 큰 변이 어찌 나겠느냐?"

어사가 본디 부마에게 이런 일을 고하려 하였으나 부마가 엄한 낯빛을 지었으므로 말하는 것을 주저하던 터였다. 그런데 마침 부마의 물음을 틈타 이에 전후수말을 일일이 고하고 간부의 서간을 내어 보여 주고 말하였다.

"이 여자의 죄는 가히 용서하지 못할 것이니 당당히 국법으로 다스려야 할 것입니다."

말을 마치자 소리를 점점 높이고 성난 기색이 뼈에 사무쳤으니 부마가 처음부터 다 듣고 뼈가 쭈뼛하고 정신이 놀라 오랫동안 말을 하지 않다가 한참 뒤에 낯빛을 바꾸어 크게 꾸짖었다.

"네 어려서부터 지극히 총명하여 사람을 알아보는 눈이 다른 사람이 미치지 못하더니 어찌 오늘 이런 망령된 말을 하는 것이냐? 소씨 제수의 위인은 네 밝히 아는 바니 우형이 수고롭게 이르지 않을 것이다. 그러나 네 반드시 집안의 노비 중에 정을 둔 자가 있어서 이런 요망한 일을 지어 너를 속이는 것이다. 그렇거늘 네 문득 곧이듣고 우형의 안전에서 더러운 말을 퍼뜨려 어지러운 노색(怒色)과 비례(非禮)의 소리로 나의 마음을 어지럽게 하는 것이냐? 네가 다시는 이런 말을 입 밖에 내어 부친께 책망을 얻지 마라."

말을 마치니 온화하고 엄숙한 기운이 사람의 마음을 감동시켰다. 어사가 크게 부끄러워 이에 자리를 떠나 절하고 나직이 고하였다.

"형님의 말씀을 들으니 소제의 흐린 흉금이 열리게 되었으니 소제가 마땅히 마음속에 새길 것입니다. 다만 소제가 비록 불초하나 집안에 정을 둔 자가 없으니 어떤 사람이 소 씨를 해할 것이며 소제가 소 씨를 친히 보았으니 진실로 의심이 없지 않나이다."

부마가 발끈 성을 내 얼굴빛이 바뀌어 말하였다.

"네 말이 갈수록 현명하지 않구나. 옛날 모친께서 여환 남매에게 해를 입으실 때에 여 씨가 개면단을 먹어 할머님을 속였는데 할머님께서 깨닫지 못해 모친을 내치셨다고 했다. 그러니 네 친히 보았다고 하는 것이 더욱 허탄하니 우형이 어찌 네 말을 곧이듣겠느냐? 너의 말과 비례(非禮)의 서찰을 구차히 바로 볼 것이 아니다. 빨리 물러가고 우형에게 다시는 이르지 마라. 우형이 설사 불초하나 너를 잘못 인도하지는 않을 것이니 네 마음대로 하라. 우형이 용렬하나 이익이 되도록 일렀거늘 조금도 유리하게 여기는 기색이 없으니 내가 네 형 된 것이 부끄럽구나. 그러니 내 또 어찌 입을 놀리겠느냐?"

말을 마치고 몸을 일으켜 옷을 벗고 자리에 나아가 다시 움직이지 않으니 어사가 황공하여 낮을 붉히고 다시 말을 못 하고 또한 자리에 누워 스스로 분함을 참지 못하였다. 부마가 이처럼 하니 생의 천성이 효도와 형제의 의리를 중시하였으므로 감히 다시 내색하지 못하고 속으로 분함을 머금어 이후에는 소 씨 침소에 발자취를 완전히 끊었다. 유모와 시녀 들이 괴이하게 여겼으나 또한 그 까닭을 알지 못하였다.

하루는 어사가 서당에 홀로 앉아 있었는데 홍아가 성문 공자를 안고 이에 이르자 어사가 좋아하지 않으며 정색하고 말하였다.

"음탕한 여자의 자식이 어찌 여기에 이르렀느냐?"

그러고서 소연을 시켜 밀어 내쫓게 하니 홍아가 크게 놀라 문 밖으로 나왔다. 소연이 뒤따라가 가만히 부마와 어사의 대화 내용을 자세히 일렀다. 소연이 전에 어사의 소싯적 기롱으로 눈이 거의 멀게 되었더니 승상이 신묘한 처방으로 다스려 눈을 예전의 상태로 되돌려 놓았다. 이에 어사가 소연을 신임하여 미쁘게 여기고 소연이 또한 충성을 다해 어사를 섬기더니 그날 밤에 어사의 말을 듣고 그윽이 놀라 홍아에게 일러 준 것이다. 홍아가 놀라 급히 죽매각에 들어가 소저를 보고 자세히 고하니 소저가 다 듣고 뼈가 쭈뼛하고 정신이 놀라 한참을 말을 하지 않다가 잠시 후에 탄식하고 말하였다.

"내 이 군을 만나던 날 이런 일이 있을 줄 알았거니와 끝내 이런 더러운 말을 몸에 실을 줄 알았겠는가? 내가 이후에 어찌 인간 세상에 참여할 수 있으리오?"

말을 마치고는 화장을 지우고 비단옷을 벗고서 방에 들어앉아 병을 칭탁해 문을 나가지 않으니 시부모가 놀라 들어와서 문병하였다. 소저가 억지로 자약히 대답하였다.

"첩에게 묵은 병이 있어 이따금 발병하니 지금도 그러한가 싶나이다."

시부모가 위로하고 조심함을 일렀다. 소저가 그 큰 은혜에 감격하였으나 생의 의심이 참혹한 데 미친 것이 분하고 백옥(白玉)처럼 티 없는 자기 몸으로 이렇듯 강상(綱常)의 죄악을 얻은 것이 서러워 음식을 먹지 않고, 죽는 것을 영화로이 여겼으니 옥 같은 얼굴이 초췌해지고 달처럼 흰 자태가 쇠잔하여 모습이 시들해졌다. 시부모가 소 씨에게 병이 있는가 하여 크게 염려하고 소부가 문후하고 낫기를 빌기를 어린 딸같이 하더니 생이 소 씨에게 들어가지 않음을 괴이하게 여겨 하루는 생에게 물었다.

"이제 소 씨의 병세가 깊거늘 너는 무슨 까닭으로 들어가 병을 묻지 않는 것이냐?"

생이 문득 낯빛을 바꾸고 대답하였다.

"소 씨가 병을 핑계하는 것이니 곧이듣지 마소서."

소부가 웃고 말하였다.

"소 씨의 얼굴이 초췌하니 어찌 병을 핑계한다는 것이냐? 네가 소 씨 잘못한 것을 보았느냐?"

어사가 머리를 숙여 대답하지 않으니 소부가 의아한 눈으로 생을 가만히 바라보다가 그 기색을 깨달아 이에 꾸짖었다.

"네가 한나라 성제(成帝)의 현명하지 못함을 본받아 조비연(趙飛燕)의 참소를 들은 것이냐?[34] 네 이런 마음이 있다면 내 당당히 형님께 고하여 너를 가문에서 받아들이도록 하지 않을 것이니 너는 삼가라."

말을 마치자 어사가 황공하여 대답하였다.

"소질이 어찌 이런 마음을 두었겠나이까? 잠깐 심사가 불편한 일이 있어 들어가 묻지 못하는 것이옵니다."

소부가 정색하고 말하였다.

"네가 말을 꾸며 나를 속이거니와 네 마음이 진실로 그렇거든 지금 들어가서 소 씨를 보는 것이 어떠하냐?"

어사가 속으로 불쾌하였으나 흔쾌히 몸을 일으켜 들어가니 소부가 그 기색을 한참 살피고 한참을 말을 하지 않다가 중당에 가 최숙인을 보고 일렀다.

"내 잠깐 알고 싶은 일이 있으니 누이는 죽매각에 들어가 몽창 부부가 하는 행동을 살펴 나에게 일러 주라."

숙인이 응낙하고 죽매각에 이르러 창틈으로 엿보았다.

이때 어사가 숙부의 명에 순순히 응해 죽매각에 이르니 소 씨가 몸을 이불에 던져두고 낯을 이불로 가려 전혀 요동하지 않았다. 이에 어사가 한 가에 앉아 한참을 보다가 짐짓 곁에 나아가 이불을 열고 물었다.

"그대가 무슨 병이 있어서 내가 들어오는 것을 보아도 움직이지

---

34) 한나라~것이냐: 중국 한나라 성제가 조비연의 참소를 들어 반첩여(班婕妤)를 물리친 일을 이름.

않는 것인가?"

소저가 이때 전후(前後)의 일을 생각하여 가슴이 차갑고 생각이 어리어리한 가운데 이 말을 듣고는 크게 놀라고 부끄러움이 마음에 가득하였으나 마지못해 일어나 앉아 안색을 단정히 하고 두 눈을 낮추어 묵묵히 있었다. 그 얼굴의 초췌함이 더욱 소담하였고, 부끄러움을 띤 거동이 더욱 아름다운 가운데 냉담하고 엄숙함을 더했으니 생이 뚫어질 듯이 보다가 길이 냉소하고 물었다.

"부인이 병 든 것은 어쩔 수 없지만 근심하는 빛이 있음은 무엇 때문인가?"

소 씨가 부끄러운 기색을 띠고 대답하지 않으니 어사가 전날의 거조를 생각하고 저리 구는가 하여 더욱 이상스러워 또 재촉해 물었다.

"무슨 까닭으로 근심하는 것인가? 자세히 이르라."

소 씨가 끝내 대답하지 않으면 모욕이 더욱 더해질까 하여 이에 자리를 피해 말하였다.

"첩의 몸가짐이 미쁨이 없어 이미 군자의 의심이 참혹하니 첩이 무슨 얼굴로 천하에 서겠나이까?"

어사가 냉소하고 말하였다.

"그대가 저렇듯 부끄러워하니 내 아까의 말이 옳도다."

소 씨가 더욱 가슴이 막혀 눈을 낮추고 말을 하지 않으니 어사가 나아가 앉아 손을 잡고 핍박하였다.

"알지 못하겠도다. 위생은 어떤 사람이며 윤문은 무슨 까닭에 처 죽였는가? 그대가 어찌 차마 죽은 사람의 골육을 없애고 이제 성문마저 없애려 하니 내 현명하지 못하나 조정의 간관(諫官)이 되어 그대 같은 처자를 두고서 무슨 낯으로 세상에 다니겠는가? 그대 다만 위생의 근본과 윤문 죽인 연고를 이르라."

소 씨가 이생의 이렇듯 핍박하는 거동을 만나고 그 노한 기색이 뼈에 사무쳤음을 만나니 절로 뼈끝이 저렸다. 또 이생이 여러 말로 죄를 들추는 것을 보니 하늘을 우러러보고 땅을 굽어보나 죄를 벗을 길이 없었으므로 다만 입을 다물고 말을 하지 않으니 어사가 발끈하여 크게 꾸짖었다.

"그대가 재상가 규방 여자로 행실과 심술을 그처럼 행하고서 어찌 말을 할 수 있겠는가?"

말을 마치자 손을 뿌리치고 물러나 앉거늘 소 씨가 바야흐로 정신을 진정하여 잠깐 웃고 천천히 일렀다.

"남자가 눈으로는 글을 보며 입으로는 경서(經書)를 외우면서 도리어 간악한 사람의 참소하는 말에 미혹되어 오늘 첩에게 모욕을 가함이 매우 심하니 첩이 어찌 스스로 지은 죄가 있어 말이 없는 것이겠나이까? 그대의 행동이 한심하고 첩이 몸에 더러운 욕 받음을 부끄러워해서입니다. 첩의 한 몸이 이미 더러운 땅에 빠져 목숨을 반드시 마치려니와 군(君)의 행동은 가히 한탄할 만합니다."

말을 마치고 단정히 앉으니 정대한 말은 이미 강하(江河)를 기울이는 것 같았고 안색이 차고 매워 가을하늘 같았으니 어사가 한참을 보다가 소 씨가 기색을 지어 자기를 다스리려 함인가 생각하여 역시 차게 웃고 일렀다.

"언변이 족히 소진(蘇秦)[35]을 압도할 만하도. 그대가 행실을 창녀같이 가져 위생과 함께 웃고 즐거워하는 모습을 내가 스스로 보았거늘 한갓 입에 꿀을 머금어 대답을 능란하게 하는가? 그대는 위생과 잘 살면 될 것이거늘 어찌 나의 아들 윤문을 짐살(鴆殺)하였는

---

35) 소진(蘇秦): 중국 전국(戰國)시대의 모사(謀士). 진(秦)나라에 대항하여 다른 여섯 나라가 연합해 대항해야 한다는 합종책(合從策)을 유세함.

가?"

소 씨가 정색하고 다시 말을 하지 않았다.

이때, 최 숙인이 이들의 거동을 보고 크게 놀라 급히 돌아와 소부에게 일일이 전하니 소부가 크게 놀라 일렀다.

"몽창이 본디 총명이 남보다 뛰어난데 무슨 까닭으로 소 씨에게 심하게 대하는 것이 이 지경에 이르렀는고?"

이때 몽원이 자리에 있더니 전후수말을 자세히 고하였다.

"둘째형이 소 씨 형수를 처치할 방법을 큰형님께 묻다가 책망을 듣고 다시 내색하지 않으셨으나 소 씨 형수를 의심함이 대개 깊었나이다."

소부가 더욱 놀라 말하였다.

"이는 집안의 변란이 심상치 않은 것이다. 몽창이 소 씨 질책을 그칠 사이가 없을 것이니 형님께 고하여 잘 처리하도록 해야겠다."

이렇게 말하고 몸을 일으켜 서헌에 가 승상을 보고 이윽히 말하다가 이에 몽창의 전후수말을 자세히 고하고 처치하기를 청하니 승상이 크게 놀라 일렀다.

"더러운 자식이 끝내 가문을 욕 먹이고 숙녀의 평생을 마치려 하는도다. 그러나 몽현이 몽창의 패악한 행동을 숨기고 내게 고하지 않았으니 이 아이의 죄도 가볍지 않도다."

드디어 좌우 사람들을 시켜 두 아들을 부르니 두 사람이 급히 다다라 명령을 들었다. 승상의 얼굴에 엄숙한 기운이 어려 좌우 사람을 시켜 부마를 잡아내려 의관을 벗기고 죄를 하나하나 들어 말하였다.

"네 일찍이 어렸을 때부터 충효와 신의를 알았거늘 또한 동생 사랑할 줄도 알 것이다. 그런데 무슨 까닭으로 몽창의 사리에 밝지 못한 패악한 행동을 바로잡는 일이 없이 도리어 마음을 같이해 아비를 속이고 제 마음이 더욱 방자해져 애매한 처자에게 시시(時時)로 들어가 모욕하도록 만든 것이냐? 네가 동생을 사랑하지 않고 동생을 저버림이 심하니 벌을 받는 것이 옳도다."

부마가 아무 생각이 없는 상태에서 부친의 큰 꾸중을 받고 다만 편안한 모습으로 사죄하였다.

"제가 몽창의 단점을 아버님께 아뢰지 않아 아버님을 속이려 한 것이 아니옵니다. 저를 꾸짖으니 세 깨닫는 듯하여 아버님께 다시 고하지 않은 것이옵니다만 고하지 못한 죄는 만 번 죽어도 가볍나이다."

승상이 노해 말하였다.

"네가 갈수록 입을 놀려 변명하려 하느냐?"

드디어 종을 재촉하여 어서 치라고 꾸짖으니 어사가 이 광경을 보고 크게 놀라고 황공함을 이기지 못해 스스로 계단 아래에서 머리를 조아려 말하였다.

"소자가 심히 현명하지 못해서 그런 것이거늘 어찌 형이 벌을 받을 수 있겠나이까? 원컨대 소자가 중벌을 받겠나이다."

승상이 듣고도 못 들은 체하고 부마를 삼십여 장을 매우 쳐 끌어 내치고 또 어사를 불러 다른 말을 하지 않고 위생의 서간을 올리라 하니 어사가 급히 주머니에서 서간을 내어 무릎을 꿇고 올리니 승상이 서간을 보지 않은 채 불에 태우고 또 일렀다.

"네 집안에 정 둔 자가 누구냐? 바로 이르라."

어사가 이때 황공하여 죽으려 해도 죽을 땅이 없어 다만 대답하였다.

"제가 설사 불초하나 어찌 그런 일이 있겠나이까?"

승상이 냉소하고 소매를 떨쳐 내당에 들어가 중당에 앉고 시녀를 시켜 소 씨를 불렀다. 소 씨가 때도 없이 어사의 모욕을 받아 넋이 떨어진 듯하여 병풍에 기대 말을 않다가 승상의 부름을 듣고 겨우 의상을 갖춰 자리에 나아갔다. 그러나 차마 낯을 들어 뵐 뜻이 없어 방석 아래에 꿇으니 승상이 엄숙히 낯빛을 고치고 탄식하여 일렀다.

"몽창이가 사리에 밝지 못하여 현부(賢婦)의 몸을 범하였으니 현부는 진실로 나의 낯을 보아 저의 거동을 괘념치 말고 매사를 예법대로 하여 두문불출하는 행동을 그치면 좋겠노라."

소 씨가 뼈에 사무치게 감벽하여 몸을 일으켜 두 번 절하고 엎드려 말하였다.

"소첩의 행실이 사리에 밝지 못해 미쁨이 없는 까닭에 필경은 참혹한 누명을 몸에 실었으니 스스로 하늘의 해 보기를 부끄러워하였나이다. 그런데 이렇듯 은혜의 말씀을 내려 주시니 소첩이 복을 잃을까 두려워하나이다."

승상이 위로하였다.

"내 비록 사리에는 밝지 못하나 보지 못한 간언을 곧이들어 현부를 의심하겠느냐? 모름지기 평상시처럼 출입하라."

소 씨가 절하고 아뢰었다.

"소첩이 진실로 몸에 병이 있으니 수십 일 조리한 후 가르치심을 받들겠나이다."

승상이 허락하니 소 씨가 사례하고 물러났다.

이때 부마가 매를 맞고 궁에 돌아와 옷을 갈아입더니 어사가 이르러 눈물을 흘리고 죄를 청하였다.

"오늘 형님이 벌을 받으신 것은 소제의 죄 때문이니 소제가 죽기를 청하나이다."

부마다 대답하였다.

"이는 다 내가 불초해서이니 현제가 어찌 과도하게 사죄하는가?

이후에나 이간하는 말을 듣지 않으면 다행일까 하노라."

그러고서 옷을 고치고 본부에 이르러 아버지 앞에 사죄하니 안색이 온화하였다. 승상이 이에 용서하고 후일을 경계하니 부마가 사례하고 물러나 모셨다. 그러나 승상은 몽창을 알은 체하지 않으니 어사가 황공함을 이기지 못하였다. 이날 밤에 서당에 돌아오니 소부가 이에 방석 아래 몽창을 꿇리고 꾸짖었다.

"이씨 가문은 대대로 맑고 곧아 조금도 예법이 아닌 행동과 법도에 맞지 않는 거동을 하지 않았고 더욱이 아버님과 형님의 큰 덕은 물이 동으로 흐르는 것 같아 못 미치는 곳이 없다. 네 또 총명이 남보다 뛰어나거늘 무슨 까닭으로 정실을 음탕한 여자로 의심하여 손을 잡고 핍박하는 말을 하니 이는 글 읽은 자가 함 직한 행동이 아니다. 그렇거늘 한갓 혈기에서 나온 분노로 옳지 않은 일을 행하여 죄 없는 동기(同氣)가 중책을 당하게 하니 이 무슨 도리냐?"

그러고서 낯빛이 눈 위에 서리가 내린 듯하여 엄한 것이 승상과 마찬가지였다. 생이 크게 두려워 엎드려 사죄하였다.

"소질(小姪)의 잘못을 오늘 깨달음이 있으니 이후에는 마음을 경계하여 숙부의 밝은 가르침을 받들어 행하겠나이다."

소부가 정색하고 어사를 가만히 바라보니 엄하고 위엄이 있는 안색이 참으로 성난 호랑이가 산 위에서 날뛰는 듯하였다. 생이 소부에게 꾸짖음을 당한 것이 오늘 처음이라 황공함을 이기지 못하더니 소부가 다시 일렀다.

"밤이 깊었으니 사실(私室)로 들어가라."

생이 명령을 받아 즉시 몸을 일으켜 들어가니 무평백이 웃고 일렀다.

"네 평소에 몽창을 지극히 사랑하더니 오늘은 어찌 너무 매몰차게 구는 것이냐?"

소부가 웃고 대답하였다.

"소제의 몽창 사랑이 지극하나 저 부부가 불화한다면 어찌 보기가 좋겠나이까? 이러므로 엄히 꾸짖었나이다."

무평백이 한가히 웃었다.

어사가 죽매각에 들어가려 하더니 홀연 안에서 한 남자가 내달았다. 놀라서 보니 소년 미남자가 머리에 푸른 두건을 쓰고 몸에는 자의(紫衣)36)를 입고 나는 듯이 뛰어 나가니 걸음걸이가 재빨라 나는 새와 같았다. 어사가 다 보고서 의심이 더욱 깊어지고 놀라움이 극하여 죽매각에 차마 들어가지 못하고 몸을 돌려 난간에 와 앉아 스스로 한스러워하였다.

'내 집안에 각별한 시첩이 없고 소 씨에게 또 원수가 없으니 누가 소 씨를 해하겠는가? 또 남자가 의연히 담을 넘어 당에 들어와 더러운 모습이 낭자하되 부모님은 한갓 나만 그르다고 꾸짖으시고 대장부가 아내의 음란한 행실을 보고도 다스리지 못하니 내가 무슨 낯으로 천하에 서겠는가?'

이처럼 헤아리니 분노로 기운이 막혀 난간에 거꾸러졌다. 한참 후 겨우 진정하여 밤을 새 아침문안을 하고 서당으로 갔다. 이때는 봄이월 망간(望間)37)이라 날이 잠깐 더웠으므로 옷을 갈아입으려고 홍아를 불러 얇은 옷을 가져오라 하였다. 소부가 나오다가 보고 일렀다.

"죽매각으로 가서 옷을 갈아입을 것이거늘 어찌 길에서 입으려 하느냐?"

---

36) 자의(紫衣): 자줏빛 옷. 중국 춘추전국시대 때 제후들이 입던 옷인바, 이로부터 귀관(貴官)을 가리키는 말로 쓰임.
37) 망간(望間): 음력 보름께.

어사가 마지못해 걸음을 돌려 죽매각에 이르러 소 씨를 향해 옷을 내 달라 하였다. 소저는 이때 여러 날 번뇌하고 음식을 먹지 못했으므로 약질이 병이 들어 몸을 움직이지 못하였으나 마지못해 몸을 일으켜 옷을 내어 놓았다. 생이 옷을 갈아입고 오려 하더니 시비가 밥상을 가져왔으므로 생이 앉아서 밥을 먹으나 소 씨가 먹지 않으므로 생이 전날 밤의 광경을 생각하고 노기(怒氣)가 백 길이나 높아 이에 일렀다.

"그대가 무슨 우환으로 밥을 먹지 않는 것인가?"

소저가 대답하지 않으니 생이 사나운 소리로 일렀다.

"이는 반드시 위생을 사모해서로다."

소저가 대답하지 않으니 어사가 성난 눈으로 일렀다.

"전날 밤에 위생이 또 이곳에 이르렀으니 그대는 당당히 부모님께 고하고 돌아가 위생과 잘 화락할 것이거늘 거짓말을 꾸며 아버님의 총명을 가리고 맑은 집안에 간부(姦夫)를 들여 더러운 행동이 드러나니 생이 분을 참기 어렵도다. 그대는 내가 죽는 것을 보고 가려 하는가?"

소 씨가 어이없어 입을 봉하고 대답하지 않으니 생이 더욱 밉게 여기고 성품이 과도한데 오랫동안 분을 참아 진실로 더 이상 참기 어려워 벌컥 성을 내어 앞에 놓인 상을 들어 소 씨를 향해 던졌다. 방 안에 그릇이 가득하고 무릇 반찬이 소 씨 옷에 가득하였으나 소 씨가 낯빛을 바꾸지 않고 말을 하지 않았다. 이때 마침 정 부인이 몽창의 전후 행동을 다 듣고 어이없어 하고 소 씨를 염려하여 이날 친히 이르러 소 씨를 위로하려 하여 방문을 열자 이 거동을 보고 놀라움을 이기지 못해 말을 안 했다. 소저가 천천히 몸을 일으켜 침상에서 내려오니 생은 문을 등지고 앉았으므로 크게 꾸짖어 말하였다.

"음란한 여자가 어디로 가는가?"

이처럼 말하고 일어나더니 모친을 보고 크게 놀라 낯빛이 변하였다. 부인이 소 씨의 손을 잡고 방안에 들어가 보니, 소 씨가 여러 날 음식을 먹지 않고 아까 생(生)의 때 없는 핍박을 받아 가슴이 막혔으므로 큰 소리에 넋이 아득하여 진정하지 못하고 있었다. 부인이 소 씨를 붙들어 보니, 소 씨가 자기 온 것을 보고 과도히 몸을 정돈해 진정하려 하나 기운이 다해 이미 인사를 버린 상태였다. 부인이 바삐 홍벽을 불러 서헌에 가 승상에게 고하라 하니 홍벽이 나아가 고하였다. 승상이 놀라서 급히 청심환을 소매에 넣고 들어와 생의 거동과 방안 광경을 보고 벌써 짐작하고 다만 약을 풀어 소 씨를 구호하였다. 한참 후에 소 씨가 인사를 차려 시부모가 이렇듯 한 것에 감격하여 눈물이 흐름을 참지 못하였으나 겨우 눈물을 참고 죄를 청하였다.

"첩이 한때 정신이 혼미하여 이렇듯 큰 근심을 끼쳤사오니 첩의 죄는 산과 바다가 가벼울 정도입니다."

승상 부부가 위로하였다.

"우리 며느리가 기운이 평안하지 않으니 조심하여 조리할 것이거늘 무슨 까닭에 과도하게 예를 차려 섭생을 잘 못하는 것이냐?"

말을 마치고 승상이 운아를 불러 꾸짖었다.

"네가 상서의 명을 받아 소저를 보호할 것이거늘 어찌 조심해서 보호하는 도리가 없어 방안의 광경이 이러하냐? 이러하니 무슨 벌을 받는 것이 맞겠느냐?"

운아가 황공하여 사죄하고 물러났다. 승상이 즉시 일어나 나오니 부인이 소 씨를 다시금 위로하고 침소에 돌아왔다. 승상이 이에 있다가 부인을 맞이해 일렀다.

"아까 소 씨가 정신을 잃고 방안의 광경도 자못 괴이했으니 이는 몽창이 소 씨를 핍박하여 모욕을 주어서 그랬던 것이오?"

부인이 한참 생각하다가 말하였다.

"몽창의 거동이 크게 잘못되었으니 잠시 일러서 고칠 바가 아닙니다. 첩이 진실로 승상 안전에 뵙는 것이 부끄럽나이다."

그러고서 조금 전의 모습을 일일이 옮겨 말하니 승상이 다 듣고 탄식하였다.

"몽창이가 어찌 이처럼 점점 괴이하게 되어 가는고? 반드시 소 씨를 사지(死地)에 넣은 후에 그칠 것이니 살려 두어 쓸 데 없도다."

말을 마치고 일어나 죽설각으로 가니 부모가 함께 있으므로 공이 나아가 모시고 말하였다. 한참 지나 승상이 자리를 떠나 몽창의 전후 행동을 자세히 고하고 또 나직이 아뢰었다.

"제가 그윽이 살피건대 슬하에 여러 자식을 두어 치욕이 행여 선조(先祖)께 미칠까 하여 밤낮으로 마음을 놓지 못하더니 이제 몽창이 도리를 잃음이 그 맑은 벼슬을 욕되게 하고 있나이다. 이제 엄히 경계하는 일이 없으면 필연 제 몸을 보전치 못하고 더러운 모욕이 부모님께 미칠까 두려우니 원컨대 부모님께서는 오늘부터 몽창을 제가 다스리는 대로 두시기를 아뢰나이다."

태사가 다 듣고는 한참 지난 후에 탄식하고 말하였다.

"이 아비가 운명이 기박한 인생으로 여러 세월을 무사히 누렸으니 일마다 내 마음과 같기 쉽겠느냐? 이제 몽창의 행동이 한심하니 부자(父子)의 정에 죽이지는 못하려니와 또한 다스리기조차 주저하며 세월을 보낼 수 있겠느냐?"

또 유 부인을 경계하여 말하였다.

"나와 제 아비의 정이 덜한 것이 아니로되 큰 의리에 힘쓰고 사사로운 정을 끊어 저를 사람이 되게 하려 하는 것이니 부인은 모름지기 관성이가 하는 대로 두어 범사에 알은 체 마소서."

부인이 태사의 엄한 경계가 이와 같음을 두려워하여 다만 공손히 명을 들었다. 승상이 자녀를 가르침에 태사의 뜻이 이와 같지 않아도 풀어지지 않을 것이었으나 태사의 더욱 밝은 말과 엄정한 교훈이 이러함을 보니 두려워서 땀이 모골에서 날 정도였다. 승상이 두 번 절해 명령을 받고 물러나 서헌에 돌아와 좌우의 사람을 시켜 어사를 불러 섬돌 아래에 이르게 하고 시노(侍奴)를 명해 어사를 결박하게 하고 죄를 물었다.

"네 처음에 남의 규수와 얼굴을 마주 보아 말을 통하고 부모에게 고하지 않고 혼인한 죄는 죽을 만한 죄였으나 내 우리 며느리의 착함을 매우 사랑하고 어머님이 소 공에게 받은 은혜가 두터우며 나와 소 공이 동갑으로 막역지우이므로 여러 가지로 안면에 구애하여 네 죽을 죄를 용서하고 다시 자식 항렬에 두었었다. 네 행실이 이미 심히 용렬하였으니 네 조금이라도 사람의 마음이 있다면 마음을 고침이 옳거늘 이제 집안에 요사스러운 첩을 감춰 두고 어버이를 속이고 변란을 일으켜 더러운 소리가 집 안팎에 낭자하고, 애매한 아내를 의심하여 때때로 꾸짖고 욕하기를 그칠 사이가 없으니 행동을 이렇게 하고서 네 어디에 나서려 하는 것이냐? 네 다만 집안에 정 둔 사람이 누구냐? 자세히 바로 고하라."

어사가 부친이 죄를 엄정히 묻는 소리를 듣고 크게 깨달았으나 다만 옥란은 전혀 잊고 어떻게 대답할 줄을 몰라 다만 고개를 조아리고 죄를 청하였다.

"저의 불초함은 진실로 아버님 말씀과 같사옵니다. 그러나 모일에 홍아 등이 이리이리 하는 말을 하였으나 사나운 시녀가 주인을 해치려는 것으로 알아 곧이듣지 않았나이다. 또 전날 불태우신 서간을 얻었으나 그래도 이를 믿지 않아 드러낸 바가 없었습니다. 하루는 소 씨가 간부(姦夫)와 함께 희롱하는 것을 본 후에는 참지 못해 형에게 일렀으나 형의 책망이 엄하였으므로 그렇게 여겼나이다. 그런데 전날 밤에 또 한 남자가 의연히 침소에서 나와 내달으니 진실로 소 씨가 애매하다고 여겼으나 참인지 거짓인지 알 길이 없어 한때 격분을 참지 못해 소 씨를 책망하였으니 그 죄는 만 번 죽어도 가볍나이다. 집안에 정을 둔 자는 없으니 아뢰지 못하나이다."

승상이 다시 꾸짖었다.

"네 말이 한 글자도 정론(正論)이 아니니 다시 무엇을 이르겠느냐? 그러나 이는 네 시첩 중에서 변란이 난 것이니 네 당당히 바로 이른다면 네 몸에 꾸지람이 없으려니와 만일 끝까지 숨긴다면 마지막이 무사하지 못할 것이다."

생이 옥란을 그래도 생각지 못하고 급함을 이기지 못해 다만 머리를 두드려 그런 일이 없다고 하니 승상이 어이없어 말하였다.

"그렇다면 소 씨를 해한 것이 누구의 짓이냐?"

어사가 대답하였다.

"제가 어찌 알겠나이까?"

승상이 발끈 성을 내어 시노(侍奴)를 꾸짖어 매로 쳤다. 삼십여 장에 이르자 생이 머리를 조아려 용서해 주기를 청하였으나 승상이 말하였다.

"네 만일 정 둔 자를 이른다면 용서할 것이다."

어사가 머리를 조아리고 말하였다.

"제가 설령 사리에 밝지 못하나 만일 정을 둔 사람이 있으면 차마 부모의 혈육이 상하도록 고하지 않아 아버님 앞에서 여러 번 속이겠나이까?”

이때 무평백과 소부가 이 자리에 있었다. 소부는 끝까지 말리지 않고 무평백이 말하였다.

“몽창의 말이 옳으니 제 만일 집안에 정을 둔 자가 있다면 설마 속이겠나이까? 소제(小弟)의 낯을 보아 용서하소서.”

승상이 정색하고 말하였다.

“현제(賢弟)는 이 아이의 말을 곧이듣지 마라. 제 갈수록 우형을 속이니 이런 불초자를 살려 두는 것이 부질없도다.”

또 십여 장을 매우 치니 피가 뜰 앞에 흐르고 생이 정신을 차리지 못하였다. 무평백이 힘써 말렸으므로 치는 것을 그치고 끌어 내쳤다. 이에 부마와 세 공자가 몽창을 붙들고 나와 서당에서 구호(救護)하였다. 몽창이 겨우 정신을 차리니 소부가 따라와서 보고 부마를 크게 꾸짖어 말하였다.

“몽창이 사리에 밝지 못해 우리 부모님이 손자로 알지 않으시고 형님이 아들로 알지 않으시니 네 어찌 사사로운 정으로 간호하는 것이냐? 하물며 이곳은 형님이 소싯적에 계시던 곳이요, 우리 형제 중에 부모님의 명령을 받드는 자가 있는 곳이니 어찌 몽창이 있을 곳이겠느냐? 빨리 제 아내에게 맡겨 구호하도록 해야 할 것이다.”

말을 마치고 좌우 사람들을 시켜 몽창을 붙들고 죽매각으로 가라 하니 어사가 소부의 이 같은 거동을 보고 더욱 황공하여 몸을 겨우 움직여 죄를 청하였다.

“소질이 사리에 밝지 못한 행실을 한 것은 죽을 만한 것이나 어찌 또 숙부께서 이렇듯 하시나이까?”

소부가 발끈 낯빛을 바꾸고 말하였다.

“네 나를 숙부로 알았다면 내가 이르는 말을 듣지 않을 수 있었겠느냐? 하물며 형님이 저를 자식으로 알지 않으시니 이는 나와도 또한 삼촌과 조카의 의리가 끊어진 것이다. 그러니 다른 말을 마라."

그러고서 재촉하여 죽매각으로 보냈다. 소부의 온화한 기색이 변하여 엄한 안색은 달빛 아래에 찬 바람이 부는 듯하여 눈을 흘겨 뜨니 위엄이 있어 아래에 있는 사람들이 몸 둘 바를 몰랐다. 어사가 황공하여 한 마디를 못 하고 죽매각으로 갔다. 부마가 또한 소부의 책망을 두려워해 함께 가지 않고 서헌으로 가니, 소부가 그렇게 한 본뜻은 몽창이 소 씨와 불화한 것을 민망히 여겨 짐짓 두 사람을 한군데에 두어 화해시키기 위함이었다.

이날 밤에 집안사람들이 존당에 모여 저녁문안을 할 적에 태사가 진 부인의 침상 아래에 무릎을 꿇고 몽창의 전후사연을 자세히 고한 후 또 다음과 같이 고하였다.

"관성의 여러 아들이 다 한결같지는 않아 스스로 도를 잃음이 많으니 제가 행여나 선조(先祖)께 욕이 미칠까 하여 사사로운 정을 참고 관성이를 경계하여 몽창이를 마음대로 엄히 질책하라 하였으니 원컨대 어머님은 염려를 더하지 마소서."

태부인이 듣고서 좋은 낯빛으로 말하였다.

"노모가 다행히 너 하나를 두어 영화를 받고 여러 자식이 있어 노모의 시름을 풀게 하니 내 즐거움을 알지언정 자녀를 훈계하는 데 어찌 나에게 묻는 것이냐? 모름지기 마음대로 하라."

태사 부자(父子)가 이에 사례하였다.

승상이 물러와 운아 등 모든 시녀를 불러 간악한 사람이 소저 침소에 마음대로 다니는 것을 알지 못함을 크게 꾸짖고 즉시 강매, 영매 두 사람을 불러 죽매각에서 가까이 모셔 소저를 보호하라 하였다. 강매와 영매가 명령을 듣고 운아 등은 크게 황공하여 고개를 조아리고 물러났다. 아! 이 승상의 며느리 사랑이 이와 같았다.

이때 소 씨가 어사가 매 맞았다는 말을 듣고 스스로 생각이 어리어리한 듯하여 사창(紗窓)에 기대어 탄식하였다.

"나의 운명이 어찌 이토록 험하여 몸에는 강상(綱常)의 죄악을 무릅쓰고 또 나 때문에 이 군이 심한 매를 맞았으니 무슨 낯으로 시부모님과 친척들을 뵐 수 있겠는가?"

이처럼 참으로 슬퍼할 즈음에 문득 어사가 붙들려 들어와 침상에 앉으며 피 묻은 옷을 벗겨 치우라 하였다. 소 씨가 뜻밖에 어사를 보니 부끄러움이 앞을 가리고 한(恨)이 마음에 가득하였으나 또한 요체를 알았으므로 공순히 나아가 피 묻은 옷을 벗기고 자리를 편안히 해 주었다. 생이 이불에 몸을 던져 괴로이 신음하였으므로 소 씨가 저를 보면 부끄러움과 분함이 깊었으나 내색하지 않고 친히 약물을 다스려 정성을 다해 구호하였다.

다음 날 아침에 부마가 이르러 생을 보고 위로하며 소 씨를 향해 사례하며 말하였다.

"이제 아우가 엄친의 책망을 받아 몸이 무사하지 못합니다. 동기의 도리로 밤낮으로 붙들고 구호함 직하되 어버이를 받들어 모시는 처지에 마음대로 못 하는 것은 제수씨도 짐작하실 것입니다. 제수씨는 모름지기 아우의 현명하지 못함을 개회치 마시고 병든 사람의 마음이 평안하도록 해 주시기를 바라나이다."

소 씨가 자리를 피해 사례하였다.

"첩이 비록 불민하나 어찌 가부의 병을 마음을 다해 구호하지 않겠나이까?"

부마가 은근히 위로하고 돌아갔다.

소 씨가 생의 음식을 극진히 받들고 자기는 일절 음식을 먹지 않으니 그 모습이 더욱 슬퍼 보였다.

이날 낮에 소부가 이에 이르러 소 씨를 보고 위로하며 사례하여 말하였다.

"우숙(愚叔)이 공변된 의리를 잡아 조카를 이곳에 보내 그대의 몸을 근심으로 괴롭게 하니 참으로 부끄럽도다."

소 씨가 문득 고개를 조아리고 엎드려 대답하지 못하니 소부가 다시 위로하였다.

"그대가 비록 마음이 평안하지 않으나 어찌 음식을 먹지 않아 몸을 돌아보지 않는 것이냐?"

드디어 한 그릇 죽을 가져와 권하였다. 소 씨가 소부의 이 같은 행동을 보니 은혜가 산 같고 바다가 얕을 정도였다. 마음이 움직여 옥 같은 얼굴의 꽃 같은 뺨에 눈물이 줄줄 흘러 옷깃에 젖었다. 이에 소부가 크게 불쌍히 여겨 위로하였다.

"그대의 마음이 이러한 것이 괴이하지 않거니와 그래도 몸 보중함이 옳으니 원컨대 그대는 마음을 너그럽게 가지고 내가 보는 데서 미음을 마시면 내 마음이 반드시 풀어질 것이로다."

소 씨가 한참 후에 눈물을 거두고 몸을 일으켜 절하고 말하였다.

"소첩이 무슨 몸이기에 숙부 어르신의 사랑하심이 이에 미쳤나이까? 몸을 마치도록 한 집에서 모셔 옅은 정성이나마 보이고자 하오나 첩의 시운이 불리하고 운명이 기박하여 한 몸에 참혹한 모욕을 실어 하늘의 해를 보기 어렵나이다. 장래에 몸 보전하기를 믿지 못하니 당당히 구천(九泉)에 돌아가 풀을 맺겠나이다."

소부가 그 말이 슬픔을 더욱 불쌍히 여겨 좋은 낯빛으로 일렀다.

"몽창을 비록 형님이 낳으셨으나 내 스스로 양육하여 몽창을 사랑함은 내 자식인 몽석 등보다도 더하니 또 어찌 그대 향한 마음이 덜하겠는가?"

그러고서 극진히 권하니 소 씨가 감격하여 두어 번 마시니 소부가 극진히 위로하고 나갔다. 이에 소 씨가 그윽이 생각하였다.

'내 비록 참혹한 누명을 몸에 실었으나 시부모님의 큰 은혜가 산과 같고 숙부의 은혜가 이와 같으시니 내 어찌 지레 몸을 버릴 수 있겠는가?'

이렇게 헤아리니 마음이 큰 강과 같이 넓었으므로 다시 슬픈 내색을 않고 음식을 맛보며 기운을 진정하여 생을 밤낮으로 구호하기를 못 미칠 듯이 하였다. 생이 수십 일을 조리하니 상처 아픈 것이 덜해졌다. 바야흐로 소 씨가 자기를 구호하는 정성에 감동하여 속으로 헤아렸다.

'소 씨의 사람됨이 결코 그럴 리가 없으되 다만 내가 그 얼굴을 친히 보았으니 이것이 귀신의 희롱이 아닌가? 형님이 말씀하시기를 개용단(改容丹)이라는 약이 있어 사람의 얼굴을 변하게 한다 하니 혹 그런 일이 있었는가? 그러나 소 씨에게 원수가 없으니 누가 이런 노릇을 했단 말인가?'

그러고서 또 생각하였다.

'소 씨가 엄격하여 시녀 무리를 가까이 하지 않으니 혹 소 씨를 미워하는 이가 저지른 짓인가?'

이처럼 헤아려 반신반의하여 말을 하지 않았다. 이날 밤에 소 씨가 방에 들어와 약을 다스리자 생이 눈을 뜨고 보니 그 정성이 지극하여 귀신도 감동시킬 것이었다. 또 생이 시녀 무리에게 자신을 가까이 하지 못하게 하였으므로 소 씨가 수십 일 동안 약물을 친히 가져왔으니 그 노곤함을 생각하면 적이 미워하는 마음이 덜해졌다. 이에 입을 열어 말하였다.

"부인이 필부를 위하여 여러 날 피곤하고 번다하니 오늘은 편히 쉬소서."

소 씨가 비록 자기의 도리를 다하여 박정한 지아비를 위해 극진히 구호하였으나 그 마음이야 무슨 정이 있으며 지아비를 귀하게 여기겠는가. 이 말을 듣고 새로이 분하여 눈을 낮추어 대답하지 않고 약 다스리기를 마쳐 그릇에 담고 병풍 밑에 단정히 앉아 요동하지 않았다. 이에 생이 한참을 보다가 일렀다.

"그대 스스로 이르기를, '한 몸에 누명을 실었다.'라 하니 그대가 진실로 애매하다면 나와 부부의 이름이 있어 말을 통하는 것이 서먹하지 않을 것이네. 그런데 이제 생을 멸시하니 그대가 다른 사람과 정을 둔 것이 맞는가 싶도다. 그대는 생각하여 보게. 이제 그대 때문에 내가 큰 매를 맞아 몸을 움직이지 못하니 그대에게 사람의 염치가 있다면 부끄러움이 있을 것이네."

소 씨가 또 대답하지 않으니 생이 냉소하고 일렀다.

"그대의 거동이 참으로 우습도다. 부모의 사랑하심을 믿어 저렇듯 퉁명스럽게 구니 학생 알기를 기러기 털같이 여기는도다. 이 어리석은 몽창 외에 어느 남자가 감수해 그대를 데리고 살겠는가?"

소 씨가 다만 안색을 바르게 하고 눈길을 가늘게 해 생의 말을 귀담아 듣지 않았다. 이때 영매가 승상의 명령을 받아 죽매각에 있다가 장(帳) 밖에서 이 말을 다 듣고 이에 들어가 일렀다.

"낭군이 병을 조리하지 않으시고 무슨 잡말을 하시나이까?"

생이 미소 짓고 말하였다.

"병든 사람은 본디 말도 못 하는가? 그대는 이처럼 쓸데없이 간섭을 하는고?"

영매가 정색하고 말하였다.

"천비(賤婢)가 비록 대청 아래의 비자(婢子)나 그윽이 어르신의 행동을 취하지 않나이다. 이제 큰어르신의 책망이 엄하시고 소부 어르신의 경계가 자못 옳으시니 상공이 마땅히 소 부인을 공경하여 소중히 대하시고 전날의 행동을 뉘우쳐 이간하는 말을 곧이듣지 않음이 옳거늘 한갓 여자가 말을 못 할 것이라 하시어 한밤중에 소저의 빙옥 같은 몸을 모욕하시나이까? 상공이 큰어르신께 책망 들으신 것이 소저의 탓이라 하시니 이는 위를 원망하는 것입니다. 상공이 열여덟 살에 경서를 읽으셨는데 무엇을 아시는 것이나이까?"

생이 영매가 자기를 꾸짖는 것을 보니 영매가 비록 대청 아래의 비자(婢子)나 모친의 화란(禍亂) 때 구한 은혜가 자못 두텁고 또 항상 옆에서 모친을 모시며 문자를 통하고 의논이 정직하여 시랑이 항상 공경하던 바요 오늘 하는 말이 다 옳으니 다만 미미히 웃음을 머금고 사례하였다.

"우연히 말을 하여 그대에게 허물을 얻으니 많이 부끄럽도다. 원컨대 부형 안전에 고하지 말아 달라."

영매가 대답하였다.

"첩이 사리에 밝지 못하나 상공의 말씀을 경솔히 누설하겠나이까? 그러나 상공 말씀이 이처럼 말씀을 내셨다 하나 기실 마음속에 뜻이 있으므로 겉으로 발한 것입니다. 낭군은 모름지기 삼척동자라도 속이지 말고 안과 밖을 같게 하소서."

어사가 영매의 밝은 눈이 천 리를 꿰뚫음을 보고 다만 미미히 웃을 뿐이었다.

이윽고 영매가 나가자 어사가 다시 소저에게 말하였다.

"그대가 생을 한스러워함이 깊거니와 어찌 부모가 낳아주신 몸이 중요한 줄을 모르는가? 모름지기 편히 쉬라."

소저가 전혀 움직이지 않으니 생이 다시 권하지 못하였다.

또 두어 날이 지나니 소 씨가 잠을 못 잔 것이 거의 한 달이나 되었다. 약질이 어찌 피곤하지 않겠는가마는 갈수록 정신을 가다듬고 기운을 낮춰 밤낮으로 병간호를 극진히 하니 눈이 풀어지고 용모가 매우 초췌해졌다. 생이 비록 성격이 과격하고 의심이 깊었으나 부모가 분명히 일렀고 또 소 씨의 정성을 보고 잠깐 깨닫는 마음이 있었다. 그 정은 태산과 황하가 가벼울 정도였으니 어찌 소 씨의 몸을 염려하지 않겠는가? 재삼 타일러 쉬라고 일렀으나 소 씨가 들어도 들은 체하지 않았다.

생이 어느 날 밤에는 계교를 생각하고 스스로 옥침에 누워 잠이 든 체하였다. 그리고 이불을 덮지 않고 누워 짐짓 코를 고니 소 씨가 행여 병든 사람이 더 상할까 염려하여 억지로 몸을 일으켜 이불을 가져 덮었다. 이때 생이 문득 돌아보며 그 손을 잡고 일렀다.

"그대가 어찌 생의 몸이 상할 것을 염려하면서도 그대는 쉬지 않는 것인가?"

소 씨가 뜻밖에도 생이 자신의 손을 잡은 것을 보고 끔찍하고 놀라 당초에 호광에서 생이 처음 옥린각에 들어와 말할 적보다 더하였다. 급히 뿌리치려 하였으나 생이 굳이 잡아 놓지 않으니 소 씨가 더욱 흉하게 여겨 분함을 이기지 못해 안색이 엄숙한 것이 눈 위에 서리가 내린 듯하였다. 이에 생이 정색하고 말하였다.

"그대는 참으로 모진 여자로다. 생이 그대의 가부(家夫)이니 손을 잡은 것이 오늘뿐 아니거늘, 그대가 이미 애매하다면 어찌 이렇듯 독하게 구는 것인가?"

그리고서 붙들어 편히 눕게 하고 자기 또한 멀리 누워 그 마음을 편하게 하였다. 소 씨가 분함을 이기지 못하였으나 본디 위인이 마음이 큰 바다처럼 넓고 말이 없고 진중하였으므로 다만 그 하는 대로 있을지언정 어찌 편히 누워 잠을 잘 수 있겠는가. 생은 본디 총명하였으므로 이 거동을 살피고 생각하였다.

'소 씨의 행실이 진실로 그렇다면 어찌 어두운 방 가운데 있으면서도 이와 같이 몸가짐을 바로할 수 있겠는가? 그나저나 어떤 자가 그런 행동을 했는고?'

이리 헤아리고 저리 생각하나 깨닫지 못하여 반신반의하였다.

한 달을 고통스럽게 보낸 후 맞은 상처가 아물고 기운이 잠깐 나았으므로 억지로 일어나 옷을 바르게 입고 존당에 나아갔으나 승상과 정 부인이 기운이 서리 같아 눈을 들지 않았다. 생이 자리에 꿇어앉아 길이 죄를 청하자, 태사가 나아오라 하여 안색을 엄히 하고 크게 꾸짖었다.

"네 어려서부터 성현의 글을 보아 자못 사리(事理)를 알 것이거늘 무슨 까닭으로 정실을 음란한 여자로 의심하여 네 행동이 사리에 밝지 못하였느냐? 소 씨에게 설사 그런 일이 있을지라도 살펴서 정대(正大)하게 처리함이 옳거늘 어찌 부모를 속이고 방안에서 좌기(坐起)38)를 베풀어 정실을 능욕하였으니 이 무슨 도리냐? 네 만일 뉘우치는 뜻이 있거든 내 안전(案前)에서 이르고 다시 그런 사리에 안 맞는 행동을 하려거든 내 앞에 이르지 말지어다."

어사가 황공하여 죽으려 해도 용납될 땅이 없어 바삐 바닥에 머리를 두드려 죄를 청하였다.

"소손이 당초에 현명하지 못해 죄를 사림(士林)에 얻었다가 이제 부모님의 밝은 경계를 받아 깨달았사오니 어찌 두 번 그른 일을 행

---

38) 좌기(坐起): 원래 관아에 출근하여 일을 시작한다는 의미이나 여기에서는 이몽창이 소월혜를 혼내는 자리를 마련함을 이름.

함이 있겠나이까?"

태사가 말하였다.

"네 비록 내 앞에서 잠시 말을 시원하게 하나 물러가면 또 다시 예전과 같을 것이다."

생이 고개를 조아리고 말하였다.

"소손이 비록 사리에 밝지 못하나 하늘 아래 차마 부모님과 할아 버님을 속이겠나이까?"

태사가 바야흐로 승상 부부를 돌아보아 말하였다.

"몽창이 뉘우침이 있으니 우리 아이는 며느리와 함께 모름지기 몽창이를 용서하라."

두 사람이 절하고 명령을 들을 따름이었다.

몽창이 이윽고 물러나 서당에 와 소부를 보고 방석 아래 꿇어 죄 를 청하니 소부가 한참 뒤에 말하였다.

"네 이제는 뉘우침이 있느냐?"

어사가 고개를 조아리고 절하며 말하였다.

"소질(小姪)이 사리에 밝지 못해 숙부의 정성스러운 뜻을 저버렸 으니 죄는 만 번 죽어도 오히려 가볍나이다. 어찌 다시 잘못을 행하 겠나이까?"

소부가 비록 겉으로는 엄한 빛을 지었으나 어사를 지극히 사랑하 였으므로 드디어 낯빛을 온화히 하고 손을 잡아 경계하였다.

"소 씨는 고금에 다시 얻지 못할 숙녀어늘 네가 현명하지 못해 일 을 잘 살피지 못해서 정실을 모욕하였다. 내 너를 어려서부터 양육 하여 가르치지 못함을 부끄러워 서로 보지 않으려 했더니 이제 네가 깨달음이 있으니 또 어찌 오래 유감스러운 마음을 품고 있겠느냐?"

어사가 절하고 모셔 말하다가 대서헌에 이르러 승상을 뵈었다. 승상이 본 체 않고 기색이 엄정(嚴正)하니 생이 두려워하여 마치 얇은 얼음을 디딘 듯하였다. 날이 저물도록 승상을 모시다가 서당에 이르니 소부가 죽매각으로 가라 하므로 생이 대답하였다.

"소 씨가 전부터 식음을 전폐하고 심려를 매우 썼으며 소질의 병을 구호하느라 한 달 동안 잠을 못 잤으니 소질이 오늘은 숙부를 모시고 자 소 씨가 몸을 조리하도록 하겠나이다."

소부가 옳다 하니 생이 드디어 소부를 모시고 잤다.

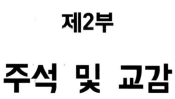

제2부

주석 및 교감

─────── ✽ 일러두기 ✽ ───────

A. 원문

1. 저본은 한국학중앙연구원 소장본(18권 18책)으로 하였다.
2. 면을 구분해 표시하였다.
3. 한자어가 들어간 어휘는 한자 병기를 원칙으로 하였다.
4. 음이 변이된 한자어 및 한자와 한글의 복합어는 원문대로 쓰고 한자를 병기하였다. 예) 고이(怪異). 겁칙(劫-)
6. 현대 맞춤법 규정에 의거해 띄어쓰기를 하되, 소왈(笑曰)처럼 '왈(曰)'과 결합하는 1음절 어휘는 붙여 썼다.

B. 주석

1. 다음과 같은 경우에 각주를 통해 풀이를 해 주었다.
   가. 인명, 국명, 지명, 관명 등의 고유명사
   나. 전고(典故)
   다. 뜻을 풀이할 필요가 있는 어휘
2. 현대어와 다른 표기의 표제어일 경우, 먼저 현대어로 옮겼다.
   예) 츄쳔(秋天): 추천.
3. 주격조사 'ㅣ'가 결합된 명사를 표제어로 할 경우, 현대어로 옮길 때 'ㅣ'는 옮기지 않았다. 예) 긔위(氣宇ㅣ): 기우.

C. 교감

1. 교감을 했을 경우 다른 주석과 구분해 주기 위해 [교]로 표기하였다.
2. 원문의 분명한 오류는 수정하고 그 사실을 주석을 통해 밝혔다.
3. 원문의 의미가 분명하지 않은 경우, 국립중앙도서관 소장본을 참고해 수정하고 주석을 통해 그 사실을 밝혔다.
4. 알 수 없는 어휘의 경우 '미상'이라 명기하였다.

쌍쳔기봉(雙釧奇逢) 권지칠(卷之七)

●●●
1면

이젹의 셜최 댱 시(氏)를 취(娶)ᄒ려 ᄒ다가 못 어드니 그윽이 분노(忿怒)ᄒ더니 댱 시(氏) 니문(-門)의 나아가 부마(駙馬)의 듕ᄃᆡ(重待)[1] 가바얍디 아니ᄒᆞᆯᄆᆞᆯ 듯고 ᄒᆞᆫ 의ᄉᆞ(意思)를 ᄂᆡ여 누의로 ᄒ여곰 계교(計巧)를 드리니, 셜 귀비(貴妃) 조ᄎᆞ 일일(一日)은 튀후(太后)를 뫼셔 말ᄉᆞᆷᄒ다가 주(奏)호ᄃᆡ,

"이제 계양 옥쥬(玉主ㅣ) 아름ᄃᆞ온 덕(德)으로 댱 시(氏)를 니문(-門)의 드려와 화동(和同)ᄒᆞᆯᄆᆞᆯ 형뎨(兄弟)ᄀᆞ티 ᄒᆞᄃᆡ 부마(駙馬)ᄂᆞᆫ 일호(一毫) 감동(感動)ᄒ미 업셔 댱 시(氏)를 듕ᄃᆡ(重待)ᄒ고 공쥬(公主)를 복ᄃᆡ(薄待)[2]ᄒ다 ᄒ니 이 엇디 뎌ᄇᆞ리미 아니니잇고? 또 댱 시(氏) 방ᄌᆞ(放恣) 간악(奸惡)ᄒ야

●●●
2면

부마(駙馬) 줌으고[3] 공쥬(公主)를 능멸(凌蔑)[4]ᄒ다 ᄒ니 이달오믈 이긔디 못ᄒᆞᆯ소이다."

---

1) 듕ᄃᆡ(重待): 중대. 매우 소중히 대우함.
2) 복ᄃᆡ(薄待): 박대. 인정 없이 모질게 대함.
3) 줌으고: 잠그고. 자기편으로 하고.
4) 능멸(凌蔑): 업신여기어 깔봄.

틱휘(太后ㅣ) 텽파(聽罷)의 딕로(大怒)ᄒᆞ야 명픿(命牌)[5]를 ᄂᆞ리와 부ᄆᆞ(駙馬)를 브ᄅᆞ시니 부믹(駙馬ㅣ) 고이(怪異)히 너겨 밧비 닉시(內侍)를 조ᄎᆞ 딕닉(大內)의 니ᄅᆞ러 ᄉᆞ빅(四拜) 현알(見謁)ᄒᆞ니 틱휘(太后ㅣ) 노식(怒色)이 엄녈(嚴烈)[6]ᄒᆞ샤 이의 딕칙(大責)[7] 왈(曰),

"딤(朕)이 일(一) 녀(女)를 위(爲)ᄒᆞ야 경(卿)을 부마(駙馬)를 삼으미 공주(公主)의[8] 긔딜(氣質)이 겸손(謙遜)ᄒᆞ미 업ᄉᆞ딕 당녀(-女)로 빌미ᄒᆞ야 긔식(氣色)이 흔연(欣然)치 아니타 ᄒᆞ믹 쾌(快)히 당녀(-女)로 경(卿)의 직실(再室)을 허(許)ᄒᆞ여 공듀(公主)의 뜻을 좃ᄎᆞ니 경(卿)이 엇딘 고(故)로 당녀(-女)를 듕딕(重待)ᄒᆞ고 공듀(公主)를 박딕(薄待)ᄒᆞᄂᆞᆫ 거죄(擧措ㅣ) 딤(朕)의 귀의 들니ᄂᆞ뇨? 모ᄅᆞ미 당 시(氏)

···

3면

를 영[9]영(永永) 거절(拒絶)ᄒᆞ야 제집의 보닉라."

부믹(駙馬ㅣ) 부복(俯伏)ᄒᆞ여 듯기를 ᄆᆞᆺ고 안식(顔色)을 화평(和平)히 ᄒᆞ고 계(階)의 ᄂᆞ려 청죄(請罪)ᄒᆞ여 ᄀᆞᆯ오딕,

"미신(微臣)이 텬은(天恩)을 과(過)히 닙ᄉᆞ와 초방(椒房)[10] 금지옥엽(金枝玉葉)으로 ᄶᆞᆨ 지으시니 ᄉᆞᄉᆞ로 우구(憂懼)[11]ᄒᆞ믈 이긔디 못ᄒᆞ옵ᄂᆞ니 엇디 공주(公主)를 븍딕(薄待)ᄒᆞ미 이시리잇고? 이ᄂᆞᆫ 당당

---

5) 명패(命牌): 임금이 벼슬아치를 부를 때 보내던 나무패.
6) 엄녈(嚴烈): 엄렬. 엄격하고 격렬함.
7) 딕칙(大責): 대책. 몹시 꾸짖음.
8) 의: [교] 이 뒤에 '의'가 부연되어 있어 삭제함.
9) 영: [교] 원문에는 '여'로 되어 있으나 오기로 보임.
10) 초방(椒房): 왕비를 달리 이르는 말로, 여기에서는 궁궐을 이름.
11) 우구(憂懼): 근심하고 두려워함.

(堂堂)이 공주(公主) 좌우(左右)를 부르샤 무르실 비오 지어댱녀(至於-女)[12]는 당초(當初) 명(定)ᄒ므로 믈니고 공주(公主)를 셩녜(成禮)ᄒ온 후(後) 신(臣)이 감(敢)히 의ᄉ(意思)치 못ᄒ더니 셩지(聖旨) 홀연(忽然) 댱녀(-女)를 취(娶)ᄒ라 ᄒ시니 황명(皇命)으로 취(娶)ᄒ여 집의 두엇ᄉ더니 셩지(聖旨)이 ᄀᆞᄐᆞ시니 당당(堂堂)이 댱녀(-女)를 제집으로 보닐 거시니

* * *

4면

이다.”

티휘(太后ㅣ) 부마(駙馬)의 안ᄉᆡᆨ(顔色)이 온화(溫和)ᄒ야 조곰도 블만(不滿)ᄒ미 업ᄉ니 티휘(太后ㅣ) 침음(沈吟)ᄒ야 말이 업거ᄂᆞᆯ 부ᄆᆡ(駙馬ㅣ) 퇴됴(退朝)[13]ᄒ야 집의 도르와 부모(父母)긔 고(告)ᄒ니 공(公) 왈(曰),

“티후(太后) 뎐디(傳旨)이 ᄀᆞᄐᆞ시니 네 ᄯᅳᆺ은 엇디코ᄌᆞ ᄒᆞᄂᆞᆫ다?”

부ᄆᆡ(駙馬ㅣ) ᄇᆡ주(拜奏) 왈(曰),

“댱 시(氏)로 인(因)ᄒ야 괴로온 거죄(擧措ㅣ) 니음ᄎᆞ니 ᄒᆡ이(孩兒ㅣ) 계교(計巧)로 이런 길흘 막으리니 부모(父母)ᄂᆞᆫ ᄒᆡ아(孩兒) ᄒᆞᄂᆞᆫ 디로 더져 두쇼셔.”

승샹(丞相)이 고개 좃더라.

부ᄆᆡ(駙馬ㅣ) 믈너나 됴[14]하당의 니르니 댱 시(氏) 업거ᄂᆞᆯ 셜ᄆᆡᄃᆞ려 무른디 디왈(對曰),

---

12) 지어댱녀(至於-女): 지어장녀. 장 씨에 이르러는. 한문식 어투임.

13) 퇴됴(退朝): 퇴조. 조회에서 물러남.

14) 됴: [교] 원문에는 ‘초’로 되어 있으나 앞에 ‘됴’로 나왔으므로 이와 같이 수정함.

"아춤 문안(問安) 후(後) 계양궁의 가시니이다."

부미(駙馬ㅣ) 즉시(卽時) 궁(宮)의 니르니 댱 시(氏)와 공쥐(公主
ㅣ) 혼가디로 물솜ㅎ여 흥(興)이 놉ㅎ거놀 부미(駙馬ㅣ)

5면

난간(欄干)의 셔셔 홍녀을 블너 닐오디,

"네 부인(夫人)긔 뎐(傳)ㅎ야 금일(今日)노붓허 친졍(親庭)의 도라
ㄱ라 ㅎ라."

홍녀이 의아(疑訝)ㅎ야 쇼져(小姐)긔 고(告)ㅎ니 쇼졔(小姐ㅣ) 블
셔 짐쥭(斟酌)ㅎ고 몸을 니러 공쥬(公主)긔 하딕(下直)ㅎ고 구고(舅
姑)긔 하딕(下直)ㅎ려 샹부(相府)로 가려 ㅎ니 부미(駙馬ㅣ) 다시 닐
오디,

"하딕(下直)ㅎ여 무익(無益)ㅎ니 이곳으로 굴지어다."

설파(說罷)의 지쵹ㅎ여 뎡의 들나 ㅎ니 댱 시(氏) 감(敢)히 거역
(拒逆)디 못ㅎ여 뎡의 드니 부미(駙馬ㅣ) 교부(轎夫)15)를 명(命)ㅎ야
뫼셔 ㄱ라 ㅎ디, 공쥐(公主ㅣ) 부마(駙馬)의 이 ㄱ투믈 보고 블승의
아(不勝疑訝)ㅎ야 굴오디,

"아디 못게라. 댱 쇼졔(小姐ㅣ) 금일(今日) 친뎡(親庭)의 뉘 병환
(病患)이 계시냐? 힝식(行色)이 총총(悤悤)16)ㅎ미 무슨 연괴(緣故ㅣ)
니잇고?"

부미(駙馬ㅣ) 부답(不答)

---

15) 교부(轎夫): 가마꾼.

16) 총총(悤悤): 급하고 바쁜 모양.

ᄒ고 단좌(端坐)ᄒ여 칙(冊)을 뒤져기며 긔식(氣色)이 타연(妥然)[17] ᄒ니 공쥐(公主 l) 다시 뭇디 못ᄒ고 경혹(驚惑)[18]ᄒ믈 이긔디 못ᄒ여 샹부(相府)의 니르러 알고ᄌ ᄒ여 니르ᄂᆞ니 부ᄆᆡ(駙馬 l) 브야흐로 니르되,

"공쥐(公主 l) 연고(緣故) 업시 본부(本府)의 ᄀ고ᄌ ᄒ시ᄂᆞ뇨? 닉이의 이시니 감(敢)히 쩌ᄂᆞ지 못ᄒ시리이다."

공쥐(公主 l) 부ᄆᆡ(駙馬)의 긔식(氣色)이 화열(和悅)ᄒ믈 보고 줌간(暫間) ᄆᆞ음을 졍(靜)ᄒ야 안ᄌᆞ시나 경의(驚疑)[19]ᄒ믈 춤디 못ᄒ더니 나디 되ᄆᆡ 부ᄆᆡ(駙馬 l) ᄂ가거늘 공쥐(公主 l) 브야흐로 샹부(相府)의 가 문안(問安)ᄒ니 존당(尊堂) 구괴(舅姑 l) 흔연(欣然) 담쇼(談笑)ᄒ여 ᄉᆞ식(辭色)디 아닛ᄂᆞᆫ디라 알 길[20]히 업셔 믈너 듕당(中堂)의 니르니 ᄎᆞ공ᄌᆞ(次公子) 몽챵이 난간(欄干)의 누엇다가 밧비 니

러나 뭇거늘 공쥐(公主 l) 니의 닐오되,

"쳡(妾)이 숙숙(叔叔)긔 이제 뭇ᄌᆞ올 믈솜이 이시니 줌간(暫間) 안ᄌᆞ미 힝심(幸甚)홀가 ᄒᆞᄂ이다."

공ᄌᆡ(公子 l) 안식(顏色)을 졍(正)히 ᄒ고 공경(恭敬) 되왈(對曰),

---

17) 타연(妥然): 편안한 모양.

18) 경혹(驚惑): 놀라서 의아해함.

19) 경의(驚疑): 놀라고 의심함.

20) 길: [교] 원문에는 이 뒤에 '힐'이 있으나 부연된 것으로 보아 삭제함.

"옥쥐(玉主ㅣ) 무슨 물솜을 쇼싱(小生)의게 뭇고즈 ㅎ시ᄂ니잇고?"

드듸여 팔흘 드러 공주(公主) 안즈믈 쳥(請)ㅎ고 스스로 방셕(方席) 압히 ᄭ러 안즈니 녜뫼(禮貌ㅣ) 졍숙(整肅)²¹⁾ㅎ고 안식(顔色)이 늠연(凜然)²²⁾ㅎ며 눈을 ᄂᆺ초와시니 쇼부(少傅)와 틴부인(太夫人)긔 이릭²³⁾ㅎ던 씨 보다가 다른 사름이 되엿더라.

공쥐(公主ㅣ) 웃기슬 념의고 글오듸,

"아츰의 댱 부인(夫人)이 친당(親堂)의 가시는 경식(景色)이 ᄀ쟝 고이(怪異)ㅎ니 그 연고(緣故)를 알고즈 ㅎ미로쇼이다."

몽챵이 믄득 우음을 먹음고 줌줌(潛潛)

● ● ●

8면

ㅎ엿ᄃ가 듸왈(對曰),

"가형(家兄)의 ㅎᄂ 일을 쇼싱(小生)이 엇디 알니잇가?"

공쥐(公主ㅣ) 미쇼(微笑)ㅎ고 글오듸,

"쳡(妾)이 블민(不敏)ㅎᄂ 셩문(聖門)²⁴⁾의 드러완 디 삼(三) 년(年)이라 숙숙(叔叔)이 엇디 ᄂ외(內外)ㅎ시ᄂ니잇가?"

챵이 븟비 칭샤(稱謝)²⁵⁾ 왈(曰),

"쇼싱(小生)이 옥듀(玉主)를 긔망(欺妄)²⁶⁾ㅎ고즈 ㅎ미 아니라 말이 ᄂ믜 우흘 시비(是非)ㅎᄂ 도리(道理)라 숨가 감(敢)히 블셜(發說)치

---

21) 졍숙(整肅): 정숙. 몸가짐이나 차림새가 바르고 엄숙함.

22) 늠연(凜然): 위엄이 있고 당당함.

23) 이릭: 애교를 부림.

24) 셩문(聖門): 성문. 공문(孔門). 여기에서는 이씨 집안을 높여 말한 것임.

25) 칭샤(稱謝): 칭사. 사죄함.

26) 긔망(欺妄): 기망. 속임.

못ㅎ더니 옥듀(玉主) 말슴이 여ᄎ(如此)ㅎ시니 엇디 두 번(番) 긔이미 이시리잇가? 아춤의 틱후(太后) 낭낭(娘娘)이 여ᄎ여ᄎ(如此如此)ㅎ신 고(故)로 가형(家兄)이 그 명(命)을 붓ᄌ와 댱수(-嫂)를 친졍(親庭)의 보닉신가 시부더이다."

공쥐(公主ㅣ) 텽파(聽罷)의 딕경(大驚)ㅎ야 믹믹(脉脉)히[27] 믈을 아니ㅎ더니 이의 탄(嘆)ㅎ야 굴오

· ● ●

9면

딕,

"첩(妾)의 연고(緣故)로 댱 부인(夫人)이 ᄯ오 화(禍)를 보시니 어ᄂ 놋ᄎ로 타일(他日) 셔로 보리오?"

즉시(卽時) 궁(宮)의 도릭와 진·허 냥인(兩人)을 블너 니릭딕,

"닉 심녁(心力)을 허비(虛費)ㅎ야 댱 시(氏)를 겨유 니문(-門)의 드려와 피ᄎ(彼此ㅣ) 스랑ㅎ여 디닉연 디 일(一) 년(年)이 되엿거늘 그딕 등(等)이 무슨 말을 텬뎡(天廷)의 주(奏)ㅎ야 칙(責)이 부ᄆ(駙馬)의게 밋고 댱 시(氏)로써 니문(-門)을 써ᄂ게 ㅎᄂ뇨?"

셜파(說罷)의 노식(怒色)이 미우(眉宇)의 표등(飆騰)[28]ㅎ고 만심(滿心)이 녈녈(烈烈)ㅎ더라 냥인(兩人)이 크게 놀나 븟비 관(冠)을 벗고 쳥죄(請罪)ㅎ여 굴오딕,

"첩(妾) 등(等)이 옥듀(玉主)의 셩덕(盛德)을 감격(感激)ㅎ고 댱 쇼져(小姐)의 빙옥혜딜(氷玉蕙質)[29]을 스랑ㅎ여 일시(一時) 써ᄂ믈 앗

---

27) 믹믹(脉脉)히: 맥맥히. 잠자코 오래.

28) 표등(飆騰): 기세가 맹렬함.

29) 빙옥혜딜(氷玉蕙質): 빙옥혜질. 얼음과 옥처럼 맑고 깨끗하며 난초처럼 청초한 기질.

기거늘 엇디 틱후(太后) 낭낭(娘娘)

* * *

10면

긔 허언(虛言)을 주(奏)ᄒ리잇고? 만만(萬萬) 이미ᄒᄆᆡ 옥쥬(玉主)ᄂᆞᆫ 슬피쇼셔."

공쥬(公主ㅣ) 텽파(聽罷)의 글오ᄃᆡ,

"ᄉ부(師父)와 보뫼(保姆ㅣ) 이미홀딘ᄃᆡ 뉘 댱 시(氏)와30) 은원(恩怨)31)이 이셔 ᄒᆡ(害)ᄒ리오? ᄉ뷔(師父ㅣ) 당당(堂堂)이 ᄂᆡ 표(表)를 가디고 궐듕(闕中)의 드러가 아라 오라."

진 시(氏) 슈명(受命)ᄒ니 공쥬(公主ㅣ) 필연(筆硯)을 ᄂᆡ와 표(表)를 쓰더니 믄득 궁인(宮人)이 보(報)ᄒᄃᆡ,

"부마(駙馬) 노야(老爺) 오시ᄂᆞ이다."

공쥬(公主ㅣ) 놀나 밧비 쓰던 거ᄉᆞᆯ ᄉᄆᆡ의 녀코 니러 마즈니 부ᄆᆡ(駙馬ㅣ) 드러와 안즈며 눈을 드러 보니 연갑(硯匣)32)이 열니고 벼로의 믁젹(墨跡)33)이 잇거늘 임의 짐쟉(斟酌)ᄒ고 이의 모든 시젼(詩箋)34)을 ᄂᆞ오혀 보ᄃᆡ 표(表) 쓴 거시 업거늘 좌(座)를 옴겨 공쥬(公主) 겻ᄒᆡ ᄂᆞ아가 ᄉᄆᆡ를 즙고 슬피려 ᄒ니

---

30) 와: [교] 원문에는 '과'로 되어 있으나 오기로 보임.

31) 은원(恩怨): 원한.

32) 연갑(硯匣): 벼룻집.

33) 믁젹(墨跡): 묵적. 먹을 쓴 흔적.

34) 시젼(詩箋): 시전. 시나 편지 따위를 쓰는 종이. 시전지(詩箋紙).

공쥬(公主ㅣ) 스미를 썰쳐 믈너 안즈며 낫빗출 변(變)ᄒ니 부미(駙馬
ㅣ) 다시 ᄂ아가 손을 줍고 스미를 뒤여 쇼표(疏表)35)를 어더 닉니
겨유 딕엿 줄은 벗더라.

브미(駙馬ㅣ) ᄇ야흐로 믈너 안즈 금노(金爐)36)의 블을 집어 슐와
ᄇ리고 믁믁(默默)히 믈을 아니ᄒ니 공쥬(公主ㅣ) 져 거동(擧動)을
보고 어히업셔 냥구(良久)히 믈을 아니ᄒ더니 반향(半晌)37) 후(後)
낫빗츨 고치고 추연(惆然)38) 탄왈(嘆曰),

"첩(妾)의 힝ᄉ(行事ㅣ) 블쵸(不肖)ᄒ니 니를 거시 업거니와 군ᄌ
(君子ㅣ) 엇던 고(故)로 첩(妾)을 용납(容納)디 아니미 심(甚)ᄒ시니
잇고?"

부미(駙馬ㅣ) ᄇ야흐로 안ᄉ(顔色)을 평담(平淡)39)이 ᄒ여 딕왈(對曰),

"복(僕)이 엇디 옥쥬(玉主)를 용납(容納)디 아니리잇고?"

공쥬(公主ㅣ) 졍ᄉ(正色) 딕왈(對曰),

"틱낭낭(太娘娘)이 비록 뎐뎐(殿前)

의 과실(過失)ᄒ믈 드ᄅ시고 군ᄌ(君子)를 칙(責)ᄒ시나 군ᄌ(君子ㅣ)

---

35) 쇼표(疏表): 소표. 임금에게 올리는 글.
36) 금노(金爐): 금로. 금으로 장식하여 만든 화로.
37) 반향(半晌): 반나절.
38) 추연(惆然): 슬퍼하는 모양.
39) 평담(平淡): 고요하고 깨끗하여 산뜻함.

엇디 글노 역뎡(逆情)[40]ᄒᆞ여 당 부인(夫人)으로써 구고(舅姑)긔 하딕(下直)도 못 ᄒᆞ게 ᄒᆞ시고 구축(驅逐)[41]ᄒᆞ여 보ᄂᆡ시니 엇디 쳡(妾)의 안심(安心)ᄒᆞᆯ ᄇᆡ리오?"

부ᄆᆡ(駙馬ㅣ) 온화(溫和)이 줌소(暫笑)ᄒᆞ고 ᄀᆞᆯ오ᄃᆡ,

"공쥐(公主ㅣ) ᄒᆞᄂᆞᄒᆞᆯ 알고 둘흘 모ᄅᆞ시도다. ᄌᆞ고(自古)로 부ᄆᆡ(駙馬ㅣ) 냥쳬(兩妻ㅣ) 업거ᄂᆞᆯ 공쥐(公主ㅣ) 과도(過度)히 텬뎡(天廷)의 주(奏)ᄒᆞ여 댱 시(氏)ᄅᆞᆯ 오문(吾門)의 드려오니 ᄉᆡᆼ(生)이 고인(故人)을 잇디 못ᄒᆞᄂᆞᆫ 쓰디 이시나 블안(不安)ᄒᆞ더니 금됴(今朝)[42]의 ᄐᆡ후(太后) 명(命)이 여ᄎᆞ여ᄎᆞ(如此如此) ᄒᆞ시니 허실(虛實) 간(間) 신ᄌᆡ(臣子ㅣ) 되여 그 명(命)을 지완(遲緩)티 못ᄒᆞ거ᄂᆞᆯ 공쥐(公主ㅣ) 또 샹쇼(上疏) 표(表)ᄅᆞᆯ 지어 어즈러이 텬뎡(天廷)의 주(奏)코ᄌᆞ ᄒᆞ시나 이 나의 즑기ᄂᆞᆫ ᄇᆡ 아니라. 공주(公主)

13면

ᄂᆞᆫ 모로미 ᄂᆡ 쓰ᄃᆞᆯ 조ᄎᆞ 줌줌(潛潛)ᄒᆞ소셔. ᄐᆡ낭낭(太娘娘)이 노년(老年)의 공주(公主) ᄉᆞ랑ᄒᆞ시미 지극(至極)ᄒᆞ시거ᄂᆞᆯ 엇디 ᄂᆞᆷ을 위(爲)ᄒᆞ여 쓰ᄃᆞᆯ 볏줍디 아닛ᄂᆞ뇨? 공주(公主)ᄂᆞᆫ 침묵(沈默)ᄒᆞ여 ᄂᆞ종을 보미 올흐니이다."

공쥐(公主ㅣ) 텽파(聽罷)의 ᄂᆞᆺ빗ᄎᆞᆯ 고치고 샤례(謝禮) 왈(曰),

"군ᄌᆞ(君子)의 ᄆᆞᆯ솜이 쳡(妾)의 흉금(胸襟)을 훤칠[43]케 ᄒᆞ시나 ᄐᆡ

---

40) 역뎡(逆情): 역정. 몹시 언짢거나 못마땅하여서 내는 성.

41) 구축(驅逐): 쫓아냄.

42) 금됴(今朝): 금조. 오늘 아침.

43) 훤하고 알찬 모양.

낭낭(太娘娘)이 첩(妾)을 인(因)ᄒᆞ야 실덕(失德)ᄒ시니 간(諫)코ᄌᆞ ᄒᆞ
미 쏘흔 그르지 아닌가 ᄒᆞ엿더니 군ᄌᆞ(君子)의 경계(警戒) 이럿틋 ᄒᆞ
시니 엇디 거역(拒逆)ᄒᆞ리잇가마ᄂᆞᆫ 댱 부인(夫人)을 투일(他日) 어ᄂᆞ
ᄂᆞ츠로 보리잇고?"

부마(駙馬ㅣ) 쇼왈(笑曰),

"댱 시(氏) 쏘흔 디톄(大體)ᄅᆞᆯ 알니니 엇디 유감(遺憾)ᄒ리오?"

인(因)ᄒᆞ야 화긔(和氣) 젼일(專一)[44]ᄒ여 조곰도 거리ᄭᅵᄂᆞᆫ ᄆᆞᄋᆞᆷ

• • •

14면

이 업고 공주(公主)로 화락(和樂)이 변(變)티 아니ᄒᆞ니 딘 샹궁(尙宮)
이 부마(駙馬)ᄅᆞᆯ 감격(感激)ᄒ고 댱 시(氏)의 졍ᄉᆞ(情事)ᄅᆞᆯ 긍측(矜
惻)[45]ᄒ여,

일일(一日)은 대ᄂᆡ(大內)의 니르러 튀후(太后)긔 뵈오니 휘(后ㅣ)
공주(公主) 평부(平否)ᄅᆞᆯ 무르시고 인(因)ᄒᆞ여 니르샤ᄃᆡ,

"부마(駙馬ㅣ) 댱 시(氏)ᄅᆞᆯ 듕ᄃᆡ(重待)ᄒ고 공듀(公主)ᄅᆞᆯ 소ᄃᆡ(疏
待)ᄒᆞᆫ다 ᄒᆞ니 이제도 그러냐?"

진 시(氏) 고두(叩頭) ᄃᆡ왈(對曰),

"당초(當初) 옥쥬(玉主ㅣ) 댱 시(氏)로 인(因)ᄒᆞ여 하실(下室)의 ᄂᆞ
리샤 부마(駙馬)ᄅᆞᆯ 보디 아니시니 부마(駙馬ㅣ) 그 덕(德)을 감격(感
激)ᄒᆞ샤 댱 시(氏)로 셩친(成親) 후(後) 공주(公主)긔 몬져 졍(情)을
두샤 듕ᄃᆡ(重待) 튀산(泰山) ᄀᆞᆺ하시니 우리 등(等)이 이 ᄀᆞᆺ시믈 다
니르지 못ᄒᆞᆸ더니 졸연(猝然)이[46] 뎐디(傳旨) 부마(駙馬)의게 미ᄎᆞ

---

44) 젼일(專一): 전일. 마음과 힘을 오로지 한 곳에만 씀.
45) 긍측(矜惻): 불쌍하고 가엾음.

시니 부미(駙馬ㅣ) 댱 시(氏)를 닉티고 공쥬(公主)로 화락(和樂)이 감
(減)치 아

니시나 옥쥐(玉主ㅣ) 듀야(晝夜) 즐기지 아니시나니 엇디 복디(薄待)
ᄒ시리잇고?"

튀휘(太后ㅣ) 팀음(沈吟)ᄒ다가 글ㅇ샤디,

"닉 임의 듯기를 ᄌ시 ᄒ여시니 경(卿) 등(等)이 공쥬(公主)의 믈
을 듯고 ᄂ를 소기ᄂ가 ᄒ노라."

진 시(氏) 관(冠)을 벗고 돈수(頓首)[47]ᄒ여 쥬(奏)ᄒ디,

"신(臣) 등(等)이 낭낭(娘娘) 명(命)을 봇ᄌ와 공쥬(公主)를 뫼셔
니문(-門)의 니르미 만일(萬一) 일회(一毫ㅣ)나 공쥬(公主)긔 ᄒᆡ(害)
로오미 이실딘딕 엇디 낭낭(娘娘) 안젼(案前)의 긔망(欺妄)ᄒ리잇고?
ᄎᄉ(此事)ᄂ 만만(萬萬) 무거(無據)[48]ᄒ니 원(願)컨딕 텬의(天意) 드
르신 딕를 알고ᄌ ᄒᄂ이다."

"귀비(貴妃) 셜 시(氏) 딤(朕)ᄃ려 니르미 엇디 허슈[49](虛受)[50]ᄒ
며 부미(駙馬)의 힝식(行事ㅣ) 그러홀식 녀염(閭閻)의셔 드른 빅 되
엿ᄂ니 진실(眞實)노 그러ᄒᆫ 힝식(行事ㅣ) 업

---

46) 졸연(猝然)이: 갑자기.

47) 돈수(頓首): 고개를 조아림.

48) 무거(無據): 근거가 없음.

49) 허슈: [교] 원문에는 'ᄒ수'로 되어 있으나 문맥을 고려하여 국도본(7:46)을 따름.

50) 허슈(虛受): 허수. 자기 생각을 버리고 다른 사람의 말을 들음.

슬딘딕 엇디 딤(朕)이 드릭리오?"

진 시(氏) 딕주(對奏) 왈(曰),

"풍문(風聞)의 뎐셜(傳說)[51]흐는 물이야 엇디 고디드럼 죽흐리잇고? 이 반드시 댱 시(氏)와 유원재(有怨者ㅣ)[52] 이셔 이런 무거(無據)흔 물을 뎐뎡(天廷)의 주(奏)흐미라. 낭낭(娘娘)은 브릭건딕 셩은(聖恩)을 느리오샤 댱 시(氏)로써 다시 니문(-門)의 드러오게 흐소셔."

틱휘(太后ㅣ) 믁연(默然)흐시다가 글ㅇ샤딕,

"경(卿)의 물이 이러흐니 아딕 보와 가며 션쳐(善處)[53]흐리라."

흐니 진 시(氏) 강텽(强請)[54]티 못흐고 믈너와 공주(公主)를 뫼셔 틱후(太后) 믈ᄉᆞᆷ을 일일(一一)히 고(告)흐고 글오딕,

"셜 귀비(貴妃) 어드러로조ᄎᆞ 허언(虛言)을 듯고 브졀업시 틱낭낭(太娘娘) 안젼(案前)의 고(告)흐니 아딕 못흘소이다."

공쥐(公主ㅣ) 듯고 경녀(驚慮)[55]흐여 이윽이

팀음(沈吟)흐다가 닐오딕,

"셜 귀비(貴妃) 위인(爲人)이 심(甚)히 능활(能猾)[56]흐니 브졀업순

---

51) 뎐셜(傳說): 전설. 말을 전함.
52) 유원재(有怨者ㅣ): 유원자. 원한이 있는 자.
53) 션쳐(善處): 선처. 사안에 따라 적절하게 처리함.
54) 강텽(强請): 강청. 억지로 청함.
55) 경녀(驚慮): 경려. 놀라고 근심함.

믈을 ᄒᆞ미 아냐 반다시 댱 시(氏)로 은원(恩怨)이 이셔 허언(虛言)을 ᄒᆞ민가 시브거니와 댱 시(氏) 규듕(閨中)의셔 셜 귀비(貴妃)로 무ᄉᆞ 은원(恩怨)이 이셔 이ᄀᆞᆺ치 ᄒᆞ리오? 진실(眞實)노 아디 못ᄒᆞ리로다."

ᄒᆞ더라.

후일(後日)의 댱 시(氏) 시녀(侍女) 홍년이 글을 ᄀᆞ지고 니르럿거늘, 공쥐(公主ㅣ) 보기를 믓고 은근(慇懃)이 글월을 듯가 보닐ᄉᆡ 믈긋티 무러 ᄀᆞᆯ오듸,

"부인(夫人)이 일즉 후궁(後宮) 셜 시(氏)를 아더냐?"

홍년이 놀나 ᄀᆞᆯ오듸,

"우리 쇼졔(小姐ㅣ) 엇디 셜 귀비(貴妃)를 아ᄅᆞ시리잇고? ᄯᅩ 옥쥐(玉主ㅣ) 무ᄅᆞ시믄 엇지신잇가?"

공주(公主) 왈(曰),

"ᄂᆡ 너의 부인(夫人)이 무고(無故)[57]히 친뎡(親庭)의

18면

가신 연고(緣故)를 몰나 ᄒᆞ더니 이졔야 드ᄅᆞ니 셜 귀비(貴妃) 여ᄎᆞ여ᄎᆞ(如此如此) 믈을 지어 텬뎡(天廷)의 고(告)ᄒᆞ다 ᄒᆞ니 고이(怪異)ᄒᆞ여 뭇노라."

홍년이 이윽이 싱각ᄒᆞ다가 ᄭᆡ쳐 ᄀᆞᆯ오듸,

"올허이다. 셜 귀비(貴妃) 형(兄) 한님(翰林)이 우리 쇼져(小姐)를 구혼(求婚)ᄒᆞ니 노얘(老爺ㅣ) 여ᄎᆞ여ᄎᆞ(如此如此) 즐미(叱罵)[58]ᄒᆞ여

---

56) 능활(能猾): 매우 교활함.

57) 무고(無故): 아무런 까닭이 없음.

58) 즐미(叱罵): 질매. 꾸짖음.

도라보느신디라 반드시 이 혐극(嫌隙)59)을 품엇다가 우리 쇼져(小姐)를 히(害)ᄒ도소이다."

공쥐(公主ㅣ) 역시(亦是) 쌔드라 탄식(歎息)ᄒ여 글오디,

"쇼인(小人)의 심술(心術)이 브졀업슨 일의 혐원(嫌怨)60)을 품어 히(害)혼 후(後) 굿티리니 진실(眞實)노 아디 못ᄒ리로다. 닉 또 디식(知識)이 우몽(愚蒙)61)ᄒ여 부인(夫人)의 출화(黜禍)ᄒ시믈 안연(晏然) 믁도(黙睹)ᄒ고 근본(根本)을 씨둣디 못ᄒ더니

••••

19면

이제 너의 영혜(英慧)62)히 니름곳 아니면 엇디 알니오? 너ᄂ 도라가 부인(夫人)긔 고(告)ᄒ라. 닉 뭇ᄎᆷ니 부인(夫人)을 져ᄇ린 죄악(罪惡)이 이시니 부인(夫人)의 블그므로 거의 비최리니 한셜(閒說)63)티 아닛노라."

홍년이 눈믈을 흘니고 머리 조아 글오디,

"우리 부인(夫人)이 귀궁(貴宮) 은혜(恩惠)를 빅골ᄂ망(白骨難忘)이라 옥쥬(玉主) 은혜(恩惠)를 엇디 다 갑흐리잇고?"

공쥐(公主ㅣ) 쳑연(惕然)64) 왈(曰),

"네 엇지 이런 믈을 ᄒᄂ뇨? '원(願)ᄒᄂ니 부인(夫人)은 옥동(玉童)을 ᄂ흐샤 셔로 만ᄂ믈 브라나이다.' ᄒ라."

---

59) 혐극(嫌隙): 서로 싫어서 생기는 틈.

60) 혐원(嫌怨): 싫어하고 원망함.

61) 우몽(愚蒙): 어리석음.

62) 영혜(英慧): 영민하고 지혜(智慧)로움.

63) 한셜(閒說): 한설. 한가하게 말함.

64) 쳑연(惕然): 척연. 근심하는 모양.

년이 빅샤(拜謝)ᄒ고 도라가다.

공쥬(公主ㅣ) 댱 시(氏) 친가(親家)로 가므로븟허 즐기지 아냐 화긔(和氣) 감(減)ᄒᄃᆡ 브ᄆᆞ(駙馬)ᄂᆞᆫ 조곰도 싱각ᄒᄃᆡ 아냐 공쥬(公主)를

듕ᄃᆡ(重待) 가디록 더으고 일쯕 그곳의 가디 아냣더니,

수월(數月)이 디ᄂᆞᆫ 후(後) 승샹(丞相)이 부마(駙馬)를 블너 니ᄅᆞᄃᆡ,

"댱 시(氏) 히산(解産)ᄒ엿다 ᄒ니 ᄲᆞᆯ니 가 보고 아ᄒᆡ 남녀(男女)를 아라 오라."

부ᄆᆞ(駙馬ㅣ) 텽필(聽畢)의 경희(驚喜)ᄒ야 즉시(卽時) 댱부(-府)로 향(向)ᄒ니라.

ᄎᆞ셜(且說). 댱 시(氏) 부마(駙馬)의 ᄌᆞ촉ᄒᄆᆞᆯ 인(因)ᄒ야 춍춍(悤悤)이 본부(本府)의 니ᄅᆞ니 샹셔(尙書) 부뷔(夫婦ㅣ) 연고(緣故)를 뭇거늘, 부마(駙馬)의 거동(擧動)을 일일(一一)히 고(告)ᄒᄃᆡ 샹셰(尙書ㅣ) 경왈(驚曰),

"이 반ᄃᆞ시 틱후(太后) 칙(責)ᄒ시ᄂᆞᆫ 거죄(擧措ㅣ) 니ᄅᆞ도다. 빅균65)이 짐줏 너를 급(急)히 보ᄂᆡ미니 모로미 이곳의셔 안졍(安靜)66)이 디ᄂᆡ라."

쇼졔(小姐ㅣ) 빅샤(拜謝)ᄒ고 도로 옥호뎡의 드러가 고요히 셰월(歲月)을 보ᄂᆡ더니,

일일(一日)은 본부(本府)의

---

65) 빅균: 이몽현의 ᄌᆞ(字).

66) 안졍(安靜): 안정. 편안하고 고요함.

ᄂ려와 홍년을 계양궁의 보ᄂ고 부모(父母)를 뫼셔 공주(公主)의 어딜믈 닐ᄏ더니 홍년이 도라와 공주(公主) 말ᄉᆞᆷ을 일일(一一)히 고(告)ᄒ니 쇼제(小姐ㅣ) 놀나 믈을 아니ᄒ고 샹셰(尙書ㅣ) 극(極)히 통히(痛駭)[67]히 너겨 골오ᄃᆡ,

"셜최 무고(無故)히 원(怨)을 품어 녀ᄋ(女兒)를 히(害)ᄒ니 이 엇디 사ᄅᆞᆷ의 홀 비리오?"

쇼제(小姐ㅣ) ᄃᆡ왈(對曰),

"이 도시(都是) 쇼녀(小女)의 운쉬(運數ㅣ)니 엇디 남을 흔(恨)ᄒ리오?"

인(因)ᄒ야 눈믈을 흘녀 골오ᄃᆡ,

"ᄂᆡ 몸이 죽으나 계양 옥주(玉主)의 은혜(恩惠)ᄂᆞᆫ 다 갑디 못ᄒ리로쇼이다."

샹셔(尙書) 부뷔(夫婦ㅣ) 감탄(感歎)ᄒᄆᆞᆯ 마디아니ᄒ더라.

두어 ᄃᆞᆯ 후(後) 쇼제(小姐ㅣ) 순순(順産) 싱녀(生女)ᄒ니 샹셔(尙書) 부체(夫妻ㅣ) 크게 셔운이 너기나 쇼져(小姐)ᄂᆞᆫ 깃거ᄒᄂᆞᆫ디라

셜미 등(等)이 고이(怪異)히 너겨 무른ᄃᆡ 쇼제(小姐ㅣ) 왈(曰),

"ᄂᆡ 만일(萬一) 아들을 ᄂᆞ흔즉 부미(駙馬ㅣ) 필연(必然) 댱ᄌᆞ(長子)로 ᄒ리니 이 본(本)ᄃᆡ ᄂᆡ ᄠᅳᆺ이 아니라 이제 녀이[68](女兒ㅣ) ᄂᆞ니 깃

---

67) 통히(痛駭): 통해. 몹시 이상스러워 놀람.

거ᄒ노라."

제인(諸人)이 그 겸공(謙恭)[69]ᄒ믈 감탄(感歎)ᄒ더라.

댱 공(公)이 니부(-府)의 긔별(奇別)ᄒ고 산실(産室)[70]의 드러가 싱
ᄋ(生兒)ᄅ 보고 ᄎ탄(嗟歎) 왈(曰),

"블관(不關)[71]ᄒ 거시로다."

언미필(言未畢)[72]의 시비(侍婢) 보왈(報曰),

"니 부ᄆ(駙馬ㅣ) 와 계시이다."

상셰(尚書ㅣ) 텽파(聽罷)의 반기믈 니긔디 못ᄒ야 그곳으로 쳥(請)
ᄒ니 부ᄆ(駙馬ㅣ) 시녀(侍女)ᄅ ᄯᆞᆯ와 옥호뎡의 니ᄅ니 샹셰(尚書ㅣ)
듕당(中堂)의 ᄂᆞ와 숀을 잇글고 방듕(房中)의 드러가 니ᄅᄃᆡ,

"현셔(賢壻)ᄅ 본 지 심(甚)히 오릿ᄃᆡ 감(敢)히 쳥(請)티 못ᄒ엿더
니 금일(今日)

⸱⸱⸱

23면

엇딘 고(故)로 폐ᄉ(弊舍)[73]의 니ᄅ뇨?"

부ᄆ(駙馬ㅣ) 비샤(拜謝) 왈(曰),

"쇼셰(小壻ㅣ) ᄯᅩᄒ 니ᄅ러 비견(拜見)[74]코ᄌᆞ ᄆᆞ음이 혈(歇)ᄒ리잇
고마ᄂᆞᆫ 심식(心事ㅣ) 블안(不安)ᄒ야 니ᄅ지 못ᄒ엿더니 형인(荊

---

68) 의: [교] 원문에는 '위'로 되어 있으나 오기로 보임.

69) 겸공(謙恭): 자기를 낮추고 공손함.

70) 산실(産室): 아이를 낳은 방.

71) 블관(不關): 중요하지 않음.

72) 언미필(言未畢): 말이 아직 끝나지 않음.

73) 폐ᄉ(弊舍): 폐사. 자기 집을 낮추어 이르는 말.

74) 비견(拜見): 배견. 공경하는 마음으로 삼가 얼굴을 뵘. 원음은 배현.

人)[75]의 히산(解産)ᄒᆞ믈 듯고 니ᄅᆞ럿ᅀᆞᆸ거니와 아지 못거이다. 싱(生)
ᄒᆞᆫ 빅 무어시니잇고?”

샹셰(尚書ㅣ) 이의 소왈(笑曰),

“녀이(女兒ㅣ) 쳐음으로 녀ᄋᆞ(女兒)를 싱(生)ᄒᆞ니 극(極)히 무광(無
光)ᄒᆞ도다.”

부ᄆᆞ(駙馬ㅣ) 텽필(聽畢)의 크게 셔운이 너겨 눈을 드러 히ᄋᆞ(孩
兒)ᄅᆞᆯ 보고 믈을 아니ᄒᆞ거늘 샹셰(尚書ㅣ) 다시 웃고 왈(曰),

“녀이(女兒ㅣ) 비록 ᄯᆞᆯ흘 나흐나 현셔(賢壻)의게ᄂᆞᆫ 공쥬(公主ㅣ)
계시니 옥동(玉童)을 근심티 아닐디라. 모로미 과도(過度)히 블연(怫
然)[76]ᄒᆞ여 믈나.”

부ᄆᆞ(駙馬ㅣ) 줌쇼(暫笑) 무언(無言)이러니 이윽

고 도라오니 승샹(丞相)이 밧비 무러 왈(曰),

“현뷔(賢婦ㅣ) 무어슬 싱(生)ᄒᆞ엿더뇨?”

부ᄆᆞ(駙馬ㅣ) 미쇼(微笑)ᄒᆞ고 ᄭᅮ러 ᄃᆡ왈(對曰),

“싱녀(生女)ᄒᆞ엿더이다.”

승샹(丞相)이 텽파(聽罷)의 놀ᄂᆞ고 쾌(快)치 아냐 믁연(默然)이러
니 무평빅과 쇼뷔(少傅ㅣ) 크게 웃고 티하(致賀) 왈(曰),

“현딜(賢姪)이 쳐음으로 옥녀(玉女)ᄅᆞᆯ 어드니, 타일(他日) 니젹션
(李謫仙)[77] ᄀᆞᆺ튼 샤회ᄅᆞᆯ 어들지라 우숙(愚叔)[78] 등(等)이 미리 치하

---

75) 형인(荊人): 나무 비녀를 한 사람이라는 뜻으로, 자기 아내를 부르는 말.

76) 블연(怫然): 불연. 울적한 모양.

77) 니젹션(李謫仙): 이적선. 적선(謫仙)은 귀양 온 신선이라는 뜻으로, 중국 당(唐)나라

(致賀)ᄒ노라.”

부ᄆᆡ(駙馬ㅣ) 쇼이ᄃᆡ왈(笑而對曰),79)

“쇼딜(小姪)이 평ᄉᆡᆼ(平生) ᄣᅳᆮ디 아ᄃᆞᆯ과 ᄯᅡᆯ을 분변(分辨)티 아니려 ᄒᆞ옵ᄂᆞ니 비록 ᄯᅡᆯ이 무광(無光)ᄒᆞ오나 ᄯᅡᆯ인들 ᄌᆞ식(子息)이 아니리잇고? 쇼딜(小姪)의 ᄆᆞ음은 니러ᄒᆞ야 관겨80)(關係)치 아니ᄒᆞ이다.”

ᄐᆡᄉᆞ(太師ㅣ) 늘호여 ᄀᆞᆯ오ᄃᆡ,

“ᄂᆡ 비록 제ᄋᆞ(諸兒) 등(等) 삼(三) 인(人)81)이 이시나 듕(重)ᄒᆞ미 관ᄋᆞ(-兒)

• • •

25면

와 현ᄋᆞ(-兒)82)의게 잇거늘 이제 처음으로 ᄯᅡᆯ을 ᄂᆞᄒᆞ니 므미(無味)83)로다.”

승ᄉᆞᆼ(丞相)이 ᄇᆞ야흐로 ᄃᆡ왈(對曰),

“금일(今日) 몽아(-兒)의 ᄯᅡᆯ이 깃브든 아니ᄒᆞ오나 져희 나히 이십(二十)이 못 ᄒᆞ야시니 댱ᄂᆡ(將來) ᄉᆡᆼᄂᆞᆷ(生男)ᄒᆞ오미 이시리니 셩녀(盛慮)ᄅᆞᆯ 과도(過度)히 마르소셔.”

ᄐᆡᄉᆞ(太師ㅣ) 좀쇼(暫笑) 브답(不答)이러라.

의 시인 이백(李白)을 이름. 이백의 친구 하지장이 붙여 준 별명.

78) 우슉(愚叔): 어리석은 삼촌이라는 뜻으로 조카에게 자신을 낮추어 부르는 말.

79) 쇼이ᄃᆡ왈(笑而對曰): 소이대왈. 웃고 대답하여 말함.

80) 겨: [교] 원문에는 '겻'으로 되어 있으나 오기로 보임.

81) 삼(三) 인(人): 세 사람. 태사 이현의 아들 이관성, 이한성, 이연성을 말함.

82) 현ᄋᆞ(-兒): 현아. 이관성의 아들 이몽현을 말함. 이관성은 이현의 장남이고, 이몽현은 이관성의 장남임.

83) 므미(無味): 무미. 흥미가 없음.

ᄎ야(此夜)의 궁(宮)의 니ᄅ니 공쥬(公主ㅣ) ᄂ족이 댱 시(氏) 순산
(順産)ᄒᄆᆯ 치하(致賀)ᄒ고 ᄉᆞᆼ녀(生女)ᄒᄆᆯ 익달와ᄒ니 부마(駙馬ㅣ)
미쇼(微笑)ᄒ고 믈을 아니ᄒ더라.

승샹(丞相)이 댱부(-府)의 니ᄅ러 댱 시(氏)의 안부(安否)ᄅ 극딘
(極盡)이 뭇고 도라와 브마(駙馬)ᄅ 가라 ᄒ니 부마(駙馬ㅣ) 수명(受
命)ᄒ여 댱부(-府)의 니ᄅ러 악공(岳公) 부부(夫婦)긔 뵈고 쇼져(小
姐) 침쇼(寢所)의

...

26면

니ᄅ니 쇼제(小姐ㅣ) 신샹(身上)[84]이 평안(平安)ᄒ여 다ᄅᆫ 병(病)이
업순 고(故)로 소셰(梳洗)[85]ᄅ 필(畢)ᄒ고 의샹(衣裳)을 수렴(收斂)ᄒ
야 부마(駙馬)ᄅ ᄆ즈 녜(禮)ᄅ ᄆᆺᄎᄆᆡ 부마(駙馬ㅣ) 순산(順産)ᄒᄆᆯ
닐ᄏᄅ되 댱 시(氏) 붓그림을 ᄯᅴ여 부답(不答)ᄒ고 ᄂᆞᆽ기 구고(舅
姑) 평부(平否)ᄅ 무ᄅ니 브마(駙馬ㅣ) 화평(和平)이 딕답(對答)ᄒ고
녀ᄋᆞ(女兒)ᄅ 나오혀 보니 슬빗츤 옥(玉) ᄀᆞᆺ고 긔골(肌骨)[86]이 청아
(淸雅)[87]ᄒ야 인간(人間) 졀ᄉᆡᆨ(絶色)이라 부마(駙馬ㅣ) 우어 왈(曰),
"녀ᄌᆞ(女子)의 ᄉᆡᆨ(色)은 ᄌᆞ고(自古)로 박명(薄命)ᄒ니 너의 ᄉᆡᆨ(色)
이 블관(不關)[88]ᄒ도다."

인(因)ᄒ여 쇼져(小姐)ᄅ 딕(對)ᄒ여 ᄀᆞᆯ오되,

---

84) 신샹(身上): 신상. 한 사람의 몸이나 처신, 또는 그의 주변에 관한 일이나 형편.

85) 소셰(梳洗): 소세. 머리를 빗고 낯을 씻는 일.

86) 긔골(肌骨): 기골. 살과 뼈대를 아울러 이르는 말.

87) 청아(淸雅): 청아. 맑고 우아함.

88) 블관(不關): 불관. 중요하지 않음.

"그딕의 팔즈(八字ㅣ) 스스(事事)의 조티 못ᄒ여 금번(今番) 잉틱(孕胎)의 눔즈(男子)ᄅᆞᆯ 춫치 못ᄒ니 닉 셔운ᄒ여 ᄒ노라."

쇼제(小姐ㅣ) 눌호여

• ••

27면

딕왈(對曰),

"공쥐(公主ㅣ) 우히 겨시니 쳡(妾)이 셜ᄉ(設使) 아들을 ᄂᆞ흐나 무어시 깃부리잇고?"

부믹(駙馬ㅣ) 소왈(笑曰),

"ᄒᆞᆨ싱(學生)이 싱각건딕 부인(夫人)은 아시(兒時) 조강(糟糠)으로 빙폐(聘幣) 당당(堂堂)ᄒ여시니 비록 법(法)을 굽히지 못ᄒ야 공주(公主)로 샹원(上元)을 존(尊)ᄒ야시나 그딕 만일(萬一) 싱남(生男)ᄒᆞᆯ 딘딕 엇디 당즈(長子)로 아니리오?"

쇼제(小姐ㅣ) 딕왈(對曰),

"가(可)치 아니ᄒ이다. 쳡(妾)이 비록 공주(公主) 셩덕(盛德)을 닙어 군즈(君子)의 좌우(左右)의 이시나 엇디 항녈(行列) 위치(位次ㅣ) ᄀᆞ흘와 ᄒ야 쳡(妾)의 즈식(子息)으로 셩문(聖門) 종ᄉᆞ(宗嗣)ᄅᆞᆯ 밧들니잇고?"

부믹(駙馬ㅣ) 즙간(暫間) 웃고 말을 아니ᄒ더라.

부믹(駙馬ㅣ) 비록 단엄(端嚴)ᄒ나 쳐엄으로 유틱(幼稚)ᄅᆞᆯ 어드니 즈연(自然) 미우(眉宇)의 희긔(喜氣)ᄅᆞᆯ 씌여 가츳ᄒ야 밤을 이곳의셔 지

닉니 피츠(彼此)의 견권지졍(繾綣之情)89)이 시롭더라.

이튼늘 부미(駙馬ㅣ) 쇼셰(梳洗)룰 못고 바야흐로 눗 후(後)의 나와 경개(景槪)룰 둘너보니 시졀(時節)이 삼춘(三春) 화시(花時)라 빅홰(百花ㅣ) 난만(爛漫)90)ᄒ여시며 수양(垂楊)이 프른 실을 드리온 듯ᄒ니 경믈(景物)이 시인(詩人)의 흥(興)을 돕ᄂ지라 부미(駙馬ㅣ) 계젼(階前)의셔 빅회(徘徊)ᄒ며 입으로 쳥시(淸詩)91)룰 음영(吟詠)ᄒ니 쇼릭 단혈(丹穴)92)의 봉(鳳)이 우ᄂ 듯ᄒ니 듯ᄂ 재(者ㅣ) 거름을 머추어 칭찬(稱讚)ᄒ믈 마지아니하더니 댱 공(公)이 니의 니르러 져 거동(擧動)을 보고 두굿기믈 이긔디 못ᄒ야 밧비 나아가 손을 줍고 굴오딕,

"이곳이 경개93)(景槪) 이럿톳 ᄒᄃᆡ 현셰(賢壻ㅣ) 화목(花木) 총중(叢中)의

빅회(徘徊)ᄒ여 시(詩)룰 음영(吟詠)ᄒ니 노부(老夫)의 눈의ᄂ 현셔(賢壻)의 풍광(風光)94)이 곶과 플이 무싴95)(無色)96)ᄒ도다."

---

89) 견권지졍(繾綣之情): 견권지정. 마음속에 굳게 맺혀 잊을 수 없는 정.

90) 난만(爛漫): 난만. 꽃이 활짝 많이 피어 화려함.

91) 쳥시(淸詩): 청시. 맑은 운치를 느끼게 하는 시.

92) 단혈(丹穴): 중국 전설에 나오는 산 이름. 단혈산에 새가 있는데 그 모양이 꿩과 같고 오색의 무늬가 있으니 이름을 봉황이라 한다는 기록이 『산해경(山海經)』에 보임.

93) 개: [교] 원문에는 '계'로 되어 있으나 오기로 보임.

94) 풍광(風光): 사람의 용모와 풍격.

부미(駙馬ㅣ) 손샤(遜辭)⁹⁷⁾ᄒ고 당(堂)의 올나 믈ᄉᆞᆷᄒ더니 샹셰(尚書ㅣ) 골오디,

"틱후(太后) 낭낭(娘娘) 엄지(嚴旨) 그디의게 밋ᄎ니 노부(老夫)의 심ᄉᆡ(心事ㅣ) 블안(不安)ᄒ여 ᄒ ᄂ니 녀ᄋᆡ(女兒ㅣ) 이제 비로소 ᄌᆞ식(子息)이 이시니 유여심회(有餘心懷)⁹⁸⁾를 플지라 현셔(賢婿)ᄂᆞᆫ ᄎ후(此後) 이곳의 오디 말믈 ᄇᆞ라노라."

부미(駙馬ㅣ) 다만 비샤(拜謝)ᄒ고 집의 도라오니 ᄆᆞ춤 틱부인(太夫人)이 완화(緩話)⁹⁹⁾ᄒ시믈 인(因)ᄒ야 듕텅(中廳)의 나와 뒷문(-門)을 열고 나오시니 틱샤(太師) 부부(夫婦)와 승샹(丞相) 형뎨(兄弟), 뎡 부인(夫人)이 텰 부인(夫人) 등(等)으로 더브러 뫼셔 좌(座)를 일우고 텰연수, 틱우(大夫) 몽훈과 영 시(氏)

⋯•

30면

연수
쳐(妻), 위 시(氏) 몽훈
쳐(妻) 등(等)이 다 셩녈(成列)ᄒ엿더라.

부미(駙馬ㅣ) 안ᄉᆡᆨ(顏色)을 ᄂᆞ초와 좌(座)의 ᄂᆞ아가니 경 시랑(侍郎)이 문왈(問曰),

"금일(今日) 그 ᄯᆞᆯ을 보니 엇더ᄒ더뇨?"

부미(駙馬ㅣ) 짐즛 디왈(對曰),

"일ᄉᆡᆨ(一色)이러이다."

---

95) ᄉᆡᆨ: [교] 원문에는 '셩'으로 되어 있으나 문맥을 고려하여 국도본(7:56)을 따름.
96) 무ᄉᆡᆨ(無色): 무색. 빛을 잃음.
97) 손샤(遜辭): 손사. 겸손히 사양함.
98) 유여심회(有餘心懷): 남아 있는 마음의 회포.
99) 완화(緩話): 즐기며 담소함.

경 시랑(侍郞)이 손벽 쳐 딕쇼(大笑) 왈(曰),

"부마(駙馬 ㅣ) 아모리 제 똘을 기려도 연수의 똘과 몽훈의 아들만 못ᄒ리니 현뎨(賢弟) 아모리 긔특(奇特)ᄒ나 쳐엄으로 손[100]녀(孫女)ᄅᆞᆯ 보니 오ᄋᆞ(吾兒)의 효셩(孝誠)과 닉 팔ᄌᆞ(八字)만 못ᄒ도다."

승상(丞相)이 흔연(欣然)이 웃고 딕왈(對曰),

"쇼뎨(小弟)ᄂᆞᆫ 유복(有福)ᄒ미 형댱(兄丈)긔 밋줍디 못ᄒ고 몽현의 효셩(孝誠)이 블초(不肖)ᄒ여 첫 손ᄋᆞ(孫兒)ᄅᆞᆯ 똘노뻐 보니 형댱(兄丈)을 블워ᄒᄂᆞ니이다."

시랑(侍郞)이 딕쇼(大笑)ᄒ고

• • •

31면

좌우(左右)로 연수의 똘 미혜와 몽훈의 아들 웅남[101] 공ᄌᆞ(公子)ᄅᆞᆯ 드려오니 미혜ᄂᆞᆫ 오(五) 셰(歲)오 웅남은 ᄉᆞ(四) 셰(歲)니 곤강(崑岡)[102] 미[103]옥(美玉) ᄀᆞᆺ더라.

시랑(侍郞)이 부마(駙馬)ᄃ려 왈(曰),

"네 똘이 ᄎᆞᄋᆞ(此兒) 등(等)과 엇더ᄒ더뇨?"

부마(駙馬 ㅣ) 만면(滿面)의 우음을 먹음고 딕왈(對曰),

"미·웅 냥ᄋᆞ(兩兒)ᄂᆞᆫ 샹녜(常例)[104] 아히니 엇디 소딜(小姪)의 녀

---

100) 손: [교] 원문에는 '쇼'로 되어 있으나 오기로 보이므로 국도본(7:57)을 따름.

101) 웅남: 경웅남. 경혁의 손자이자 경몽훈의 아들. 경혁은 태사 이현의 양자로 들어왔는데, 원래 성을 존중해 '경 시랑'이라 불림.

102) 곤강(崑岡): 좋은 옥이 많이 난다는 곤륜산(崑崙山)을 말함. 곤륜산은 중국 전설상의 높은 산.

103) 미: [교] 원문에는 이 글자 앞에 '과'가 있으나 문맥에 맞지 않으므로 국도본(7:57)을 따라 삭제함.

104) 샹녜(常例): 상례. 보통 있는 일.

ᄋ(女兒)의게 비기리오?"

시랑(侍郞)이 양노(佯怒)[105] 왈(曰),

"져져(姐姐)의 손녀(孫女)와 ᄂ의 손ᄋ(孫兒)는 곤강(崑岡) 형옥(荊玉)[106]이니 네 ᄯᆞᆯ이 비록 좀ᄌᆞᄉᆡᆨ(-姿色)[107]이 이시나 엇디 ᄎᆞᄋ(此兒)의게 밋ᄎᆞ리오?"

쇼뷔(少傅ㅣ) 웃고 왈(曰),

"뉘 집 ᄌᆞ식(子息)이 웅늠, 미혜만 못ᄒᆞ리라 형댱(兄丈)이 가쇼(可笑)로이 구시ᄂᆞ뇨? 몽현이 평ᄉᆡᆼ(平生) 쳐엄으로 ᄆᆞᆯ이 쾌(快)ᄒᆞ거늘 나종은 노(怒)ᄒᆞ시도록 ᄒᆞ니

32면

제 더옥 형댱(兄丈)을 가쇼로이 너기ᄂᆞ이다."

시랑(侍郞)이 부ᄆᆞ(駙馬)ᄃᆞ려 왈(曰),

"네 이럿케 너기ᄂᆞᆫ다?"

부ᄆᆡ(駙馬ㅣ) 황공(惶恐) 디왈(對曰),

"쇼딜(小姪)이 엇디 감(敢)히 숙부(叔父)를 그리 너기리잇고?"

뉴 부인(夫人)이 쇼왈(笑曰),

"경ᄋ(-兒)ᄂᆞᆫ ᄂᆞ히 이모지년(二毛之年)[108]이라 쇼쇄(小瑣)[109]ᄒᆞᆫ ᄆᆞᆯ

---

105) 양노(佯怒): 거짓으로 노함.

106) 형옥(荊玉): 형산(荊山)의 옥. 매우 아름다운 옥을 이르는 말. 중국 초(楚)나라의 변화(卞和)가 형산에서 박옥(璞玉)을 얻은 데에서 유래함.

107) 좀ᄌᆞᄉᆡᆨ(-姿色): 좀자색. 좀스러운 자색(姿色).

108) 이모지년(二毛之年): 흰 머리털이 나기 시작하는 나이라는 뜻으로, 32세를 이르는 말.

109) 쇼쇄(小瑣): 소쇄. 자질구레함.

을 즐겨 긋치지 아니ᄒᆞ니 소ᄋᆞᄇᆡ(小兒輩) 민망(憫惘)ᄒᆞ여 ᄒᆞᄂᆞᆫ도다. 몽현아, 뭇ᄂᆞ니 네 ᄯᆞᆯ이 눌 ᄀᆞᆺᄐᆞ뇨?"

부ᄆᆡ(駙馬ㅣ) ᄃᆡ왈(對曰),

"아직 유하지ᄋᆡ(乳下之兒ㅣ)[110]라 엇지 알니잇고? 다만 제 어미 ᄀᆞᆺ틀가 시브더이다."

브인(夫人)이 소왈(笑曰),

"ᄉᆡᆼᄋᆡ(生兒ㅣ) 져의 어미 ᄀᆞᆺ틀신ᄃᆡ 미혜 등(等)의게셔 ᄂᆞ으리로다. 경ᄋᆞ(-兒)ᄂᆞᆫ 그만 ᄃᆞᆺ톨지어다."

시랑(侍郎)이 웃고 왈(曰),

"몽현의 ᄯᆞᆯ이 녀와시(女媧氏)[111] ᄌᆡᄉᆡᆼ(再生)ᄒᆞᆯ디라도 모친(母親)긔ᄂᆞᆫ 거즛 거시리니 아

•••

33면

마도 웅남의 밋디 못ᄒᆞ리이다."

뉴 부인(夫人) 왈(曰),

"아모라타 아ᄃᆞᆯ과 ᄯᆞᆯ과 ᄀᆞᆺᄐᆞ랴? 임의 알관 일이라 그리 니ᄅᆞ디 아니나 엇디 모ᄅᆞ리오?"

좌위(左右ㅣ) 일시(一時)의 우ᄉᆞ니 ᄐᆡ부인(太夫人)이 우어 왈(曰),

"노뫼(老母ㅣ) 젹젹(寂寂)ᄒᆞᆫ 심ᄉᆞ(心事)ᄅᆞᆯ 너희 등(等)곳 아니면 엇디 쇼헐(消歇)[112]ᄒᆞ리오? 노뫼(老母ㅣ) 지리(支離)히 ᄉᆞ라 몽현의 ᄌᆞ

110) 유하지ᄋᆡ(乳下之兒ㅣ): 유하지아. 젖 먹는 어린아이.

111) 녀와시(女媧氏): 여와씨. 중국 신화에 나오는 여신으로, 사람의 얼굴과 뱀의 몸을 하고 있다고 함.

112) 쇼헐(消歇): 소헐. 없앰.

식(子息) 느흐믈 보니 엇디 두굿겁디 아니리오? 연(然)이나 몽챵이 십ᄉ(十四) 셰(歲) 되엿거늘 엇디 의혼(議婚)¹¹³⁾티 아닛ᄂ뇨?"

승샹(丞相)이 조모(祖母) 말ᄉᆞᆷ을 감챵(感愴)¹¹⁴⁾ᄒ야 안싴(顔色)을 화(和)히 ᄒ고 ᄃᆡ왈(對曰),

"몽챵이 신댱(身長)과 거디(擧止) 다 ᄌ랏시니 ᄒᆡᄋᆡ(孩兒ㅣ) ᄯ혼 봇바 ᄒᆞ옵ᄂ 비로ᄃᆡ 져의 위인(爲人)이 밋친 것 ᄀᆞᄐ니 그를 딘압(鎭壓)홀 녀ᄌ(女子)

••

34면

를 어드려 ᄒᄂ이다."

ᄐᆡ부인(太夫人)이 소왈(笑曰),

"몽챵의 위인(爲人)이 극(極)히 화순(和順)¹¹⁵⁾ᄒ니 엇디 밋치리오? 모로미 수이 미부(美婦)¹¹⁶⁾를 ᄐᆡᆨ(擇)ᄒ야 노모(老母)의 싱뎐(生前)¹¹⁷⁾의 보게 ᄒ라."

승샹(丞相)이 이에 수명(受命)ᄒ더니 믄득 묘당(廟堂)¹¹⁸⁾의 급(急)ᄒ 공ᄉᆞ(公事ㅣ) 나 됴복(朝服)¹¹⁹⁾을 ᄀᆞ초고 나가니 ᄐᆡ부인(太夫人)이 몽챵ᄃ려 무ᄅᆡᄃᆡ,

"원ᄂᆡ(元來) 엇던 녀ᄌ(女子)를 엇고ᄌ ᄒᄂᆞᆫᄃᆞ?"

---

113) 의혼(議婚): 혼사를 의논함.
114) 감챵(感愴): 감창. 어떤 느낌이 가슴에 사무쳐 슬픔.
115) 화순(和順): 온화하고 양순함.
116) 미부(美婦): 아름다운 며느리.
117) 싱뎐(生前): 생전. 살아 있는 동안.
118) 묘당(廟堂): 조정.
119) 됴복(朝服): 조복. 관원이 조정에 나아가 하례할 때에 입던 예복.

몽챵이 웃고 딕왈(對曰),

"얼골 덕힝(德行)을 먼니 니르디 물고 공쥬(公主) 굿튼 녀즈(女子)를 엇고즈 ᄒᆞ옵거니와 그러나 공쥐(公主ㅣ) 너모 엄위(嚴威)120)ᄒᆞ시니 줌간(暫間) 화순(和順)ᄒᆞᆫ 안히를 ᄇᆞ라나이다."

좌위(左右ㅣ) 딕소(大笑)ᄒᆞ고 틱부인(太夫人)이 역소(亦笑) 왈(曰),

"공쥬(公主)ᄂᆞᆫ 고금(古今)의 ᄒᆞᄂᆞ히니 엇디 둘히 이시리오? 네 소망(所望)이

• • •

35면

그러틋 홀딘딕 머리 흰 실이 되여도 취쳐(娶妻)를 못 ᄒᆞ리로다."

공지(公子ㅣ) 딕왈(對曰),

"텬하(天下)의 엇디 공쥬(公主)만 못ᄒᆞᆫ 녀진(女子ㅣ) 잇스리잇고? 만일(萬一) 현쳐(賢妻)를 취(娶)치 못ᄒᆞᆫ죽 화록(和樂)지 아니리니 이거시 쇼손(小孫)의 지원(至願)121)이로쇼이다."

틱ᄉᆞ(太師ㅣ) 미쇼(微笑) 왈(曰),

"안히 블미(不美)ᄐᆞ ᄒᆞ고 복딕(薄待)홀 죽시면 네 싱뎐(生前)의 나와 네 아비 안뎐(案前)의 뵈디 못홀 거시오, ᄉᆞ후(死後) ᄉᆞ당(祠堂)의 오르지 못ᄒᆞ리라."

챵이 복디무언(伏地無言)122)이러니 쇼뷔(少傅ㅣ) 웃고 문왈(問曰),

"형댱(兄丈)이 너를 딘압(鎭壓)홀 녀즈(女子)를 어더 주렷노라 ᄒᆞ시니 네 엇디려 ᄒᆞᄂᆞᆫ다?"

---

120) 엄위(嚴威): 엄하고 위엄이 있음.

121) 지원(至願): 지극한 바람.

122) 복디무언(伏地無言): 복지무언. 땅에 엎드려 말이 없음.

챵이 딕왈(對曰),

"쇼딜(小姪)이 엇디 녀즈(女子)의게 줍히리잇고? 쇼딜(小姪)의 셩품(性品)으로 쳐즈(妻子)

36면

룰 フ라티려 ᄒᆞᄂᆞ이다."

쇼뷔(少傅ㅣ) 소왈(笑曰),

"그도 그리 니ᄅ디 몰나. 네 안히 만일(萬一) 항우(項羽)[123] ᄀᆞᆺ틀진딕 네 능(能)히 당(當)ᄒᆞ쇼냐?"

공직(公子ㅣ) 쇼이딕왈(笑而對曰),

"항우(項羽) 아냐 오악신(汚惡神)[124] ᄀᆞᆺᄐᆞᆫ 녀직(女子ㅣ)라도 쇼딜(小姪)의게ᄂᆞᆫ 감(敢)히 빗최지 못ᄒᆞ리이다."

쇼뷔(少傅ㅣ) 왈(曰),

"네 이제 져리 열[125] 큰 쳬ᄒᆞ고 장(壯)ᄒᆞᆫ 말 ᄒᆞ거니와 만일(萬一) 얼골이 셰샹(世上)의 무ᄡᅡᆼ(無雙)ᄒᆞ고 인믈(人物)이 셰츌딘딕 네 얼골의 팀혹(沈惑)[126]ᄒᆞ여 즈연(自然) 그 댱즁(掌中)의 쥐여 농낙(籠絡)[127]ᄒᆞ리라."

---

123) 항우(項羽): 중국 진(秦)나라 말기의 무장(B.C.232~B.C.202). 이름은 적(籍)이고 우는 자(字)임. 숙부 항량(項梁)과 함께 군사를 일으켜 유빙(劉邦)과 협력허여 진나라를 멸망시키고 스스로 서초(西楚)의 패왕(霸王)이 됨. 그 후 유방과 패권을 다투다가 해하(垓下)에서 포위되어 자살함.

124) 오악신(汚惡神): 불교에서 말하는 악귀의 하나로 보이나 미상임.

125) 열: 담(膽).

126) 팀혹(沈惑): 침혹. 무엇을 몹시 좋아하여 정신을 잃고 거기에 빠짐.

127) 농낙(籠絡): 새장과 고삐라는 뜻으로, 남을 교묘한 꾀로 휘잡아서 제 마음대로 놀리거나 이용함.

몽챵이 디쇼(大笑)ᄒ고 글오딕,

"쇼딜(小姪)이 셜ᄉ(設使) 블민(不敏)ᄒ나 엇디 녀ᄌ(女子)의게 줍피리잇고? 졍(情)은 틱산(泰山) ᄀᆞ틀지라도 그런 일은 샤(赦)티 아니리니 숙부(叔父)ᄂᆞ 댱ᄂᆡ(將來)ᄅᆞᆯ 보쇼셔."

소

・・・

37면

뷔(少傳ㅣ) 왈(曰),

"그럴딘딕 네 안히 되ᄂᆞᄂᆞᆫ 목숨을 보젼(保全)치 못ᄒ리로다."

공ᄌᆞ(公子ㅣ) 딕왈(對曰),

"ᄉᆞᄉᆡᆼ(死生)이야 소듕(所重)ᄒ니 의논(議論)ᄒ리잇고마ᄂᆞᆫ 진실(眞實)노 큰 죄(罪) 이실딘딕 권들 못ᄒ리잇고?"

모다 크게 웃고 왈(曰),

"이놈의 ᄆᆞᆯ이 흉포(凶暴)ᄒ니 출히 환부(鰥夫)[128]로 두어 ᄂᆞᆷ의 녀ᄌ(女子)의게 셜운 일을 기치디 ᄆᆞᆯ 거시로다."

틱부인(太夫人)이 두긋겨 소왈(笑曰),

"ᄎᆞ언(此言)은 댱부(丈夫)의 풍칙(風采) 거록ᄒ미니 몽현이 비록 긔특(奇特)ᄒ나 몽챵의게 밋지 못ᄒ리니 녀등(汝等)이 댱ᄂᆡ(將來) 챵ᄋᆞ(-兒)의 크게 되ᄂᆞ 양(樣)을 보라."

틱ᄉᆞ(太師ㅣ) 모친(母親)의 흔희(欣喜)ᄒ시믈 역시(亦是) 깃거ᄒ고 ᄯᅩ흔 졔손(諸孫)의게 다ᄃᆞ라ᄂᆞ 승샹(丞相)이 이시니 ᄀᆞ(可)히 챵ᄋᆞ(-兒)ᄅᆞᆯ 근심 아냐

---

128) 환부(鰥夫): 홀아비.

ᄌ연(自然) ᄉ랑이 듕(重)ᄒ니 금일(今日) 몽챵의 믈을 방ᄌ(放恣)히 너기나 그 긔샹(氣像)을 ᄉ랑ᄒ야 그 손을 쥐고 ᄋ듕(愛重)ᄒ미 지극(至極)ᄒ더라.

눌이 져믈미 티ᄉᆡ(太師ㅣ) 모친(母親)을 뫼셔 명당(正堂)으로 도라가고 제(諸) 쇼년(少年)이 다 훗허지니라. 일노븟허 니부(-府) 영홰(榮華ㅣ) 극(極)ᄒ더라.

부ᄆᆡ(駙馬ㅣ) 비록 회포(懷抱)를 ᄂ타닉지ᄂᆞᆫ 아니ᄒ나 심듕(心中)의 녀ᄋ(女兒)를 잇지 못ᄒ여 빅일(百日)이 지ᄂᆞᆫ 후(後) 교ᄌ(轎子)를 보닉여 ᄃ려오니 일개(一家ㅣ) 정당(正堂)의 모다 볼ᄉᆡ 유뫼(乳母ㅣ) ᄒᄋ(孩兒)를 쟝속(裝束)[129]ᄒ고 니러나 모든 딕 뵈니 얼골이 옥(玉) ᄀᆞᆺ고 눈이 별 ᄀᆞᆺᄐ야 영오(穎悟)[130]ᄒ미 믈을 홀 ᄃᆞᆺᄒ미 승샹(丞相)과 티ᄉᆡ(太師ㅣ) 크게 ᄉ랑ᄒ여 아들이 못 되믈 흔(恨)ᄒ

며 제숙(諸叔)이 칭찬(稱讚) 흠모(欽慕) 왈(曰),

"몽현과 댱 시(氏) 긔이(奇異)ᄒ므로 그 싱(生)ᄒᆫ 비 엇디 범범(凡凡)[131]ᄒ리오?"

뉴·졍 이(二) 부인(夫人)이 ᄉ랑ᄒᄆᆞᆯ 마지아니터라.

---

129) 쟝속(裝束): 장속. 몸을 꾸며서 차림.

130) 영오(穎悟): 남보다 뛰어나게 영리하고 슬기로움.

131) 범범(凡凡): 평범함.

승상(丞相)이 일흠 지여 미영이라 ᄒᆞ고 손 우희 언져 ᄉᆞ랑이 무궁(無窮)ᄒᆞ니 공쥐(公主ㅣ) 히ᄋᆞ(孩兒)의 와시믈 듯고 븟비 니ᄅᆞ러 미영을 보고 경희(驚喜)ᄒᆞ여 그 사랑이 혈심(血心)으로조ᄎᆞ ᄂᆞᄂᆞᆫ디라 모ᄃᆞ 그 도량(度量)132)을 탄복(歎服)ᄒᆞᄂᆞᆫ지라.

공쥐(公主ㅣ) 이의 모든 디 고(告)ᄒᆞ고 유모(乳母)와 히ᄋᆞ(孩兒)를 드리고 궁(宮)의 도라와 ᄌᆞ가(自家) 방듕(房中)의셔 기ᄅᆞ며 귀듕(貴重)ᄒᆞ여 ᄒᆞ미 긔츌(己出)133)도곤 더으며 부미(駙馬ㅣ) 궁(宮)의 니ᄅᆞᆫ 즉 미영을 무릅 우희 나리지 아니니 제(諸) 궁인(宮人)이 공쥬(公主) ᄯᅳᆺ을 조

***

40면

ᄎᆞ 미영 ᄉᆞ랑이 은근(慇懃)ᄒᆞ니 미영이 도로혀 계양 일궁(一宮) 보빈(寶貝) 되엿더라.

이ᄶᆞ 공쥐(公主ㅣ) 잉틱(孕胎)ᄒᆞ니 부미(駙馬ㅣ) 크게 깃거ᄒᆞ고 틱ᄉᆞ(太師)와 승샹(丞相)이 딕희(大喜)ᄒᆞ야 농쟝(弄璋)134)ᄒᆞ믈 ᄇᆞ라더니 십(十) 숙(朔)이 ᄎᆞ미 틱휘(太后ㅣ) 의쟈(醫者)를 보닉샤 딕령(待令)ᄒᆞ게 ᄒᆞ시고 샹(上)이 늘ᄆᆞ다 문후(問候)135)ᄒᆞ시며 틱휘(太后ㅣ) 궁인(宮人)으로 히산(解産)ᄒᆞ믈 기다려 보호(保護)ᄒᆞ라 보닉시니 거미(車馬ㅣ) 도로(道路)의 머엿ᄂᆞᆫ디라 부미(駙馬ㅣ) 깃거 아니ᄒᆞ더니,

---

132) 도량(度量): 너그러운 마음과 깊은 생각.

133) 긔츌(己出): 기출. 자기가 낳은 아이.

134) 농쟝(弄璋): 농장. 구슬을 가지고 놂. 예전에, 중국에서 아들을 낳으면 규옥(圭玉)으로 된 구슬의 덕을 본받으라는 뜻으로 구슬을 장난감으로 주었다는 데서 유래함. 농장지경(弄璋之慶).

135) 문후(問候): 안부를 물음.

공쥐(公主 l) 순산(順産) 싱남(生男)ᄒ니, ᄎ시(此時) 승샹(丞相)이
궁(宮)의 니ᄅ러 붓긔 안즛더니 쇼영이 나와136) 싱즈(生子)ᄒ믈 알외
니, 승샹(丞相)이 듯기를 다 못 ᄒ여 희긔(喜氣)137) 미우(眉宇)를 움
즈기니 즉시(卽時) 틱감(太監)으로 궐ᄂᆡ(闕內)의

•••

41면

알외라 ᄒ고 본부(本府)의 니ᄅ러 틱ᄉ(太師)긔 고(告)ᄒ니 일개(一
家 l) 티하(致賀)ᄒ고 틱싀(太師 l) 크게 깃거 ᄀᆞᆯ오ᄃᆡ,

"몽현이 쳐음으로 ᄯᆞᆯ을 나흐니 노뷔(老父 l) ᄌᆞ못 즐기지 아니ᄒ
더니 이제 아들을 ᄂᆞ흐니 무슨 근심이 이시리오?"

경 시랑(侍郞)과 무평빅 등(等)이 좌(座)를 써ᄂᆞ 틱ᄉ(太師)와 승샹
(丞相)긔 치하(致賀)ᄒ더라.

승샹(丞相)이 솜(三) 일(日) 후(後) 틱ᄉ(太師)를 뫼셔 궁(宮)의 니
ᄅ러 싱ᄋᆞ(生兒)를 보니 용안(容顔)이 옥(玉) ᄀᆞᆺ고 늉138)준즘미(隆準
蠶眉)139)로 십분(十分) 범이140)(凡兒 l) 아니라. 틱샤(太師)와 승샹
(丞相)이 크게 깃거 공주(公主)를 향(向)ᄒ야 칭하(稱賀)ᄒ믈 ᄆᆞ지아
니ᄒ고 일홈 지어 흥문이라 ᄒ니라.

이쩍 틱휘(太后 l) 공쥬(公主)의 싱즈(生子)ᄒ믈 드ᄅ시고 딕희(大

---

136) 안즛더니 쇼영이 나와: [교] 원문에는 '안ᄌ 시를 즙더니 쇼복이 나와'로 되어 있으
나 의미가 불분명하므로 국도본(7:67)을 따름.

137) 희긔(喜氣): 희기. 기쁜 기색.

138) 늉: [교] 원문에는 '농'으로 되어 있으나 오기로 보임.

139) 늉준즘미(隆準蠶眉): 융준잠미. 우뚝 솟은 코와 누에가 누워 있는 모양 같은 눈썹.
잘생긴 남자의 얼굴을 가리킴.

140) 범이: [교] 원문에는 '법위'로 되어 있으나 오기로 보임.

喜)ᄒ샤 금옥치단(金玉綵緞)[141]을 수레로 시러 보ᄂᆡ여

* * *

42면

상ᄉ(償賜)[142]ᄅᆞᆯ 거룩이 ᄒᆞ시고 습칠일(三七日) 후(後) 공주(公主)로
뻐 입궐(入闕)을 지촉ᄒᆞ시니 공쥐(公主ㅣ) 흥문을 보모(保姆)ᄅᆞᆯ 맛져
교ᄌᆞ(轎子)ᄅᆞᆯ 틱오고 미영을 ᄒᆞᆫ가지로 드려ᄀᆞᆯᄉᆡ,

ᄎᆞ시(此時) 미영이 돌시 지ᄂᆞᆫ지라 거름을 옴기며 영민(英敏)ᄒᆞ
미 인뉴(人類)의 특출(特出)ᄒᆞ고 믈을 능(能)히 ᄒᆞ여 곱기 절묘(絕妙)
ᄒᆞ니 보ᄂᆞ니 아니 긔특(奇特)이 너기리 업더라. 공쥐(公主ㅣ) 미영을
둔당(丹粧)ᄒᆞ여 드리고 궐듕(闕中)의 드러가 틱후(太后)긔 됴현(朝見)
ᄒᆞ니 틱휘(太后ㅣ) 흥문을 보시고 크게 ᄉᆞ랑ᄒᆞ샤 닐너 ᄀᆞᆯᄋᆞ샤딕,

"딤(朕)이 홀노 ᄉᆞ라 너의 농댱(弄璋)[143]ᄒᆞᆷ믈 보니 엇지 슬프지 아
니리오?"

공쥐(公主ㅣ) 역시 샹연(傷然)[144] 수루(垂淚)[145]ᄒᆞ더니 틱휘(太后
ㅣ) 조초 미영을 보시

---

141) 금옥치단(金玉綵緞): 금옥채단. 금, 옥과 온갖 비단.

142) 상ᄉ(償賜): 상사. 상으로 줌.

143) 농댱(弄璋): 농장. 구슬을 가지고 놂. 예전에, 중국에서 아들을 낳으면 규옥(圭玉)으
로 된 구슬의 덕을 본받으라는 뜻으로 구슬을 장난감으로 주었다는 데서 유래함.
농장지경(弄璋之慶).

144) 샹연(傷然): 상연. 슬퍼하는 모양.

145) 수루(垂淚): 눈물을 흘림.

고 디경(大驚) 왈(曰),

"이는 엇던 아히뇨?"

공쥐(公主ㅣ) 디왈(對曰),

"부마(駙馬)의 녀익146)(女兒ㅣ)로쇼이다."

틱휘(太后ㅣ) 왈(曰),

"아니 댱 시(氏)의 싱(生)혼 비냐?"

공쥐(公主ㅣ) 왈(曰),

"댱 시(氏) 녀(女)로쇼이다."

휘(后ㅣ) 왈(曰),

"추익(此兒)의 고으믄 결우리 업고 아들이 져럿틋 긔이(奇異)호니 부마(駙馬)의 팔지(八字ㅣ) 유복(有福)호도다. 연(然)이나 강보(襁褓)의 어미를 쩌느왓느뇨?"

공쥐(公主ㅣ) 디왈(對曰),

"부미(駙馬ㅣ) 소익(小兒)를 쳐엄으로 보고 닛디 못호야 드려오미 신(臣)이 양휵(養畜)147)호나이다."

틱휘(太后ㅣ) 탄왈(嘆曰),

"너의 어딘 덕(德)은 가지록 시롭도다."

공쥐(公主ㅣ) 조용이 고(告)호디,

"낭낭(娘娘)이 풍문(風聞)을 신텽(信聽)148)호시고 부마(駙馬)를 칙

---

146) 익: [교] 원문에는 '위'로 되어 있으나 오기로 보임.

147) 양휵(養畜): 양육(養育).

148) 신텽(信聽): 신청. 믿고 곧이들음.

(責)ᄒ시니 댱 시(氏) 이믜히 출화(黜禍)ᄅᆞᆯ 닙어 친가(親家)의 이시니 ᄎᆞᄋᆞ(此兒)의 어미 ᄱᅵᄂᆞᆫ 졍ᄉᆞ(情事ㅣ) ᄌᆞ못 존잉ᄒᆞᆫ지라

낭낭(娘娘)은 슬피소셔. 디강(大綱) 낭낭(娘娘)이 셜 귀비(貴妃)의 주언(奏言)을 신텽(信聽)ᄒᆞ야 겨시다 ᄒᆞ니 신(臣)이 기간(其間) 곡졀(曲折)을 알외리이다. 댱 시(氏) 수졀(守節)ᄒᆞ여 친가(親家)의 이실 적 셜 귀비(貴妃) 오라비 셜최 구혼(求婚)ᄒᆞ니 여ᄎᆞ여ᄎᆞ(如此如此) 즐ᄆᆡ(叱罵)ᄒᆞ여 퇴(退)ᄒᆞ다 ᄒᆞ니 이 혐극(嫌隙)으로 그 말을 ᄒᆞ여시나 부ᄆᆡ(駙馬ㅣ) 일호(一毫)도 염(厭)ᄒᆞ미 업스니 원(願)컨디 낭낭(娘娘)은 ᄎᆞ후(此後)ᄅᆞᆫ 셩노(聖怒)ᄅᆞᆯ 몽현의게 ᄂᆞ리디 마ᄅᆞ시고 댱 시(氏)로써 니문(-門)의 드러오게 ᄒᆞ쇼셔."

티휘(太后ㅣ) 공주(公主)의 말ᄉᆞᆷ을 드ᄅᆞ시고 ᄇᆞ야흐로 ᄭᆡᄃᆞ라 허(許)ᄒᆞ시니 공쥐(公主ㅣ) 샤은(謝恩)ᄒᆞ고 수일(數日)을 머므러 ᄂᆞ와 부마(駙馬)ᄅᆞᆯ 디(對)ᄒᆞ야 티후(太后) 말ᄉᆞᆷ을 뎐(傳)ᄒᆞ니 부ᄆᆡ(駙馬ㅣ) 팀음(沈吟)ᄒᆞ다

가 ᄀᆞᆯ오디,

"댱 시(氏)로 인(因)ᄒᆞ야 티낭낭(太娘娘) 셩우(聖憂)[149]ᄅᆞᆯ 기치고 듕의(衆議) 시비(是非) ᄌᆞ못 괴로오니 공주(公主)ᄂᆞᆫ 댱 시(氏)로써 그

---

149) 셩우(聖憂): 성우. 태후나 임금의 근심.

집의 편(便)히 잇게 호고 거취(居就)롤 의논(議論)치 몰나."

공쥐(公主 ㅣ) 이의 경 아(驚訝)150)호야 골오딕,

"틱휘(太后 ㅣ) 듕간(中間) 허언(虛言)을 드르시고 당초(當初) 그럿
툿 호시ᄂ 군직(君子 ㅣ) 엇디 글노 인(因)호여 엇디 댱 부인(夫人)을
브려 두려 호시ᄂ뇨? 뭇당이 즉일(卽日)의 쳥(請)홀 거시니이다."

부믹(駙馬 ㅣ) 부답(不答)호고 붓그로 ᄂ가ᄂ지라 공쥐(公主 ㅣ) 가
댱 고이(怪異)히 너기더니, 믄득 그 뜻을 씨ᄃ라,

수일(數日) 후(後) 진 시(氏)롤 보닉여 ᄉ연(事緣)을 주(奏)호고 부
마(駙馬)의게 친(親)히 던교(傳敎)호시믈 쳥주(請奏)151)호니 틱휘(太
后 ㅣ) 허락(許諾)호시고 익일(翌日) 조됴(早朝)의 부마(駙馬)롤 블너
던교(傳敎) 왈(曰),

⋯••

46면

"딤(朕)이 져녁의 뎐언(傳言)을 듯고 경(卿)을 쵝(責)호엿더니 이제
드르니 듕간(中間)의 허언(虛言)이라 딤(朕)이 녜일을 뉘웃ᄂ니 경
(卿)은 댱 시(氏)롤 ᄃ려다가 공주(公主)의 뜻을 좃고 규합(閨閤)의
원(怨)을 기티지 몰나."

부믹(駙馬 ㅣ) 틱후(太后)의 뎐후(前後) 쳐ᄉ(處事 ㅣ) 이럿툿 호시
믈 그윽이 개탄(慨嘆)호딕 ᄉ쉭(辭色)디 아니호고 ᄉ빅(四拜) 샤은
(謝恩)호고 믈너 부듕(府中)의 니르러 부모(父母)긔 뵈옵고 ᄎ언(此
言)을 고(告)호고 댱 시(氏)롤 부르고즈 ᄒ더니,

이쩍 댱 시(氏) ᄆ춤 소환(小患)152)이 미류(彌留)153)흔 고(故)로 일

---

150) 경아(驚訝): 경아. 놀라고 의아해함.
151) 쳥주(請奏): 청주. 요청해 아룀.

월(日月)이 천연(遷延)154)후니 공쥐(公主丨) 듯고 우려(憂慮)후기를 무지아니터라.

화셜(話說). 니 공주(公子) 몽챵의 주(字)는 빅달이니 승샹(丞相) 추주(次子丨)라. 모부인(母夫人) 뎡 시(氏) 꿈의 하

• • •

47면

늘노셔 별이 써러져 화(化)후야 블근 뇽(龍)이 되믈 보고 씨여 고이(怪異)히 너겨 의아(疑訝)후더니 그들붓허 잉틱(孕胎)후야 십오(十五) 슥(朔)의 부야흐로 싱(生)후니 공지(公子丨) 누며 우지 아니키를 둧셰를 후고 졋 아니 먹기를 둧셰를 흔듸 모부인(母夫人)이 의심(疑心)후거늘 조부(祖父) 틱샤공(太師公) 왈(曰),

"현부(賢婦)는 근심 믈나. 추이(此兒丨) 타일(他日) 되귀인(大貴人)이 되리라."

후더라.

공지(公子丨) 우시(兒時)로붓허 얼골이 크게 비범(非凡)후야 냥목(兩目)은 단봉안(丹鳳眼)155)을 샹(像)156)후고 누이 눈셥이오 입시울이 단사(丹沙)157)를 딕은 둧하야 붉기 뉴(類)다르고 흰 니미 두렷후야 흔 쎄 옥뉸(玉輪)158)이 구름 스이의 빗긴 둧 귀 밋치 형순(荆山)

---

152) 소환(小患): 작은 병.

153) 미류(彌留): 병이 오래 낫지 않음.

154) 쳔연(遷延): 천연. 지체함.

155) 단봉안(丹鳳眼): 단혈(丹穴)에 사는 봉황(鳳凰)의 눈.

156) 샹(像): 상. 닮음.

157) 단사(丹沙): 단사. 수은으로 이루어진 황화 광물로, 붉은색 안료(顏料)임.

158) 옥뉸(玉輪): 옥륜. 옥으로 만든 수레라는 뜻으로 달을 이르는 말.

빅옥(白玉)을 굿가 셰운 듯 눈섭

...

48면

수이에 청수(淸秀)[159] 졍긔(精氣) 어리여 팔치(八彩)[160] 녕농(玲瓏)
호니 범인(凡人)은 감(敢)히 치미러보디 못홀너라. 틱수(太師)와 승
샹(丞相)이 크게 수랑호야 댱니(將來) 큰 그릇시 될 줄 아더라.

공지(公子ㅣ) 년(年)이 이(二) 셸(歲ㄹ) 젹의 모부인(母夫人)이 녀
환의 죽히(作害)[161]로 니문(-門)을 쩌느니 공지(公子ㅣ) 부친(父親)긔
길니미 되여 그 졍(情)이 주모(慈母)의 더으더니 승샹(丞相)이 쏘흔
휵양(畜養)호야 수랑이 제즈(諸子)의 지느디 일족 외면(外面)의 나타
니여 구구(區區)히 닉이(溺愛)[162]호미 업스나 그러나 취듕(取重)호는
부는 댱즈(長子)오 혹이(惑愛)[163]호는 부는 추지(次子ㅣ)러라.

공지(公子ㅣ) 사름이 론디[164] 고집(固執)이 디리(支離)호고 셩품
(性品)이 과도(過度)호야 숙부(叔父) 소부(少傳)룰 법부다시며 긔샹
(氣像)이 활연(豁然)[165]호야 거리끼는 일이 업고

---

159) 청수(淸秀)· 청수 맑고 빼어남.

160) 팔치(八彩): 팔채. 여덟 색깔의 무늬. 중국 요(堯)임금의 눈썹에 여덟 가지 색깔이
있었다는 데서 유래하는바, 고귀한 인물을 묘사할 때 사용됨.

161) 죽히(作害): 작해. 해로운 일을 지음.

162) 닉이(溺愛): 익애. 지나치게 사랑함.

163) 혹이(惑愛): 혹애. 끔찍이 사랑함.

164) 론디: '본디'의 뜻으로 보이나 미상임.

165) 활연(豁然): 환하게 터져 시원한 모양.

나히 오뉵(五六) 셰(歲) 되도록 글ᄌᆞ를 모로니 승샹(丞相)이 남경(南京)셔 도라와 엄(嚴)히 가라쳐 줌간(暫間)도 요딕(饒待)[166]치 아니ᄒᆞ니 공ᄌᆞ(公子ㅣ) 부친(父親)을 두려 ᄆᆞ음을 좁아 독셔(讀書)ᄒᆞ니 문니(文理)[167] 댱진(長進)[168]ᄒᆞ야 혼 번(番) 본 글을 능(能)히 외오며 회두(回頭) 슈이 칠언(七言) 댱편[169](長篇) 수십(數十) 수(首)를 지으니 그 문ᄎᆡ(文彩) 청신준녀(淸新俊麗)[170]ᄒᆞ미 고금(古今)의 비(比)ᄒᆞ리 업ᄂᆞᆫ디라 승샹(丞相)이 더옥 ᄋᆡ듕(愛重)ᄒᆞ나 ᄉᆞ식(辭色) 아니ᄒᆞ고 엄틱(嚴飭)[171]ᄒᆞᆷ믈 제ᄌᆞ(諸子)의 디나게 ᄒᆞ더라.

공ᄌᆞ(公子ㅣ) 텬셩(天性)이 효의(孝義)를 웃듬ᄒᆞᄂᆞᆫ 고(故)로 부친(父親)을 일시(一時)도 ᄯᅥ나디 아니ᄒᆞ고 숙부(叔父) 쇼부(少傅) 셤기기를 부친(父親)으로 감(減)치 아니ᄒᆞ니 쇼뷔(少傅ㅣ) 더옥 ᄉᆞ랑ᄒᆞ미 ᄌᆞ가(自家) ᄋᆞ돌의 더으고

평싱(平生) 숙딜(叔姪)이 심곡(心曲)을 긔이ᄂᆞᆫ 빈 업더라.

공ᄌᆞ(公子ㅣ) 댱셩(長成)ᄒᆞ야 십ᄉᆞ(十四) 셰(歲)의 니ᄅᆞ니 골격(骨

---

166) 요딕(饒待): 요대. 잘 대우함.

167) 문니(文理): 문리. 글의 뜻을 깨달아 아는 힘.

168) 댱진(長進): 장진. 크게 나아감.

169) 편: [교] 원문에는 '젼'으로 되어 있으나 문맥을 고려하여 국도본(7:76)을 따름.

170) 청신준녀(淸新俊麗): 청신준려. 글이 맑고 참신하며 아름다움.

171) 엄틱(嚴飭): 엄칙. 엄하게 타일러 경계함.

格)이 준믹(俊邁)172)호고 신칙(神彩)173) 룡호(龍虎) 굿호야 싁싁흔 풍되(風度ㅣ)174) 의연(毅然)175)이 댱부(丈夫)의 거동(擧動)이 니러시며 신댱(身長)이 팔(八) 쳑(尺) 오(五) 촌(寸)이오 두 엇게 치봉(彩鳳)이 ᄂᆞᆫ 둧ᄒᆞ며 두 팔이 무릅 아릭 지ᄂᆞ니 흡연(恰然)176)이 딕인(大人)177) 긔샹(氣像)이라. 조부뫼(父母ㅣ) 과익(過愛)ᄒᆞ야 승샹(丞相)을 명(命)ᄒᆞ야 쎌니 현부(賢婦)를 틱(擇)ᄒᆞ라 ᄒᆞ니 승샹(丞相)이 수명(受命)ᄒᆞ야 너비 숙녀(淑女)를 둧보더라.

공직(公子ㅣ) 나히 약관(弱冠)이 못 밋쳣시나 믄득 녀싴(女色)의 무심(無心)치 못ᄒᆞ야 가듕(家中) 홍쟝(紅粧) 시178)비(侍婢)의 유졍재(有情者ㅣ)179) 수인(數人)이러니,

일일(一日)은 공주궁(公主宮)의 굿다가 궁녀(宮女) 소희를

51면

눈 주어 유졍(有情)180)ᄒᆞ거ᄂᆞᆯ, 공쥐(公主ㅣ) 슷쳐 술피고 이의 졍싴(正色)고 글오딕,

"쳡(妾)이 당돌(唐突)ᄒᆞ오나 숙숙(叔叔)의 힝신(行身) 허믈을 니르고즈 ᄒᆞᄂᆞ니 숙(叔)이 즐겨 드르실가?"

---

172) 준믹(俊邁): 준매. 빼어남.

173) 신칙(神彩): 신채. 정신과 풍채.

174) 풍되(風度ㅣ): 풍도. 풍채와 태도.

175) 의연(毅然): 의지가 굳세어 끄떡없음.

176) 흡연(恰然): 흡사.

177) 딕인(大人): 대인. 영웅.

178) 시: [교] 원문에는 '지'로 되어 있으나 오기로 보임.

179) 유졍재(有情者ㅣ): 유정자. 정을 통한 자.

180) 유졍(有情): 유정. 정을 줌.

공지(公子ㅣ) 임의 짐족(斟酌)ᄒᆞ고 우음을 먹음고 ᄉᆞ러 ᄃᆡ왈(對曰),

"옥쥐(玉主ㅣ) 쇼ᄉᆡᆼ(小生)의 허믈을 니ᄅᆞ실딘ᄃᆡ 쇼ᄉᆡᆼ(小生)이 엇디 고치지 아니리잇고?"

공쥐(公主ㅣ) 졍ᄉᆡᆨ(正色) 왈(曰),

"숙숙(叔叔)이 ᄌᆞ쇼(自小)로 녜긔(禮記)를 닑으샤 녜의(禮義)를 알녀든 엇딘 고(故)로 당하(堂下) 비ᄌᆞ(婢子)의 ᄉᆡᆨ(色)을 탐(貪)ᄒᆞ야 쳡(妾)의 앏히셔 셜만(褻慢)[181]ᄒᆞ며 숙숙(叔叔)이 ᄃᆡ인(大人) ᄐᆡ교(胎教)를 ᄇᆞᆺᄌᆞ와 몸이 귀(貴)ᄒᆞ거ᄂᆞᆯ 쳔인(賤人)을 유의(留意)ᄒᆞ시미 가(可)티 아니ᄒᆞ니 숙숙(叔叔)은 쳡(妾)의 당돌(唐突)ᄒᆞ믈 용샤(容赦)ᄒᆞ시고 일ᄌᆞᆨ 허믈을 곳쳐 남교(藍橋)[182]

52면

의 숙녀(淑女)를 기ᄃᆞ리쇼셔."

셜파(說罷)의 안ᄉᆡᆨ(顔色)이 싁싁ᄒᆞ야 추상(秋霜)[183] ᄀᆞᆺᄐᆞ니 공지(公子ㅣ) 웃고 칭샤(稱謝) 왈(曰),

"쇼ᄉᆡᆼ(小生)이 나히 졈고 혬이 업셔 옥주(玉主) 안젼(案前)의 삼가지 못ᄒᆞ엿ᄉᆞᆸ더니 이럿ᄐᆞᆺ ᄇᆞᆰ히 디교(指教)[184]ᄒᆞ시믈 듯ᄌᆞ오니 두 번

181) 셜만(褻慢): 설만. 하는 짓이 무례하고 거만함.

182) 남교(藍橋): 중국 섬서성(陝西省) 남전현(藍田縣) 동남쪽에 있는 땅. 배항(裴航)이 남교역(藍橋驛)을 지나다가 선녀 운영(雲英)을 만나 아내로 맞고 뒤에 둘이 함께 신선이 되었다고 하는 이야기가 전함. 당나라 배형(裴鉶)의 『전기(傳奇)』에 이야기가 실려 있음.

183) 추상(秋霜): 추상. 가을의 찬 서리.

184) 디교(指教): 지교. 지도하여 가르침.

(番) 그르미 잇스리잇고?"

공쥐(公主ㅣ) 스샤(謝辭)[185] 왈(曰),

"쳡(妾)이 당돌(唐突)이 슉슉(叔叔) 안젼(案前)의 믈을 고(告)ᄒᆞ엿더니 이럿툿 수이 씌드르시니 힝희(幸喜)[186]ᄒᆞᆷ믈 이긔디 못홀소이다."

공직(公子ㅣ) 웃고 말이 업더라.

승샹(丞相)이 ᄋᆞᄌᆞ(兒子)의 풍되(風度ㅣ) 져럿툿 긔이(奇異)ᄒᆞ니 방블(髣髴)ᄒᆞᆫ 식부(息婦)를 엇고ᄌᆞ ᄒᆞ나 쉽디 못ᄒᆞ야 몽챵이 브야흐로 십오(十五) 셰(歲)의 니르도록 취쳐(娶妻)를 못 ᄒᆞ엿

더니 수일(數日) 후(後) 녜부시랑(禮部侍郞) 샹공영이 듕ᄆᆡ(仲媒)로 구혼(求婚)ᄒᆞ엿거늘 승샹(丞相)이 틱샤(太師)긔 품(稟)ᄒᆞᆫ되 틱ᄉᆡ(太師ㅣ) 왈(曰),

"규듕(閨中) 현우(賢愚)[187]를 알기 어렵거니와 샹 공(公)은 졍직(正直)ᄒᆞᆫ 군직(君子ㅣ)라 결친(結親)ᄒᆞ미 됴토다."

승샹(丞相)이 수명(受命)ᄒᆞ여 허락(許諾)ᄒᆞ고 틱일(擇日)ᄒᆞ니 겨유 십여(十餘) 일(日)이 격(隔)ᄒᆞᆫ지라.

연수 등(等) 군죵(群從)[188]이 창을 긔롱(譏弄)ᄒᆞ되,

"우리 드르니 샹 쇼제(小姐ㅣ) 무염(無鹽)[189]의 디ᄂᆞᆫ다 ᄒᆞ니 네 엇

---

185) 스샤(謝辭): 사사. 고마운 뜻을 말로 나타냄.

186) 힝희(幸喜): 행희. 다행하고 기쁨.

187) 현우(賢愚): 현명하고 어리석음.

188) 군죵(群從): 뭇 사촌.

189) 무염(無鹽): 중국의 대표적인 추녀(醜女) 종리춘(鐘離春)을 가리킴. 전국시대 제(齊)나라에 종리춘이 무염 지방에 살았다 해서 붙여진 별명. 유향(劉向), 『열녀전(列女傳)』.

디려 ㅎ는다?"

몽챵이 쇼왈(笑曰),

"그러ㅎ거든 ㅂ리고 지취(再娶)홀 거시니 관겨(關係)ㅎ리잇고?"

모다 웃고 부미(駙馬ㅣ) 졍싴(正色) 왈(曰),

"조뷔(祖父ㅣ) 일즉 아등(我等)을 두 안히를 두디 말나 ㅎ시니 네 말이 어듸 가 비최리오?"

챵이 쇼왈(笑曰),

"형댱(兄丈)은 엇디 두 부인(夫人)을 두

• • •

54면

어 겨시니잇고?"

부미(駙馬ㅣ) 어히업셔 탄왈(嘆曰),

"나는 브득이(不得已) 그러흔 거시어니와 너는 흔 안히도 못 어든 거시 볼셔 여러흘 두럇노라 ㅎ니 올흔 말가?"

챵이 미쇼(微笑) 므언(無言)이러라.

길긔(吉期) ᄀᆞᆺ오미 니부(-府)의셔 거마(車馬)를 보니여 댱 시(氏)를 브르니 댱 시(氏) 명(命)을 니어 니부(-府)의 니르니 존당(尊堂) 구괴190)(舅姑ㅣ) 크게 반겨 위로(慰勞)ㅎ고 공쥐(公主ㅣ) 궁(宮)으로 븟비 쳥(請)ㅎ야 지는 일을 닐너 스레(謝禮)흔디 댱 시(氏) 피셕(避席) 샤죄(謝罪) 왈(曰),

"쳡(妾)이 친당(親堂)의 니르러 어버이를 뫼셔 든든이 지니다가 왓ᄉᆞᆸ거늘 옥쥐(玉主ㅣ) 엇디 쳡(妾)을 디(對)ㅎ야 니럿툿 ㅎ시ᄂᆞ니잇

---

190) 구괴: [교] 원문에는 '브뫼'로 되어 있으나 문맥에 맞지 않아 이와 같이 수정함.

고?"

공쥐(公主ㅣ) 직삼(再三) 손샤(遜辭)ᄒ고 미영과 흥문을 ᄃ려오라
ᄒ야 댱 시(氏)

를 뵈니 댱 시(氏) 흥문을 보고 ᄃ경(大驚) 왈(曰),

"ᄎ이(此兒ㅣ) 이럿ᄐ 긔이(奇異)ᄒ니 진짓 텬니룡지(千里龍子
ㅣ)191)로소이다."

공쥐(公主ㅣ) 소왈(笑曰),

"쳡(妾)의 어린 ᄯ시 부인(夫人)의 싱남(生男)ᄒ시믈 ᄇ라더니 녀
ᄋ(女兒)를 싱(生)ᄒ시니 낙심(落心)ᄒ더이다. 년(然)이나 녀이(女兒
ㅣ) 져럿ᄐ 아름답고 쳡(妾)으로 모녀지졍(母女之情)이 심샹(尋常)티
아니니 사랑ᄒ미 흥문의 지ᄂ나이다."

댱 시(氏) 녀ᄋ(女兒)의 댱녀(長麗)192)ᄒ여시믈 보고 깃브믈 이긔
디 못ᄒ야 샤례(謝禮) 왈(曰),

"옥쥐(玉主ㅣ) 어미 업슨 거슬 이러ᄐ 이휵(愛畜)193)ᄒ시니 쳡(妾)
의 모녜(母女ㅣ) 옥주(玉主)의 은혜(恩惠)ᄂ 못 다 갑흘소이다."

공쥐(公主ㅣ) 블열(不悅) 왈(曰),

"쳡(妾)은 흥문과 미ᄋ(-兒)를 ᄂ 나하시며 ᄂᆷ이 나하시믈 분변(分
辨)치 못ᄒ거늘 엇디 이런 말

───────────────

191) 텬니룡지(千里龍子ㅣ): 천리용자. 하루에 천 리를 가는 용의 새끼. 뛰어나게 잘난
    자손을 칭찬하여 이르는 말. 천리구(千里駒).

192) 댱녀(長麗): 장려. 잘 자라고 아름다움.

193) 이휵(愛畜): 애휵. 사랑으로 기름.

습을 ᄒ시ᄂᆞ뇨?"

당 시(氏) 더옥 감샤(感謝)ᄒ디 샤례(謝禮)를 못 ᄒ더라.

ᄎ후(此後) 당 시(氏) 이의 머믈미 옥주(玉主) 디졉(待接)이 가지록 식롭고 부ᄆᆞ(駙馬)의 듕디(重待) 여젼(如前)ᄒ더라.

이러구러 몽챵의 혼일(婚日)이 다ᄃᆞᄅᆞ미 일개(一家ㅣ) 모다 길복(吉服)을 닙혀 보닐식 몽챵이 길복(吉服)을 닙고 습녜(習禮)194)ᄒ니 풍광(風光)이 동인(動人)195)ᄒ야 틱양(太陽)을 ᄀᆞ리오니 존당(尊堂) 부뫼(父母ㅣ) 식로이 ᄉᆞ랑ᄒ더라.

늘이 느ᄌᆞ와 샹가(-家)의 니ᄅᆞ러 기러기를 뎐(奠)ᄒ고 신부(新婦) 샹교(上轎)를 직촉ᄒ니 샹 공(公)이 신낭(新郎)의 풍치(風采)를 보고 크게 깃거 흔희(欣喜)ᄒᆞᆯ 이긔디 못ᄒ더라.

샹 쇼졔(小姐ㅣ) 칠보응196)장(七寶凝粧)197)으로 뎡의 들미 공ᄌᆞ(公子ㅣ) 봉교(封轎)198)ᄒ기를 ᄆᆞᆺ고 호송(護送)ᄒ야 브듕(府中)

의 니ᄅᆞ러 교빅셕(交拜席)199)의 나아가 합환200)주(合歡酒)를 ᄆᆞᆺ고

---

194) 습녜(習禮): 습례. 예법이나 예식을 미리 익힘.

195) 동인(動人): 사람의 주의를 끌 만큼 뛰어남.

196) 응: [교] 원문에는 '옹'으로 되어 있으나 오기로 보임.

197) 칠보응장(七寶凝粧): 칠보응장. 일곱 가지 보석으로 곱게 꾸밈.

198) 봉교(封轎): 가마를 봉함.

199) 교빅셕(交拜席): 교배석. 맞절을 하는 자리.

주션(珠扇)201)을 아스미 공지202)(公子ㅣ) 밧비 눈을 드러 보니 신부
(新婦)의 용뫼(容貌ㅣ) 크게 범인(凡人)과 둘나 빅만(百萬) 틱되(態度
ㅣ) 결우리 업스니 공지(公子ㅣ) 듕심(中心)의 흔희(欣喜)ᄒᆞ믈 먹으
며 미우(眉宇)의 화긔(和氣) 당연(儻然)203)ᄒᆞ더라.

신뷔(新婦ㅣ) 단당(丹粧)을 고치고 구고(舅姑)긔 폐빅(幣帛)을 나
오니 묽은 슐빗과 별 ᄀᆞᆺᄐᆞᆫ 눈씨204)며 부용(芙蓉) 냥협(兩頰)이 즈못
긔특(奇特)ᄒᆞ야 공주(公主)의 튜텬(秋天) ᄀᆞᆺᄐᆞᆫ 얼골의 써러지ᄂᆞ 댱
시(氏)긔ᄂᆞ 밋디 못ᄒᆞ미 업스니 일좨(一座ㅣ) 크게 칭찬(稱讚)ᄒᆞ고
틱부인(太夫人)이 두굿기나 홀노 틱ᄉᆞ(太師)와 승샹(丞相)이 깃거 아
냐 미우(眉宇)의 희긔(喜氣) 감(減)ᄒᆞ니 모다 고이(怪異)히 너기더라.

종일(終日) 딘환(盡歡)ᄒᆞ

··•

58면

고 셕양(夕陽)의 파연(罷宴)ᄒᆞ니 신부(新婦) 숙쇼(宿所)ᄅᆞᆯ 초양당의
졍(定)ᄒᆞ야 보닉고 일개(一家ㅣ) 모다 흔담(閑談)ᄒᆞ더니 최 숙인이
신부(新婦)의 용모(容貌)ᄅᆞᆯ 일ᄏᆞ라 몽챵을 향(向)ᄒᆞ야 티205)하(致賀)
ᄒᆞ딕 몽챵이 쇼왈(笑曰),

"얼골이 특이(特異)ᄒᆞ나 텬명(天命)이 즈르니 닉 오르지 아녀셔 샹
쳐(喪妻)ᄅᆞᆯ ᄒᆞᆯ 거시니 근심이로다."

---

200) 환: [교] 원문에는 '탄'으로 되어 있으나 오기로 보임.
201) 주션(珠扇): 주선. 진주로 장식한 부채.
202) 지: [교] 원문에는 '쥐'로 되어 있으나 맥락을 고려하여 이와 같이 수정함.
203) 당연(儻然): 미상. 참고로 국도본(7:85)에는 '영즌'로 되어 있음.
204) 눈씨: 눈매. 눈망울.
205) 티: [교] 원문에는 '니'로 되어 있으나 오기로 보이므로 국도본(7:85)을 따름.

숙인이 아연(啞然)ᄒ야 믈을 밋쳐 못 ᄒ여셔 승샹(丞相)이 칙왈(責曰),

"네 엇디 신인(新人)을 두고 믈이 이럿툿 고이(怪異)ᄒ뇨? 모로미 언듕(言重) 근심(謹審)206)ᄒ야 이런 힝ᄉ(行事)를 믈지어다."

몽챵이 샤죄(謝罪)ᄒ고 믈을 아니ᄒ더라.

야심(夜深) 후(後) 파(罷)ᄒ야 몽챵이 신방(新房)의 니르러 샹 시(氏)를 디(對)ᄒ미, 화모옥틱(花貌玉態)207) 촉하(燭下)의

• • •

59면

더옥 승졀(勝絶)208)ᄒ지라 공직(公子ㅣ) 풍뉴(風流) 호긔(豪氣)209)의 엇디 혹(惑)디 아니리오. 이의 그 손을 잡고 원앙(鴛鴦) 금니(衾裏)의 나아가니 은졍(恩情)의 진듕(珍重)210)ᄒ미 틱산(泰山) ᄀᆞᆺ더라.

샹 시(氏) 인(因)ᄒ야 머므러 구고(舅姑) 셤기는 녜(禮)와 돈목화우211)(敦睦和友)212)ᄒ미 극진(極盡)ᄒ야 어진 힝식(行事ㅣ) 미진(未盡)ᄒ미 업스니 구괴(舅姑ㅣ) 지극(至極) ᄉᆞ랑ᄒ고 몽챵의 ᄋᆡ듕(愛重)이 비(比)할 딕 업셔 수유블니(須臾不離)213)ᄒ니 일개(一家ㅣ) 극(極)혼 농(弄)을 ᄉᆞᆷ아 우ᄉᄃᆡ 공직(公子ㅣ) 역시(亦是) ᄆᆞᄋᆞᆷ으로 못ᄒ

---

206) 근심(謹審): 삼가고 살핌.

207) 화모옥틱(花貌玉態): 화모옥태. 꽃 같은 용모와 옥 같은 자태라는 뜻으로 여인의 아름다움을 비유한 말.

208) 승졀(勝絶): 승절. 비할 데 없이 빼어남.

209) 호긔(豪氣): 호기. 씩씩하고 호방한 기상.

210) 진듕(珍重): 진중. 아주 소중히 여김.

211) 돈목화우: [교] 원문에는 '동싱화락'으로 되어 있으나 문맥을 고려하여 국도본 (7:87)을 따름.

212) 돈목화우(敦睦和友): 화목하고 화락함. 여기에서는 계양 공주, 장옥경과 그렇게 지냈다는 말임.

213) 수유블니(須臾不離): 수유불리. 잠시도 떨어져 있지 않음.

야 샹 시(氏)를 디(對)흔죽 넉슬 일코 그 손을 놋티 아니흐니 샹 시(氏) 비록 규녀(閨女)의 수습(收拾)의 틱되(態度ㅣ) 이시나 공ᄌᆞ(公子)의 친근(親近)이 ᄉᆞ랑흐믈 보고 쏘흔 쎠늘 ᄉᆞ이 업ᄉᆞ니 ᄌᆞ연(自然) ᄉᆞ괴미

• • •

60면

되여 낭낭(朗朗)이 화답(和答)흐고 온화(溫和)히 응디(應對)흐니 몽챵이 더옥 긔특(奇特)이 너겨 늘노 더으니,

쇼뷔(少傅ㅣ) 일일(一日)은 웃고 무러 골오딕,

"네 젼일(前日) 니로딕 녀ᄌᆞ(女子)의 수듕(手中)의 농낙(籠絡)지 아니렷노라 흐더니 엇디 샹 시(氏)를 수유블니(須臾不離)흐ᄂᆞᆫ다?"

공ᄌᆞ(公子ㅣ) 쇼이딕왈(笑而對曰),

"쇼딜(小姪)이 샹 시(氏) 졀졔(節制)를 듯ᄂᆞᆫ 거시 아냐 쇼딜(小姪)이 졍(情)이 듕(重)흐고 제 닉 ᄯᅳᆺ을 거ᄉᆞ리디 아니며 말을 온공(溫恭)이 딕답(對答)흐니 허믈이 업ᄉᆞᆫ디라 므어시라 쵝(責)흐리잇고?"

쇼뷔(少傅ㅣ) 웃고 올타 흐더라.

샹 시(氏) 몽챵을 친영(親迎)흔 두어 둘 만의 잉틱(孕胎)흐니 몽챵이 너모 일죽 흐믈 우이 너기딕 승샹(丞相)은 깃거흐미 홍문의 ᄂᆞ실 젹

• • •

61면

의셔 더흐니 이ᄂᆞᆫ 샹 시(氏)의 단명(短命)흐믈 블샹이 너기더니 그 ᄌᆞ식(子息)이 이시믈 듯고 후ᄉᆞ(後嗣ㅣ)나 굿디 아닐가 너기더라.

샹 시(氏) 만ᄉᆞ(滿朔)흐야 순ᄉᆞᆫ(順産) 싱ᄌᆞ(生子)흐니 용안(容顔)이

옥(玉) ス고 긔되(氣度])214) 영오(穎悟)215)하며 골격(骨格)이 비범(非凡)호지라. 승샹(丞相)이 샹 시(氏) 싱즈(生子)호믈 듯고 딕희(大喜)하더니 칠(七) 일(日) 후(後) 드러가 히아(孩兒)를 보고 믄득 깃거 아냐 미우(眉宇)를 씽긔고 믈을 아니니 딕강(大綱) 그 블길(不吉)홈을 알미러라.

샹 시(氏) 산후(産後) 긔운이 평샹(平常)하니 공즈(公子]) 더옥 과듕(過重)216)하야 일시(一時)를 써느지 아니하더니,

일일(一日)은 공즈(公子]) 셕양(夕陽)을 씌여 침쇼(寢所)의 니르니 샹 시(氏) ㅇ즈(兒子)를 앏히 누이고 희소(喜笑)하거늘 싱(生)이 나아가 쇼져(小姐)

62면

의 손을 줍고 히ㅇ(孩兒)를 안아 글오딕,

"그딕의 팔즈(八字]) 유복(有福)둣다. 싱(生)으로 더브러 동쥬(同住) 일(一) 년(年)의 옥동(玉童)을 느흐니 뉘 그딕 팔즈(八字)의 비기리오?"

샹 시(氏) 딕왈(對曰),

"군즈(君子]) 엇디 미양 ㅇ녀즈(兒女子)를 딕(對)하여 희롱(戲弄)하기를 일숨느뇨?"

싱(生)이 소왈(笑曰),

"혹싱(學生)은 부인(夫人)을 본죽 줌시(暫時) 써나기 어려오니 그

---

214) 긔되(氣度]): 기도. 기개와 도량.

215) 영오(穎悟): 남보다 뛰어나게 영리하고 슬기로움.

216) 과듕(過重): 과중. 지나치게 애중(愛重)함.

딕 졍(情)도 이러ᄒ냐?"

샹 시(氏) 탄왈(嘆曰),

"군ᄌ(君子)의 후은(厚恩)이 감ᄉ(感謝)ᄒ나 첩(妾)이 긔골(氣
骨)217)이 쳥약(淸弱)218)ᄒ니 혹ᄌ(或者) 믹ᄉ(每事ㅣ) ᄯᆺ갓디 못ᄒᆯ가
ᄒᄂ이다."

공ᄌ(公子ㅣ) 불셔 그 불길(不吉)ᄒᆫ 줄 슷티고 믹믹(脉脉)219) ᄆ언
(無言)이러니 홀연(忽然) ᄯᅥᆨ 일흔 원앙(鴛鴦)이 슬피 울고 ᄂ라가니
그 쇼릭 비졀쳐초(悲絶凄楚)220)ᄒᆫ지라 샹 시(氏) 그 소릭를 듯고 홀

• • •

63면

연(忽然) 눈믈이 슴슴(森森)221)ᄒ야 굴오딕,

"즘싱도 그 ᄡᅯᆼ(雙)을 일흐믹 거동(擧動)이 져러ᄒ니 사름의 ᄆ음을
니ᄅ리오? 첩(妾)이 근릭(近來) 심ᄉ(心事ㅣ) 슬프고 몽ᄉ(夢事ㅣ) 불길
(不吉)ᄒ니 져컨딕 셰샹(世上)이 오라지 아닐가 ᄒᄂ이다. 샹공(相公)은
원(願)컨딕 첩(妾)이 죽은 후(後) ᄎᄋ(此兒)를 어엿비 너기소셔."

셜파(說罷)의 눈믈이 옥협(玉頰)의 구으러 년화(蓮花) ᄀᆺ튼 안식
(顔色)의 ᄀ득ᄒ니 이원(哀怨)ᄒᆫ 거동(擧動)이 댱부(丈夫)의 심간(心
肝)을 긋ᄂᆫ디라 공ᄌ(公子ㅣ) 크게 비챵(悲愴)ᄒ야 친(親)히 광수(廣
袖)222)로 눈믈을 ᄡ셔 위로(慰勞) 왈(曰),

---

217) 긔골(氣骨): 기골. 기혈과 골격.
218) 쳥약(淸弱): 청약. 맑고 연약함.
219) 믹믹(脉脉): 맥맥. 잠자코 오래.
220) 비졀쳐초(悲絶凄楚): 비절처초. 비할 데 없이 슬프고 쓸쓸함.
221) 슴슴(森森): 삼삼. 가득함.
222) 광수(廣袖): 통이 넓은 소매.

"그딕 나히 청츈(靑春)이오 몸의 병(病)이 업거늘 이런 고이(怪異)
흔 믈을 ᄒᆞᄂᆞ뇨? 몽ᄉᆞ(夢事)는 본(本)딕 허탄(虛誕)ᄒᆞ거늘 그딕 엇디
이럿툿 심ᄉᆞ(心事)를 ᄉᆞ로ᄂᆞ뇨?"

샹 시(氏) 믁믁(默默) 탄

• ● ●

64면

식(歎息)이러라.

이히 봄의 알셩(謁聖)223)이 되니 몽챵이 부친(父親)긔 응과(應
科)224)ᄒᆞ믈 쳥(請)ᄒᆞ고 과댱(科場)225)의 나아가 글뎨(-題)를 보믹 의
ᄉᆞ(意思ㅣ) 십 솟ᄃᆞᆺ ᄒᆞ야 회두(回頭) ᄉᆞ이의 다 뼈 ᄇᆞ티니 시관(試官)
이 샹(上)을 뫼셔 글 쇼ᄂᆞ기226)를 ᄆᆞᄎᆞ 뎨일(第一) 비봉(祕封)227)을
뼈히니 니몽챵의 일홈이 의의(依依)히228) 쟝원(壯元)의 올ᄂᆞᆺᄂᆞ디라
뎐두관(殿頭官)229)이 옥계(玉階)의셔 호명(呼名) 왈(曰),

"쟝원(壯元)은 금쥐인(錦州ㅣ人) 니몽챵이오 부(父)는 좌승샹(左丞
相) 니관셩이라."

ᄒᆞ니 공ᄌᆞ(公子ㅣ) 쳔인총듕(千人叢中)의 몸을 ᄲᅢ혀 옥계(玉階) 하
(下)의 다ᄃᆞᄅᆞ니 용광(容光)230)이 긔이(奇異)ᄒᆞ미 소월(素月)이 누실

---

223) 알셩(謁聖): 알성. 임금이 문묘에 참배한 뒤 실시하던 비정규적인 과거 시험. 알성
과(謁聖科).
224) 응과(應科): 과거에 응시함.
225) 과댱(科場): 과장. 과거를 보이던 곳.
226) 쇼ᄂᆞ기: 평가하기. 현대어 기본형은 '꼲다'.
227) 비봉(祕封): 남이 보지 못하게 단단히 봉함.
228) 의의(依依)히: 뚜렷이.
229) 뎐두관(殿頭官): 전두관. 임금의 명령을 큰소리로 대신 전달해 주는 임무를 주로
맡은 시종(侍從).

(樓室)231)의232) 쩌러진 둧 ᄀᆞᄂᆞᆫ 허리와 봉목줌미(鳳目蠶眉)233) 범인 (凡人)으로 비(比)티 못ᄒᆞ니 만됴빅관(滿朝百官)이 디경(大驚)ᄒᆞ야 ᄂᆞᆺ빗출 변(變)

●●●

65면

ᄒᆞ고 샹(上)이 디희(大喜)ᄒᆞ샤 계(階)의 올녀 어화청숨(御花靑衫)234) 을 주시고 ᄉᆞ듀(賜酒)235)ᄒᆞ시니 몽챵이 관복(官服)을 ᄭᅵ을고 샤ᄇᆡ(四拜) ᄉᆞ은(謝恩)ᄒᆞᄆᆡ 진퇴(進退) 늠연(凜然)ᄒᆞ며 안ᄉᆡᆨ(顏色)이 추샹(秋霜) ᄀᆞᆺᄐᆞ야 범인(凡人)이 블감앙시(不敢仰視)236)ᄒᆞᄂᆞᆫ지라.

샹(上)이 승샹(丞相)을 인견(引見)237)ᄒᆞ샤 티하(致賀) 왈(曰),

"딤(朕)이 몽현 ᄀᆞᆺᄐᆞᆫ 인ᄌᆡ(人材)로 신뇨(臣僚)의 두지 못ᄒᆞᄆᆞᆯ ᄆᆡ양 탄(嘆)ᄒᆞ더니 금일(今日) 몽챵의 영ᄌᆡ(英才) 출인(出人)ᄒᆞᄆᆞᆯ 보니 그 형(兄)의 ᄋᆞ이라 엇디 긔특(奇特)디 아니리오? 샹부(相府)의 유복(有福)ᄒᆞᄆᆞᆯ 흠션(欽羨)238)ᄒᆞ노라."

승샹(丞相)이 돈수(頓首) 샤은(謝恩)ᄒᆞ고 믈너나 ᄉᆡᆼ(生)을 ᄃᆞ리고

---

230) 용광(容光): 빛나는 얼굴.

231) 누실(樓室): 누대(樓臺)의 방. 누대는 높고 큰 건축물을 가리킴.

232) 의: [교] 원문에는 '이'로 되어 있으나 문맥을 고려하여 국도본(7:92)을 따름.

233) 봉목줌미(鳳目蠶眉): 봉목잠미. 봉황의 눈에 누에고치의 눈썹이라는 뜻으로 잘생긴 남자의 얼굴을 비유하는 말.

234) 어화청숨(御花靑衫): 어화청삼. 어화(御花)는 과거 급제자가 머리에 꽂는 꽃. 청삼 (靑衫)은 조복(朝服) 안에 받쳐 입던 옷. 남빛 바탕에 검은 빛깔로 가를 꾸미고 큰 소매를 달았음.

235) ᄉᆞ듀(賜酒): 사주. 임금이 신하에게 술을 내려 줌.

236) 블감앙시(不敢仰視): 불감앙시. 감히 우러러보지 못함.

237) 인견(引見): 윗사람이 아랫사람을 불러서 만나 봄.

238) 흠션(欽羨): 흠선. 공경하고 부러워함.

부듕(府中)의 니르니 싱쇼고악(笙簫鼓樂)239)은 하늘을 흔들고 추종(騶從)이 딕로(大路)의 메엿눈딕 싱(生)이 화협셩

●●●

66면

안(花頰星眼)240)의 주긔(酒氣)를 씌여 은연(隱然)이 블근 식(色)이 도도(滔滔)241)ᄒ고 잇게의 쳥삼(靑衫)이 표연(飄然)ᄒ고 머리 우희 금홰(金花 ㅣ)242) 흔드기니 졀243)승(絶勝)흔 풍치(風采) 만고244)(萬古)로 비우(比偶)245)ᄒ나 결오리 업슨디라 도로(道路)의 굿보리 머여 칭찬(稱讚)ᄒᄆᆯ 므디아니ᄒ더라.

본부(本府)의 니르러 닉셔헌(內書軒) 누각헌의 나아가 틴ᄉ(太師)기 뵈니 원닉(元來) 틱시(太師ㅣ) 샹위(相位)246)를 ᄉ양(辭讓)ᄒ므로브터 딕셔헌(大書軒)을 승샹(丞相)을 밋지고 ᄌᆞ긔(自己)ᄂᆞᆫ 닉셔헌247)(內書軒)의 드럿더라. 틱시(太師ㅣ) 금일(今日) 몽챵의 거동(擧動)을 보믹 깃브믹 극(極)ᄒ야 손을 줍고 닉당(內堂)의 드러가 모친(母親)긔 뵈올시 댱원(壯元)이 좌듕(座中)의 결ᄒ기를 맛ᄎᆞᄆᆡ 틱부인(太夫人)이 붓비 손을

---

239) 싱쇼고악(笙簫鼓樂): 생소고악. 생황과 퉁소, 북 등의 음악 소리.

240) 화협셩안(花頰星眼): 화협성안. 아름다운 뺨과 별 같은 눈.

241) 도도(滔滔): 가득 퍼진 모양.

242) 금홰(金花 ㅣ): 황금으로 만든 꽃.

243) 졀: [교] 원문에는 '졍'으로 되어 있으나 오기로 보임.

244) 고: [교] 원문에는 '흐'로 되어 있으나 문맥을 고려하여 이와 같이 수정함.

245) 비우(比偶): 비교하고 견줌.

246) 샹위(相位): 상위. 승상의 자리.

247) 헌: [교] 원문에는 '헛'으로 되어 있으나 오기로 보임.

줍고 깃브미 극(極)호니 도로 눈믈을 흘녀 글오뒤,

"늬 므용인싱(無用人生)이 지금ㄷ지 스라 너의 이 곳훈 영화(榮華)를 보니 어이 슬프지 아니리오?"

쟝원(壯元)이 위로(慰勞) 왈(曰),

"조모(祖母)는 슬허 ᄆᆞᄅ쇼셔. 금일(今日) 영통(榮寵)248)을 쯰여 이러호미 다 죠모(祖母)의 덕(德)이로쇼이다."

호더라.

외당(外堂)의 손이 구룸곳티 모드미 승샹(丞相)이 부친(父親)을 뫼시고 제ᄌᆞ(諸子)를 거느려 나가 제긱(諸客)을 수응(酬應)249)호고 풍뉴(風流)를 드려 즐길시 당 샹셔(尙書) 임 시랑(侍郎) 등(等) 제붕(諸朋)이 승샹(丞相)을 뒤(對)호야 티하(致賀)호믈 마디아니호고 뎡 각뇌(閣老ㅣ) 더옥 몽챵의 득의(得意)호믈 깃거 그 손을 줍고 틱ᄉ(太師)를 향(向)호야 닐오뒤,

"쇼데(小弟) 솜십(三十)이 너

믄 후(後) 녀♀(女兒)를 나하 ᄉ랑호믈 강보아(襁褓兒)250) 곳티 호더니 어느 ᄉ이 ♀들이 뇽각(龍角)을 붓드니251) 쇼데(小弟)의 깃브믄

---

248) 영통(榮寵): 영총. 임금의 은총.

249) 수응(酬應): 응대함.

250) 강보아(襁褓兒): 포대기 속의 아이.

251) 뇽각(龍角)을 붓드니: 용각을 붙드니. 용의 뿔을 붙잡는다는 뜻으로, 곧 과거에 급

이붓긔 업ᄂ이다."

틱신(太師ㅣ) 손샤(遜辭)ᄒ야 글오ᄃᆡ,

"현뷔(賢婦ㅣ) 닉 집의 드러온 지 셰ᄌᆡ(歲載) 오릭ᄃᆡ 반졈(半點) 미진(未盡)ᄒᆞ미 업고 영ᄌᆞ(英子)ᄅᆞᆯ 여러흘 나하 복(僕)252)의 집 종샤(宗嗣)ᄅᆞᆯ 챵(昌)ᄒᆞ게 ᄒᆞ니 소뎨(小弟)ᄂᆞᆫ 현형(賢兄)의게 샤례(謝禮)ᄒᆞᄂᆞ이다."

각뇌(閣老ㅣ) 웃고 ᄯᅩᄒᆞᆫ ᄉᆞ샤(謝辭)253)ᄒᆞ더라.

제(諸) 빅관(百官)이 신닉(新來)ᄅᆞᆯ ᄂᆞ리여 희롱(戲弄)ᄒᆞ다가 늘이 셔ᄉᆞᆫ(西山)의 져무니 모다 파(罷)ᄒᆞᄆᆡ 댱원(壯元)이 부모(父母)긔 혼졍(昏定)254)을 ᄆᆞᆺ고 ᄉᆞ실(私室)의 니ᄅᆞ니 샹 시(氏) ᄆᆞᆺ 등룡(登龍)255)ᄒᆞᄆᆞᆯ 티하(致賀)ᄒᆞ니 ᄉᆡᆼ(生)이 오슬 버셔 후리치고 좌수(左手)로 샹 시(氏) 손을 줍

69면

고 우수(右手)로 ᄋᆞᄌᆞ(兒子)ᄅᆞᆯ 잇그러 우어 왈(曰),

"ᄉᆡᆼ(生)의 등룡(登龍)흠도 깃부거니와 ᄉᆡᆼ(生)의 깃브믄 그ᄃᆡ와 ᄎᆞᄋᆞ(此兒)봇 듕(重)ᄒᆞᆫ 거시 업도다."

샹 시(氏) 미쇼(微笑) 브답(不答)ᄒᆞ니 온화(溫和)ᄒᆞᆫ 긔딜(氣質)이

제함을 이름.

252) 복(僕): 자기를 낮추어 부르는 말.

253) ᄉᆞ샤(謝辭): 사사. 고마운 뜻을 나타냄.

254) 혼졍(昏定): 혼정. 잠자리에 들 때에 부모의 침소에 가서 잠자리를 살피고 밤 동안 안녕하기를 여쭘.

255) 등룡(登龍): 등용. 등용문(登龍門). 용문(龍門)에 오른다는 뜻으로, 어려운 관문을 통과하여 크게 출세하게 됨을 이르는 말. 잉어가 중국 황하(黃河) 상류의 급류인 용문을 오르면 용이 된다는 전설에서 유래함.

더옥 긔특(奇特)ᄒᆞ디라 싱(生)이 은의(恩愛) 극(極)ᄒᆞ야 능(能)히 금
(禁)치 못ᄒᆞᆯ 둣ᄒᆞ더라.

명일(明日) 셩디(聖旨) 나려 싱(生)을 한님ᄒᆞᆨᄉᆞ(翰林學士)ᄅᆞᆯ ᄒᆞ이
시니 싱(生)이 벼슬의 ᄂᆞ아가미 졍256)디(正大)ᄒᆞᆫ 힝ᄉᆞ(行事)와 싁싁
ᄒᆞᆫ 풍치(風采) 결오리 업ᄉᆞ니 샹(上)이 튱우(寵遇)257)ᄒᆞ믈 심샹(尋常)
이 아니시고 빅뇨(百僚ㅣ)258) 녜디(禮待)ᄒᆞ미 승샹(丞相) 버금이러라.

이ᄶᅵ 샹 시(氏) 봉관화리(鳳冠花履)259)ᄅᆞᆯ 붓ᄌᆞ와 부귀(富貴)와 영
홰(榮華ㅣ) 극(極)ᄒᆞ니 인인(人人)이 흠션(欽羨)ᄒᆞ믈 마지아니ᄒᆞ더라.

모츈(暮春)의 니르러 샹 시(氏)

• • •

70면

홀연(忽然) 병(病)을 어더 늘노 위틱(危殆)ᄒᆞ니 일개(一家ㅣ) 크게 우
려(憂慮)ᄒᆞ며 승샹(丞相) 부뷔(夫婦ㅣ) 춤담(慘憺)ᄒᆞ야 의약(醫藥)을
극진(極盡)이 ᄒᆞ나 졈졈(漸漸) 더 듕(重)ᄒᆞ니 승샹(丞相)과 존당(尊
堂)이 속수(束手)260)ᄒᆞ고 텬명(天命)을 기ᄃᆞ리고 졍 부인(夫人)이 눈
믈을 드리워 초조(焦燥)ᄒᆞ믈 이긔디 못하더라.

몽챵이 샹 시(氏)의 텬명(天命)이 딘(盡)ᄒᆞ믈 지긔(知機)261)ᄒᆞ고 의
약(醫藥)의도 힘쓰디 아니코 듀야(晝夜) 겻틱 안ᄌᆞ ᄋᆞᄌᆞ(兒子)ᄅᆞᆯ ᄀᆞ초

---

256) 졍: [교] 원문에는 '댱'으로 되어 있으나 오기로 보임.

257) 튱우(寵遇): 총우. 남달리 사랑하여 특별히 대우함.

258) 빅뇨(百僚ㅣ): 백료. 모든 관료.

259) 봉관화리(鳳冠花履): 봉관(鳳冠)은 봉황의 장식이 있는 예관(禮冠)이고, 화리(花履)
     는 아름다운 꽃신으로, 고관(高官) 부녀의 복식을 가리킴.

260) 속수(束手): 손이 묶였다는 뜻으로 어쩔 도리가 없음을 말함. 속수무책(束手無策).

261) 지긔(知機): 지기. 낌새를 알아차림.

홀 ᄯ름이오 밤을 당(當)ᄒ야 녜와 ᄀᆞᆺ티 동침(同寢)ᄒ야 은익(恩愛)
더으니 샹 시(氏) 싱(生)의 이러ᄒ믈 고이(怪異)히 너겨 믈너 누으믈
쳥(請)ᄒᆞᄃᆡ 싱(生)이 답왈(答曰),

"그ᄃᆡ 오래디 아냐 디하(地下)로 도라갈 거시니 싱(生)의 이러ᄒᆞ미
마ᄌᆞ막이라."

샹

•••

71면

시(氏) ᄎᆞ언(此言)을 듯고 눈믈을 먹음고 믈을 아니ᄒᆞ더라.

십여(十餘) 일(日) 후(後) 샹 시(氏) 병(病)이 극듕(極重)[262]ᄒ야 일
야(一夜) ᄉᆞ이 인ᄉᆞ(人事)를 모로니 싱(生)이 ᄆᆞ음을 뎡(靜)티 못ᄒ야
미우(眉宇)를 ᄲᅥᇰ긔고 단의(單衣)만 닙고 겻희 누엇더니 밤든 후(後)
홀연(忽然) 샹 시(氏) ᄭᆡ쳐 도라누으며 글오ᄃᆡ,

"쳡(妾)이 인ᄉᆞ(人事)를 몰나 샹공(相公)긔 ᄒᆞᆫ 믈도 못 ᄒᆞ고 죽을
가 ᄒᆞ엿더니 졈간(暫間) 나흐니 샹공(相公)긔 ᄒᆞ고 시분 믈을 홀지라
눈을 ᄀᆞᆷ고 도라가리니 샹공(相公)은 쳡(妾)이 죽은 후(後) 윤문을 어
엿비 너기소셔."

싱(生)이 졈졈(潛潛)ᄒᆞ엿ᄃᆞ가 닐오ᄃᆡ,

"윤문은 뉘 ᄌᆞ식(子息)이라 그ᄃᆡ ᄉᆞ랑ᄒᆞ믈 니ᄅᆞ지 아니ᄐᆞ 모로리
오? 이런 믈은 믈고 니ᄅᆞ고 시분 믈

---

262) 극듕(極重): 극중. 매우 위중(危重)함.

이 잇거든 니르라."

샹 시(氏) 탄왈(嘆曰),

"녜붓허 시사롬을 본즉 녯사룸을 잇느니 샹공(相公)이 비록 윤문을 사랑ᄒ시나 댱늬(將來)룰 어이 미드리오?"

싱(生)이 줌쇼(暫笑) 왈(曰),

"늬 비록 무샹(無狀)ᄒ나 고수(瞽叟)의 거조(擧措)²⁶³)는 아니리니 금야(今夜)의 야쳔(夜天)²⁶⁴)이 슬피시리니 엇디 ᄒ 번(番) 니른 물이 평싱(平生) 졍심(貞心)이 아니리오?"

샹 시(氏) 샤례(謝禮) 왈(曰),

"쳡(妾)이 구텬(九泉)의 가나 샹공(相公)이 윤문을 에엿비 너기실진딘 플을 미즈 갑흐미 이시리이다. 연(然)이나 샹공(相公)이 취(娶)ᄒ시는 녀지(女子ㅣ) 안식(顔色)이 옥딘(玉眞)²⁶⁵) ᄀᆞᆺ고 말숨이 ᄭᅮᆯ이오 비의 칼이 이실딘딘 ᄎᆞ이(此兒ㅣ) 보젼(保全)티 못ᄒ리라."

싱(生)이 ᄯᅩ 우어 왈(曰),

"아모 녀지(女子ㅣ)라도 나 몽챵이 구

---

263) 고수(瞽叟)의 거조(擧措): 고수의 행동. 고수는 중국 고대 순임금의 아버지. 순임금이 제위에 오르기 전에 고수가 계실(繼室)의 말을 듣고 순임금을 죽이려 한 일을 말함.

264) 야쳔(夜天): 야천. 밤하늘.

265) 옥딘(玉眞): 옥진. 중국 당(唐)나라 현종(玄宗)의 후궁 양귀비(楊貴妃)를 가리킴. 현종과 양귀비의 사랑을 읊은 백거이(白居易)의 <장한가(長恨歌)>에 선산(仙山)에 사는 선녀 중에 '옥진'이 죽은 양귀비와 흡사하다는 내용이 나옴.

속(拘束)디 아니리니 그딕는 공중(空中)의셔 슬필디어다.”

인(因)ᄒ야 그 손을 어로ᄆᆞ져 크게 우ᄉᆞᄃᆡ 샹 시(氏) ᄯᅩ흔 우ᄉᆞᆫ 후(後) 닐오ᄃᆡ,

“닉 디하(地下)의 가나 엇디 윤ᄋᆞ(-兒)를 니ᄌᆞ리오? 샹공(相公)이 민ᄉᆞ(每事)의 쇼탈(疏脫)ᄒ시니 ᄎᆞ익(此兒ㅣ) 필연(必然) 보젼(保全)티 못ᄒ리이다.”

ᄉᆡᆼ(生)이 고왈(告曰),

“닉 비록 쇼탈(疏脫)ᄒ나 ᄒᆞᆫ ᄌᆞ식(子息)은 유여(裕餘) 보호(保護)ᄒ리라.”

이리 닐너 위로(慰勞)ᄒ더니 계명(雞鳴) 찍 샹 시(氏) 도로 인ᄉᆞ(人事)를 모로나 목 우희 숨이 오로는디라 ᄉᆡᆼ(生)이 기리 탄식(歎息)ᄒ고 그 ᄂᆞᆾ출 어로만져 닐오ᄃᆡ,

“그딕로 닉 만ᄂᆞᆫ 디 수셰(數歲)의 닉 그딕를 부족(不足)히 너긴 빅 업고 그딕 닉 ᄠᅳᆺ을 거ᄉᆞ린 빅 업더니 그딕 이제 황텬(黃泉) 길흘 ᄇᆞ라니 시운(時運)의 긔

구(崎嶇)266)ᄒ미 엇디 이럿툿 ᄒ뇨?”

샹 시(氏) 눈을 드러 보고 눈믈이 ᄂᆞ쳐 ᄀᆞ득ᄒ야 닐오ᄃᆡ,

“쳡(妾)이 샹공(相公) 지우(知遇)267)를 갑디 못ᄒ야 힘힘이268) 진

---

266) 긔구(崎嶇): 기구. 세상살이가 순탄하지 못하고 가탈이 많음.

퇴(塵土ㅣ) 되니 뭇당이 디하(地下)의 도라가 샹공(相公)의 ᄌᆞ손(子孫)이 챵셩(昌盛)²⁶⁹)케 ᄒᆞ리라.”

싱(生)이 탄식(歎息)고 광슴(廣衫)을 드러 그 눈믈을 쓰ᄉᆞ니 샹 시(氏) 이쩍 이원(哀怨)ᄒᆞᆫ 거동(擧動)이며 춤담(慘憺)ᄒᆞᆫ 경식(景色)이 ᄒᆡᆼ 노인(行路人)으로 ᄒᆞ여곰 눈믈을 금(禁)치 못홀 비오 졍(情) 잇ᄂᆞᆫ 이로 ᄒᆞ여곰 간댱(肝腸)이 이울게²⁷⁰) ᄒᆞ니 그 유졍(有情)ᄒᆞᆫ 가부(家夫)의 ᄆᆞ음을 니ᄅᆞ리오ᄆᆞ는 몽챵이 텰셕(鐵石) ᄀᆞᆺ튼 고(故)로 죵시(終是) 눈믈 ᄂᆡ기ᄅᆞᆯ 앗기더라.

ᄂᆞᆯ이 붉으ᄆᆡ 승샹(丞相)과 뎡 부인(夫人)이 틱ᄉᆞ(太師)ᄅᆞᆯ 뫼셔

드러와 보니 임의 홀 일이 업ᄂᆞᆫ디라 승샹(丞相)이 참연(慘然) 동식(動色)²⁷¹)ᄒᆞ고 냥안(兩眼)을 ᄂᆞᆺ초와 믈이 업더니 샹 시(氏) 겨유 졍신(精神)을 출혀 눈을 드러 구고(舅姑)ᄅᆞᆯ 보고 시비(侍婢)의게 븟들녀 니러 안ᄌᆞ ᄒᆞ딕(下直)ᄒᆞ딕,

“블쵸식뷔(不肖息婦ㅣ) 미(微)ᄒᆞᆫ 몸과 블인(不仁)ᄒᆞᆫ ᄒᆡᆼ실(行實)이 존문(尊門)의 드러와 틱순(泰山) ᄀᆞᆺ티 듕(重)ᄒᆞᆫ 덕틱(德澤)²⁷²)과 ᄉᆞ랑ᄒᆞ시믈 닙ᄌᆞ와 죵신(終身)토록 뫼실가 ᄒᆞ엿ᄉᆞ오더니 쳡(妾)의 팔ᄌᆡ(八字ㅣ) 박(薄)ᄒᆞ야 이제 디하(地下)로 도라가니 원(願)컨딕 구고(舅姑)

---

267) 지우(知遇): 남이 자신의 인격이나 재능을 알고 잘 대우함.
268) 힘힘이: 부질없이.
269) 챵셩(昌盛): 창성. 기세가 크게 일어나 잘 뻗어 나감.
270) 이울게: 약해지거나 스러지게.
271) 동식(動色): 동색. 낯빛을 바꿈.
272) 덕틱(德澤): 덕택. 은덕.

는 만수무강(萬壽無疆)ᄒ소셔.”

인(因)ᄒ야 누쉬(淚水ㅣ) 옥협(玉頰)의 미줄 ᄉ이 업ᄉ니 틱ᄉ(太師)와 승샹(丞相)이 ᄎ마 보디 못ᄒ야 봉안(鳳眼)으로조ᄎ 믈결이 요동(搖動)ᄒ니

●●●

76면

뎡 부인(夫人)이 그 손을 줍고 오열(嗚咽) 왈(曰),

“현뷔(賢婦ㅣ) 천품(天稟)이 특이(特異)ᄒ 용광(容光)과 무ᄡᆼ(無雙)ᄒ 덕힝(德行)으로 챵ᄋ(-兒)의 ᄂᆡ죄(內助ㅣ) 되니 우리 깃부미 극(極)ᄒ야 만년(萬年)을 누릴가 ᄒ더니 엇디 이의 니룰 줄 알니오? 조심(操心)ᄒ야 조리(調理)ᄒ고 심ᄉ(心事)룰 슬오디 믈나.”

샹 시(氏) 톄읍(涕泣) 딕왈(對曰),

“쳡(妾)의 명(命)이 임의 금긱(今刻)을 부디(扶持)티 못ᄒᆯ 거시니 엇디 녜갓치 되기룰 ᄇᆞ라리잇고?”

ᄯᅩ 닐오딕,

“부친(父親)을 보와 영결(永訣)코ᄌ ᄒᄂᆞ이다.”

승샹(丞相)이 모친(母親)과 부인(夫人)을 드러ᄀᆞ소셔 ᄒ고 시녀(侍女)로 샹 시랑(侍郞)을 쳥(請)ᄒ니 샹 공(公)이 년일(連日) 의약(醫藥)의 분주(奔走)ᄒ야 ᄂᆞᆺ빗치 ᄌᆡ ᄀᆞᆺᄐᆞ야 이의 드러오니 샹 시(氏) 부친(父親)을 붓들고 슬

●●●

77면

피 우러 ᄀᆞᆯ오딕,

"쇼네(小女]) 모친(母親)을 여히고 야야(爺爺)를 종신(終身)토록 뫼셧고져 ᄒ더니 이제 쳥년(靑年)의 죽으니 야야(爺爺)ᄂ 브ᄅ건디 히아(孩兒)를 싱각디 ᄆᄅ시고 만수안낙(萬壽安樂)273)ᄒ소셔."

샹 공(公)이 눈믈이 년낙(連落)ᄒ야 믈을 못 ᄒ니 승샹(丞相)이 강잉(强仍)ᄒ야 위로(慰勞) 왈(曰),

"오뷔(吾婦]) 비록 병(病)이 듕(重)ᄒ나 엇디 너모 과샹(過傷)274) ᄒ야 친옹(親翁)275)의 심ᄉ(心事)를 돕ᄂᆞ뇨?"

샹 시(氏) 비록 미황(未遑)276) 듕(中)이나 티의(大義)를 아ᄂ디라 눈믈을 거두고 샤례(謝禮)ᄒ더라.

이윽고 샹 시(氏) 긔운이 올나 벼게의 누으니 승샹(丞相)과 티ᄉ(太師]) ᄎᄆ 보디 못ᄒ야 밧그로 나가고 샹 공(公)과 한님(翰林)이 겻티 안줏더니 샹 시(氏) ᄯ 눈을 써 부친(父親)과 한님(翰林)

∘••

78면

을 거듭써 보거늘 한님(翰林)이 그 손을 줍고 두 번(番) 부ᄅ디 샹 시(氏) 겨유 닐오디,

"윤문을 어엿비 너기소셔."

인(因)ᄒ야 명(命)이 진(盡)ᄒ니 한님(翰林)이 손을 줍앗ᄃ가 노코 밧그로 나온 후(後) 승샹(丞相)과 티ᄉ(太師]) 즉시(卽時) 샹 공(公)을 잇그러 나와 구호(救護)ᄒ며 초혼(招魂)277) 불샹(發喪)278)ᄒ니 승

---

273) 만수안낙(萬壽安樂): 만수안락. 영원히 편안히 지냄.
274) 과샹(過傷): 과상. 너무 슬퍼함.
275) 친옹(親翁): 친아버지.
276) 미황(未遑): 미처 겨를이 없음.

샹(丞相)과 제인(諸人)이 셜워ᄒ미 ᄇᆞ우는 듯ᄒ며 샹 공(公)은 긔졀(氣絶)ᄒ기를 ᄌᆞ로 ᄒ니 일가(一家) 샹하(上下)의 곡셩(哭聲)이 하늘을 흔드듸 한님(翰林)은 두어 번(番) 울고 니러나 모친(母親)을 보니 실셩운졀(失聲殞絶)279)ᄒ야 긔운이 막혓는지라 븟비 붓드러 구호(救護)ᄒ고 ᄌᆡᄉᆞᆷ(再三) 관위(寬慰)280)ᄒ니 부인(夫人)이 ᄋᆞᄌᆞ(兒子)의 ᄆᆞᄋᆞᆷ을 도도지 아니려 쇼릭

● ● ●

79면

를 먹음고 눈믈이 비오듯 ᄒ니 싱(生)이 다시 위로(慰勞)ᄒ듸,

"샹 시(氏) 임의 팔ᄌᆡ(八字ㅣ) ᄉᆞ오나와 죽엇습느디라 싱각ᄒ여 부졀업ᄉᆞᆫ디라 모친(母親)은 히ᄋᆞ(孩兒)의 나츨 보와 위히(慰解)281)ᄒ소셔."

부인(夫人)이 오열(嗚咽) 왈(曰),

"ᄆᆞ듸ᄆᆞ다 됴혼 일이 업고 샹 시(氏) ᄀᆞ튼 ᄌᆞ부(子婦)를 죽이니 엇디 셟디 아니리오?"

싱(生)이 ᄌᆞ약(自若)히 웃고 ᄀᆞ오듸,

"쇼ᄌᆡ(小子ㅣ) 이시니 샹 시(氏) ᄀᆞ튼 안희를 술위로 시러 드리리

---

277) 초혼(招魂): 사람이 죽었을 때에, 그 혼을 소리쳐 부르는 일. 죽은 사람이 생시에 입던 윗옷을 갖고 지붕에 올라서거나 마당에 서서, 왼손으로는 옷깃을 잡고 오른손으로는 옷의 허리 부분을 잡은 뒤 북쪽을 향하여 '아무 동네 아무개 복(復)'이라고 세 번 부름.

278) 블상(發喪): 발상. 상례에서, 죽은 사람의 혼을 부르고 나서 상제가 머리를 풀고 슬피 울어 초상난 것을 알림.

279) 실셩운졀(失聲殞絶): 실성운절. 너무 울어 소리가 나지 않고 기운이 다함.

280) 관위(寬慰): 너그럽게 위로함.

281) 위히(慰解): 위해. 위로하여 마음을 풀어 줌.

니 모친(母親)은 근심 무릅쇼셔."

인(因)ᄒ야 좌우(左右)로 술을 가져오라 ᄒ야 다엿 준(盞) 거우르고 모친(母親)을 ᄌᆡ삼(再三) 관회(寬懷)²⁸²⁾ᄒ니 부인(夫人)이 그 진정(眞情)을 아니믈 아나 효셩(孝誠)을 긔특(奇特)이 너겨 눈믈을 거두고 믈을 아니ᄒ더라. 승샹(丞相)

∘●●

80면

이 밧긔 안ᄌ 초상(初喪)을 극진(極盡)이 다ᄉ려 념습(殮襲)²⁸³⁾ᄒ고 ᄇᆞ야흐로 싱(生)을 블너 반함(飯含)²⁸⁴⁾ᄒ라 ᄒ니 한님(翰林)이 ᄆᆞ음을 굿게 뎡(靜)ᄒ야 ᄒᆞ 번(番) 그곳의 가디 아니며 눈믈을 ᄂᆡ여 우디 아니ᄒᆞ엿더니 부명(父命)을 니어 빙쇼(殯所)²⁸⁵⁾의 니ᄅ러 덥흔 거슬 열고 보니 옥면년험(玉面蓮臉)²⁸⁶⁾이 샹시(常時)로 다ᄅ미 업스니 텰셕(鐵石) ᄀᆞᄐᆞᆫ ᄆᆞ음이라도 ᄎᆞᆷ디 못ᄒ올지라 한님(翰林)이 ᄒᆞᆫ 번(番) 보ᄆᆡ 심혼(心魂)²⁸⁷⁾이 아득ᄒ고 슬프미 압셔나 겨유 졍신(精神)을 출혀 니러나 반함(飯含)ᄒ기를 ᄆᆞᆺ고 나오나 ᄆᆞ음을 더옥 졍(靜)티 못ᄒ더라.

입관(入棺)²⁸⁸⁾ 셩복(成服)²⁸⁹⁾을 ᄆᆞᆺᄎᆞᄆᆡ 일개(一家 ㅣ) 대회(大會)ᄒ야 울고 졔(祭)ᄒ니 곡셩(哭聲)이 하ᄂᆞᆯ의 ᄉᆞᄆᆺ

---

282) 관회(寬懷): 슬픈 마음을 위로함.

283) 념습(殮襲): 염습. 시신을 씻긴 뒤 수의를 갈아입히고 염포로 묶는 일.

284) 반함(飯含): 염습할 때에 죽은 사람의 입에 구슬이나 쌀을 물림.

285) 빙쇼(殯所): 빈소. 상여가 나갈 때까지 관을 놓아 두는 방.

286) 옥면년험(玉面蓮臉): 옥면연검. 옥 같은 얼굴과 연꽃 같은 뺨.

287) 심혼(心魂): 온 정신.

288) 입관(入棺): 시신을 관에 넣음.

289) 셩복(成服): 성복. 초상이 나서 처음으로 상복을 입음. 보통 초상난 지 나흘 되는 날부터 입음.

더라.

제(祭)를 뭇고 승샹(丞相)이 드러가 조모(祖母)긔 뵈오니 틱부인(太夫人)이 눈믈을 금(禁)티 못ᄒ야,

"노뫼(老母ㅣ) 오릭 스룻다가 금일(今日) 이런 춤경(慘景)290)을 보니 엇디 팔직(八字ㅣ) 긔험(崎險)291)티 아니리오?"

승샹(丞相)이 위로(慰勞) 왈(曰),

"샹 시(氏)의 긔질(氣質)이 쳥약(淸弱)ᄒ니 그 수골(壽骨)292)이 아니라. 이러홈도 명(命)이니 엇디 과도(過度)히 슬허ᄒ시리잇고?"

틱시(太師ㅣ) ᄯ호 조흔 말노 위로(慰勞)ᄒ더라.

뉴 부인(夫人)과 명 부인(夫人)이 간졀(懇切)이 셜워ᄒ니 승샹(丞相)이 직숨(再三) 관위(寬慰)ᄒ고 부마(駙馬) 등(等)이 지셩(至誠)으로 위로(慰勞)ᄒ더니 부인(夫人)이 겨유 강잉(强仍)ᄒ나 공쥬(公主)와 댱 시(氏)를 본즉 눈믈이 소스나 금(禁)티 못ᄒ더라.

한님(翰林)은 슬허홈도 업고 즐겨홈

도 업셔 윤문을 드리고 셔당(書堂)의셔 시셔(詩書)로 종일(終日)ᄒ며 샹 공(公)긔 반ᄌ지의(半子之義)293)를 지극(至極)히 ᄒ니 샹 시랑(侍

---

290) 춤경(慘景): 참경. 참담한 광경.

291) 긔험(崎險): 기험. 세상살이가 순탄하지 못하고 가탈이 많음. 기구(崎嶇).

292) 수골(壽骨): 오래 살 수 있게 생긴 골격.

293) 반ᄌ지의(半子之義): 반자지의. 사위의 의리. 반자(半子)는 '반자식'의 뜻으로 사위

郎)이 감격(感激)히 너기고 더옥 ᄉ랑ᄒ더라.

퇵일(擇日)ᄒ야 금쥐(錦州ㅣ)로 샹구(喪柩)²⁹⁴⁾를 거ᄂ려 ᄀ니 뎡 부인(夫人)이 제문(祭文) 지어 제(祭)ᄒ고 관(棺)을 두ᄃ려 통곡(慟哭)ᄒᄂ디라 공쥬(公主)와 댱 시(氏) 극딘(極盡)이 위로(慰勞)ᄒ고 부마(駙馬)와 한님(翰林)이 영구(靈柩)²⁹⁵⁾를 거ᄂ려 금쥬(錦州)의 니ᄅ니 안쟝(安葬)²⁹⁶⁾ᄒ고 한님(翰林)이 ᄇ야흐로 성분(成墳)²⁹⁷⁾ᄒᄆ 실셩통곡(失聲慟哭)ᄒ니 그 쇼릭 앙장쳐초(昂壯凄楚)²⁹⁸⁾ᄒ야 구텬(九泉)의 ᄉᄆᆺ고 눈믈이 강쉬(江水ㅣ) 흐ᄅ는 듯ᄒ지라 쇼부(少傅ㅣ) 나아가 손을 줍고 위로(慰勞)ᄒ야 ᄀᆯ오딕,

"너의 ᄆᆞ음을 닐너 알 빅 아니어니와 너모 이러

• • •

83면

ᄒᄆ 몸을 도라보는 빅 아닌가 ᄒ노라."

한님(翰林)이 눈믈을 거두고 빅샤(拜謝) 왈(曰),

"쇼딜(小姪)이 일편(一偏)도이 못 니저 ᄒᄂ 거시 아니라 그 져문 나히 디하(地下) 녕혼(靈魂)이 됨과 쇼딜(小姪)의 ᄯᆺ이 디긔(知己)의 부부(夫婦)로 아던 일을 ᄉᆼ각ᄒ니 고금(古今) 이릭(以來) 그런 사름이 업슬지라 ᄒᆞᆫ번 우러 그 디긔(知己)를 갑ᄒᄆ니 숙부(叔父)ᄂ 믈우(勿憂)ᄒ소셔."

를 말함.

294) 샹구(喪柩): 상구. 상여(喪輿).

295) 영구(靈柩): 시체를 담은 관.

296) 안쟝(安葬): 안장. 편안하게 장사 지냄.

297) 성분(成墳): 성분. 흙을 둥글게 쌓아 올려서 무덤을 만듦. 봉분(封墳).

298) 앙장쳐초(昂壯凄楚): 앙장처초. 비장하고 슬픔.

쇼뷔(少傅ㅣ) 그 녁냥(力量)을 탄복(歎服)ᄒ더라.

두어 늘 쉬여 경ᄉ(京師)로 오더니 호광(湖廣)299) ᄯ히 니ᄅ러ᄂ
쇼뷔(少傅ㅣ) 홀연(忽然) 촉풍(觸風)300)ᄒ야 두어 늘 주졈(酒店)의셔
됴리(調理)ᄒᆞᆯ시 부마(駙馬) 형뎨(兄弟) 흔가지로 의약(醫藥)을 ᄂᆞ와
ᄃᆞᆯᄉᆞ리더니,

ᄎᆞ시(此時) 듕하(仲夏)301) 념간(念間)302)이라. 뎐긔(天氣)303) 염열
(炎熱)ᄒ고 힛

• • •

84면

실괘(-實果ㅣ)304) 졍(正)히 니거시니 흔님(翰林)이 심ᄉ(心事ㅣ) 졍
(正)히 울울(鬱鬱)305)ᄒ야 뎜문(店門)을 나 두로 거니더니 뫼히 올나
실과(實果)ᄅ를 ᄯ 입의 녀흐며 글을 읇더니 홀연(忽然) 먼니 ᄇ라보니
건넌편 뫼 겻티 오ᄉᆡᆨ(五色) 곳치 울 셔듯 하엿거늘 경개(景槪)ᄅ를 ᄉᆞ
랑ᄒ야 그곳의 니ᄅ니 화목(花木)이 무셩(茂盛)ᄒ고 그 속의 ᄌᆞ근 뎡
지(亭子ㅣ) 극(極)히 졍결(淨潔)ᄒ거늘 ᄆᆞ음이 심심ᄒ야 그 집 뒤히
나아가니 홀연(忽然) 믈소릭 낭낭(朗朗)이 나거늘 놀나 몸을 두로혀
숨어 여어보니 뎡ᄌᆞ(亭子)의 발을 것고 두 시네(侍女ㅣ) ᄂᆞᆫ간(欄干)
을 의지(依持)ᄒ야 안ᄌᆞᆺ거늘 눈을 벗고 ᄌᆞ시 보니 흔 녀지(女子ㅣ)

---

299) 호광(湖廣): 중국의 호북(湖北)과 호남(湖南) 두 성(省)을 아울러 이르는 지명.

300) 촉풍(觸風): 찬 바람을 쐼.

301) 듕하(仲夏): 중하. 한여름. 음력 5월.

302) 념간(念間): 염간. 스무날의 전후.

303) 뎐긔(天氣): 천기. 날씨.

304) 힛실괘(-實果ㅣ): 햇실과. 갓 나온 과일.

305) 울울(鬱鬱): 마음이 상쾌하지 않고 매우 답답함.

장소(粧梳)306)를 졍결(淨潔)이 ᄒ고 단좌(端坐)ᄒ

야 침션(針線)을 ᄒ니 그 옥슈(玉手)의 ᄲᆞ르미 ᄇᄅᆞᆷ이 ᄀᆞᄂᆞᆫ 듯ᄒ고 얼골의 긔이(奇異)ᄒ미 텬디(天地) ᄉᆞ이의 ᄆᆞᆰ근 긔운을 다 가졋시니 먼니 ᄇᆞ라보미 눈이 황홀(恍惚)ᄒ야 다시 졍(靜)ᄒ고 ᄌᆞ시 보니307) 안식(顏色)이 미려(美麗)ᄒ기의 버셔나 입으로 형용(形容)ᄒ야 니를 거시 업스니 엇디 샹 시(氏)로 비길 비리오.

한님(翰林)이 ᄒᆞᆫ 번 보고 크게 놀나 혜오디,

'우리 집의 공주(公主)로 다시 ᄡᅡᆼ(雙)이 업슬가 ᄒ더니 ᄎᆞ인(此人)이 이럿툿 긔특(奇特)ᄒᆞᆯ 줄 알리오? ᄎᆞ인(此人)의 얼골이 셰속인(世俗人)308)으로 달나 미우(眉宇)의 오복(五福)이 가득ᄒ나 ᄉᆞ오납디 아니ᄒ니 ᄂᆡ 당당(堂堂)이 취(娶)ᄒ리라.'

ᄯᅩ ᄃᆞ시 ᄉᆡᆼ각ᄒ디,

'ᄂᆡ 경ᄉᆞ(京師)로 도

라간 후(後) 이곳의 니르미 쉽디 아닐 거시니 녜의(禮義)에 구이(拘礙)ᄒ나 줌간(暫間) 권도(權道)를 ᄡᅳᆯ 거시라.'

ᄒ고 거름을 두로혀 뎡ᄌᆞ(亭子)의 나려가니 난간(欄干)의 잇던 시

---

306) 장소(粧梳): 단장하고 꾸밈.
307) 보니: [교] 원문에는 '브나'로 되어 있으나 오기로 보임.
308) 셰속인(世俗人): 세속인. 세속의 사람.

녜(侍女ㅣ) 디경(大驚)호고 ᄎ아(嗟訝)309)호야 소리호여 골오디,

"쇼제(小姐ㅣ)야. 빅쥬(白晝)의 신션(神仙)이 ᄂ렷ᄂ이다."

싱(生)이 ᄎ언(此言)을 듯고 우음을 춤디 못호더니, 쇼제(小姐ㅣ) 믄득 눈을 드러 싱(生)을 보고 경희(驚駭)310)호야 방듕(房中)으로 드러가며 닐오디,

"도젹(盜賊)이 드러시니 노복(奴僕)을 블너 줍으라 호라."

싱(生)이 웃고 텽샹(廳上)311)의 올나 안ᄌ며 시녀(侍女)ᄃ려 닐오디,

"네 쇼져(小姐)긔 홀 물이 이시니 여등(汝等)은 노ᄌ(奴子)를 브릭지 물나."

인(因)호야 방문(房門)을 열고 쇼져(小姐)를 ᄇ라며 졀호니 쇼제(小姐ㅣ)

• ••

87면

신ᄉ긱(神色)312)이 츤 지 ᄀᆺ호야 박힌 ᄃ시 셧거늘 한님(翰林)이 공수(拱手)313)호고 읍(揖)호야 골오디,

"복(僕)은 지나가ᄂ 유긱(遊客)이러니 우연(偶然)이 쇼져(小姐)의 팔덕(八德)314)이 구젼(俱全)315)호 샹(相)을 보니 취(娶)코ᄌ 쯧이 업

---

309) ᄎ아(嗟訝): 차아. 놀라고 의아해함.

310) 경희(驚駭): 경해. 뜻밖의 일로 몹시 놀람.

311) 텽샹(廳上): 청상. 마루 위.

312) 신ᄉ긱(神色): 신색. 안색(顔色)의 높임말.

313) 공수(拱手): 절을 하거나 웃어른을 모실 때, 두 손을 앞으로 모아 포개어 잡음. 또 는 그런 자세. 남자는 왼손을 오른손 위에 놓고, 여자는 오른손을 왼손 위에 놓고, 흉사(凶事)가 있을 때에는 반대로 함.

314) 팔덕(八德): 여덟 가지의 덕. 인(仁), 의(義), 예(禮), 지(智), 충(忠), 신(信), 효(孝), 제(悌)를 이름.

디 아냐 당돌(唐突)ᄒ믈 닛고 이에 와 고(告)ᄒᄂ니 쇼져(小姐)는 용샤(容赦)ᄒ쇼셔."

쇼제(小姐ㅣ) 강잉(强仍)ᄒ야 단좌(端坐)ᄒ고 물을 아니ᄒ니, 싱(生)이 눈을 쏘와 ᄇ라보와 흠모(欽慕)ᄒᄂ 쯧을 이긔디 못ᄒ야 다시 닐오ᄃ,

"쇼제(小姐ㅣ) 엇디 너모 박(薄)ᄒ 체ᄒᄂ뇨? 금일(今日) 거죄(擧措ㅣ) 녜(禮) 아닌 줄 모로디 아니나 쇼싱(小生)이 경ᄉ(京師) 사름으로 이곳의 다시 니ᄅ미 쉽디 아닐 거시미 권도(權道)로 언약(言約)을 두고ᄌ ᄒ미 쇼제(小姐ㅣ) 만일(萬一) 순(順)히 ᄃ답(對答)ᄒ실

딘ᄃ 쇼싱(小生)이 공경(恭敬)ᄒ야 도라가고 종시(終是) 함믁(含默)316)ᄒ실딘ᄃ 욕(辱)된 거죄(擧措ㅣ) 이시리이다."

쇼제(小姐ㅣ) 블연(勃然)317) 변ᄉ(變色)ᄒ여 왈(曰),

"셩ᄃ디티(聖代之治)318)의 남녜(男女ㅣ) ᄂ외(內外) 격졀(隔絶)319)ᄒ거늘 엇던 광긱(狂客)320)이 니ᄅ러 ᄂ의 규수(閨秀)를 ᄃ(對)ᄒ야 누욕(累辱)321)ᄒ미 깁거늘 유모(乳母)는 어ᄃ ᄀ관ᄃ 노ᄌ(奴子)를 부르지 아닛ᄂ뇨?"

---

315) 구젼(俱全): 구전. 다 갖춤.

316) 함믁(含默): 함묵. 입을 다물고 잠잠히 있음.

317) 블연(勃然): 발연. 발끈 성을 내는 모양.

318) 셩ᄃ디티(聖代之治): 성대지치. 성군(聖君)이 다스리는 시대.

319) 격졀(隔絶): 격절. 사이가 떨어져 있음.

320) 광긱(狂客): 광객. 미친 나그네.

321) 누욕(累辱): 여러 차례 욕을 보거나 모욕을 당함.

쇼릭를 응(應)ᄒ야 일위(一位) 노양낭(老養娘)322)이 드러와 싱(生) ᄃ려 닐오ᄃᆡ,

"낭군(郎君)은 어ᄃᆡ 사름이시완ᄃᆡ 눔의 규닉(閨內)의 드러와 무례(無禮)히 구시ᄂᆞ니잇고?"

싱(生)이 굴오ᄃᆡ,

"나ᄂᆞ 경셩(京城) 니 승샹(丞相) ᄎᆞᄌᆞ(次子) 니 한님(翰林)이러니 디금(只今) 취처(娶妻)를 못 ᄒ엿ᄂᆞ니 금일(今日) 네 쇼져(小姐)를 보니 나의 평싱지원(平生之願)323)인 고(故)로 녜(禮) 아니믈 아나

●●●

89면

좀간(暫間) 권도(權道)로 언약(言約)을 기치고ᄌᆞ ᄒ거ᄂᆞᆯ 네 쇼제(小姐ㅣ) 엇디 허락(許諾)디 아닛ᄂᆞ뇨?"

양낭(養娘)이 웃고 굴오ᄃᆡ,

"우리 쇼제(小姐ㅣ) 규듕(閨中)의셔 례의(禮義)를 딕희시거ᄂᆞᆯ 엇디 방외(方外)324) 남ᄌᆞ(男子)를 ᄃᆡ(對)ᄒ야 혼ᄉᆞ(婚事)를 허락(許諾)ᄒ리오? 다만 ᄒᆞᆫ 일이 이시니 우리 쇼제(小姐ㅣ) 가지신 ᄇ ᄌᆞ금(紫金)325) 팔쇠326) ᄒᆞᆫ 쩍이 이셔 신인(神人)이 ᄀᆞᆯ치되, '이 팔쇠 ᄒᆞᆫ 쩍 가지니 쇼져(小姐)의 빅필(配匹)이라.' ᄒᆞ야시니 샹공(相公)긔 잇ᄂᆞ니잇가?"

---

322) 노양낭(老養娘): 노양랑. 늙은 유모.

323) 평싱지원(平生之願): 평생지원. 평생의 소원.

324) 방외(方外): 예의를 벗어남.

325) ᄌᆞ금(紫金): 자금. 검붉은 색이 나는 도자기 잿물의 빛깔.

326) 팔쇠: 팔찌.

싱(生)이 쇼왈(笑曰),

"이럴딘딕 네 소제(小姐ㅣ) 종신(終身)토록 취가(娶嫁)를 못 ᄒ리
로다. 그 팔쇠를 보고ᄌ ᄒ노라."

양낭(養娘) 왈(曰),

"노신(老臣)이 당돌(唐突)ᄒ나 ᄎ믈(此物)이 듕(重)ᄒ 거시오 샹공
(相公)긔 뵈야 혹ᄌ(或者) 밍그나 폐(弊) 이실가 ᄒᄂ니 져 긔

운을 보소셔."

숀으로 동녁(東-) 누샹(樓上)을 ᄀᄅ치니 싱(生)이 눈을 드러 보믹
묽은 긔운이 원근(遠近)의 쏘이니 싱(生)이 쏘 닐오딕,

"그러나 녀ᄌ(女子ㅣ) 엇디 져 긔운을 딕희여 늙으리오? 닉 이곳
의 드러와 이만티 딕(對)ᄒ여시니 너의 소제(小姐ㅣ) 종시(終是) ᄇ
리디 못ᄒ시리니 즉금(卽今) 힝되(行途ㅣ)327) 총총(悤悤)328)ᄒ야 셩
명(姓名)도 뭇디 못ᄒ거니와 타일(他日) 다시 와 ᄎᄌ리라."

인(因)ᄒ야 눈으로써 소져(小姐)를 이기 보며 ᄀᆯ오딕,

"쇼제(小姐ㅣ) 만일(萬一) 나 니몽챵을 져ᄇ리실딘딕 만딕(萬代)의
이셩(二姓) 셤기신 믈슴을 면(免)치 못ᄒ시리이다."

인(因)ᄒ야 총망(悤忙)329)이 나오니 딕강(大綱) 부믹(駙馬ㅣ) ᄎᄌᆯ
가 나오미더라.

햐쳐(下處)330)의 도라오믹 부믹(駙馬ㅣ) 졍쉭(正色) 왈(曰),

---

327) 힝되(行途ㅣ): 행도. 멀리 가는 길.

328) 총총(悤悤): 급하고 바쁜 모양.

329) 총망(悤忙): 매우 급하고 바쁨.

"네 부모(父母)의 기치신 몸으로 위치(位次ㅣ) 존듕(尊重)331)ᄒᆞ거늘 엇딘 고(故)로 위의(威儀)332) 업시 갓던다?"

싱(生)이 ᄃᆡ왈(對曰),

"앗가 울울(鬱鬱)ᄒᆞ믈 인(因)ᄒᆞ야 뫼 우ᄒᆡ ᄀᆞᆺ더니이다."

부마(駙馬ㅣ) 졍싴(正色)고 믈을 아니ᄒᆞ더라.

두어 늘 후(後) 쇼부(少傅)의 병(病)이 ᄎᆞ되(差度ㅣ)333) 잇거늘 ᄒᆞᆫ 가지로 길 나 경ᄉᆞ(京師)의 니ᄅᆞ니 일개(一家ㅣ) ᄆᆞᆺ 조샹(弔喪)334) ᄒᆞ고 샹 시(氏) 신위(神位)를 별원(別院)의 안둔(安屯)335)ᄒᆞ고 뎡 부인(夫人)과 샹 시랑(侍郞)의 셜워ᄒᆞ미 더으더라.

한님(翰林)이 도라온 후(後) 일념(一念)이 쇼 쇼져(小姐)의게 잇더니, 일일(一日)은 듕당(中堂)의 니ᄅᆞ니 홀연(忽然) 묽은 긔운이 조모(祖母) 뉴 부인(夫人) 침쇼(寢所)로죠ᄎᆞ 눈 앏ᄒᆡ ᄢᅵ치거늘 싱(生)이 놀나 다시 보니 ᄆᆞ치 호광(湖廣)셔 보던 팔쇠 긔

운 갓거늘 싱(生)이 의심(疑心)ᄒᆞ야 몸을 니러 듁셜각의 니ᄅᆞ러 그

---

330) 햐쳐(下處): 하처. 손님이 길을 가다가 묵는 곳.

331) 존듕(尊重): 존중. 높고 무거움.

332) 위의(威儀): 행렬.

333) ᄎᆞ되(差度ㅣ): 차도. 병이 조금씩 나아가는 정도.

334) 조샹(弔喪): 조상. 상사(喪事)에 조의를 표함.

335) 안둔(安屯): 사물이나 주변 따위가 잘 정돈됨.

긔운 ᄂᆞᄂᆞ 딕를 보니 조고만 궤336)듕(櫃中)337)으로서 ᄂᆞ거ᄂᆞᆯ 열고 보니 ᄌᆞ금(紫金) 팔쇠 ᄒᆞ나히 이시ᄃᆡ 진듀(珍珠)로 ᄭᅮ며 셩녕(成令)338)이 긔묘(奇妙)ᄒᆞ야 텬ᄒᆞ(天下) 절뵈(絶寶ㅣ)339)러라.

싱(生)이 보기를 못고 의아(疑訝)ᄒᆞ야 싱각ᄒᆞᄃᆡ,

'이거시 어인 거시완ᄃᆡ ᄒᆞᆫ ᄶᅡᆨ이 잇ᄂᆞᆫ고? 조모(祖母)긔 엿ᄌᆞ와 보리라.'

ᄒᆞ더니, 뉴 부인(夫人)이 존당(尊堂)의 갓다가 이의 니르러 우ᄉᆞ며 닐오ᄃᆡ,

"너ᄂᆞᆫ 늘근 한믜 셰간340)을 엇디 슬피ᄂᆞ뇨?"

몽챵이 웃고 ᄃᆡ왈(對曰),

"쇼손(小孫)이 앗가 듕당(中堂)의 안ᄌᆞᆺ습더니 긔이(奇異)ᄒᆞᆫ 긔운이 빗최거ᄂᆞᆯ ᄎᆞᄌᆞ 니르러 보온즉 이거시 잇사오나 ᄶᅡᆨ이 업ᄉᆞ

* * *

93면

오니 엇딘 일이니잇가?"

부인(夫人)이 놀나 왈(曰),

"이거슨 당초(當初) 네 조뷔(祖父ㅣ) ᄂᆡ게 빙치(聘采)ᄒᆞᆫ 거슬 여ᄎᆞ여ᄎᆞ(如此如此)ᄒᆞ야 환ᄂᆞᆫ(患亂)의 분주(奔走)ᄒᆞ야 우리 냥인(兩人)이 만ᄂᆞᆺ더니 ᄂᆡ 동경(東京) 쇼 쳐ᄉᆞ(處士) 집의셔 ᄒᆞᆫ ᄶᅡᆨ을 일코 심ᄉᆞ(心

事ㅣ) 울울(鬱鬱)ㅎ더니 그늘 봄 꿈의 나의 부친(父親)이 여ᄎ여ᄎ
(如此如此) 니ᄅ시니 니 즉금(卽今)ᄭ지 씌듯디 못ㅎ노라."

한님(翰林)이 웃고 ᄃᆡ왈(對曰),

"쇼손(小孫)이 샹실(喪室)ㅎ고 취(娶)치 못ㅎ엿습고 ᄎ믈(此物)의
긔운이 니 눈의 뵈니 션조341)뷔(先祖父ㅣ) 쇼손(小孫)을 두고 니ᄅ시
민가 시브니 쇼손(小孫)이 이거슬 가디고 단니다가 안희롤 엇고ᄌ
ㅎᄂᆞ이다."

부인(夫人)이 두굿겨 ᄆᆞ옴ᄃᆡ로 ㅎ라 ㅎ니 한님(翰林)이 여러 번 ᄲᅡ
낭듕(囊中)

• • •

94면

의 녀터라.

경셩(京城) ᄉᆞᄐᆡ위(士大夫ㅣ) 옥녀(玉女) 두니ᄂᆞ 몽챵의 풍ᄎᆡ(風采)
와 부귀(富貴)롤 흠모(欽慕)ㅎ야 구혼(求婚)ㅎ리 구름 못둣 ㅎ되 승샹
(丞相)이 허(許)치 아니코 샹 시(氏) 소긔(小朞)342)롤 기ᄃᆞ리더라.

셰월(歲月)이 믈 흐ᄅᆞ듯 ㅎ야 샹 시(氏) 쇼긔(小朞) 지나니 구고
(舅姑)의 슬허홈과 한님(翰林)의 비챵(悲愴)ㅎ미 측냥(測量) 업고 샹
공(公)의 셜워ㅎ미 ᄎᆞᇝ 보디 못ㅎ러라.

승샹(丞相)이 샹 시(氏) 쇼긔(小朞) 디ᄂᆞᆷ 몽챵을 븟비 취실(娶室)
케 ᄒᆞ려 ᄒᆞ더니 최문샹이 그 삼녀(三女)로써 샹의(商議)ᄒᆞᄃᆡ 최 슉인
이 뎍녀(嫡女)343)의 아름ᄃᆞ오믈 힘써 권(勸)ᄒᆞᄃᆡ 승샹(丞相)이 비록

---

341) 션조: [교] 원문에는 '조션'으로 되어 있으나 의미를 명확히 하기 위해 이와 같이
수정함.

342) 소긔(小朞): 소기. 사람이 죽은 지 1년 만에 지내는 제사. 소상(小祥).

입으로 믈을 아니나 심듕(心中)의 결틴(結親)코즈 ᄒ더니 몽챵이 츅
급(着急)³⁴⁴)ᄒ야 숙인(淑人)ᄃ려

95면

글오ᄃᆡ,

"아즈미 젹녜(嫡女ㅣ) 녀와시(女蝸氏) ᄀᆞᆺ틀지라도 ᄂᆡ 뜻 둔 ᄃᆡ 이
시니 밍셰(盟誓)ᄒ야 취(娶)치 아닐 거시오, 셜ᄉ(設使) 부명(父命)으
로 취(娶)ᄒ여도 나 몽챵이 죽으믄 죽으려니와 졍(情)은 아니 둘 거
시니 아즈미 최문샹의 ᄯᆞᆯ노뻐 문(門) ᄇᆞ라ᄂᆞᆫ 과뷔(寡婦ㅣ) 되게 ᄒ려
ᄒ거든 야야(爺爺)긔 쳔거(薦擧)ᄒ라."

숙인(淑人)이 놀나 글오ᄃᆡ,

"최 쇼졔(小姐ㅣ) 현숙(賢淑)ᄒ미 타인(他人)으로 크게 다르미 노
야(老爺)긔 고(告)ᄒ엿더니 낭군(郎君)의 뜻이 이 ᄀᆞᆺ틀진ᄃᆡ 엇디 의
ᄉ(意思)ᄒ리오? 낭군(郎君) 뜻 둔 ᄃᆡ 어듸뇨?"

몽챵이 왈(曰),

"아모 ᄃᆡ라도 이실디니 아즈미 듕ᄆᆡ(仲媒) 노릇만 그칠지어다."

그 어미 주 시(氏) 니ᄅᆞᄃᆡ,

"한님(翰林)의 뜻이 이러ᄒ니 그 고집(固執)을 소댱(蘇張)³⁴⁵)의 구
변(口辯)

---

343) 뎍녀(嫡女): 젹녀. 정실이 낳은 딸.

344) 츅급(着急): 착급. 몹시 급함.

345) 소댱(蘇張): 소장. 중국 전국시대의 변론가인 소진(蘇秦)과 장의(張儀). 소진은 합종
(合從)을, 장의는 연횡(連橫)을 주장했음. 합종은 서쪽의 강국 진(秦)나라에 대항하
기 위하여 남북으로 위치한 한·위·조·연·제·초의 여섯 나라가 동맹하자는
것이고, 연횡은 진나라가 이들 여섯 나라와 횡(橫)으로 각각 동맹을 맺어 화친하자
는 것임.

이나 못 두로혀리니 너는 브졀업슨 노룻ᄒ야 ᄂᆷ의 일싱(一生)을 그
룻 밍그디 몰나. 다만 낭군(郎君)긔 뭇ᄂᆞ니 ᄠᅳᆺ을 어ᄃᆡ 두엇관ᄃᆡ 이
혼ᄉᆞ(婚事)ᄅᆞᆯ 거졀(拒絶)ᄒᆞᄂᆞ뇨?"

챵이 ᄀᆞᆯ오ᄃᆡ,

"쇼손(小孫)이 아모 ᄃᆡᄅᆞ도 ᄠᅳᆺ을 두어시나 조모(祖母)긔ᄂᆞ 고(告)
티 못ᄒᆞᆯ소이다."

ᄒᆞ니 주 시(氏) 니러나며 왈(曰),

"아모려도 거즛 거시로다. 닉 ᄌᆞ손(子孫)이 아니어니 더옥 셔조모
(庶祖母)ᄅᆞᆯ 니ᄅᆞ랴?"

ᄒᆞ거늘 싱(生)이 웃고 몰을 아니ᄒᆞ더라.

숙인(淑人)이 이 몰노써 샹셔(尙書)긔 고(告)ᄒᆞ니 최 샹셰(尙書ㅣ)
놀나 다시 몽챵을 의ᄉᆞ(意思)치 아니ᄒᆞ고 다른 ᄃᆡ 뎡혼(定婚)ᄒᆞ니 싱
(生)이 십분(十分) 깃거ᄒᆞᄃᆡ ᄯᅩ 다른 ᄃᆡ 졍(定)ᄒᆞᆯ가 촉급(着急)ᄒᆞ야
외숙(外叔) 뎡 샹셔(尙書)ᄅᆞᆯ 보고 닐

오ᄃᆡ,

"쇼딜(小姪)이 근ᄂᆡ(近來) 심ᄉᆞ(心事ㅣ) 울울(鬱鬱)ᄒᆞ니 숙부(叔父)
ᄂᆞ 소딜(小姪)노써 남방(南方) ᄯᅡ희 외임(外任)을 ᄂᆞ게 ᄒᆞ소셔."

샹셰(尙書ㅣ) 허락(許諾)ᄒᆞ니 싱(生)이 드러가 조모(祖母)긔 뵈옵
고 말ᄉᆞᆷᄒᆞ더니, 부인(夫人) 앏희 신임(信任)ᄒᆞᄂᆞ 시녀(侍女) 옥난이

ᄌᆞᆨᆡᆨ(姿色)이 졀셰(絶世)ᄒᆞ거늘 한님(翰林)이 눈의 드려 하딕(下直)고 나오다가 듕당(中堂)의 니ᄅᆞ러 ᄎᆞ(茶)를 가져오라 ᄒᆞ니 옥난이 가져 니ᄅᆞ럿거늘 한님(翰林)이 ᄎᆞ(茶)를 븟고 그 손을 잇그러 후당(後堂)의 드러가 친(親)ᄒᆞᆷ믈 뭇고 당부(當付)ᄒᆞ되,

"네 ᄎᆞ언(此言)을 입 밧긔 ᄂᆡᆫ즉 죽으리라."

옥ᄂᆞᆫ이 교틱(嬌態)346)를 머금고 응낙(應諾)ᄒᆞ더라.

한님(翰林)이 도라와 두어 늘 후(後) 조모(祖母) 녀 부인(夫人)긔 뵈고 앏히셔 이ᄅᆞᆨᄒᆞ며 옥난을 둘나 ᄒᆞ니 부인(夫人)이 두굿겨 허

●●●

98면

룩(許諾)ᄒᆞ매 한님(翰林)이 게셔 두어 늘 믁으며 옥난을 친(親)ᄒᆞ니, 가(可)히 이닯다 윤문이 옥난의 손의 죽고 쇼 시(氏) 십싱구ᄉᆞ(十生九死)347)ᄒᆞ니 이 도시(都是) 텬의(天意)러라.

이히 봄의 각도(各道)의 어ᄉᆞ(御使)를 보ᄂᆡᄂᆞᆫ지라 샹셰(尚書ㅣ) 호광(湖廣) 어ᄉᆞ(御使)를 니몽챵의 일홈으로 방(榜)의 너흐니 샹(上)이 낙348)뎜(落點)349)ᄒᆞ샤 즉시(卽時) 니몽챵으로 호광(湖廣) 순무ᄉᆞ(巡撫使)를 ᄒᆞ이시니 한님(翰林)이 딕희(大喜)ᄒᆞ야 즉시(卽時) 치힝(治行)350)ᄒᆞ야 별힝(發行)351)ᄒᆞᆯᄉᆡ 일개(一家ㅣ) 듕당(中堂)의 모다 쇼연

---

346) 교틱(嬌態): 교태. 아름답고 아양 부리는 자태.

347) 십싱구ᄉᆞ(十生九死): 십생구사. 열 번 살고 아홉 번 죽는다는 뜻으로, 위태로운 지경에서 겨우 벗어남을 이르는 말.

348) 낙: [교] 원문에는 '나'로 되어 있으나 오기로 보임.

349) 낙뎜(落點): 낙점. 여러 후보 가운데 마땅한 사람을 고름.

350) 치힝(治行): 치행. 길 떠날 여장을 준비함.

351) 별힝(發行): 발행. 길을 떠남.

(小宴)352)을 비셜(排設)353)코 젼별(餞別)354)홀시, 승샹(丞相)이 니졍 (莅政)355) 득실(得失)을 ㄱ른티고 경계(警戒) 왈(曰),

"네 동치(童穉)356)의 나흐로 듸스(大事)를 맛투 가니 쇼심공스(小心公事)357)ㅎ야 쳥명(淸明)358)이 다스려 조션(祖先) 쳥덕(淸德)을 써러치디 믈

••●

99면

나."

어시(御使ㅣ) 지비(再拜) 수명(受命)ㅎ고 모든 듸 하딕(下直)ㅎ고 뎡부(-府)의 니른러 하딕(下直)ㅎ니 뎡 승샹(丞相) 부뷔(夫婦ㅣ) 보듕(保重)359)ㅎ믈 니른고 뎡 샹셰(尙書ㅣ) 우어 왈(曰),

"현딜(賢姪)이 우숙(愚叔)의 덕(德)으로 영광(榮光)을 씌여 큰 소임(所任)의 거(居)ㅎ니 네 모로미 줄 드스려 우숙(愚叔)의 쳔거(薦擧)흔 일홈을 욕(辱)되게 믈나."

어시(御使ㅣ) 비스(拜謝) 왈(曰),

"쇼딜(小姪)이 용녈(庸劣)ㅎ나 숙부(叔父) 경계(警戒)를 닛디 아니리이다."

---

352) 쇼연(小宴): 소연. 조촐한 잔치.

353) 비셜(排設): 배설. 연회나 의식(儀式)에 쓰는 물건을 차려 놓음.

354) 젼별(餞別): 전별. 잔치를 베풀어 작별한다는 뜻으로, 보내는 쪽에서 예를 차려 작별함을 이르는 말.

355) 니졍(莅政): 이정. 정사를 베풂.

356) 동치(童穉): 어린아이.

357) 쇼심공스(小心公事): 소심공사. 공적인 일을 조심스럽게 함.

358) 쳥명(淸明): 청명. 맑고 분명함.

359) 보듕(保重): 보중. 몸 관리를 잘해서 건강하게 유지함.

드듸여 하딕(下直)ᄒ고 절월(節鉞)360)을 두로혀 호광(湖廣)으로 향
(向)ᄒ니 녈읍(列邑) 군현(郡縣)의 졍긔(旌旗)361) 폐일(蔽日)362)ᄒ고
위의(威儀) ᄎ363)노(漲路)364)ᄒ니 십칠(十七) 쇼년(少年)으로 옥안영
풍365)(玉顔英風)366)이 쳔신(天神) ᄀᆞᆺ거늘 허리 아릭 금인(金印)367)을
빗겻시니 ᄉᆞᄆᆞ뉸거(四馬輪車)368)로 ᄇᆞ람ᄀᆞᆺ치 ᄒᆡᆼ(行)ᄒ니 쇼방(所訪)
디현(知縣)369)

· ●●

100면

이 거리거리 딕후(待候)370)ᄒ야 술위 앏히셔 디영(祗迎)371)ᄒ니 영
광(榮光)이 됴요(照耀)372)ᄒ지라 도로인(道路人)373)이 흠션(欽羨)ᄒ
믈 ᄆᆞ디아니코 브러ᄒᆞᆷᄆᆞ 마디아니ᄒᆞ더라.

---

360) 절월(節鉞): 절월. 임금이 장수에게 내어 주던 물건. 절은 수기(手旗)와 같이 만들고
   월은 도끼와 같이 만든 것으로, 군령을 어긴 자에 대한 생살권(生殺權)을 상징함.
361) 졍긔(旌旗): 정기. 깃발. 정(旌)은 고대에 소의 꼬리 혹은 다섯 빛깔의 깃털로 장대
   끝에 장식한 깃발이고, 기(旗)는 고대에 곰이나 호랑이를 그려 넣은 깃발.
362) 폐일(蔽日): 해를 가림.
363) ᄎ: [교] 원문에는 '측'으로 되어 있으나 오기로 보임.
364) ᄎ노(漲路): 창로. 길에 가득함.
365) 옥안영풍: [교] 원문에는 '옥면유풍'으로 되어 있으나 의미를 분명히 하기 위해 국
   도본(7:121)을 따름.
366) 옥안영풍(玉顔英風): 옥 같은 얼굴과 영걸스러운 풍채.
367) 금인(金印): 금으로 된 인(印). 인(印)은 예전에 관직의 표시로 차고 다니던 쇠나 돌
   로 된 조각물.
368) ᄉᆞᄆᆞ뉸거(四馬輪車): 사마윤거. 네 마리 말이 끄는 수레.
369) 디현(知縣): 지현. 현의 으뜸 벼슬아치.
370) 딕후(待候): 대후. 웃어른의 명령을 기다림.
371) 디영(祗迎): 지영. 공경하여 맞음.
372) 됴요(照耀): 조요. 빛남.
373) 도로인(道路人): 길에 있는 사람들.

각셜(却說). 녜부샹셔(禮部尚書) 도어ᄉ(都御使) 쇼문은 쳐ᄉ(處士) 쇼경의 직(子ㅣ)라. 위인(爲人)이 현명(賢明) 강딕(剛直)ᄒ야 일셰(一世)의 명인(名人)[374]이러라. 나히 십(十) 셴(歲ㄴ) 젹 부친(父親)을 녀희고 모친(母親) 노 시(氏) 쳐ᄉ(處士) 후취(後娶)로 년긔(年紀) 삼십(三十)이 ᄌ 너멋ᄂ디라 셜우믈 이긔디 못ᄒ야 삼년(三年)을 겨유 지ᄂ고 ᄉ듕(山中)의셔 요ᄉᆡᆼ(聊生)[375]ᄒ더니, 쇼문이 십오(十五) 셰(歲)의 경ᄉ(京師)의 올나와 갑과(甲科)[376] 출신(出身)ᄒ야 직명(才名)[377]이 쟈쟈(藉藉)[378]ᄒ니 댱셰걸이 누의로써 혼인(婚姻)ᄒ니 댱시(氏) 옥(玉) ᄌᆺ고 부용(芙蓉) ᄌᆺ튼 얼골과 ᄒᆡᆼ시(行事ㅣ) 미진(未盡)ᄒ미

* * *

101면

업ᄉ니 쇼문이 극(極)히 듕ᄃᆡ(重待)ᄒ고 동경(東京) 가 모친(母親)을 뫼셔 와 디ᄂ니, ᄂᆡ 틱ᄉᆡ(太師ㅣ) 무휼(撫恤)ᄒᆞ믈 극진(極盡)이 ᄒ고 뉴 부인(夫人)이 젼일(前日) 은혜(恩惠)ᄅᆞᆯ ᄉᆡᆼ각ᄒ야 쇼문을 통ᄂᆡ외(通內外)[379]ᄒ며 노 브인(夫人) 셤기믈 부모(父母)ᄌᆺ티 ᄒ더라. 쇼문이 수년(數年) ᄂᆡ(內)[380]의 녜부샹셔(尚書) 도어ᄉ(都御使)ᄅᆞᆯ ᄒᆞ니,

---

374) 명인(名人): 명망 있는 사람.
375) 요ᄉᆡᆼ(聊生): 요생. 그럭저럭 생계를 이어나감.
376) 갑과(甲科): 과거 합격자를 성적에 따라 나누던 세 등급 가운데 첫째 등급.
377) 직명(才名): 재명. 재주와 명망.
378) 쟈쟈(藉藉): 자자. 여러 사람의 입에 오르내려 떠들썩함.
379) 통ᄂᆡ외(通內外): 통내외. 내외 없이 지냄.
380) 수년(數年) ᄂᆡ(內): [교] 원문에는 '년근이닉'로 되어 있으나 의미를 분명히 하기 위해 국도본(7:122)을 따름.

이젹 니 승샹(丞相)은 굿 닙신(入身)[381]흔 쩌라 셔로 ᄉ랑흐미 동긔(同氣)[382] 굿더라.

쇼 샹셰(尙書ㅣ) 싱산(生産)을 일쥭이 못 ᄒ야 이십오(二十五) 셰(歲) 너믄 후(後) 일ᄌ일녀(一子一女)를 ᄂ흐니 아들의 명(名)은 형이니 풍ᄎ(風采) 단아(端雅)ᄒ고 침믁(沈黙)ᄒ야 군ᄌ(君子)의 풍(風)이 잇더라. 녀ᄋ(女兒)의 명(名)은 월혜니 강보(襁褓)로붓허 얼골이 텬하(天下)의 ᄡᆼ(雙)이 업고 심듕(心中)이 침믁단엄(沈黙端嚴)[383]ᄒ여 셩정(性情)

이 어위츠[384] ᄉ름이 측냥(測量)티 못ᄒᄂ지라 쇼 샹셰(尙書ㅣ) 크게 ᄉ랑ᄒ야 슬샹(膝上)[385]의 나리지 아니ᄒ더니,

쇼제(小姐ㅣ) 뉵(六) 셴(歲ㄴ) 적 ᄎ시(此時)ᄂ 홍희(洪熙)[386] 원년(元年)이라. 강셔(江西) ᄯ히 도젹(盜賊)이 니러나니 간신(奸臣)이 쇼샹셔(尙書)를 쳔거(薦擧)ᄒ야 ᄃ도독(大都督)[387] 인(印)을 주어 튤ᄉ(出師)[388]케 ᄒ니, 이젹 니 티ᄉ(太師ㅣ) ᄆ춤 병(病)드러 집의 잇더

---

381) 닙신(入身): 입신. 막 벼슬 생활을 시작함.
382) 동긔(同氣): 동기. 형제자매.
383) 침믁단엄(沈黙端嚴): 침묵단엄. 조용하고 단정하며 엄숙함.
384) 어위츠: 노량이 넓고 거.
385) 슬샹(膝上): 슬상. 무릎 위.
386) 홍희(洪熙): 중국 명(明)나라의 제4대 황제인 인종(仁宗, 재위 1424~1425)의 연호. 성조(成祖) 영락제(永樂帝)의 장자(長子)로, 이름은 주고치(朱高熾). 1년 동안의 짧은 재위 기간이었지만 선정을 베풀어 다음 황제인 선덕제(宣德帝)의 치세에도 큰 영향을 미쳐 명나라의 기틀을 잡았다는 평가를 받음.
387) ᄃ도독(大都督): 대도독. 전군을 지휘하고 통솔하던 벼슬.
388) 튤ᄉ(出師): 출사. 출병(出兵).

니 소문이 간 후(後) 이 긔별(奇別)을 듯고 어젼(御殿)의 드러가 고두(叩頭)389) 녁징(力爭)390) ᄒᆞ딕,

"쇼문이 블과(不過) ᄒᆞᆫ 문ᄉᆞ(文士)로 붓을 드러 ᄉᆞ긔(詞技)391)를 듯글 ᄡᅳᆯ름이어늘 제 엇디 군ᄉᆞ(軍士)를 결젼(決戰)ᄒᆞ리잇고? 당당(堂堂)이 픽군(敗軍)392)하리니 셩샹(聖上)이 엇디 슬피지 아니샤 ᄒᆞᆫ 사름의 쳔거(薦擧)로써 딕ᄉᆞ(大事)를 쇼리(率爾)히393) ᄒᆞ시니잇고?"

샹(上)이 ᄭᆡ다ᄅᆞ

◦◦◦

103면

뉘웃ᄎᆞ시나 볼셔 군(軍)을 거ᄂᆞ려 가시니 홀일이 업셔 ᄒᆞ더니,

이ᄲᅥ 쇼문이 강셔(江西)의 니르러 도젹(盜賊)으로 교봉(交鋒)394) ᄒᆞᆯ식 긔뉼(紀律)395)이 업고 항오(行伍)를 일허 젼휘(前後ㅣ) ᄎᆞᆨᄂᆞᆫ(錯亂)396) ᄒᆞ니 도젹(盜賊)이 다라드러 크게 즛티민 쇼 공(公)이 능(能)히 졔어(制御)티 못ᄒᆞ고 딕픽(大敗)ᄒᆞ야 일만여(一萬餘) 군(軍)을 다 일코 겨유 ᄒᆞᆫ 목숨을 보젼(保全)ᄒᆞ여 필마(匹馬)로 경ᄉᆞ(京師)의 니르러ᄂᆞᆫ 스스로 몸을 믜여 궐하(闕下)의 딕죄(待罪)ᄒᆞ니, 샹(上)이 드ᄅᆞ시고 어히업셔 물을 아니시니 십ᄉᆞᆷ(十三) 어ᄉᆞ(御使ㅣ) 모다 죽여디

---

389) 고두(叩頭): 머리를 땅에 두드림.

390) 녁징(力爭): 역쟁. 힘써 직언하고 충고함.

391) ᄉᆞ긔(詞技): 사기. 글을 짓고 문장을 다듬는 일.

392) 픽군(敗軍): 패군. 싸움에서 짐.

393) 쇼리(率爾)히: 솔이히. 말이나 행동이 신중하지 못하고 가벼이.

394) 교봉(交鋒): 서로 싸움. 교전(交戰).

395) 긔뉼(紀律): 기율. 기강(紀綱). 규율과 법도.

396) ᄎᆞᆨᄂᆞᆫ(錯亂): 착란. 어지럽고 어수선함.

라 ᄒ니 디강(大綱) 평시(平時)의 소문이 의논(議論)이 너모 과도(過
度)ᄒ 고(故)로 동뉴(同類)의게 믜인 연괴(緣故 ㅣ)러라. 니 틱ᄉᆡ(太師
ㅣ) 구(救)ᄒᆞᆯ 길이 업셔 초조(焦燥)ᄒ고 픽군(敗軍)ᄒᆫ 쟝슈(將帥)

ᄅᆞᆯ 법(法)을 굽히지 못ᄒ야 이의 샹(上)긔 주(奏)ᄒ되,

"쇼문이 본(本)디 일개(一介) 문관(文官)으로 무비(武備)397)ᄅᆞᆯ 아
디 못ᄒ옵거ᄂᆞᆯ 소문으로 ᄉᆞ혐(私嫌)398)이 잇ᄂᆞᆫ 재(者ㅣ) 그릇 폐하
(陛下)긔 쳔거(薦擧)ᄒ야 국ᄉᆞ(國士)399)ᄅᆞᆯ 욕(辱) 먹이고 도적(盜賊)
의 예긔(銳氣)400)ᄅᆞᆯ 비승(倍勝)401)케 ᄒ니 이 뉴(類)ᄅᆞᆯ 다 원찬(遠竄)
ᄒ고 쇼문을 튱군(充軍)402)ᄒ쇼셔."

샹(上)이 브야흐로 니ᄅᆞ샤디,

"딤(朕)이 그릇 ᄒ야시니 엇디 소문의 타시리오마ᄂᆞᆫ 국법(國法)의
픽군(敗軍)ᄒᆫ 쟝슈(將帥)ᄅᆞᆯ 죽이거니와 이ᄂᆞᆫ 홀노 제 죄(罪) 아니니
경(卿)의 ᄆᆞᆯ디로 ᄒ리라."

틱ᄉᆡ(太師ㅣ) 샤은(謝恩)ᄒ고 셩디(聖旨)ᄅᆞᆯ 벗ᄌᆞ와 쇼문을 졀강(浙
江) 독부(督府) 녀운의 막하(幕下) 종ᄉᆞ관(從事官)403)을 ᄒᆞ이여 즉일
(卽日) 발힝(發行)케 ᄒ니 쇼 샹셰(尙書ㅣ) 텬은(天恩)을 숙샤(肅

---

397) 무비(武備): 군사에 관련된 장비. 또는 그 장비를 준비하는 일.

398) ᄉᆞ혐(私嫌): 사혐. 사사로운 미움.

399) 국ᄉᆞ(國士): 국사. 나라의 군대.

400) 예긔(銳氣): 예기. 날카롭고 굳세며 적극적인 기세.

401) 비승(倍勝): 배승. 갑절이나 더 오름.

402) 튱군(充軍): 충군. 죄를 범한 자를 벌로서 군역에 복무하게 함.

403) 종ᄉᆞ관(從事官): 종사관. 각 군영의 주장(主將)을 보좌하던 벼슬.

謝)404)ᄒ

• • •

105면

고 집의 도라오니 일개(一家ㅣ) 당당(堂堂)이 죽을 줄노 아다가 다힝
(多幸)이 너기나 만리(萬里) 원별(遠別)을 슬허ᄒ야 노 부인(夫人)이
샹셔(尙書)를 붓들고 실셩뉴톄(失聲流涕)405)ᄒ니 샹셰(尙書ㅣ) 강잉
(强仍)ᄒ야 지극(至極)히 위로(慰勞)ᄒ고 닐오디,

"픽군(敗軍)ᄒ 죄인(罪人)의 일개(一家ㅣ) ᄒ로도 년곡(輦轂)406)의
잇디 못ᄒᆯ 거시니 고향(故鄕)으로 ᄀᆯ 거시로디 졀강(浙江)셔 동경(東
京)이 요원(遙遠)ᄒ니 히ᄋᆡ(孩兒ㅣ) 싱각건디 셔숙(庶叔)407) 노 틱감
(太監)이 호광(湖廣) 이시니 모친(母親)은 히ᄋᆡ(孩兒)로 더브러 가시
다가 호광(湖廣)의 니ᄅᆞ러 안돈408)(安頓)ᄒ시면 피ᄎᆞ(彼此ㅣ) 긔별
(奇別)도 ᄌᆞ조 듯고 ᄉᆞᄉᆡ(事事ㅣ) 편(便)ᄒ리이다."

노 부인(夫人)이 올히 너겨 ᄒᆞᆫ가지로 길 눌ᄉᆡ니 틱ᄉᆞ(太師) 부ᄌᆡ
(父子ㅣ) 니ᄅᆞ러 치위(致慰)409)ᄒ고 니별(離別)을 슬허ᄒ니 소 공(公)
이 칭사(稱謝)

---

404) 숙샤(肅謝): 숙사. 숙배(肅拜)하고 사은(謝恩)함. 숙배는 서울을 떠나 임지(任地)로
　　가는 관원(官員)이 임금에게 작별을 아뢰는 일이고, 사은(謝恩)은 임금의 은혜에
　　감사함을 이름. 사은숙배(謝恩肅拜).

405) 실셩뉴톄(失聲流涕): 실성유체. 소리가 나지 않을 정도로 울며 눈물을 흘림.

406) 년곡(輦轂): 연곡. 임금이 타는 수레를 뜻하는 말로, 도성을 가리킴.

407) 셔숙(庶叔): 서숙. 할아버지의 서자(庶子)를 숙부로서 이르는 말.

408) 돈: [교] 원문에는 '둔'으로 되어 있으나 오기로 보임.

409) 치위(致慰): 위로함.

왈(曰),

"픽군(敗軍)ᄒ 쟝쉬(將帥ㅣ) 죽기를 면(免)티 못ᄒ거늘 딕인(大人)이 구(救)ᄒ시고 텬은(天恩)을 닙ᄉ와 일명(一命)을 투싱(偷生)410)ᄒ야 녕힉(嶺海)411)로 도라가니 어닉 씩 딕인(大人)긔 뵈오리오?"

틱싀(太師ㅣ) 위로(慰勞) 왈(曰),

"국법(國法)이 지엄(至嚴)ᄒ샤 명공(明公)412)이 이의 니르나 틱일(他日) 은샤(恩赦ㅣ)413) 이시리니 그딕ᄂ 몸을 보듕(保重)ᄒ야 수이 못기를 기딕리라. 명공(明公)의 일가(一家)ᄂ 경ᄉ(京師)의 머므실딕 노뷔(老夫ㅣ) 극딘(極盡)이 보호(保護)ᄒ리라."

샹셰(尙書ㅣ) 손샤(遜辭)ᄒ여 굴오딕,

"쇼싱(小生)이 비록 고향(故鄕)의 못 도라오나 은혜(恩惠)를 심곡(心曲)의 속이리이다. 일가(一家)ᄂ 죄인(罪人)의 쳐직(妻子ㅣ) 일신(一時ᄂ)들 엇디 년곡(輦轂)의 이시리오? 외구(外舅)의 고향(故鄕)의 의탁(依託)ᄒ려 ᄒᄂ이다."

틱싀(太師ㅣ) 그 놉흔 ᄠᆺ을 치샤(致辭)414)ᄒ더라.

쇼

---

410) 투싱(偷生): 투생. ᅥ자하게 산나는 뜻으로, 죽어야 마땅힐 때에 죽지 아니하고 욕되게 살기를 꾀함을 이르는 말.

411) 녕힉(嶺海): 중국 광동(廣東)과 광서(廣西)를 합쳐 부르는 말. 북쪽으로는 오령(五嶺)에 닿고 남쪽으로는 남해에 임해 있으므로 그렇게 불림. 여기에서는 먼 곳의 귀양지라는 뜻으로 쓰임.

412) 명공(明公): 듣는 이가 높은 벼슬아치일 때, 그 사람을 높여 이르던 이인칭 대명사.

413) 은샤(恩赦ㅣ): 은사. 나라에 경사가 있을 때에, 죄과가 가벼운 죄인을 풀어 주던 일.

414) 치샤(致辭): 치사. 다른 사람을 칭찬함. 또는 그런 말.

공이 줌간(暫間) 니부(-府)의 니르러 뉴 부인(夫人)긔 니별(離別)ᄒ니 부인(夫人)이 눈믈을 흘녀 그 만니(萬里) 뎍힝(謫行)을 념녀(念慮)ᄒ딕 쇼 공(公)이 ᄯ오흔 추연(惆然)이 안쇠(顔色)을 고티고 졀ᄒ야 하딕(下直)고 길 ᄂᆞ니 틱ᄉᆞ(太師) 부진(父子ㅣ) 십(十) 리(里)의 가 니별(離別)ᄒ민 쇼 공(公)이 그 놉흔 의긔(義氣)[415]를 칭샤(稱謝)ᄒ고 셔로 손을 줍아 연연(戀戀)ᄒ다가 댱뎡(長亭)[416]의 분수(分手)[417]ᄒ니니 공(公) 부진(父子ㅣ) ᄆᆞ음이 춤연(慘然)ᄒ야 눈믈을 ᄲᅳ리고 도라오다.

쇼 공(公)이 일가(一家)를 거ᄂᆞ려 호광(湖廣)의 니르니 노 틱감(太監)이 틱경(大驚)ᄒ야 ᄆᆞ즈니 원닉(元來) 노 틱감(太監)은 노 부인(夫人)의 얼오라비[418]라. 영락(永樂)[419] 간(間)의 환시(宦侍) 소임(所任)ᄒ다가 병(病)드러 고향(故鄕)으로 도라오니 가셰(家勢)[420] 요부(饒富)[421]ᄒ더라.

소 공(公)

---

415) 의긔(義氣): 의기. 정의감에서 우러나오는 기개.
416) 댱뎡(長亭): 장정. 먼 길을 떠나는 사람을 전송하던 곳.
417) 분수(分手): 손을 나눈다는 뜻으로, 서로 작별함을 이름.
418) 얼오라비: 아버지의 서자(庶子)를 여동생 입장에서 부른 말.
419) 영락(永樂): 중국 명나라 성조(成祖)의 연호(1403~1424).
420) 가셰(家勢): 가세. 살림살이의 형세.
421) 요부(饒富): 살림이 넉넉함.

일개(一家ㅣ) 니당(內堂)의 드러가 틱감(太監)으로 셔로 보고 연고
(緣故)를 니르니 틱감(太監)이 일변(一邊) 놀나고 일변(一邊) 깃거 여
러 간(間) 집을 쎠러 일항(一行)을 안돈⁴²²⁾(安頓)ㅎ니 쇼 공(公)이 두
어 늘 믁어 뎍소(謫所)로 굴싀 댱 부인(夫人)이 ᄎᄆ 가부(家夫)로써
외로이 먼리 보ᄂᆡ디 못ㅎ야 냥ᄋ(兩兒)를 노 부인(夫人)긔 드리고 샹
셔(尚書)를 조ᄎ 가니 노 부인(夫人)이 ᄋᄌ(兒子)와 식부(息婦)를 붓
들고 하 슬허ㅎ니 피눈믈이 ᄆᆡ질 ᄉ이 업더라.

　냥인(兩人)이 붓드러 지ᄉᆞᆷ(再三) 관위⁴²³⁾(寬慰)⁴²⁴⁾ㅎ고 샹셰(尚書
ㅣ) 모친(母親)긔 고(告)ㅎᄃᆡ,

　"히ᄋᆡ(孩兒ㅣ) 이졔 가ᄆᆡ 십(十) 년(年) 안히ᄂᆞᆫ 못 도라오리니 ᄌ
녀(子女)의 가취(嫁娶)⁴²⁵⁾로써 쇼ᄌ(小子)를 기다리지 ᄆᆞ르시고 월혜
ᄂᆞᆫ 범인(凡人)이 아니니 각별(各別)ᄒ 셔랑(壻郎)을 굴

히소셔."

　인(因)ㅎ야 길 나니 노 부인(夫人)이 셜오믈 ᄎᆞᆷ고 냥ᄋ(兩兒)를 거
ᄂ려 세월(歲月)을 보ᄂᆡ더라.

---

422) 돈: [교] 원문에는 '둔'으로 되어 있으나 오기로 보임.
423) 관위: [교] 원문에는 '간회'로 되어 있으나 의미를 분명히 하기 위해 국도본(7:127)
　　을 따름.
424) 관위(寬慰): 너그럽게 위로함.
425) 가취(嫁娶): 시집가고 장가듦.

ᄎ시(此時) 쇼 공ᄌ(公子) 형이 댱셩(長成)ᄒ니 노 부인(夫人)이 녀비 듯보와 본쥬(本州) 션비 위극의 녀(女)ᄅᆯ 취(娶)ᄒ니 위 시(氏) 덕되(德道ㅣ) 안샹(安詳)⁴²⁶⁾ᄒ고 얼골이 추수(秋水) 부용화(芙蓉花) ᄀᆺ ᄐᆞ야 크게 범인(凡人)으로 더브러 다ᄅᆞ니 노 부인(夫人)이 깃브고 슬프믈 이긔디 못ᄒ더라.

형이 나히 ᄎ고 임의 취실(娶室)ᄒᆞᄆᆡ 즉시(卽時) 죠모(祖母)긔 고(告)ᄒ고 부친(父親) 뎍쇼(謫所)로 가니라.

월혜 쇼제(小姐ㅣ) 댱셩(長成)ᄒᆞ야 십오(十五) 세(歲)의 니ᄅᆞ니 용모(容貌)의 긔이(奇異)ᄒᆞᆷ⁴²⁷⁾ 니ᄅᆞ도 믈고 덕도(德道)의 안샹(安詳)ᄒᆞ며 녜도(禮度)의 비범(非凡)ᄒᆞᄆᆡ 미ᄎᆞ리 업스며

●●●

110면

녜법(禮法)이 엄듕(嚴重)ᄒᆞ야 연고(緣故) 업시 문(門) 빗글 ᄂᆞ지 아니ᄒ며 말ᄉᆞᆷ이 간 ᄃᆡ로 아냐 침듕(沈重) 언희(言希)ᄒ니 노⁴²⁸⁾ 부인(夫人)이 크게 ᄉᆞ랑ᄒ고 노 틱감(太監)이 긔특(奇特)이 너기고 흠ᄋᆡ(欽愛)ᄒ야 후원(後園)의 뎡ᄌ(亭子)ᄅᆞᆯ 짓고 일홈을 옥인각이라 ᄒ니 쇼제(小姐ㅣ) 고요ᄒᆞ믈 조히 너겨 듀야(晝夜) 이곳의셔 ᄒᆞ로 두 순(巡)식 죠모(祖母)긔 나와 뵐ᄉᆡ 조뫼(祖母ㅣ) 측간(廁間)⁴²⁹⁾의 가시고 업거늘 혼ᄌ 안잣더니, 홀연(忽然) 보니 궤(櫃) 속으로죠ᄎ 믈근 긔운이 쇼ᄉᆞ나거늘 쇼제(小姐ㅣ) 놀나 열고 보니 ᄌ금(紫金) 팔쇠 ᄒᆞᆫ ᄣᅵᆨ이로

---

426) 안샹(安詳): 안상. 성질이 찬찬하고 자세함.
427) 용모(容貌)의 긔이(奇異)ᄒᆞᆷ: [교] 원문에는 '그 얼골의 긔이ᄒᆞ미 모착ᄒᆞ야 니ᄅᆞᆯ 거시 업ᄉᆞ니 이는'으로 되어 있으나 의미를 분명히 하기 위해 국도본(7:127)을 따름.
428) 노: [교] 원문에는 '누'로 되어 있으나 오기로 보임.
429) 측간(廁間): 변소.

디 셩녕(成令)430)이 긔묘(奇妙)ᄒ고 쇼디(小紙)의 뎍어시디,

'조부(祖父) 쇼 쳐ᄉ(處士) 꿈의 뉴 쳐ᄉ(處士) 물 긔록(記錄)ᄒ 거시라.'

쇼졔(小姐ㅣ) 놀나 팀음(沈吟)

111면

ᄒ고 물을 아니터니 이윽고 노 부인(夫人)이 드러와 보고 닐오디,

"손ᄋ(孫兒ㅣ) 엇디 져거슬 닉여 보ᄂᆞ뇨?"

쇼졔(小姐ㅣ) 디왈(對曰),

"앗가 쇼손(小孫)이 이의 와 안ᄌ 보니 이 궤(櫃) 속으로셔 맑은 긔운이 이러ᄂᆞ거늘 여러 보니 이거시 드러시니 아디 못홀 일이로소이다."

노 부인(夫人)이 닐오디,

"이거시 션군(先君)431) 거시라. 몽듕시(夢中事ㅣ)432) 명명(明明)ᄒ니 네 빅필(配匹)이 이 금쳔(金釧) 흔 ᄡᅡ 가지니 될 거시니 빅년(百年)이라도 만나거든 허(許)ᄒ라."

쇼졔(小姐ㅣ) 붓그려 부답(不答)ᄒ니 쇼져(小姐) 유모(乳母) 운ᄋ이 나아가 굴오디,

"셕일(昔日) 비ᄌ(婢子ㅣ) 이거슬 어드니 쳐ᄉ(處士) 노애(老爺ㅣ) 보시고 간ᄉ433)ᄒ고 닐오샤디, '니 손녀(孫女)의 빅필(配匹)이 이 금

---

430) 셩녕(成令): 셩령. '만들어진 것'의 의미로 보이나 미상임.
431) 션군(先君): 션군. 원래 '션친(先親)'을 뜻하나 여기에서는 죽은 남편인 소 쳐사를 가리킴.
432) 몽듕시(夢中事ㅣ): 몽즁사. 꿈속의 일.
433) 간ᄉ: 간수.

천(金釧) 혼 뚝 가지니라.' ᄒ시니 그쎡

112면

쇼제(小姐ㅣ) 나디 아냐 겨시티 노애(老爺ㅣ) 아ᄅ미 신명(神明)ᄒ시
니 이거슬 쇼져(小姐)ᄅᆞᆯ 주어 그 비필(配匹)을 엇게 ᄒ쇼셔."

부인(夫人)이 올히 너겨 그 팔쇠ᄅᆞᆯ 늬어 쇼져(小姐)ᄅᆞᆯ 주니 쇼셰
(小姐ㅣ) 입으로 믈을 아니나 븟다 도라와 누샹(縷箱)434)의 깁히 감
초니 그 긔운이 먼니 ᄲᅩ이더라.

쇼제(小姐ㅣ) 민양 부모(父母)ᄅᆞᆯ ᄉᆞ렴(思念)ᄒ야 입을 여러 우슬
젹이 업더라.

일일(一日)은 더위ᄅᆞᆯ ᄭᆡ여 팀션(針線)을 다ᄉᆞ리고 시녀(侍女) 홍
벽, 홍아ᄂᆞᆫ 난간(欄干)의 안ᄌᆞ더니, 니 한님(翰林) 거죠(擧措)ᄅᆞᆯ 보고
심긔(心氣) 뎌상(沮喪)435)ᄒ야 믈을 못 ᄒ니 운이 위로(慰勞)ᄒ딕,

"그 낭군(郞君)의 풍치(風采) 고금(古今)의 방불(髣髴)436)ᄒ니 업
ᄉᆞ니 쇼져(小姐)의 일싱(一生)이 헛되디 아닐 거시니 쇼

113면

져(小姐)ᄂᆞᆫ 번뇌(煩惱)티 ᄆᆞ르쇼셔."

쇼제(小姐ㅣ) 냥구(良久)히 말을 아니타가 탄식(歎息) 왈(曰),

"니 반싱(半生) 공브(工夫)ᄒ던 ᄆᆞ음이 오늘놀 그린 쎡이 되니 그

---

434) 누샹(縷箱): 누상. 쇠로 만든 상자. 금루상(金縷箱).
435) 뎌상(沮喪): 저상. 기운을 잃음.
436) 방불(髣髴): 비슷함.

도시(都是) 팔직(八字ㅣ)라 뉘 타슬 숨으리오? 어미는 이리 니르디
믈나. 츳인(此人)이 얼골이 미려(美麗)ᄒᆞ나 그 ᄆᆞ음인즉 금수(禽獸)
의 힝실(行實)이라 닉 임의 뎌의 그믈의 걸녀시니 다른 셩(姓)은 좃
지 못ᄒᆞ려니와 츳마 그런 광객(狂客)의 쳬(妻ㅣ) 되믈 원(願)치 아닛
노라.”

운이 골오딕,

“그 샹공(相公)이 니르기를, ‘녜의(禮義)에 구이(拘礙)ᄒᆞ나 언약(言
約)을 쳥(請)ᄒᆞ노라.’ ᄒᆞ니 그 믈도 올흔지라 쇼져(小姐)는 조곰도 의
심(疑心)치 ᄆᆞᄅᆞ소셔.”

쇼졔(小姐ㅣ) 브답(不答)ᄒᆞ고 이후(以後)브터 심ᄉᆞ(心事ㅣ) 울울
(鬱鬱)ᄒᆞ야 츳후(此後)는 문밧(門-)글

...

114면

나디 아니터라.

츳셜(且說). 니 어ᄉᆞ(御使ㅣ) 호광(湖廣)의 니르러 민졍(民情)437)을
힘뻐 다스리딕 챵고(倉庫)를 여러 녀민(黎民)438)을 진졔(賑濟)439)ᄒᆞ
니 젹직(赤子ㅣ)440) 부모(父母) 브라듯 ᄒᆞ고 쳥명(淸明)혼 일홈이 원
근(遠近)의 들니더라.

니 어ᄉᆞ(御使ㅣ) 수삼(數三) 숙(朔)을 다스리미 공ᄉᆞ(公事ㅣ) 혼가
(閑暇)ᄒᆞ거늘 이의 안마(鞍馬)441)를 ᄀᆞ초와 노 틱감(太監) 집의 니르

---

437) 민졍(民情): 민정. 백성의 사정과 형편.
438) 녀민(黎民): 여민. 백성.
439) 진졔(賑濟): 진제. 가난한 백성을 도와 줌.
440) 젹직(赤子ㅣ): 적자. 갓난아이라는 뜻으로, 임금이 백성을 갓난아이처럼 사랑한다
는 의미에서 ‘백성’을 이름.

니 노 튀감(太監)이 크게 놀나 붓비 의관(衣冠)을 정제(整齊)⁴⁴²⁾ㅎ고
므즈 쵸당(草堂)의 니르러 녜필(禮畢)의 어시(御使ㅣ) 닐오듸,

"전일(前日) 족하(足下)로 일면(一面)의 분(分)이 업스니 당돌(唐
突)이 나아오미 족하(足下)의 그릇 너길 줄 알오듸 의논(議論)홀 일
이 이셔 니의 니르럿느니 가(可)히 용납(容納)ㅎ믈 어드랴?"

튀감(太監)이 공수(拱手) 듸왈(對曰),

"쇼환(小宦)⁴⁴³⁾은 향곡(鄕曲) 농민(農民)이라 엇디

115면

어시(御使) 노야(老爺)의 무릭시믈 당(當)ㅎ리오? 연(然)이나 아모 연
괸(緣故ㅣ) 줄 몰나 의혹(疑惑)ㅎ느이다."

어시(御使ㅣ) 답왈(答曰),

"다른 일이 아니라 혹싱(學生)이 드릭니 족하(足下) 부듕(府中)의 규
쉬(閨秀ㅣ) 잇다 ㅎ니 아디 못게라, 그 근본(根本)을 듯고즈 ㅎ노라."

튀감(太監)이 놀나 싱각ㅎ듸,

'졀도(絶島) 튱군(充軍)혼 쇼 샹셔(尙書) 쭐을 안원(按院)⁴⁴⁴⁾ 노얘
(老爺ㅣ) 므릭미 극(極)혼 경시(慶事ㅣ)라. 빈로 니룬즉 반득시 셔운
이 너기리니 즘간(暫間) 권도(權道)로 니릭리라.'

ㅎ고 이의 듸왈(對曰),

"쇼환(小宦)이 뎍믹(嫡妹) 일(一) 인(人)이 본주(本州) 쇼 쳐스(處

---

441) 안마(鞍馬): 등에 안장을 얹은 말.
442) 정제(整齊): 정제. 격식에 맞게 차려입고 매무시를 바르게 함.
443) 쇼환(小宦): 소환. 내시가 자신을 낮추어 부르는 말.
444) 안원(按院): 여러 곳을 돌아다니며 살피고 조사하는 어사의 다른 이름.

士) 부인(夫人)이러니 일(一) 녀(女)를 두시고 쳐싀(處士ㅣ) 조세(早
世)[445]ᄒ시니 연고(緣故)로 쇼환(小宦)이 뫼셔다가 식믈(食物)을 공
급(供給)ᄒᄂ이다. 쇼 쳐싀(處士ㅣ) 디디(代代) 명문벌열(名門閥閱)[446]
이러니 쳐ᄉ(處士)의 니ᄅ러ᄂ 공명(功名)을 원(願)

* * *

116면

치 아니샤 산듕(山中)의 은거(隱居)ᄒ야 겨시다가 기셰(棄世)ᄒ야 겨
시나 가문(家門)은 극딘(極盡)ᄒ니이다."

어싀(御使ㅣ) 듯기를 뭇고 닐오디,

"혹싱(學生)이 평싱(平生) 어린 쯧이 잇ᄂ 고(故)로 지금(只今) 취
쳐(娶妻)를 못 ᄒ엿고 또 긔이(奇異)ᄒ 일이 이셔 우리 션죄(先祖ㅣ)
ᄌ금(紫金) 팔쇠 일 쌍(雙)을 빙치(聘采)ᄒ야 겨시더니 ᄒ나흘 일코
몽싀(夢事ㅣ) 여ᄎ여ᄎ(如此如此) ᄒ지라 싱(生)의 디뫼(大母ㅣ)[447]
깁히 간ᄉᄒ야 겨시더니, 일일(一日)은 긔운이 혹싱(學生)의 눈의 빅
ᄂ지라 혹싱(學生)이 ᄯ호 ᄆ음의 금쳔(金釧)이 합(合)ᄒ기를 기ᄃ리
더니 이제 드ᄅ니 족하(足下)의 집의 겨신 규쉬(閨秀ㅣ) 팔쇠를 두어
겨시다 ᄒ니 진진(秦晉)의 조흐믈[448] 밋고ᄌ ᄒ

---

445) 조세(早世): 조세. 젊은 나이에 죽음. 요절(夭折).
446) 명문벌열(名門閥閱): 나라에 공로가 많고 벼슬 경력이 많은 이름난 집안.
447) 디뫼(大母ㅣ): 대모. 할머니.
448) 진진(秦晉)의 조흐믈: 진진의 좋음을. 혼인을 이름. 중국 진(秦)과 진(晉) 두 나라가
대대로 혼인한 데에서 유래함.

니 틱의(太意) 엇더뇨?"

틱감(太監)이 복디(伏地)ᄒ야 ᄌ시 듯고 이젼(以前) 쇼 쳐ᄉ(處士) 쑴과 월혜 쇼져(小姐)의 눈의 그 긔운 뫼를 닉이 드럿ᄂ지라 크게 긔특(奇特)이 너기고 깃거 빈ᄉ(拜謝) 왈(曰),

"과연(果然) 뎍질(嫡姪)이 여ᄎ여ᄎ(如此如此) ᄒ야 그 팔쇠를 엇고 쇼 쳐ᄉ(處士) 몽죄(夢兆ㅣ) 여ᄎ(如此)ᄒ니 쇼환(小宦)이 뎍미(嫡妹)의 ᄯᅳᆺ을 바다 두로 방구(旁求)449)ᄒ디 엇디 못홀너니 이졔 노야(老爺)의 믈슴이 이러ᄒ시니 이ᄂ 쳔지긔봉(千載奇逢)450)이라. 뎍미(嫡妹)를 보고 의논(議論)ᄒ여 보려니와 아모커나 가지신 금쳔(金釧) 훈 쪽을 주실딘듸 뎍미(嫡妹)게 잇ᄂ 것과 빙듄(憑準)451)ᄒ야 보샤이다."

어ᄉ(御使ㅣ) 즉시(卽時) 낭듕(囊中)으로셔 닉여 주고 직삼(再三) 결혼(結婚)ᄒ믈 니ᄅ고 도라오니라.

틱감(太監)

이 즉시(卽時) 팔쇠를 가지고 드러가 노 부인(夫人)긔 뵈고 니 어ᄉ(御使)의 믈을 일일(一一)히 고(告)ᄒ니 노 부인(夫人)이 크게 깃거

---

449) 방구(旁求): 널리 찾아 구함.

450) 쳔지긔봉(千載奇逢): 천재기봉. 천 년에 한 번 일어날 법한 기이한 만남.

451) 빙듄(憑準): 빙준. 비교함.

닐오디,

"월ᄋ(-兒)의 비필(配匹)을 지금(只今) 뎡(定)치 못ᄒ야 우민(憂悶)ᄒ더니 엇디 이런 긔특(奇特)ᄒᆫ 비필(配匹)이 이실 줄 알니오?"

이의 운ᄋ를 명(命)ᄒ야 이젼(以前) 어든 팔쇠를 ᄂᆡ여 오라 ᄒ야 ᄒᆫ ᄃᆡ 노코 보니 ᄭ무민 것과 셩녕(成令)452)이 호발(毫髮)도 다ᄅ미 업셔 진짓 ᄒᆫ 빵(雙)이라. 부인(夫人)이 크게 깃거 운아를 주어 쇼져(小姐)를 주라 ᄒ니, 운이 ᄇᆞ다 쇼져(小姐)긔 뵈고 경셩(京城) ᄂᆡ 한님(翰林)이 니ᄅ러 ᄎᆞᆺᄂᆞᆫ 줄 일일(一一)히 니ᄅ니 쇼제(小姐ㅣ) 신ᄉᆡᆨ(神色)이 변(變)ᄒᆞ믈 ᄭᆡᆺ듯디 못ᄒ야 믈을 아니ᄒ더라.

노 ᄐᆡ감(太監)이 명일(明日) 금

쳔(金釧)을 가디고 아듕(衙中)453)의 니ᄅ러 회샤(回謝)454)ᄒ고 닐오디,

"노야(老爺) 믈슴을 뎍ᄆᆡ(嫡妹)게 고(告)ᄒ니 허(許)ᄒ미 잇ᄉᆞᆷᄂᆞᆫ디라 노야(老爺)ᄂᆞᆫ 길일(吉日)을455) ᄐᆡᆨ(擇)ᄒ야 혼녜(婚禮)를 닐우쇼셔."

ᄒ고 금쳔(金釧)을 도로 드리니, 어ᄉᆡ(御使ㅣ) 크게 깃거 ᄐᆡᆨ일(擇日)ᄒ니 겨유 수십(數十) 일(日)은 격(隔)ᄒᆞᆫ지라.

어ᄉᆡ(御使ㅣ) 비록 부친(父親) 칙(責)을 근심ᄒ나 쇼 시(氏)의 얼골 ᄒᆡᆼᄉᆞ(行事)를 볼던디 속죄(贖罪)ᄒᆞᆯ ᄆᆞ디오 ᄉᆡᆼᄂᆡ(生來)의 부친(父親) ᄉᆞ랑을 닙어 큰쇼ᄅᆡ도 듯지 못ᄒ엿ᄂᆞᆫ지라 이를 밋어 쾌(快)히 길일

---

452) 셩녕(成令): 성령. '만들어진 것'의 의미로 보이나 미상임.

453) 아듕(衙中): 아중. 관아(官衙).

454) 회샤(回謝): 회사. 사례하는 뜻을 표함.

455) 일을: [교] 원문에는 '녜를'로 되어 있으나 문맥에 맞지 않으므로 이와 같이 수정함.

(吉日)을 튁(擇)ᄒ야 늘이 다드ᄅ미 어시(御使ㅣ) 길복(吉服)을 ᄀᆞ초고 노가(-家)의 니ᄅ러 뎐안(奠雁)456)을 밋고 쇼져(小姐)로 더브러 합환457)주(合歡酒)를 밋고 동방(洞房)의 니ᄅ니 포진(鋪陳)458)이 화려ᄒ더라.

야심(夜深) 후(後) 쇼제(小姐ㅣ) 나와

••

120면

먼니 안ᄌ니 명광(明光)이 암실(暗室)의 죠요(照耀)ᄒ야 촉홰(燭華ㅣ)459) 무식(無色)ᄒ더라. 어시(御使ㅣ) 희열(喜悅)ᄒ미 만심(滿心)ᄒ야 이의 웃고 닐오딕,

"그딕 뎐일(前日) 흑싱(學生)을 광긱(狂客)이라 ᄒ더니 엇디 금일(今日) 흑싱(學生)의 가뫼(家母ㅣ) 되엿ᄂ뇨?"

쇼제(小姐ㅣ) 안식(顔色)을 식식이 ᄒ고 브답(不答)ᄒ니 어시(御使ㅣ) 춤디 못ᄒ야 ᄂ아가 옥수(玉手)를 줍고 닐오딕,

"흑싱(學生)은 경ᄉ(京師) 잇고 그딕ᄂᆞᆫ 호광(湖廣)이시니 산쳔(山川)이 몃 겹이뇨무ᄂ 쳔연(天緣)이 긔특(奇特)이 만나고 ᄬ쳔(雙釧)의 긔봉(奇逢)ᄒ미 쳔ᄌᆡ(千載)의 긔특(奇特)ᄒ미라 그딕 엇디 혼 물도 아닛ᄂ뇨?"

쇼제(小姐ㅣ) 졍식(正色)고 손을 썰쳐 믈너 안ᄌ 믁연(默然)ᄒ니 엄(嚴)혼 빗치 ᄉ좌(四座)의 쏘이니 어시(御使ㅣ) 비록 깃거 아니나

---

456) 뎐안(奠雁): 전안. 혼례 때, 신랑이 기러기를 가지고 신부 집에 가서 상 위에 놓고 절함. 또는 그런 예(禮).

457) 환: [교] 원문에는 '판'으로 되어 있으나 오기로 보임.

458) 포진(鋪陳): 잔치 따위를 할 때에 앉을 자리를 마련하여 깖.

459) 촉홰(燭華ㅣ): 화촉. 빛깔을 들인 밀초. 흔히 혼례 의식에 씀.

견일(前日)

지은 허믈이 잇ᄂᆞᆫ지라 쇼져(小姐)의 미온(未穩)⁴⁶⁰)ᄒᆞᆷᄅᆞᆯ 숫쳐 다만 ᄒᆞᆫ 가지로 침샹(寢牀)의 나아가미 어ᄉᆞ(御使)의 호방(豪放)ᄒᆞᆫ 긔질(氣質)노 소 시(氏) ᄀᆞᆺᄐᆞᆫ 숙녀(淑女)ᄅᆞᆯ 겻지으미⁴⁶¹) 엇디 은정(恩情)을 즐가잉(可仍)⁴⁶²)ᄒᆞ리오ᄆᆞᄂᆞᆫ ᄒᆞᆫ ᄆᆞ음의 블고이취(不告而娶)⁴⁶³)ᄅᆞᆯ 근심ᄒᆞ야 냥정(兩情)⁴⁶⁴)을 밋디 아냐 다만 소 시(氏)ᄅᆞᆯ 편(便)히 누이고 ᄌᆞ개(自家ㅣ) 겻ᄐᆡ 누어 원비(猿臂)⁴⁶⁵)ᄅᆞᆯ 느리여 그 손을 줍을 분이오 부부지락(夫婦之樂)은 전연(全然)이 닐오디 아니ᄒᆞ니 효성(孝誠)이 긔특(奇特)ᄒᆞ더라.

평명(平明)⁴⁶⁶)의 니러 쇼셰(梳洗)ᄅᆞᆯ ᄆᆞᆺ고 노 부인(夫人)긔 드러가 뵈오니 노 부인(夫人)이 싱(生)의 풍도(風度)ᄅᆞᆯ 보고 깃붐과 슬프미 극(極)ᄒᆞ야 눈믈을 흘녀 ᄀᆞᆯ오디,

"노인(老人)이 금일(今日) 손녀(孫女)

---

460) 미온(未穩): 평온하지 않음.

461) 겻지으미: 여자와 짝을 지음에. '겻'은 맹인(盲人)의 말로 여자를 가리키고, '짓다'는 짝을 이룸을 말함.

462) 가잉(可仍): 참을 수 있음. 잉(仍)은 '참음'을 뜻함. 참고로 국도본(7:133)에는 이 부분이 'ᄎᆞᆷ으리오마ᄂᆞᆫ'으로 풀어 써져 있음.

463) 블고이취(不告而娶): 불고이취. 아버지에게 고하지 않고 장가를 듦.

464) 냥정(兩情): 양정. 남녀 사이의 성관계.

465) 원비(猿臂): 원숭이의 팔이라는 뜻으로, 길고 힘이 있어 활쏘기에 좋은 팔을 이르는 말.

466) 평명(平明): 해가 뜨는 시각.

로 그ᄃᆡ ᄀᆞᄐᆞᆫ 긔린(麒麟)[467]을 어드니 깃브미 극(極)ᄒᆞ거니와 제 어버이 먼니 이셔 보지 못ᄒᆞ니 엇디 깃브디 아니리오?"

어ᄉᆡ(御使ㅣ) 그 믈이 노 ᄐᆡ감(太監) 믈과 다ᄅᆞ믈 고이(怪異)히 너겨 유유(唯唯)[468]ᄒᆞ고 믈너와 쇼져(小姐)ᄃᆞ려 무ᄅᆞᄃᆡ,

"그ᄃᆡ 셔숙(庶叔)이 그ᄃᆡᄅᆞᆯ 뎍질(嫡姪)이라 ᄒᆞ더니 금일(今日) 취뫼[469] 손녜(孫女ㅣ)라 ᄒᆞ니 그 어인 말인고?"

쇼제(小姐ㅣ) 브답(不答)ᄒᆞᄃᆡ 싱(生)이 정ᄉᆡᆨ(正色) 왈(曰),

"그ᄃᆡ 엇던 녀ᄌᆡ(女子ㅣ)완ᄃᆡ 가부(家夫)의 믈을 답(答) 아닛ᄂᆞ뇨? 나 니몽챵이 비록 용널(庸劣)ᄒᆞ나 녀ᄌᆞ(女子)의 챵궐(猖獗)[470]ᄒᆞᆷ믄 용납(容納)디 아니리니 그ᄃᆡᄂᆞᆫ 싱각ᄒᆞ라."

ᄒᆞᄃᆡ 이의 운이 나아가 ᄃᆡ(對)ᄒᆞᄃᆡ,

"우리 쇼제(小姐ㅣ) 친(親)ᄒᆞᆫ 사ᄅᆞᆷ과도 믈ᄒᆞ기ᄅᆞᆯ 즐겨 아니시니 ᄒᆞ믈며

소텬(所天)[471]을 처엄으로 ᄃᆡ(對)ᄒᆞ시미니잇고? 노야(老爺)ᄂᆞᆫ 짐ᄌᆞᆨ

---

467) 긔린(麒麟): 기린. 성인이 탄생할 때 세상에 출현한다는 상서로운 동물로, 빼어난 인물을 가리킬 때에도 사용됨.

468) 유유(唯唯): 짧게 대답함.

469) 취뫼: 장모의 의미로 보이나 미상임.

470) 챵궐(猖獗): 창궐. 못된 세력이나 전염병 따위가 세차게 일어나 걷잡을 수 없이 퍼짐.

471) 소텬(所天): 소천. 아내가 남편을 이르는 말.

(斟酌)ᄒᆞ샤 용샤(容赦)ᄒᆞ쇼셔."

어ᄉᆡ(御使ㅣ) 듯고 줌간(暫間) 웃고 답(答)디 아니터라.

아ᄃᆞᆼ(衙中)의 도라오니 홀연(忽然) 경ᄉᆞ(京師)의셔 셩디(聖旨) ᄂᆞ려 니 어ᄉᆞ(御使)의 ᄇᆡᆨ셩(百姓) 줄 다ᄉᆞ리믈 표댱(表章)472)ᄒᆞ시고 특별(特別)이 녜부시랑(禮部侍郞)을 승딕(陞職)473)ᄒᆞ야 역마(驛馬)로 샹경(上京)ᄒᆞ라 ᄒᆞ신 뎐지(傳旨)라.

어ᄉᆡ(御使ㅣ) 뎐지(傳旨)를 ᄇᆞᆺᄌᆞ와 북향(北向) 샤은(謝恩)ᄒᆞ고 즉시(卽時) ᄒᆞ리(下吏)를 명(命)ᄒᆞ야 ᄒᆡᆼ댱(行裝)474)을 출히라 ᄒᆞ고 노부(-府)의 니ᄅᆞ러 모든 ᄃᆡ 이 물을 고(告)ᄒᆞ니 노 부인(夫人)이 ᄀᆞ쟝 놀나 닐오ᄃᆡ,

"낭군(郞君)을 어더 ᄉᆞ랑ᄒᆞ믈 다 베프디 못ᄒᆞ여셔 ᄯᅥ나니 결연(缺然)ᄒᆞ믈 이긔디 못ᄒᆞᄂᆞᆫ디라. ᄇᆞ라ᄂᆞ니 낭군(郞君)은

· ● ●

124면

손녀(孫女)의 일ᄉᆡᆼ(一生)을 져ᄇᆞ리지 ᄆᆞᆯ쇼셔."

ᄉᆡᆼ(生)이 샤왈(謝曰),

"쇼ᄉᆡᆼ(小生)이 경ᄉᆞ(京師)로 도라가 부모(父母)긔 고(告)ᄒᆞ고 즉시(卽時) 거마(車馬)를 보ᄂᆡ리니 취모475)ᄂᆞᆫ 녀ᄌᆞ(女子)의 삼종디의(三從之義)476)를 ᄉᆡᆼ각ᄒᆞ쇼셔."

---

472) 표댱(表章): 표장. 어떤 일에 좋은 성과를 내었거나 훌륭한 행실을 한 데 대하여 세상에 널리 알려 칭찬함.
473) 승딕(陞職): 승직. 직위를 올림.
474) ᄒᆡᆼ댱(行裝): 행장. 여행할 때 쓰는 물건과 차림.
475) 취모: 장모의 의미로 보이나 미상임.
476) 삼종디의(三從之義): 삼종지의. 예전에, 여자가 따라야 할 세 가지 도리를 이르던

드듸여 방듕(房中)의 드러가 쇼져(小姐)를 딕(對)ᄒ여 골오듸,

"닉 이제 셩지(聖旨)를 밧ᄌ와 경ᄉ(京師)로 도라가ᄂ니 존당(尊堂)의 쥬(奏)ᄒ고 그듸를 ᄃ려가리라."

쇼제(小姐ㅣ) 셩안(星眼)이 ᄀᄂᆯ고 미위(眉宇ㅣ) 싁싁ᄒ야 답(答)디 아니니 싱(生)이 필경(畢竟)은 노(怒)ᄒ야 ᄯ흔 믁연(默然)이러니 이늘 밤을 흔가지로 지닉고 명일(明日) 쇼져(小姐)를 니별(離別)홀ᄉ 다시 닐오듸,

"그듸 비록 수괴(羞愧)ᄒᆷ 이시려니와 먼니 가는 가부(家夫)를 딕(對)ᄒ야 종시(終是) 믁믁(默默)ᄒ려 ᄒᄂ다?"

◦••

125면

쇼제(小姐ㅣ) 인ᄉ(人事)의 ᄆ지못ᄒ야 줌간(暫間) 답(答)고ᄌ ᄒ듸 ᄎᄆ 수괴(羞愧)홀 ᄲᆫ 아냐 젼일(前日) 거조(擧措)를 싱각ᄒ니 분앙(憤怏)[477]ᄒ미 압셔 입 열기를 쥬져(躊躇)ᄒ더니 싱(生)이 ᄯᅩ 골오듸,

"닉 브모(父母)긔 고(告)티 못ᄒ고 그듸를 취(娶)ᄒ엿ᄂ 고(故)로 졍의(情意)를 밋지 못ᄒ고 가ᄂ니 그듸ᄂ 딘듕(珍重)ᄒ야 싱(生)의 거믹(車馬ㅣ) 니ᄅ거ᄃ 올지어다."

쇼제(小姐ㅣ) 강잉(强仍)ᄒ야 답(答)고ᄌ ᄒ다가 크게 놀나고 더옥 증분(增忿)[478]ᄒ야 답(答)디 아니니 싱(生)이 답답이 너기나 길히 밧븐디라 노 부인(夫人)과 틱감(太監)의게 하딕(下直)고,

---

말. 어려서는 아버지를, 결혼해서는 남편을, 남편이 죽은 후에는 자식을 따라야 하였음. 삼종지도(三從之道).

477) 분앙(憤怏): 성내고 원망함.

478) 증분(增忿): 분노가 더함.

총총(恩恩)이 위의(威儀)를 거느려 경스(京師)의 니르러 궐하(關下)의 샤은(謝恩)ᄒ니 샹(上)이 문화뎐(文華殿)479)의 인견(引見)ᄒ샤 호광(湖廣) 즐 다

126면

스리믈 포댱(褒獎)480)ᄒ시고 스쥬(賜酒)ᄒ시니 시랑(侍郎)이 비무(拜舞) 샤은(謝恩)ᄒ고 집의 도라와 훤당(萱堂)481)의 비알(拜謁)ᄒ니 집을 쩌는 지 거의 반년(半年)이러라. 일개(一家ㅣ) 크게 깃거 환경(還京)ᄒ믈 티하(致賀)ᄒ고 각각(各各) 빅셩(百姓) 다스리던 브룰 무르니 시랑(侍郎)이 단순옥티(丹脣玉齒)482) 스이로 물숨이 도도(滔滔)ᄒ야 일일(一一)히 고(告)ᄒ니 모다 칭찬(稱讚)ᄒ믈 ᄆ지아니코 뉴 부인(夫人)이 시랑(侍郎)의 손을 줍고 굴오ᄃᆡ,

"네 어나 스이 댱셩(長成)ᄒ야 몸이 호광(湖廣) 일경(一境) 디관(大官)이 되여 ᄯᅡ흘 줄 다스리니 이 도시(都是) 현부(賢婦)의 티교(胎教)를 줄ᄒ미라."

뎡 부인(夫人)이 피셕(避席) 비샤(拜謝)ᄒ고 승샹(丞相)은 미쇼(微笑)ᄒ더니 쇼뷔(少傅ㅣ) 우음을 머금고 고(告)ᄒᄃᆡ,

"티티(太太) 금일(今日) 몽챵의 셩

---

479) 문화뎐(文華殿): 문화전. 중국 북경 자금성의 동화문(東華門) 안에 있는 전각으로 명청 시대에 여기에서 경연(經筵)을 베풀었음.

480) 포댱(褒獎): 포장. 칭찬하여 장려함.

481) 훤당(萱堂): 원래 남의 어머니를 높여 이르는 말이나 여기에서는 자기의 조부모, 부모를 가리키는 말로 쓰임.

482) 단순옥티(丹脣玉齒): 단순옥치. 붉은 입술과 옥같이 흰 이라는 뜻으로 아름다운 외모를 이르는 말.

댱(成長)ᄒ미 뉘 공(功)이라 ᄒ시ᄂ니잇고?"

뉴 부인(夫人)이 지긔(知機)ᄒ고 쇼왈(笑曰),

"뎡 현부(賢婦)의 공(功)이라 ᄒ노라."

쇼뷔(少傳ㅣ) 웃고 주왈(奏曰),

"금일(今日) 모친(母親) 물슴이 그릇 아ᄅ시미라. 셕일(昔日) 수쉬(嫂嫂ㅣ) 오문(吾門)을 쪄나시고 형댱(兄丈)이 놈힝(南行)ᄒ신 후(後) 몽챵이 쇼ᄌ(小子)곳 아닐딘딕 부지(扶支)치 못ᄒ엿시리니 수쉬(嫂嫂ㅣ) 몽챵의 ᄌ뫼(慈母ㅣ)시나 쇼ᄌ(小子)ᄂ 고힝(苦行) 겻그믈 ᄌ모(慈母)의셔 더ᄒ여시니 몽챵의 댱셩(長成)ᄒ야 지위(地位) 춘경(春卿)⁴⁸³⁾의 니ᄅ믈 당(當)ᄒ야 쇼ᄌ(小子)의 공(功)을 일ᄏᄅ리 업스니 아니 원울(怨鬱)⁴⁸⁴⁾ᄒ니잇가?"

좌위(左右ㅣ) 딕쇼(大笑)ᄒ고 뉴 부인(夫人)이 쇼왈(笑曰),

"네 비록 챵ᄋ(-兒)를 휵양(慉養)코ᄌ ᄒ나 현뷔(賢婦ㅣ) ᄂᆺ치 아니시면 엇디ᄒᆯ다?"

쇼뷔(少傳ㅣ) 웃

483) 춘경(春卿): 춘관(春官)의 장관. 춘관은 중국 주나라의 관직명인데, 육경(六卿)의 하나로 예(禮)를 담당하였음. 이로부터 후에 예부(禮部)를 춘관이라 하고 그 장관(長官), 즉 예부상서 등을 춘경이라 불렀음. 여기에서는 이몽창이 예부시랑에 임명된 것을 가리킴.

484) 원울(怨鬱): 원통하고 억울함.

고 딕왈(對曰),

"수쉬(嫂嫂ㅣ) 셜스(設使) 몽챵을 나하 겨시나 쇼지(小子ㅣ) 기라지 아냐시면 엇디 뎌딕도록 슉셩(夙成)485)ᄒ리잇고?"

모다 올타 ᄒ더라.

파(罷)ᄒ야 믈너나니 시랑(侍郞)이 셔당(書堂)의 도라와 소부(-府) 가인(家人)을 도라보닐시 셔간(書簡)을 쓰더니 홀연(忽然) 연수, 연경과 몽훈, 몽경과 무평빅 댱ᄌ(長子) 몽셩 등(等)이 부마(駙馬)로 니음ᄎ 드러오니 시랑(侍郞)이 쓰던 셔간(書簡)을 ᄉ미의 녀코 니러 마ᄌ니 제인(諸人)이 좌뎡(坐定)ᄒ고 연쉬 웃고 닐오딕,

"현뎨(賢弟) 무어슬 우리를 보고 곰쵸ᄂᆞᆫ다?"

시랑(侍郞)이 웃고 답(答)지 아니니 연쉬 왈(曰),

"이 반드시 졍인(情人)이 이셔 가마니 ᄒᄂᆞᆫ 셔간(書簡)을 쓰미라. 우리 모다 드러 아ᄉ 보리라."

시랑(侍郞)이 ᄎᆞ언(此言)을 듯고 두려 ᄉ미로조ᄎ 셔간(書簡)을 ᄂᆡ여 금노(金爐)의 블을 집어 술와 ᄇᆞ리니 제인(諸人)이 박댱딕소(拍掌大笑)486) 왈(曰),

"이 반드시 졍인(情人)이 이셔 ᄀᆞ만흔 셔간(書簡)을 쓰다가 탄노

---

485) 슉셩(夙成): 숙성. 나이에 비해 지각이나 발육이 빠름.
486) 박댱딕소(拍掌大笑): 박장대소. 손뼉을 치며 크게 웃음.

(綻露)호미라. 만일(萬一) 그럿치 아니면 엇디 업시호리오? 우리 등(等)이 급(急)히 앗지 못홈믈 뉘웃노라."

부민(駙馬ㅣ) 역시(亦是) 의심(疑心)호여 정식(正色) 왈(曰),

"무슴 비밀(秘密)호 셔간(書簡)이완듸 아등(我等)을 뵈디 아니호고 블 딜너 수샹(殊常)이 구나뇨?"

시랑(侍郎)이 웃고 답(答)디 아니니 부민(駙馬ㅣ) 크게 의심(疑心)호나 언듕(言重)[487]호 고(故)로 다시 뭇지 아니코 니러 가니 졔인(諸人)이 다 추추(次次)로 니러 가는지라 시랑(侍郎)이 다시 셔간(書簡)을 써 쇼부(-府) 가인(家人)을 보닉니

• • •

130면

라.

시(時)의 샹(上)이 틱즈(太子)를 봉(封)호시고 딕샤텬하(大赦天下)[488]호시니 니 승샹(丞相)이 믹양 쇼 쳐ᄉ(處士) 은혜(恩惠) 모친(母親)긔 두터오믈 싱각고 보은(報恩)호믈 싱각호더니 그 흔낫 아들이 변싀(邊塞)의 튱군(充軍)호믈 듀야(晝夜) 닛디 못호더니 이쩌를 틱 탑젼(榻前)[489]의 주왈(奏曰),

"젼임(前任) 녜부샹셔(禮部尚書) 쇼문이 픽군디죄(敗軍之罪)로 변싀(邊塞)의 뎍거(謫居)호연 지 호마 십(十) 년(年)이니 국법(國法)의 픽군(敗軍)호 쟝수(將帥)를 이십(二十) 년(年) 튱군(充軍)키 호엿ᄉ오나 쇼문의 인직(人材) 출인(出人)호니 원(願) 폐하(陛下)는 관뎐(寬

---

487) 언듕(言重): 언중. 말이 무거움.

488) 딕샤텬하(大赦天下): 대사천하. 천하에 크게 사면(赦免)함.

489) 탑젼(榻前): 탑전. 임금의 자리 앞.

典)490)을 쓰시미 호싱지딕(好生之德)491)일가 ᄒ나이다."

샹(上)이 ᄭ"다라 니ᄅ샤딕,

"딤(朕)이 ᄯ호 션뎨(先帝) 믈습을 듯ᄌ오니 쇼문의 인진(人材ㄹ)줄 니ᄅ시딕 후인(後人)을 딩계(懲誡)

• • •

131면

코ᄌ ᄒ므로 샤(赦)티 못ᄒ엿더니 경(卿)의 믈이 올ᄒ니 이번 샤(赦)의 노케 ᄒ라."

승샹(丞相)이 믈너 셩디(聖旨)를 밧ᄌ와 쇼문을 녯 벼슬노 브ᄅ시니 샤명(赦命)이 졀강(浙江)으로 가니라.

ᄎ시(此時) 몽챵이 듀야(晝夜) 소 시(氏)를 ᄉ렴(思念)ᄒ딕 부친(父親)을 두려 감(敢)히 ᄉ식(辭色)디 못ᄒ더니 승샹(丞相)이 몽챵이 오릭 환거(鰥居)ᄒ믈 ᄉ렴(思念)ᄒ야 너비 구혼(求婚)ᄒ야 형부시랑(刑部侍郎) 순회의 녀(女)를 명혼(定婚)ᄒ니 시랑(侍郎)이 크게 놀나 이에 부젼(父前)의 고(告)ᄒ딕,

"ᄒ익(孩兒ㅣ) 샹실(喪室) 후(後) 심ᄉ(心事ㅣ) 즐겁디 아니코 져 집 규슈(閨秀)의 현부(賢婦)도 모로고 엇디 쇼리(率爾)히492) 허락(許諾)ᄒ시니잇고?"

승샹(丞相)이 그 방ᄌ(放恣)ᄒ믈 미온(未穩)ᄒ야 졍ᄉ(正色)고 말

---

490) 관뎐(寬典): 관전. 관대한 은전.
491) 호싱지딕(好生之德): 호생지덕. 사형에 처할 죄인을 특사하여 살려 주는 제왕의 덕.
492) 쇼리(率爾)히: 솔이히. 말이나 행동이 신중하지 못하고 가벼이.

을 아니니 엄(嚴)혼 긔운이 ᄉ좌(四座)의 ᄡᅩ이ᄂᆞᆫ지라.

황공이퇴(惶恐而退)493)ᄒᆞ야 셔당(書堂)의 와 쇼 시(氏)를 싱각ᄒᆞᄆᆡ 그 일빅(一百) 광치(光彩) 눈ᄀᆞ의 버러시니 ᄎᆞᄆᆞ 닛디 못ᄒᆞ야 그 일싱(一生)이 순(順)티 아니믈494) 념녀(念慮)ᄒᆞ니 팀식(寢食)이 다디 아니ᄒᆞ고 심ᄉᆡ(心事ㅣ) 울울(鬱鬱)ᄒᆞ야 수일(數日) ᄉᆞ이 긔뷔495)(肌膚ㅣ)496) 환형(換形)497)ᄒᆞ니 순가(-家)의셔 신낭(新郎)의 병(病)들믈 듯고 근심ᄒᆞ더니 십여(十餘) 일(日)이 되ᄆᆡ 시랑(侍郞)이 능(能)히 강잉(强仍)치 못ᄒᆞᄆᆡ 혼 번(番) 누으니 빅병(百病)이 디발(大發)ᄒᆞ야 크게 위듕(危重)ᄒᆞ니 일개(一家ㅣ) 근심ᄒᆞ고 샹(上)이 어의(御醫)로 간병(看病)ᄒᆞ시니 승샹(丞相)이 그 병(病)을 샹ᄉᆞ(相思)로 의심(疑心)ᄒᆞ딘ᄂᆞ타나지 아닌 닐의 의심(疑心)ᄒᆞᄆᆡ 블가(不可)ᄒᆞ야

구호(救護)ᄒᆞ기를 극진(極盡)이 ᄒᆞ야 ᄯᅩ 싱(生)의 미간(眉間)이 블길(不吉)ᄒᆞ야 익(厄)이 이시믈 보고 혹(或) 이곳의 ᄆᆞ줄가 우려(憂慮)ᄒᆞ야 침수(寢睡)498)를 폐(廢)ᄒᆞ고 환우(患憂)499)ᄒᆞ더니 이십여(二十餘)

---

493) 황공이퇴(惶恐而退): 두려워하고 물러남.

494) 믈: [교] 원문에는 '룰'로 되어 있으나 오기로 보임.

495) 뷔: [교] 원문에는 '뵈'로 되어 있으나 오기로 보임.

496) 긔뷔(肌膚ㅣ): 기부. 살갗.

497) 환형(換形): 모양이 전과 달라짐.

498) 침수(寢睡): 잠을 잠.

일(日)의 니르러는 싱(生)이 인스(人事)를 몰나 혼졀(昏絶)ㅎ는지라 부미(駙馬ㅣ) 망극(罔極)ㅎ야 쇼부(少傅)를 디(對)ㅎ야 닐오디,

"ᄎ뎨(次弟)의 병(病)이 ᄌ못 고이(怪異)ㅎ고 뎌즈음긔 이러이러ᄒ 셔간(書簡)을 쓰다가 쇼딜(小姪)을 보고 감초니 뭇고ᄌ ㅎ디 쇼딜(小姪)이 샹시(常時) 긔싴(氣色)이 화열(和悅)치 못ㅎ야 동싱(同生) 스랑을 지극(至極)히 못 ㅎ는 고(故)로 졔뎨(諸弟) 등(等)이 ᄒᄌ 공경(恭敬)ㅎ믈 과(過)히 ㅎ고 이디(愛待)500)ㅎ미 업순지라 ᄎ뎨(次弟) 결단(決斷)코 쇼딜(小姪)ᄃ려는 니르지 아닐 거시니 숙뷔(叔父ㅣ)

· ● ·

134면

죠용히 그 심스(心事)를 무러 눌을 스랑ㅎ야 그럿툿 ㅎ는고 힐문(詰問)ㅎ쇼셔."

쇼뷔(少傅ㅣ) 씌다라 ᄎ야(此夜)의 병쇼(病所)의 드러가니 시랑(侍郎)이 인스(人事)를 모로고 혼혼(昏昏)501)ㅎ엿는디라 쇼뷔(少傅ㅣ) 시랑(侍郎)의 병(病) 듕(重)ㅎ믈 보고 함누(含淚)ㅎ며 나아가 손을 줍고 무르디,

"네 엇디 졸연(猝然)502)ᄒ 병(病)이 이럿툿 ㅎ야 형댱(兄丈)긔 블효(不孝)를 기치는다?"

시랑(侍郎)이 눈을 써 보고 디왈(對曰),

"쇼딜(小姪)이 ᄯᅩᄒ 모로디 아니디 ᄆᆞ옴으로 못 ㅎ야 병(病)이 이

---

499) 환우(患憂): 근심함.

500) 이디(愛待): 애대. 사랑으로 대함.

501) 혼혼(昏昏): 정신이 가물가물하고 희미함.

502) 졸연(猝然): 갑작스러운 모양.

의 니르니 또흔 텬503)명(天命)이라 엇디ㅎ리잇고?"

쇼뷔(少傅ㅣ) 냥구(良久) 후(後) 무르되,

"우숙(愚叔)이 블명(不明)ㅎ나 그윽이 보건되 너의 거동(擧動)이 아마도 심녀(心慮)를 허비(虛費)ㅎ고 사름

* * *

135면

을 싱각는가 시브니 날을 되(對)ㅎ야 니르미 히롭지 아니ㅎ니라."

시랑(侍郎)이 홀연(忽然) 놀나 닐오되,

"쇼딜(小姪)이 엇디 사름을 스모(思慕)ㅎ며 심녀(心慮)를 허비(虛費)ㅎ리잇고? 숙부(叔父) 무르시미 짐쟉(斟酌)ㅎ시민가 ㅎㄴ이다."

쇼뷔(少傅ㅣ) 그 긔쉭(氣色)을 숫치고 이의 그 머리를 집고 어로만져 굴오되,

"네 샹시(常時) 스리(事理)를 달통(達通)ㅎ더니 금일(今日)은 엇디 이리 조박야오뇨? 너 비록 아는 거시 업스나 너의 거동(擧動)은 알미 잇ㄴ니 네 아모 사름을 싱각ㅎ나 쾌(快)히 닐너 다려오고 이러툿 믈 거시어늘 스스로 노심초스(勞心焦思)ㅎ야 죽기를 바야니 형댱(兄丈) 과 수수(嫂嫂)긔 블효(不孝)를 싱각디 아냐 쳔지(千載)

* * *

136면

의 죄인(罪人)이 되고ㄷ ㅎㄴ뇨? 모로미 우숙(愚叔)의게 ㅈ시 닐너 뉘우ㅊ미 업게 ㅎ라."

시랑(侍郎)이 쌔ㄷ라 줌줌(潛潛)ㅎ기를 오릭 ㅎ다가 이의 니르되,

---

503) 텬: [교] 원문에는 '텽'으로 되어 있으나 오기로 보임.

"ᄌᆞ뎐(自專)ᄒᆞᆫ 죄(罪) 산히(山海) ᄀᆞᆺ하니 ᄎᆞᄆᆞ 남ᄃᆞ려 니ᄅᆞ기를 못
ᄒᆞ더니 숙부(叔父)의 무ᄅᆞ시미 겨시니 엇디 긔이리잇가?"

인(因)ᄒᆞ야 소 시(氏)를 쳐음붓허 뎡ᄌᆞ(亭子)의 가 시험(試驗)ᄒᆞᆫ 믈
과 이번 가셔 취(娶)ᄒᆞᆫ 믈을 일댱(一場) 셜파(說罷)ᄒᆞ야 고(告)ᄒᆞ고
다시 닐오디,

"쇼딜(小姪)의 죄(罪) 깁흐니 원(願)컨디 숙부(叔父)는 야야(爺爺)
와 형댱(兄丈)긔 고(告)치 ᄆᆞᄅᆞ쇼셔. 아ᄅᆞ신즉 죽으리이다."

쇼뷔(少傅ㅣ) 텽파(聽罷)의 ᄃᆡ경(大驚) 왈(曰),

"네 엇디 이런 큰 거조(擧措)를 편시간(片時間)504) 닐우뇨? 형댱
(兄丈) 셩품(性品)이 야야(爺爺)긔 더으시니 아ᄅᆞ신즉

● ● ●

137면

네 듕ᄎᆡᆨ(重責)505)을 면(免)티 못ᄒᆞ리니 우숙(愚叔)이 입을 줌으려니
와 필경(畢竟)을 엇디려 ᄒᆞᄂᆞ뇨?"

시랑(侍郎)이 ᄃᆡ왈(對曰),

"쇼딜(小姪)이 쳐음의 쇼 시(氏) 긔이(奇異)ᄒᆞ미 셰속인(世俗人)과
다르미 취(娶)ᄒᆞ얏더니 야야(爺爺) 긔ᄉᆡᆨ(氣色)이 엄졍(嚴正)ᄒᆞ시니
홀 일이 업ᄉᆞᆫ지라 뎌를 허(許)ᄒᆞ야 다른 셩(姓)이나 셤기려 ᄒᆞ고ᄌᆞ
ᄒᆞᄂᆞ이다."

쇼뷔(少傅ㅣ) 쇼왈(笑曰),

"어느 녀ᄌᆡ(女子ㅣ) 납폐(納幣) 친영(親迎)ᄒᆞᆫ 가부(家夫)를 ᄇᆞ리고
타문(他門)의 가리오? 네 ᄯᅩ 쇼 시(氏)를 ᄉᆞ렴(思念)ᄒᆞ야 타문(他門)

---

504) 편시간(片時間): 잠시간.
505) 듕ᄎᆡᆨ(重責): 중책. 호된 꾸지람.

의 가게 홀다?"

시랑(侍郞)이 추연(惆然) 디왈(對曰),

"쇼딜(小姪)이 ᄎᄉ(此事)ᄂᆞᆫ 견두(前頭)506)를 혜아리고 소 시(氏)로 친근(親近)ᄒᆞ미 업셔 잉혈(鶯血)507)을 머므러시니 소딜(小姪)의 ᄠᅳᆺ이 소 시(氏) 긔이(奇異)ᄒᆞ믈 본 후(後) 발 색른 쟈(者)의

• • •

138면

게 아일가 ᄒᆞ야 권도(權道)로 셩녜(成禮)ᄒᆞ여시나 부모(父母) 명(命) 업ᄉᆞ믈 구의(拘礙)ᄒᆞ야 친(親)ᄒᆞ미 업ᄉᆞ미오 즉금(卽今) 소딜(小姪)의 병(病)은 순가(-家) 혼ᄉ(婚事)로 심녜(心慮ㅣ) 어ᄌᆞ러워 나미니 만일(萬一) 순가(-家) 혼ᄉ(婚事)를 믈니면 병이 나ᄒᆞ리로소이다."508)

소뷔(少傅ㅣ) 왈(曰),

"그러면 순가(-家) 혼ᄉ(婚事)를 믈니믄 형댱(兄丈)긔 고(告)ᄒᆞ여 아뢸지라."

싱(生)이 디왈(對曰),

"불가(不可)ᄒᆞ이다. 디인(大人)이 ᄌᆞ못 녜의(禮義)를 듕(重)히 너기시니 엇디 쇼딜(小姪)의 ᄉ정(事情)을 블뵈리잇고? ᄉ싱(死生)이 관ᄉ(關數)509)ᄒᆞ니 쇼딜(小姪)이 병(病)의 죽디 아니리니 원(願)ᄒᆞᄂᆞ니

---

506) 젼두(前頭): 전두. 앞일.

507) 잉혈(鶯血): 앵혈. 나이 어린 처녀의 팔뚝에 찍던 처녀성의 표시. 도마뱀에게 주사(朱沙)를 먹여 죽이고 말린 다음 그것을 찧어 물에 타 처녀의 팔뚝에 찍으면 첫날밤에 남자와 잠자리를 할 때에 없어진다고 함. 장화(張華), 『박물지(博物志)』.

508) 병이 나ᄒᆞ리로소이다: [교] 원문에는 'ᄒᆞ릴쇼이다'로 되어 있으나 의미를 명확히 하기 위해 국도본(8:9)을 따름.

509) 관수(關數): 운수에 달려 있음.

숙부(叔父)는 야야(爺爺)와 형댱(兄丈)긔 고(告)티 무르소셔."

쇼뷔(少傅ㅣ) 응낙(應諾)고 닐오딕,

"네 물도 올흐니 흠구(緘口)ᄒ여 잇다가 조용이 죠

● ● ●

139면

모(祖母)긔 고(告)ᄒ야 됴히 되게 ᄒ리라."

시랑(侍郎)이 비샤(拜謝)ᄒ더라.

평명(平明)의 나오니 부믹(駙馬ㅣ) 죽일(昨日) 니른 물을 뭇거ᄂᆞᆯ 쇼뷔(少傅ㅣ) 부마(駙馬)의 위510)인(爲人)을 긔탄(忌憚)ᄒᄂ지라 다만 닐오딕,

"닉 직습(再三) 힐문(詰問)ᄒ딕 그런 일이 업세라 ᄒ고 제 긔쉭(氣色)이 그러치 아니ᄒ니 딜ᄋ(姪兒)의 짐쟉(斟酌)ᄒ미 허(虛)혼가 ᄒ노라."

부믹(駙馬ㅣ) 유유(唯唯) ᄒ더라.

쇼뷔(少傅ㅣ) 몽챵의 심ᄉ(心事)를 드른 후(後)ᄂ 주못 즐기지 아냐 됴흔 계교(計巧)를 싱각ᄒ더니,

일일(一日)은 뎡 시 팀소(寢所)의 드러가니 부인(夫人)이 무ᄅᆞᆮ딕,

"몽챵의 병(病)이 엇더ᄒ더니잇고?"

쇼뷔(少傅ㅣ) 부인(夫人)을 듕딕(重待)ᄒᄂ 바의 엇디 딘졍(眞情)을 긔이리오. 이에

───────────

510) 위: [교] 원문에는 '우'로 되어 있으나 오기로 보임.

몽챵의 심ᄉ(心事)를 일일(一一)히 니ᄅ고 왈(曰),

"딜ᄋ(姪兒)의 병(病)이 심녀(心慮)로 나시니 그 병(病)을 형댱(兄丈)이 곳치실 붓 편쟉(扁鵲)[511]이 싱환(生還)ᄒ나 못 고티리라."

부인(夫人)이 놀나 침음(沈吟)하다가 ᄀᆞᆯ오딕,

"딜이(姪兒ㅣ) 소 시(氏)를 ᄉ렴(思念)ᄒ야 죽기의 니ᄅ니 샹공(相公)은 숙숙(叔叔)긔 니히(利害)[512]로 고(告)ᄒ야 엇디 그 쇼원(所願)을 일우디 아닛ᄂ뇨?"

쇼뷔(少傅ㅣ) 왈(曰),

"닉 쏘 모ᄅ미 아니로딕 ᄎ언(此言)을 형댱(兄丈)이 ᄒᆞᆫ 번(番) 드ᄅ신즉 몽챵이 즈레 죽으리니 그딕ᄂ 구외(口外)의 ᄂ디 몰나."

부인(夫人)이 유유(唯唯) ᄒ더니, 쇼뷔(少傅ㅣ) 나간 후(後) 부인(夫人)이 몸을 니러 뎡 부인(夫人) 침쇼(寢所)의 니ᄅ니 뎡 부인(夫人)이 몽챵의 ᄉ싱(死生)을 념녀(念慮)ᄒ야 눈믈이 옥안(玉顔)

의 ᄆᆞᄅ디 아니ᄒᆞ얏ᄂ디라 쇼부(少傅) 부인(夫人)이 이의 니ᄅ딕,

"몽챵의 병(病)이 위듕(危重)ᄒ미 층가(層加)ᄒ니 근심이 젹디 아니ᄒ이다."

---

511) 편쟉(扁鵲): 편작. 중국 전국시대의 의사. 성은 진(秦)이고 이름은 월인(越人). 장상군(長桑君)으로부터 의술을 배워 환자의 오장을 투시하는 경지에까지 이르렀다고 전함.

512) 니히(利害): 이해. 이익과 손해.

부인(夫人)이 눈믈을 흘니고 골오딕,

"닉 샹시(常時) 여러 아히 이시나 몽챵을 편이(偏愛)ᄒ야 댱닉(將來) 귀인(貴人)이 될가513) 미덧더니 이젯늘 위틱(危殆)ᄒ니 닉 몬져 죽어 모로고ᄌ ᄒ노라."

쇼부(少傅) 부인(夫人)이 이쩌룰 틈 닐오딕,

"몽챵 슬기ᄂ 젼혀 숙숙(叔叔)게 잇ᄂ니이다."

부인(夫人)이 홀연(忽然) ᄱᅢ다라 심하(心下)의 분긔(憤氣) 니러나딕 ᄉ쉭(辭色)디 아니코 닐오딕,

"딜ᄋ(姪兒)514)의 믈이 엇디오? ᄆ일(萬一) 승샹(丞相)이 몽챵을 슬올 도리(道理) 이실딘딕 부ᄌ(父子)의 졍(情)이 진심(盡心)티 아니랴?"

소부(少傅) 부인(夫人)이

<small>• • •</small>

142면

숙모(叔母)의 긔쉭(氣色)이 온화(溫和)ᄒ믈 미더 이에 몽챵의 수믈(首末)을 ᄌ시 니ᄅ고 일이 순(順)히 되믈 간청(懇請)ᄒ니 부인(夫人)이 텽파(聽罷)의 주순(朱脣)을 여러 호티(皓齒) 현츌(顯出)키 우어 왈(曰),

"몽챵의 힝ᄉ(行事)룰 가(可)히 금셕(金石)의 ᄇ아 후셰(後世)의 뎐(傳)ᄒ염 ᄌᄒ도다. 그 가문(家門)이 엇덧타 ᄒ더뇨?"

딕왈(對曰),

"노 틱감(太監) 싱딜(甥姪)515)이라 ᄒ니 ᄌ시 아지 못ᄒᆯ쇼이다."

---

513) 가: [교] 원문에는 '기'로 되어 있으나 오기로 보임.

514) 딜ᄋ(姪兒): 질아. 조카. 이관성의 아내 정몽홍은 이연성의 아내 정혜아에게 숙모가 되므로 이와 같이 부른 것임.

뎡 부인(夫人)이 더옥 웃고 왈(曰),

"가문(家門)이 더옥 혁혁(赫赫)ᄒ도다."

소부(少傅) 부인(夫人) 왈(曰),

"숙모(叔母)는 웃디 마ᄅ시고 숙숙(叔叔)긔 고(告)ᄒ샤 몽챵을 구(救)ᄒ소셔."

부인(夫人)이 짐즛 응낙(應諾)ᄒ더니 쇼부(少傅) 부인(夫人)이 도라간 후(後) 세세(細細)히 ᄉᆡᆼ각ᄒᄆᆡ 심듕(心中)의 ᄃᆡ로(大怒)ᄒ야 옥침(玉枕)의 비겨

●●●

143면

종일(終日)토록 몰을 아니ᄒ더니,

셕양(夕陽)의 승샹(丞相)이 드러오니 부인(夫人)이 니러 ᄆᆞᄌ 좌졍(坐定)ᄒᄆᆡ 몽챵의 병(病)을 근심ᄒ야 미우(眉宇)를 ᄲᅥᆼ긔고 몰을 아닛ᄂ디라 부인(夫人)이 팀음(沈吟)ᄒ다가 닐오ᄃᆡ,

"샹공(相公)이 금일(今日) 블쵸ᄌ(不肖子)의 쇼ᄒᆡᆼ(所行)을 듯고ᄌ ᄒ시ᄂ니잇고?"

승샹(丞相)이 놀나 닐오ᄃᆡ,

"ᄆᆞᄉ 일이뇨?"

부인(夫人)이 미미(微微)히 웃고 이의 몽챵의 젼후슈몰(前後首末)을 고(告)ᄒ며 ᄀᆞᆯ오ᄃᆡ,

"몽챵의 ᄒᆡᆼᄉᆞ(行事ㅣ) 이러ᄒᄃᆡ 부뫼(父母ㅣ) 아디 못ᄒ고 제 ᄯᅩ 몰근 가문(家門)의 나 환쟈(宦者)의 친족하(親--)516)를 취(娶)ᄒ다 ᄒ

---

515) ᄉᆡᆼ딜(甥姪): 생질. 누이의 아들.

516) 친족하(親--): 친조카. '족하'는 '조카'의 옛말.

니 이런 일이 어딘 이시리잇고? 첩(妾)이 어미 되여 붓그려ᄒᆞᄂᆞ니 샹공(相公)은 엄(嚴)히 다ᄉᆞ려 요딘(饒待)티 마라

144면

쇼셔."

승샹(丞相)이 쳐엄브터 드ᄅᆞ며 안ᄉᆡᆨ(顔色)이 졈졈(漸漸) 변(變)ᄒᆞ더니 쇼 시(氏) 잉혈(鶯血) 머므ᄅᆞ고 ᄀᆡ가(改嫁)키 ᄒᆞ려 ᄒᆞᆫ다 ᄒᆞ던 ᄆᆞᆯ의 니ᄅᆞ러ᄂᆞᆫ 흘연(忽然) 웃고 왈(曰),

"남ᄌᆡ(男子ㅣ) 혹(或) 방탕(放蕩)ᄒᆞ야 숨가디 못ᄒᆞ미 이시나 몽챵 ᄀᆞᆺᄐᆞᆫ 거시 어딘 이시리오? 쇼 시(氏) 틱감(太監)의 족속(族屬)이나 향환(鄕宦)517)의 겨레니 몽챵을 ᄆᆞ나ᄂᆞᆫ 눌 블셔 일ᄉᆡᆼ(一生)을 ᄆᆞᆺ쳣도다."

이리 니ᄅᆞ며 노긔(怒氣) 어릐여 누각헌의 드러가 부친(父親)긔 뵈옵고 수믈(首末)을 ᄌᆞ시 고(告)ᄒᆞ고 쳥죄(請罪) 왈(曰),

"ᄒᆡ이(孩兒ㅣ) 블초(不肖)ᄒᆞ야 챵ᄋᆡ(-兒ㅣ) 힝ᄉᆡᆨ(行事ㅣ) 쳔고(千古)의 듯디 못ᄒᆞ던 변(變)이니 좀간(暫間) 다ᄉᆞ리고ᄌᆞ ᄒᆞ옵ᄂᆞ이다."

틱ᄉᆡᆨ(太師ㅣ) 텽파(聽罷)의 ᄃᆡ경(大驚)ᄒᆞ야 이윽이

145면

ᄆᆞᆯ을 아니ᄐᆞ가 닐오딘,

"시(詩)의 닐온 '쟝불교(長不教ㅣ)면 부지교(不知教ㅣ)518)'라 ᄒᆞ니

---

517) 향환(鄕宦): 믈러나서 향리에 거주하는 내시.

518) 쟝불교(長不教ㅣ)면 부지교(不知教ㅣ): 장불교면 부지교. 오랫동안 가르치지 않으

318 (팔찌의 인연) 쌍천기봉 4

너를 니르미로다. 우리 션죄(先祖ㅣ) 엇더ᄒᆞ신 사름이완ᄃᆡ 티감(太監)과 결혼(結婚)ᄒᆞ리오? 모로미 엄(嚴)히 다스려 요ᄃᆡ(饒待)치 몰나."

승샹(丞相)이 ᄇᆡ샤(拜謝) 수명(受命)ᄒᆞ고 믈너나 급(急)히 ᄉᆡᆼ(生)을 죱아다가 티고ᄌᆞ ᄒᆞᄃᆡ 지금(只今) 혼졀(昏絶)ᄒᆞᄂᆞᆫ 디경(地境)의 잇ᄂᆞᆫ디라 홀일업셔 부마(駙馬)를 보고 닐오ᄃᆡ,

"네 아이 슌 시(氏) 혼ᄉᆞ(婚事)로 병(病)이 되엿다 ᄒᆞ니 쾌(快)히 믈니나니 됴리(調理)ᄒᆞ야 니러나라 ᄒᆞ라."

부ᄆᆡ(駙馬ㅣ) 니ᄃᆡ로 시랑(侍郎)ᄃᆞ려 니르니, 시랑(侍郎)이 ᄃᆡ희(大喜)ᄒᆞ야 ᄆᆞ음을 훤츨519)이 ᄒᆞᄆᆡ 병(病)이 시시(時時)로 나아 수일(數日) 후(後) ᄎᆞ되(差度ㅣ) 이시니 쇼뷔(少傅ㅣ) 크게

•••

146면

깃거 이의 근심을 덜고 ᄯᅩᄒᆞᆫ 동궁(東宮)의 입시(入侍)ᄒᆞᆷᄋᆞᆯ 인(因)ᄒᆞ야 궐ᄂᆡ(闕內)로 드러가니라.

ᄎᆞ셜(且說). 니 승샹(丞相)이 몽챵을 크게 분흔(忿恨)ᄒᆞ야 심ᄉᆞ(心事ㅣ) 분울(憤鬱)ᄒᆞᄃᆡ 시랑(侍郎)이 병(病)이 듕(重)ᄒᆞ고 쇼뷔(少傅ㅣ) 이시니 ᄉᆞᄉᆡᆨ(辭色)디 아니코 잇더니 십여(十餘) 일(日) 후(後) 쇼뷔(少傅ㅣ) 입번(入番)ᄒᆞ고 시랑(侍郎)이 나아가ᄂᆞᆫ 디경(地境)의 이시믈 듯고, ᄎᆞ야(此夜)의 승샹(丞相)이 혼뎡(昏定)을 뭇고 부뫼(父母ㅣ) 침쇼(寢所)의 드르신 후(後) 셔헌(書軒)의 나와 좌우(左右)를 ᄭᅮ

면 교리를 알지 못함. 그런데 『시경』에는 이러한 구절이 보이지 않고 유사한 의미를 지닌 구절이 『예기』에 보이는데 곧, "사람이 배우지 않으면 도(道)를 알지 못한다. 人不學, 不知道."(『禮記』, 「學記」)가 그것임.

519) 훤츨: 훤칠. 막힘 없이 깨끗하고도 시원스러움.

지져 홰불을 붉히고 댱칙(杖責)520) 긔구(器具)를 츌히라 ᄒ니 졔뇌
(諸奴ㅣ) 블승진뉼(不勝震慄)521)ᄒ고 부미(駙馬ㅣ) 의심(疑心)ᄒ야
시립(侍立)ᄒ얏더니 승샹(丞相)이 하리(下吏)를 명(命)ᄒ야 시랑(侍
郎)을 줍아오라 ᄒ니,

츳시(此時) 망월(望月)

•••

147면

이 ᄎ ᄀ고 홰블이 됴요(照耀)ᄒ듸 승샹(丞相)이 빅포흑관(白袍黑
冠)522)으로 난두(欄頭)523)의 의디(依支)ᄒ야 노식(怒色)이 미우(眉宇)
의 넘뎌시니 노복(奴僕)이 크게 숑구(悚懼)ᄒ야 이의 셔당(書堂)의
가 시랑(侍郎)의게 승샹(丞相)의 명(命)을 젼(傳)ᄒ니 시랑(侍郎)이
임의 짐쟉(斟酌)고 이의 크게 두려 만신(滿身)의 ᄯ옴을 흘니고 강질
(强疾)524)ᄒ야 오ᄉᆯ 입고 노ᄌ(奴子)를 ᄯ라 셔헌(書軒)의 니르니 경
식(景色)이 크게 조티 아닌디라 시랑(侍郎)이 안식(顏色)을 블변(不
變)ᄒ고 계하(階下)의 부복(俯伏)ᄒ니 승샹(丞相)이 ᄉᆡᆼ(生)을 보고 디
로(大怒)ᄒ야 ᄌ연(自然) 안식(顏色)이 츤525) 지 ᄀ고 봉안(鳳眼)이
둥그러 이에 명(命)ᄒ야 결박(結縛)ᄒ야 ᄭ울니고 좌우(左右)를 도라보
와 홰블을 다 아ᄉ라 ᄒ고 졔노(諸奴)

---

520) 댱칙(杖責): 장책. 태형으로 벌함.

521) 블승진뉼(不勝震慄): 불승진율. 두려워서 몸을 떪을 이기지 못함.

522) 빅포흑관(白袍黑冠): 백포흑관. 흰 도포에 검은 관.

523) 난두(欄頭): 난간머리.

524) 강질(强疾): 병을 참음.

525) 츤: [교] 원문에는 '친'으로 되어 있으나 오기로 보임.

룰 다 미러 닉치라 ᄒ고 노ᄌ(奴子) 스오(四五) 인(人)을 머므러 틱
댱(笞杖)홀시 승상(丞相)이 노목(怒目)이 ᄎ녈(慘冽)526)ᄒ야 부체로
난간(欄干)을 쳐 니로딕,

"네 어려셔붓허 셩현셔(聖賢書)527)룰 닑어 ᄌ못 녜의(禮義)룰 알
녀든 몬져 ᄂᆞᆷ의 규듕(閨中)을 엿보며 규닉(閨內)의 드러가 타문(他
門) 녀ᄌ(女子)룰 핍박(逼迫)ᄒ고 둘지는 부모(父母)룰 믈닉이고 군
명(君命)을 벗ᄌ와 외방(外方)의 가 미녀(美女) 셩ᄉᆞᆨ(盛色)528)을 톰
(貪)ᄒ야 블고이취(不告而娶)ᄒ고 셋지는 나의 ᄌ식(子息)으로 환ᄌ
(宦者)의 족속(族屬)과 결혼(結婚)ᄒ니 니 시(氏) 쳥덕(淸德)을 네 다
쎠러 ᄇ리고 존당(尊堂)과 부모(父母)룰 욕(辱) 먹이니 너 ᄀᆞᆺ튼 ᄌ식
(子息)을 두어 부졀업고 네 ᄯ 아ᄃᆞ리 이시니 후ᄉ(後嗣)ᄂᆞᆫ 근

심티 아닐 거시니 쾌(快)히 죽어 니 시(氏) 가문(家門)을 흐리오디
몰나. 닉 ᄎᆞᄆ 빅듀(白晝)의 너룰 치지 못ᄒᆞᆷ믄 듕인(衆人)의 보ᄂᆞᆫ ᄇ
룰 앗기미라 이 ᄯ 나의 약(弱)ᄒᆞ미오 블을 아스믄 닉 ᄎᆞᄆ 너 ᄀᆞᆺ흔
더러온 거슬 다시 보디 아니려 ᄒᆞ미라. 네 흔 미인(美人)을 인(因)ᄒ
야 아비룰 ᄃᆞ시 못 보고 댱하(杖下)529) 죽엄이 되려 ᄒᆞᄂᆈ?"

---

526) ᄎ녈(慘冽): 참렬. 냉랭함.
527) 셩현셔(聖賢書): 성현서. 성현의 글.
528) 셩ᄉᆞᆨ(盛色): 성색. 미인의 아름답고 고운 얼굴.
529) 댱하(杖下): 장하. 장형(杖刑)을 행하는 그 자리.

시랑(侍郞)이 ᄎ언(此言)을 듯고 이윽이 믈을 아니ᄐ가 고(告)ᄒᄃᆡ,

"쇼ᄌ(小子)의 죄(罪)ᄂᆞᆫ 틱산(泰山) ᄀᆞᆺ숩거니와 야얘(爺爺ㅣ) 평일(平日) ᄌᆞᄋᆡ(慈愛)ᄒᆞ시던 졍(情)을 싱각ᄒᆞ야 관뎐(寬典)530)을 쓰쇼셔."

승샹(丞相)이 ᄃᆡ로(大怒) 왈(曰),

"네 죄(罪)를 네 스스로 아라 죽을 거시 올흐니 다시 ᄂᆞᆯ을 아비라 ᄒᆞᄂᆞ뇨? ᄂᆡ ᄌᆞ식(子息)

* * *

150면

은 이러치 아니ᄅᆞ니 어ᄂᆞ 입으로 관뎐(寬典) 두 ᄌᆞ(字ㅣ) 나ᄂᆞ뇨?"

인(因)ᄒᆞ야 치기를 직촉ᄒᆞᄆᆡ 믜ᄆᆞ다 고출(考察)531)ᄒᆞ니 시랑(侍郞)이 ᄃᆞ시 믈을 아니ᄒᆞ고 공순(恭順)이 믓더라.

사십여(四十餘) 댱(杖)의 니ᄅᆞ러ᄂᆞᆫ 싱(生)이 ᄃᆡ병(大病) 후(後) 긔운이 허약(虛弱)ᄒᆞᆫ디라 졍신(精神)을 수습(收拾)디 못ᄒᆞᄃᆡ 승샹(丞相)이 노긔(怒氣) 졈졈(漸漸) 놉흐니 부ᄆᆡ(駙馬ㅣ) 머리를 두ᄃᆞ려 ᄋᆡ걸(哀乞)ᄒᆞᄃᆡ 드ᄅᆞᆫ 톄 아니ᄒᆞ고 오십여(五十餘) 댱(杖)의 니ᄅᆞ니 시랑(侍郞)이 긔운이 막혀 혼졀(昏絶)ᄒᆞᆫ지라 승샹(丞相)이 명(命)ᄒᆞ야 줌간(暫間) 긋치라 ᄒᆞ야 반향(半晌) 후(後) 졍신(精神)을 ᄎᆞᆯ히거ᄂᆞᆯ ᄯᅩ 시죽(始作)ᄒᆞ야 티니 승샹(丞相)이 몽챵을 셩댱(成長)ᄒᆞᆫ 후(後)도 겻ᄒᆡ 누여 어로ᄆᆞᆫ져 익ᄋᆡ(溺愛)532)ᄒᆞᄆᆡ 졔ᄌᆡ(諸子ㅣ) 감(敢)히 ᄇᆞ라디

---

530) 관뎐(寬典): 관전. 관대한 은전(恩典).

531) 고출(考察): 고찰. 죄목을 밝힘.

532) 익ᄋᆡ(溺愛): 익애. 매우 사랑함.

못ᄒ던 ᄉ랑으로 금일(今日) 광경(光景)을 ᄎᄆ 사름의 허디 못홀 빅로디 승샹(丞相)의 텬533)셩(天性)이 노긔(怒氣)롤 불(發)ᄒ면 긋치디 못ᄒᄂ디라 일즉 노ᄉᆡᆨ(怒色)을 비복(婢僕)의게도 불(發)한 일이 업더니 평싱(平生) 처음으로 엄(嚴)ᄒᆫ 빗과 녈녈(烈烈)ᄒᆫ 노긔(怒氣) 눈 우희 한월(寒月)이 ᄇᆡ이ᄂᆫ 듯 빙샹(氷上)의 북풍(北風)이 ᄎ게 브ᄂᆫ 듯ᄒ니 제뇌(諸奴ㅣ) 수족(手足)을 썰며 부ᄆᆡ(駙馬ㅣ) 심신(心神)을 졍(靜)티 못ᄒ야 강잉(强仍)ᄒ야 돈수(頓首) 고간(固諫)ᄒ디 승샹(丞相)이 텽이블문(聽而不聞)534)ᄒ고 빅여(百餘) 댱(杖)의 니ᄅᄆᆡ 셩혈(腥血)535)이 졍뎐(庭前)의 흐르고 술이 허여져 싱(生)이 아조 죽엄이 되니 승샹(丞相)이 ᄇᆞ야흐로 ᄭᅴ어 닉치고 문(門)을 다드니,

부ᄆᆡ(駙馬ㅣ) 그 아ᄋᆡ 이 ᄀᆞᆮ튼 경

샹(景狀)을 보고 눈믈이 십 솟ᄃᆞᆺ ᄒ야 친(親)히 안아 셔당(書堂)의 도라와 샹(牀)의 누이고 구호(救護)홀ᄉᆡ, 이ᄶᆡ 모든 아이 다 어렷ᄂ지라 홀노 삼뎨(三弟) 몽원만 ᄃᆞ리고 쳥심(淸心)ᄒᄂᆫ 약(藥)을 년(連)ᄒ여 프러 녀ᄒᆞ니 밤이 된 후(後) 숨을 닉쉬디 ᄇᆞ히 인ᄉ(人事)를 모로ᄂᆞ지라 부마(駙馬)와 삼공ᄌ(三公子ㅣ) 실셩뉴톄(失聲流涕)ᄒ고 년

---

533) 텬: [교] 원문에는 '뎐'으로 되어 있으나 오기로 보임.

534) 텽이블문(聽而不聞): 청이불문. 들었으나 못 들은 것처럼 함.

535) 셩혈(腥血): 성혈. 비린내가 나는 피.

(連)ᄒ야 약(藥)을 쓰디 늘이 붉도록 인亽(人事)를 모로고 눈을 ᄀᆞ마 숨쇼릐 늘 ᄲᅢᆫ이러라.

평명(平明)의 일개(一家ㅣ) 부야흐로 알고 딕경(大驚)ᄒ야 텰 샹셔 (尚書), 무평빅, 경 시랑(侍郎) 등(等)이 셔당(書堂)의 와 몽챵의 샹쳐 (傷處)와 그 긔운 인亽(人事)를 보건디 슬니라 ᄒ미 밍낭(孟浪)ᄒᆞᆫ지

●●●

153면

라 제인(諸人)이 딕경(大驚)ᄒ고 무평536)빅이 ᄆᆞ음이 약(弱)ᄒᆞᆫ지라 어로만져 눈믈이 용출(涌出)ᄒ고 경 · 텰 냥인(兩人)이 셔헌(書軒)으로 나와 승샹(丞相)을 보고 닐오디,

"그디 무슨 ᄆᆞ음을 ᄀᆞ졋관디 아들을 죽엿ᄂᆞ뇨?"

승샹(丞相)이 ᄌᆞ약(自若)히 웃고 닐오디,

"몽챵의 죄(罪)를 혜건디 죽이미 족(足)ᄒᆞ디 쇼뎨(小弟) 부ᄌᆞ(父子)의 졍(情)으로 슬와 닉쳣시니 엇디 죽으리오?"

경 시랑(侍郎)이 변ᄉᆡᆨ(變色) 왈(曰),

"ᄌᆞ쉬 젼일(前日) 인의(仁義) 지극(至極)ᄒ더니 엇디 ᄌᆞ식(子息)의게 다ᄃᆞ라 이럿툿 모질고 괴독(怪毒)537)ᄒ뇨? 몽챵의 샹쳐(傷處)와 그 졍신(精神)을 보건디 엇디 회싱(回生)ᄒ리오?"

승샹(丞相)이 웃고 브답(不答)ᄒ니 경 시랑(侍郎)이 닉당(內堂)의 드러가 뉴

---

536) 평: [교] 원문에는 '령'으로 되어 있으나 앞의 예를 따라 이와 같이 수정함.

537) 괴독(怪毒): 괴이하고 독함.

부인(夫人)긔 고(告)ᄒ딕,

"죽야(昨夜)의 ᄌ쉬 몽챵을 수(數)업시 두드려 거의 죽어 가오니
모친(母親)은 엇디 구(救)치 아니시니잇고?"

뉴 부인(夫人)이 글오딕,

"나ᄂ 아디 못하엿ᄂ디라. 다만 몽챵이 여ᄎ여ᄎ(如此如此) 죄목
(罪目)이 이셔 제 아비 칰(責)ᄒ엿노라 ᄒ더니 그딕도록 듕댱(重杖)
을 더을 줄 알니오?"

이의 승샹(丞相)을 블너 므ᄅ딕,

"너ᄂ ᄌ식(子息)을 죽이다 ᄒ니 올흔 말가?"

승샹(丞相)이 ᄇᆡ샤(拜謝) 왈(曰),

"ᄒᆡ이(孩兒ㅣ) 몽챵의 죄샹(罪狀)을 통히(痛駭)[538]ᄒ와 약간(若干)
댱칰(杖責)ᄒ와 닉쳣ᄂ이다."

경 시랑(侍郞) 왈(曰),

"ᄌ수ᄂ ᄌ당(慈堂)을 쇼기옵디 몰나. 몽챵의 거동(擧動)을 보건딕
편쟉(扁鵲)이 환ᄉᆡᆼ(還生)ᄒ여도 ᄃᄉ리디 못ᄒ리라."

뉴 부인(夫人)이 변쉭(變色)

왈(曰),

"오이(吾兒ㅣ) 반ᄉᆡᆼ(半生) ᄒᆡᆼ신(行身)의 어미 쇼기믈 셥녑(涉獵)ᄒ

---

538) 통히(痛駭): 통해. 몹시 이상스럽고 놀라움.

던다? 몽챵이 만일(萬一) 싱도(生道)를 엇디 못흔즉 닉 싱뎐(生前)의 너를 주식(子息)이라 아니리라."

승샹(丞相)이 황공(惶恐)ᄒ야 복디(伏地) 쳥죄(請罪) 왈(曰),

"몽챵이 혈긔(血氣) 미뎡(未定)ᄒ여시믈 인(因)ᄒ야539) 댱최(杖責)을 이긔디 못ᄒ와 일시(一時) 혼곤(昏困)흔 듯ᄒ나 딕단치 아니리니 틴틴(太太)는 과려(過慮)540) 므ᄅ소셔."

뉴 부인(夫人)이 뎡쇠(正色) 브답(不答)이러라.

이쎠 틴부인(太夫人)이 몽챵의 수최(受責)ᄒ믈 몰낫다가 듯고 딕경(大驚)ᄒ야 틴ᄉ(太師)를 블너 ᄭ지져 굴오딕,

"몽챵은 노모(老母)의 편이(偏愛)ᄒᄂ 손이(孫兒ㅣ)어늘 네 엇디 관성을 긔걸541)ᄒ야 듕댱(重杖)을 더으뇨? 녜 사ᄅᆷ은 어버이

••

156면

사ᄅᆷᄒ면 견민(犬馬ㅣ)라도 ᄉ랑흔다 ᄒ거늘 여등(汝等)이 엇디 이럿툿 블초(不肖)ᄒ뇨?"

틴ᄉ(太師ㅣ) 화(和)히 위로(慰勞) 왈(曰),

"몽챵이 여ᄎ여ᄎ(如此如此) 과실(過失)이 잇ᄉᄂ지라 후일(後日)을 징계(懲誡)코ᄌ ᄒ야 제 아비 약간(若干) 죄(罪)를 주어시나 제 나히 쟝년(壯年)이니 ᄌ연(自然) 수이 회춘(回春)ᄒ오리니 틴틴(太太)는 과려(過慮)치 마ᄅ소셔."

진 부인(夫人)이 브야흐로 연고(緣故)를 듯고 우어 왈(曰),

___

539) 야: [교] 원문에는 '인'으로 되어 있으나 오기로 보임.

540) 과려(過慮): 지나친 염려.

541) 긔걸: 명령.

"몽챵의 힝시(行事ㅣ) 즈못 그르나 엇디 그다지 듕칙(重責)ᄒ야 병(病)이 듕(重)ᄒ다 ᄒ나뇨?"

틱시(太師ㅣ) 됴흔 믈노 위로(慰勞)ᄒ더라.

몽챵이 십여(十餘) 일(日)이 된 후(後) 곡긔(穀氣)를 긋치고 병(病)이 극듕(極重)ᄒ니 부ᄆᆡ(駙馬ㅣ) 아모리 ᄒᆯ 줄 모로더니 몽챵이 입

● ● ●

157면

을 겨유 버려 닐오ᄃᆡ,

"야야(爺爺)는 감(敢)히 바라도 못ᄒ여도 숙뷔(叔父ㅣ)나 보게 ᄒ소셔."

부ᄆᆡ(駙馬ㅣ) 즉시(卽時) 수셔(手書)로 소부(少傅)를 쳥(請)ᄒ니 쇼뷔(少傅ㅣ) 번(番)을 동관(同官)의게 빌고 나와 부뫼(父母ㅣ)긔 뵈옵고 셔당(書堂)의 와 시랑(侍郎)을 보니 그런 영풍쥰골(英風俊骨)[542]이 다 쇼삭(消索)[543]ᄒ야 촉뉘[544](髑髏ㅣ)[545] 되엿고 눈을 곱고 인ᄉ(人事)를 ᄇᆞ렷거늘 쇼뷔(少傅ㅣ) 딕경(大驚)ᄒ야 이의 그 샹쳐(傷處)를 보니 ᄎᆞ마 보디 못ᄒᆡᆺ거늘 ᄎᆞ악(嗟愕)[546]ᄒ야 눈믈을 흘니고 그 손을 줍아 닐오ᄃᆡ,

"아춤의 몽현의 셔간(書簡)의 네 형댱(兄丈)긔 칙(責) 닙다 ᄒ엿거늘 우연(偶然)이 ᄆᆞᆫ준가 ᄒ엿더니 엇디 이딕도록 ᄒ믈 쯧ᄒ엿시리

---

542) 영풍쥰골(英風俊骨): 영풍준골. 영걸스러운 풍채와 골격.

543) 쇼삭(消索): 소삭. 다 없어짐.

544) 촉뉘: [교] 원문에는 '츅뇌'라 되어 있으나 오기로 보임.

545) 촉뉘(髑髏ㅣ): 촉루. 해골.

546) ᄎᆞ악(嗟愕): 차악. 슬픈 일을 당하여 몹시 놀람.

오? 아디 못게라 네

158면

져근 힝〈(行事)를 뉘 형댱(兄丈)긔 고(告)ᄒᆞ뇨?"

시랑(侍郞)이 겨유 닐오ᄃᆡ,

"쇼딜(小姪)의 죄(罪) 듕(重)ᄒᆞ니 엇디 니의 니ᄅᆞ믈 흔(恨)ᄒᆞ리잇고?"

소뷔(少傅ㅣ) ᄎᆞ마 보지 못ᄒᆞ야 ᄉᆞ믜로 눈믈을 ᄲᅳᆺ며 나와 승샹(丞相)긔 뵈고 글오ᄃᆡ,

"챵딜(-姪)의 힝식(行事ㅣ) 블과(不過) 쇼년(少年) 호긔(豪氣)의 ᄎᆞᆷ디 못ᄒᆞ미어늘 엇던 사ᄅᆞᆷ이 형댱(兄丈)긔 보틱여 고(告)ᄒᆞ야 져런 형샹(形象)을 밍그릇ᄂᆞ니잇가?"

승샹(丞相)이 왈(曰),

"챵ᄋᆞ(-兒ㅣ) 비록 제 죄(罪)를 금초나 우형(愚兄)이 엇디 모ᄅᆞ리오? 제 모친(母親)이 니ᄅᆞ거늘 약간(若干) 틱댱(笞杖)ᄒᆞ야 닉쳣더니 현뎨(賢弟) 엇디 과도(過度)히 구ᄂᆞ뇨?"

쇼뷔(少傅ㅣ) 텽파(聽罷)의 ᄃᆡ로(大怒) 왈(曰),

"챵딜(-姪)이 셜〈(設使) 그ᄅᆞ나 형댱(兄丈)이 부ᄌᆞ(父子) 텬뉸(天倫)으로써 ᄎᆞ마 이

• • •

159면

딕도록 ᄒᆞ리오? 이 반ᄃᆞ시 뎡 시(氏), 수수(嫂嫂)긔 고(告)ᄒᆞ미라. 제 아들을 몽챵ᄀᆞ치 다ᄉᆞ려 셜치(雪恥)547) ᄒᆞ리라."

셜파(說罷)의 노긔(怒氣) 표연(飄然)548)ᄒᆞ야 ᄂᆡ당(內堂)의 니르니, 명부(-府) 슉딜(叔姪)이 듕당(中堂)의셔 믈슴ᄒᆞ거늘 텽(廳)의 오르지 아니코 듕계(中階)549)의 셔셔 ᄌᆞ긔(自己) 아들 몽셕을 잡아 ᄂᆞ려 셔동(書僮)550)으로 ᄒᆞ야금 틱디(笞之)551)ᄒᆞ되 믈ᄆᆞ다 어믜 죄(罪)를 일ᄏᆞᆺᄂᆞᆫ디라 혜아 부인(夫人)은 함쇼(含笑)ᄒᆞ고 믈을 아니ᄒᆞ되 뎡 부인(夫人)이 그 ᄯᅳᆺ을 짐쟉(斟酌)고 이의 년보(蓮步)552)를 움ᄌᆞᆨ여 듕계(中階)의 셔셔 니로되,

"금일(今日) 슉슉(叔叔)이 무슨 연고(緣故)로 딜ᄋᆞ(姪兒)를 듕쳑(重責)ᄒᆞ시ᄂᆞ뇨? 또 딜이(姪兒ㅣ) 무슨 죄(罪) 잇관듸 쳑(責)이 딜ᄋᆞ(姪兒)의게 밋ᄂᆞ

160면

니잇고?"

쇼뷔(少傅ㅣ) 팔을 곳고 읍양(揖讓)553)ᄒᆞ야 ᄀᆞ로되,

"ᄎᆞᄋᆞ(此兒)의 어믜 경셜(輕說)554)ᄒᆞ야 사름을 죽게 ᄒᆞ니 이ᄂᆞᆫ 반ᄃᆞ시 챵딜(-姪)과 혐극(嫌隙)555)이 이시미라 그 ᄌᆞ식(子息)을 ᄃᆞᆺᄉᆞ려

---

547) 셜치(雪恥): 설치. 치욕을 씻음.

548) 표연(飄然): 노기 등이 갑자기 일어남.

549) 듕계(中階): 중계. 집을 지을 때에, 기초가 되도록 한 층을 높게 쌓아 올린 단.

550) 셔동(書僮): 서동. 집에서 잡일을 하던 소년 종.

551) 틱디(笞之): 태지. 때리게 함.

552) 년보(蓮步): 연보. 연꽃 같은 걸음이라는 뜻으로, 미인의 정숙하고 아름다운 걸음걸이를 비유적으로 이르는 말.

553) 읍양(揖讓): 읍하는 예를 갖추면서 사양함.

554) 경셜(輕說): 경설. 말을 가볍게 함.

555) 혐극(嫌隙): 서로 꺼리고 싫어하여 생긴 틈.

그 죄(罪)를 드스리미니이다."

뎡 부인(夫人)이 웃고 골오딕,

"숙숙(叔叔)이 딜녀(姪女)를 홈믁(含默)혼다 호고 치시더니 이제는 드시 경셜(輕說)혼 죄(罪) 잇누뇨?"

소뷔(少傅ㅣ) 졍식(正色) 왈(曰),

"뎡 시(氏) 쇼싱(小生)의게는 교앙(驕昂)556) 호고 믁믁(默默)혼 체 호며 브졀업슨 물을 수수(嫂嫂)긔 고(告)호야 몽챵을 수디(死地)의 녀흐니 엇디 죄(罪) 업다 호리잇고?"

부인(夫人)이 쇼왈(笑曰),

"몽챵의 힝식(行事ㅣ) 고금(古今)의 업슨 음황(淫荒)557) 필뷔(匹夫ㅣ)니 이 일이 只춤닉 숨기디 못호야 혼 번(番) 드러누기는

• • •

161면

면(免)티 못홀지라 줌간(暫間) 드스려 키과(改過)케 호미 무어시 딕돈호야 무죄(無罪)혼 딜우(姪兒)를 티시누뇨? 쳡(妾)의 눗출 보와 용샤(容赦)호소셔."

쇼뷔(少傅ㅣ) 변식(變色) 왈(曰),

"수쉬(嫂嫂ㅣ) 몽챵을 나하 겨실딘딕 엇디 촌무 측은지심(惻隱之心)이 업누니잇고? 평일(平日) 관인(寬仁)호시던 셩품(性品)이 몽챵의게 홀노 박(薄)호시니 쇼싱(小生)이 고이(怪異)히 너기나이다."

부인(夫人)이 염용(斂容)558) 딕왈(對曰),

---

556) 교앙(驕昂): 교만.
557) 음황(淫荒): 음란하고 행동이 거칢.
558) 염용(斂容): 용모를 단정히 함.

"쳡(妾)이 엇디 몽챵 ᄉ랑이 헐(歇)ᄒ리잇고ᄆᄂ 져를 사름 되고ᄌ ᄒᄆ를 인(因)ᄒ야 텬뉸(天倫)의 졍(情)을 그츠미니 슉슉(叔叔)은 샤(赦)ᄒ소셔."

인(因)ᄒ야 몽셕을 잇글고 니당(內堂)으로 드러가며 쇼뷔(少傅ㅣ) 몽챵 사릉ᄒ믈 감격(感激)히 너기더

●●●

162면

라.

쇼뷔(少傅ㅣ) ᄌ가(自家) 부인(夫人)을 디칙(大責)ᄒ고 셔당(書堂)의 나와 주야(晝夜) 시랑(侍郎)을 구호(救護)ᄒ고 의관(醫官)이 메여 샹텨(傷處)를 본ᄌᆨ 숀을 밋고 믈너ᄂᄂ더라.

십여(十餘) 일(日)의 샹쳬(傷處ㅣ) 셔거나며559) 시랑(侍郎)이 인ᄉ(人事)를 모로ᄂ더라 쇼뷔(少傅ㅣ) 츅급(着急)560)ᄒ야 승샹(丞相)긔 고(告)ᄒ야 ᄒᆫ 번(番) 보믈 쳥(請)ᄒᄃ 승샹(丞相)이 텽이블문(聽而不聞)ᄒ니 소뷔(少傅ㅣ) 더옥 초조(焦燥)ᄒ야 니당(內堂)의 드러가 모친(母親)긔 흔561)동(掀動)562) 왈(曰),

"몽챵이 즉금(卽今) 졀명(絶命)ᄒ기의 니르럿고 샹쳬(傷處ㅣ) 셔거 모든 틱의(太醫) 고칠 의ᄉ(意思)를 못 ᄒ거늘 형(兄)이 종시(終是) 보지 아니ᄒ니 모친(母親)은 명(命)ᄒ소셔."

부인(夫人)이 놀나 승샹(丞相)을 블너 칙왈(責曰),

---

559) 셔거나며: 썩어나며.

560) 츅급(着急): 착급. 몹시 급함.

561) 흔: [교] 원문에는 '혼'으로 되어 있으나 문맥을 고려하여 국도본(8:36)을 따름.

562) 흔동(掀動): 격하게 몸을 흔듦.

"네 평일(平日) 도량(度量)이 관홍(寬弘)563)ᄒ더

• • •

163면

니 엇딘 고(故)로 ᄌ식(子息)이 죽어가되 보디 아닛ᄂ뇨? 모로미 드러가 보와 ᄉ싱(死生)의 한(恨)이 업게 ᄒ라."

승샹(丞相)이 비록 블쾌(不快)ᄒ나 수명(受命)ᄒ야 싱(生)의 병쇼(病所)의 니ᄅ니, 싱(生)이 줌연(潛然)564)이 세샹(世上)을 모로고 금니(衾裏)의 ᄇ려시니 옥(玉) ᄀᄐ 얼굴이 귀형(鬼形)565)이 되엿ᄂ지라. 승샹(丞相)이 나아가 니블을 열고 샹쳐(傷處)를 보니 왼몸566)이 다 허여져 진실(眞實)노 ᄎ복(差復)567)기 어려온디라. 쇼부(少傅)와 부마(駙馬) 등(等)이 눈믈을 금(禁)티 못ᄒ디 승샹(丞相)이 안ᄉ(顏色)을 블변(不變)ᄒ고 침(針)을 가져 샹쳐(傷處)를 쓰져 니고 약(藥)을 븟친 후(後) 믈너 안ᄌ니 만일(萬一) 승샹(丞相)의 의술(醫術)곳 아니면 시랑(侍郞)이 회싱(回生)티 못ᄒᆯ

• • •

164면

너라. 싱(生)이 반향(半晌) 후(後) 숨을 니쉬고 눈을 드러 보니 승샹(丞相)이 ᄌ가(自家) 겻ᄐ 안ᄌᄂ지라 눈믈을 흘니고 브친(父親) 손

---

563) 관홍(寬弘): 마음이 너그럽고 큼.
564) 줌연(潛然): 잠연. 잠잠한 모양.
565) 귀형(鬼形): 귀신의 모습.
566) 왼몸: 온몸. 몸 전체.
567) ᄎ복(差復): 차복. 병이 나아서 회복됨.

을 줍고 믈을 못 ᄒ니 승상(丞相)이 냥안(兩眼)을 ᄀ누리 ᄡ고 볼 ᄯᆞᆫ
이러니 냥구(良久) 후(後) 손을 드러 그 줍은 손을 밀고 니러 나오니
시랑(侍郞)이 탄식(歎息)고 누쉬(淚水ㅣ) 만면(滿面)ᄒ니 이 도시(都
是) 젼일(前日) 부친(父親) ᄉᆞ랑이 지극(至極)ᄒ던 줄 늣기미러라.

싱(生)이 부친(父親) 묘방(妙方)을 힘닙어 두 둘이 된 후(後) 샹쳬
(傷處ㅣ) 졈간(暫間) 나흔 ᄃᆞᆺᄒ고 알히기 덜ᄒ니 ᄇᆞ야흐로 심ᄉᆞ(心事
ㅣ) 울울(鬱鬱)ᄒ야 ᄒᆞᄂᆞ지라 부미(駙馬ㅣ) 겻틔 안ᄌ 모든 아ᄅᆞᆯ 거
ᄂᆞ려 듀야(晝夜) 위로(慰勞)ᄒ며 쇼부(少傅ㅣ) 역시(亦是) 븟드러 보
호(保護)ᄒ미 강보아(襁褓兒) ᄀᆞᆺ

• • •

165면

치 ᄒ미 졈간(暫間) ᄆᆞ음을 누겨 셕 달이 된 후(後) 샹톄(傷處ㅣ) 여
간(如干)568) 아문지라 시랑(侍郞)이 오릭 부모(父母)긔 뵈디 못ᄒ니
ᄆᆞ음이 감챵(感愴)ᄒ야,

일일(一日)은 셔숙(庶叔) 문셩으로 ᄒ여곰 오슬 입히라 ᄒ야 믁ᄃᆡ
ᄅᆞᆯ 집고 니러나니 몸이 썰니고 다리 앏하 능(能)히 움죽이디 못ᄒᄃᆡ
겨유 강잉(强仍)ᄒ야 셔헌(書軒)의 니ᄅᆞ니 승상(丞相)이 싱(生)을 보
고 발연(勃然) 노식(怒色)ᄒ고 ᄉᆞ매ᄅᆞᆯ 썰쳐 니러ᄂᆞ니 싱(生)이 이ᄅᆞᆯ
보고 슬프고 황공(惶恐)ᄒ야 누각헌의 드러가니, 틱ᄉᆞ(太師ㅣ) 이의
졀칙(切責)ᄒ여 소 시(氏) 취(娶)ᄒ미 블가(不可)ᄒ믈 니ᄅᆞ고 개과(改
過)ᄒ믈 경계(警戒)ᄒ니 싱(生)이 돈슈(頓首) 복죄(伏罪)569)ᄒ고 믈너
나 모친(母親) 침소(寢所)의 니ᄅᆞ니

---

568) 여간(如干): 어지간하게.
569) 복죄(伏罪): 죄를 순순히 인정함.

문(門)을 구디 둣고 시녀(侍女) 영미 협문(夾門) 틈으로 늬와다 니르디,

"부인(夫人)이 니르시디, '네 풍교(風敎)⁵⁷⁰⁾를 더러이고 어느 늧츠로 날을 볼다? 늬 츠마 네 어미의 모쳠(冒忝)⁵⁷¹⁾ᄒ야 네 얼골 보기를 구(求)치 아니ᄒᄂ니 셜니 도라가고 오디 말나.' 하시ᄂ이다."

싱(生)이 눈믈을 먹음고 닐오디,

"늬 비록 죄괘(罪過ㅣ) 이시나 부뫼(父母ㅣ) 이러틋 ᄒ시니 엇디 셰샹(世上)의 머믈고져 시브리오? 원(願)컨디 모친(母親)긔 ᄒ야 늬 죄(罪)를 샤(赦)ᄒ시긔 ᄒ라."

영미 드러가더니 또 나와 니르디,

"부인(夫人)이 노긔(怒氣) 엄녈(嚴烈)ᄒ샤 비즈(婢子) 등(等)을 칙(責)ᄒ시니 샹공(相公)은 도라가샤 부인(夫人) 노긔(怒氣)를 도도디 마르쇼셔.

식노(息怒)⁵⁷²⁾ᄒ신 후(後) 드러오시미 힝심(幸甚)일가 ᄒ나이다."

싱(生)이 홀일업셔 정당(正堂)의 드러가 진·뉴 이(二) 부인(夫人)긔 뵈니, 이(二) 부인(夫人)이 크게 반기고 깃서 닐오디,

"네 아비 녜의(禮義)를 굿게 줍으므로 너를 티댱(笞杖)ᄒ니 노뫼

---

570) 풍교(風敎): 풍습을 잘 교화시키는 일.

571) 모쳠(冒忝): 모첨. 외람되게 대접받거나 참여함.

572) 식노(息怒): 분노를 가라앉힘.

(老母 ㅣ) 듀야(晝夜) 근심ᄒ더니 이제 무ᄉ(無事)이 ᄎ복(差復)ᄒ니 다힝(多幸)ᄒ도다."

싱(生)이 ᄇᆡ샤(拜謝) 왈(曰),

"블초(不肖) 쇼손(小孫)이 죄(罪)ᄅᆞᆯ 풍교(風教)의 어더 야야(爺爺)긔 최(責)ᄒ시믈 엇ᄌᆞ오나 엇디 원(怨)ᄒ며 흔(恨)ᄒ리오마ᄂ 도금(到今)ᄒ야 부뫼(父母 ㅣ) 다 용납(容納)디 아니시니 쇼손(小孫)이 어ᄂ ᄂᆞᆺᄎᆞ로 사ᄅᆞᆷ을 ᄃᆡ(對)ᄒ리잇고?"

부인(夫人)이 위로(慰勞) 왈(曰),

"네 부뫼(父母 ㅣ) 너ᄅᆞᆯ 개과(改過)코ᄌ ᄒᄆᆞ로 용납(容納)디 아니나 브ᄌ(父子) 뎐뉸(天倫)이

• • •

168면

엇디 ᄆᆡ양 이러ᄒ리오? 너는 안심(安心)ᄒ고 ᄎ후(此後) 개과(改過) ᄌ칙(自責)ᄒ야 그ᄅᆞ미 업게 ᄒ고 ᄯᅩ 네 긔운이 이제도 허(虛)ᄒ기심(甚)ᄒ야 됴리(調理)ᄒ라."

싱(生)이 샤례(謝禮)ᄒ고 믈너와 싱각ᄒᄃᆡ 부뫼(父母 ㅣ) ᄌ573)가 (自家)ᄅᆞᆯ 용납(容納)지 아닐 줄 혜아려 심ᄉᆞ(心事 ㅣ) 블평(不平)ᄒᆞ지라 병(病) 우희 병(病)이 되여 신음(呻吟)ᄒ더니,

일일(一日)은 홀연(忽然) 싱각ᄒᄃᆡ,

'ᄂᆡ 흔 소 시(氏)로 인(因)ᄒ야 명교(名教)574)의 죄인(罪人)이 되니 흔 안히ᄅᆞᆯ 유렴(留念)ᄒ야 부모(父母) 안젼(案前)의 못 드러가리오?'

---

573) ᄌ: [교] 원문에는 이 앞에 '과그리'라는 말이 있으나 부연으로 보아 국도본(8:43) 을 따라 삭제함.

574) 명교(名教): 인륜의 명분을 밝히는 가르침.

ᄒ고 셔간(書簡)을 닷가 챵두(蒼頭)를 명(命)ᄒ야 호광(湖廣)으로 보ᄂ니라.

어시(於時)의 승샹(丞相)이 싱(生)의 병(病) 나아시믈 깃거ᄒ

나 ᄉ쇡(辭色)지 아니터니, 일일(一日)은 무평빅이 무ᄅᄃᆡ,

"이제 형댱(兄丈)이 몽챵을 칙(責)ᄒ시민 쇼 시(氏)를 엇디려 ᄒ시나니잇고?"

승샹(丞相)이 침음(沈吟) 냥구(良久)의 니ᄅᄃᆡ,

"져 녀ᄌᆡ(女子ㅣ) 녀ᄂ 사름과 달나 환쟈(宦者)의 쳔(賤)ᄒᆫ 죡속(族屬)이니 ᄂᆡ ᄎᆞ마 ᄌᆞ부(子婦) 항녈(行列)의 두고져 ᄯᅳᆺ이 업ᄉᆞᆫ디라 진실(眞實)노 쳐치(處置) 어려이 너기노라. 노 틱감(太監) 뎍딜(嫡姪) 일시 분명(分明)ᄒᆞᆫ가 연셩으로 뭇고ᄌᆞ ᄒᆞᄃᆡ 연셩이 ᄂᆡ 믈노 몽챵ᄃ려 닐너 그 ᄆᆞ음을 더575)옥 방ᄌᆞ(放恣)케 ᄒ리니 그러므로 홈구(緘口)ᄒ엿더니 현뎨(賢弟) 모로미 조용이 그 근본(根本)을 무러 보라."

무평빅이 수명(受命)ᄒ고 이의 셔당(書堂)의 가 믈솜ᄒ다가

무ᄅᄃᆡ,

"네 소 시(氏)로 인(因)ᄒ여 빅여(百餘) 댱(杖) 칙(責)을 입고 명쟈(命者ㅣ) 위틱(危殆)ᄒ엿더니 금일(今日)의야 알고ᄌ 못ᄂ니 쇼 시

---

575) 더: [교] 원문에는 '덕'으로 되어 있으나 오기로 보임.

(氏) 엇던 사룸이며 그 얼골이며 힝시(行事ㅣ) 엇더뇨?"

싱(生)이 탄식(歎息) 되왈(對曰),

"쇼딜(小姪)이 소 시(氏)로 인(因)ᄒ야 부모(父母) 안젼(案前)의 죄인(罪人)이 되여시니 그 가문(家門)의 현블쵸(賢不肖)를 의논(議論)ᄒ여 무슴ᄒ리잇고?"

빅(伯) 왈(曰),

"블연(不然)ᄒ다. 네 비록 블고이취(不告而娶)ᄒ여 칙(責)을 닙어시나 일인즉 ᄇ리지 못ᄒᆯ 거시니 니ᄅ라."

싱(生)이 되왈(對曰),

"소딜(小姪)이 임의 죄(罪)를 닙어시니 엇지 숙부(叔父) 안젼(案前)의 은휘(隱諱)ᄒ리잇고? 샹 시(氏)의 샹ᄉ(喪事)를 디닉고 오다가 호광(湖廣)의 니ᄅ러 숙뷔(叔父ㅣ) 촉샹(觸傷)[576]ᄒ야 즘간(暫間) 됴리(調理)ᄒ시

● ● ●

171면

거ᄂᆞᆯ 울젹(鬱寂)ᄒᆞᆷᄅᆞ 인(因)ᄒ야 뫼히 올나 그니다가 우연(偶然)이 소 시(氏) 잇ᄂᆞᆫ 뎡ᄌᆞ(亭子)의 다ᄃᆞ라 소 시(氏)를 보니 그 얼골은 다시 니ᄅᆞᆯ 거시 업거니와 팔덕(八德)이 미우(眉宇)의 현출(現出)ᄒᆞᆷᄅᆞ 흠모(欽慕)ᄒ여 즘간(暫間) 시험(試驗)ᄒ니 소 시(氏)의 거동(擧動)과 유모(乳母)의 언단(言端)이 여ᄎᆞ여ᄎᆞ(如此如此) ᄒᆞᆫ지라. 소딜(小姪)이 듯고 도라왓더니 조모(祖母) 침쇼(寢所)의셔 팔쇠를 엇어 고이(怪異)히 너기더니, 호광(湖廣)의 가 쏘 여ᄎᆞ여ᄎᆞ(如此如此) ᄒᆞ야 수일(數

---

576) 촉샹(觸傷): 촉상. 찬 기운이 몸에 닿아서 병이 남.

日) 소 시(氏) 집의 잇다가 도루올시 노 부인(夫人)의 믈을 듯고 고이(怪異)히 너겨 소 시(氏)다려 무르나 소 시(氏) 입을 여디 아니ᄒ니 노 틱감(太監)ᄃ려도 뭇지 못ᄒ엿ᄂ이다. 소 시(氏) 부친(父親)은 소 쳐ᄉ(處士)라 ᄒ더이다.”

무

● ● ●

172면

평빅이 니르디,

“네 아졔 소 시(氏)를 엇디려 ᄒᄂ다? 그 용뫼(容貌ㅣ) 눌과 ᄀᆺ더뇨?”

디왈(對曰),

“친영(親迎)ᄒ연 디 두 늘 만의 써나시니 엇디 알니잇고마ᄂ 그 현숙(賢淑)ᄒ미 공듀(公主)긔 디디 아닌가 시브더이다. 연(然)이나 부뫼(父母ㅣ) 그릇 너기시니 엇디 뉴렴(留念)ᄒ리잇고? 수일(數日) 젼(前) 졀혼(絶婚)ᄒᄂ 글을 믿ᄃ러 보니엿ᄂ이다.”

빅(伯)이 놀나 칙(責)ᄒ디,

“소 시(氏) 널노 초례(醮禮) 빅냥(百兩)577)으로 셩친(成親)ᄒ여시니 엇디 무고(無故)히 개가(改嫁)ᄒᆯ 거시라 망녕(妄靈)도이 ᄒᄂ뇨?”

싱(生) 왈(曰),

“쇼 시(氏) 개가(改嫁)ᄒᄂ 아니나 소딜(小姪)의 도리(道理)까지ᄂ 부뫼(父母ㅣ) 허(許)티 아니시ᄂ 쳐ᄌ(處子ㅣ)니 엇디 ᄉ졍(事情)을 도라보리잇고?”

---

577) 빅냥(百兩): 백량. 100대의 수레라는 뜻으로 신부를 맞아들임을 말함. ‘양(兩)’은 수레의 의미. “저 아가씨 시집갈 적에, 백 대의 수레로 맞이하네. 之子于歸, 百兩御之.”라는 구절이 『시경(詩經)』, <작소(鵲巢)>에 보임.

빅(伯)이 웃고 셔헌(書軒)의 니

● ● ●

173면

ㄹ러 몽챵의 믈을 일댱(一場) 셜파(說罷) ᄒ야 고(告) ᄒᆞ디, 승샹(丞相)
이 ᄯᅩᄒᆞ 어히업셔 웃고 니ᄅᆞ디,

"몽챵이 이럿툿 실셩(失性) ᄒ엿ᄂᆞ뇨? 뎡뎡(貞正)578) ᄒᆞ 녀ᄌ(女子)
를 졔 ᄆᆞ음만 너겨 개가(改嫁) ᄒ라 ᄒ니 이런 일이 어디 이시리오?
ᄯᅩᄒᆞ 위인(爲人)이 쇼활(疏闊)579) ᄒᆞ 양ᄒ야 엇디 노 부인(夫人) 손ᄋ
(孫兒 l) 며 녀ᄋ이(女兒 l)를 분간(分揀)티 못ᄒ리오?"

인(因) ᄒ야 ᄆᆞ연(默然)이러니, 셕양(夕陽)의 죽셜각의 드러가니 부
뫼(父母 l) 흔가지로 겨시거늘 승샹(丞相)이 안셔(安舒)580)이 시립
(侍立) ᄒ엿더니 모친(母親)긔 뭇ᄌ오디,

"틱틱(太太) 금쳔(金釧)을 몽챵을 주시니잇가?"

부인(夫人) 왈(曰),

"몽챵이 이곳의 와 금쳔(金釧)을 ᄂᆡ여 이리이리 ᄒ거늘 노뫼(老母
l) ᄯᅩ 셕일(昔日) 몽ᄉ(夢事)를

● ● ●

174면

싱각고 져를 주엇거니와 히ᄋ이(孩兒 l) 무ᄅᆞᆷ믄 엇디오?"

승샹(丞相)이 이에 몽챵의 젼후슈믈(前後首末)을 ᄌᆞ시 고(告) ᄒ고

---

578) 뎡뎡(貞正): 정정. 절조(節操)가 있고 마음이 바름.

579) 쇼활(疏闊): 소활. 꼼꼼하지 못하고 어설픔.

580) 안셔(安舒): 안서. 편안하고 조용함.

닐오딕,

"소 시(氏) 임의 노 틱감(太監)의 뎍딜(嫡姪)이라 ᄒ오니 닐이 니의 니른 후(後)ᄂ 브리미 의(義) 아니라 거두고ᄌ ᄒ옵ᄂ니 부모(父母) 명(命)을 쳥(請)ᄒᄂ이다."

틱시(太師ㅣ) 닐오딕,

"소 시(氏) 임의 노 틱감(太監)의 친딜(親姪)이라도 몽챵의 취(娶)ᄒᆫ 후(後)ᄂ 브리지 못홀 거시어늘 ᄒᄆᆞ며 뎍딜(嫡姪)이쌰녀. 제 믈을 드릭니 현숙(賢淑)ᄒᆫ가 시브니 섈니 권솔(眷率)581)홀 거시로다."

승샹(丞相)이 빅샤(拜謝) 왈(曰),

"명괴(明敎ㅣ) 뭇당ᄒ시니 그딕로 ᄒ오려니와 아직 줌간(暫間) 지류(遲留)ᄒ야 몽챵이 치 쌔둣기를 기드리샤이다."

틱샤(太師)

• • •

175면

뎜두(點頭)582)ᄒ고 뉴 부인(夫人)이 감회(感懷)ᄒ여 ᄀᆞᆯ오딕,

"셕일(昔日) 션군(先君)의 가르치시미 금일(今日) ᄆᆞᆺ니 몽챵이 쇼 시(氏)로써 우연(偶然)ᄒᆫ 인연(因緣)이 아닐ᄉᆡ 금쳔(金釧)의 합(合)ᄒ미 긔특(奇特)ᄒ지라. ᄒᆡ오(孩兒)ᄂ 쳔뎡인연(天定因緣)583)인 줄 싱각ᄒ야 과도(過度)히 칙(責)디 말나."

승샹(丞相)이 빅샤(拜謝) 수명(受命)ᄒ고 믈너나다.

각셜(却說). 소 시(氏) 니 어ᄉ(御使)를 보니고 신싴(神色)이 친 지

---

581) 권솔(眷率): 거느림.

582) 뎜두(點頭): 점두. 승낙하거나 옳다는 뜻으로 머리를 약간 끄덕임.

583) 쳔뎡인연(天定因緣): 천정인연. 하늘이 정해 준 인연.

又투야 옥팀(玉枕)의 비겨 말을 아니ㅎ니 운이 나아가 골오디,

"금일(今日) 쇼져(小姐)의 근심ㅎ시미 무슨 연괴(緣故ㅣ)니잇고?
아니 신혼(新婚) 니별(離別)을 슬허ㅎ시ᄂᆞ냐?"

소제(小姐ㅣ) 천연(遷延)584) 냥구(良久)의 왈(曰),

"어미 엇디 이런 물을 ㅎᄂᆞ뇨? 나의 평싱(平生)이 가지(可知)라.
ᄎᆞ고(此故)로

∙∙∙

176면

골돌(鶻突)585)ㅎᄆᆞᆯ 이긔디 못ㅎ노라."

운이 골오디,

"소제(小姐ㅣ) 엇디 이런 물숨을 ㅎ시ᄂᆞ뇨? 니 어싀(御使ㅣ) 풍치
(風采) 신션(神仙) 又투시니 소제(小姐ㅣ) 평싱(平生)이 쾌(快)ㅎ디라
근심ㅎ리오?"

쇼제(小姐ㅣ) 탄왈(嘆曰),

"어미는 흔又 얼골이 곱고 물이 빗ᄂᆞ며 긔특(奇特)혼 양으로 아ᄂᆞ
냐? 니싱(-生)이 힝실(行實)이 패악(悖惡)ㅎᄆᆞᆫ 니ᄅᆞ디 물고 은연(隱
然)이 블고이취(不告而娶)ㅎ얏시니 그 부뫼(父母ㅣ) 알딘디 엇디 늘
을 용납(容納)ㅎ리오? 내 당초(當初) 명(定)혼 쯧은 니싱(-生)의 욕
(辱)을 본 후(後)ᄂᆞᆫ 심규(深閨)의 평싱(平生)을 늙고ᄌᆞ ㅎ더니 조뫼
(祖母ㅣ) 주댱(主張)ㅎ시니 ᄎᆞᄆᆞ 심ᄉᆞ(心事)를 고(告)치 못ㅎ586)여 안
연(晏然)이 ᄂᆞ출 드러 니싱(-生)을 좃ᄎᆞ니 타일(他日) 니싱(-生)이 날

---

584) 천연(遷延): 천연. 지체함.

585) 골돌(鶻突): 의혹이 풀리지 않음.

586) ㅎ: [교] 원문에 없으나 문맥을 매끄럽게 하기 위해 이 글자를 첨가함.

노써 구학587)(溝壑)588)의 녀흔 후(後) 긋치리니 유모(乳母)는 불디어다."

운애 왈(曰),

"니 샹공(相公)이 블고이취(不告而娶)흔 줄 엇디 아르시느뇨?"

"제 스스로 니르거늘 드럿노라."

운이 왈(曰),

"셜스(設使) 니 노애(老爺ㅣ) 블고이취(不告而娶)ᄒ시나 니 노야(老爺) 부뫼(父母ㅣ) 쇼져(小姐)를 보실딘디 엇디 구고(舅姑)의 스랑을 니르리잇고?"

쇼제(小姐ㅣ) 왈(曰),

"어미는 우은 물 말나. 엇디 구고(舅姑)의 스랑을 바라며 쏘 져그나 녜의(禮義)를 심수(心受)589)ᄒ나니야 그 으들을 다스리디 아니리오?"

운이 역시(亦是) 탄식(歎息)ᄒ더라.

수월(數月) 후(後) 소 샹셔(尙書) 노힌 긔별(奇別)이 니르니, 일개(一家ㅣ) 대희(大喜)ᄒ야 쇼제(小姐ㅣ) 하늘을 우러러 샤례(謝禮)ᄒ고 듀야(晝夜) 부모(父母)를 기드리

더라.

---

587) 학: [교] 원문에는 '확'으로 되어 있으나 오기로 보임.

588) 구학(溝壑): 구렁.

589) 심수(心受): 마음으로 받아들여 깨달음.

슈일(數日) 후(後) 경소(京師) 니부(-府) 챵뒤(蒼頭 l) 니르러 봉셔 (封書)를 올니니 소졔(小姐 l) 조모(祖母)를 뫼셔 듕당(中堂)의 잇더니 노 부인(夫人)이 밧비 써혀 보니 글와시되,

'모월(某月) 모일(某日)의 니몽챵은 소 시(氏) 현소져(賢小姐)긔 직빅(再拜)ᄒ고 공경(恭敬)ᄒ야 올니ᄂ니 ᄒ 번(番) 손을 ᄂ호미 산쳔 (山川)이 가리오고 쳥죄(靑鳥 l) 신(信)590)을 젼(傳)치 아니니 싱(生)의 ᄆᆞᆷ을 어ᄂᆡ 브지리오? 당초(當初) 썅쳔(雙釧)의 긔봉(奇逢)ᄒᄆᆞᆯ 미더 부모(父母)긔 고(告)치 아니ᄒ고 취(娶)ᄒ엿더니 도금(到今)ᄒ야 부모(父母)의 칙(責)이 엄(嚴)ᄒ시니 ᄂᆡ ᄉᆞ졍(私情)으로 그ᄃᆡ를 거두디 못ᄒᆞᆯ 거시오, ᄂᆡ ᄯᅩ 그ᄃᆡ로 허명(虛名)은 부

* * *

179면

뷔(夫婦 l)나 이러ᄒᄆᆯ 딤죽(斟酌)고 졍(情)을 머무르지 아냐시니 됴곰도 구이(拘礙)ᄒ미 업술 거시라. 혼셔(婚書)를 도로 보ᄂᆡ고 됴히 다른 옥낭(玉郞)을 ᄆᆞᆺ 쾌(快)히 일싱(一生)을 누리라.'

ᄒ엿더라.

노 부인(夫人)이 보기를 ᄆᆞᆺ고 ᄃᆡ경(大驚)ᄒ야 쇼져(小姐)를 주어 보라 ᄒ니 소졔(小姐 l) 공수(拱手) 남필(覽畢)의 믄득 웃고 닐오ᄃᆡ,

"사름의 팔지(八字 l) 고이591)(怪異)ᄒ니 고금(古今)의 희한(稀罕)ᄒ ᄆᆞᆯ과 쳔고(千古)의 업순 실셩디인(失性之人)을 볼노다."

드ᄃᆡ여 홍벽을 블너 혼셔(婚書) 치단(采緞)을 ᄂᆡ여다가 졍(正)히 봉(封)ᄒ야 니부(-府) 챵두(蒼頭)를 주라 ᄒ니 노 부인(夫人)이 닐오

590) 신(信): 서신.
591) 이: [교] 원문에는 '히'로 되어 있으나 오기로 보임.

딕,

"너의 빙ᄌ

옥딜(氷姿玉質)[592]노써 엇디 니문(-門)의 ᄇ리미 되야 삼오(三五) 홍
안(紅顔)을 공규(空閨)의 늙히게 ᄒᄂ뇨? 어ᄉ(御使) 조뫼(祖母ㅣ) 늬
집의 와 ᄃ니던 거시오 니 승샹(丞相)이 네 부친(父親)으로 막역지괴
(莫逆之交ㅣ)니 네 아비 오기를 기ᄃ려 이런 ᄉ샹(事狀)[593]을 ᄒ리니
현혼(玄纁)[594]을 머무러 두라."

소제(小姐ㅣ) 되왈(曰),

"쇼녜(小女ㅣ) ᄃ르니 승샹(丞相)은 현명(賢明) 군ᄌ(君子ㅣ)라 필
연(必然) 소녀(小女)를 ᄇ리디 아닐 거시로되 니ᄉᆡᆼ(-生)이 부모(父母)
의 칙(責)을 듯고 역졍(逆情)ᄒ여 혼셔(婚書)를 ᄎᆞᆺᄂ가 시브오니 머
무러 둔족 남이 구ᄎ(苟且)ᄒᄆᆞᆯ 우으리니 혼셔(婚書)를 셜ᄉ(設使)
보닌들 니문(-門)이 쇼녀(小女)를 아니 ᄇᆞ리려 ᄒ면 혼셔(婚書) 보ᄂᆡ
므로 아니 ᄎ즈며 이 혼셔(婚書)를

둔들 니문(-門)이 ᄇᆞ리려 ᄒ면 엇디ᄒ리잇가?"

---

592) 빙ᄌ옥딜(氷姿玉質): 빙자옥질. 얼음같이 맑고 깨끗한 살결과 구슬같이 아름다운
    자질.
593) ᄉ샹(事狀): 사상. 사실과 정황.
594) 현혼(玄纁): 검은색과 분홍색의 비단. 폐백(幣帛)의 의례 때 사용되었으므로, 빙물
    (聘物)이라는 의미로 쓰임.

노 부인(夫人)이 웃고 믈을 못 ᄒ니 홍벽이 혼셔(婚書)를 닉여다가 니부(-府) 챵두(蒼頭)를 주며 연고(緣故)를 무르니 챵뒤(蒼頭ㅣ) 시랑(侍郎)의 칙(責) 만나믈 니르고 답간(答簡)을 쳥(請)ᄒ거늘 홍벽이 드러가 고(告)ᄒ되 소제(小姐ㅣ) 왈(曰),

"네 니르라. 유구무언(有口無言)이오 무가ᄂ하(無可奈何)595)라 ᄒ라."

홍벽이 이되로 나와 젼(傳)ᄒ니 챵뒤(蒼頭ㅣ) ᄎ언(此言)을 듯고 홀일업셔 경ᄉ(京師)로 가니라.

ᄎ시(此時) 노 부인(夫人)이 쇼져(小姐)를 붓들고 슬피 우러 글오되,

"네 부모(父母)를 텬이히각(天涯海角)596)의 보닉고 너를 겨유 길너 셩가(成嫁)597)하믹 이리 될 줄 알니오?"

쇼제(小姐ㅣ) 안쇠(顏色)이 화평(和平)ᄒ

182면

야 위로(慰勞)ᄒ되

"쇼녜(小女ㅣ) 니 군(君)을 좃든 눌 붇셔 이럴 줄 아라시니 엇디 새로이 놀나리잇고? 당초(當初) 니 군(君)이 디방(地方)의 순무어ᄉ(巡撫御使)로 ᄆ득흔 공ᄉ(公事)를 닛고 쳐ᄌ(妻子)를 구(求)ᄒ되 부모(父母)를 긔이고 ᄌ임(自任)598)ᄒ니 쇼녜(小女ㅣ) 임의 아로되 ᄎᄆ 쳐ᄌ(妻子)의 몸으로셔 이런 믈을 못 ᄒ고 순(順)히 니 군(君)을

---

595) 무가ᄂ하(無可奈何): 무가내하. 어찌할 수가 없음.
596) 텬이히각(天涯海角): 천애해각. 하늘의 끝과 바다에 맞닿은 부분. 모두 까마득하게 멀리 떨어져 있는 곳을 비유적으로 이르는 말.
597) 셩가(成嫁): 성가. 시집보냄.
598) ᄌ임(自任): 자임. 자기 마음대로 함.

조츠니 그 위599)인(爲人)이 실셩(失性)흔 광패지인(狂悖之人)600)이라 소녀(小女)의 명되(命途 ㅣ)601) 긔구(崎嶇)ᄒ고 운쉬(運數 ㅣ) 다쳔(多舛)602)ᄒ야 부모(父母)를 ᄋ시(兒時)의 니별(離別)ᄒ고 조모(祖母)의 은양(恩養)603)ᄒ시믈 벗ᄌ와 댱셩(長成)ᄒᄆᆡ 의외(意外)에 니ᄉᆡᆼ(-生) ᄀᆞᆮᄐᆞᆫ 녜의(禮義) 념치(廉恥) 모ᄅᆞᄂᆞ 무신(無信)흔 사룸을 만나니 이 쏘 소녀(小女)의 팔지(八字 ㅣ)라 눌을 원(怨)ᄒ리잇

• • •

183면

고? 이졔 니가(-家)의셔 혼셔(婚書)를 ᄎᆞᄌᆞ 가니 소녀(小女)ᄂᆞ 깃거ᄒ옵ᄂᆞ니 일ᄉᆡᆼ(一生)을 부모(父母)를 뫼셔 고요히 늘그면 이만 쾌(快)ᄒᄆᆡ 업ᄉᆞ리니 조모(祖母)ᄂᆞᆫ 브졀업시 심녀(心慮) ᄆᆞᄅᆞ소셔."

부인(夫人)이 쇼져(小姐의 일댱(一場) 샹쾌(爽快)흔 믈을 듯고 크게 두굿겨 어로ᄆᆞᆫ져 닐오ᄃᆡ,

"너의 ᄆᆞ음이 이러틋 쾌(快)ᄒ니 노모(老母)의 모ᄉᆡᆨ(茅塞)604)흔 흉금(胸襟)이 열니나 너의 공방(空房) 딕희믈 ᄎᆞᄆᆞ 엇디 보리오?"

소제(小姐 ㅣ) 웃고 ᄀᆞᆯ오ᄃᆡ,

"소녜(小女 ㅣ) 본(本)ᄃᆡ 쯧이 믈외(物外)에 버셔나고 ᄒᆞᆯ며 니랑(-郎)의 부졍(不貞)흔 믈ᄉᆞᆷ과 음일(淫佚)흔 거동(擧動)을 빅(百) 년(年)

───────────────

599) 위: [교] 원문에는 '우'로 되어 있으나 오기로 보임.
600) 광패지인(狂悖之人): 미친 것처럼 말이나 행동이 사납고 막된 사람.
601) 명되(命途 ㅣ): 운명과 재수.
602) 다쳔(多舛): 다천. 어그러짐이 많음. 기구(崎嶇).
603) 은양(恩養): 은혜로 양육함.
604) 모ᄉᆨ(茅塞): 모색. 길이 띠로 인하여 막힌다는 뜻으로, 마음이 물욕에 가리어 어리석고 무지함을 비유적으로 이르는 말.

을 아니 보와도 그리지 아닐가 시브니 줌줌(潛潛)코 나죵을 보

· · ·

184면

쇼셔."

드듸여 침쇼(寢所)의 도라오니 운이 무자 울며 닐오듸,

"져젹의 쇼졔(小姐ㅣ) 니 노야(老爺)를 의심(疑心)ᄒ시거늘 쇼비(小婢) 과도(過度)히 너겻더니 이제 무춤니 무즐 줄 알니잇가? 이제 당츠(將次) 쇼졔(小姐ㅣ) 일싱(一生)을 엇디려 ᄒ시ᄂ뇨?"

쇼졔(小姐ㅣ) 미쇼(微笑) 왈(曰),

"이ᄂ 젹은 일이니 어미ᄂ 근심 물나. 타일(他日) 니 니 군(君)으로조츠 목숨을 보젼(保全)ᄒ기 어려오니 출ᄒ리 눌을 춧디 아니면 족(足)히 쾌(快)ᄒ랴."

운이 왈(曰),

"쇼졔(小姐ㅣ) 엇디 남을 너모 의심(疑心)ᄒ시ᄂ뇨? 니 노얘(老爺ㅣ) 쇼져(小姐) 향(向)ᄒ신 졍(情)이 틱산(泰山) 가트시니 엇디 ᄇ리리오만은 이 도시(都是) 그 부모(父母)의 칙(責)을 두리미니이다."

소제(小姐ㅣ) 다만

· · ·

185면

옷고 물을 아니터라.

츠야(此夜)의 일몽(一夢)을 어드니 홀연(忽然) 방문(房門)이 열니며 일위(一位) 녀진(女子ㅣ) 드러와 안거늘 소 시(氏) 놀나 눈을 드러 보니 쎈혀ᄂ 긔질(氣質)이 비(比)홀 듸 업더라.

"그딕 엇던 사룸인다?"

그 녀즤(女子ㅣ) 손을 드러 골오딕,

"나는 다르니 아니라 경소(京師) 니 어사(御使) 쳐(妻) 샹 시(氏)러니 이제 흔 말을 쇼져(小姐)긔 고(告)ᄒ고즈 ᄒ노라."

쇼졔(小姐ㅣ) 놀나 싱각ᄒ딕,

'니싱(-生)이 취쳐(娶妻)를 아냣다 ᄒ더니 엇디 츠인(此人)의 말이 이러ᄒ고?'

이의 답(答)ᄒ여 골오딕,

"쳡(妾)은 니 시(氏)의 ᄇ린 사룸이라 부인(夫人)이 므슴 말을 하고즈 ᄒ시ᄂ뇨?"

샹 시(氏) 눈물을 ᄲ리고 닐

· ● ●

186면

오딕,

"쳡(妾)이 니 어소(御使)를 ᄆᆫᄂ 두 히 봄의 디하(地下)로 도라가니 셜운 흔(恨)이 가슴의 박혓ᄂ지라 어딕 비(比)ᄒ리오? 요힝(僥倖) 골육(骨肉)이 이셔 셰간(世間)의 이시니 힝(幸)혀 계뫼(繼母ㅣ) 어디디 못ᄒᆯ가 녕혼(靈魂)이나 념녀(念慮)ᄒ더니 쇼져(小姐)의 현숙(賢淑)ᄒ시미 극진(極盡)ᄒ시니 쳡(妾)이 졍소(情事)를 고(告)ᄒᄂ니 어엿비 너기소셔. 연(然)이나 부인(夫人)의 운쉬(運數ㅣ) 춤혹(慘酷)ᄒ시니 그 몸을 보젼(保全)티 못ᄒᆯ 둧ᄒ거니와 쳡(妾)이 유여(裕餘) 밋ᄂ 곳의 힘을 도으리이다."

ᄶ 겻히 미녀(美女)를 가라쳐 왈(曰),

"아모 졔라도 이 아히 드리ᄂ 음식을 먹디 ᄆᆞᆯ소셔."

소 시(氏) 듯기를 뭇고 심혼(心魂)

이 경혼(驚魂)ᄒ야 몸을 니러 비샤(拜謝) 왈(曰),

"쳡(妾)은 니문(-門)의 바린 인싱(生)이어늘 부인(夫人) 유령(幽靈)이 이럿툿 붉히 ᄀᄅ치시니 봉힝(奉行)코ᄌ ᄒ나 어딕 가 비최리오?"

샹 시(氏) 딕왈(對曰),

"오릭지 아녀 니문(-門)의 드러가시리니 근심 마ᄅ쇼셔. 니 승샹(丞相)은 군ᄌ(君子ㅣ)시니 엇디 녀ᄌ(女子)의게 원한(怨恨)을 기칠비며 고모(姑母)⁶⁰⁵⁾ 뎡 부인(夫人)은 고금(古今)의 업슨 녀ᄌ(女子ㅣ)니 쇼져(小姐) 일싱(一生)은 평안(平安)ᄒ려니와 어ᄉ(御使) 위⁶⁰⁶⁾인(爲人)이 타인(他人)과 다ᄅ니 부인(夫人)이 댱일(長日)의 익를 엇디 셕이리오? 모로미 닉 믈을 닛디 마ᄅ쇼셔."

믈을 뭇고 홀연(忽然) 간 딕 업더라.

소 시(氏) 놀나 ᄭᆡ여 몽ᄉ(夢事)를 싱각고

하 측(測)히⁶⁰⁷⁾ 너겨 싱각ᄒ딕,

'니 군(君)이 원닉(元來) 졍실(正室)을 죽이고 늘을 후실(後室)노

---

605) 고모(姑母): 시어머니.

606) 위: [교] 원문에는 '우'로 되어 있으나 오기로 보임.

607) 측(測)히: 망측(罔測)히. 정상적인 상태에서 어그러져 어이가 없거나 차마 보기가 어렵게.

취(娶)ᄒᆞ엿도다. 닉 평싱(平生)의 이런 일을 측(測)히 아더니 내게 당(當)홀 줄 엇디 알니오? 샹 시(氏) 만일(萬一) ᄉᆞ룻던들 ᄒᆞᆫ가지로 지닐ᄃᆞᆺ다.'

이쳐로 싱각고 니싱(-生)을 더옥 통한(痛恨)이 너기더라.

쇼제(小姐ㅣ) ᄎᆞ후(此後) 무싀(無色)ᄒᆞᆫ 깁오솔 닙고 심규(深閨)의 ᄌᆞ쳐(自處)ᄒᆞ며 심ᄉᆞ(心事ㅣ) ᄌᆞ연(自然) 울울(鬱鬱)ᄒᆞ여 수미(愁眉)608)를 피(避)치 못ᄒᆞ니 운이 크게 잔잉ᄒᆞ야 위로(慰勞)ᄒᆞ되,

"쇼져(小姐)ᄂᆞᆫ 니문(-門)의 ᄇᆞ리믈 슬허 ᄆᆞᆯᄋᆞ소셔. 노애(老爺ㅣ) 드러오신죽 션쳐(善處)ᄒᆞ미 겨시리이다."

소제(小姐ㅣ) 탄식(歎息)ᄒᆞ여 왈(曰),

"닉 ᄠᅳᆺ이 니문(-門)의셔 ᄎᆞᆺ지 아니

• • •

189면

믈 다힝(多幸)이 너기나니 엇디 ᄇᆞ리믈 념녀(念慮)ᄒᆞ리오? 나의 근심ᄒᆞᄂᆞᆫ 바ᄂᆞᆫ 젼두(前頭)를 싱각ᄒᆞ니 스스로 심담(心膽)이 셜ᄂᆞᆯ609)ᄒᆞ니 엇디 이런 ᄠᅳᆺ이 이시리오?'

운이 갈오되,

"타일(他日) 이 밧긔 므슨 다른 일이 이시리오?"

쇼제(小姐ㅣ) 댱탄(長歎) 왈(曰),

"어미ᄂᆞᆫ 두고 볼지어다. 닉 몸히 일(一) 쳔(千) 댱(丈) 굴헝의 ᄲᅢ지믄 소ᄉᆞ(小事ㅣ)라."

인(因)ᄒᆞ야 탄식(歎息)ᄒᆞ더니 홍이 븟그로셔 드러오며 고(告)ᄒᆞ되,

---

608) 수미(愁眉): 근심에 잠겨 찌푸린 눈썹.

609) 셜ᄂᆞᆯ: 서늘.

"샹셔(尚書) 힝ᄎᆡ(行次ㅣ) 오(五) 리(里) 댱뎡(長亭)[610]의 와 겨시다 ᄒᆞᄂᆞ이다."

쇼제(小姐ㅣ) 듯기를 다 못ᄒᆞ여셔 심혼(心魂)이 비월(飛越)[611]ᄒᆞ야 젼도(顚倒)히 ᄂᆡ당(內堂)으로 드러가니라.

---

610) 댱뎡(長亭): 장정. 예전에, 먼 길을 떠나는 사람을 전송하던 곳.
611) 비월(飛越): 정신이 아뜩하도록 넒.

쌍쳔기봉(雙釧奇逢) 권지팔(卷之八)

ᄎ셜(且說). 쇼 샹셰(尚書ㅣ) 젹거(謫居)ᄒ연 지 십(十) 년(年)이라. 독부(督府) 녀운이 ᄃᆡ졉(待接)ᄒ믈 극진(極盡)이 ᄒ니 몸은 평안(平安)이 이시나 고원(故園)1)의 다시 도라가 룡뎡(龍廷)2)의 됴회(朝會) 치 못ᄒ고 ᄌᆞ당(慈堂)의 졀홀 길이 묘망(渺茫)ᄒᆞ지라 됴운모우(朝雲暮雨)3)의 븍(北)을 ᄇᆞ라보와 남ᄋᆞ(男兒)의 눈믈이 ᄉᆞ미 져ᄌᆞ믈 ᄭᆡᄃᆞᆺ지 못ᄒᆞ며 ᄌᆞ긔(自己) 시운(時運)4)이 긔박(奇薄)5)ᄒᆞ믈 쵸챵(怊悵)ᄒ더니,

광음(光陰)이 믈 흐르ᄃᆞᆺ ᄒᆞ여 구팔십졀6)이 되믹 ᄋᆞᄌᆞ(兒子) 형이 호광(湖廣)으로브터 니르니, 샹셰(尚書ㅣ) 밧비 블너 보믹 공ᄌᆡ(公子ㅣ) 임의 관(冠) 쓰믹 이셔 얼골과 풍칙(風采) 미진(未盡)ᄒᆞ미 업ᄉᆞ니 샹셰(尚書ㅣ) 깃브고 슬허 모친(母親) 존후(尊候)7)를 뭇고 월혜 쇼져(小姐)의 안부(安否)를 므르니 공ᄌᆡ(公子ㅣ) 일일(一一)히 응ᄃᆡ(應對)

---

1) 고원(故園): 고향.
2) 룡뎡(龍廷): 용성. 조성.
3) 됴운모우(朝雲暮雨): 조운모우. 아침의 구름과 저녁의 비라는 뜻으로, 원래는 남녀의 정교(情交)를 이르는 말이나, 여기에서는 시간의 흐름과 그에 따른 인물의 감정을 드러내기 위한 표현으로 사용됨.
4) 시운(時運): 때에 따른 운수.
5) 긔박(奇薄): 기박. 팔자, 운수 따위가 사납고 복이 없음.
6) 구팔십졀: 구구절의 의미인 듯하나 미상임.
7) 존후(尊候): 존후. 안부를 높여 이르는 말.

ᄒ고 노 부인(夫人)과 쇼져(小姐)의 글월을 올니니, 샹셰(尙書ㅣ) 쩌혀 보ᄆᆡ 노 부인(夫人)의 슈(數)업슨 회포(懷抱)와 그리든

...

2면

ᄉ연(事緣)이 인ᄌ(人子)의 효심(孝心)을 버히며 위 시(氏)의 아름다오믈 닐너시니 샹셰(尙書ㅣ) ᄉᆡ로이 슬프믈 이긔지 못ᄒ여 ᄀᆞᆯ오ᄃᆡ,

"닉 황텬(皇天)긔 일편(一偏)되이 득죄(得罪)ᄒ여 편모(偏母)긔 블초(不肖)를 이러틋 끼치오니 디하(地下)의 도라가 어닉 ᄂᆞᆺᄎᆞ로 션군(先君)긔 뵈오리오?"

댱 부인(夫人)이 월혜의 셔간(書簡)을 붓들고 오열(嗚咽)ᄒ여 닐오ᄃᆡ,

"져를 강보(襁褓)의 두고 이러틋 하늘 흔 가의 도라와 눈을 ᄀᆞᆷ은즉 알픽 와 뵈더니 제 임의 셩쟝(成長)ᄒ여 힝동거지(行動擧止) 셩녀(聖女)의 풍(風)이 니럿다 ᄒ니 하일하시(何日何時)8)의 셔로 못ᄂᆞ리오?"

공ᄌ(公子ㅣ) ᄌᆡ삼(再三) 위로(慰勞)ᄒ니 샹셔(尙書) 부뷔(夫婦ㅣ) 공ᄌ(公子)를 다리고 잠간(暫間) 관심(寬心)9)ᄒ여 두어 히를 지닉ᄆᆡ,

홀연(忽然) 샤문(赦文)10)이 니ᄅᆞ니 샹셰(尙書ㅣ) ᄎᆞ경ᄎᆞ희(且驚且喜)11)ᄒ여 향안(香案)을 빅셜(排設)ᄒ고 젼지(傳旨) 밧기를 ᄆᆞᆺᄎᆞᄆᆡ 셩은(聖恩)을 감격(感激)ᄒ여 머리를 두다려 북향(北向) 샤은(謝恩)하고 이의 모친(母親) 쇼찰(小札)12)을 본즉 월혜 소졔(小姐ㅣ)

---

8) 하일하시(何日何時): 어느 날 어느 때.

9) 관심(寬心): 마음을 놓음.

10) 샤문(赦文): 사문. 나라의 기쁜 일을 맞아 죄수를 석방할 때에, 임금이 내리던 글.

11) ᄎᆞ경ᄎᆞ희(且驚且喜): 차경차희. 놀라기도 하고 기뻐하기도 함.

로 니몽챵과 결혼(結婚)호믈 일넛노지라 샹셰(尚書ㅣ) 경희(驚喜)호
여 닐오디,

"니 경소(京師)의 이실 적 니몽챵의 인지(人材) 츌범(出凡)13)호믈
소랑ᄒ더니 이제 월혜의 가뷔(家夫ㅣ) 되니 엇지 긔특(奇特)지 아니
리오?"

드디여 힝쟝(行裝)을 ᄎ려 길 눌시 녀 독뷔14)(督府ㅣ) 대연(大宴)
을 개쟝(開場)호여 전송(餞送)호니 샹셰(尚書ㅣ) 지삼(再三) 은혜(恩
惠)를 칭샤(稱謝)호여 굴오디,

"복(僕)이 픽군(敗軍)호 죄인(罪人)으로 명공(明公) 막하(幕下)의
쇼졸(小卒)이 되엿거늘 명공(明公)이 디졉(待接)을 바름의 넘게 호시
고 이제 잔치를 베퍼 송별(送別)호시니 은혜(恩惠) 난망(難忘)이라 타
일(他日) 플을 미ᄌ 갑기를 원(願)호ᄂ이다."

독뷔(督府ㅣ) 사양(辭讓) 왈(曰),

"명공(明公)은 대됴(大朝) 튱신(忠臣)으로 마춤 시운(時運)이 블힝
(不幸)호믈 못나 쇼관(小官)의 곳의 니르러 겨시나 쇼관(小官)은 흔
눗 무뷔(武夫ㅣ)라 엇지 공경(恭敬)치 아니리오? 연(然)이나 십(十)
년(年)을 흔가지로 샹죵(相從)15)ᄒ다가 일됴(一朝)의 쩌ᄂ니 쇼관(小
官)은 경소(京師)로 갈 길이 머러시니 엇지 의의(依依)16)치 아니

---

12) 쇼찰(小札): 소찰. 짧게 쓴 편지.
13) 출범(出凡): 출범. 보통사람보다 뛰어남.
14) 뷔: [교] 원문에는 '뵈'로 되어 있으나 오기로 보임.
15) 샹죵(相從): 상종. 서로 따름.
16) 의의(依依): 헤어지기가 서운함.

리잇고?"

샹셰(尙書ㅣ) 역시(亦是) 츄연(惆然)ᄒ여 쥬감(酒酣)[17]의 글을 지어 읇흐니 시(詩) 왈(曰),

쇼신무지(小身無才)	져근 몸이 지조 업셔
만군학츙(萬軍壑充)	만군(萬軍)을 구렁의 너흔지라
ᄌ춤인견(自慙人見)	스스로 사름 보기를 붓그리거늘
군샹법하(君上法下)	군샹(君上)이 죄(罪)를 ᄂ리오시니
변시위졸(邊塞爲卒)	변시(邊塞)의 졸(卒)이 되엿ᄂ지라
회슈하누(回首下淚)	머리를 두로혀 눈믈을 ᄂ리오ᄂ도다
산ᄒ과ᄂ(山海過來)	산과 뫼흘 지ᄂ오니
독부은덕(督府恩德)	독부(督府)의 은혜(恩惠) 두텁도다
심년유지(十年留之)	십(十) 년(年)을 머므다가
금일환향(今日還鄕)	오늘 고향(故鄕)의 도라오니

희희만심(喜喜滿心)	깃브며 깃브미 ᄆ음의 가득ᄒ거니와
은인심ᄉ(恩人深思)	은인(恩人)을 깁히 싱각ᄒ고
혈누뉴톄(血淚流涕)	피눈믈을 흘니노라
무양블노(無恙不老)	무양(無恙)ᄒ고 늙지 아니ᄒ여
원지화봉(願再華逢)	원(願)컨듸 다시 ᄆᆺᄂ고져 ᄒ노라

샹셰(尙書ㅣ) 청음(淸音)을 느리여 ᄆᆰ게 읇흐니 쇼리 비졀쳐쵸(悲

---

17) 쥬감(酒酣): 주감. 술에 거나하게 취함.

絶凄楚)18)ᄒ더라. 좌위(左右ㅣ) 감샹(感傷)19)ᄒ고 샹셰(尙書ㅣ) 읇기를 믓고 츄연(惆然)이 눈믈을 ᄂ리와 ᄀ오ᄃ,

"복(僕)이 명공(明公)을 금일(今日) 쎠ᄂ민 졍(情)이 미치이니 춤지 못ᄒ여 당돌(唐突)ᄒᄆ를 닛고 일(一) 슈(首) 일(一) 복(幅)의 ᄡᆺ을 고(告)ᄒᄂ니 명공(明公)은 복(僕)의 졍셩(精誠)을 비최쇼셔."

독뷔(督府ㅣ) 역시(亦是) 함누(含淚) 왈(曰),

"명공(明公)은 진실(眞實)노 의기(義氣)와 졍(情)이 둑거온 사ᄅᆷ이로다. 명공(明公)이 쥬옥(珠玉) ᄀᆺᄐᆫ 글노 이 무부(武夫)를 과쟝(過奬)20)ᄒ시니 ᄎ운(次韻)이 업

⋯

6면

지 못ᄒᆯ 거시로ᄃ 무뷔(武夫ㅣ) 시(詩)를 모르니 원(願)컨ᄃ ᄂ 노ᄅ를 블너 졍(情)을 보ᄂ리이다."

드ᄃ여 옥져(玉箸)로 슐병(-瓶)을 치며 노ᄅ를 브르니 기가(其歌) 왈(曰),

성인(聖人)이 ᄯ를 만ᄂ지 못ᄒ미여!
몸이 누디(陋地)21)의 ᄯ러지도다.
쇼쟝(蘇張)22)이 붓ᄃ를 잡아 ᄉ긔(詞技)23)를 닥글 거시어ᄂ,

---

18) 비졀쳐쵸(悲絶凄楚): 비졀쳐초. 매우 슬퍼함.

19) 감샹(感傷): 감상. 슬픔을 느낌.

20) 과쟝(過奬): 과장. 과도하게 칭찬함.

21) 누디(陋地): 누지. 더러운 땅.

22) 쇼쟝(蘇張): 소장. 중국 전국시대의 세객(說客)인 소진(蘇秦)과 장의(張儀)를 아울러 이르는 말.

23) ᄉ긔(詞技): 사기. 글을 짓고 문장을 다듬는 일.

간신(奸臣)이 텬충(天聰)²⁴⁾을 가리와 대쟝(大將)을 숨도다.

평싱(平生)의 군법(軍法)을 모르니 엇지 알리오?

일만(一萬) 군싀(軍士ㅣ) 쟝평(長平)의 화(禍)²⁵⁾를 만느고

군싀(軍司ㅣ) 변싀(邊塞)의 슈ᄌ리(戍--)²⁶⁾를 스니 그음 업슨 고회(孤懷)²⁷⁾로다

텬되(天道ㅣ) 어진 사름을 도으니 금의환향(錦衣還鄉)ᄒᆞᄂᆞᆫ도다.

이 무부(武夫)ᄂᆞᆫ 슈족(手足)을 일흔 닷ᄒᆞ니

원(願)컨딕 닛지 말지어다.

독뷔(督府ㅣ) 브르기를 못ᄎᆞᆷ이 샹셰(尚書ㅣ) 놋비츨 곳치고 사²⁸⁾례(謝禮) 왈(曰),

"복(僕)은 픽군(敗軍)ᄒᆞᆫ 죄인(罪人)이어늘 엇지 이딕도록 과찬(過讚)ᄒᆞ시믈 당(當)ᄒᆞ리오?"

언미필(言未畢)의 쇼 공ᄌ(公子ㅣ) 니르러 길흘 직쵹ᄒᆞ니 샹셰(尚書ㅣ) 총총(怱怱)이 독부(督府)로 니별(離別)ᄒᆞ고 길히 오

...

7면

ᄅᆞ니 독뷔(督府ㅣ) 딕쇼(大小) 군졸(軍卒)을 거ᄂᆞ려 십(十) 니(里) 쟝졍(長亭)의 가 빅숑(陪送)²⁹⁾ᄒᆞ고 오니라.

쇼 샹셰(尚書ㅣ) 십(十) 년(年) 구한(舊恨)을 다 셜치고 스마룐거

---

24) 텬춍(天聰): 천총. 임금의 총명.

25) 쟝평(長平)의 화(禍): 장평의 화. 중국 전국시대에 조(趙)나라의 조괄(趙括)이 진(秦)나라의 장수 백기(白起)에게 속아 장평(長平)에서 대패한 일을 이름. 조괄은 용병술과 관련해 이론에만 능하였으나 조나라의 왕이 진나라의 계책에 속아 장수였던 염파(廉頗)를 파직하고 조괄을 대장으로 임명해 약 45만의 군사가 몰살당함.

26) 슈ᄌ리(戍--): 수자리. 국경을 지키던 일.

27) 고회(孤懷): 쓸쓸하고 외로운 생각이나 마음.

28) 사: [교] 원문에는 '시'로 되어 있으나 오기로 보임.

29) 빅숑(陪送): 배송. 윗사람을 따라가 전송함.

(四馬輪車)로 승치(陞差)30)ᄒ여 가미 ᄌ당(慈堂)의 절홀 쯧이 급(急)
ᄒ여 치를 ᄇ야 호광(湖廣)의 니ᄅ니 노 태감(太監)이 오리졍(五里
亭)31)의 와 뭇더라.

상셰(尚書ㅣ) 틱감(太監)의 손을 잡고 노친(老親)을 편(便)히 뫼시
믈 ᄌ삼(再三) 샤례(謝禮)ᄒ고 부듕(府中)의 니ᄅ니, 노 부인(夫人)과
월혜 쇼제(小姐ㅣ) 밧비 닉ᄃ라 댱 부인(夫人)과 샹셔(尚書)를 붓들
고 실셩호읍(失聲號泣)32)ᄒ니 샹셔(尚書) 부뷔(夫婦ㅣ) 졍신(精神)이
비월(飛越)ᄒ고 목이 메여 눈믈이 좌셕(坐席)의 고여 반향(半晌)이나
말을 못 ᄒ더니 샹셰(尚書ㅣ) 몬져 모친(母親)을 말니고 쳥죄(請罪)
왈(曰),

"쇼ᄌ(小子ㅣ) 블쵸(不肖)ᄒ미 심(甚)ᄒ여 일신(一身)이 녕희(嶺
海)33) 군졸(軍卒)이 되여 ᄎᄉᆼ(此生)의 다시 죤안(尊顔)의 뵈옵기를
밋지 못ᄒᆯ너니 니관셩의 덕(德)을 힘닙어 텬은(天恩)이 망극(罔極)ᄒ
샤 금일(今日) 고향(故鄉)의 도라와 모친(母親)긔 뵈오니 젹년(積年)

• • •

8면

ᄆᆡ친 한(恨)이 플34)닌지라 엇지 샹회(傷懷)35)ᄒ시ᄂ니잇고?"

부인(夫人)이 눈믈을 거두고 닐오ᄃᆡ,

---

30) 승치(陞差): 승차. 윗자리의 벼슬로 오름.

31) 오리졍(五里亭): 오리정. 사람을 보내고 맞이하기 위해 교외에 세워 둔 정자.

32) 실셩호읍(失聲號泣): 실성호읍. 목이 쉴 정도로 목 놓아 욺.

33) 녕희(嶺海): 영해. 중국 광동(廣東)과 광서(廣西)를 합쳐 부르는 말. 북쪽으로는 오령
(五嶺)에 닿고 남쪽으로는 남해에 임해 있으므로 그렇게 불림. 여기에서는 먼 곳의
귀양지라는 뜻으로 쓰임.

34) 플: [교] 원문에는 '글'로 되어 있으나 위에 'ㅍ'이 빠진 듯하여 이와 같이 수정함.

35) 샹회(傷懷): 상회. 마음속으로 애통히 여김.

"네 어믜 팔즈(八字) 박(薄)ᄒ여 션군(先君)을 여희오고 너만 의지(依持)ᄒ엿더니 블의(不意)의 젹거(謫居)ᄒ연 지 십(十) 년(年)이 되여시니 됴운모우(朝雲暮雨)의 이를 셕이더니 금일(今日) 보니 므슴 한(恨)이 이시리오?"

샹셰(尙書ㅣ) 직삼(再三) 위로(慰勞)ᄒ고 이의 녀ᄋ(女兒)를 보니 쇼졔(小姐ㅣ) 모친(母親) 무릅 우희 업듸여 긔운이 엄싀(奄塞)36)ᄒ엿ᄂᆞᆫ지라 샹셰(尙書ㅣ) 밧비 ᄂᆞ오여 손을 잡고 머리를 쓰다ᄃᆞᆷ아 닐오듸,

"우리 ᄉᆡᆼ젼(生前)의 부녜(父女ㅣ) 모다거늘 엇지 깃거 아니ᄒ고 과도(過度)히 구ᄂᆞ뇨?"

쇼졔(小姐ㅣ) ᄇᆞ야흐로 정신(精神)을 졍(靜)ᄒ여 눈을 드러 부모(父母)를 보고 반기미 극(極)ᄒ니 도로혀 일(一) 쳔(千) 쥴 눈믈이 옥면(玉面)을 덥펴 ᄂᆞ리며 닐오듸,

"쇼녜(小女ㅣ) 죄역(罪逆)이 심(甚)ᄒ여 ᄋᆞ시(兒時)의 부모(父母)를 니별(離別)ᄒ고 닙듸가지 죤안(尊顔)을 아지 못ᄒ오니 스스로 명운(命運)37)의 험(險)ᄒᄆᆞᆯ

9면

셜워ᄒ더니 금일(今日) 뵈오니 쥭어도 무한(無恨)이로쇼이다."

샹셰(尙書ㅣ) 친(親)히 그 눈믈을 씨스며 위로(慰勞)ᄒ고 얼골을 보니 봉안(鳳眼)이 흔 ᄡᅡᆼ(雙) 히를 거럿ᄂᆞᆫ 듯 두 쩍 옥협(玉頰)이 일만(一萬) 광치(光彩)를 먹음어시니 엇지 부용(芙蓉)과 모란을 비(比)ᄒ올 비리오? 신쟝(身長)과 봉익(鳳翼)38)이 ᄀᆞᆺ쵸 특츌(特出)ᄒ여 고금

36) 엄싀(奄塞): 엄색. 막힘.
37) 명운(命運): 운명.

(古今)의 비(比)ᄒ리 업ᄉ니 샹셰(尚書ㅣ) 가득이 희열(喜悅)ᄒ여 등을 두ᄃ려 두굿기고 댱 부인(夫人)이 집슈(執手) 오열(嗚咽) 왈(曰),

"우리 너를 어린 나히 더지고 이역변ᄒᆡ(異域邊海)의 도라가 엇지 잠시(暫時)나 이즈리오마는 네 부친(父親)의 죄(罪) 심샹(尋常)치 아니ᄒ니 ᄎᆞ싱(此生)의 환향(還鄉)키를 바라지 못ᄒ더니 이제 이러틋 쟝셩(長成)ᄒ여시니 우리 부뫼(父母ㅣ) 되여 므어슬 은혜(恩惠) ᄭᅵ치미 잇ᄂ뇨?"

샹셰(尚書ㅣ) 부인(夫人)의 샹회(傷懷)ᄒ믈 말니고 바야흐로 뎐후(前後) 지니던 바를 베퍼 별회(別懷)를 니ᄅ니 날이 져므는 줄 ᄭᅢᄃᆺ지 못ᄒ더라.

• • •

10면

샹셰(尚書ㅣ) 위 시(氏)의 거쳐(居處)를 부인(夫人)긔 뭇ᄌᆞ오니 부인(夫人) 왈(曰),

"졔 집의셔 네 오거든 신부(新婦) 례(禮)를 ᄒ려 ᄒᄂ니라."

샹셰(尚書ㅣ) 또 니몽챵의 위인(爲人)을 뭇ᄌᆞ온ᄃᆡ 부인(夫人)이 손 져어,

"뭇지 말나. 노뫼(老母ㅣ) 월혜의 일싱(一生)을 뭇ᄎ시니 므슴 말이 이시리오?"

샹셔(尚書) 부뷔(夫婦ㅣ) ᄃᆡ경(大驚)ᄒ여 밧비 뭇ᄌᆞ오ᄃᆡ,

"이 엇진 말ᄉᆞᆷ이니잇고?"

부인(夫人) 왈(曰),

---

38) 봉익(鳳翼): 봉황의 날개라는 뜻으로 사람의 어깨와 팔을 비유하는 말.

"다룬 일이 아니라 셕일(昔日) 운이 어든 플쇠를 늬 궤(櫃)의 녀헛더니, 일일(一日)은 그 긔운이 월혜의 뵈는지라 노뫼(老母ㅣ) 젼일(前日) 션군(先君)의 몽ᄉ(夢事)를 싱각ᄒ고 져를 쥬어 아모나 금쳔(金釧) 흔 쪽 가지니로 월혜의 빈필(配匹)을 뎡(定)ᄒ려 ᄒ엿더니 금츈(今春)의 몽챵이 금쳔(金釧) 흔 쪽을 가지고 니ᄅ러 져의 죠모(祖母)의 몽ᄉ(夢事ㅣ) 여ᄎ여ᄎ(如此如此)홈과 그 긔운이 져의 눈의 뵈던 줄 니ᄅ거늘 노뫼(老母ㅣ) 두 쪽 금쳔(金釧)을 흔 듸 노코 보니 진짓 흔 ᄡᅡᆼ(雙)이라 노

⋯

11면

뫼(老母ㅣ) 쇼쇼(小小) 호의(狐疑)39)를 아니코 혼인(婚姻)을 허(許)ᄒ엿더니 이졔야 드ᄅ니 몽챵이 관셩다려 니ᄅ지 아니코 취(娶)ᄒ여시미 관셩이 몽챵을 즁최(重責)ᄒ고 월혜를 ᄌ부(子婦) 뉴(類)의 너치 아니ᄒ고 몽챵이 져즈음긔 셔간(書簡)ᄒ여 혼셔(婚書)를 ᄎᄌ 가니 그런 일이 어듸 이시며 월혜 일싱(一生)을 못ᄎᆷ이 아니리오?"

인(因)ᄒ여 니부(-府) 챵두(蒼頭) 니ᄅ던 말을 니ᄅ니 샹셰(尙書ㅣ) 듯기를 못ᄎᆷ이 크게 놀나 골오듸,

"몽챵의 블고이취(不告而娶)ᄒ미 크게 셩교(聖敎)의 어근느니 니관셩은 의리(義理)를 심ᄉ(深思)ᄒ는 군지(君子ㅣ)라 기ᄌ(其子)를 쟝최(杖責)ᄒ여 고치과져 ᄒ미 고이(怪異)치 아니ᄒ오나 졀40)의(絶義)41)ᄒ고 혼셔(婚書)를 ᄎᄌ 가믄 기간(其間) 곡졀(曲折)이 이시미

---

39) 호의(狐疑): 여우의 의심이라는 뜻으로, 매사에 지나치게 의심함을 이르는 말.

40) 졀: [교] 원문에는 '결'로 되어 있으나 문맥을 고려하여 이와 같이 수정함.

41) 졀의(絶義): 절의. 맺은 의리를 끊음.

라. 쇼지(小子ㅣ) 경스(京師)의 느아간 후(後) 늘호여 즈시 아라 션쳐
(善處)호리니 모친(母親)은 념녀(念慮)치 마르쇼셔.”

인(因)호여 다른 말씀호다가 믈너와 쉬다.

명일(明日) 위 시(氏) 니르러 구고(舅姑)

12면

그 폐빅(幣帛)을 느오니 법되(法度ㅣ)⁴²⁾ 유한⁴³⁾(有閑)⁴⁴⁾호고 용뫼(容
貌ㅣ) 슈려(秀麗)호니 샹셔(尚書) 부뷔(夫婦ㅣ) 깃브믈 이긔지 못호
더라.

쇼 공(公)이 이틀을 쉬여 가솔(家率)을 거느려 경스(京師)로 향(向)
홀시 노 틱감(太監)을 금은필빅(金銀疋帛)⁴⁵⁾으로 은혜(恩惠)를 칭샤
(稱謝)호고 쥬야(晝夜)로 힝(行)호여 븍경(北京)의 니르러 교외(郊外)
의 햐쳐(下處)⁴⁶⁾ 잡고 잠간(暫間) 쉬더라.

ᄎ시(此時), 니 시랑(侍郎)이 쇼 시(氏) 봉치(封采)⁴⁷⁾ 보니믈 보고
즈연(自然) 안식(顔色)이 다르더니 부마(駙馬ㅣ) 뭇춤 잇다가 답셔
(答書)를 닉라 호니 노지(奴子ㅣ) 티왈(對曰),

“부인(夫人)이 젼어(傳語)호시딕, ‘유구무언(有口無言)이오 무가닉
해(無可奈何ㅣ)니라.’ 호신 밧 다른 말씀도 셔간(書簡)도 업ᄂ이다.”

---

42) 법되(法度ㅣ): 예법을 지키는 태도.

43) 한: [교] 원문에는 ‘환’으로 되어 있으나 오기로 보임.

44) 유한(有閑): 여유가 있음.

45) 금은필빅(金銀疋帛): 금은필백. 금은과 명주.

46) 햐쳐(下處): 하처. 손님이 길을 가다가 묵음. 또는 묵고 있는 그 집. 사처.

47) 봉치(封采): 봉채. 봉치. 혼인 전에 신랑 집에서 신부 집으로 채단(采緞)과 예장(禮
狀)을 보내는 일. 또는 그 채단과 예장.

부미(駙馬ㅣ) 텽필(聽畢)의 탄왈(嘆曰),

"쇼슈(-嫂)의 셩덕(盛德)이 여츳(如此)ᄒ시니 보지 아냐 알리로다. 네 엇지 부모(父母)를 역졍(逆情)ᄒᆫ 듯시 봉치(封采)를 ᄎᆽ 온다?"

시랑(侍郞)이 ᄃᆡ왈(對曰),

"부뫼(父母ㅣ) 쇼뎨(小弟)를 쇼 시(氏)로 빌미ᄒ여 칙(責)ᄒ시니 엇지 안연(晏然)이 다리고 슬니잇고?"

부미(駙馬ㅣ) 부

• • •

13면

답(不答)ᄒ더라.

시랑(侍郞)이 슈십(數十) 일(日) 누어시나 더 덧ᄂ고 심ᄉᆡ(心事ㅣ) 울울(鬱鬱)ᄒ여 겨유 몸을 니러 힝보(行步)를 움즉이미 쵼쵼(寸寸)⁴⁸⁾ ᄒ여 승샹(丞相)긔 뵈니 승샹(丞相)이 긔샹(氣像)이 싁싁ᄒ여 본 톄 아니ᄒ니 시랑(侍郞)이 송구(悚懼)ᄒ여 쳥말(廳末)⁴⁹⁾의 져므도록 뫼셔더니 인(因)ᄒ여 침구(寢具)를 옴겨 뫼셔 샤죄(謝罪)ᄒ니 승샹(丞相)이 져 거동(擧動)을 보나 아른 톄 아냐 눈을 힝(幸)혀 도ᄅ지 아니터라.

시랑(侍郞)이 부친(父親)의 구츅(驅逐)ᄒ난 명(命)이 업ᄉᆞ믈 다힝(多幸)ᄒ여 이후(以後)ᄂ 듀야(晝夜) 뫼셔 죠심(操心)ᄒ미 극(極)ᄒ니 승샹(丞相)이 아ᄅ보나 뭇지 아니니 ᄉᆡᆼ(生)이 더옥 샹심(喪心)⁵⁰⁾ᄒ며 ᄂᆡ당(內堂)의 잇다감 드러가나 졍 부인(夫人)이 보지 아니니 슬프믈

---

48) 쵼쵼(寸寸): 촌촌. 조금씩 나아감.

49) 쳥말(廳末): 청말. 대청 끝.

50) 샹심(喪心): 상심. 근심 걱정으로 맥이 빠지고 마음이 산란하여짐.

이긔지 못ᄒ여 ᄒ더라.

쇼 샹셔(尚書) 일개(一家ㅣ) 교외(郊外)의 왓다 ᄒ믈 듯고 승샹(丞相)이 크게 반겨 무평51)빅 등(等)으로 교외(郊外)의 나가 쇼 공(公)을 볼ᄉᆡ 피ᄎ(彼此ㅣ) 반기믈 이긔지 못ᄒ여 승샹(丞相)이 몬져

•••

14면

압흘 향(向)ᄒ여 칭샤(稱謝) 왈(曰),

"현형(賢兄)이 십(十) 년(年)을 간인(奸人)의 ᄒᆡ(害)를 닙어 ᄉᆡ외(塞外)의 고쵸(苦楚)를 격고 금일(今日) 고원(故園)의 도라오시니 쇼뎨(小弟) 등(等)의 희힝(喜幸)ᄒ미 극(極)ᄒ이다."

쇼 공(公)이 샤례(謝禮) 왈(曰),

"학ᄉᆡᆼ(學生)이 국가(國家) 즁슈(重囚)52)로 ᄉᆡᆼ환(生還)ᄒ 긔약(期約)이 묘연(渺然)53)ᄒ거ᄂᆞᆯ 명공(明公)의 ᄒᆡ활지덕(海闊之德)54)으로 다시 고토(故土)의 도라와 모ᄌᆞ(母子ㅣ) ᄒᆞᆫ 당(堂)의 못게 ᄒ니 현형(賢兄)의 놉흔 덕(德)을 오ᄆᆡ(寤寐)의 삭여 잇지 못ᄒ고 전후(前後) 니문(-門)의 은혜(恩惠) 닙으미 젹지 아닌지라 쇼뎨(小弟) ᄑᆞᆯ을 미즈 갑흘 ᄯᆞ쯧이 잇거ᄂᆞᆯ 이러틋 먼니 와 보시고 위로(慰勞)ᄒ시니 감격(感激)ᄒ믈 이긔지 못ᄒ리로쇼이다."

승샹(丞相)이 손샤(遜辭) 왈(曰),

"현형(賢兄)이 놉흔 지죠로 십(十) 년(年)을 녕ᄒᆡ(嶺海)55)의 곤(困)

---

51) 평: [교] 원문에는 '령'으로 되어 있으나 앞의 예를 따라 이와 같이 수정함.

52) 즁슈(重囚): 중수. 큰 죄를 지은 죄수.

53) 묘연(渺然): 아득함.

54) ᄒᆡ활지덕(海闊之德): 해활지덕. 바다와 같이 넓은 은덕.

ᄒᆞ니 금일(今日) 도라오시미 오히려 느즌지라 엇지 과도(過度)ᄒᆞᆫ 례(禮)를 ᄒᆞ시ᄂᆞ니잇고?"

무평56)빅 등(等)이 ᄯᅩᄒᆞᆫ 칭샤(稱謝) 왈(曰),

"ᄌᆞ뫼(慈母ㅣ) 녕ᄃᆡ인(令大人)긔 슈은(受恩)이 두터오시니 아

• • •

15면

등(我等)이 명공(明公) 밋기를 슉부(叔父)로 다ᄅᆞ미 업더니 의외(意外)의 졀히(絶海)의 찬젹(竄謫)57)ᄒᆞ시니 항샹(恒常) ᄆᆞ음이 쳐챵(悽愴)58)ᄒᆞ더니 이졔 무ᄉᆞ(無事)히 환향(還鄕)ᄒᆞ시니 ᄌᆞ금(自今) 이후(以後)로 녜ᄀᆞ치 즐길지라 깃브믈 이긔지 못ᄒᆞ리로쇼이다."

쇼 샹셰(尙書ㅣ) 흔연(欣然) 칭샤(稱謝)ᄒᆞ더라.

쇼 공(公)이 궐하(闕下)의 니ᄅᆞ러 쳥죄(請罪)ᄒᆞ니 샹(上)이 인견(引見)ᄒᆞ샤 지극(至極)히 위로(慰勞)ᄒᆞ시고 호부샹셔(戶部尙書)를 ᄒᆞ이시니 샹셰(尙書ㅣ) 극(極)히 샤양(辭讓) 왈(曰),

"신(臣)이 픾군지쟝(敗軍之將)59)으로 묵슘 슬미 죡(足)ᄒᆞ니 엇지 놉흔 벼슬의 거(居)ᄒᆞ리잇가?"

샹(上)이 왈(曰),

"간신(奸臣)이 경(卿)을 그른 곳의 ᄲᅡᆫ지오니 법(法)을 경(輕)히 못

---

55) 녕히(嶺海): 영해. 중국 광동(廣東)과 광서(廣西)를 합쳐 부르는 말. 북쪽으로는 오령(五嶺)에 닿고 남쪽으로는 남해에 임해 있으므로 그렇게 불림. 여기에서는 먼 곳의 귀양지라는 뜻으로 쓰임.

56) 평: [교] 원문에는 '령'으로 되어 있으나 앞의 예를 따라 이와 같이 수정함.

57) 찬젹(竄謫): 찬적. 귀양 감.

58) 쳐챵(悽愴): 처창. 슬퍼함.

59) 픾군지쟝(敗軍之將): 패군지장. 패배한 군대의 장수.

ᄒᆞ여 경(卿) ᄀᆞᄐᆞᆫ 인ᄌᆡ(人材)를 오ᄅᆡ 츙군(充軍)케 ᄒᆞ니 딤(朕)이 가연(慨然)60)ᄒᆞ여 ᄒᆞᄂᆞ니 경(卿)은 샤양(辭讓)치 말나."

샹셰(尚書ㅣ) 셩은(聖恩)을 감격(感激)ᄒᆞ여 빅빅(百拜) 샤은(謝恩)ᄒᆞ고 믈너 부즁(府中)의 니ᄅᆞ니, 문졍(門庭)61)이 화려(華麗)ᄒᆞ고 쥬밍(朱甍)62)이 싁싁ᄒᆞ여 녯ᄂᆞᆯ 위풍(威風)이 잇ᄂᆞᆫ지라

· • ·

16면

샹셰(尚書ㅣ) 셕일(昔日)을 싱각고 감샹(感傷)ᄒᆞ믈 이긔지 못ᄒᆞ여 일가(一家)를 안돈63)(安頓)ᄒᆞ고 문녀(門閭)64)를 졍졔(整齊)ᄒᆞᆫ 후(後),

명일(明日) 쳥신(淸晨)65)의 관복(官服)을 졍(正)히 ᄒᆞ고 니부(-府)의 니ᄅᆞ러 ᄇᆞ로 누66)각헌의 드러가 틱ᄉᆞ(太師)긔 뵈니 틱시(太師ㅣ) 크게 반겨 손을 잡고 탄식(歎息) 왈(曰),

"그ᄃᆡ 시운(時運)이 블힝(不幸)ᄒᆞ믈 만나 십(十) 년(年)을 이역(異域) 풍샹(風霜)을 격그니 노뷔(老夫ㅣ) 션쳐ᄉᆞ(先處士) 브탁(付託)을 싱각고 ᄆᆞ음이 쥬야(晝夜) 평안(平安)치 아니터니 이제 무ᄉᆞ(無事)히 도라오니 깃브미 극(極)ᄒᆞ도다."

샹셰(尚書ㅣ) 샤례(謝禮)ᄒᆞ고 흔연(欣然)이 말ᄉᆞᆷᄒᆞ다가 믈너와 뉴

---

60) 가연(慨然): 개연. 개탄함.
61) 문졍(門庭): 문정. 대문이나 중문 안에 있는 뜰.
62) 쥬밍(朱甍): 주맹. 붉은 용마루.
63) 돈: [교] 원문에는 '둔'으로 되어 있으나 오기로 보임.
64) 문녀(門閭): 문려. 집안.
65) 쳥신(淸晨): 청신. 맑은 첫새벽.
66) 누: [교] 원문에는 '노'로 되어 있으나 앞에서 '누'로 나온 바 있으므로 이와 같이 수정함.

부인(夫人)긔 뵈오믈 청(請)ᄒᆞ니 뉴 부인(夫人)이 듕당(中堂)의 ᄂᆞ와 샹셔(尙書)를 보고 눈믈을 흘녀 왈(曰),

"샹셔(尙書)로 친거거(親哥哥)[67] ᄀᆞᆺ치 너기더니 의외(意外)의 하ᄂᆞᆯ흔 가의 가 ᄉᆡᆼ환(生還)ᄒᆞᆯ 긔약(期約)이 묘망(渺茫)ᄒᆞ니 쥬야(晝夜) 챵텬(蒼天)긔 비러 도라오믈 ᄇᆞ라더니 금일(今日) 샹셔(尙書)를 보니 깃브고 감회(感懷)ᄒᆞᆷ믈 이긔지 못ᄒᆞ리로쇼

• • •

17면

이다."

샹셰(尙書ㅣ) 역시(亦是) 감챵(感愴)ᄒᆞ여 피셕(避席) 왈(曰),

"쇼ᄉᆡᆼ(小生)이 죄(罪)를 져주려 쳔(千) 리(里) 히외(海外)의 군졸(軍卒)이 되니 다시 부인(夫人)긔 뵈옵기를 밋지 못ᄒᆞ옵더니 금일(今日) 도라와 부인(夫人)긔 뵈오니 쇼ᄉᆡᆼ(小生)의 ᄆᆞ음도 타ᄉᆞ(他事)와 다르이다."

부인(夫人)이 노 부인(夫人) 평부(平否)를 뭇고 셕일(昔日) 은혜(恩惠)를 칭샤(稱謝)ᄒᆞ여 져ᄇᆞ리미 크믈 일ᄏᆞᆺ더라.

쥬비(酒杯)[68]를 ᄂᆞ와 대졉(待接)ᄒᆞ더니 샹셰(尙書ㅣ) 뉴 부인(夫人)긔 고(告)ᄒᆞᄃᆡ,

"쇼ᄉᆡᆼ(小生)이 드르니 승샹(丞相) ᄎᆞ즈(次子) 몽챵이 인ᄌᆡ(人材) 츌범(出凡)ᄒᆞ다 ᄒᆞ니 보고져 ᄒᆞᄂᆞ이다."

뉴 부인(夫人)이 시녀(侍女)로 몽챵을 브르니 시랑(侍郎)이 신긔(神氣) 블평(不平)ᄒᆞᄃᆡ 강질(强疾)ᄒᆞ여 이의 웃오슬 닙고 니르니, 부

---

67) 친거거(親哥哥): 친오빠.
68) 쥬비(酒杯): 주배. 술과 술잔.

인(夫人) 왈(曰),

"이는 나의 은인(恩人) 쇼 샹셔(尚書)라 자질(子姪)⁶⁹⁾ 례(禮)로 뵈오라."

몽챵이 공경(恭敬)ᄒ여 알픽 나아가 졀ᄒ고 말셕(末席)의 안ᄌᆞ니 쇼 공(公)이 응연(凝然)⁷⁰⁾ 브동(不動)ᄒ고 눈을 드러 보니 안싴(顏色)이 웅위(雄威)⁷¹⁾홈과 쥰슈(俊秀)ᄒ미 본 바 쳐음이로딕 ᄂ치비치 누ᄅᆞ러 혈싴(血色)

● ● ●

18면

이 업셧거늘 ᄒᆞᆫ 번(番) 보고 두굿기는 ᄯ시 가득ᄒ나 그 힝ᄉ(行事)를 미온(未穩)ᄒ여 이의 굴오딕,

"군(君)의 풍뉴(風流) 문치(文采)⁷²⁾를 익이 드럿더니 금일(今日) 보믹 헛되디 아니토다. 연(然)이나 엇지 져러틋 병싴(病色)이 만흐뇨?"

시랑(侍郎)이 딕왈(對曰),

"쇼ᄉᆡᆼ(小生)이 여러 날 병(病)드러 신음(呻吟)ᄒ미 그러ᄒ이다."

샹셰(尚書ㅣ) 미쇼(微笑) 왈(曰),

"이 반ᄃᆞ시 쟝독(杖毒)⁷³⁾으로 신고(辛苦)⁷⁴⁾ᄒ미니 너모 긔이지 말지어다."

---

69) 자질(子姪): 아들과 조카.
70) 응연(凝然): 단정하고 점잖게.
71) 웅위(雄威): 웅장하고 위엄이 있음.
72) 문치(文采): 문채. 빛나는 풍채.
73) 쟝독(杖毒): 장독. 장형(杖刑)으로 매를 심하게 맞아 생긴 상처의 독.
74) 신고(辛苦): 어려운 일을 당하여 몹시 애씀. 또는 그런 고생.

시랑(侍郞)이 경아(驚訝)ᄒ여 답(答)지 아닌디, 샹셰(尙書ㅣ) 이의 졍ᄉᆡᆨ(正色)고 므러 굴오디,

"아지 못게라. 군(君)이 나의 일(一) 녀(女)를 취(娶)ᄒ엿ᄃ가 무죄(無罪)히 바리믄 무슨 일이뇨? 자셔(仔細)히 알고져 ᄒ노라."

ᄉᆡᆼ(生)이 크게 놀나 눈으로써 쇼 공(公)을 보고 디왈(對曰),

"쇼ᄉᆡᆼ(小生)이 합하(閤下) 녀ᄋᆞ(女兒)를 취(娶)치 아냐시니 이 엇진 말솜이니잇가?"

샹셰(尙書ㅣ) 우어 왈(曰),

"군(君)이 진실(眞實)노 무지(無知)ᄒᆫ 사름이로다. 군(君)이 호광[75](湖廣) 어ᄉᆞ(御使)로 가셔 노 태감(太監)을 보고 ᄡᅡᆼ쳔(雙釧)을 빙(聘)ᄒ여 ᄂᆡ ᄯᆞᆯ을 취(娶)치 아닌다?"

시랑(侍郞)

• • •

19면

이 더옥 놀ᄂᆞ 왈(曰),

"쇼ᄉᆡᆼ(小生)이 노 태감(太監)을 인연(因緣)ᄒ여 쇼 쳐ᄉᆞ(處士) 녀ᄋᆞ(女兒)를 취(娶)ᄒ엿거니와 엇디 죤공(尊公)의 녀ᄌᆡ(女子ㅣ)리오?"

샹셰(尙書ㅣ) 노왈(怒曰),

"이 진실(眞實)노 ᄭᅮᆷ속의 사름이로다. 환쟈(宦者)의 위인(爲人)이 형세(形勢)를 좃ᄂᆞᆫ 고(故)로 군(君)을 디(對)ᄒ여 나의 슈졸(戍卒)[76] 되여 가시믈 드ᄅᆞᆫ즉 아니 취(娶)ᄒᆞᆯ가 ᄒ여 그러ᄐᆞᆺ 일너시나 그디 취

---

75) 광: [교] 원문에는 '강'으로 되어 있으나, 앞에서 지명이 '호광'으로 나와 있으므로 이와 같이 수정함.

76) 슈졸(戍卒): 수졸. 수자리 서는 군졸.

(娶)흔 빈즉 늬 쏠이오, 노 태감(太監)은 즈당(慈堂) 얼뎨(孼弟)니 이 제도 못 씌드롤쇼냐? 다만 엇진 연[77]고(緣故)로 봉치(封采)를 츳고 졀[78]혼(結婚)ᄒ뇨? 그 죄(罪)를 일너든 늬 다스리리라."

시랑(侍郎)이 바야흐로 씌드라 잠잠(潛潛)ᄒ니, 샹셰(尚書ㅣ) 좌(座)를 써나 폴을 밀고 좌샹(座上)[79]의셔 닐오디,

"금일(今日) 쇼싱(小生)이 흔 말솜을 태부인(太夫人)긔 고(告)코져 ᄒᄂ니 쇼싱(小生)이 오시(兒時)로붓허 부인(夫人)으로 더브러 흔 집의 이셔 졍(情)이 동긔(同氣) ᄀᆞᆺ고 또 약관(弱冠)의 경ᄉ(京師)의 니르러 부인(夫人)과 대인(大人)의 무휼(撫恤)ᄒ시믈 닙어 바라오미 동긔(同氣) ᄀᆞᆺ고 즈슈 등(等)으로 졍(情)이 심

⋯••

20면

샹(尋常)치 아니터니 쇼싱(小生)이 블쵸(不肖)ᄒ미 커 나라히 ᄉ죄(死罪)를 어더 녕히(嶺海)로 도라가고 즈친(慈親)[80]이 녀오(女兒)를 거느려 의구(依舊)히 겨시드가 몽챵을 보시고 녀ᄋ(女兒)를 결혼(結婚)ᄒ시니 몽챵이 즈젼(自專)흔 죄(罪) 이시나 즈슈 젼일(前日) 졍의(情誼)[81]를 미연이[82] 씬고 오들을 즁칙(重責)ᄒ고 늬 쏠을 졀혼(絶婚)ᄒ니 쇼싱(小生)이 그 연고(緣故)를 감(敢)히 즈시 아지 못ᄒ고 즁심(中心)의 일(一) 녀(女) ᄉ랑이 간측(懇惻)[83]흔 고(故)로 능(能)히 구구

---

77) 연: [교] 원문에는 '언'으로 되어 있으나 오기로 보임.
78) 졀: [교] 원문에는 '결'로 되어 있으나 오기로 보임.
79) 좌샹(座上): 좌상. 좌중(座中).
80) 즈친(慈親): 자친. 어머니.
81) 졍의(情誼): 정의. 서로 사귀어 친해진 정.
82) 미연이: 박정하게. 미야히.

(區區)84) 호믈 면(免)치 못호여 셜만(褻慢)85) 호미 심(甚)호도쇼이다."

말슴을 뭇촌미 좌위(左右ㅣ) 놀누고 뉴 부인(夫人)이 말을 못 밋쳐
호여셔 승샹(丞相)이 좌(座)를 써누 쳥죄(請罪) 왈(曰),

"관셩이 미수(每事) 블통(不通)호므로 금일(今日) 죤형(尊兄)의게
죄(罪)를 어드니 젼일(前日) 지우(知遇)를 져바린지라 엇디 춤괴(慙
愧)86)치 아니리오? 연(然)이나 형(兄)이 연고(緣故)를 무르시니 쇼뎨
(小弟) 소훈 조시 고(告)호리이다. 블쵸조(不肖子) 몽챵이 샹실(喪室)
호고 샹구(喪柩)를 거누려 션영(先塋)의 쟝(葬)호고 오다가 녕녀(令
女)를 여어보고

‥●●

21면

여츠여츠(如此如此) 호고 쏘 그 후(後) 어스(御使)로 가 취(娶)호고
와시디 어버이를 긔이고 스스로 스렴(思念)호니 흑싱(學生)이 최후
(最後)의야 아나 진실(眞實)노 형(兄)의 녀인(女兒ㅣ)ㄴ 쥴 몽미(夢寐)
밧기라. 다만 환쟈(宦者)의 친질(親姪)노 알미오 블쵸조(不肖子)의
힝시(行事ㅣ) 풍교(風敎)를 드러엿ᄂ지라 약간(若干) 쥰벌(峻罰)87)호
고 녕녠(令女ㅣ)ㄴ 쥴은 모르나 임의 취(娶)훈 후(後)ᄂ 바리미 의(義)
아닌 고(故)로 죠만(早晚)의 권솔(眷率)호려 호더니 금일(今日) 형
(兄)의 말슴을 드르니 관셩의 죄(罪) 욕스무디(欲死無地)88)라 므슴

---

83) 간측(懇惻): 간절하고 지성스러움.

84) 구구(區區): 떳떳하지 못하고 졸렬함.

85) 셜만(褻慢): 설만. 하는 짓이 무례하고 거만함.

86) 춤괴(慙愧): 참괴. 매우 부끄러워함.

87) 쥰벌(峻罰): 준벌. 벌을 엄하게 내림.

88) 욕스무디(欲死無地): 욕사무지. 죽으려 해도 죽을 땅이 없음.

말이 이시리오?"

쇼 공(公)이 웃고 승샹(丞相)을 븟드러 왈(曰),

"흑싱(學生)이 ᄉ정(事情)의 절근(切近)[89]ᄒᆞ믈 인(因)ᄒᆞ여 쇼회(所懷)를 베프미어늘 ᄌᆞ쉬 엇디 이ᄃᆡ도록 과공(過恭)이 구ᄂᆞ뇨? ᄯᅩ흔 형(兄)이 날을 쇽이미 잇ᄂᆞ니 만일(萬一) 쇼녀(小女)를 ᄎᆞᄌᆞ려 홀진ᄃᆡ 아들을 심(甚)히 죠른므로 몽챵이 견ᄃᆡ지 못ᄒᆞ여 제 정(情)은 즁(重)ᄒᆞᄃᆡ 혼셔(婚書)를 ᄎᆞ져 왓시니 도시(都是) 합하(閣下ㅣ) ᄋᆞ녀(兒女)를 ᄇᆞ리미 아니냐?"

승샹(丞相)이 샤왈(謝曰),

"관셩이 비록 블쵸(不肖)

...

22면

ᄒᆞ나 엇지 허언(虛言)으로 현형(賢兄)을 쇽이리오? 블쵸ᄌᆞ(不肖子)를 칙(責)ᄒᆞ미 남의 규ᄂᆡ(閨內)의 드러가믈 칙(責)ᄒᆞ미오 ᄂᆡ 입으로 쇼시(氏)를 졀의(節義)ᄒᆞ라 아냐더니 이 반ᄃᆞ시 아비를 역졍(逆情)ᄒᆞ미라 므러 보ᄉᆞ이다."

인(因)ᄒᆞ여 머리를 두로혀 싱(生)을 보와 왈(曰),

"아지 못게라. 쇼 시(氏) 혼셔(婚書)를 뉘 ᄎᆞᄌᆞ 오라 ᄒᆞ더뇨?"

싱(生)이 부친(父親)의 엄슉(嚴肅)ᄒᆞ믈 두려 다만 ᄃᆡ왈(對曰),

"ᄒᆡ이(孩兒ㅣ) 쇼 시(氏)를 반계곡경(盤溪曲徑)[90]의 취(娶)ᄒᆞ여 죄(罪)를 셩교(聖敎)의 어드니 심ᄉᆞ(心事ㅣ) 블평(不平)ᄒᆞ여 절혼(絶婚)

---

89) 절근(切近): 절근. 간절함.

90) 반계곡경(盤溪曲徑): 서려 있는 계곡과 구불구불한 길이라는 뜻으로, 일을 순서대로 정당하게 하지 아니하고 그릇된 수단을 써서 억지로 함을 이르는 말.

ᄒᆞ미니이다."

승샹(丞相)이 츳게 웃고 쇼 공(公)다려 다시 쳥죄(請罪) 왈(曰),

"블쵸ᄌᆞ(不肖子)의 거죄(擧措ㅣ) 여ᄎᆞ(如此)ᄒᆞ니 쇼뎨(小弟)ᄂᆞᆫ 실셩지인(失性之人)으로 아라 도로혀 췩(責)도 아닌ᄂᆞ이다. 관셩이 셜ᄉᆞ(設使) 무샹(無狀)⁹¹⁾ᄒᆞ나 엇지 무죄(無罪)ᄒᆞᆫ 녀ᄌᆞ(女子)를 바리리오? 현형(賢兄)은 원(願)컨ᄃᆡ 쇼뎨(小弟)의 일즉 아지 못하믈 허믈치 마ᄅᆞ시고 ᄋᆞ부(我婦)로써 신ᄒᆡᆼ(新行)⁹²⁾을 슈히 일우게 ᄒᆞ쇼셔."

쇼 공(公)이 승샹(丞相)의 ᄉᆞ긔(辭氣) ᄌᆞ약(自若)ᄒᆞ고 극진(極盡)이 쳥죄(請罪)ᄒᆞᄆᆞᆯ 보고 칭사(稱謝)

•••

23면

왈(曰),

"쇼ᄉᆡᆼ(小生)이 일(一) 녀ᄌᆞ(女子) ᄉᆞ랑이 과도(過度)ᄒᆞᆫ 고(故)로 형(兄)의 안젼(案前)의 실례(失禮)ᄒᆞ미 만ᄒᆞ니 졍(正)히 참괴(慙愧)ᄒᆞ거늘 형(兄)이 과도(過度)히 쳥죄(請罪)ᄒᆞᄂᆞ뇨?"

승샹(丞相)이 손사(遜辭) 왈(曰),

"관셩의 블명(不明)ᄒᆞ미니 형(兄)이 엇디 참괴(慙愧)ᄒᆞ여 ᄒᆞ리오? 블쵸ᄌᆞ(不肖子)의 무샹(無狀)ᄒᆞ미 슉녀(淑女)의 평ᄉᆡᆼ(平生)이 쾌(快)치 못ᄒᆞᆯ지라 쇼뎨(小姐ㅣ)의 탄(嘆)ᄒᆞᄂᆞᆫ 비로쇼이다."

샹셔(尙書ㅣ) 블감(不堪)ᄒᆞᄆᆞᆯ ᄉᆞ양(辭讓)ᄒᆞ고 뉴 부인(夫人)이 바야흐로 우어 왈(曰),

---

91) 무샹(無狀): 무상. 사리에 밝지 못함.

92) 신ᄒᆡᆼ(新行): 신행. 혼인할 때에, 신랑이 신부 집으로 가거나 신부가 신랑 집으로 감. 혼행(婚行). 여기에서는 혼례를 이름.

"몽챵의 뎐후(前後) 힝시(行事 ㅣ) 그르나 션시(先時)의 우리 부친 (父親)이 나의 쑴의 뵈시고 졍녕(丁寧)93)이 니르신 말이 겨시더니 이 제 쌍쳔(雙釧)이 직합(再合)ᄒᆞ니 쳔고(千古)의 희한(稀罕)ᄒᆞᆫ 일이오 텬연(天緣)이라 오ᄋᆞ(吾兒)는 과도(過度)히 칙(責)지 말나."

샹셰(尚書 ㅣ) 경아(驚訝) 왈(曰),

"션친(先親)이 부인(夫人)을 니별(離別)ᄒᆞ시고 쑴을 쑤니 몽시(夢 事 ㅣ) 여ᄎᆞ여ᄎᆞ(如此如此)ᄒᆞ고 ᄯᅩ 금쳔(金釧)을 어더 간샤ᄒᆞ여 겨시 더니 이졔 부인(夫人) 몽시(夢事 ㅣ) 이러ᄒᆞ시니 몽챵이 쳔(千) 니(里) 의 신(信)을 일우여 쌍쳔(雙釧)을 합(合)ᄒᆞ미 인력(人力)

• • •

24면

으로 홀 ᄇᆡ 아니라 존94)형(尊兄)이 엇지 그딕도록 틱쟝(笞杖)ᄒᆞ리 오?"

승샹(丞相)이 줌쇼(暫笑) 왈(曰),

"쌍쳔(雙釧)의 긔이(奇異)ᄒᆞ미 텬연(天緣)이어니와 블쵸ᄌᆞ(不肖子) 의 쇼힝(所行)은 드를ᄉᆞ록 한심(寒心)ᄒᆞ니 쇼뎨(小弟)ᄂᆞᆫ 아비 되여시 믈 붓그리ᄂᆞ이다."

샹셰(尚書 ㅣ) 바야흐로 쾌연(快然)이 웃고 시랑(侍郎)을 도라보니 시랑(侍郎)이 부친(父親)의 슌슌(恂恂)95) 단엄(端嚴)ᄒᆞ신 말ᄉᆞᆷ을 듯고 황괴(惶愧)96)ᄒᆞ여 옥면(玉面)을 블키고 슈괴(羞愧)ᄒᆞᆫ 미우(眉宇)의 츰

---

93) 졍녕(丁寧): 정녕. 충고하거나 알리는 태도가 매우 간곡함.
94) 존: [교] 원문에는 '죵'으로 되어 있으나 오기로 보여 국도본(8:102)을 따름.
95) 슌슌(恂恂): 순순. 거짓이 없음.
96) 황괴(惶愧): 두려워하고 부끄러워함.

식(慼色)이 은은(隱隱)ᄒ니 비록 병(病)이 드러 혈식(血色)이 감(減)ᄒ여시나 그 풍ᄎ(風采) 비(比)ᄒ 곳이 업ᄉ지라 월혜를 싱ᄀ고 지뫼(才貌ㅣ) 샹당(相當)⁹⁷⁾ᄒᄆ를 두굿겨 이의 ᄂ호혀 손을 잡고 ᄀ로ᄃ,

"네 슉녀(淑女)를⁹⁸⁾ ᄉ모(思慕)ᄒ여 진심(盡心)ᄒ여 취(娶)ᄒ미 엇지 빙부(聘父)를 뭇지 아니ᄒ고 부모(父母)를 긔여 장ᄎ(杖責)의 괴로오미 폐간(肺肝)을 사히ᄂ뇨?"

좌간(座間)⁹⁹⁾의 쇼뷔(少傅ㅣ) 웃고 왈(曰),

"흑싱(學生)은 그윽이 혜아리건ᄃ 몽챵

25면

의 힝ᄉ(行事ㅣ)이 도시(都是) 남ᄋ(男兒)의 풍뉴(風流) 호긔(豪氣)¹⁰⁰⁾어늘 형댱(兄丈)이 아쥬 죽이려 눕쓰시던 일을 싱각ᄒ니 이졔도 담(膽)이 셔늘ᄒ이다."

인(因)ᄒ여 승샹(丞相)이 몽챵 슈죄(數罪)ᄒ던 말과 오십(五十)을 치고 긔졀(氣絶)ᄒ니 다시 ᄭᆡ여 오십(五十)을 친 말을 니ᄅ고 그 어려오믈 니ᄅ니 샹셰(尚書ㅣ) 왈(曰),

"닉 젼일(前日) ᄌ슈를 인의(仁義)ᄒ 사ᄅᆷ으로 아랏더니 ᄌ식(子息)의게 다ᄃ라 그러툿 모진뇨?"

승샹(丞相)이 미쇼(微笑)ᄒᄃ 무평¹⁰¹⁾빅이 ᄯ 웃고 왈(曰),

---

97) 샹당(相當): 상당. 서로 어울림.

98) 네 슉녀(淑女)를: [교] 원문에는 '비록 너를'로 되어 있으나 문맥에 맞지 않으므로 국도본(8:102-103)을 따름.

99) 좌간(座間): 좌중(座中).

100) 호긔(豪氣): 호기. 호방한 기상.

101) 평: [교] 원문에는 '령'으로 되어 있으나 앞의 예를 따라 이와 같이 수정함.

"형장(兄丈)이 몽챵을 두드려 닉치고 녕녀(令女)의 쳐치(處置)를 어이ᄒ리오 근심ᄒ여 노 태감(太監) 친질(親姪)노 아라 근심ᄒ시더니 최후(最後)의 노 태감(太監) 젹딜(嫡姪)노 드르시고 깃거ᄒ시미 혈심(血心)으로 비르스니 형장(兄丈)이 몽챵을 편익(偏愛)ᄒ시므로 그 안히게 다드라는 더옥 스랑ᄒ시느니이다."

샹셰(尙書ㅣ) 답쇼(答笑) 왈(曰),

"쇼녜(小女ㅣ) 블쵸(不肖)ᄒ니 승샹(丞相) 눈의 ᄎ기 쉬오리오?"

언미필(言未畢)의 ᄒ 쇼년(少年)이

26면

밧그로조츠 드러오니 머리의 금관(金冠)을 쓰고 몸의 금의(錦衣)를 닙어시며 허리의 금인(金印)을 빗겨시니 풍광(風光)이 동인(動人)ᄒ여 쇼월(素月)이 써러진 듯 례뫼(禮貌ㅣ) 온즁(穩重)ᄒ미 임의 승당(升堂)102) 홀 지(者ㅣ)라. 알피 와 스빅(四拜)ᄒ고 안셔(安舒)히 시립(侍立)ᄒ거늘 샹셰(尙書ㅣ) 경문(驚問) 왈(曰),

"쇼년(少年)은 엇던 사룸고?"

부믹(駙馬ㅣ) 안셔(安舒)히 되왈(對曰),

"쇼싱(小生)은 몽챵의 형103)(兄) 몽현이로쇼이다."

샹셰(尙書ㅣ) 대경(大驚) 왈(曰),

"늬 젹쇼(謫所)로 갈 졔 군(君)이 동치쇼동(童穉小童)104)이러니 어

---

102) 승당(升堂): 마루에 오름. 학문이 어느 정도 깊음을 이름. 승당입실(升堂入室)에서 나온 말. 『논어』, 「선진(先進)」.

103) 형: [교] 원문에는 '현'으로 되어 있으나 오기로 보임.

104) 동치쇼동(童穉小童): 동치소동. 어린아이.

376 (팔찌의 인연) 쌍천기봉 4

ᄂᄉ이 위ᄎᆝ(位次ㅣ) 이의 올릇ᄂ뇨?"

승샹(丞相)이 답왈(答曰),

"돈ᄋᆡ(豚兒ㅣ) 텬은(天恩)을 닙ᄉ와 부마(駙馬) 렬(列)의 츙슈(充數)ᄒ엿ᄂ 고(故)로 복식(服色)105) 이 일신(一新)106)ᄒ나 쇼데(小弟)ᄂ 블관(不關)이 너기ᄂ이다."

샹셰(尙書ㅣ) 일ᄏ라 왈(曰),

"형(兄)은 온즁(穩重)ᄒ고 단엄(端嚴)ᄒ야 셩인(聖人)의 풍(風)이 잇고 아은 영호(英豪) 슈발(秀拔)ᄒ여 호걸(豪傑)의 틀이 이시니 존부인(尊夫人) 복녹(福祿)과 형(兄)의 틱교(胎敎)ᄒ미 지극(至極)ᄒ믈 항복(降服)ᄒ노라. 쇼데(小弟) 금일(今日) 부마(駙馬) 형

· ● ●

27면

데(兄弟)를 보니 어두은 눈이 쾌(快)ᄒ니 그 잇ᄂ 바를 마ᄌ 보고져 ᄒ노라."

승샹(丞相)이 샤양(辭讓) 왈(曰),

"형(兄)이 엇디 미(微)ᄒ ᄋᆞ희를 이리 과장(過獎)ᄒ시ᄂ뇨?"

이의 삼(三) ᄌ(子)를 브르니, 몽원이 몽샹, 몽필을 거ᄂ려 와 졀ᄒ니 몽원은 십이(十二) 셰(歲)오 몽샹은 팔(八) 셰(歲)오 몽필은 칠(七) 셰(歲)라. 개개(箇箇)히 쥰슈(俊秀)ᄒ여 ᄒ 쎄 옥룡(玉龍)이 모든 ᄃᆺᄒ니 샹셰(尙書ㅣ) 칙칙(嘖嘖)이107) 칭찬(稱讚) 왈(曰),

"ᄌᆞ슈 형(兄)의 긔특(奇特)ᄒ므로 져 아들이 그러ᄒ미 고이(怪異)

---

105) 식: [교] 원문에는 '식'로 되어 있으나 오기로 보임.

106) 일신(一新): 아주 새로워지거나 새롭게 함.

107) 칙칙(嘖嘖)이: 책책이. 큰 소리로 외치며.

치 안커니와 타인(他人)으로 니른즉 쏘 엇지 쉬온 일이리오? 셕일(昔日) 부인(夫人)이 도로(道路)의 고초(苦楚)ㅎ시든 쎠를 싱각ㅎ여는 쇼양(霄壤)108)이 현격(懸隔)ㅎ니 셕소(昔事)를 츄감(追感)109)ㅎ여 ᄆᆞ음이 상감(傷感)ㅎ시리로쇼이다."

부인(夫人)이 츄연(惆然) 탄왈(嘆曰),

"천(賤)ᄒᆞᆫ 몸이 여러 ᄋᆞ히를 두어 졔손(諸孫)이 이러틋 긔이(奇異)ㅎ니 스스로 분의(分義) 너므믈 두려ㅎ니 금일(今日) 샹셔(尚書)의 말솜이 진졍쇼지(眞情所在)110)신지라 쳡(妾)의 심시(心事ㅣ) 시

•••

28면

로이 발(發)ㅎᄂᆞ이다."

쇼 공(公)이 위로(慰勞)ㅎ고 이윽히 한담(閑談)ㅎ다가 도라가다.

승샹(丞相)이 쇼 시(氏), 쇼 샹셔(尚書)의 녀ᄋᆞ(女兒)를 알ᄆᆡ 크게 깃거 태ᄉᆞ(太師)긔 슈말(首末)을 고(告)ㅎ니 태시(太師ㅣ) 경희(驚喜) 왈(曰),

"노뷔(老父ㅣ) 쇼 시(氏) 쳐치(處置)를 어려이 너기더니 이졔 ᄌᆞ현의 녀인(女兒닌) 줄 ᄌᆞ시 아니 다시 므슴 호의(狐疑)111) 이시리오?"

승샹(丞相)이 즉시(卽時) 믈너와 안마(鞍馬)를 가쵸와 쇼부(-府)의 니른니,

ᄎᆞ시(此時) 쇼 샹셰(尚書ㅣ) 도라가 모친(母親)긔 니 승샹(丞相) 말

---

108) 쇼양(霄壤): 소양. 천지(天地). 높은 하늘과 넓은 땅.
109) 츄감(追感): 추감. 옛일을 생각하여 느낌.
110) 진졍쇼지(眞情所在): 진정소재. 진정이 있는 바.
111) 호의(狐疑): 자잘한 의심.

숨을 다 고(告)ᄒ니 노 부인(夫人)이 크게 깃거ᄒ며 댱 부인(夫人)이 희열(喜悅)ᄒᄆ믈 마지아니터라. 샹셰(尙書ㅣ) 즁당(中堂)의 니르러 녀우(女兒)ᄅᆞᆯ 브르니 쇼제(小姐ㅣ) 담담(淡淡)ᄒᆞᆫ 청샹녹의(靑裳綠衣)[112]로 이의 니르ᄆᆡ 공(公)이 니부(-府)의 가 ᄒ던 말과 니 승샹(丞相) 말을 일일(一一)히 니르니 쇼제(小姐ㅣ) 미우(眉宇)ᄅᆞᆯ 잠간(暫間) ᄲ잉긔고 닐오ᄃᆡ,

"구개(舅家ㅣ) 쇼녀(小女)ᄅᆞᆯ ᄎᆞᄌᆞᆫ ᄎᆞᆯ 거시어ᄂᆞᆯ 야애(爺爺)ᄂᆞᆫ 엇디 브졀업시 힐란(詰難)ᄒᆞ시니잇고?"

샹셰(尙書ㅣ) 웃고 답(答)고져 ᄒᆞ더니 시녜(侍女ㅣ) 급보(急報) 왈(曰),

"니 승샹(丞相)이 니르러 겨시이다."

샹셰(尙書ㅣ) 총망(悤忙)[113]이 ᄂᆞ가 마ᄌᆞ 당(堂)의 올ᄂᆞ 좌졍(坐定)ᄒᆞ고 누샤(陋舍)[114]의 니르시믈 샤례[115](謝禮)ᄒᆞ니 승샹(丞相)이 답샤(答謝) 왈(曰),

"형(兄)이 엇지 이런 믈ᄉᆞᆷ을 ᄒᆞ시ᄂᆞ뇨? 이의 니르믄 식부(息婦)ᄅᆞᆯ 보고져 ᄒᆞ미니 형(兄)은 셔로 보게 ᄒᆞ라."

샹셰(尙書ㅣ) 흔연(欣然) 왈(曰),

"녀익(女兒ㅣ) 니시(-氏)의 ᄇᆞ린 사ᄅᆞᆷ이라. 일즉 도쟝[116] 밧글 나

---

112) 청샹녹의(靑裳綠衣): 청상녹의. 푸른 치마와 녹색 저고리.

113) 총망(悤忙): 총망. 매우 급하고 바쁨.

114) 누샤(陋舍): 누사. 좁고 너저분한 집이라는 뜻으로 자기가 사는 집을 낮추어 부르는 말.

115) 례: 원문에는 '죄'로 되어 있으나 문맥을 고려하여 국도본(8:109)을 따름.

지 아니터니 앗가 나의 브ㄹ믈 인(因)ㅎ여 즁헌(中軒)의 ㄴ와시니 드
러가샤이다."

인(因)ㅎ여 승샹(丞相)을 더블고 즁당(中堂)의 니ㄹ니 쇼제(小姐
ㅣ) 난간(欄干)의 의지(依支)ㅎ여 고요히 안줏다가 냥(兩) 공(公)을
보고 대경(大驚)ㅎ여 안셔(安舒)히 니러셔거ㄴ, 샹셰(尙書ㅣ) 몬져
당(堂)의 올나 닐오ㄷ,

"이ㄴ 너의 죤귀(尊舅ㅣ)니 모ㄹ미 례(禮)를 폐(廢)치 말나."

쇼제(小姐ㅣ) 몸의 례복(禮服)이 업스니 붓그리믈 이긔지 못ㅎㄷ
능(能)히 마지못ㅎ여 안셔(安舒)히 ᄉ비(四拜)ㅎ고 부복(俯伏)ㅎ여
ㄴ출 드지 못ㅎ니 승샹(丞相)이 평신(平身)ㅎ믈 니ㄹ고 눈을 드러

· ● ●

30면

보니 쇼져(小姐)의 안ᄉ(顔色)이 긔이(奇異)ㅎ미 혼ᄌ 범인(凡人)으
로 더브러 다를 ᄲᆞᆫ 아니라 미우(眉宇)의 일만(一萬) 광치(光彩) 녕농
(玲瓏)ㅎ고 봉안(鳳眼)의 묽은 빗치 ᄉ벽(四壁)의 ᄶᆞ이며 귀 밋치 희
기 눈 ᄀᆞᆺ고 입시욹기 븕기 단ᄉ(丹沙)를 직은 듯ㅎ며 ᄉᆞᆨᄉᆞᆨ혼 용뫼(容
貌ㅣ) 빅월(白月)이 셜샹(雪上)의 ᄶᆞ려진 듯 죠흔 품격(品格)이 쇼쇄
(瀟灑)117) 풍영(豊盈)118)ㅎ여 쇄락(灑落) 녕농(玲瓏)하며 쇼담119) 쳥
월(淸越)120)혼 가온ㄷ 어리로온121) 긔질(氣質)이 만좌(滿座)를 흠동

---

116) 도쟝: 규방.
117) 쇼쇄(瀟灑): 소쇄. 기운이 맑고 깨끗함.
118) 풍영(豊盈): 생김새가 풍만하고 기름짐.
119) 쇼담: 생김새가 탐스러움.
120) 쳥월(淸越): 청월. 맑고 빼어남.
121) 어리로온: 아리따운.

(흠동(欽動)[122])ᄒᆞ니 비(比)컨딕 공쥬(公主)긔도 승(勝)ᄒᆞ미 이시니 승샹(丞相)이 그 너모 고으믈 깃거 아냐 ᄒᆞ나 덕긔(德氣)[123] 미우(眉宇)의 비최물 깃거 흔연(欣然)이 닐오딕,

"ᄋᆞ뷔(我婦ㅣ) 돈ᄋᆞ(豚兒)의 ᄂᆡ죄(內助ㅣ) 되연 지 오ᄅᆞ딕 연괴(緣故ㅣ) ᄎᆞ지(差池)[124]ᄒᆞ여 금일(今日)이야 보니 덕도(德道)의 유한[125](有閑)ᄒᆞ미 거의 오문(吾門)을 흥(興)ᄒᆞ리니 깃브미 극(極)ᄒᆞ도다. ᄋᆞ뷔(吾婦ㅣ) 비녀 ᄭᅩᄉᆞᆫ 지 오ᄅᆞ거늘 엇지 례복(禮服)이 업ᄂᆞ뇨?"

쇼제(小姐ㅣ) 옥면(玉面)의 븕은 비츨 씌여 능(能)히 답(答)지 못ᄒᆞ니 샹셰(尚書ㅣ) 니ᄅᆞ딕,

"녀ᄋᆡ(女兒ㅣ) 허명(虛名)

···

31면

이 츈경(春卿)[126]의 쳐ᄌᆞ(妻子ㅣ)나 일즉 부인(夫人)의 직쳡(職牒)과 봉관화리(鳳冠花履)[127]를 츈경(春卿)이 쥬지 아냐고 ᄯᅩ 니시(-氏)의 바린 사름인 고(故)로 죄인(罪人)으로 ᄌᆞ쳐(自處)ᄒᆞ여 복식(服色)[128]

---

122) 흠동(欽動): 사람들을 놀라게 함.

123) 덕긔(德氣): 덕기. 어질고 도타운 마음씨.

124) ᄎᆞ지(差池): 차지. 어긋남.

125) 한: [교] 원문에는 '환'으로 되어 있으나 오기로 보임.

126) 츈경(春卿): 춘경. 춘관(春官)의 장관. 춘관은 중국 주나라의 관직명인데, 육경(六卿)의 하나로 예(禮)를 담당하였음. 이로부터 후에 예부(禮部)를 춘관이라 하고 그 장관(長官), 즉 예부상서 등을 춘경이라 불렀음. 여기에서는 이몽창이 예부시랑이므로 이와 같이 말한 것임.

127) 봉관화리(鳳冠花履): 봉관은 귀족의 부녀가 쓰던 예관(禮冠)으로, 위에 금옥(金玉)으로 만든 봉황 모양의 장식이 있음. 화리는 아름다운 꽃신을 말함.

128) 복식(服色): 복색. 신분이나 직업에 따라서 다르게 맞추어서 차려입던 옷의 꾸밈새와 빛깔.

이 져러틋 ᄒᆞ니 현형(賢兄)은 슬퍼 용샤(容赦)ᄒᆞ라.”

승샹(丞相)이 경왈(驚曰),

“닉 아지 못ᄒᆞ엿돗다.129) 도라가 돈ᄋᆞ(豚兒)ᄃᆞ려 닐어 례복(禮服)을 ᄎᆞ즈 보닉리라.”

인(因)ᄒᆞ여 두굿기믈 이긔지 못ᄒᆞ여 왈(曰),

“금일(今日) 신부(新婦)를 보니 돈ᄋᆞ(豚兒)의 닉조(內助)를 빗닐지라 엇지 다힝(多幸)치 아니리오? 존당(尊堂)이 식부(息婦)를 즉시(卽時) 보지 못ᄒᆞ시믈 울울(鬱鬱)ᄒᆞ여 ᄒᆞ시ᄂᆞ니 현형(賢兄)은 슈히 튁일(擇日)ᄒᆞ여 쳐음 보ᄂᆞᆫ 례(禮)를 일우라.”

공(公)이 응낙(應諾)ᄒᆞ더라.

승샹(丞相)이 도라가 부인(夫人)긔 뵈옵고 쇼 시(氏)의 셩덕(盛德)을 일ᄏᆞ라 닐오딕,

“쇼 시(氏)의 특츌(特出) 비범(非凡)ᄒᆞ미 몽챵의 닉조(內助)를 챵(昌)ᄒᆞ리니 엇지 깃브지 아니리잇고?”

태부인(太夫人)과 뉴 부인(夫人)이 므러 왈(曰),

“쇼 시(氏), 공쥬(公主)와 엇더ᄒᆞ더뇨?”

승샹(丞相)이 딕왈(對曰),

“ᄒᆡ이(孩兒ㅣ) 혜ᄋᆞ리옵건딕 공쥬(公主)의

• • •

32면

ᄡᅡᆼ(雙)이 ᄃᆞ시 업슬가 ᄒᆞ옵더니 쇼 시(氏)의 얼골은 잠간(暫間) 승(勝)ᄒᆞ미 잇고 덕힝(德行)도 지미 업슬가 시브오딕 다만130) 너모 강

---

129) 다: 원문에는 '가'로 되어 있으나 문장의 자연스러움을 고려하여 국도본(8:112)을 따름.

녈(剛烈)흔 긔운이 이시니 몽챵으로 냥닙(兩立)지 못홀너이다."

두 부인(夫人)이 환희(歡喜)ᄒ여 ᄀᆞᆯ오ᄃᆡ,

"쇼 시(氏)의 현쳘(賢哲)ᄒ미 그러틋 홀진ᄃᆡ 몽챵의 속죄(贖罪)홀 마ᄃᆡ니 너ᄂᆞᆫ 용샤(容赦)ᄒ라."

승샹(丞相)이 ᄇᆡ샤(拜謝) 슈명(受命)ᄒ고 믈너ᄂᆞ니라.

ᄎᆞ셜(且說). 몽챵이 부모(父母)의 흔연(欣然)흔 긔ᄉᆡᆨ(氣色)을 보지 못ᄒ니 심ᄉᆞ(心事ㅣ) 울울(鬱鬱)ᄒ고 챵쳐(瘡處)[131] 완합(完合)지 못 ᄒᆞᄃᆡ 심녀(心慮)ᄅᆞᆯ 쓰므로 ᄎᆞ복(差復)지 못ᄒ여 듀야(晝夜) 신음(呻吟)ᄒᆞᄃᆡ 부친(父親)을 두려 셔헌(書軒)의 ᄆᆡ양 뫼셔시므로 편(便)히 죠리(調理)도 못 ᄒᆞ고 속으로 아ᄅᆞ미 녯날 쥰슈(俊秀)ᄒ던 용안(容顔)이 졈졈(漸漸) 환픽(換敗)ᄒ여 쳑[132]골(瘠骨)[133] 흔지라 부ᄆᆡ(駙馬ㅣ) 위로(慰勞) 왈(曰),

"부뫼(父母ㅣ) 너의 방탕(放蕩)을 ᄎᆡᆨ(責)ᄒ시나 네 엇지 죠심(操心)ᄒ여 죠리(調理)치 아니코 속으로 심녀(心慮)ᄅᆞᆯ ᄡᅥ 안ᄉᆡᆨ(顔色)의 환형(換形)[134]ᄒ미 심(甚)ᄒᆞᆯ 아지 못ᄒᆞᄂᆢ?"

시랑(侍郞)

_{...}

33면

이 츄연(惆然) ᄃᆡ왈(對曰),

---

130) 만: 원문에는 이 뒤에 '긔운이'가 있으나 부연으로 보아 국도본(8:113)을 따름. 참고로 국도본에도 원래 이 글자들이 써져 있었으나 먹으로 지운 흔적이 있음.

131) 챵쳐(瘡處): 창처. 상처.

132) 쳑: [교] 원문에는 '쳡'으로 되어 있으나 오기로 보여 국도본(9:1)을 따름.

133) 쳑골(瘠骨): 척골. 몸이 바짝 마르고 뼈가 앙상하게 드러남. 훼쳑골립(毁瘠骨立).

134) 환형(換形): 모양이 전과 달라짐.

"쇼뎨(小姐ㅣ) 쳐즈(妻子)로 인(因)ᄒ여 부모(父母)긔 블효직(不肖子ㅣ) 되니 죽으미 죡(足)ᄒ지라 엇지 몸을 슈렴(收斂)ᄒ리잇고?"

부마(駙馬ㅣ) 망녕(妄靈)되다 칙(責)ᄒ더라.

시랑(侍郎)이 부친(父親)의 흔연(欣然)ᄒᆫ 식(色)을 보지 못ᄒ니 쥬야(晝夜) 용심(用心)ᄒ더니, 쇼 시(氏), 쇼 샹셔(尚書)의 녀이(女兒ㅣ)믈 듯고 부친(父親)이 쇼 공(公)으로 말ᄉᆞᆷᄒᆞ믈 드ᄅᆞ미 잠간(暫間) 다힝(多幸)ᄒ여 셔헌(書軒)의 도라와 홀노 안즈 쇼 시(氏) 샹경(上京)ᄒ믈 깃거 보고져 ᄆᆞ음이 젹지 아니ᄃᆡ 감(敢)히 ᄉᆞ식(辭色)지 못ᄒ고 죵일(終日)토록 안즈더니, 날이 져믈미 쵹(燭)을 붉히고 부친(父親) ᄂᆞ오시믈 ᄃᆡ후(待候)ᄒᄃᆡ 밤이 깁도록 동정(動靜)이 업고 알프믈 이긔지 못ᄒ여 벼개를 ᄂᆞ호여 베고 눈을 감더니, ᄆᆞᆫ득 문(門) 여ᄂᆞᆫ 쇼ᄅᆡ ᄂᆞ거늘 놀나 니러 보니 승샹(丞相)이 단의(單衣) 침건(寢巾)[135]으로 드러와 샹(牀) 우희 안즈니 시랑(侍郎)이 강잉(强仍)ᄒ여 몸을 니니 승샹(丞相)이 냥구(良久)히 잠잠(潛潛)ᄒ엿다가 닐오ᄃᆡ,

"늬 ᄎᆞ마 싱젼(生前)

• • •

34면

의 너를 졍시(正視)치 못ᄒ고 언어(言語) 샹통(相通)을 아니려 ᄒ엿더니 죤당(尊堂) 명(命)이 샤(赦)ᄒ믈 니ᄅᆞ시고 늬 ᄆᆞ음이 약(弱)ᄒᆫ 연고(緣故)로 금일(今日)노븟허 너를 ᄌᆞ식(子息) 항녈(行列)의 넛ᄂᆞ니 네 더옥 날노써 업슨 것과 가치 너겨 방즈(放恣)ᄒ미 더을노다."

말ᄉᆞᆷ을 파(罷)ᄒ미 단엄(端嚴)ᄒᆫ 비치 쵹하(燭下)의 바이ᄂᆞᆫ지라 시

---

135) 침건(寢巾): 잠잘 때 쓰는 두건.

랑(侍郎)이 황공(惶恐)ᄒ여 머리를 두드려 쳥죄(請罪) 왈(曰),

"욕지(辱子ㅣ)[136] 야야(爺爺) 셩훈(誠訓)[137]을 져바려 일(一) 녀ᄌ(女子)를 위(爲)ᄒ여 몸의 쳔고(千古) 죄인(罪人)이 되니 스ᄉ로 뉘웃ᄎ나 부뫼(父母ㅣ) 죄과(罪過)를 용샤(容赦)치 아니시니 스ᄉ로 죽고져 ᄒ더니 금일(今日) 딕인(大人)이 히ᄋ(孩兒)의 태산(泰山) ᄀ틋 죄(罪)를 용샤(容赦)ᄒ시고 다시 인류(人類)의 츙슈(充數)케 ᄒ시니 히ᄋ(孩兒ㅣ) 엇지 두 번(番) 그ᄅ미 이시리잇고?"

승샹(丞相)이 머리를 흔드러 왈(曰),

"네 거동(擧動)이 실셩지인(失性之人)이라 엇지 미드리오? 네 직금 내 알픠셔 말을 슈히 ᄒ나 져 셩품(性品)이 죵닉(終乃)[138] 긋치지 못ᄒ여 타일(他日) ᄌ젼(自專)ᄒᄂ 힝싁(行事ㅣ)

· ● ·

35면

금일(今日)의셔 더으리니 네 엇지 두 번(番) 그ᄅ미 업ᄉ믈 슈히 니ᄅᄂ뇨?"

시랑(侍郎)이 비샤(拜謝) 왈(曰),

"욕지(辱子ㅣ) 셜ᄉ(設使) 무샹(無狀)ᄒ오나 엇지 대인(大人)을 두 번(番) 긔망(欺妄)ᄒ리잇고?"

승샹(丞相)이 졍싁(正色)고 다시 말을 아니ᄒ니 싁싁ᄒ미 사ᄅᆷ의 ᄲᅦ를 녹이ᄂ지라 시랑(侍郎)이 황괴(惶愧)ᄒ여 아모리 ᄒᆯ 쥴 모ᄅ더

---

136) 욕지(辱子ㅣ): 욕자. 아들이 아버지 앞에서 자기를 낮추어 부르는 말. 소자(小子). 불초자(不肖子).

137) 셩훈(誠訓): 성훈. 정성스러운 가르침.

138) 죵닉(終乃): 종내. 끝내.

니 믄득 쇼뷔(少傅ㅣ) 안으로셔죠츠 ᄂᆞ오니 승샹(丞相)이 문왈(問曰),

"현뎨(賢弟) 엇지 야심(夜深)ᄒᆞᄃᆡ 자지 아니코 분쥬(奔走)ᄒᆞᄂᆞ뇨?"

쇼뷔(少傅ㅣ) 드러 안ᄌᆞ며 ᄃᆡ왈(對曰),

"앗가 모친(母親) 침쇼(寢所)의 갓다가 이의 니르거니와 형장(兄丈)이 엇지 몽챵을 송구(悚懼)ᄒᆞ게 ᄒᆞ시ᄂᆞ뇨? 셕일(昔日) 쇼뎨(小弟)의 힝식(行事ㅣ) 몽챵의게 지지 아니ᄃᆡ 야야(爺爺) 칙(責)ᄒᆞ[139]신 후(後) 다시 경계(警戒)ᄒᆞ시고 말ᄉᆞᆷᄒᆞ시더니 형장(兄丈)의 훈ᄌᆞ(訓子)ᄒᆞ믄 너모 과도(過度)ᄒᆞ신가 ᄒᆞᄂᆞ이다."

승샹(丞相) 왈(曰),

"우형(愚兄)이 엇지 대인(大人) 셩덕(盛德)을 ᄯᅳ르리오마ᄂᆞᆫ 연(然)이나 몽챵의 힝ᄉᆞ(行事)ᄂᆞᆫ 너의게 십분(十分) 심(甚)ᄒᆞ니 어이 비기ᄂᆞ뇨?"

쇼뷔(少傅ㅣ) 쇼이ᄃᆡ왈(笑而對曰),[140]

• • •

36면

"쇼뎨(小弟)나 몽챵이나 다 나히 져머실 제ᄂᆞᆫ 오됴(烏鳥)의 자웅(雌雄)[141]이니 엇지 등하(燈下)ᄅᆞᆯ 분변(分辨)ᄒᆞ리오?"

승샹(丞相)이 잠쇼(暫笑)ᄒᆞ고 말을 아니터라.

ᄎᆞ후(此後) 승샹(丞相)이 녜ᄃᆡ로 알픠 두어 ᄌᆞ익(慈愛)ᄒᆞ미 평셕(平昔)[142] ᄀᆞᆺᄐᆞ니 시랑(侍郎)이 크게 힝열(幸悅)[143]ᄒᆞ나 더옥 죠심

---

139) ᄒᆞ: [교] 원문에는 '혼'으로 되어 있으나 오기로 보임.

140) 쇼이ᄃᆡ왈(笑而對曰): 소이대왈. 웃고 대답함.

141) 오됴(烏鳥)의 자웅(雌雄): 오조의 자웅. 까마귀의 자웅이라는 뜻으로 까마귀의 암수를 구분하기가 힘들듯, 사람이 사리분별을 잘 못한다는 말. 『시경』, <정월(正月)>.

142) 평셕(平昔): 평석. 이전부터. 계속하여 달라짐이 없이.

(操心)ㅎ며 ᄆᆞ음을 펴미 신음(呻吟)ㅎ미 극(極)ㅎ여 용모(容貌)의 환탈(換奪)144)ㅎ미 더으되 강질(强疾)ㅎ여 병장(病杖)145)을 집고 니러 ᄃᆞᆫ니더라.

시랑(侍郞)이 부친(父親)의 샤(赦)ㅎ시믈 어드니 심(甚)히 쾌활(快活)ㅎ여 드러가 모친(母親)긔 뵈고 쳥죄(請罪)ㅎ니, 부인(夫人)이 용뫼(容貌ㅣ) ᄂᆡᆼ(冷)ㅎ고 냥안(兩眼)이 가ᄂᆞ라 눈을 드지 아니니 시랑(侍郞)이 착급(着急)ㅎ나 ᄯᅩ흔 안젼(案前)의 뫼시미 잇는 고(故)로 잠간(暫間) 방심(放心)ㅎ여 언어(言語) 통(通)ㅎ믈 ᄇᆞ라되 부인(夫人)이 졔ᄌᆞ(諸子)로 더브러 담쇼(談笑)ㅎ다가도 시랑(侍郞)을 본146)즉 담쇼(談笑)를 긋치고 미위(眉宇ㅣ) 싁싁흔지라 졔ᄌᆡ(諸子ㅣ) 감(敢)히 간(諫)치 못ㅎ고 시랑(侍郞)이 슬프믈 이긔지 못ㅎ여 미위(眉宇ㅣ) 쳑쳑(慼慼)147)ㅎ고 식음(食飮)이 목의 ᄂᆞ리지

37면

아니며 듀야(晝夜) 침샹(針上)148)의 안즌 듯 우슈울억(憂愁鬱抑)149)ㅎ니 부ᄆᆡ(駙馬ㅣ) 크게 이련(哀憐)150)ㅎ고 근심ㅎ나 감(敢)히 입을 여러 간(諫)치 못ㅎ더라.

---

143) 힝열(幸悅): 행열. 다행으로 여기고 기뻐함.
144) 환탈(換奪): 전혀 딴사람처럼 됨.
145) 병장(病杖): 병장. 원래는 곤봉을 맞아 병이 생긴 것을 뜻하나 여기에서는 병 때문에 짚는 지팡이를 가리킴.
146) 본: [교] 원문에는 '보'로 되어 있으나 오기로 보임.
147) 쳑쳑(慼慼): 척척. 슬퍼함.
148) 침샹(針上): 침상. 바늘 위.
149) 우슈울억(憂愁鬱抑): 우수울억. 근심하고 우울해함.
150) 이련(哀憐): 애련. 가련하고 애처롭게 여김.

이러구러 쇼 시(氏) 신힝(新行) 날이 다드르니, 승샹(丞相)이 부모 (父母) 죤당(尊堂)을 위(爲)ᄒ여 대연(大宴)을 개댱(開場)ᄒ고 크게 모화 질길ᄉᆡ 위의(威儀) 십(十) 리(里)의 니엇더라.

공쥬(公主)와 댱 시(氏) 례복(禮服)을 ᄀᆞᆺ쵸와 죤고(尊姑)를 뫼셔 좌 (座)의 ᄂᆞ니 졍 부인(夫人) 텬ᄌᆞ광휘(天姿光輝)[151] 쇼년(少年) 옥모 (玉貌)를 우ᄉᆞ니 드시 일룰 거시 업ᄉᆞᄃᆡ 공쥬(公主)의 녕농(玲瓏)ᄒᆞᆫ 태도(態度)와 댱 시(氏) 쇼담싁싁[152]ᄒᆞᆫ 용치(容彩) 고금(古今)의 비 (比)ᄒᆞ리 업ᄉᆞ며 혜아 부인(夫人)과 쵸왕비(-王妃)의 긔이(奇異)ᄒᆞ믈 ᄯᅩ 샹하(上下)치 못ᄒᆞ니 졔긱(諸客)이 입을 여지 못ᄒᆞ더니 최후(最 後)의 니르ᄃᆡ,

"우리 등(等)이 므슴 복(福)으로 션궁(仙宮)의 니르러 왕모(王 母)[153]를 ᄃᆡ(對)ᄒᆞᄂᆞ뇨?"

ᄒᆞ더라.

이윽고 신뷔(新婦ㅣ) 니르러 폐빅(幣帛)을 ᄂᆞ오니 모든 눈이 일시 (一時)의 관광(觀光)ᄒᆞᄆᆡ 그 신부(新婦)의 외뫼(外貌ㅣ) 거지(擧止) 크게 버셔ᄂᆞ 믉근 눈찌ᄂᆞᆫ 가을 믈결이 요동(搖動)ᄒᆞᄂᆞᆫ 둧 ᄒᆞᆫ

• • •

38면

ᄡᅡᆼ(雙) 아미(蛾眉)[154]ᄂᆞᆫ 치필(彩筆)을 더으지 아냐 임의 봉황미(鳳凰

---

151) 텬ᄌᆞ광휘(天姿光輝): 천자광휘. 타고난 빛나는 자태.

152) 쇼담싁싁: 생김새가 탐스럽고 표정이 엄숙함.

153) 왕모(王母): 서왕모(西王母). 중국 신화에 나오는 선녀. 곤륜산에 살며 불사(不死)의 약을 가지고 있는 아름다운 선녀로 전해짐.

154) 아미(蛾眉): 누에나방의 눈썹이라는 뜻으로, 가늘고 길게 굽어진 아름다운 눈썹을 이르는 말.

尾)를 샹(像)ᄒ고 두 보죠개의 일(一) 쳔(千) 가지 어리ᄅ온 티되(態度ㅣ) 비(比)흘 듸 업ᄉ니 다시 엇지 긔록(記錄)ᄒ리오.

찬란(燦爛)흔 광치(光彩) 만좌(滿座)의 죠요(照耀)ᄒ며 쳥월(淸越) 쇼담흔 용치(容彩) 녕쇼뎐(靈宵殿)155) 다ᄅ름화(--花)156) 흔 가지 됴양(朝陽)의 빗긴 듯, 싁싁 쇄락(灑落)흔 거동(擧動)은 빅월(白月)이 실즁(室中)의 써러진 듯, 신쟝(身長)이 슬대157) ᄀᆞᆺ고 허리 쵹깁158)(蜀-)159)을 묵근 듯 레뫼(禮貌ㅣ) 신즁(愼重)ᄒ고 거름이 가ᄂ 쥴 아지 못ᄒ니 뉘 그 안항(雁行)160)이나 되리오마ᄂ 공쥬(公主)곳 아니면 능(能)히 듸젹(對敵)지 못흘 거시니 텬디(天地) ᄉᆞ이의 ᄆᆞᆰ은 긔운이 다 녀ᄌᆞ(女子)의게 모도인 쥴 싯드롤너라.

만좌(滿座ㅣ) 크게 놀나 능(能)히 말을 못 ᄒ고 구괴(舅姑ㅣ) 대희(大喜)ᄒ여 태부인(太夫人)이 승샹(丞相)ᄃᆞ려 왈(曰),

"금일(今日) 식뷔(息婦ㅣ) 니러툿 아름다오니 진짓 몽챵의 빅필(配匹)이라. 노뫼(老母ㅣ) 위(爲)ᄒ여 티하(致賀)ᄒ노라."

승샹(丞相)이 흔연(欣然)이 샤례(謝禮)ᄒ더라.

신뷔(新婦ㅣ) 례(禮)를 ᄆᆞᆾ고 막ᄎᆞ(幕次)161)의 드러가ᄆᆡ 신랑(新郞)

---

155) 녕쇼뎐(靈宵殿): 영소전. 영소보전(靈宵寶殿)이라고도 함. 옥황상제가 기거한다는 전설상의 건물. 옥황상제는 금궐운궁(金闕雲宮) 중 영소전에서 거처하며 업무를 본다고 함. 오승은의 『서유기』 등에 등장함.

156) 다ᄅ름화(--花): 홍람화(紅藍花), 즉 잇꽃을 이름. 잇꽃은 국화과의 두해살이풀로 7~9월에 붉은빛을 띤 누런색의 꽃이 줄기 끝과 가지 끝에 핌. 씨로는 기름을 짜고 꽃은 약용하고, 꽃물로 붉은빛 물감을 만듦.

157) 슬대: 화살대. 화살의 몸을 이루는 대.

158) 쵹깁: [교] 원문에는 '쪽입'으로 되어 있으나 의미가 통하지 않아 국도본(9:9)을 따름.

159) 쵹깁(蜀-): 촉깁. 중국 촉나라에서 나는 비단.

160) 안항(雁行): 기러기의 행렬이라는 뜻으로 여기에서는 맞설 만한 짝을 의미함.

161) 막ᄎᆞ(幕次): 막차. 의식이나 거둥 때에 임시로 장막을 쳐서, 왕이나 고관들이 잠깐 머무르게 하던 곳.

39면

의 유모(乳母) 츈홰 봉관화리(鳳冠花履)를 나아와 닙히기를 뭇ᄎᆞᆷᄋᆡ ᄃᆞ시 좌(座)의 나 형뎨(兄弟) 항녈(行列)노 안ᄌᆞ니 찬란(燦爛)ᄒᆞᆫ 용뫼(容貌ㅣ) 더옥 좌즁(座中)의 ᄇᆡᆨ이ᄂᆞᆫ지라 졔ᄀᆡᆨ(諸客)이 다토와 치하(致賀)ᄒᆞ니 뉴 부인(夫人)과 뎡 부인(夫人)이 흔희(欣喜)ᄒᆞ미 극(極)ᄒᆞᄆᆡ 죠금도 ᄉᆞ양(辭讓)치 아니터라.

죵일(終日)토록 즐기고 파(罷)ᄒᆞᄆᆡ 신부(新婦) 슉소(宿所)를 듕ᄆᆡ각의 졍(定)ᄒᆞ여 보ᄂᆡ고 태부인(太夫人)이 태ᄉᆞ(太師)와 무평[162]ᄇᆡᆨ 등(等)을 ᄃᆡ(對)ᄒᆞ여 신부(新婦)의 특이(特異)ᄒᆞᆷ을 탐탐(耽耽)[163]이 니ᄅᆞ더니 날이 어두오ᄆᆡ 승상(丞相)이 혼졍(昏定)ᄒᆞᆷ을 인(因)ᄒᆞ여 부마(駙馬) 형뎨(兄弟)를 다리고 드러오니 태부인(太夫人)이 ᄯᅩ 승샹(丞相) 형뎨(兄弟)를 ᄃᆡ(對)ᄒᆞ여 쇼 시(氏)의 현슉(賢淑)ᄒᆞᆷ을 니ᄅᆞ니 승상(丞相)이 ᄇᆡ사(拜謝) 왈(曰),

"이 다 죠모(祖母)의 덕ᄐᆡᆨ(德澤)이로쇼이다."

부인(夫人)이 쇼왈(笑曰),

"네 말이 잠간(暫間) 그ᄅᆞᆫ가 ᄒᆞ노라. 내 비록 덕(德)이 이신들 몽챵이 취(娶)ᄒᆞ여 오지 아니ᄒᆞ여시면 쇼 시(氏)를 엇지 알니오?"

승상(丞相)이 ᄭᅮᆯ어 듯ᄌᆞᆸ고 미쇼(微笑) 무언(無言)이러니 태ᄉᆡ(太師ㅣ) 이의 졍 부인(夫人)을 나아오

---

162) 평: [교] 원문에는 '령'으로 되어 있으나 앞에 '평'으로 나와 있으므로 이와 같이 수정함.

163) 탐탐(耽耽): 깊숙하고 그윽한 모양.

라 ᄒᆞ여 닐오ᄃᆡ,

"몽챵이 ᄌᆞ젼(自專)ᄒᆞᆫ 죄(罪) 대단ᄒᆞ나 이제 신부(新婦)ᄅᆞᆯ 보ᄆᆡ 죡(足)히 쇽죄(贖罪)ᄒᆞᆯ 마디오 모ᄌᆡ(母子ㅣ) 너모 오릭 유감(遺憾)164)ᄒᆞᆷ미 즁인쇼공지(衆人所共知)165)의 죠치 아니ᄒᆞ니 현부(賢婦)ᄂᆞᆫ 금일(今日)노붓허 챵ᄋᆞ(-兒)ᄅᆞᆯ 용납(容納)ᄒᆞ여 모ᄌᆞ(母子) 텬륜(天倫)을 온젼(穩全)166)이 ᄒᆞ라."

졍 부인(夫人)이 ᄯᅮ러 듯줍고 피셕(避席) 비샤(拜謝) 왈(曰),

"쇼쳡(小妾)이 인믈(人物)이 암미(暗昧)167)ᄒᆞ고 식견(識見)이 너르지 못ᄒᆞ므로 몽챵의 용널(庸劣)ᄒᆞᆷ믈 즁심(中心)의 블쾌(不快)ᄒᆞ여 셰월(歲月)이 오릭도록 프지 못ᄒᆞ엿숩더니 금일(今日) 존구(尊舅)의 셩괴(盛敎ㅣ) 겨시니 쳡(妾)의 블통(不通)ᄒᆞᆷ믈 ᄭᆡᄃᆞᆮ온지라 삼가 봉힝(奉行)ᄒᆞ리이다."

태ᄉᆡ(太師ㅣ) 미우(眉宇)의 가득히 두굿기믈 먹음어 닐오ᄃᆡ,

"현부(賢婦)의 통쾌(痛快)ᄒᆞᆫ 뜻이 노뷔(老父ㅣ) 엇지 닐너 알 비리오? 몽챵의 힝ᄉᆡ(行事ㅣ) 그르믄 그르나 너모 샤(赦)치 아니ᄆᆡ 샹은(傷恩)168)ᄒᆞᄂᆞᆫ 마딘 고(故)로 니르미니 현부(賢婦)ᄂᆞᆫ 블쾌(不快)ᄒᆞ여 말고 노부(老父) 보ᄂᆞᆫ ᄃᆡ셔 몽챵을 경계(警戒)ᄒᆞ여 그르미 업게 ᄒᆞ라."

부인(夫人)이

---

164) 유감(遺憾): 마음에 차지 아니하여 섭섭하거나 불만스럽게 남아 있는 느낌.

165) 즁인쇼공지(衆人所共知): 중인소공지. 사람들이 다 아는 바.

166) 온젼(穩全): 온전. 본바탕 그대로 고스란히 함.

167) 암미(暗昧): 암매. 어리석어 생각이 어두움.

168) 샹은(傷恩): 상은. 남에게 받은 은혜나 정을 상하게 함.

부복(俯伏) 비샤(拜謝)ᄒ고 이의 좌(座)를 퇴(退)ᄒ여 안식(顔色)을
졍(正)히 ᄒ고 몽챵을 ᄂᆞ아오라 ᄒ여 글오ᄃᆡ,

"너의 힝신(行身)이 픽악(悖惡)ᄒ미 능(能)히 슈거셔(數車書)[169]의
다 긔록(記錄)지 못ᄒᆯ 거시오, 죄(罪)를 명교(名敎)의 엇고 풍화(風
化)를 더러이니 닉 스스로 사름 ᄃᆡ(對)ᄒ기를 붓그리고 너의 음일(淫
佚)[170]ᄒᆫ 얼골을 보지 아니려 ᄒ더니 금일(今日) 존명(尊命)이 겨신
고(故)로 너의 태산(泰山) ᄀᆞᄐᆞᆫ 죄(罪)를 샤(赦)ᄒᄂ니 ᄎᆞ후(此後)나
명심(銘心)ᄒ여 부모(父母)를 욕(辱) 먹이고 죠션(祖先) 쳥덕(淸德)을
더러 ᄇᆞ리지 말나."

말ᄉᆞᆷ을 파(罷)ᄒ미 존젼(尊前)이므로 긔운이 더옥 ᄂᆞ죽ᄒ고 봉안
(鳳眼)이 미미(微微)ᄒ여 슈렴(收斂)ᄒᄂ 거동(擧動)이 더옥 졀승(絶
勝)ᄒ니 태ᄉᆞ(太師)와 진·뉴 이(二) 부인(夫人)의 두굿기믄 니ᄅ도
말고 승샹(丞相)이 눈을 드러 보지 아니나 즁심(中心)의 긔이(奇異)
ᄒᄆ를 ᄎᆞᆷ지 못ᄒ니 기여(其餘)를 니ᄅ리오.

시랑(侍郞)이 다만 ᄭ우러 샤죄(謝罪)ᄒᆯ ᄯᆞ름이오 말이 업스니 뉴 부
인(夫人)이 시랑(侍郞)의 손을 잡고 졍 부인(夫人)다려 흔연(欣然)이

닐오ᄃᆡ,

---

169) 슈거셔(數車書): 수거서. 몇 수레의 책.

170) 음일(淫佚): 마음껏 음탕하게 놂.

"현부(賢婦)는 죠히 놋비출 여러 ㅈ이(慈愛)ㅎ여 챵ㅇ(-兒)의 ㅁㅇ믐을 평안(平安)이 ㅎ라."

졍 부인(夫人)이 복슈(伏首) 샤레(謝禮)ㅎ고 안싴(顔色)이 흔연(欣然)ㅎ여 시랑(侍郞)을 경계(警戒)ㅎ니 좌위(左右ㅣ) 탄복(歎服)ㅎ고 시랑(侍郞)이 바야흐로 방심(放心)ㅎ여 돈슈(頓首) 복죄(伏罪)ㅎ여 믈너 좌(座)의 안ㅈ니 모다 셔로 담쇼(談笑)ㅎ여 밤이 깁흐ᄆᆡ,

승샹(丞相)과 태싀(太師ㅣ) 믈너가고 쇼뷔(少傅ㅣ) 머므러 쥬 시(氏)를 향(向)ㅎ여 술을 구(求)ㅎ여 먹을시 시랑(侍郞)이 부친(父親)을 뫼셔 ᄂ가고져 ㅎ딕 쇼 시(氏)를 보고 가려 ㅎ여 잠간(暫間) 안ㅈ더니 이윽고 병쟝(病杖)을 집고 니러ᄂ거늘 쥬 시(氏) 쇼왈(笑曰),

"금일(今日) 쇼 부인(夫人)은 안싴(顔色)이 표연(飄然)ㅎ여 홍옥(紅玉) ᄀᆺ거늘 낭군(郞君)은 엇지 얼골이 누르고 가죡이 녹어 귀형(鬼形)이 되야시며 듀령[171]을 집허 빅슈(白叟) 노옹(老翁)의 거동(擧動)을 ㅎᄂ뇨?"

시랑(侍郞)이 미쇼(微笑) 부답(不答)ㅎᄆᆡ 쇼뷔(少傅ㅣ) 또 웃고 왈(曰),

"네 거동(擧動)이 과연(果然) 근간(近間) 우읍기ᄂ 우은가 시브다. 셔모(庶母)의 평싱(平生) 단엄(端嚴)ㅎ심과 침

• • •

43면

믁(沈黙)ㅎ시므로 이 말을 ㅎ니 너ᄂ 아직 쇼 시(氏)를 보지 말나. 약혼(約婚) 녀지(女子ㅣ) 긔졀(氣絶)ㅎ리라."

---

171) 듀령: 주령. 지팡이.

시랑(侍郞)이 잠간(暫間) 웃고 거름을 두로혀 쇼 시(氏) 침쇼(寢所)로 가더니 홀연(忽然) 삼뎨(三弟) 몽원이 낫두라와 니루듸,

"야애(爺爺ㅣ) 브루시더이다."

시랑(侍郞)이 대경(大驚)ᄒ여 급(急)히 셔헌(書軒)의 니루러 승명(承命)ᄒ듸 승샹(丞相)이 다른 말 아니ᄒ고 편(便)히 주라 ᄒᄂᆞ지라 시랑(侍郞)이 그 쯧을 씌두라 황괴(惶愧)ᄒ여 잠잠(潛潛)ᄒ엿더니 승샹(丞相)이 냥구(良久) 후 경계(警戒)ᄒ듸,

"네 비록 쇼 시(氏)를 닛지 못ᄒ나 네 긔운을 보건듸 동쳐(同處)ᄒ미 가(可)치 아니니 요ᄉᆞ이는 이곳의셔 죠심(操心)ᄒ여 죠리(調理)ᄒ고 나단니지 말나."

시랑(侍郞)이 도로혀 감격(感激)ᄒ여 슈명(受命)ᄒ고 ᄎᆞ후(此後)는 깁히 드럿더라.

이튼날 일개(一家ㅣ) 정당(正堂)의 문안(問安)홀ᄉᆡ 쇼 시(氏) 혼 벌 례복(禮服)을 닙고 봉관(鳳冠)을 쓰고 혼 ᄎᆞ 옥잠(玉簪)을 정(正)히 ᄭᅩᄌᆞ 형뎨(兄弟) 항녈(行列)노 안ᄌᆞ시니 의복(衣服)이 검쇼(儉素)ᄒ나 표연(飄然)혼 골격(骨格)

⋯ ● ●

44면

이 즁즁(衆中)의 쌔혀ᄂᆞ니 태ᄉᆞ(太師ㅣ) 일ᄏᆞ라 글오듸,

"셕일(昔日) 공쥬(公主ㅣ) 검쇼(儉素)ᄒ믈 슝샹(崇尙)ᄒ더니 이제 쏘 쇼 시(氏) 이러ᄒ니 늬 무슴 복(福)으로 이런 현부(賢婦)를 가득 두엇ᄂᆞ뇨?"

뉴 부인(夫人)이 윤문을 ᄂᆞ호여 쇼 시(氏) 알픠 안쳐 왈(曰),

"ᄎᆞ ᄋᆞ(此兒)는 망인(亡人) 샹 시(氏)의 싱(生)혼 비라. ᄋᆞ부(我婦)는

모즈지의(母子之義)172) 이시니 모르미 흔번(-番) 보와 모즈지의(母子之義)를 펴라."

쇼 시(氏) 공경(恭敬)ᄒ여 듯줍고 잠간(暫間) ᄬᅡᆼ셩(雙星)을 두르미 광치(光彩) 만좌(滿座)의 죠요(照耀)ᄒ지라 좌위(左右ㅣ) 더옥 긔이(奇異)히 너기더라. 쇼 시(氏) 흔번(-番) 윤문을 보미 크게 놀나 즈연(自然) 안ᄉᆡᆨ(顏色)이 변(變)ᄒ믈 ᄭᆡ둧지 못ᄒ더니, 냥구(良久) 후(後) 스스로 고이(怪異)ᄒ믈 ᄭᆡ닷라 즉시(卽時) ᄂᆞᆺ비쥴 고치고 믁연(默然)ᄒ니 좌위(左右ㅣ) 모르나니ᄂᆞᆫ 그 젼(前) 즈식(子息)이 이시믈 놀ᄂᆞ민가 ᄒ디 뉴·졍 이(二) 부인(夫人)과 태ᄉᆞ(太師)와 승샹(丞相)은 임의 지긔(知機)ᄒ고 그 신명(神明)ᄒ믈 더옥 아롬다이 너기더라.

문안(問安)을 파(罷)ᄒ고 승샹(丞相)이 외당(外堂)의 ᄂᆞ오니 쇼 샹셰(尙書ㅣ) 왓ᄂᆞᆫ지라 례필한훤(禮畢寒暄) 후(後) 샹셰(尙書ㅣ)

45면

시랑(侍郞)의 숀을 잡고 근심ᄒ여 글오디,

"이 아히 져즘긔도곤 혈ᄉᆡᆨ(血色)이 더옥 이러ᄒ여시니 쇼뎨(小弟) 념녜(念慮ㅣ) 젹지 아니ᄒ도다. 형(兄)은 례의(禮義)를 듕(重)히 너기시니 어려오나 녀ᄋᆞ(女兒ㅣ) 근간(近間) 신샹(身上)이 블평(不平)하여 식음(食飮)을 먹지 못ᄒ니 원(願)컨디 두어 달 허(許)ᄒ샤든 드려 ᄃᆞ가 보호(保護)ᄒ여 몸이 츙실(充實)ᄒ 후(後) 존문(尊門)의 ᄂᆞ아와 즈부(子婦)의 쇼임(所任)을 밧들고져 ᄒᄂᆞ이다."

승샹(丞相)이 대왈(對曰),

---

172) 모즈지의(母子之義): 모자지의. 어머니와 자식 사이의 의리.

"쇼뎨(小弟) 엇지 형(兄)의 쳥(請)ᄒ시ᄂᆞᆫ 바ᄅᆞᆯ 아니 드ᄅᆞ리오만은 존당(尊堂)과 부뫼(父母ㅣ) 겨시니 취품(就稟)ᄒ여 그리 ᄒ리이다."

샹셰(尙書ㅣ) 칭샤(稱謝)ᄒ고 도라가니,

승샹(丞相)이 즉시(卽時) ᄂᆡ당(內堂)의 드러와 모든 ᄃᆡ 이 말노 고(告)ᄒ니 태ᄉᆡ(太師ㅣ) 왈(曰),

"쇼 시(氏) 너모 쳥약(淸弱)ᄒ니 ᄌᆞ현173)의 말ᄃᆡ로 제집의 보ᄂᆡ여 편(便)히 ᄌᆞᄅᆞ게 ᄒᆞ미 가(可)ᄒ도다."

승샹(丞相)이 슈명(受命)ᄒ더니 믄득 쇼 공ᄌᆡ(公子ㅣ) 위의(威儀)ᄅᆞᆯ 거ᄂᆞ려 왓더라. 승샹(丞相)이 쇼싱(-生)을 쳥(請)ᄒ여 부마(駙馬) 등(等)으로 셔로 보ᄆᆡ 쇼 공ᄌᆡ(公子ㅣ)

얼골이 옥(玉) ᄀᆞᆺ고 위의(威儀)174) 신즁(愼重)ᄒ여 군ᄌᆞ(君子)의 도(道)ᄅᆞᆯ 어덧ᄂᆞᆫ지라 승샹(丞相)이 칭찬(稱讚) 흠모(欽慕)ᄒ여 왈(曰),

"나의 다ᄉᆞᆺ 아ᄃᆞᆯ이 ᄌᆞ현 형(兄)의 ᄒᆞᆫ 아ᄃᆞᆯ만 ᄀᆞᆺ지 못ᄒ도다."

ᄒ더라.

쇼싱(-生)이 부마(駙馬)ᄃᆞ려 왈(曰),

"빅달175)이 매부(妹夫) 되연 지 오ᄅᆡ나 일즉 보지 못ᄒᆞ여시니 명공(明公)은 셔로 보게 ᄒᆞ쇼셔."

부믜(駙馬ㅣ) 흔연(欣然)이 쇼싱(-生)을 다리고 셔헌(書軒)의 니ᄅᆞ니, 쇼싱(-生)이 보건ᄃᆡ 집이 반공(半空)의 다핫ᄂᆞᆫᄃᆡ 대쳥(大廳)이 백

---

173) ᄌᆞ현: 상서 소문의 자(字).

174) 위의(威儀): 예법에 맞는 몸가짐.

175) 빅달: 이몽창의 자(字).

(百) 간(間)이나 ᄒ고 좌우(左右)로 즁즁(重重)[176]ᄒᆫ 셔당(書堂)이 이로 긔록(記錄)지 못ᄒᆯ네라.

방(房)의 들미 금벽(金壁)이 휘황(輝煌)ᄒ고 치식(彩色) 깁챵(-窓)이 녕농(玲瓏)ᄒᆫᄃᆡ 산호샹(珊瑚牀)이 졍졔(整齊)ᄒ고 그 아ᄅᆡ 져근 샹(牀)을 노코 시랑(侍郞)이 모의(毛衣)ᄅᆞᆯ 쎠 닙고 휘항(揮項)[177]을 쓰고 벼개의 누엇다가 니ᄅᆞᄂᆞ거늘 부ᄆᆡ(駙馬ㅣ) 왈(曰),

"이는 쇼슈(-嫂) 녜남(弟男)이니 너ᄅᆞᆯ 쵸면(初面)이라."

시랑(侍郞)이 눈을 드러 보고 례필(禮畢) 후(後) 쇼싱(-生)이 몬져 닐오ᄃᆡ,

"그ᄃᆡ 오문(吾門)의 드러완 지 오ᄅᆡᄃᆡ ᄂᆡ 가친(家親)을

• • •

47면

뫼셔 젹쇼(謫所)의 갓다가 샹경(上京)ᄒᆫ 후(後) 연괴(緣故ㅣ) ᄎ지(差池)[178]ᄒ여 즉시(卽時) 못 보니 가셕(可惜)ᄒ도다. 다만 쇼년(少年) 쟝긔(壯氣)[179]의 므슴 병(病)이 그ᄃᆡ도록 지리(支離)ᄒ며 안면(顔面)이 귀형(鬼形)이 되엿ᄂᆞ뇨?"

시랑(侍郞)이 미쇼(微笑) 왈(曰),

"사ᄅᆞᆷ이 ᄆᆡ양 병(病)이 업슬 거시라 그ᄃᆡ 귀형(鬼形)이라 죠롱(嘲弄)ᄒ니 엇지 손을 쳐음 보ᄂᆞ 말이 이리 황당(荒唐)ᄒ뇨?"

---

176) 즁즁(重重): 중중. 겹겹으로 겹쳐져 있음.
177) 휘항(揮項): 휘양. 추울 때 머리에 쓰던 모자의 하나. 남바위와 비슷하나 뒤가 훨씬 길고 볼끼를 달아 목덜미와 뺨까지 싸게 만들었는데 볼끼는 뒤로 잦혀 매기도 하였음.
178) ᄎ지(差池): 차지. 어긋남.
179) 쟝긔(壯氣): 장기. 왕성한 기운.

쇼싱(-生)이 딕왈(對曰),

"그딕 풍치(風采) 쥰슈(俊秀)ᄒ다 ᄒᄆᆯ 익이 드럿더니 금일(今日) 보미 흔ᄎᆺ 귀신(鬼神)이니 ᄒ 경악(驚愕)ᄒ여 인ᄉ(人事)ᄒᄂᆫ 례(禮)를 폐(廢)쾌라."

시랑(侍郎)이 웃고 왈(曰),

"그딕 말이 여ᄎ(如此)ᄒ니 그딕ᄂᆫ 귀신(鬼神) 믹부(妹夫)를 어ᄃᆫ 즉가?"

쇼싱(-生)이 역소(亦笑) 왈(曰),

"진실(眞實)노 놀납도다. ᄋᄆᆡ(妸妹)를 보고 그딕를 보건딕 엇지 ᄎᆺ악(嗟愕)지 아니리오?"

시랑(侍郎)이 왈(曰),

"그러ᄒ여도 바려둘지어다. 네 누의 가면 ᄂᆞ으리라."

쇼싱(-生)이 어히업셔 왈(曰),

"아믹(妸妹) 엇지 너 ᄀᆺ트리오? 우됴(愚曹) ᄉ이[180]ᄂᆫ 앙망(仰望) 이나 ᄒ리라."

시랑(侍郎)이 웃더라.

쇼 시(氏) 드러가

••

48면

죤당(尊堂)의 하직(下直)ᄒ니 일개(一家ㅣ) 결연(缺然)ᄒ여 슈이 오믈 쵹(囑)ᄒ고 졍 부인(夫人)이 손을 잡고 년년(戀戀)[181]ᄒ기를 오릭

---

180) 우됴(愚曹) ᄉ이: 우조 사이. '어리석은 무리'의 뜻으로 보이나 미상임. 참고로 국도 본(9:23)에는 '우됴 ᄉ어'로 되어 있음.

181) 년년(戀戀): 연연. 미련을 둠.

ᄒ니 쇼 시(氏) 셩은(盛恩)을 감격(感激)ᄒ여 ᄌᆡᄇᆡ(再拜) 샤례(謝禮)
ᄒ고 윤문을 ᄂᆞ오혀 년년(戀戀)ᄒ다가 뎡의 드니,

쇼ᄉᆡᆼ(-生)이 호숑(護送)ᄒ여 부즁(府中)의 니ᄅᆞ니, 노 부인(夫人)과
댱 부인(夫人)이 크게 반겨 밧비 손을 잇그러 겻히 안치고 구가(舅
家)의 가 ᄒ던 일을 므ᄅᆞ니 쇼졔(小姐ㅣ) 가즁(家中)이 셩만(盛滿)홈
과 구고(舅姑)의 ᄋᆡ즁(愛重)ᄒ시믈 ᄌᆞ초 고(告)ᄒ니 샹셰(尚書ㅣ) 문
왈(問曰),

"네 빅달을 본다?"

쇼졔(小姐ㅣ) 잠쇼(暫笑) ᄃᆡ왈(對曰),

"아직 귀신(鬼神)이 되엿다 ᄒ거ᄂᆞᆯ 쇼녜(小女ㅣ) 엇지 어ᄃᆞ 보리잇
고?"

샹셰(尚書ㅣ) ᄃᆡ쇼(大笑)ᄒ더라.

샹셰(尚書ㅣ) 시랑(侍郎)의 병(病)을 근심ᄒ여 ᄒᆞ로 아니 가 볼 날
이 업더니,

삼동(三冬)이 진(盡)ᄒ고 츈졍(春正)[182]의 니ᄅᆞ니 시랑(侍郎)이 바
야흐로 향ᄎᆞ(向差)[183]ᄒ니 옥면(玉面)이 도화(桃花) ᄀᆞ고 긔질(氣質)이
표연(飄然)ᄒ니 승샹(丞相)이 깃거ᄒ고 쇼 공(公)이 ᄃᆡ희(大喜)ᄒ여,

일일(一日)은 승샹(丞相)을 ᄎᆞ자 보와

•••

49면

닐오ᄃᆡ,

"쇼뎨[184](小弟) 빅달노 동상(東床)[185]의 결승(結繩)을 미즌 지 냥

---

182) 츈졍(春正): 춘정. 봄 정월.
183) 향ᄎᆞ(向差): 향차. 병이 차도가 있음.

(兩) 셰(歲) 되여시디 원앙(鴛鴦)의 쌍뉴(雙遊)ᄒ미 업ᄉ니 쇼뎨(小
弟) 울울(鬱鬱)ᄒ디 졔 병(病)이 깁흔 고(故)로 싱의(生意)치 못ᄒ더
니 이졔ᄂᆫ 쾌차(快差)ᄒ여시니 아녀(我女)로 동방(洞房)의 깃드리믈
허(許)ᄒ미 원(願)이로다."

승샹(丞相) 왈(曰),

"쇼뎨(小弟) 명(命)을 밧들고져 ᄒ디 ᄋᆞ지(兒子ㅣ) 긔골(氣骨)이 쳥
슈(淸秀)ᄒ디 대병(大病) 후(後) 갓 쇼복(蘇復)[186]ᄒ여시니 형(兄)은
짐쥭(斟酌)ᄒ라."

쇼 공(公)이 그 말이 올흐믈 보고 다시 쳥(請)치 못ᄒ고 도라가다.
어시(於時)의 몽챵이 흠질(欠疾)[187]이 쇼셩(蘇醒)[188]ᄒ고 부뫼(父母
ㅣ) ᄉᆞᄉᆡᆨ(辭色)을 허(許)ᄒ여 ᄌᆞᄋᆡ(慈愛)ᄒ미 젼일(前日)노 다ᄅᆞ지 아
니ᄒ니 심니(心裏)의 거리낄 일이 업ᄉᆞ미 쇼 시(氏)를 싱각ᄒ미 깁흐
디 부모(父母) 말ᄉᆞᆷ이 그러툿 ᄒ시니 감(敢)히 ᄉᆞᄉᆡᆨ(辭色)지 못ᄒ고
드럿더니,

시졀(時節)이 삼츈(三春) 화시(花時)를 당(當)ᄒ여 빅홰(百花ㅣ) 만
발(滿發)ᄒ여 일긔(日氣) 훈화(薰和)[189]ᄒ지라 싱(生)이 쳐음으로 외
가(外家)의 가 단녀오다가 잠간(暫間) 슈레를 두로혀

---

184) 뎨: [교] 원문에는 '네'로 되여 있으나 문맥상 오기로 보이므로 이와 같이 수정함.

185) 동샹(東床): 동상. 사위를 높여 부르는 말. 중국 진(晉)나라의 태위 극감이 사윗감
을 고르는데 왕도(王導)의 집 동쪽 평상 위에 배를 드러내고 음식을 먹고 있는 왕
희지를 골랐다는 고사에서 온 말.

186) 쇼복(蘇復): 소복. 병이 나은 뒤에 원기가 회복됨.

187) 흠질(欠疾): '작은 병'의 의미인 듯하나 미상임.

188) 쇼셩(蘇醒): 소성. 중병을 앓고 난 뒤 몸이 회복됨.

189) 훈화(薰和): 따뜻함.

쇼부(-府)의 니르니 샹셔(尚書)는 마을의 가고 쇼싱(-生)이 홀노 잇다가 시랑(侍郎)을 보고 크게 반겨 왈(曰),

"빅달이 엇지 금일(今日)은 옥쳥(玉淸) 신션(神仙)이 되여 니르러 느뇨? 이젼(以前)으로 혜아릴진디 두 사름이 되엿도다."

시랑(侍郎)이 답쇼(答笑) 왈(曰),

"그디는 엇지 날을 미양 업슈이 너기느뇨? 연(然)이나 악모(岳母)긔 뵈오믈 쳥(請)ᄒ노라."

쇼싱(-生)이 이의 드러가 모친(母親)긔 고(告)ᄒ니 댱 부인(夫人)이 경희(驚喜)ᄒ여 돗글 베플고 쳥(請)ᄒ여 셔로 볼ᄉᆡ 시랑(侍郎)이 ᄌᆞ포오ᄉ(紫袍烏紗)[190]로 드러와 례필(禮畢)ᄒ니 댱 부인(夫人)이 눈을 드러 보미 시랑(侍郎)의 너른 니마와 묽은 눈찌며 흰 ᄂᆞᆺ치 싁싁 단엄(端嚴)ᄒ여 비(比)ᄒᆞᆯ 디 업스니 부인(夫人)이 두굿기며 희열(喜悅)ᄒᆞ미 가득ᄒ여 굴오디,

"현셰(賢壻ㅣ) 녀ᄋ(女兒)의 비위(配偶ㅣ) 되션 지 오리디 연괴(緣故ㅣ) ᄎᆞ지(差池)ᄒ여 지금(只今) 못 보왓더니 금일(今日) 요힝(僥倖) ᄎᆞᄌᆞ시니 감샤(感謝)ᄒᆞᆯ믈 이긔지 못ᄒ도쇼이다."

시랑(侍郎)이 ᄇᆡ샤(拜謝)ᄒ여 말ᄉᆞᆷ이 온화(穩和)ᄒ니 부인(夫人)이

---

190) ᄌᆞ포오ᄉ(紫袍烏紗): 자포오사. 자포는 자줏빛 조복(朝服)으로 고관의 옷이고, 오사는 오사모(烏紗帽)로, 검은 깁으로 만든 모자이며, 진대(晉代) 이후 벼슬아치가 관복을 입을 때 쓰던 관임.

두굿겨 쥬찬(酒饌)을 셩비(盛備)ᄒ여 디졉(待接)ᄒ더라.

이윽고 싱(生)이 믈너가믈 고(告)ᄒ니 부인(夫人)이 말류(挽留) 왈 (曰),

"집이 누츄(陋醜)ᄒ나 금야(今夜)를 지니고 가시미 엇더ᄒ뇨?"

싱(生)이 디왈(對曰),

"어렵지 아니ᄒ디 부모(父母)긔 방쇼(方所)를 고(告)ᄒ미 업ᄉ니 훗ᄂᆯ(後ㅅ-) 다시 오리이다."

ᄒ고 드디여 하직(下直)고 ᄂ오다가 쇼싱(-生)ᄃ려 왈(曰),

"녕미(令妹)를 잠간(暫間) 보려 ᄒ나니 침쇼(寢所)를 가ᄅ치라."

쇼싱(-生)이 웃고 ᄉ미를 잇글어 쇼져(小姐)의 침쇼(寢所)의 니ᄅ니, 방즁(房中)이 졍결(淨潔)ᄒ고 쇼아(騷雅)[191]ᄒ더라. 쇼싱(-生)이 시랑(侍郞)으로 더브러 드러 안ᄌ며 홍벽을 도라[192]보와 쇼져(小姐) 간 곳을 므ᄅ니 홍벽이 디왈(對曰),

"졍당(正堂)의 겨시이다."

쇼싱(-生)이 즉시(卽時) ᄂᆡ당(內堂)의 니ᄅ러 쇼져(小姐)를 보고 시랑(侍郞)의 말을 닐ᄋ니 쇼졔(小姐ㅣ) 블열(不悅)ᄒ여 답(答)지 아닌 디 댱 부인(夫人)이 크게 두굿겨 쇼져(小姐)를 개유(開諭)ᄒ여 ᄂ려 보ᄂᆡ니 쇼졔(小姐ㅣ) 마지못ᄒ여 침쇼(寢所)의 니ᄅ니 시랑(侍郞)이 몸을

---

191) 쇼아(騷雅): 소아. 풍치가 있고 아담함.
192) 라: [교] 원문에는 '리'로 되어 있으나 오기로 보임.

니러 마즈 읍(揖) 하니 쇼제(小姐 |) 답례(答禮)하고 흔 가의 안즈니
시랑(侍郞)이 눈을 드러 보미 명모월틴(明貌月態)193) 이젼(以前)도곤
더 풍영(豊盈)하엿는지라 시랑(侍郞)이 반가오미 만심(滿心)의 가득
하여 흔연(欣然)이 웃고 쇼져(小姐)를 향(向)하여 글오딘,

 "셔로 손을 눈환 지 몃 히 되엿느뇨? 싱(生)이 그딘로 인(因)하여
쟝칙(杖責)의 괴로오미 냥(兩) 셰(歲)를 신고(辛苦)194)하니 도로혀 원
(怨)이 그딘게 깁흐딘 모음이 굿지 못흔 고(故)로 금일(今日) 니릭러
츳즈니 싱(生)의 유신(有信)하믈 알지어다."

 쇼제(小姐 |) 어히업셔 심하(心下)의 닝쇼(冷笑)하고 답(答)지 아
니니 시랑(侍郞)이 이의 손을 줍고 죵내(終乃) 스모(思慕)하던 말을
베퍼 말슴이 이윽츳딘 쇼제(小姐 |) 안식(顔色)이 즈약(自若)하고 셩
안(星眼)이 느죽하여 요동(搖動)치 아니니 시랑(侍郞)이 졍쇠(正色)
왈(曰),

 "닉 비록 블쵸(不肖)하나 녀즈(女子)의 온슌(溫順)치 아니믄 용납
(容納)지 아니려 하거늘 그딘 엇지 이러툿 하느뇨?"

 쇼제(小姐 |) 쳥파(聽罷)의 안식(顔色)을 곳치고 돗글 피(避)

하여 글오딘,

---

193) 명모월틴(明貌月態): 명모월태. 맑고 아름다운 모습.
194) 신고(辛苦): 어려운 일을 당하여 몹시 애씀.

"금일(今日) 샹공(相公)의 칙(責)ㅎ시믈 드르니 녀ᄌ(女子)의 ᄆᆞᆷ
이 송연(悚然)ㅎ믈 이긔지 못ㅎ도쇼이다. 쳡(妾)이 엇지 샹공(相公)
을 블경(不敬)ㅎ리오마ᄂᆞᆫ 셕일(昔日) 비례(非禮)의 거죠(擧措)와 블
고이취(不告而娶)로 샹공(相公)의 몸의 즁쟝(重杖)이 이르니 이 도시
(都是) 쳡(妾)의 얼골 타시라. 스스로 ᄆᆞᆷ이 어리고 의ᄉᆡ(意思ㅣ) 삭
막(索莫)ㅎ니 군ᄌ(君子) 안젼(案前)의 뵈옴도 춤괴(慙愧)ㅎ거든 엇
지 혀 도와 말이 ᄂᆞ리오? ᄎᆞ고(此故)로 입을 못 열미러니 샹공(相公)
이 ᄒᆞᆫ갓 교앙(驕昂)[195]으로 미루시니 쳡(妾)이 비록 블민(不敏)ㅎ나
쇼텬(所天)을 만모(慢侮)[196]ㅎ미 이시리오? 젼일(前日)을 싱각고 한
심(寒心)ㅎ미니이다."

셜파(說罷)의 안ᄉᆡᆨ(顔色)이 졍돈(整頓)ㅎ고 츄픽(秋波ㅣ) 가ᄂᆞ라
어리녹은 ᄐᆡ되(態度ㅣ) 졀승(絶勝)ㅎ지라 시랑(侍郎)이 비록 영웅(英
雄)의 쟝심(壯心)이나 스스로 의ᄉᆡ(意思ㅣ) 어리믈 ᄭᆡᄃᆞᆺ지 못ㅎ여 위
로(慰勞) 왈(曰),

"향년(向年)[197] 거죠(擧措)ᄂᆞᆫ 싱(生)이 나히 졈고 밋쳐 길게 싱각
지 못ㅎ여 그ᄃᆡ를 시험(試驗)코져 ㅎ미니 너모 블평(不平)ㅎ여 말
나."

쇼졔(小姐ㅣ) 탄

···

54면

식(歎息) 브답(不答)ㅎ니 시랑(侍郎)이 견권(繾綣)[198]ᄒᆞᆫ 은졍(恩情)이

---

195) 교앙(驕昂): 교만.
196) 만모(慢侮): 거만한 태도로 남을 업신여김.
197) 향년(向年): 저번 해.

산히(山海) ᄀᆞᆺᄐᆞ야 날이 져므ᄂᆞᆫ 줄을 ᄭᆡᄃᆞᆺ지 못ᄒᆞ더니 쇼졔(小姐ㅣ) 홀연(忽然) 니ᄅᆞ되,

"군진(君子ㅣ) 존구(尊舅)긔 고(告)ᄒᆞ여 겨시냐? 일ᄉᆡᆨ(日色)이 셔령(西嶺)의 너머거ᄂᆞᆯ 엇지 ᄀᆞᆯ 줄을 이져 겨시뇨?"

시랑(侍郞)이 놀나 눈을 드러 보니 홍일(紅日)이 발셔 셔산(西山)의 너멋ᄂᆞᆫ지라 밧비 의ᄃᆡ(衣帶)를 염의고 니러 ᄂᆞ가니 쇼ᄉᆡᆼ(-生)이 ᄯᆞᆯ와 즁문(中門)의 ᄂᆞ와 닐오되,

"셕식(夕食)을 먹고 가라."

ᄉᆡᆼ(生) 왈(曰),

"날이 발셔 져므러시니 부젼(父前)의 칙(責)을 두리ᄂᆞ니 엇지 머믈니오?"

ᄒᆞ고 총총(悤悤)이 도라오니 날이 져므럿더라.

셔헌(書軒)의 드러가 셕식(夕食)ᄒᆞᆯ시 승샹(丞相)은 임의 짐쥭(斟酌)ᄒᆞ나 뭇지 아니ᄒᆞ더니 무평199)빅이 문왈(問曰),

"네 오늘 어ᄃᆡ를 갓ᄃᆞ가 이졔야 온다?"

시랑(侍郞)이 ᄃᆡ왈(對曰),

"외가(外家)의셔 모든 죵뎨(從弟)들이 말류(挽留)ᄒᆞᄆᆡ 이졔야 오이다."

쇼뷔(少傅ㅣ) 미쇼(微笑) 왈(曰),

"네 쇽이지 말나. 쇼부(-府)의 단녀왓ᄂᆞ니라."

시랑(侍郞)이

---

198) 견권(繾綣): 생각하는 정이 두터움.

199) 평: [교] 원문에는 '령'으로 되어 있으나 앞의 예를 따라 이와 같이 수정함.

부친(父親)이 아르시는가 민망(憫惘)ᄒ여 ᄂ즉이 미쇼(微笑)ᄒ더라.

이ᄶᅥ 쇼 공(公)이 마을노셔 와 시랑(侍郎)이 왓던 쥴 듯고 놀나 니르ᄃᆡ,

"어이 말류(挽留)치 아니코 슈히 보ᄂᆡ뇨?"

쇼싱(-生)이 ᄃᆡ왈(對曰),

"져의 부친(父親)긔 고(告)치 못ᄒ고 왓더니라 ᄒ고 날이 져므러시니 칙(責)을 두려 급(急)히 가더이다."

샹셰(尚書 ㅣ) 쇼왈(笑曰),

"빅달은 군ᄌᆡ(君子 ㅣ)라. 그 아비 명(命)을 어긔오지 아니니 진실(眞實)노 긔특(奇特)ᄒ도다."

ᄒ고 명일(明日) 파됴(罷朝) 후(後) 니부(-府)의 니르러 승샹(丞相)을 보고 닐오ᄃᆡ,

"빅달이 년긔(年紀) 쟝년(壯年)이오 ᄯᅩ 신샹(身上)이 쾌복(快復)ᄒ여시니 형(兄)은 모르미 허(許)ᄒ여 ᄋ녀(阿女)로 길드리게 ᄒ미 엇더ᄒ뇨?"

승샹(丞相)이 흔연(欣然) 왈(曰),

"져의 쇼ᄒᆡᆼ(所行)은 픡악(悖惡)ᄒ나 쇼뎨(小弟) 져를 ᄋ시(兒時)로 븟터 스ᄉ로 길니ᄂᆡ여 긔골(氣骨)이 쳥슈(淸秀)ᄒ니 죠심(操心)ᄒ미 젹지 아냐 형(兄)의 명(命)을 밧드지 못ᄒ엿더니 형(兄)의 말ᄉᆞᆷ이 올흐니 엇지 봉ᄒᆡᆼ(奉行)치 아니리오?"

쇼 공(公)이 칭샤(稱謝)ᄒ고 도라가다.

셕양(夕陽)

의 승샹(丞相)이 시랑(侍郎)을 블너 쇼부(-府)로 가라 ㅎ니 시랑(侍郎)이 희츌망외(喜出望外)²⁰⁰⁾ㅎ여 셔당(書堂)의 가 오슬 닙더니 홀연(忽然) 연쉬 낫다라 문왈(問曰),

"현뎨(賢弟) 져믄디 어디로 가는다?"

시랑(侍郎)이 디왈(對曰),

"쇼부(-府)의 가ᄂ이다."

연쉬 경왈(驚曰),

"슉뷔(叔父ㅣ) 가라 ㅎ시더냐?"

시랑(侍郎)이 왈(曰),

"쇼뎨(小弟) 엇지 ᄌ젼(自專)ㅎ리잇고?"

연쉬 손을 잡고 대쇼(大笑) 왈(曰),

"금일(今日)이 하일(何日)이며 금셕(今夕)이 하셕(何夕)고? 격년(隔年) 수샹(思相)ㅎ던 ᄆ음이 쾌(快)ㅎ게 ㅎ여시니 우형(愚兄)이 말이 셔의²⁰¹⁾ㅎ여 치하(致賀)를 다 못 ㅎ거니와 현뎨(賢弟)ᄂ 너모 호싴(好色)지 말고 몸을 도라볼지어다."

시랑(侍郎)이 웃고 답(答)지 아니ㅎ더라.

쇼부(-府)의 니르니 샹셔(尙書) 부뷔(夫婦ㅣ) 즁당(中堂)의 포진(鋪陳)을 베플고 쥬찬(酒饌)을 셩비(盛備)ㅎ여 대접(待接)ㅎ고 사랑ㅎ미 극(極)ㅎ더라.

야심(夜深) 후(後) 침쇼(寢所)의 니르러 쇼져(小姐)를 디(對)ㅎ니

---

200) 희츌망외(喜出望外): 희출망외. 기대하지 아니하던 기쁜 일이 뜻밖에 생김.
201) 셔의: 서름.

몽챵의 격년(隔年) 사심(思心)이 금야(今夜)의 다 프러진지라 냥졍
(兩情)[202]을 미즈미 쳔만(千萬) 은이(恩愛) 산히(山海) 경(輕)홀너라.

...

57면

명일(明日) 도라오니 연슈 등(等)이 긔롱(譏弄)ᄒ여 웃더니, 믄득 셩
지(聖旨) ᄂ려 시랑(侍郎)을 도어ᄉ(都御使)로 승탁(昇擢)[203]ᄒ니 시
랑(侍郎)이 밧비 대궐(大闕) 드러가 슉비(肅拜) 샤은(謝恩)ᄒᄃᆡ 샹
(上)이 인견(引見) 샤쥬(賜酒)ᄒ시고 위문(慰問) 왈(曰),

"경(卿)이 쳥츈(靑春) 쟝년(壯年)의 무슴 병(病)이 그ᄃᆡ도록 지류
(遲留)하더뇨?"

시랑(侍郎)이 비무(拜舞)[204] 왈(曰),

"신(臣)이 우연(偶然)흔 독질(毒疾)이 미류(彌留)ᄒ여 오릭 국ᄉ(國
事)를 다ᄉ리지 못ᄒ오니 신(臣)의 죄(罪) 만ᄉ무셕(萬死無惜)[205]이라
죄(罪)의 ᄂᆞ오가믈 ᄇ라더니 미신(微臣)을 써 놉흔 벼슬을 탁용(擢
用)[206]ᄒ시니 외람(猥濫) 황공(惶恐)ᄒ믈 이긔지 못ᄒ리로쇼이다."

샹(上)이 위로(慰勞)ᄒ시니 시랑(侍郎)이 샤은(謝恩)ᄒ고 믈너와
쇼부(-府)의 와 쇼 공(公)을 보고 왈(曰),

"텬은(天恩)이 젹은 몸을 과(過)히 아ᄅᆞ샤 크게 벼슬을 닙게 ᄒ시
니 쇼싱(小生)이 ᄃᆡ긱(待客)[207]이 호번(浩繁)[208]흔지라 모ᄅᆞ미 형포

---

202) 냥졍(兩情): 양정. 남녀 사이의 성관계.
203) 승탁(昇擢): 벼슬이 오름.
204) 비무(拜舞): 배무. 꿇어앉아 절을 하고 춤을 추는 것으로 신하가 제왕을 뵙는 예절임.
205) 만ᄉ무셕(萬死無惜): 만사무석. 만 번 죽어도 아깝지 않음.
206) 탁용(擢用): 많은 사람 가운데에서 뽑아서 씀.
207) ᄃᆡ긱(待客): 대객. 손님을 맞음.

(荊布)209)를 보내샤 부도(婦道)를 폐(廢)케 마라쇼셔."

공(公)이 흔연(欣然) 왈(曰),

"너의 말이 올흐니 녀지(女子ㅣ) 엇지 부가(夫家)를 져브리리오?"

드듸여 위

• • •

58면

의(威儀)를 굿쵸와 쇼져(小姐)를 보너니 쇼제(小姐ㅣ) 니부(-府)의 니
르러 구고(舅姑) 죤당(尊堂)의 지비(再拜) 현알(見謁)ᄒ니 죤당(尊堂)
구괴(舅姑ㅣ) 크게 깃거 별회(別懷)를 니르고 샤랑ᄒ미 더으더라.

쇼제(小姐ㅣ) 믈너 침쇼(寢所)의 와 가ᄉ(家事)를 안돈210)(安頓)ᄒ
고 구고(舅姑)를 셤기는 녜(禮)와 윤문을 양휵(養慉)ᄒ미 친싱(親生)
ᄌ이(慈愛)로 감(減)ᄒ미 업ᄉ며 공쥬(公主)를 공경(恭敬)ᄒ고 댱 시
(氏)를 우익(友愛)ᄒ여 호발(毫髮)도 넘ᄂ미211) 업ᄉ니 일개(一家ㅣ)
칭찬(稱讚)ᄒ고 졍 부인(夫人)이 ᄉ랑ᄒ고 죵요로와 ᄒ니 원ᄂ(元來)
공듀(公主)는 태부인(太夫人) 의복(衣服)을 밧들고 댱 시(氏)는 태ᄉ
(太師) 부부(夫婦)의 의건(衣巾)을 가아마니212) 승샹(丞相) 부부(夫婦)
의 졀복(節服)213)은 쇼 시(氏) ᄎ례(次例)라 쇼 시(氏) 년쇼(年少)ᄒ므
로 죠곰도 구속(拘束)214)ᄒ미 업셔 ᄉ시(四時) 의건(衣巾)을 ᄢ의 밧

---

208) 호번(浩繁): 넓고 크며 번거롭게 많음.

209) 형포(荊布): 형차포군(荊釵布裙)의 준말로 자기 아내를 낮추어 부르는 말. 형차와 포
군은 각기 가시나무 비녀와 베치마라는 뜻으로 가난할 때의 검소한 옷차림을 이름.

210) 돈: [교] 원문에는 '둔'으로 되어 있으나 오기로 보임.

211) 넘ᄂ미: 하는 짓이나 말이 분수에 넘치게.

212) 가아마니: 헤아려 처리하니. 현대어 기본형은 '가말다'.

213) 졀복(節服): 절복. 계절에 따라 입는 옷.

들어 그 힝ᄉ(行事)의 신즁(愼重)홈과 녀공(女工)의 긔이(奇異)ᄒ미 비
(比)홀 ᄃᆡ 업스니 인인(人人)이 아니 ᄉᆞ랑ᄒᆞ리 업스나 쇼 시(氏) 죠곰
도 닝담(冷淡)ᄒᆞᆫ 긔ᄉᆡᆨ(氣色)이 업셔 화슌(和順)215)이 응ᄃᆡ(應對)ᄒᆞᄃᆡ
다만 시랑(侍郞)을 ᄃᆡ(對)ᄒᆞᆫ즉 낭연(朗然)ᄒᆞᆫ 담쇼(談笑ㅣ) 즈러지고 긔

59면

ᄉᆡᆨ(氣色)이 ᄉᆡᆨᄉᆡᆨᄒᆞ여 ᄃᆡ(對)ᄒᆞ기를 괴로이 너기니 시랑(侍郞)이 ᄌᆞ못
고이(怪異)히 너기더니,

일일(一日)은 마을의셔 져믈게야 도라와 부모(父母)긔 뵈옵고 침
쇼(寢所)의 니ᄅᆞ니 쇼 시(氏) ᄉᆞ챵(紗窓)216)을 의지(依支)ᄒᆞ엿ᄃᆞ가 니
러셔거늘 어ᄉᆞ(御使ㅣ) 셔셔 관복(官服)을 벗기라 ᄒᆞ니 쇼 시(氏) 눈
을 드지 아니ᄒᆞ고 홍아를 블너 벗기라 ᄒᆞ라 어ᄉᆞ(御使ㅣ) 발연(勃然)
노왈(怒曰),

"그ᄃᆡ 엇지 날 업슈히 어기믈 심(甚)히 ᄒᆞᄂᆞ뇨? 홍아ᄂᆞ 당하(堂下)
비지(婢子ㅣ)라 엇지 ᄂᆡ 관복(官服)을 벗기리오?"

쇼 시(氏) 정ᄉᆡᆨ(正色) 왈(曰),

"쳡(妾)이 비록 미(微)ᄒᆞ나 군(君)의 시쳡(侍妾)이 아니라 엇지 관복
(官服)을 벗겨 쇼희(小姬) 쇼임(所任)을 ᄒᆞ리오?"

어ᄉᆞ(御使ㅣ) 정ᄉᆡᆨ(正色) 왈(曰),

"관복(官服) 벗기믄 브ᄃᆡ 시쳡(侍妾)이 ᄒᆞ랴? 그ᄃᆡ ᄯᅩᄒᆞᆫ 나의 슈하
(手下ㅣ)니 관복(官服)을 못 벗길가 시브냐?"

---

214) 구속(拘束): 구속. 구애되고 속박됨.

215) 화슌(和順): 화순. 온화하고 양순함.

216) ᄉᆞ챵(紗窓): 사창. 사붙이나 깁으로 만든 창.

안식(顏色)을 거두어 씍씍이 ᄒ고 말을 아니커늘 싱(生)이 익노(益怒)ᄒ여 스ᄉ로 버셔 후리치고 죽침(竹枕)을 베고 쓰러지니 쇼 시(氏) ᄯ혼 먼리 안ᄌ 볼 만ᄒ고 셩안(星眼)의 찬 긔운이 어릭

●●●

60면

여시니 밤이 된 후(後) 싱(生)이 니러 안ᄌ 쇼져(小姐) 졀칰(切責)[217]ᄒᄆ를 마지아니디 쇼졔(小姐ㅣ) 쳥이블응(聽而不應)[218]ᄒ니 싱(生)이 노목(怒目)을 빗기 써 찰씍(察色) ᄂ냐구(良久)러니 ᄃᆰ기 울미 신셩(晨省)ᄒ라 드러가니 싱(生)이 ᄯᅩ혼 니러나 문안(問安)ᄒ고 드러와 쇼져(小姐)를 ᄃᆡ(對)ᄒ니 쇼졔(小姐ㅣ) 괴로오미 심(甚)ᄒ나 흔글ᄀᆞᆺ치 안ᄌ실 ᄲᅥᆫ이오 ᄯᅩ 요동(搖動)치 아니ᄒ니 시랑(侍郎)이 대로(大怒) 증분(增忿)ᄒ여 다시 말을 아니코 식샹(食床)도 드리면 도로 믈리치기를 여러 번(番) ᄒ나 쇼졔(小姐ㅣ) 노긔(怒氣) 죠곰도 플니지 아니ᄒ여 일졀(一切) 식ᄉ(食事)의 권(勸)ᄒᄆ미 업ᄉ니 엇지 어ᄉ(御使)의 산히(山海) ᄀᆞᆺᄐᆫ 노긔(怒氣) 플니리오.

일일(一日)은 댱 시(氏) 일이 업셔 쇼 시(氏)로 더브러 한훤(寒暄)코져 갓더니 ᄆᆞᆺ춤 어시(御使ㅣ) 만면(滿面) 노긔(怒氣)로 단좌(端坐)ᄒ엿거늘 도라 ᄂᆞ오다가 드르니 어시(御使ㅣ) 쇼져(小姐)를 ᄃᆡ(對)ᄒ여 즁칰(重責)ᄒᄃᆡ 쇼졔(小姐ㅣ) 죠곰도 온화(溫和)ᄒᆫ 긔운이 업고 닝낙(冷落)ᄒ미 심(甚)ᄒ거늘 댱 시(氏) 고이(怪異)히

---

217) 졀칰(切責): 졀책. 매우 꾸짖음.

218) 쳥이블응(聽而不應): 쳥이불응. 말을 들었으나 응대하지 않음.

너겨 운아 등(等)다려 믈으니 딕왈(對曰),

"쇼비(小婢) 등(等)이 엇지 주시 알니잇고마는 어스(御使) 노애(老爺ㅣ) 쇼졔(小姐ㅣ) 온슌(溫順)치 아니시다 ᄒ여 됴셕(朝夕) 식상(食床)을 젼폐(全廢)ᄒ시니 쇼비(小婢) 등(等)이 일노써 황숑(惶悚)ᄒ고 민망(憫惘)ᄒ오나 감(敢)히 말ᄉᆞᆷ치 못ᄒ오니 원(願)컨딕 부인(夫人)은 쇼져(小姐)긔 죠토록 개유(開諭)ᄒ쇼셔."

댱 시(氏) 놀나 이의 부마(駙馬) 드러오믈 인(因)ᄒ여 운아 말노 고(告)ᄒ딕 부미(駙馬ㅣ) 경아(驚訝)ᄒ여 셔당(書堂)의 가 시랑(侍郎)을 브르니 시랑(侍郎)이 강잉(强仍)ᄒ여 이의 니르니 부미(駙馬ㅣ) 유의(留意)ᄒ여 보니 시랑(侍郎)의 안쉭(顏色)의 노긔(怒氣) 만면(滿面)ᄒ엿는지라 졍쉭(正色) 왈(曰),

"네 요ᄉᆞ이 므슴 연고(緣故)로 노긔(怒氣) 만면(滿面)ᄒ여 긔쉭(氣色)이 평샹(平常)치 아니ᄒᆞ뇨?"

시랑(侍郎)이 딕왈(對曰),

"쇼 시(氏) 쇼뎨(小弟)를 능멸(凌蔑) 경시(輕視)ᄒ니 ᄎᆞ고(此故)로 블안(不安)ᄒ미로쇼이다."

부미(駙馬ㅣ) 칙왈(責曰),

"네 대쟝뷔(大丈夫ㅣ) 되여 ᄋᆞ녀ᄌᆞ(女子)의 결우미 가(可)치 아니코 ᄒᆞ믈며 쇼쉬(-嫂ㅣ) 쳥덕(淸德)의 녀진(女子ㅣ)시니 네 ᄆᆞ음이 므어시 브죡(不足)

ᄒᆞ여 ᄉᆞ오(四五) 일(日) 폐식(廢食)ᄒᆞ고 쳐ᄌᆞ(妻子)를 보치ᄂᆞ뇨?"

시랑(侍郞)이 웃고 ᄃᆡ왈(對曰),

"형쟝(兄丈)이 어ᄃᆡ 가 이리 ᄌᆞ셔(仔細)히 드러 겨시니잇고? 연(然)이나 형쟝(兄丈) 말ᄉᆞᆷ도 올ᄒᆞ시거니와 쇼 시(氏) 쇼뎨(小弟)를 만모(慢侮)ᄒᆞ여 말을 답(答)지 아니코 온슌(溫順)ᄒᆞᆫ 긔식(氣色)이 업스니 형쟝(兄丈)이 당(當)ᄒᆞ시나 극(極)히 괴로오실 ᄲᅵ라. 쇼뎨(小弟) 그 긔운을 것지ᄅᆞ리니 형쟝(兄丈)은 용샤(容赦)ᄒᆞ쇼셔."

부ᄆᆞ(駙馬ㅣ) 텽파(聽罷)의 졍식(正色) 왈(曰),

"쇼쉬(-嫂ㅣ) 본ᄃᆡ 긔식(氣色)이 단엄(端嚴)ᄒᆞ시미오 ᄯᅩᄒᆞᆫ 너의 거지(擧止)를 보시건ᄃᆡ 어ᄂᆞ ᄆᆞᆷ의 온슌(溫順)코져 시브리오? 모ᄅᆞ미 고이(怪異)ᄒᆞᆫ 거죠(擧措)를 긋칠지어다."

ᄉᆡᆼ(生)이 샤죄(謝罪) 왈(曰),

"형쟝(兄丈)의 말ᄉᆞᆷ ᄀᆞᆺ틀진ᄃᆡ 쇼뎨(小弟) ᄆᆞ이 그릇ᄒᆞ여시니 ᄎᆞ후(此後)ᄂᆞᆫ 아니리이다."

ᄒᆞ고 믈너가거ᄂᆞᆯ, 부ᄆᆞ(駙馬ㅣ) ᄎᆞ일(此日) 궁(宮)의 가 공쥬(公主)를 보고 닐오ᄃᆡ,

"쇼쉬(-嫂ㅣ) ᄉᆞ뎨(舍弟)[219]의 ᄉᆞ오(四五) 일(日) 폐식(廢食)ᄒᆞ믈 보ᄃᆡ 한 말 권(勸)ᄒᆞ미 업다 ᄒᆞ니 이ᄂᆞᆫ 너모 녀ᄌᆞ(女子)의 도리(道理)를 일허 겨시고

---

219) ᄉᆞ뎨(舍弟): 사제. 남에게 자기 아우를 겸손하게 이르는 말.

쏘 여러 날이 되니 운계[220) 형(兄)이 안죽 농(弄)이 되여 죠치 아닐 거시니 공쥬(公主)는 죠용이 쇼슈를 보시고 온슌(溫順)ᄒᄆᆯ 니르쇼셔."

공쥬(公主ㅣ) 쇼이디왈(笑而對曰),

"쇼 쇼제(小姐ㅣ) 대례(大體)를 아르시는 사름이오 쳡(妾)이 언변(言辯)이 업스니 엇지 그 뜻을 기유(開諭)ᄒ리잇고?"

부마(駙馬ㅣ) 역쇼(亦笑) 왈(曰),

"몽챵의 거동(擧動)을 디(對)ᄒ여는 내 녀지(女子ㅣ)라도 심홰(心火ㅣ)[221) 동(動)ᄒ려니와 그러나 녀즈(女子)의 도(道)는 온슌(溫順)ᄒ미 귀(貴)ᄒ니 공쥬(公主)는 일죽 닐너 고치게 ᄒ쇼셔."

공쥬(公主ㅣ) 한가(閑暇)히 웃고 말이 업더니,

명일(明日) 샹부(相府)의 가 문안(問安)ᄒ고 즁당(中堂)의 가 쇼 시(氏)를 청(請)ᄒ니 쇼 시(氏) 밧비 니르거늘, 공쥬(公主ㅣ) 흔연(欣然)이 웃고 닐오디,

"맛춤 하일(夏日)이 훈열(薰熱)[222)ᄒ고 뇨적(寥寂)[223)ᄒᄆᆯ 인(因)ᄒ여 쇼져(小姐)를 청(請)ᄒ엿더니 빗니 니르시니 힝(幸)이로쇼이다."

쇼 시(氏) 샤왈(謝曰),

"쳡(妾)은 ᄒ 미쳔(微賤)ᄒ 녀지(女子ㅣ)리 엇지 옥쥬(玉主)의 과공

---

220) 운계: 철연수의 자(字). 철연수는 이몽현, 이몽창 형제의 조부(祖父)인 이현이 양녀로 들인 경혜벽의 아들로, 이몽현 형제에게는 이종사촌임.

221) 심홰(心火ㅣ): 마음속에서 북받쳐 나는 화.

222) 훈열(薰熱): 찌는 듯이 무더움.

223) 뇨적(寥寂): 요적. 고요하고 적적함.

(過恭)호시믈 승당(承當)224)호리잇고?"

공쥐(公主ㅣ) 웃고 왈(曰),

"피츠(彼此) 형뎨(兄弟)의 의(義) 이시니 겸스(謙辭)호실 빈

●●●

64면

아니로쇼이다."

쇼 시(氏) 샤례(謝禮)호고 말슴호더니 홍이 밧비 도라와 고(告)호딕,

"노얘(老爺ㅣ) 또 샹(床)을 닉여 브리시더이다."

쇼졔(小姐ㅣ) 텽파(聽罷)의 안식(顔色)을 즈약(自若)히 호여 말을 아니호거늘, 공쥐(公主ㅣ) 짐즛 문왈(問曰),

"므스 일노 슉슉(叔叔)이 식샹(食床)을 진식(盡食)지 아니시느니잇고?"

쇼 시(氏) 미쇼(微笑) 딕왈(對曰),

"쳡(妾)이 인식(人事ㅣ) 블쵸(不肖)호니 군즈(君子)의 뜻의 맛기 쉬오니잇고? 츠고(此故)로 쳡(妾)을 미온(未穩)225)호여 식샹(食床)을 두드리시느이다."

공쥐(公主ㅣ) 다시 닐오딕,

"부인(夫人)이 권(勸)호여도 그리 호시더니잇가?"

쇼 시(氏) 딕왈(對曰),

"군직(君子ㅣ) 임의 쳡(妾)을 미온(未穩)호여 그리호니 엇지 말을 호리잇고?"

공쥐(公主ㅣ) 청파(聽罷)의 안식(顔色)을 졍(正)히 호고 쇼릭를 나

---

224) 승당(承當): 받아들여 감당함.
225) 미온(未穩): 평온하지 않음.

쵸와 골오디,

"쳡(妾)이 금일(今日) 쇼져(小姐) 안젼(案前)의 말 늬오미 당돌(唐
突)흔 줄 모르지 아니디 쳡(妾)이 임의 쇼져(小姐) 형뎨(兄弟) 항녈
(行列)의 모쳠(冒添)226)ᄒ여 동긔지의(同氣之義) 이시니 엇지 ᄉ리
(事理) 가(可)치 아니시믈 보고 혼 말ᄉᆞᆷ을 늬지 아니리오?

65면

이제 슉슉(叔叔)의 힝ᄉ(行事ㅣ) 잠간(暫間) 도(道)의 어긋ᄂᆞ나 큰 과
실(過失)이 아니시고 큰 과실(過失)이라도 쇼졔(小姐ㅣ) 맛당이 죠용
이 개유(開諭)ᄒ샤 ᄆᆞ음을 평안(平安)이 ᄒ실 거시어늘 이제 쇼졔(小
姐ㅣ) 슉슉(叔叔)의 년일(連日) 폐식(廢食)ᄒ시믈 보디 혼 말ᄉᆞᆷ을 아
니시니 쳡(妾)으로 혜아려도 남ᄌᆡᆯ(男子ㄹ)딘디 쯧을 셰오고 그칠 거
시니 ᄒᆞ믈며 슉슉(叔叔)의 ᄉ긔(士氣)227) 고샹(高尚)ᄒ미니잇가? 슉
슉(叔叔)의 ᄉ오(四五) 일(日) ᄒ시ᄂᆞᆫ 거동(擧動)이 진실(眞實)노 듕
인쇼공지(衆人所共知)의 고이(怪異)ᄒ고 신샹(身上)이 념녀(念慮)로
오니 쇼졔(小姐ㅣ)ᄂᆞᆫ 모르미 개유(開諭)ᄒ샤 그 쯧을 죠ᄎᆞ시미 힝심
(幸甚)홀가 ᄒᆞᄂᆞ니 ᄒᆞ믈며 가듕(家中)이 셩만(盛滿)ᄒ고 시비(是非)
분운(紛紜)ᄒ니 녀ᄌᆞ(女子)의 죠심(操心)ᄒ염 즉혼 고지라. 쇼졔(小姐
ㅣ)ᄂᆞᆫ 쳡(妾)의 당돌(唐突)ᄒ믈 고이(怪異)히 너기지 마르시고 온슌
(溫順)ᄒ믈 힘쓰쇼셔."

쇼 시(氏) 공경(恭敬)ᄒ여 듯기를 맛고 안식(顔色)이 쳐챵(悽愴)ᄒ
여 쥬루(珠淚)를 먹음고 피셕(避席) 디왈(對曰),

---

226) 모쳠(冒添): 모첨. 외람되게 더해짐.
227) ᄉ긔(士氣): 사기. 선비의 꿋꿋한 기개.

416 (팔찌의 인연) 쌍천기봉 4

"금일(今日) 옥쥬(玉主)의 명(命)ᄒ신 배 금옥(金玉) ᄀᄐ니 쳡(妾)

이 엇지 봉ᄒᆡᆼ(奉行)치 아니며 ᄯᅩ 그ᄅᄆᆯ 모ᄅᆞ리잇고? 다만 심듕(心中)의 깁흔 쇼회(所懷) 이시니 금일(今日) 옥쥬(玉主) 안젼(案前)의 고(告)코져 ᄒᄂᆞ이다. 쳡(妾)의 블쵸(不肖)ᄒ미 진실(眞實)노 닐넘 죽지 아니ᄒᄂᆞ 군ᄌᆞ(君子)의 ᄒᄂᆞ 거동(擧動)이 ᄒ 일도 보왐 죽ᄒ 일 업고 더옥 쳡(妾)을 향(向)ᄒ여 구ᄂᆞ 거죄(擧措ㅣ) 쳡(妾)으로 ᄒ여금 붓그럽게 ᄒ니 쳡(妾)이 비록 지식(知識)이 우몽(愚蒙)ᄒ나 그 거동(擧動)을 혜아리건ᄃᆡ 쳡(妾)을 져ᄇ리고 긋칠지라. 이ᄅᆞᆯ 싱각ᄒ면 심담(心膽)이 셔늘ᄒ니 진실(眞實)노 말ᄒ고져 ᄠᅳᆺ도 츤 지 ᄀᆺ고 개유(開諭)코져 ᄆᆞ음도 업ᄉᆞᆫ지라 ᄎᆞ고(此故)로 개유(開諭)치 못ᄒ엿더니 옥쥬(玉主)의 말ᄉᆞᆷ이 이 ᄀᆺᄐ시니 엇지 봉ᄒᆡᆼ(奉行)치 아니리잇고?"

셜파(說罷)의 옥면(玉面)의 눈믈이 샹연(傷然)이 ᄯ러지니 공쥬(公主)의 신명(神明)ᄒᄆᆞ로 ᄯᅩ 엇지 아지 못ᄒ리오. 역시(亦是) 츄연(惆然) 탄식(歎息) 위로(慰勞) 왈(曰),

"쇼졔(小姐ㅣ) 언춤(言讖)[228]의 ᄒᆡ로오믈 싱각지 아니시고 고이(怪異)

ᄒ 말ᄉᆞᆷ을 ᄒ시ᄂᆞ뇨? 슉슉(叔叔)이 쇼져(小姐)로 결발(結髮) 부뷔(夫

---

228) 언춤(言讖): 언참. 우연히 한 말이 나중에 돌이켜보면 예언처럼 된 말.

婦ㅣ)라. 젼두(前頭)의 어이 져ᄇ릴 묘단(妙端)이 이시리오?"

쇼 시(氏) 기리 탄식(歎息)ᄒ여 말을 아니니 공쥬(公主ㅣ) 진삼(再三) 위로(慰勞)ᄒ고 도라가니,

쇼 시(氏) ᄯ훈 침쇼(寢所)의 도라오니 시랑(侍郞)이 쥭침(竹枕)의 누엇다가 겻눈으로 보니 쇼졔(小姐ㅣ) 옥면(玉面)의 누229)흔(淚痕)이 이시니 이원(哀怨)ᄒ 거동(擧動)이 댱부(丈夫)의 심혼(心魂)을 녹이ᄂ지라 그런 노긔(怒氣) 가온ᄃ나 이련(愛戀)230)ᄒ 뜻이 무궁(無窮)ᄒᄃ ᄉ식(辭色)지 아니터니 시녜(侍女ㅣ) 셕식(夕食)을 올니ᄃ 싱(生)이 니러ᄂ지 아니커늘, 쇼졔(小姐ㅣ) 쳔만(千萬) 강잉(强仍)ᄒ여 이의 ᄂ죽이 ᄀ오ᄃ,

"쳡(妾)이 블쵸(不肖)ᄒ미 셜ᄉ(設使) 군ᄌ(君子)의 뜻의 ᄆᆽ지 아니나 군(君)이 죄(罪)를 ᄃᄉ려 닉치미 올커늘 엇진 고(故)로 년일(連日) 폐식(廢食)ᄒ샤 몸이 샹(傷)ᄒ믈 도라보지 아니시ᄂ뇨?"

싱(生)이 변식(變色) 브답(不答)ᄒᄃ 쇼 시(氏) 다시 닐오ᄃ,

"군ᄌ(君子ㅣ) 진실(眞實)노 므슴 뜻이 겨시뇨? 사ᄅᆷ이 지극(至極)ᄒ 지통(至痛)

•••

68면

가온ᄃ도 음식(飮食)을 먹거늘 군ᄌ(君子)는 므슴 연고(緣故)로 발셔 오뉵(五六) 일(日) 폐식(廢食)ᄒ여 거죄(擧措ㅣ) 우읍기의 ᄀᆽ가오뇨? 쳡(妾)이 비록 ᄋ녀ᄌ(兒女子ㅣ)나 그윽이 취(取)치 아니ᄂ니 군ᄌ(君子)ᄂ 몸을 스ᄉ로 도라보시미 힝심(幸甚)홀가 ᄒᄂ이다."

---

229) 누: [교] 원문에는 '눈'으로 되어 있으나 오기로 보임.

230) 이련(愛戀): 애련. 사랑하고 애틋해 함.

싱(生)이 바야흐로 스미를 앗고 니러 안즈 닐오디,

"나의 밥 아니 먹으미 그디 무음이 싀훤케 호미어든 그디 쏘 다스
(多事)231)히 무르믄 엇지뇨?"

쇼 시(氏) 즈약(自若)히 골오디,

"군(君)이 진실(眞實)노 고이(怪異)호도다. 군지(君子ㅣ) 폐식(廢
食)호여든 쳡(妾)의 무음이 싀훤흔 일이 이시리오?"

시랑(侍郞)이 정쉭(正色) 왈(曰),

"그디 싱(生) 믜워호믈 구슈(仇讐)232)가치 호여 흔연(欣然)흔 화긔
(和氣) 잇다가도 싱(生)곳 본즉 노쉭(怒色)이 표등(飆騰)233)호고 싱
(生) 업슈히 너기믈 홍모(鴻毛)234)곳치 호디 능(能)히 졔어(制御)치
못호니 싱(生)이 엇지 밥을 먹어 사름 뉴(類)의 참예(叅預)호리오? 공
쥬(公主)의 귀(貴)호시미라도 가형(家兄)을 공경(恭敬)호시미 지극
(至極)호거놀 그디논

. . .

69면

엇던 사름이완디 혹싱(學生) 업슈히 너기믈 태심(太甚)히 호노뇨?"

쇼 시(氏) 좌(座)를 써나 스샤(謝辭) 왈(曰),

"쳡(妾)이 비록 블쵸(不肖)호나 엇지 가군(家君)을 업슈이 너기리
오? 연(然)이나 힝싯(行事ㅣ) 블민(不敏)호니 죄(罪)를 붉히 드스리시
고 식샹(食床)을 나오시믈 쳥(請)호노이다."

---

231) 다스(多事): 다사. 보기에 쓸데없는 일에 간섭을 잘하는 데가 있음.

232) 구슈(仇讐): 구수. 원수(怨讐).

233) 표등(飆騰): 분노 등이 갑자기 일어남.

234) 홍모(鴻毛): 기러기의 털이라는 뜻으로, 매우 가벼운 사물을 이르는 말.

시랑(侍郎)이 졍싴(正色) 왈(曰),

"그딕 말솜을 쑤미고 싱(生)을 딕(對)키룰 괴로이 너기니 반듯시 다른 뜻을 두미라. 그딕 늬치라 아니ㅎ여도 죠만(早晚)의 늬치리라."

쇼 시(氏) 졍싴(正色) 믁연(默然)이러니 싱(生)이 밥을 먹고 상(床)을 믈닌 후(後) 냥구(良久)히 잠잠(潛潛)ㅎ엿더니 닐오딕,

"그딕 나의 폐식(廢食)ㅎ믈 니른며 엇지 밤의 줌을 폐(廢)ㅎ느뇨?"

쇼 시(氏) 강잉(强仍) 딕왈(對曰),

"군진(君子ㅣ) 블평(不平)ㅎ샤 평안(平安)이 쉬지 아니시니 첩(妾)이 엇지 안심(安心)ㅎ리잇고?"

시랑(侍郎)이 신지브답(哂之不答)[235]이더라.

이후(以後)는 쇼졔(小姐ㅣ) 강잉(强仍)ㅎ여 잠간(暫間) 온슌(溫順)키룰 쥬(主)ㅎ니 싱(生)이 대희(大喜)ㅎ여 은익(恩愛) 샹 시(氏)의 비기지 못ㅎ지라 일

• • •

70면

시(一時) 쩌느믈 앗기니 쇼 시(氏) 괴로오믈 이긔지 못ㅎ딕 싱(生)이 스군(事君)ㅎ믹 튱(忠)을 웃듬ㅎ고 부모(父母)룰 셤기믹 효셩(孝誠)이 지극(至極)ㅎ고 벗을 딕(對)ㅎ믹 신의(信義) 오룻ㅎ니 힝신(行身)의 반졈(半點) 허믈이 업는지라 규간(規諫)홀 말이 업고 젼일(前日)을 싱각ㅎ여 함믁(含默)ㅎ니 싱(生)이 과도(過度)히 닉익(溺愛)ㅎ여 잠시(暫時) 쩌느지 못ㅎ더라.

일일(一日)은 일개(一家ㅣ) 듕당(中堂)의 모다 한담(閑談)ㅎ더니,

---

235) 신지브답(哂之不答): 신지부답. 비웃고 대답하지 않음.

이쩌 쇼 시(氏) 마춤 신긔(神氣) 블평(不平)ᄒ여 침쇼(寢所)의셔 죠리
(調理)ᄒ므로 이의 ᄂᆞ오지 못ᄒ엿ᄂᆞ지라 시랑(侍郎)이 잠간(暫間) 안
ᄌᆞ다가 즉시(卽時) 니러 침쇼(寢所)로 가니 승샹(丞相)이 눈을 드러
그 가ᄂᆞᆫ 뒤흘 보다가 미우(眉宇)를 ᄠᅥᆼ긔고 차탄(嗟歎) 왈(曰),

"몽챵이 쇼 시(氏) 향(向)ᄒᆫ 졍(情)이 져러틋 과도(過度)ᄒ니 져컨
ᄃᆡ 흔글ᄭᅳ지 아닐가 ᄒ노라."

쇼뷔(少傅ㅣ) 왈(曰),

"쇼 시(氏) 미목(眉目)이 ᄆᆞᆰ오ᄃᆡ 믈결 ᄢᅵᆫ 듯ᄒ고 안ᄉᆡᆨ(顏色)이
너모 찬란(燦爛)ᄒ니 슈골(壽骨)²³⁶⁾이 아닌가 념녀(念慮)롭더이다."

승샹(丞相)

· · ·

71면

이 답왈(答曰),

"너의 아름도 븕거니와 쇼 시(氏) ᄆᆞᆰ은ᄃᆡ 윤퇴(潤澤)ᄒ고 찬난(燦
爛)ᄒᆞ딕 흐억²³⁷⁾ᄒ니²³⁸⁾ 굿ᄐᆞ여 단명(短命)튼 아니려니와 미간(眉間)
이 블길(不吉)ᄒ니 딕익(大厄)을 지ᄂᆡ려니와 필경(畢竟)은 무ᄉᆞ(無事)
ᄒ리라."

쇼뷔(少傅ㅣ) 칭샤(稱謝) 왈(曰),

"형쟝(兄丈)의 명견(明見)은 진실(眞實)노 아빅(我輩) 밋지 못ᄒᆞᆯ쇼
이다."

이젹의 옥난이 니 어ᄉᆞ(御使)의 슈일(數日) 은졍(恩情)이 하히(河

---

236) 슈골(壽骨): 수골. 오래 살 수 있게 생긴 골격.

237) 억: [교] 원문에는 '웍'으로 되어 있으나 오기로 보임.

238) 흐억ᄒ니: 흐벅지니. 탐스럽고 두툼하고 부드러우니.

海) 굿트믈 미더 일싱(一生)을 브라미 잇더니 어亽(御使ㅣ) 호광(湖廣) 가 쇼 시(氏)를 취(娶)ᄒ고 도라와 쟝칙(杖責)ᄒ여 냥(兩) 삭(朔)을 신고(辛苦)ᄒ믈 듯고 놀ᄂ고 깃거ᄒ니 대개 놀ᄂᄆ 쇼 시(氏)를 취(娶)ᄒ미오 깃거ᄒᄆ 승상(丞相)의 칙(責)이 즁(重)ᄒ여 쇼 시(氏)를 용납(容納)지 아닐가 ᄒ더니 ᄯᅩ 드르니 쇼 시(氏) 구가(舅家)의 도라와 춍셰(寵勢)239) 무겁다 ᄒᄂᆫ지라 난이 발 굴너 왈(曰),

"풍뉴(風流) 남지(男子ㅣ) 니 일싱(一生)을 혜짓고 이디도록 무심(無心)ᄒᆯ것고?"

ᄒ고 번뇌(煩惱)ᄒ여 흔번(-番) 니부(-府)의 ᄂ아가 쇼 시(氏)를 보고져 하디 부인(夫人) 신임(信任) 시ᄋ(侍兒)로 잠시(暫時) 틈을

72면

엇지 못ᄒ여 쥬야(晝夜) 쵸亽(焦思)240)ᄒ더니 텬되(天道ㅣ) 사름의 원(願)을 좃ᄂᆫ지라 졍 공(公)의 제ᄌ(諸子) 제공(諸公)이 만당(滿堂)ᄒ니 집이 좁은지라 느리여 니부(-府) 겻히 큰 집을 사 오니 뎡 부인(夫人)과 혜아 부인(夫人)이 깃브믈 이긔지 못ᄒ여 니외(內外)로 협문(夾門)을 두어 됴셕(朝夕)으로 왕ᄂᆡ(往來)ᄒ며 졍 공(公)과 태亽(太師)의 막241)역(莫逆)242)이 더옥 둣텁고 승샹(丞相)과 졍 샹셔(尚書)의 졍(情)이 더옥 극진(極盡)ᄒ더라.

일일(一日)은 졍 부인(夫人)이 본부(本府)의 가 모친(母親)긔 뵈옵

---

239) 춍셰(寵勢): 총세. 총애와 권세.

240) 쵸亽(焦思): 초사. 애를 태우며 생각함.

241) 막: [교] 원문에는 '마'로 되어 있으나 오기로 보임. 참고로 국도본(9:61)에도 '마'로 되어 있음.

242) 막역(莫逆): 막역지우. 서로 거스름이 없는 친구.

고 말슴ᄒ더니 옥난을 보고 경아(驚訝)ᄒ여 이의 난을 믈너가라 ᄒ고 녀 부인(夫人)과 고(告)ᄒ딕,

"옥난이 안싴(顔色)의 살긔등등(殺氣騰騰)[243]ᄒ고 거동(擧動)이 요괴(妖怪)로오니 갓가이 브릴 거시 아니니 밧그로 닉쇼셔."

부인(夫人) 왈(曰),

"닉 옥난을 ᄯᅩ 요괴(妖怪)로이 너기딕 제 인싴(人事ㅣ) 녕민(英敏)ᄒ니 밧그로 닉믈 쥬졔(躊躇)ᄒ더니 네 말이 올ᄒ니 그딕로 ᄒ리라."

인(因)ᄒ여 난을 밧그로 내니 난이 짐즛 다ᄒᆡᆼ(多幸)ᄒ여,

일일(一日)은 니부(-府)의 가

* * *

73면

모든 부녀(婦女)를 슬펴 보딕 아뫼 쇼 신(氏ㄴ) 줄 몰나 그져 왓더니,

일일(一日)은 니 어싴(御使ㅣ) 니르러 한담(閑談)ᄒ다가 협문(夾門)으로조ᄎ 나가거ᄂᆞᆯ 난이 화계(花階) 우희셔 슬피 운딕 어싴(御使ㅣ) 도라보고 잠쇼(暫笑) 왈(曰),

"군ᄌᆡ(君子ㅣ) 슉녀(淑女)를 ᄆᆞᆺᄂᆞ시니 너 ᄀᆞᆺ튼 거슨 지ᄂᆞ가는 인연(因緣)이라 날노 걸니끼지 말고 죠히 셔방(書房)[244] 마즈 지닉라."

셜파(說罷)의 기리 침음(沈吟)ᄒ여 도라가니 난이 믜야ᄒᆞ믈[245] 이긔지 못ᄒ여,

일일(一日)은 음식(飮食)을 작만(作滿)[246]ᄒ여 가온딕 독(毒)을 두

---

243) 살긔등등(殺氣騰騰): 살기등등. 살기가 표정이나 행동 따위에 잔뜩 나타나 있음.

244) 셔방(書房): 서방. 남편의 낮춤말.

245) 믜야ᄒᆞ믈: 미워함을.

246) 작만(作滿): '장만'을 한자를 빌려서 쓴 말. 필요한 것을 사거나 만들거나 하여 갖춤.

어 니부(-府)의 가 양낭(養娘)다려 므릇딕,

"쇼 부인(夫人) 침쇼(寢所ㅣ) 어딕뇨?"

양낭(養娘)이 손을 드러 죽믹각을 가라치니 난이 죽[247]믹각의 니르
니 시녀(侍女) 홍이 난간(欄干)의 안즈 슈(繡) 노타가 난을 보고 닐오딕,

"그딕 엇던 사롬인다?"

난이 딕왈(對曰),

"나는 녀 틱부인(太夫人) 시이(侍兒ㅣ)러니 부인(夫人) 명(命)을 밧
즈와 니르러시니 그딕는 통(通)호라."

홍이 즉시(卽時) 드러가 쇼져(小姐)긔 고(告)호니 쇼졔(小姐ㅣ) 사
창(紗窓)을 밀고

•••

74면

난을 브릇딕 난이 직빅(再拜)호고 치미러보니 천주광휘(天姿光輝)
이목(耳目)을 놀내는지라 난이 대경대황(大驚大惶)[248]호여 믜오미
칼을 쏘즛는 듯호나 강잉(强仍)호여 고(告)호딕,

"부인(夫人)이 뭇춤 오늘 쥬찬(酒饌)을 쟉만(作滿)호여 겨시더니
쇼져(小姐)긔 보내시더이다."

쇼졔(小姐ㅣ) 듯기를 뭇고 늘호여 눈을 드러 보니 이 곳 당년(當
年)의 샹 시(氏) 가릇치던 우희라 크게 놀나 두어 번(番) 거듭떠보듯
가 홍아를 명(命)호여 음식(飮食)을 브드라 호고 짐즛 부인(夫人) 은
덕(恩德)을 칭샤(稱謝)호니 난이 계하(階下)의 쥬져(躊躇)호다가 가
거늘 쇼졔(小姐ㅣ) 침수(沈思)[249] 반향(半晌)의 홍아를 명(命)호여 음

---

247) 죽: [교] 원문에는 '듕'으로 되어 있으나 앞의 예를 따라 이와 같이 수정함.

248) 대경대황(大驚大惶): 크게 놀라고 크게 당황함.

식(飮食)을 난간(欄干) 밋히 무드라 ᄒ니 홍이 경왈(驚曰),

"졍부(-府) 노부인(老夫人) 보ᄂ니신 거슬 엇진 고(故)로 무드라 ᄒ시ᄂ뇨?"

쇼졔(小姐 ㅣ) 미쇼(微笑)ᄒ고 지쵹ᄒ여 무든 후(後) 심하(心下)의 샹냥(商量)ᄒ디,

'이 곳 ᄂ 군(君)의 시쳡(侍妾)인가 시브니 ᄂ니 반ᄃ시 이 손의 쥭을ᄂ즛다.'

ᄒ고 심ᄉ(心事 ㅣ) ᄌ못 블평(不平)

···

75면

ᄒ더라.

ᄎ시(此時) 겨울이라. 쇼 시(氏) 만삭(滿朔)ᄒ여 싱ᄌ(生子)ᄒ니 용안(容顔)이 쥰슈(俊秀)ᄒ고 긔되(氣度 ㅣ)250) 단엄(端嚴)ᄒ여 윤문의 ᄂ뉘(類 ㅣ) 아니라. 싱(生)이 크게 깃거ᄒ고 일개(一家 ㅣ) 치하(致賀)ᄒ더라. 쇼 시(氏) 본부(本府)의 와 히산(解産)ᄒ고 슈월(數月)이 지ᄂ 후(後) 가고져 ᄒ더니,

이ᄒ 납월(臘月)251)의 샹(上)이 후원(後園)의셔 셜경(雪景)을 보시고 과거(科擧)를 베프샤 인ᄌ(人材)를 ᄲ시니 쇼형이 ᄂ아가 ᄎ방(叅榜)252)ᄒ니 즉일(卽日) 챵방(唱榜)253)ᄒ여 계화쳥삼(桂花靑衫)254)으

---

249) 침ᄉ(沈思): 침사. 묵묵히 생각함.

250) 긔되(氣度 ㅣ): 기도. 기개와 도량.

251) 납월(臘月): 음력 섣달을 달리 이르는 말.

252) ᄎ방(叅榜): 참방. 과거에 급제하여 이름이 방목(榜目)에 오르던 일.

253) 챵방(唱榜): 창방. 방목(榜目)에 적힌 과거 급제자의 이름을 부름. 또는 그 일.

254) 계화쳥삼(桂花靑衫): 계화는 과거 급제자가 머리에 꽂는 꽃. 청삼은 조복(朝服) 안

로 부즁(府中)의 니르니, 노 부인(夫人)의 깃거흠과 샹셔(尙書) 부부 (夫婦)의 경희(驚喜)[255]ᄒᆞ미 비길 곳 업셔 이의 크게 경연(慶宴)을 베퍼 만됴빅관(滿朝百官)을 모화 즐길ᄉᆡ 댱 부인(夫人)이 졍 부인(夫人) 등(等)을 쳥(請)ᄒᆞ니 졍 부인(夫人)이 가기를 어려이 너기니 뉴 부인(夫人)이 틱ᄉᆞ(太師)긔 품(稟)ᄒᆞ디 태ᄉᆡ(太師ㅣ) 왈(曰),

"부인(夫人)이 일즉 그 집의 슈은(受恩)을 두터이 닙엇고 ᄒᆞ믈며 인친지의(姻親之義)[256] 이시니 가미 희롭지 아니토쇼이다."

뉴 부인(夫人)이 깃거

• • •

76면

졍 부인(夫人) 등(等) 삼부(三婦)와 녀ᄋᆞ(女兒) 쵸왕비(-王妃)[257]와 샹 부인(夫人), 쳘 부인(夫人) 등(等)과 공쥬(公主)와 댱 시(氏)를 거ᄂᆞ려 쇼부(-府)의 니르니, 댱 부인(夫人)이 위 시(氏)와 녀아(女兒)를 거ᄂᆞ려 졔긱(諸客)을 영졉(迎接)ᄒᆞ여 좌(座)를 닐울ᄉᆡ 노 부인(夫人)을 밧드러 쥬벽(主壁)[258]의 뫼시고 이의 뉴 부인(夫人)을 샹좌(上座)로 민디 부인(夫人)이 샤양(辭讓) 왈(曰),

"쳡(妾)이 엇던 사름이라 존부(尊府) 연회(宴會)의 니르러 샹좌(上座)를 당(當)ᄒᆞ리오?"

댱 부인(夫人)이 ᄃᆞ시 쳥(請)ᄒᆞ여 ᄀᆞᆯ오디,

에 받쳐 입던 옷. 남빛 바탕에 검은 빛깔로 가를 꾸미고 큰 소매를 달았음.

255) 경희(驚喜): 뜻밖의 좋은 일에 몹시 놀라며 기뻐함.

256) 인친지의(姻親之義): 혼인으로 맺어진 집안 사이의 의리.

257) 쵸왕비(-王妃): 초왕비. 승상 이관성의 여동생 이위염을 이름. 이위염은 이몽현, 이몽창 형제의 고모에 해당함.

258) 쥬벽(主壁): 주벽. 사람을 양쪽에 앉히고 가운데 앉는 주가 되는 자리.

"부인(夫人)이 위치(位次ㅣ) 존(尊)ᄒ시고 년셰(年歲) ᄯ 아등(我等)의게 너므시니 엇지 샹좌(上座)ᄅᆞᆯ 샤양(辭讓)ᄒ시ᄂᆞ니잇고?"

졔긱(諸客)이 일시(一時)의 닐오ᄃᆡ,

"우리 등(等)이 춤람(僭濫)이 잔치의 춤예(參預)코져 니르러시나 엇지 존틱ᄉ(尊太師) 부인(夫人)이며 대승샹(大丞相) ᄌᆞ당(慈堂)으로ᄡᅥ 좌(座)ᄅᆞᆯ 밧고리오? 모ᄅᆞ미 고집(固執)지 마ᄅᆞ쇼셔."

부인(夫人)이 마지못ᄒᆞ여 긱좌(客座) 샹위(上位)로 ᄂᆞ아가ᄇᆡ 졍 부인(夫人) 등(等) 오(五) 인(人)이 존고(尊姑)ᄅᆞᆯ 뫼셔 ᄎᆞ례(次例)로 안고 졔긱(諸客)

• • •

77면

이 일시(一時)의 좌(座)ᄅᆞᆯ 닐우미 화안월빙(花顔月氷)[259]이 죠요(照耀)ᄒᄃᆡ 그러나 졍 부인(夫人) 등[260](等)의 뉘 밋ᄎᆞ리오? 노 부인(夫人)이 뉴 부인(夫人) 손을 줍고 반기믈 이긔지 못ᄒᆞ여 왈(曰),

"노인(老人)이 ᄉᆞ랏ᄃᆞ가 부인(夫人)을 다시 볼 쥴 어이 알니오?"

뉴 부인(夫人)이 ᄇᆡ샤(拜謝) 왈(曰),

"부인(夫人)이 샹경(上京)ᄒ신 후(後) 쳡(妾)이 즉시(卽時) 나ᄋᆞ와 뵈올 거시로ᄃᆡ 몸의 질병(疾病)이 미류(彌留)ᄒᆞ고 위치(位次ㅣ) 녜와 ᄀᆞᆺ지 아닌 고(故)로 즉시(卽時) ᄂᆞ아와 뵈옵지 못ᄒᆞ니 비은(背恩)ᄒᆞ미 심(甚)ᄒ도쇼이다."

언미필(言未畢)의 쇼 시(氏) 봉관진삼(鳳冠塵衫)[261]으로 알ᄑᆡ 와

---

259) 화안월빙(花顔月氷): 꽃 같은 얼굴과 달과 얼음같이 희고 고운 자태.

260) 등: [교] 원문에는 없으나 문맥을 고려하여 국도본(9:68)을 따라 삽입함.

261) 봉관진삼(鳳冠塵衫): 봉관은 부인들이 썼던 봉황 문양의 장식이 되어 있는 관. 진

빈례(拜禮)ᄒ고 오릭 셩졍(省定)262) 폐(廢)ᄒ믈 샤죄(謝罪)ᄒ니 뉴·졍 이(二) 부인(夫人)이 싱ᄌ(生子)ᄒ믈 깃거ᄒ고 오릭 써ᄂ시믈 결연(缺然)ᄒ여 ᄒ더라.

이윽고 공쥬(公主)와 댱 시(氏) 위의(威儀) 니르러 댱 시(氏) 몬져 드러와 좌즁(座中)의 례필(禮畢)ᄒ고 죠쵸 공쥬(公主ㅣ) 봉년(鳳輦)263)의 나 무슈(無數) 샹궁(尙宮)이 붓드러 좌즁(座中)의 다드르믹 졔긱(諸客)이 일시(一時)의 하당(下堂)ᄒ여 마ᄌ 쳥(廳)

의 오르믹 공쥬(公主ㅣ) 방셕(方席)을 닛그러 졍 부인(夫人)긔 시좌(侍坐)ᄒ니 그 아릭로 댱 시(氏)와 쇼 시(氏) ᄎ례(次例)로 안ᄌ니 공쥬(公主)의 한업슨 광치(光彩)와 댱 시(氏) 싁싁 쇼담ᄒ며 쇼 시(氏)의 빅틱쳔광(百態千光)264)이 흔굴ᄀᆺᄐ야 샹하(上下)치 못ᄒ니 좌즁(座中) 분면홍장(粉面紅粧)265)이 다 쇼삭(消索)266)ᄒᄂ지라 좌즁(座中) 일개(一家ㅣ) 놀ᄂ고 댱 샹셔(尙書) 부인(夫人) 오 시(氏), 이의 왓더니 공쥬(公主)를 보고 이의 심긔(心氣) 뎌샹(沮喪)267)ᄒ여 반향(半晌) 후(後) 졍신(精神)을 슈렴(收斂)ᄒ고 좌(座)를 써나 뉴·졍 이(二)

삼은 여자들이 입는 적삼의 의미인 듯하나 미상임. 국도본(9:68)에도 '단'으로 되어 있음.

262) 셩졍(省定): 성정. 혼정신성(昏定晨省). 밤에는 부모의 잠자리를 보아 드리고 이른 아침에는 부모의 밤새 안부를 묻는다는 뜻. 여기에서는 안부를 말함.

263) 봉년(鳳輦): 봉련. 꼭대기에 황금의 봉황을 장식한, 임금이 타는 가마.

264) 빅틱쳔광(百態千光): 백태천광. 온갖 아름다움을 갖춘 자태.

265) 분면홍장(粉面紅粧): 분면홍장. 분을 바른 얼굴과 화장한 모습.

266) 쇼삭(消索): 소삭. 다 없어짐.

267) 뎌샹(沮喪): 저상. 기운을 잃음.

부인(夫人)긔 몸을 굽펴 샤례(謝禮) 왈(曰),

"쳡(妾)의 녀익(女兒ㅣ) 블쵸(不肖)흔 긔질(氣質)노 부마(駙馬)의 건즐(巾櫛) 쇼임(所任)ᄒᆞ미 블가(不可)ᄒᆞ딕 죤당(尊堂)과 뎡 부인(夫人)이 은양(恩養)ᄒᆞ시믈 긔츌(己出) ᄀᆞᆺ치 ᄒᆞ시니 쳡(妾)의 감격(感激)ᄒᆞ미 비길 딕 업ᄉᆞ딕 규문(閨門)이 바다 ᄀᆞᆺ고 례의(禮義)의 구익(拘礙)ᄒᆞ여 일즉 나아가 사례(謝禮)치 못ᄒᆞ엿더니 금일(今日) 동ᄉᆡᆼ(同生)268)의 연셕(宴席)을 당(當)ᄒᆞ여 이의 니르러 부인(夫人)의 죤안(尊顔)을 딕(對)ᄒᆞ오니 감(敢)히 흔

⋯

79면

말ᄉᆞᆷ을 샤례(謝禮)ᄒᆞᄂᆞ이다."

뉴 부인(夫人)이 흔연(欣然) 왈(曰),

"ᄋᆞ부(阿婦) 얼골과 ᄒᆡᆼᄉᆡ(行事ㅣ) 미진(未盡)ᄒᆞ미 업ᄉᆞ니 우리의 과즁(過重)269)ᄒᆞ미 샹ᄉᆡ(常事ㅣ)라 엇지 부인(夫人)의 치샤(致辭)를 승당(承當)ᄒᆞ리오?"

뎡 부인(夫人)이 념용(斂容)270) 왈(曰),

"식부(息婦)ᄂᆞᆫ 돈ᄋᆞ(豚兒)로 아시(兒時) 뎡실(正室)이로딕 연괴(緣故ㅣ) ᄎᆞ지(差池)ᄒᆞ여 위ᄎᆞ(位次ㅣ) 강굴(降屈)271)ᄒᆞ니 우리 등(等)이 부인(夫人) 뵈오믈 춤괴(慙愧)ᄒᆞᄂᆞ니 ᄒᆞ믈며 ᄋᆞ부(阿婦)ᄂᆞᆫ ᄌᆞ식(子息) 항녈(行列)의 이시니 ᄉᆞ랑ᄒᆞ믈 부인(夫人)이 엇지 치샤(致辭)ᄒᆞ시리

---

268) 동ᄉᆡᆼ(同生): 동생. 상서 소문의 아내가 장 씨이고 자신은 장 씨와 남매지간인 장 상서의 아내이므로 이와 같이 말한 것임.

269) 과즁(過重): 과중. 지나치게 사랑함.

270) 념용(斂容): 염용. 자숙하여 몸가짐을 조심하고 용모를 단정히 함.

271) 강굴(降屈): 낮추어져 굴복함.

오?"

부인(夫人)이 ▨삼(再三) 샤례(謝禮)ᄒᆞ고 이의 공쥬(公主)의 알픽 ᄂᆞ아가 공경(恭敬)ᄒᆞ여 빅샤(拜謝) 왈(曰),

"쳡(妾)의 더러온 녀ᄋᆡ(女兒ㅣ) 옥쥬(玉主) 동녈(同列)이 되미 블ᄉᆞ(不似)272)ᄒᆞ고 ᄒᆞ믈며 공규(空閨)의 늙은 거시어ᄂᆞᆯ 옥쥬(玉主ㅣ) 산고희활지덕(山高海闊之德)273)을 펴샤274) ᄋᆞ녀(阿女)로 ᄒᆞ여금 죽은 남게 닙히 ᄂᆞ게 ᄒᆞ시고 ᄯᅩ ▨삼(再三) 례의(禮義)로 개유(開諭)ᄒᆞ샤 부마(駙馬)의 부인(夫人)을 삼으시고 어엿비 너기시믈 ᄇᆞ람의 넘게 ᄒᆞ시니 쳡(妾)이 기리 구슬을

• • •

80면

먹음고275) 갑기를 원(願)ᄒᆞᄂᆞᆫ 비러니 금셕(今夕)이 하셕(何夕)이완ᄃᆡ 옥쥬(玉主) 존안(尊顔)을 ᄇᆞ라 뵈옵ᄂᆞ뇨? 쳔쳡(賤妾)이 당돌(唐突)ᄒᆞ믈 닛고 흔 말ᄉᆞᆷ을 고(告)ᄒᆞᄂᆞ니 옥쥬(玉主)ᄂᆞᆫ 기리 용샤(容赦)ᄒᆞ쇼셔."

공쥬(公主ㅣ) ᄂᆞᆺ빗츨 졍(正)히 ᄒᆞ고 방셕(方席)을 쩌ᄂᆞ 손을 쇠고 답샤(答謝) 왈(曰),

"쳡(妾)이 심궁(深宮)의 ᄉᆡᆼ쟝(生長)ᄒᆞ여 셰ᄉᆞ(世事)를 아지 못ᄒᆞ므로 녕쇼져(令小姐)의 공규(空閨) 함원(含怨)ᄒᆞ믈 아지 못ᄒᆞ고 늣게야 도모(圖謀)ᄒᆞ믈 붓그리옵ᄂᆞ니 엇지 이 말ᄉᆞᆷ을 당(當)ᄒᆞ리잇고? ᄒᆞ믈

---

272) 블ᄉᆞ(不似): 불사. 꼴이 격에 맞지 않음.

273) 산고희활지덕(山高海闊之德): 산고해활지덕. 산처럼 높고 바다처럼 넓은 은덕.

274) 샤: [교] 원문에는 '시'로 되어 있으나 오기로 보임.

275) 구슬을 머금고: 구슬을 머금고. 은혜 갚음을 말함. 수후(隋侯)가 다친 뱀을 치료해 주었는데 그 뱀이 후에 수후에게 명월주를 바쳐 은혜를 갚았다는 이야기가 『수신기(搜神記)』에 전함.

며 녕쇼져(令小姐)의 슉ㅈ현질(淑姿賢質)276)로써 쳡(妾)의 하품(下品)의 굴(屈)ᄒ믈 블안(不安)ᄒ믈 이긔지 못ᄒᄂ이다.”

말솜이 온화(穩和)ᄒ고 안싁(顏色)이 유슌(柔順)ᄒ니 오 부인(夫人)이 탄복(歎服)ᄒ믈 마지아니터라.

쇼 샹셔(尚書) 부인(夫人) 댱 시(氏), 졍 부인(夫人)을 향(向)ᄒ여 칭샤(稱謝) 왈(曰),

“쳡(妾)의 부뷔(夫婦ㅣ) 운익(運厄)이 틱심(太甚)ᄒ여 ㅈ녀(子女)를 더지고 텬익히각(天涯海角)277)의 도라가니 ㅈ녀(子女)를 셩도(成道)278)홀 길이 묘망(渺茫)

●●●

81면

ᄒ고 아들은 제 스스로 발쳔(發闡)279)ᄒ기 쉬오나 가련(可憐)홀ᄉ 녀 익(女兒ㅣ) 인뉴(人類)의 츙슈(充數)ᄒ기 어렵더니 현셰(賢壻ㅣ) 블 원쳔니(不遠千里)280)ᄒ여 빵쳔(雙釧)을 ᄌ합(再合)ᄒ고 녀ᄋ(女兒)로 써 군ᄌ(君子)의 호구(好逑)를 삼으니 쳡(妾)이 감격(感激)ᄒ기 측냥 (測量) 업더니 녀익(女兒ㅣ) 존문(尊門)의 ᄂ아가미 향곡(鄉曲)의 ᄌ 라나 ᄉ덕(四德)281)이 쇼여(小餘)ᄒ고 미ᄉ(每事ㅣ) 향암(鄉闇)282)되

---

276) 슉ㅈ현질(淑姿賢質): 숙자현질. 덕스러운 자태와 현명한 자질.

277) 텬익히각(天涯海角): 천애해각. 경사에서 아주 멀리 떨어져 있는 곳.

278) 셩도(成道): 성도. 도리를 이룬다는 뜻으로 여기에서는 혼인시킴을 의미함.

279) 발쳔(發闡): 발천. 앞길을 열어 세상에 나아감.

280) 블원쳔니(不遠千里): 불원천리. 천릿길을 멀리 여기지 않음.

281) ᄉ덕(四德): 사덕. 여자로서 갖추어야 할 네 가지 덕. 마음씨[婦德], 말씨[婦言], 맵시[婦容], 솜씨[婦功]를 이름.

282) 향암(鄉闇): 시골 구석에 있어 온갖 사리에 어둡고 어리석음.

거늘 부인(夫人)과 디승상(大丞相)이 수랑ᄒ시미 지극(至極)ᄒ시니 쳡(妾)의 감격(感激)ᄒ미 속심명골(屬心銘骨)283)ᄒᄂ이다.”

정 부인(夫人)이 손사(遜謝) 왈(曰),

“현부(賢婦)ᄂ 세상(世上)의 드믄 셩녀(聖女)여늘 시운(時運)이 니(利)치 아니믈 못나 돈ᄋ(豚兒) 곳튼 광긱(狂客)을 어더 만ᄂ니 일싱(一生)이 슌(順)치 못ᄒ지라 쳡(妾)이 위(爲)ᄒ여 탄(嘆)ᄒ옵ᄂ니 엇지 이 말ᄉᆷ을 당(當)ᄒ리잇고?”

댱 부인(夫人)이 쇼왈(笑曰),

“현셔(賢壻)ᄂ 텬싱신션(天生神仙)이라. 쇼녜(小女ㅣ) 잔약(孱弱)ᄒ 긔질(氣質)노 당(當)치 못ᄒᆯ가 져혀ᄒ거늘284) 부인(夫人)이 시랑(侍郎) 논박(論駁)ᄒ시믈 심(甚)히 ᄒᄂ뇨?”

정

· ● ●

82면

부인(夫人)이 잠쇼(暫笑) 겸양(謙讓)이러라.

날이 느ᄌ며 상(床)을 드리고 풍뉴(風流)를 ᄂ와 즐기더니 외당(外堂)의 풍뉴(風流ㅣ) 진동(震動)ᄒ믈 인(因)ᄒ여 졔부인(諸夫人)이 몸을 니러 쥬렴(珠簾) ᄉ이로 보니 신ᄅᆡ(新來)의 옥안풍되(玉顔風度ㅣ)285) 극진(極盡)ᄒ디 만됴거경(滿朝巨卿)이 명(命)ᄒ여 보치거늘 ᄒ 쇼년(少年) 지상(宰相)이 몸의 홍포(紅袍)를 닙고 머리의 오ᄉ(烏

---

283) 속심명골(屬心銘骨): 속심명골. 마음을 쓰고 뼈에 새긴다는 뜻으로 은혜를 잊지 않겠다는 의미임.

284) 져혀ᄒ거늘: 저허하거늘. 염려하거나 두려워하거늘.

285) 옥안풍되(玉顔風度ㅣ): 옥 같은 얼굴과 풍채.

紗)를 쓰며 손의 옥홀(玉笏)을 드러 난간(欄干) 기슬게 안조 보치믈
심(甚)히 ᄒ여 온갓 괴로온 노릇슬 다 시기니 그 쇼년(少年)이 미우
(眉宇)의 강산(江山) 정긔(精氣)를 혼조 가져 팔치(八彩) 미우(眉宇)
의 미(微)ᄒ 우음을 씌여 안조시니 졔긱(諸客)이 그 풍뉴(風流)를 흠
앙(欽仰)[286]ᄒ더니 댱 부인(夫人)이 싀로이 두굿겨 글오디,

"이는 시임(時任) 도어ᄉ(都御使) 니몽챵이니 쳡(妾)의 녀세(女壻
ㅣ)로쇼이다."

졔긱(諸客)이 놀ᄂ 탄복(歎服) 칭션(稱善) 왈(曰),

"우리 등(等)이 쇼 부인(夫人)을 보고 쌍(雙)이 업슨가 ᄒ더니 이제
그 가군(家君)의 신치(神采)[287] 쥰샹(俊爽)[288]ᄒ시미 여ᄎ(如此)ᄒ

83면

시니 부인(夫人) 복(福)을 하례(賀禮)ᄒᄂ이다."

댱 부인(夫人)이 웃고 ᄉ양(辭讓)치 아니터라.

ᄎ시(此時) 니 시랑(侍郞)이 짐줏 졔각노(諸閣老) 명(命)을 쳥(請)
ᄒ여 쇼싱(-生) 보치믈 심(甚)히 ᄒ니 쇼싱(-生)이 니 어ᄉ(御使ㅣ) 동
치(同齒)의 나흐로 ᄌ긔(自己)를 이리 보치믈 앙앙(怏怏)[289]ᄒ여 슌
(順)히 듯지 아닌디 어ᄉ(御使ㅣ) 챵부(娼婦)와 지인(才人)을 엄칙(嚴
責)ᄒ여 쇼싱(-生)의 안면(顔面)의 믁(墨)을 난만(爛漫)이 ᄇᄅ니 그
경샹(景狀)이 고이(怪異)ᄒ지라. 어ᄉ(御使ㅣ) 부친(父親)의 지샹(在

---

286) 흠앙(欽仰): 공경하여 우러러보고 사모함.

287) 신치(神采): 신채. 뛰어난 풍채.

288) 쥰샹(俊爽): 준상. 사람의 자태가 준수하고 훌륭함.

289) 앙앙(怏怏): 매우 마음에 차지 아니하거나 야속함.

上)ᄒ시믈 인(因)ᄒ여 희죠(戲嘲)290)를 쾌(快)히 못 ᄒ고 다만 입을 가리와 미쇼(微笑) 왈(曰),

"그딕 젼일(前日)의 날을 귀신(鬼神)이라 ᄒ더니 엇지 오늘 야치 (夜叉ㅣ)291) 되엿ᄂᆞ뇨?"

쇼싱(-生)이 홀 말이 업셔 우은딕 시랑(侍郞)이 더옥 곤(困)히 뵈치더니 승샹(丞相)이 명(命)ᄒ여 그치라 ᄒ니 어시(御使ㅣ) 슈명(受命)ᄒ여 이의 쇼싱(-生)을 샤(赦)ᄒ여 당(堂)의 올니고 빈쥬(賓主ㅣ) 대락(大樂)ᄒ여 즐기니 하잔(賀盞)이 분분(紛紛)292)ᄒ고 무쉬(舞袖 ㅣ)293) 편편(翩翩)294)ᄒ더라.

죵일(終日) 진환(盡歡)ᄒ고 셕양(夕陽)의 파

‥◦●

84면

연(罷宴)ᄒ니 ᄂᆡ긱(內客)295)이 흐터질시 승샹(丞相) 삼(三) 형뎨(兄弟) 쥬거(朱車)296)를 나와 모친(母親)의 ᄂᆞ시믈 딕후(待候)297)ᄒ고 부마(駙馬) 형뎨(兄弟) 뎡 알픠 셔셔 졍 부인(夫人) 드르시믈 쳥(請)ᄒ니 뉴 부인(夫人)과 졍 부인(夫人) 복녹(福祿)은 비길 곳이 업더라.

뉴·졍 이(二) 부인(夫人)이 노 부인(夫人), 쟝 부인(夫人)을 니별

---

290) 희죠(戲嘲): 희조. 남을 희롱하고 놀림.

291) 야치(夜叉ㅣ): 야차. 두억시니. 모질고 사나운 귀신의 하나.

292) 분분(紛紛): 떠들썩하고 어수선함.

293) 무쉬(舞袖ㅣ): 무수. 춤추는 소맷자락이라는 뜻으로 춤추는 사람을 뜻함.

294) 편편(翩翩): 풍채가 멋스럽고 좋음.

295) ᄂᆡ긱(內客): 내객. 안손님.

296) 쥬거(朱車): 주거. 붉은 칠을 한 바퀴가 달린 수레로 높은 지위에 있는 사람이 탐. 주륜(朱輪).

297) 딕후(待候): 대후. 웃어른의 분부를 기다리는 일.

(離別)ᄒ고 본부(本府)의 니ᄅ미 쥬 시(氏) 등(等)이 마ᄎ 정당(正堂)의 니ᄅ러 태부인(太夫人)긔 뵈옵고 미쳐 말을 못 ᄒ여셔 태ᄉ(太師)와 승샹(丞相)이 부마(駙馬) 등(等)을 거ᄂ려 니음ᄎ 드러와 각각(各各) 연ᄎ(宴次)298)의 셩(盛)ᄒᄆ믈 니ᄅ더니 뉴 부인(夫人)이 닐오ᄃᆡ,

"금일(今日) 댱 샹셔(尚書) 부인(夫人)을 보니 ᄋ부(阿婦)의 어질믈 족(足)히 알리러라."

쇼뷔(少傅ㅣ) 웃고 ᄉᆞᆯ오ᄃᆡ,

"ᄒᆡᄋᆡ(孩兒ㅣ) 보옵건ᄃᆡ 태태(太太) 슬하(膝下)의 ᄒᆞ곳 댱 시(氏)분 어지지 아냐 공쥬(公主)와 쇼 시(氏) 다 챠등(差等)이 업고 졍슈(-嫂)와 셜슈(-嫂)의 현쳘(賢哲)ᄒᆞ시미 고금(古今)의 샹고(詳考)299)ᄒᆞ나 비(比)ᄒ리 업ᄉ니 이ᄂᆞᆫ 다 태태(太太) 복덕(福德)이 듯거오

○○○

85면

시미라 엇지 일(一) 개(箇)로 니ᄅ리잇고?"

쥬 시(氏) 말을 니어 ᄀᆞᆯ오ᄃᆡ,

"샹공(相公) 말ᄉᆞᆷ이 졍(正)히 올흐신지라. 만일(萬一) 부인(夫人) 복녹(福祿)이 업ᄉ신즉 엇지 졍 부인(夫人) 등(等)이 ᄒᆞᆯ ᄀᆞᆺ치 ᄲᅢᆫ혀ᄂᆞ시리오?"

태부인(太夫人)이 올타 ᄒᆞ니 뉴 부인(夫人)이 피셕(避席) 샤례(謝禮)ᄒ더라.

이ᄯᅦ 쇼 시(氏) 쇼환(所患)300)이 ᄎᆞ복(差復)301)ᄒ고 신샹(身上)이

---

298) 연ᄎ(宴次): 연차. 잔치 자리.
299) 샹고(詳考): 상고. 자세히 살핌.
300) 쇼환(所患): 소환. 앓고 있는 병.

무스(無事)혼지라 슈일(數日) 후(後) ᄋᄌ(兒子)를 드리고 니부(-府)
의 니르니 구괴(舅姑ㅣ) 시로이 경익(敬愛)302)ᄒ고 싱(生)이 더옥 듕
디(重待)ᄒ여 ᄋᄌ(兒子)의 일홈을 셩303)문이라 하고 ᄉ랑이 윤문으
로 더브러 다르지 아니코 쇼 시(氏) 므릇 일을 윤문을 몬져 ᄒ여 어
엿비 너기미 셩304)문의 더으더라.

ᄎ시(此時) 윤문이 ᄉ(四) 셰(歲)라. 고은 얼골이 당디(當代) 무빵
(無雙)ᄒ나 다만 말을 못 ᄒ고 거지(擧止) 어린 둣ᄒ여 아비 어미를
모르는 둣ᄒ니 어시(御使ㅣ) 미양 눗비 너기더니 셩305)문을 어드민
그 긔샹(氣像)이 강보아(襁褓兒)ᄀᆞᆺ지 아니ᄒ니,

일

● ● ●

86면

일(一日)은 침쇼(寢所)의셔 냥ᄋ(兩兒)를 어르만져 쇼 시(氏)ᄃ려 닐
오디,

"샹 시(氏)는 팔ᄌ(八字ㅣ) 그디만 못 ᄒ여 몸이 죽은 후(後) 혼낫
골육(骨肉)이 이러틋 미거(未擧)306)ᄒ고, 셩307)문은 강보익(襁褓兒
ㅣ)로디 거동(擧動)이 이러틋 어그러오니308) 그디 팔ᄌ(八字)는 뭇지

---

301) ᄎ복(差復): 차복. 병이 나아서 회복됨.

302) 경익(敬愛): 겸애. 공경해 사랑함.

303) 셩: [교] 원문에는 '영'으로 되어 있으나 뒷부분에 이몽창의 첫째 아들이 줄곧 '셩
문'으로 등장하므로 국도본(9:80)을 따라 이와 같이 수정함.

304) 셩: [교] 원문에는 '영'으로 되어 있으나 국도본(9:80)을 따름.

305) 셩: [교] 원문에는 '영'으로 되어 있으나 국도본(9:80)을 따름.

306) 미거(未擧): 철이 없고 사리에 어두움.

307) 셩: [교] 원문에는 '영'으로 되어 있으나 국도본(9:81)을 따름.

308) 어그러오니 : 너그러우니. 여유로우니.

아냐 알지라. 이제도 싱(生)을 공치(攻恥)[309]홀가 시브냐?”

쇼 시(氏) 졍싴(正色) 브답(不答)ᄒ니 싱(生)이 스ᄉ로 우을 ᄯᄯ름이라.

이ᄯᆡ 옥난이 쇼 시(氏) 싱ᄌ(生子)ᄒᄆ로 더옥 노분(怒忿)이 ᄲᆞ혀쥬야(晝夜) 히(害)홀 곳을 싱각ᄒᄃᆡ 빅계(百計) 궁칙(窮策)ᄒ더니,

일일(一日)은 니부(-府)의 닐ᄋ러 쥭미각의 가니 쇼 시(氏) 졍당(正堂)의 가고 시녀(侍女) 난미 난간(欄干) 기슭의 혼ᄌ 안ᄌ 잉모(鸚鵡)를 길드리거ᄂ 옥난이 일계(一計)를 싱각ᄒ고 나아가 웃고 무ᄅᄃᆡ,

“졔졔(姐姐)야! 일면(一面)의 분(分)이 업시셔 위연(偶然)이 맛ᄂ니 이 졍(正)히 긔특(奇特)ᄒᆞ지라 이후(以後) 셔로 ᄉᆡ괴여 형뎨(兄弟) ᄀᆞᄐ믈 ᄇ라노라.”

난미, 옥난의 언ᄉᆡ(言辭ㅣ) 쳥아(清雅)[310]ᄒ고 안

* * *

87면

ᄉᆡ(顔色)이 옥(玉) ᄀᆞᄐ믈 공경(恭敬)ᄒ여 이의 답(答)ᄒᄃᆡ,

“져져(姐姐)ᄂ 엇던 ᄉᆞ름이완ᄃᆡ 날 ᄀᆞᄐᆫ 사름을 과공(過恭)ᄒᄂ뇨?”

옥난이 쇼왈(笑曰),

“져져(姐姐)의 션풍(仙風)을 보미 치를 ᄌᆞᄇ믈[311] 원(願)ᄒᄂ니 엇지 과공(過恭)치 아니리오? 나의 잇ᄂ 곳이 누츄(陋醜)ᄒ나 져져(姐姐)ᄂ 잠간(暫間) 가 말ᄒ미 엇더ᄒ뇨?”

---

309) 공치(攻恥): 창피를 주거나 비난함.

310) 쳥아(清雅): 청아. 속된 티가 없이 맑고 아름다움.

311) 치를 ᄌᆞᄇ믈: 채를 잡기를. 채를 잡는 것은 곧 '집편(執鞭)'. 집편은 귀인(貴人)의 거마를 채찍을 가지고 이끄는 것을 의미함.

난미 옥난의 은근(慇懃)흔 졍(情)을 보고 몸을 니러 옥난을 ᄯᆞ라 난의 방(房)의 니른니 버린 것과 ᄭᅮ민 거시 극(極)히 샤치(奢侈)ᄒᆞ거ᄂᆞᆯ 난미 경아(驚訝)ᄒᆞ여 글오ᄃᆡ,

"져졔(姐姐ㅣ) 졍 각노(閣老) 퇵(宅) 시이(侍兒ㅣ)라 엇지 이러틋 부요(富饒)ᄒᆞ뇨?"

난이 쇼왈(笑曰),

"나의 부친(父親)이 즉금(卽今) 표긔대쟝군(驃騎大將軍) 두연의 막하(幕下) 죵ᄉᆞ관(從事官)이 되여 권셰(權勢) 산악(山岳) ᄀᆞᆺ고 금빅(金帛)이 뫼 ᄀᆞᆺᄐᆞ니 므어시 어려오리오?"

난미 흠모(欽慕)ᄒᆞᆷ믈 이긔지 못ᄒᆞ여 왈(曰),

"져져(姐姐)ᄂᆞᆫ 인가(人家) 비ᄌᆡ(婢子ㅣ)라도 부요(富饒)ᄒᆞ미 이 ᄀᆞᆺ도다."

난이 미의 ᄆᆞᄋᆞᆷ이 동(動)ᄒᆞᆷ믈 깃거 웃고 닐오ᄃᆡ,

"닉 져져(姐姐)의

88면

옥모(玉貌)를 흠복(欽服)ᄒᆞᄂᆞ니 결(結)ᄒᆞ여 형뎨(兄弟) 될진ᄃᆡ 므어시 업ᄉᆞ리오?"

미 깃거 허락(許諾)ᄒᆞ니 옥난이 깃거 향(香)을 픠오고 난미로 더브러 팔빅(八拜)ᄒᆞ여 형뎨(兄弟) 될ᄉᆡ 년치(年齒)를 므른니 난미 일(一)년(年)이 더혼지라 형(兄)이 되고 옥난은 아이 되여 옥난이 츅원(祝願)ᄒᆞᄃᆡ,

"우리 냥인(兩人)이 유관댱(劉關張)312)의 도원결의(桃園結義)313)를 효측(效則)314)ᄒᆞ여 형뎨(兄弟) 되ᄂᆞ니 만일(萬一) 하ᄂᆞ히나 ᄆᆞᄋᆞᆷ

을 달니 먹은즉 하늘이 앙화(殃禍)를 나리오시리라.”

ᄒ고 십분(十分) 환희(歡喜)ᄒ여 옥난이 이의 난미를 금쥬(金珠) 열 ᄎᆞᆺ과 옥(玉)노리개 두 ᄡᅡᆼ(雙)을 쥬어 왈(曰),

“이거슨 쇼쇼(小小)ᄒ나 형뎨지졍(兄弟之情)을 펴노라.”

난미 대희과망(大喜過望)315) ᄒ여 밧고 도라와 ᄎᆞ후(此後) 셔로 졍의(情誼) 됴밀(稠密)316) ᄒ미 극(極)ᄒ더니,

일일(一日)은 옥난이 난미를 쳥(請)ᄒ여 졔 방(房)의 와 샤려(奢麗)317) 혼 음식(飮食)을 먹이거늘 미 므ᄅᆞ되,

“아이 이거슬 어듸 가 어든다?”

옥난 왈(曰),

•••

89면

“나의 부친(父親)이 표긔쟝군(驃騎將軍) 막하(幕下)오 ᄯᅩ 우리 형(兄) 이 쟝군(將軍) 쇼실(小室)이 되엿시니 음식(飮食)이 게셔 온 음식(飮食)이라. 이 음식(飮食)은 쇼ᄉᆞ(小事)여니와 황금옥빅(黃金玉帛)이 슈(數)업시 오듸 니 쓸 듸 업셔 아니 밧노라.”

난미 블워ᄒᆞᆷ믈 이긔지 못ᄒ여 왈(曰),

“나ᄂᆞᆫ 우리 부인(夫人)이 심(甚)히 엄졍(嚴正)ᄒ시고 ᄯᅩ 홍벽, 홍이

---

312) 유관댱(劉關張): 유관장. 유비, 관우, 장비.
313) 도원결의(桃園結義): 유비·관우·장비가 복숭아밭에서 의형제의 관계를 맺음을 이르는 말.
314) 효측(效則): 효칙. 본받음.
315) 대희과망(大喜過望): 바라는 것보다 넘쳐 크게 기뻐함.
316) 됴밀(稠密): 조밀. 두터움.
317) 샤려(奢麗): 사려. 사치스럽고 화려함.

궃가이 근시(近侍)ᄒ니 나는 밧 시녜(侍女ㅣ) 되여 금(金) 일젼(一錢)인들 어딘 가 어더 쓰리오? 현뎨(賢弟)의 부귀(富貴)ᄒ믈 블워ᄒ노라.”

옥난이 거즛 슬허 왈(曰),

“가련(可憐)타! 형(兄)의 빈한(貧寒)ᄒ미여. 닌 아이 되여 엇지 돕지 아니리오? 닌 믓당이 아븨 집의 긔별(奇別)ᄒ여 형(兄)의 일싱(一生) 쓸 거슬 쥬리니 닌일 아춤 오라.”

난믜 깃거 도라왓더니,

이튼날 쏘 가니 과연(果然) 옥난이 빅금(白金) 삼십(三十) 냥(兩)과 야명쥬(夜明珠)318) 열 낫출 가져 민룰 쥬어 왈(曰),

“이거시 비록 져그나 져져(姐姐)의 일(一) 삭(朔) 쓸 거슬 돕ᄂ니 쏘 후일(後日) 더 어더 쥬리라.”

민 깃브미 극(極)

90면

ᄒ여 도로혀 어린 ᄃᆞᆺᄒ여 골오딘,

“현뎨(賢弟) 이런 즁보(重寶)를 의외(意外)의 쥬니 닌 므어스로 이 은혜(恩惠)를 갑흐리오?”

옥난이 말녀 왈(曰),

“이 형뎨지졍(兄弟之情)의 예식(例事ㅣ)라 엇지 과도(過度)히 일ᄏ라리오?”

난믜 무슈(無數) 칭샤(稱謝)ᄒ고 도라가 ᄌᆞ장(資粧)319)을 다스리니

318) 야명쥬(夜明珠): 야명주. 어두운 데서도 빛을 내는 구슬. 야광주(夜光珠).
319) ᄌᆞ장(資粧): 자장. 여자가 화장하는 데 쓰는 물건들.

의복(衣服), 노리개 극(極)히 스려(奢麗)흔지라 쇼 쇼졔(小姐ㅣ) 고이(怪異)히 너겨, 일일(一日)은 블너 칙(責)ᄒ여 골오ᄃᆡ,

"네 당하(堂下) 비ᄌᆞ(婢子)로셔 의복(衣服)이 찬란(燦爛)흔 쥴 슬피지 아니ᄒ니 아모커나 닐오라. 뉘 너를 져런 듕보(重寶)를 쥬더뇨?"

난믜, 쇼져(小姐)의 엄졍(嚴正)이 므ᄅᆞ믈 당(當)ᄒ여 챵졸(倉卒)의 두로 다히지 못ᄒ여 ᄂᆞᆺ치 븕고 말이 돕지 아냐 머뭇거리다가 ᄃᆡ왈(對曰),

"쇼비(小婢)의 형(兄)이 보ᄂᆡ엿거늘 쇼비(小婢) 일시(一時)의 싱각지 못ᄒ고 몸의 ᄀᆞ가이 ᄒ엿더니 업시 ᄒ미 무어시 어려오리잇고?"

쇼졔(小姐ㅣ) 그 긔ᄉᆡᆨ(氣色)을 크게 고이(怪異)히 너기ᄃᆡ 언즁(言重)ᄒ미 과인(過人)흔 고(故)로 다시 뭇지 아니니 난믜 믈너와 울

• • •

91면

울(鬱鬱)이 즐기지 아냐 옥난을 가 보니 난이 므러 골오ᄃᆡ,

"져졔(姐姐ㅣ) 엇지 금일(今日) 안ᄉᆡᆨ(顔色)의 근심이 심(甚)ᄒ뇨? 이 아니 싱애(生涯) 고쵸(苦楚)ᄒ미냐? 만일(萬一) 그러ᄒ미 잇거든 약간(若干) 금빅(金帛)을 쥬리라."

난믜 눈셥을 찡긔고 닐오ᄃᆡ,

"ᄂᆡ 현뎨(賢弟)의 죠히 도라보믈 닙어 황금(黃金)이 샹ᄌᆞ(箱子)의 잇고 명쥬(明珠ㅣ) 몸가의 머므러시니 스스로 쾌(快)ᄒ여 ᄒ더니 우리 쇼졔(小姐ㅣ) 여ᄎᆞ여ᄎᆞ(如此如此) 칙(責)ᄒ시니 ᄎᆞ후(此後)ᄂᆞᆫ 다시 몸의 ᄀᆞ가이 못홀지라 일노써 탄(嘆)ᄒ노라."

난이 죠각[320]을 타 잠간(暫間) 격동(激動)하여 닐오ᄃᆡ,

"져졔(姐姐ㅣ) 나히 임의 쳥츈(靑春)이오 안ᄉᆡᆨ(顔色)이 옥(玉) ᄀᆞᆺ거

늘 외로이 심궁(深宮)의 드러 남의 아릭 사룸이 되여 져럿툿 졀졔(節
制)를 바드니 엇지 탄(嘆)홉지 아니리오? 져져(姐姐)는 모릭미 계교
(計巧)ᄒ여 몸을 버셔ᄂᆞ미 엇더뇨?"

난믹 과연(果然)ᄒ여 굴오딕,

"현뎨(賢弟)의 말이 올흐나 닉 죠샹(祖上)븟터 니부(-府) 시녜(侍女
ㅣ)니 엇지 버셔나리오?"

...

92면

옥난이 가마니 닐오딕,

"그딕 듯지 아냐는냐? 대ᄉ(大事)를 닐우는 쟈(者)는 쇼졀(小節)을
도라보지 아닛ᄂᆞ다 ᄒ니 엇지 쇼져(小姐)를 히(害)ᄒ고 몸을 버셔ᄂᆞ
지 못ᄒᆞᄂᆞ뇨?"

난믹 침음(沈吟)ᄒᆞ다가 닐오딕,

"닉 흉금(胸襟)321)이 모322)ᄉ|(茅塞)323)ᄒ여 냥칙(良策)324)을 싱각
지 못홀놋다."

옥난이 이의 황금(黃金) 이십(二十) 냥(兩)을 쥬며 난믹 손을 븟들
고 닐오딕,

"져져(姐姐)는 모릭미 닉 말딕로 ᄒ면 부귀(富貴) 극진(極盡)ᄒ리
라."

---

320) 죠각: 틈.
321) 흉금(胸襟): 마음속 깊이 품은 생각.
322) 모: [교] 원문에는 '무'로 되어 있으나 오기로 보임.
323) 모ᄉ|(茅塞): 모색. 길이 띠로 인하여 막힌다는 뜻으로, 마음이 물욕에 가리어 어리
   석고 무지함을 비유적으로 이르는 말.
324) 냥칙(良策): 양책. 좋은 계책.

난민 닐오딕,

"젼일(前日) 쥰 금은(金銀)도 샹ᄌ(箱子)의 이시니 이거술 쏘 ᄀᄃ가 어딕 쓰리오?"

옥난이 쇼왈(笑曰),

"져져(姐姐)는 쇼탈(疏脫)ᄒᆫ 사름이라. 타일(他日) 쟝부(丈夫)를 만ᄂ며 ᄌ손(子孫)을 둘 ᄣᆡ의 엇지 쓸 고지 업술가 근심ᄒ리오?"

난민 올히 너겨 거두거ᄂᆞᆯ 옥난이 이의 좌(座)를 ᄂ호여 글오딕,

"져졔(姐姐ㅣ) 비록 쟝부(丈夫)를 어더 슬고져 ᄒ나 쇼녜(-女ㅣ) 잇슨즉 결단(決斷)코 뜻을 못 일우리니 ᄂᆡ 보니 어ᄉ(御使) 젼실(前室) 샹 시(氏) ᄂ흔

• • •

93면

ᄌ식(子息)이 이시니 져를 쥭여 쇼 시(氏)로 ᄒ여금 입이 이시나 발명(發明)을 못 ᄒ게 ᄒ고 ᄎ후(此後) 계교(計巧)를 베퍼 쇼녀(-女)를 쥭인 후(後) 져져(姐姐)와 ᄌ못 ᄂᆡ 군ᄌ(君子)를 어더 도라가고져 ᄒ노라."

난민 비록 요악(妖惡)ᄒ나 이 말을 드ᄅᄆᆡ 심(甚)히 쥬져(躊躇)ᄒ여 글오딕,

"쇼 시(氏) 비록 인ᄌ(仁慈)ᄒᆫ 품325)이 업스나 ᄂᆡ 엇지 ᄎ마 원슈(怨讐) 업시 강보(襁褓)를 쥭이리오?"

난이 변ᄉᆡᆨ(變色) 왈(曰),

"져져(姐姐)는 진실(眞實)노 딕ᄉ(大事)를 의논(議論)치 못ᄒᆯ 사름

---

325) 품: 행동이나 말씨에서 드러나는 태도나 됨됨이.

이로다. 흔굿 인명(人命) 히(害)ᄒ믈 앗겨 긴 날을 쇽결업시 괴로이 보ᄂᆡ다가 져 쇼녜(-女ㅣ) 필경(畢竟) 져져(姐姐)를 죽이고 그치리니 이ᄶᅥᅴ 당(當)ᄒ여 뉘웃쳐도 밋지 못ᄒ리라."

난ᄆᆡ 이윽이 싱각다가 닐오ᄃᆡ,

"그ᄃᆡ 말이 올ᄒ니 당당(堂堂)이 조ᄎᆞ려니와 아지 못게라. 현뎨(賢弟) 쇼 시(氏)로 므ᄉᆞᆷ 은원(恩怨)이 잇ᄂᆞ냐."

난이 눈믈을 머음고 닐오ᄃᆡ,

"당ᄎᆞ시(當此時)ᄒ여 늬 져져(姐姐)로 더브러 심곡(心曲)326)을 셔

• • •

94면

로 비최니 엇지 진정(眞情)을 긔이리오? 늬 과연(果然) ᄂᆡ 어ᄉᆞ(御使)로 운우(雲雨)의 졍(情)이 깁더니 쇼녜(-女ㅣ) 니부(-府)의 드러온 후(後) 문(門)을 ᄇᆞ라ᄂᆞᆫ 과뷔(寡婦ㅣ) 되니 엇지 셟지 아니리오? 이러므로 원슈(怨讐)를 갑고 군ᄌᆞ(君子)를 어더 도라가고져 ᄒ노라."

난ᄆᆡ 츄연(惆然) 왈(曰),

"현뎨(賢弟) 졍ᄉᆡ(情事ㅣ) 원ᄂᆡ(元來) 이러ᄒ돗다. 늬 엇지 현뎨(賢弟)를 위(爲)ᄒ여 진심(盡心)치 아니리오? 다만 윤문이 비록 강보ᄋᆡ(襁褓兒ㅣ)나 인명(人命)이 지즁(至重)ᄒ니 엇지 쇼ᄅᆡ 업시 죽으리오?"

난이 샹협(箱匧)327) ᄉᆞᆨ으로셔 ᄒᆞᆫ 봔 거슬 ᄂᆡ여 닐오ᄃᆡ,

"그ᄃᆡ 만일(萬一) 틈을 엇거든 이 약(藥)을 슐의 타 입의 너으라. 필연(必然) 즉ᄉᆞ(卽死)ᄒ리라."

난ᄆᆡ 바다 ᄇᆡᄉᆞ(拜謝)ᄒ고 도라와 이후(以後) 듀야(晝夜) 틈을 엇

---

326) 심곡(心曲): 여러 가지로 생각하는 마음의 깊은 속.
327) 샹협(箱匧): 상협. 상자.

더니,

원니(元來) 샹 시(氏) 이실 제 윤문을 유모(乳母) 계옥을 맛져 길
르게 ᄒᆞ여시민 계옥이 ᄯᅩᄒᆞᆫ 보호(保護)ᄒᆞ기를 졍셩(精誠)으로 ᄒᆞ고
윤문이 졍(情)이 브터 ᄯᅩ 일시(一時) ᄯᅥᄂᆞ지 아니ᄒᆞ니 계옥이 듀야
(晝夜) 다

• • •

95면

리고 ᄃᆞᆫ니더니,

ᄎᆞ시(此時) 하(夏) 뉵월(六月)이라. 텬긔(天氣) 극(極)히 더워 ᄉᆞ름
을 곤(困)케 ᄒᆞ니 계옥이 윤문을 드리고 듁당(竹堂)의 잇더니 윤문이
잠들거ᄂᆞᆯ 계옥이 난간(欄干)의 누이고 뒤못ᄉᆡ 발 씨스라 갓더니 난
민 ᄎᆞ시(此時)를 당(當)ᄒᆞ여 급(急)히 ᄂᆞ아가 독약(毒藥)을 입의 브으
니 윤문이 잠을 ᄭᆡ지 못ᄒᆞ고 임의 죽으니라. 가(可)히 어엿브다, 샹
시(氏) 졀샤(絶嗣)³²⁸⁾ᄒᆞ도다.

ᄎᆞ시(此時) 쇼 쇼졔(小姐ㅣ) 듁미각의 잇셔 홀연(忽然) ᄆᆞ음이 놀
ᄂᆞ고 손이 썰니거ᄂᆞᆯ 고이(怪異)히 너겨 잠간(暫間) 싱각더니 ᄉᆞ미로
죠ᄎᆞ ᄒᆞᆫ 괘(卦)를 엇고 대경(大驚) 왈(曰),

"윤ᄋᆞᆯ(-兒ㅣ) 엇지 이의 니ᄅᆞ뇨?"

급(急)히 년보(蓮步)를 부야 즁당(中堂)의 니ᄅᆞ니 윤문이 임의 춈
을 흘니고 죽엇거ᄂᆞᆯ 쇼졔(小姐ㅣ) ᄎᆞ마 보지 못ᄒᆞ여 ᄂᆞ아가 붓들고
약질(弱質)이 긔졀(氣絶)ᄒᆞ니 이러 굴 적 계옥이 니ᄅᆞ러 보고 대경
(大驚)ᄒᆞ여 크게 통곡(慟哭)ᄒᆞ니 가즁(家中)이 쇼리를 듯고 대경(大

---

328) 졀샤(絶嗣): 절사. 후사가 끊김.

驚)ᄒ여 모다 쇼

96면

시(氏)를 구(救)ᄒ고 드듸여 승샹(丞相)과 부마(駙馬) 어ᄉ(御使) 등
(等)이 일시(一時)의 윤문을 보미 ᄒᆯ 일이 업ᄂ지라 승샹(丞相)이 춤
혹(慘酷)히 너기미 가히 업고 어ᄉ(御使)ᄂ 긔운이 막혀 능(能)히 쇼
릭를 닐우지 못ᄒ니 승샹(丞相)이 닐오듸,

"윤문이 ᄀᆺ ᄂ실 젹 닉 이럴 쥴 아르시니 현마 엇지ᄒ리오?"

어ᄉ(御使ㅣ) 겨유 졍신(精神)을 졍(靜)ᄒ여 부젼(父前)의 고(告)ᄒ
듸,

"윤문이 쟝원(長遠)329)ᄒᆯ 긔샹(氣像)이 아닌 쥴 아라ᄉ오나 이졔
이러틋 급(急)히 쥭으믄 고이(怪異)ᄒ니 계옥을 져쥬어 뭇고져 ᄒᄂ
이다."

승샹(丞相)이 탄식(歎息) 왈(曰),

"계옥은 츙의(忠義)의 비ᄌ(婢子ㅣ)니 엇지 이런 노라슬 ᄒ리오?
아모르커나 므러 보리라."

드듸여 계옥을 블너 문왈(問曰),

"네 엇지 공ᄌ(公子)를 보호(保護)치 아냐 블의(不意)의 죠ᄉ(早死)
케 ᄒ뇨?"

계옥이 울며 왈(曰),

"비ᄌ(婢子ㅣ) 앗가 공ᄌ(公子ㅣ) 좀 드르시믈 보고 잠간(暫間) 뒤
못ᄉ 발 씨시라 갓ᄉ더니 쇼 부인(夫人)이 니르샤 공ᄌ(公子)를 븟들

---

329) 쟝원(長遠): 장원. 오래 삶.

446 (팔찌의 인연) 쌍천기봉 4

고 긔운이 막혀 겨시니

97면

쇼비(小婢) 망극(罔極)ᄒᆞ믈 이긔지 못ᄒᆞ도쇼이다."

승샹(丞相) 왈(曰),

"이 블과(不過) 강보ᄋᆡ(襁褓兒ㅣ) 염열(炎熱)330)의 막히비라 너ᄂᆞᆫ 고이(怪異)ᄒᆞᆫ 의심(疑心)을 닉지 말나."

어ᄉᆡ(御使ㅣ) 부친(父親) 말ᄉᆞᆷ이 올ᄒᆞ시믈 알고 다시 말을 못 ᄒᆞ나 샹 시(氏)의 일(一) 졈(點) 혈육(血肉)이 마ᄌᆞ 업셔지믈 크게 비통(悲痛)ᄒᆞ여 옥면(玉面)의 누쉬(淚水ㅣ) 니음ᄎᆞ니 승샹(丞相)이 역시(亦是) ᄎᆞᆷ담(慘憺)ᄒᆞ믈 이긔지 못ᄒᆞ고 뉴·졍 이(二) 부인(夫人)의 셜워 ᄒᆞ믈 측냥(測量)ᄒᆞ리오.

즉시(卽時) 금슈(錦繡)로 념빙(殮殯)331)ᄒᆞ여 션영(先塋)으로 갈ᄉᆡ 어ᄉᆡ(御使ㅣ) 나라히 말미ᄒᆞ고 삼뎨(三弟) 몽원과 셔숙(庶叔) 문셩으로 더브러 금쥐(錦州ㅣ)로 가니라.

이ᄯᅢ 태ᄉᆡ(太師ㅣ) 윤문의 죽으믈 ᄎᆞᆷ통(慘痛)ᄒᆞ나 태부인(太夫人) 심ᄉᆞ(心事)를 도도지 아니려 과도(過度)히 셜워 아니터니 일일(一日) 밤의 승샹(丞相)이 샹하(牀下)의 뫼셧거ᄂᆞᆯ 태ᄉᆡ(太師ㅣ) 므러 골오ᄃᆡ,

"윤문이 원ᄂᆡ(元來) 쟝원(長遠)ᄒᆞᆯ 거ᄉᆞᆫ 아니나 급(急)히 죽으미 고이(怪異)ᄒᆞ니 이 아니 챵ᄋᆡ(-兒ㅣ) 가ᄂᆡ(家內) 비복(婢僕) 등(等)의 유졍(有情)ᄒᆞ니 이셔 윤문을

---

330) 염열(炎熱): 몹시 심한 더위.
331) 념빙(殮殯): 염빈. 시체를 염습하여 관에 넣어 안치함.

죽이고 쇼 시(氏)를 히(害)홀 근본(根本)을 연 즉시냐?"

승샹(丞相)이 딕왈(對曰),

"히이(孩兒丨) 쏘흔 이 뜻이 이시딕 몽챵의 위인(爲人)이 쇼탈(疏脫)ᄒ미 심(甚)ᄒ니 힝(幸)혀 현부(賢婦)를 치의(致疑)332)ᄒ미 이실가 ᄒ와 져드려 이러틋 닐너ᄉ거니와 필경(畢竟)이 무ᄉ(無事)키를 밋지 못ᄒᄂ이다."

태시(太師丨) 탄식(歎息) 왈(曰),

"쇼 시(氏) 미간(眉間)이 심(甚)히 블길(不吉)ᄒ고 몽챵의 졍(情)이 너므 극(極)ᄒ니 엇지 흔 번(番) 굿기기를 면(免)ᄒ리오? 연(然)이나 고어(古語)의 왈(曰), '일을 일오믄 하늘의 잇고 도모(圖謀)ᄒ믄 사룸의게 잇다.'333) ᄒ니 히이(孩兒丨) 모로미 몽챵을 엄측(嚴飭)ᄒ여 그런 일이 업게 ᄒ라."

승샹(丞相)이 슈명(受命)ᄒ더라.

시(時)의 어ᄉ(御使丨) 윤문의 신톄(身體)를 거ᄂ려 금쥐(錦州丨)의 니르러 깁히 안쟝(安葬)ᄒ고 무덤을 두드려 호곡(號哭)ᄒ여 졍신(精神)을 출히지 못ᄒ니 문셩과 몽원이 극진(極盡)이 위로(慰勞)ᄒ여 경ᄉ(京師)의 니르러ᄂ 어ᄉ(御使丨) 본(本)딕 도량(度量)이 활연(豁

---

332) 치의(致疑): 의심을 둠.

333) 일을~잇다: 일을 이루는 것은 하늘에 있고 일을 도모하는 것은 사람에게 있다. <삼국지연의>에서 제갈량이 한 말로, 원래 '일을 도모함은 사람에 달려 있으나 성공은 하늘에 달려 있으니 억지로 될 수 있는 것이 아니다. 謀事在人, 成事在天, 不可强也.'라고 하였음. 제갈량이 위(魏)나라를 정벌할 때 사마의(司馬懿)의 군대를 호로곡(胡蘆谷)으로 유인한 후 화공(火攻)으로 공격하여 승리할 기회를 얻었으나 갑자기 소나기가 내려 승리하지 못하자 탄식하면서 한 말.

然)흔 고(故)로 긋빗출 화(和)히 ᄒ여 존당(尊堂)의

...

99면

뵈오니 태ᄉ(太師)와 승샹(丞相)이 탄식(歎息)ᄒ여 위로(慰勞)ᄒ고
뉴・졍 이(二) 부인(夫人)이 눈믈을 드리워 말이 업더라.

어ᄉ(御使ㅣ) 셔당(書堂)의 ᄂ오니 셩334)문이 유모(乳母)의게 안겨
왓거늘 어ᄉ(御使ㅣ) 손을 져어 믈니치고 인(因)ᄒ여 츄연(惆然)이
늣겨 눈믈이 봉안(鳳眼)의 어린ᄂ지라 부마(駙馬ㅣ) 위로(慰勞) 왈
(曰),

"네 엇지 흔 ᄌ식(子息)을 위(爲)ᄒ여 과도(過度)히 비이(悲哀)ᄒᄂ
뇨? 이제 셩335)문이 잇고 ᄯ 청츈(靑春) 쟝년(壯年)이니 이제 몃츨
나을 줄 알리오?"

어ᄉ(御使ㅣ) 광슈(廣袖)로 누슈(淚水)를 거두고 비샤(拜謝) 왈
(曰),

"쇼뎨(小弟) 엇지 형쟝(兄丈)의 경계(警戒)를 그릇 알니잇가마는
윤문은 다른 ᄌ식(子息)과 달나 제 어미를 일코 졍ᄉ(情事ㅣ) 고고혈
혈(孤孤孑孑)336)흔 즁(中) 제 어믜 림죵(臨終) 말을 싱각ᄒ니 도금
(到今)ᄒ여 쇼뎨(小弟) 져브리미 즁(重)흔지라 비록 남ᄌ(男子ㅣ)나
엇지 ᄂ출 드러 디하(地下) 사름을 보고 시브리잇가?"

부마(駙馬ㅣ) 침음(沈吟) 왈(曰),

"아지 못게라. 윤문을 뉘 스스로 죽엿337)ᄂ냐? 너의 말이 어이 모

---

334) 셩: [교] 원문에는 '영'으로 되어 있으나 국도본(9:100)을 따름.
335) 셩: [교] 원문에는 '영'으로 되어 있으나 국도본(9:100)을 따름.
336) 고고혈혈(孤孤孑孑): 의지할 곳이 없어 외로움.

호(模糊)ᄒ뇨?"

어시(御使ㅣ) 디왈(對曰),

"쇼

⸱⸱⸱

100면

데(小弟) 이 뜻이 업스오디 샹 시(氏) 림죵(臨終) 부탁(付託)을 싱각
ᄒ니 심ᄉ(心事)를 뎡(靜)키 어려온 비로쇼이다."

부매(駙馬ㅣ) 위로(慰勞) 왈(曰),

"인인(人人)이 슬하(膝下)의 참쳑(慘慽)338)은 춤지 못홀 빈어니와
연(然)이나 너의 도리(道理)ᄂ 부뫼(父母ㅣ) 지당(在堂)ᄒ시고 다른
아들이 이시니 너모 이러 굴미 효의(孝義) 아닌가 ᄒ노라."

어시(御使ㅣ) 샤례(謝禮)ᄒ고 슬픈 ᄉ식(辭色)을 거두미 믄득 경
샤인(舍人), 쳘 한님(翰林) 등(等)이 니르러 어ᄉ(御使)를 위로(慰勞)
ᄒ고 쥬과(酒果)를 챵음(暢飮)339)ᄒ미 어시(御使ㅣ) 강잉(強仍)ᄒ여
ᄒᆫ가지로 담쇼(談笑)ᄒ다가 야심(夜深) 후 파(罷)ᄒ여 가니,

어시(御使ㅣ) 쥭미각으로 드러올시 홀연(忽然) 쥭당(竹堂) 난간(欄
干) 아릭셔 은은(隱隱)이 닐오디,

"우리 쇼제(小姐ㅣ) 진실(眞實)노 모지시더라. 공ᄌ(公子)를 스스
로 죽이고 거즛 긔졀(氣絶)ᄒ샤 지극(至極) 셜워ᄒ믈 뵈시니 뉘 아니
고지드ᄅ리오?"

어시(御使ㅣ) 크게 고이(怪異)히 너겨 싱각ᄒ디,

---

337) 엿: [교] 원문에는 '엇'으로 되어 있으나 문맥을 고려하여 국도본(9:101)을 따름.
338) 참쳑(慘慽): 참척. 자손이 부모나 조부모보다 먼저 죽는 일.
339) 챵음(暢飮): 창음. 한껏 마심.

'엇던 악인(惡人)이 쇼 시(氏)와 은원(恩怨)이 이셔 이런 말을 ᄒᆞᄂᆞᆫ고?'

ᄒᆞ더니 ᄯᅩ 닐오ᄃᆡ,

"우리 쇼졔(小姐ㅣ)

•••

101면

셩340)문 공ᄌᆞ(公子)로 죵샤(宗嗣)ᄅᆞᆯ 밧들게 ᄒᆞ려 ᄒᆞ시고 윤문 공ᄌᆞ(公子)ᄅᆞᆯ 죽이시니 인심(人心)이 홀 일 업다."

ᄒᆞ며 ᄂᆞ오거ᄂᆞᆯ 보니 홍아 냥인(兩人) ᄀᆞᆺ더라. 어ᄉᆡ(御使ㅣ) 심듕(心中)의 의려(疑慮)ᄒᆞᄃᆡ,

'쇼 시(氏)ᄂᆞᆫ 고금(古今)의 드믄 슉녀(淑女)니 이런 악ᄉᆞ(惡事)ᄅᆞᆯ 아닐 거시로ᄃᆡ 홍아 등(等)의 말이 이러틋 ᄒᆞ니 쇼 시(氏) 혹(或) 그런 쟉용(作用)을 ᄒᆞᆫ가?'

냥구(良久)히 혜아리드가 죽믜각의 니르니, 이ᄠᅥ, 쇼 시(氏) 윤문이 목젼(目前)의 죽으믈 보고 심ᄉᆞ(心事ㅣ) 어린 ᄃᆞᆺᄒᆞ여 침쇼(寢所)의 도라와 슬워ᄒᆞ미 진졍(眞情)으로죠ᄎᆞ 지극(至極)ᄒᆞ고 발셔 옥난의 일인 쥴 짐쟉(斟酌)ᄒᆞ여 ᄌᆞ가(自家) 젼졍(前程)341)이 슌(順)치 못홀가 혜아리미 눈믈이 삼슴(滲滲)342)ᄒᆞ여 상(牀)의 누엇더니 어ᄉᆡ(御使ㅣ) 드러오미 니러 마ᄌᆞ 좌졍(坐定)ᄒᆞ미 다만 읍읍(悒悒)343)ᄒᆞ여 눈믈이 옷기ᄉᆡ 져ᄌᆞ니 어ᄉᆡ(御使ㅣ) 역시(亦是) 츄연(惆然)ᄒᆞ여 눈을

---

340) 셩: [교] 원문에는 '영'으로 되어 있으나 국도본(9:102)을 따름.

341) 젼졍(前程): 전정. 앞날.

342) 삼슴(滲滲): 삼삼. 눈물이 흘러내리는 모양.

343) 읍읍(悒悒): 마음이 매우 답답하여 편치 않음.

드러 보니 옥골(玉骨)이 환형(換形)344)ᄒ여 슈월(數月) ᄉ이 몰ᄂᆞ보
게 되엿ᄂᆞ지라 그윽이 감동(感動)ᄒ여 향ᄎᆞ(向刻) 드ᄅᆞᆫ 말은 시

102면

비(侍婢) 등(等)이 쇼 시(氏)를 믜워 짐즛 ᄌᆞ가(自家)를 둣게 그리 ᄒᆞᆫ
가 ᄒᆞ여 다시 ᄆᆞ음의 두지 아냐 은이(恩愛) 지즁(至重)ᄒᆞ미 녜 ᄀᆞᆺ트
야 숀을 년(連)ᄒᆞ여 탄식(歎息) 왈(曰),

"샹 시(氏) 일즉 ᄃᆡ가(大家) 녀ᄌᆞ(女子)로 늬게 도라와 반졈(半點)
미진(未盡)ᄒᆞᆫ 힝실(行實)이 업시 쳥츈(靑春)의 기리 도라ᄀᆞ고 ᄒᆞᆫ ᄂᆞᆺ
ᄌᆞ식(子息)을 두어 이졔 마ᄌᆞ 죽으니 엇지 잔잉치 아니리오?"

쇼 시(氏) 누슈(淚水)를 ᄲᅥ려 ᄃᆡ왈(對曰),

"쳡(妾)이 목강(穆姜)345)의 힝실(行實)이 업셔 윤문으로 ᄒᆞ여금 이
졔 이의 니ᄅᆞ게 ᄒᆞ니 군ᄌᆞ(君子)를 ᄃᆡ(對)ᄒᆞ여 무ᄉᆞᆷ 말이 이시리잇
고?"

어ᄉᆡ(御使ㅣ) 친(親)히 그 눈믈을 씨셔 왈(曰),

"윤ᄋᆞ(-兒ㅣ) 본(本)ᄃᆡ 쟝구(長久)홀 샹(相)이 아니니 이ᄂᆞᆫ 텬명(天
命)이라 현마 엇지ᄒᆞ리오? 혹ᄉᆡᆼ(學生)이 아들이 이시니 비록 윤문이
죽어시나 엇지 그ᄃᆡ도록 비이(悲哀)ᄒᆞ리잇가마ᄂᆞᆫ 녯사름의 ᄌᆞ최 묘
연(杳然)346)이 ᄯᅳᆫ어지므로 춤지 못ᄒᆞ리로쇼이다."

---

344) 환형(換形): 모습이 바뀜.

345) 목강(穆姜): 중국 진(晉)나라 정문거(程文矩)의 아내 이씨(李氏). 목강은 자(字), 친
아들 둘을 두고 전처의 아들 넷이 있었는데 정문거가 죽은 후 전처의 아들 넷이
목강을 박대하였으나 목강은 자애롭게 대하고 특히 병든 큰아들을 지성으로 구호
하자, 네 아들이 감화를 받음.

346) 묘연(杳然): 아득한 모양.

쇼 시(氏) 믁믁부답(黙黙不答)ㅎ니 미우(眉宇)의 슬픈 비ᄎᆞᆫ 쇼월
(素月)347)이 광풍(光風)348)을 만ᄂᆞᆫ349) 둣 두 쎡 보됴개의

...

103면

누흔(淚痕)이 쳐량(凄凉)ㅎ여 쇄락(灑落)흔 용칙(容彩) 더옥 긔이(奇
異)흔지라.

어싀(御使ㅣ) 심ᄉᆞ(心事ㅣ) 역시(亦是) 울울(鬱鬱)ㅎ여 잠이 아니
오거늘 옥침(玉枕)의 비겨 쇼져(小姐)의 옥비(玉臂)350)ᄅᆞᆯ 어ᄅᆞ만져
ᄋᆡ듕(愛重)ㅎᄂᆞᆫ 정(情)이 측냥(測量) 업ᄉᆞ니 쇼 시(氏) 회351)틱(懷
胎)352) 오뉵(五六) 삭(朔)의 약질(弱質)이 견듸지 못ㅎ여 간간(間間)
이 미우(眉宇)ᄅᆞᆯ 씽긔니 어싀(御使ㅣ) 문왈(問曰),

"부인(夫人)이 어듸 블평(不平)ㅎ냐?"

쇼 시(氏) 브답(不答)흔듸 어싀(御使ㅣ) 이윽이 보다가 홀연(忽然)
잠간(暫間) 웃고 편(便)히 누으믈 쳥(請)ㅎ고 ᄌᆞ개(自家ㅣ) 의관(衣
冠)을 그르고 ᄒᆞᆫ가지로 금니(衾裏)의 ᄂᆞ아가 다시 집슈(執手) 문왈
(問曰),

"부인(夫人)이 아니 잉틱(孕胎)ㅎ미 잇ᄂᆞ냐?"

쇼져(小姐ㅣ) 냥구(良久) 후(後) 딕왈(對曰),

---

347) 쇼월(素月): 소월. 밝고 흰 달.
348) 광풍(光風): 비가 갠 뒤의 맑게 부는 바람.
349) ᄂᆞᆫ: [교] 원문에는 'ᄂᆞᆺ'으로 되어 있으나 오기로 보임.
350) 옥비(玉臂): 여자의 고운 팔.
351) 회: [교] 원문에는 '희'로 되어 있고 국도본(9:106)에도 그렇게 되어 있으나 문맥을
고려하여 이와 같이 수정함.
352) 회틱(懷胎): 회태. 임신.

"아직 엇지 주시 알니잇가?"

어시(御使ㅣ) 잠쇼(暫笑) 왈(曰),

"그딕 심(甚)흔 약질(弱質)이라 닉 혜아리건딕 싱산(生産)을 못 홀가 ㅎ더니 이러툿 주로 회353)틱(懷胎)354)ㅎ느뇨?"

쇼제(小姐ㅣ) 경괴(驚愧)355) 브답(不答)이러라.

어시(御使ㅣ) 추후(此後)로 은정(恩情)이 극(極)ㅎ더니 이히 셰말(歲末)의 쏘 싱주(生子)ㅎ니 구괴(舅姑ㅣ) 대열(大悅)ㅎ고 어시(御使ㅣ) 깃거ㅎ미 쏘 측냥(測量) 업더라.

일일(一日)

∙ ∙∙

104면

은 쇼 시(氏) 정당(正堂)의 드러가고 어시(御使ㅣ) 홀노 거러 침쇼(寢所)의 니르니 쇼제(小姐ㅣ) 업거늘 홀연(忽然) 셔안(書案)의 비겨 연갑(硯匣)356)을 뒤져기더니 홀연(忽然) 흔 봉화젼(鳳華牋)357)이 느지거늘 것히, '위싱(-生)은 쇼 쇼져(小姐)긔 붓치노라.' ㅎ엿거늘 크게 고이(怪異)히 너겨 쩌혀 보니 ㅎ여시딕,

'위싱(-生)은 쇼 쇼져(小姐)긔 올니느니 흔 번(番) 손을 난호미 몃 츈취(春秋ㅣ) 지나느뇨? 호광(湖廣)의셔 운우(雲雨)의 정(情)이 교칠

---

353) 회: [교] 원문에는 '히'로 되어 있고 국도본(9:107)에도 그렇게 되어 있으나 문맥을 고려하여 이와 같이 수정함.

354) 회틱(懷胎): 회태. 임신.

355) 경괴(驚愧): 놀라고 부끄러움.

356) 연갑(硯匣): 벼룻집.

357) 봉화젼(鳳華牋): 봉화전. 봉황 무늬가 그려진 화전. 화전은 품질이 좋고 색이 아름다운 종이로, 주로 편지지로 쓰임.

(膠漆)[358] ᄀᆞᆺ더니 쇼졔(小姐ㅣ) 샹경(上京)ᄒᆞᆫ 후(後) 샹ᄉᆞ(相思)ᄒᆞᄂᆞᆫ 회푀(懷抱ㅣ) 견듸기 어려워 이제 이의 니르러 일(一) 편(片) 셔신(書信)을 고(告)ᄒᆞᄂᆞ니 쇼졔(小姐ㅣ) 싱(生)을 이리 져ᄇᆞ리려 홀진듸 엇지 화졉(花蝶)[359]의 그믈을 면(免)치 못ᄒᆞ여 싱(生)으로 ᄒᆞ여금 쳔(千) 년(年) 원귀(冤鬼) 되게 ᄒᆞᄂᆞ뇨? 모ᄅᆞ미 ᄯᅳᆺ을 회보(回報)ᄒᆞ라.'

ᄒᆞ엿고 ᄯᅩ ᄒᆞᆫ 셔간(書簡)의 ᄀᆞᆯ와시듸,

'쳔만의외(千萬意外)의 낭군(郎君)의 셔찰(書札)을 어ᄂᆞ니 쳡(妾)의 심신(心身)이 비월(飛越)[360]ᄒᆞ믈 이긔지 못ᄒᆞ니 쳡(妾)이 셕년(昔年)의 니가(-家)의 졀[361]혼(絕婚)ᄒᆞ믈 만나 낭군(郎君)으로

• • •

105면

운우(雲雨)의 졍(情)을 일웟더니 ᄯᅩ 니가(-家)의 ᄎᆞᄌᆞ믈 어드니 셰(勢)가(可)히 거역(拒逆)지 못ᄒᆞᆯ지라. 구가(舅家)의 도라오믜 가부(家夫)의 듕듸(重待) 산악(山岳) ᄀᆞᆺᄐᆞ나 젼쳐(前妻)의 ᄌᆞ식(子息)이 잇ᄂᆞᆫ지라 힝(幸)혀 쳡(妾)의 ᄌᆞ식(子息)이 죵샤(宗嗣)를 밧드지 못ᄒᆞᆯ가 시름ᄒᆞ여 짐살(鴆殺)[362]ᄒᆞ니 타념(他念)이 업더니 낭군(郎君)의 권년(眷戀)[363]ᄒᆞ믈 보니 심ᄉᆞ(心事ㅣ) 더옥 착난(錯亂)ᄒᆞ도다. 죠각을 보와 니가(-家) 골육(骨肉)을 마ᄌᆞ 업시ᄒᆞ고 도라가리라. '

ᄒᆞ여시니, 어ᄉᆞ(御使ㅣ) 보기를 ᄆᆞᆺ고 십분(十分) 경아(驚訝)ᄒᆞ여

---

358) 교칠(膠漆): 교칠. 사귀는 사이가 아주 친밀하여 서로 떨어질 수 없음.

359) 화졉(花蝶): 화접. 꽃과 나비.

360) 비월(飛越): 정신이 멀리 날아감을 비유.

361) 졀: [교] 원문에는 '결'로 되어 있으나 문맥을 고려하여 국도본(9:108)을 따름.

362) 짐살(鴆殺): 짐주를 먹여 사람을 죽임. 짐주는 짐새의, 독이 있는 깃털을 담가 만든 술.

363) 권년(眷戀): 권련. 간절히 생각하며 그리워함.

싱각ᄒᆞ되,

'쇼 시(氏)ᄂᆞᆫ 이러ᄒᆞᆫ 사ᄅᆞᆷ이 아니니 뉘 이런 고이(怪異)ᄒᆞᆫ 노ᄅᆞᆺ슬 ᄒᆞ엿ᄂᆞᆫ고?'

졍(正)히 글을 ᄌᆞᆸ바 슬오고져 ᄒᆞ더니 다시 혜아리되,

'밋지 못ᄒᆞᆯ 거슨 사ᄅᆞᆷ이라. 쇼 시(氏) 비록 현슉(賢淑)ᄒᆞ나 혹(或) 이런 일을 ᄒᆞᆯ 동 어이 알니오? 아모커나 필경(畢竟)을 보리라.'

ᄒᆞ고 거두어 ᄉᆞ믹의 너코 침음(沈吟)ᄒᆞ여 말을 아니터니 이윽고 쇼 시(氏) 정당(正堂)으로조ᄎᆞ 오거ᄂᆞᆯ 어ᄉᆡ(御使ㅣ) 일단(一旦) 미온지심(未穩之心)이 업

• • •

106면

지 아냐 믁연(默然)이 말을 아니ᄒᆞ더니 홀연(忽然) 쇼부(-府) 시비(侍婢) 댱 부인(夫人) 셔간(書簡)을 가져 니ᄅᆞ니 쇼 시(氏) 공경(恭敬)ᄒᆞ여 보기를 ᄆᆞᆺ고 답셔(答書)를 쓰거ᄂᆞᆯ 어ᄉᆡ(御使ㅣ) 비록 젼일(前日) 져의 휘필(揮筆)364)ᄒᆞᄂᆞᆫ 양(樣)을 보나 유의(留意)치 아냣ᄂᆞᆫ지라 짐즛 ᄌᆞ시 보다가 아사 ᄉᆞ믹의 너커ᄂᆞᆯ 쇼 시(氏) 블쾌(不快)ᄒᆞ여 닐오되,

"엇지 셔간(書簡)을 ᄉᆞ믹의 너으시ᄂᆞ뇨?"

어ᄉᆡ(御使ㅣ) 미미(微微)히 웃고 닐오되,

"잠간(暫間) 쓸 ᄃᆡ 이시니 곳쳐 쓰라."

쇼졔(小姐ㅣ) 고이(怪異)히 너기나 다토기 슬히 너겨 다시 뼈 쇼부(-府) 가인(家人)을 쥬고 몸을 일워 정당(正堂)으로 드러가니, 어ᄉᆡ(御使ㅣ) 쇼져(小姐) 위싱(-生)의게 ᄒᆞᆫ 셔간(書簡)과 앗가 쁜 셔간(書

---

364) 휘필(揮筆): 붓을 휘두른다는 뜻으로, 글씨를 쓰거나 그림을 그림을 이르는 말.

簡)을 노코 보니 흔 ᄌᆞ(字)도 ᄎᆞ호(差毫)365)ᄒᆞ미 업ᄉᆞᆫ지라.

'너 원ᄂᆡ(元來) 윤문 죽으믈 의심(疑心)ᄒᆞ더니 되강(大綱) 쇼 시(氏) 쟉용(作用)이라. 다 너 블명(不明)ᄒᆞ여 ᄎᆞ인(此人)의 심슐(心術)366)을 몰ᄂᆞ더니 이제 간부(姦夫)로 동심(同心)ᄒᆞ여 셩367)문을 마ᄌᆞ 죽이려 ᄒᆞ니 텬하(天下)의 이런 되악(大惡)의 녀ᄌᆡ(女子ㅣ) 어듸 이시리오? 당당(堂堂)이 부

◦●●

107면

친(父親)긔 고(告)ᄒᆞ고 다ᄉᆞ리리라.'

ᄒᆞ더니 다시 싱각ᄒᆞ되,

'범ᄉᆡ(凡事ㅣ) 급거(急遽)368)ᄒᆞ미 가(可)치 아니ᄒᆞ고 평일(平日) 부뫼(父母ㅣ) 쇼 시(氏)를 이듕(愛重)ᄒᆞ시니 엇지 고지드ᄅᆞ시며 ᄯᅩ 평일(平日) 힝ᄉᆞ(行事)를 볼진되 만만(萬萬)코 아닐 거시로되 쇼 시(氏) 젹국(敵國)이 업ᄉᆞ니 뉘 히(害)ᄒᆞ리오?'

이쳐로 혜아려 반신반의(半信半疑)369)ᄒᆞ여 심ᄉᆞ(心事ㅣ) ᄌᆞ못 블평(不平)ᄒᆞᆫ 고(故)로 십여(十如) 일(日)이 되도록 쥭370)미각의 드러가지 아니ᄒᆞ고 쳔ᄉᆞ만상(千思萬想)371)ᄒᆞ나 간졍(姦情)372)을 ᄊᆡᆺ듯지 못

---

365) ᄎᆞ호(差毫): 차호. 조금의 어긋남.

366) 심슐(心術): 심술. 속마음.

367) 셩: [교] 원문에는 '영'으로 되어 있으나 국도본(9:111)을 따름.

368) 급거(急遽): 몹시 서둘러 급작스러운 모양.

369) 반신반의(半信半疑): 얼마쯤 믿으면서도 한편으로는 의심함.

370) 쥭: [교] 원문에는 '즁'으로 되어 있으나 앞의 예를 따라 이와 같이 수정함.

371) 쳔ᄉᆞ만상(千思萬想): 천사만상. 천 번 만 번 생각함.

372) 간졍(姦情): 간정. 간사한 정황.

ᄒᆞ더라.

이ᄣᅥ 옥난이 난믜로 동심(同心)ᄒᆞ여 윤문을 박살(撲殺)373)ᄒᆞ고 ᄯᅩ 난믜로 쇼 시(氏) 필젹(筆跡)을 어더 셔간(書簡)을 지어 어ᄉᆞ(御使)ᄅᆞᆯ 속이니 원늬(元來) 쇼 시(氏) 본(本)ᄃᆡ 구가(舅家)의 온 후(後) 글쓰기ᄅᆞᆯ 슝샹(崇尙)374)치 아니ᄒᆞ니 난믜 엇지 어더 보와시리오마ᄂᆞᆫ 쇼부(-府) 셔간(書簡)을 보닐 제 옥난을 쥬니 난이 공교(工巧)히 본(本)써니 어ᄉᆞ(御使)ᄅᆞᆯ 속이ᄃᆡ 각별(各別)ᄒᆞᆫ 동졍(動靜)375)이 업스니 착급(着急)376)ᄒᆞᄆᆞᆯ 이긔지 못ᄒᆞ여,

일일(一日)은 그 형(兄)을 보라 두부(-府)의 니ᄅᆞ니 기형(其兄)의

108면

명(名)은 금난이오 ᄌᆞ식(姿色)377)이 졀셰378)(絶世)379)ᄒᆞᆫ지라 두 쟝군(將軍)이 쇼실(小室)을 삼고 극(極)히 총이(寵愛)하여 아니 드ᄅᆞᆯ 말이 업ᄉᆞᆫ지라. 그 아비 송션으로 막하(幕下)380) 관(官)을 삼아 군즁(軍中) ᄃᆡ쇼ᄉᆞ(大小事)ᄅᆞᆯ 다 맛지니 송션이 탐381)모(貪冒)382) 극악(極惡)ᄒᆞᆫ지라 황금(黃金)이 슈즁(手中)의 누거만(累巨萬)383)이오 ᄌᆡ빅(財

---

373) 박살(撲殺): 때려서 죽임.

374) 슝샹(崇尙): 숭상. 높여 소중히 여김.

375) 동졍(動靜): 동정. 일이나 현상이 벌어지고 있는 낌새.

376) 착급(着急): 착급. 몹시 급함.

377) ᄌᆞ식(姿色): 자색. 여자의 고운 얼굴이나 모습.

378) 셰: [교] 원문에는 '쇄'로 되어 있으나 오기로 보임.

379) 졀셰(絶世): 절세. 세상에 견줄 데가 없을 정도로 아주 뛰어남.

380) 막하(幕下): 장막의 아래라는 뜻으로, 지휘관이나 책임자가 거느리는 사람.

381) 탐: [교] 원문에는 '춤'으로 되어 있으나 문맥을 고려하여 국도본(9:113)을 따름.

382) 탐모(貪冒): 재물을 탐함.

帛)384)이 블가승쉬(不可勝數ㅣ)385)라. 이러므로 옥난이 금보(金寶)386)
쓰기를 흙ㄳ치 ㅎ미오 숑션이 제 쭐을 사 닉여 셔방(書房) 믓쳐 살
게 ㅎ고져 ㅎ니 난이 쇼 시(氏)게 원(怨)을 갑고 그치려 ㅎ는지라 수
양(辭讓)ㅎ고 가지 아냐더니 이날이야 셔로 보고 오릭 쩌눗던 졍(情)
을 일우더니 금난이 믄득 일오딕,

"나는 긔특(奇特)흔 계교(計巧)로 쟝군(將軍)의 부인(夫人)을 닉치
고 젼춍(專寵)387)ㅎ니 이만 쾌(快)흔 일이 업셔 ㅎ느라."

난이 밧비 므르딕,

"므슴 연괴(緣故ㅣ)뇨?"

금난이 답왈(答曰),

"다른 연괴(緣故ㅣ) 아니라 아쥬 쉽더라. 쟝군(將軍)의 얼데(孼弟)
ㅎ느히 심양 강쥐라 ㅎ는 딕 잇더니 거년(去年)388)의 와 닐오딕, '심

109면

양의 외면단(外面丹)이란 약(藥)이 이셔 그 약(藥)곳 먹으면 되고져
ㅎ는 사룸이 되느니라.' ㅎ거늘 닉 금빅(金帛)을 쥬고 여러 낫츨 사
와 과연(果然) 부인(夫人)이 되여 쟝군(將軍) 잇는 딕 가 음난(淫亂)
흔 졍틱(情態)389)룰 뵈니 쟝군(將軍)이 고지듯고 닉치니라."

---

383) 누거만(累巨萬): 매우 많음.
384) 직빅(財帛): 재백. 재물과 비단.
385) 블가승쉬(不可勝數): 블가승수. 너무 많아서 셀 수가 없음.
386) 금보(金寶): 금은보배.
387) 젼춍(專寵): 전총. 각별한 사랑과 귀염을 혼자서 차지함.
388) 거년(去年): 지난해.
389) 졍틱(情態): 정태. 아첨하는 마음씨와 그 태도.

옥난이 놀녹 글오디,

"져져(姐姐)야. 아모커나 그 약(藥)을 날을 뵈라."

간청(懇請)흔디 금난이 이의 협亽(篋笥)390) 즁(中)으로셔 닉여 노
커늘 바다 보니 콩만 흐고 비치 프릭거늘 옥난이 보고 여러 눛츨 달
나 흐거늘 금난 왈(曰),

"아이 이거슬 흐여 무어시 쓰려 흐녹뇨?"

옥난이 믄득 울며 왈(曰),

"쇼뎨(小弟) 남모릭는 지원지통(至冤至痛)391)이 이시니 삼가 고
(告)흐리라. 쇼뎨(小弟) 니 승샹(丞相) 추주(次子) 니 어亽(御使)의 도
라보믈 닙어 빅(百) 년(年)을 브랏더니 요인(妖人)392) 쇼녜(-女ㅣ) 어
딘로죠츠 닉드라 주식(姿色)을 주랑흐고 어亽(御使)의 듕디(重待)를
독당(獨當)393)흐여 양양주득(揚揚自得)394)흐니 쇼민(小妹) 원한(怨
恨)이 통입골슈(痛入骨髓)395)흔지라 릭일(來日) 죽으나 가슴의 밋힌
한(恨)을 잠

●●●

110면

간(暫間) 플고져 흐녹니 형(兄)은 앗기지 말나."

금난이 다 듯고 츄연(惆然) 왈(曰),

---

390) 협亽(篋笥): 협사. 버들가지, 대나무 따위를 결어 상자처럼 만든 직사각형의 작은
  손그릇.
391) 지원지통(至冤至痛): 지극한 원한.
392) 요인(妖人): 요사스러운 사람.
393) 독당(獨當): 홀로 독차지함.
394) 양양주득(揚揚自得): 양양자득. 뜻을 이루어 뽐내며 꺼드럭거림.
395) 통입골슈(痛入骨髓): 통입골수. 억울한 마음이 골수에 깊이 사무침.

"현뎨(賢弟) 이러혼 졍亽(情事)를 아지 못ㅎ엿더니 이졔야 드르민 위(爲)ㅎ여 분(憤)ㅎ믈 춤지 못ㅎᄂ니 엇지 만금(萬金)인들 앗기리오?"

드듸여 개면단(改面丹)396) 여라믄 ᄂ츨 쥬니 난이 가지고 도라와 난미를 보고 닐오듸,

"형(兄)이 이졔 큰일을 져즈러 윤문을 쥭이고 간부셔(姦夫書)를 늘려 쇼 부인(夫人)을 히(害)ㅎ니 그 죄(罪) 쥭고 말지라 여츠여츠(如此如此) ㅎ미 엇더ㅎ뇨?"

난미 일종(一終)397) 옥난의 계교(計巧)듸로 ㅎ니,

일일(一日)은 쇼월(素月)이 흐미(稀微)398)혼듸 난미 쥭399)미각의 니르러 두로 슬피니 마춤 쇼졔(小姐 ㅣ) 댱 시(氏)로 더브러 셜화(說話)ㅎ노라 당(堂)이 뷔엿거늘 급(急)히 옥난을 쳥(請)ㅎ여 계교(計巧)를 힝(行)ㅎ니 옥난은 약(藥)을 숨커 쇼 시(氏) 얼골이 되고 난미난 쇼년(少年) 미남직(美男子 ㅣ) 되여 셔로 희롱(戲弄)ㅎ고 휴슈(携手)400) 졉톄(接體)401)ㅎ여 부쳐(夫妻)의 亽랑ㅎᄂ 거동(擧動)을 ㅎ더니 이씩 어싀(御使 ㅣ) 오

...

111면

틴 셔당(書堂)의 잇더니 츠야(此夜)의 몸을 일워 두로 빙회(徘徊)ㅎ다

---

396) 개면단(改面丹): 개용단이라고도 함. 사람의 모습을 자신이 원하는 얼굴로 바꾸어 주는 약.

397) 일종(一終): 일종. 전부.

398) 흐미(稀微): 희미. 분명하지 못하고 어렴풋함.

399) 쥭: [교] 원문에는 '즁'으로 되어 있으나 앞의 예를 따라 이와 같이 수정함.

400) 휴슈(携手): 휴수. 손을 이끎.

401) 졉톄(接體): 접체. 몸을 맞댐.

가 홀연(忽然) 쥭미각의 니르니 쇼 시(氏) 봉관딘402)삼(鳳冠塵衫)403)으로 창(窓)의 거러안즈 혼 남즈(男子)로 더브러 희롱(戲弄)이 즈약(自若)ᄒ거늘 크게 놀나 즈시 보니 죠금도 쇼 시(氏)로 다르미 업스니 심하(心下)의 디분(大憤)ᄒ여 굴오디,

'쇼 시(氏) 엇지 이런 힝실(行實)이 잇ᄂ뇨? 이 반ᄃ시 위싱(-生)이라. 니 흔 칼노 춤(斬)ᄒ여 셜분(雪憤)404)ᄒ리라.'

드디여 쟝(帳)을 들혀고 드러가니 이 남지(男子ㅣ) 놀나 급(急)히 쉬여 ᄂ가고 쇼 시(氏) 즈못 춤식(慙色)405)이 잇거늘 어시(御使ㅣ) 노긔(怒氣) 가득ᄒ여 드러가 안즈며 굴오디,

"그디 눌노 더브러 휴슈(携手)ᄒ여 희롱(戲弄)ᄒᄂ뇨?"

쇼 시(氏) 발연변식(勃然變色)406) 왈(曰),

"이ᄂ ᄂ의 고인(故人) 위싱(-生)이라 군(君)이 모르미 다ᄉ(多事)407)ᄒ도다."

셜파(說罷)의 나의(羅衣)408)를 썰쳐 넓써 ᄂ가니 어시(御使ㅣ) 통히(痛駭)ᄒ미 극(極)ᄒ여 즉시(卽時) 몸을 닐워 밧그로 나가니 뭇춤 부미(駙馬ㅣ) 이의 잇ᄂ지라. 어시(御使ㅣ) 눈셥을 씽긔고 믈너 안즈니 부미(駙馬ㅣ) 눈을

402) 딘: [교] 원문에는 '닌'으로 되어 있으나 오기로 보임. 참고로 국도본(9:117)에도 '닌'으로 되어 있음.
403) 봉관딘삼(鳳冠塵衫): 봉관진삼. 봉관(鳳冠)은 봉황의 장식이 있는 예관(禮冠)이고, 진삼은 여자들이 입는 적삼인 듯하나 미상임.
404) 셜분(雪憤): 셜분. 분을 풂.
405) 춤식(慙色): 참색. 부끄러운 기색.
406) 발연변식(勃然變色): 발연변색. 왈칵 성을 내어 얼굴빛이 달라짐.
407) 다ᄉ(多事): 다사. 보기에 쓸데없는 일에 간섭을 잘하는 데가 있음.
408) 나의(羅衣): 얇은 비단으로 지은 옷.

드러 보고 고이(怪異)히 너기더니 몽원이 ᄆᆞ르ᄃᆡ,

"형쟝(兄丈)이 엇진 고(故)로 금일(今日) 긔샹(氣像)이 평샹(平常)치 아니ᄒᆞ시뇨?"

어ᄉᆞ(御使ㅣ) 침음(沈吟) 답왈(答曰),

"우형(愚兄)이 시운(時運)이 블니(不利)ᄒᆞ여 오늘 ᄃᆡ변(大變)을 보와시니 ᄎᆞ고(此故)로 긔식(氣色)이 평샹(平常)치 아니토다."

부매(駙馬ㅣ) ᄆᆞ르ᄃᆡ,

"아지 못게라. 금일(今日) 현뎨(賢弟)의 말이 엇진 연괴(緣故ㅣ)뇨? 부ᄂᆡ(府內)의 일즉 례문(禮文)과 가법(家法)이 돈독(敦篤)⁴⁰⁹⁾ᄒᆞ니 ᄃᆡ변(大變)이 엇지 ᄂᆞ리오?"

어ᄉᆞ(御使ㅣ) 본(本)ᄃᆡ 부마(駙馬)긔 고(告)코져 ᄒᆞᄃᆡ 단엄(端嚴)ᄒᆞᆫ 식(色)을 져어 발(發)키를 쥬져(躊躇)ᄒᆞ더니 ᄆᆞᄅᆞᆯ 틈 이의 전후슈말(前後首末)을 일일(一一)히 고(告)ᄒᆞ고 간부셔(姦夫書)ᄅᆞᆯ ᄂᆡ여 드리고 ᄀᆞᆯ오ᄃᆡ,

"ᄎᆞ녀(此女)의 죄(罪) 가(可)히 용샤(容赦)치 못ᄒᆞᆯ 거시니 당당(堂堂)이 국법(國法)으로 다ᄉᆞ릴 거시니이다."

셜파(說罷)의 셩음(聲音)을 졈졈(漸漸) 놉히고 노ᄉᆡᆨ(怒色)이 쳘골(徹骨)⁴¹⁰⁾ᄒᆞ니 부미(駙馬ㅣ) 쳐음붓터 듯기ᄅᆞᆯ ᄆᆞᆺ고 골경신ᄒᆡ(骨驚神駭)⁴¹¹⁾ᄒᆞ여 냥구(良久)히 말을 아니타가 반향(半晌) 후(後) ᄂᆞ빗츨 변(變)ᄒᆞ고 크게 칙(責)ᄒᆞ여 ᄀᆞᆯ오ᄃᆡ,

---

409) 돈독(敦篤): 두터움.

410) 쳘골(徹骨): 철골. 뼈에 사무침.

411) 골경신ᄒᆡ(骨驚神駭): 골경신해. 뼈가 쭈뼛하고 정신이 놀람.

"네 주쇼(自小)⁴¹²)로 총명(聰明)ᄒᆞ미 지극(至極)

ᄒᆞ여 지인(知人)ᄒᆞᄂᆞᆫ 안광(眼光)이 타인(他人)의 밋지 못ᄒᆞ더니 엇지 금일(今日) 이런 망녕(妄靈)⁴¹³)된 말을 ᄒᆞᄂᆞ뇨? 쇼슈(-嫂)의 위인(爲人)은 네 붉히 아ᄂᆞᆫ 비니 우형(愚兄)이 슈고로이 니ᄅᆞ지 아니커니와 네 반ᄃᆞ시 가즁(家中) 복쳡(僕妾) 즁(中) 유졍재(有情者ㅣ)셔 이런 요망(妖妄)⁴¹⁴)ᄒᆞᆫ 일을 지어 너를 속이거늘 네 믄득 고지듯고 우형(愚兄)의 안젼(案前)의셔 더러온 말을 파셜(播說)⁴¹⁵)ᄒᆞ여 어ᄌᆞ러온 노ᄉᆡᆨ(怒色)과 비례(非禮)의 쇼리로 나의 ᄆᆞᄋᆞᆷ을 요란(搖亂)케 ᄒᆞᄂᆞ뇨? 네 ᄃᆞ시 이런 말을 입 밧긔 ᄂᆡ여 부친(父親)긔 ᄎᆡᆨ(責)을 엇줍지 말나."

말을 ᄆᆞ츠ᄆᆡ 온유졍슉(溫柔整肅)⁴¹⁶)ᄒᆞᆫ 긔운(氣運)이 ᄉᆞ좌(四座)를 흠동(歆動)⁴¹⁷)ᄒᆞ니, 어ᄉᆞ(御使ㅣ) 크게 황괴(惶愧)ᄒᆞ여 이의 좌(座)를 ᄯᅥᄂᆞ 비샤(拜謝)ᄒᆞ고 ᄂᆞ족이 고(告)ᄒᆞᄃᆡ,

"형쟝(兄丈) 말ᄉᆞᆷ을 듯ᄌᆞ오니 쇼뎨(小弟) 모⁴¹⁸)ᄉᆡᆨ(茅塞)⁴¹⁹)ᄒᆞᆫ 흉금(胸襟)을 열게 ᄒᆞ시니 쇼뎨(小弟) 당당(堂堂)이 심곡(心曲)의 ᄉᆞ이려

---

412) 주쇼(自小): 자소. 어려서부터.

413) 망녕(妄靈): 망령. 정신이 흐려서 말이나 행동이 정상을 벗어남. 또는 그런 상태.

414) 요망(妖妄): 요사스럽고 망령됨.

415) 파셜(播說): 파설. 말을 퍼뜨림.

416) 온유졍슉(溫柔整肅): 온유정숙. 성격, 태도가 온화하고 부드러우며 바르고 엄숙함.

417) 흠동(歆動): 마음을 감동시킴.

418) 모: [교] 원문에는 '무'로 되어 있으나 오기로 보임.

419) 모ᄉᆡᆨ(茅塞): 모색. 길이 띠로 인하여 막힌다는 뜻으로, 마음이 물욕에 가리어 어리석고 무지함을 비유적으로 이르는 말.

니와 다만 쇼뎨(小弟) 슈블최(雖不肖ㅣ)나 가즁(家中)의 쯧 둔 딕 업
느니 어느 사름이 쇼 시(氏)를 히(害)호며 쇼 시(氏)를 친(親)히 보와
시니

• • •

114면

진실(眞實)노 의심(疑心)이 업지 아니호니이다.”

부미(駙馬ㅣ) 블연쟉식(怫然作色)[420] 왈(曰),

“너의 말이 가지록 블명(不明)호도. 셕일(昔日) 모친(母親)이 녀
환 남미(男妹) 쟉히(作害)[421]를 닙으실 시졀(時節)의 녀 시(氏) 기면
단(改面丹)을 먹어 죠모(祖母)를 속이니 죠뫼(祖母ㅣ) 씨둣지 못호여
닉치시다 호니 너의 친(親)히 보왓노라 호미 더옥 허탄(虛誕)[422]호니
우형(愚兄)이 엇지 고지드르리오? 너의 말과 비례(非禮)의 셔찰(書
札)이 구추(苟且)히 졍시(正視)홀 비 아니라 씰니 믈너가고 우형(愚
兄)다려 두시 니르지 말나. 우형(愚兄)이 셜수(設使) 블쵸(不肖)호나
너를 그릇 인도(引導)호지 아닐 거시니 임의(任意)로 호라. 우형(愚
兄)이 용열(庸劣)호나 니히(利害)[423]로 닐럿거늘 죠곰도 유리(有利)
히 너기는 긔식(氣色)이 업수니 닉 형(兄) 되믈 붓그리느니 쏘 엇지
슌셜(脣舌)[424]을 놀니리오?”

셜파(說罷)의 몸을 니러 의딕(衣帶)를 그른고 주리의 누아가 두시

---

420) 블연쟉식(怫然作色): 불연작색. 갑자기 불끈 성내어 얼굴빛이 달라짐.
421) 쟉히(作害): 작해. 해를 주거나 끼치거나 함.
422) 허탄(虛誕): 거짓되고 미덥지 아니함.
423) 니히(利害): 이해. 이익과 손해.
424) 슌셜(脣舌): 순설. 입술과 혀.

요동(搖動)치 아니니 어시(御使ㅣ) 황공(惶恐)ᄒ여 ᄂᆽ출 붉히고 ᄃ시 말을 못 ᄒ고 ᄯᅩ흔 ᄌ리의 누어 스스로 분(憤)ᄒ믈 ᄎᆷ지 못ᄒᄃᆡ 부

미(駙馬ㅣ) 이러툿 ᄒ니 싱(生)이 텬셩(天性)이 효의(孝義)를 삼가ᄂᆫ 지라 감(敢)히 ᄃ시 사ᄉᆡᆨ(辭色)지 못ᄒ고 심듕(心中)의 분앙(憤怏)425) ᄒ믈 먹음어 이후(以後) 쇼 시(氏) 침쇼(寢所)의 발ᄌ최를 돈연(頓然)426)이 ᄭᅳᆫ치니 유모(乳母)와 시녀(侍女) 등(等)이 고이(怪異)히 녀기나 ᄯᅩ흔 연고(緣故)를 아지 못ᄒ더니,

일일(一日)은 어시(御使ㅣ) 셔당(書堂)의 홀노 안ᄌ더니 홍이 영문 공ᄌ(公子)를 안고 이의 니ᄅ니 어시(御使ㅣ) 블열(不悅) 쟉ᄉᆡᆨ(作色) 왈(曰),

"음부(淫婦)427)의 ᄌ식(子息)이 엇지 이의 니ᄅ럿ᄂᆚ뇨?"

ᄒ며 쇼연으로 ᄒ여금 미러 휘좃ᄎ니 홍이 ᄃᆡ경(大驚)ᄒ여 문428) (門) 밧긔 ᄂᆞ오ᄆᆡ 쇼연이 미쵸ᄎᆞ 가마니 부마(駙馬)와 어ᄉ(御使)의 문답(問答) ᄉ연(事緣)을 ᄌ시 니ᄅ니 쇼연이 젼일(前日) 어ᄉ(御使)의 쇼시(少時)젹 긔롱(譏弄)의 눈이 거의 멀게 되엿더니 승샹(丞相)이 묘방(妙方)429)으로 ᄃ사리ᄆᆡ 인(因)ᄒ여 평샹(平常)ᄒᄆᆡ 어시(御使ㅣ) 스ᄉ로 신임(信任)ᄒ여 밋비 너기고 쇼연이 ᄯᅩ흔 츙셩(忠誠)을

---

425) 분앙(憤怏): 분해 하고 원망함.
426) 돈연(頓然): 완전히.
427) 음부(淫婦): 음탕한 여자.
428) 문: [교] 원문에는 '뭇'으로 되어 있으나 오기로 보임.
429) 묘방(妙方): 효험이 있는 처방이나 약방문.

다ᄒᆞ여 어ᄉᆞ(御使)를 셤기더니 긔야(其夜)의 어ᄉᆞ(御使)의 말을 듯고 그윽이 놀나 홍아ᄃᆞ려 니ᄅᆞ니 홍이 놀나

•••

116면

밧비 쥭미각의 드러가 쇼져(小姐)를 보고 ᄌᆞ시 고(告)ᄒᆞ니 쇼제(小姐ㅣ) 듯기를 못고 골경신히(骨驚神駭)430)ᄒᆞ여 이윽이 말을 아니터니 냥구(良久) 후(後) 탄왈(嘆曰),

"늬 니 군(君)을 만ᄂᆞ던 날 이럴 쥴 아랏거니와 필경(畢竟)의 이런 더러온 말을 몸의 시ᄅᆞᆯ 쥴 알니오? 늬 엇지 ᄎᆞ후(此後) 인셰(人世)의 참예(叅預)431)ᄒᆞ리오?"

셜파(說罷)의 화장(化粧)과 금복(錦服)을 벗고 드러 칭병블츌(稱病不出)432)ᄒᆞ니 구괴(舅姑ㅣ) 놀ᄂᆞ 드러와 문병(問病)ᄒᆞ거늘 쇼제(小姐ㅣ) 강잉(强仍)ᄒᆞ여 ᄌᆞ약(自若)히 ᄃᆡ(對)ᄒᆞᄃᆡ,

"쳡(妾)이 잠간(暫間) 슉질(宿疾)이 이셔 잇다감 발(發)ᄒᆞᄂᆞ이다. 지금(只今)도 그러ᄒᆞᆫ가 시브이다."

구괴(舅姑ㅣ) 위로(慰勞)ᄒᆞ고 죠심(操心)ᄒᆞᆷ믈 니ᄅᆞ니 쇼제(小姐ㅣ) 홍은(鴻恩)433)이 감격(感激)ᄒᆞ나 싱(生)이 의심(疑心)ᄒᆞ미 참혹(慘酷)ᄒᆞᆫ ᄃᆡ 미쳐시믈 분(憤)ᄒᆞ고 ᄌᆞ괴(自己) 빅옥(白玉)의 틔 업ᄉᆞᆫ 듯ᄒᆞᆫ 몸으로 이러ᄐᆞᆺ 강샹(綱常)434) 죄악(罪惡)을 어드믈 셜워 식음(食飮)

---

430) 골경신히(骨驚神駭): 골경신해. 뼈가 쭈뼛하고 정신이 놀람.

431) 참예(叅預): 참예. 참여함.

432) 칭병블츌(稱病不出): 칭병불출. 병을 핑계로 나가지 아니함.

433) 홍은(鴻恩): 넓고 큰 은혜.

434) 강샹(綱常): 강상. 사람이 마땅히 행하여야 할 도리. 삼강과 오륜.

을 느오지 아니ᄒ고 죽기를 영화 (榮華)로이 너기니 옥용(玉容)이 쵸
체(憔悴)ᄒ고 월틱(月態)435) 쇠잔(衰殘)436)ᄒ여 형식(形色)이 쵸고
(憔枯)437)ᄒ니

○●●

117면

구괴(舅姑ㅣ) 짐즛 병(病)이 잇ᄂᆫ가 ᄒ여 크게 념녀(念慮)하고 쇼뷔
(少傅ㅣ) 문후(問候)ᄒ고 긔렴(祈念)438)ᄒ미 어린 쓸곳치 ᄒ더니 싱
(生)이 드러가지 아니믈 고이(怪異)히 너겨 일일(一日)은 므ᄅ딕,

"이졔 쇼 시(氏) 병셰(病勢) 깁거늘 엇진 고(故)로 네 드러가 뭇지
아닌ᄂᆫ다?"

싱(生)이 믄득 변식(變色) 딕왈(對曰),

"쇼 시(氏) 탁병(託病)439)이니 고지듯지 마ᄅ쇼셔."

쇼뷔(少傅ㅣ) 쇼왈(笑曰),

"쇼 시(氏) 용안(容顔)이 쵸체(憔悴)ᄒ엿시니 엇지 탁병(託病)이리
오? 네 아니 견과(見過)440)ᄒ미 잇ᄂ냐?"

어ᄉᆡ(御使ㅣ) 머리를 슉여 브답(不答)이어늘 쇼뷔(少傅ㅣ) 이윽히
숑아(送訝)441)ᄒ닥가 그 긔식(氣色)을 씌ᄃ라 이의 칙(責)ᄒ여 글오
딕,

---

435) 월틱(月態) : 월태. 달처럼 희고 아름다운 자태.
436) 쇠잔(衰殘): 쇠잔. 쇠하여 힘이나 세력이 점점 약해짐.
437) 쵸고(憔枯): 초고. 초췌하고 마름.
438) 긔렴(祈念): 기념. 비는 마음.
439) 탁병(託病): 병을 핑계함.
440) 견과(見過): 잘못한 것을 봄.
441) 숑아(送訝): 송아. 의아한 눈길을 보냄.

"네 아니 한(漢) 셩뎨(成帝)의 블명(不明)ᄒᆞᄆᆞᆯ 습(習)ᄒᆞ며 비연(飛燕)의 춤쇼(讒訴)ᄅᆞᆯ 드럿ᄂᆞ냐?[442] 네 이런 ᄯᅳᆺ이 이실진ᄃᆡ 당당(堂堂)이 형쟝(兄丈)긔 고(告)ᄒᆞ고 널로써 가문(家門)의 용납(容納)지 아닐 거시니 삼가라."

셜파(說罷)의 어ᄉᆞ(御使ㅣ) 황공(惶恐)ᄒᆞ여 ᄃᆡ왈(對曰),

"쇼질(小姪)이 엇지 이런 ᄯᅳᆺ이 이시리잇고? 잠간(暫間) 심ᄉᆞ(心事ㅣ) 블평(不平)ᄒᆞᆫ 일이 이셔 드러가 뭇지 못ᄒᆞ과이다."

쇼

...

118면

뷔(少傅ㅣ) 졍ᄉᆡᆨ(正色) 왈(曰),

"네 말을 쭘여 날을 속이거니와 네 ᄯᅳᆺ이 진실(眞實)노 그러커든 즉금(卽今) 드러가 보미 엇더뇨?"

어ᄉᆞ(御使ㅣ) 심하(心下)의 블쾌(不快)ᄒᆞ나 흔연(欣然)이 몸을 니러 드러가니, 쇼뷔(少傅ㅣ) 그 긔ᄉᆡᆨ(氣色)을 ᄌᆞ못 술피고 침음(沈吟)ᄒᆞ여 말을 아니ᄐᆞ가 듕당(中堂)의 가 최 슉인(淑人)을 보고 닐오ᄃᆡ,

"니 잠간(暫間) 알고져 ᄒᆞᄂᆞᆫ 일이 이시니 누의 쥭[443]미각의 드러가 몽챵 부부(夫婦)의 ᄒᆞᄂᆞᆫ 거동(擧動)을 술펴 날ᄃᆞ려 니ᄅᆞ라."

슉인(淑人)이 응낙(應諾)고 쥭미각의 니ᄅᆞ러 챵(窓)틈으로 여어 보니,

---

442) 한(漢)~드럿ᄂᆞ냐?: 한나라 성제의 현명하지 못함을 따라 조비연(趙飛燕)의 참소를 들은 것이냐? 중국 한나라 성제가 조비연의 참소를 들어 반첩여(班婕妤)를 물리친 일을 이름.

443) 쥭: [교] 원문에는 '즁'으로 되어 있으나 앞의 예를 따라 이와 같이 수정함.

추시(此時) 어시(御使ㅣ) 슉부(叔父)의 명(命)을 슌슈(順受)⁴⁴⁴⁾ᄒ여
쥭미각의 니ᄅ니 쇼 시(氏) 몸을 금니(衾裏)의 ᄇ려 ᄂ출 니블노 ᄀ
리와 젼⁴⁴⁵⁾연(全然)이⁴⁴⁶⁾ 요동(搖動)치 아니커ᄂ 어시(御使ㅣ) ᄒ 가
의 안ᄌ 냥구(良久)히 보ᄃ가 짐짓 겻히 ᄂ아가 니블을 열고 므ᄅᄃᆡ,
  "지(子ㅣ) 므슴 병(病)이 이셔 나의 드러오믈 보ᄃᆡ 동(動)치 아닌
ᄂ뇨?"
  쇼제(小姐ㅣ) 이ᄶᆮ 젼후ᄉ(前後事)를 싱각ᄒ여 심담(心膽)이 ᄎ고
의시(意思ㅣ) 어린

• • •

119면

가온ᄃᆡ ᄎ언(此言)을 듯고 크게 놀ᄂ고 붓그러오미 만심(滿心)의 가
득ᄒ나 맛지못ᄒ여 니러 안ᄌ 안식(顔色)을 슈렴(收斂)ᄒ고 냥목(兩
目)을 ᄂ쵸와 믁믁(默默)ᄒ니 그 얼골의 쵸체(憔悴)ᄒ미 더옥 쇼담ᄒ
고 붓그리믈 ᄭᅴᆺ엿ᄂ 거동(擧動)이 더옥 졀쇄(絶世)ᄒ 가온ᄃᆡ 닝담(冷
淡) 싁싁ᄒ믈 더어시니 싱(生)이 눈을 ᄶ러질 ᄃ시 보ᄃ가 기리 닝쇼
(冷笑)ᄒ고 므ᄅᄃᆡ,
  "부인(夫人)의 병(病) 들믄 가(可)커니와 슈식(愁色)⁴⁴⁷⁾이 므슴 ᄯᆺ
이뇨?"
  쇼 시(氏) 춤식(慙色)⁴⁴⁸⁾ 브답(不答)ᄒ니 어시(御使ㅣ) 향일(向日)

---

444) 슌슈(順受): 순수. 순순히 받음.
445) 젼: [교] 원문에는 '션'으로 되어 있으나 문맥을 고려하여 국도본(10:9)을 따름.
446) 젼연(全然)이: 전연히. 전혀.
447) 슈식(愁色): 수색. 근심스러운 기색.
448) 춤식(慙色): 참색. 부끄러운 기색.

거죠(擧措)를 싱각고 져리 구느가 ᄒᆞ여 더옥 통ᄒᆡ(痛駭)449)ᄒᆞ여 쏘 지쵹ᄒᆞ여 므르되,

"무슴 연고(緣故)로 근심ᄒᆞᄂᆞ뇨? 주시 니ᄅᆞ라."

쇼 시(氏) 죵시(終始) 답(答)지 아닌즉 욕(辱)이 층가(層加)ᄒᆞᆯ가 ᄒᆞ여 이의 피셕(避席)ᄒᆞ여 ᄀᆞ오되,

"쳡(妾)의 ᄒᆡᆼ신(行身)이 밋브미 업셔 임의 군ᄌᆞ(君子)의 의심(疑心)ᄒᆞ시미 춤혹(慘酷)ᄒᆞ니 쳡(妾)이 므슴 안면(顔面)으로 텬하(天下)의 셔리오?"

어ᄉᆡ(御使ㅣ) 닝쇼(冷笑) 왈(曰),

"그ᄃᆡ 져럿톳 붓그러올진ᄃᆡ 아이450)의 말이 죳

• • •

120면

탓다.451)"

쇼 시(氏) 더옥 심담(心膽)이 막혀 셩모(星眸)를 ᄂᆞ쵸고 말을 아니 ᄒᆞ니 어ᄉᆡ(御使ㅣ) 나아 안져 손을 잡고 핍박(逼迫)ᄒᆞ되,

"아지 못게라. 위ᄉᆡᆼ(-生)은 엇던 ᄉᆞ름이며 윤문은 엇진 고(故)로 박살(撲殺)ᄒᆞ뇨? 그ᄃᆡ 엇지 ᄎᆞ마 망인(亡人)의 골육(骨肉)을 업시ᄒᆞ고 이졔 셩452)문 냥ᄋᆞ(兩兒)를 업시코져 ᄒᆞ니 ᄂᆡ 블명(不明)ᄒᆞ나 죠뎡(朝廷) 간관(諫官)이 되여 그ᄃᆡ ᄀᆞᆺᄐᆞᆫ 쳐ᄌᆞ(妻子)를 두어 어ᄂᆞ ᄂᆞᆺᄎᆞ로 ᄒᆡᆼ셰(行世)ᄒᆞ리오?. 그ᄃᆡ 다만 위ᄉᆡᆼ(-生)의 근본(根本)과 윤문 죽

---

449) 통ᄒᆡ(痛駭): 통해. 몹시 이상스러워 놀람.

450) 아이: '아까'의 의미인 듯하나 미상임.

451) 국도본(10:11)에도 '아이의 말이 조탓다'라 되어 있음.

452) 셩: [교] 원문에는 '영'으로 되어 있으나 뒤에 소월혜 장자의 이름이 '셩문'으로 나오므로 이와 같이 수정함.

인 연고(緣故)룰 니르라."

쇼 시(氏) 니싱(-生)의 이러툿 핍박(逼迫)ᄒᆞᄂᆞ 거죠(擧措)룰 만나 그 노싁(怒色)이 털골밍심(徹骨銘心)[453] ᄒᆞ믈 만나 스스로 쎠 굿치 져리고 여러 말을 슈죄(數罪)[454] ᄒᆞ믈 보니 텬디(天地)룰 부앙(俯仰)[455] ᄒᆞ나 신빅(申白)[456] 홀 길이 업ᄂᆞᆫ지라 다만 함구무언(緘口無言)[457] 이니 어싀(御使 ㅣ) 발연디즐(勃然大叱)[458] 왈(曰),

"그듸 샹문(相門) 규각(閨閣) 녀ᄌᆞ(女子)로 힝실(行實)과 심슐(心術)은 그러툿 힝(行)ᄒᆞ고 엇지 말이 ᄂᆞ리오?"

셜파(說罷)의 손을 ᄲᅵ리치고 믈너 안

• ••

121면

거ᄂᆞᆯ 쇼 시(氏) 바야흐로 정신(精神)을 뎡(靜)ᄒᆞ여 ᄂᆞᆯ호여 잠간(暫間) 웃고 닐오듸,

"남ᄌᆡ(男子 ㅣ) 눈으로 글을 보며 입으로 경셔(經書)룰 외오며 도로혀 간심춤언(奸心讒言)[459] 을 혹(惑)히 드러 금일(今日) 쳡(妾)을 누욕(累辱)[460] ᄒᆞ미 틱심(太甚)ᄒᆞ니 쳡(妾)이 엇지 스스로 져진 죄(罪) 이셔 말이 업스리오. 그듸 힝ᄉᆞ(行事)룰 한심(寒心)ᄒᆞ고 쳡(妾)이 몸의

---

453) 털골밍심(徹骨銘心): 철골명심. 뼈에 사무치고 마음에 새겨짐.

454) 슈죄(數罪): 수죄. 범죄 행위를 들추어 세어 냄.

455) 부앙(俯仰): 아래를 굽어보고 위를 우러러봄.

456) 신빅(申白): 신백. 윗사람에게 자신의 무고함을 밝힘.

457) 함구무언(緘口無言): 입을 다물고 아무 말도 하지 않음.

458) 발연디즐(勃然大叱): 발연대질. 갑자기 크게 성을 냄.

459) 간심춤언(奸心讒言): 간심참언. 간악한 마음에서 나온 참소.

460) 누욕(累辱): 여러 차례 욕을 보거나 모욕을 당함.

더러온 욕(辱) 바드믈 춤난(慙赧)461)ᄒ여 ᄒ미라. 쳡(妾)의 일신(一身)이 임의 누디(陋地)의 ᄲ져 목슘이 필연(必然) 맛ᄎ려니와 군(君)의 힝ᄉ(行事)를 가(可)히 탄(嘆)ᄒ염 즉ᄒ도다."

셜파(說罷)의 단졍(端整)이 위좌(危坐)462)ᄒ니 졍대(正大)ᄒ 말ᄉᆷ은 임의 강하(江河)를 거우름 ᄀᆺ고 안ᄉᆨ(顔色)의 늠녈(凜烈)463)ᄒ미 츄텬(秋天) ᄀᆺᄐ니 어ᄉᆞ(御使ㅣ) 냥구(良久)히 보ᄃ가 긔ᄉᆨ(氣色)을 지어 ᄀᆞ긔(自己)를 관쇽(管束)464)ᄒ민가 역시(亦是) ᄎ게 웃고 닐오ᄃᆡ,

"언변(言辯)이 죡(足)히 쇼진(蘇秦)465)을 압두(壓頭)ᄒᆞᆳᆺ다. 그ᄃᆡ 힝실(行實)을 쳔챵(賤娼)466)ᄀᆺ치 가져 위ᄉᆡᆼ(-生)으로 더브러 희쇼(喜笑)ᄒ믈 닉 스스로 보와거늘 ᄒ

•••

122면

ᄀᆺ 입의 꿀을 먹음어 ᄃᆡ답(對答)ᄒ믈 능(能)히 ᄒᄂᆢ? 그ᄃᆡ 죠히 위ᄉᆡᆼ(-生)으로 더브러 살 거시어늘 나의 ᄋᆞᄌᆞ(兒子) 윤문을 짐살(鴆殺)ᄒᄂᆢ?"

쇼 시(氏) 졍ᄉᆨ(正色)고 다시 말을 아니니,

ᄎ시(此時) 최 슉인이 이 거죠(擧措)를 보고 대경(大驚)ᄒ여 급(急)히 도라와 쇼부(少傅)를 보고 일일(一一)이 보(報)ᄒ니 쇼부(少傅ㅣ)

---

461) 춤난(慙赧): 참난. 부끄러움.

462) 위좌(危坐): 몸을 바르게 하고 앉음.

463) 늠녈(凜烈): 늠렬. 추위가 살을 엘 듯이 심함.

464) 관쇽(管束): 관속. 다스려 속박함.

465) 쇼진(蘇秦): 소진. 중국 전국(戰國)시대의 모사(謀士). 진(秦)나라에 대항하여 다른 여섯 나라가 연합해 대항해야 한다는 합종책(合從策)을 유세함.

466) 쳔챵(賤娼): 천창. 천한 창녀.

크게 놀나 닐오딕,

"몽챵이 본(本)딕 총명(聰明)이 과인(過人)467)ᄒ니 엇진 고(故)로 쇼 시(氏) 의심(疑心)ᄒ미 이 지경(地境)의 니르라ᄂ뇨?"

이쩍 몽원이 좌(座)의 잇더니 전후슈말(前後首末)을 ᄌ시 고왈(告曰),

"ᄎ형(次兄)이 쇼슈(-嫂) 쳐치(處置)홀 도리(道理)를 빅형(伯兄)긔 뭇다가 슈칙(受責)468)ᄒ고 다시 ᄉ식(辭色)지 아니시나 의심(疑心)ᄒ미 딕강(大綱) 깁더이다."

쇼뷔(少傅ㅣ) 더옥 놀ᄂ 왈(曰),

"이ᄂ 부닉(府內)의 변(變)이 심샹(尋常)469)치 아니ᄒ고 몽챵이 쇼 시(氏) 즐칙(叱責)을 긋칠 ᄉ이 업ᄉ리니 형장(兄丈)긔 고(告)ᄒ여 션 쳐(善處)ᄒ리라."

ᄒ고 몸을 니러 셔헌(書軒)의 가 승샹(丞相)긔 뵈고 이윽히 말솜ᄒ 드가 이의 몽챵의 전후슈말(前後首末)을

123면

ᄌ시 고(告)ᄒ고 쳐치(處置)ᄒ시믈 청(請)ᄒ니 승샹(丞相)이 대경(大驚)ᄒ여 닐오딕,

"욕직(辱子ㅣ) 죵시(終始) 가문(家門)을 욕(辱) 먹이고 슉녀(淑女)의 평싱(平生)을 맛치려 ᄒᄂ도다. 연(然)이나 몽현이 몽챵의 픽려(悖戾)ᄒᆫ 형샹(形象)을 숨기고 닉게 고(告)치 아니ᄒ니 ᄎᄋ(此兒)의

---

467) 과인(過人): 능력, 재주, 지식, 덕망 따위가 보통 사람보다 뛰어남.

468) 슈칙(受責): 수책. 책망을 받음.

469) 심샹(尋常): 심상. 대수롭지 않고 예사로움.

죄(罪) 가비얍지 아니토다."

드디여 좌우(左右)로 냥지(兩子)를 브르니 냥인(兩人)이 젼도(顚倒)히470) 다도라 슈명(受命)ᄒᆞ미 승샹(丞相)이 안쇠(顏色)의 엄슉(嚴肅)ᄒᆞᆫ 긔운이 어릐여 좌우(左右)로 ᄒᆞ여금 부마(駙馬)를 잡아 ᄂᆞ리와 의관(衣冠)을 벗기고 슈죄(數罪)ᄒᆞ여 글오되,,

"네 일즉 어려실 젹브터 츙효신의(忠孝信義)를 알거늘 ᄯᅩᄒᆞᆫ 동ᄉᆡᆼ(同生) ᄉᆞ랑홀 슐도 알지라 엇진 고(故)로 봉쟝의 부샹(無狀)471) 픵악(悖惡)ᄒᆞᆫ 힝ᄉᆞ(行事)를 규졍(糾正)472)ᄒᆞ미 업셔 도로혀 동심(同心)ᄒᆞ여 아비를 쇽이고 제 ᄆᆞ음이 더옥 방ᄌᆞ(放恣)ᄒᆞ여 이믜ᄒᆞᆫ 쳐ᄌᆞ(妻子)를 시시(時時)로 드러가 슈욕(受辱)ᄒᆞ게 ᄒᆞᄂᆞ니 너의 동ᄉᆡᆼ(同生) ᄉᆞ랑치 아님과 져ᄇᆞ리미 심(甚)ᄒᆞ니 죄(罪)를 바드미 가(可)ᄒᆞ도다."

부

· ● ●

124면

민(駙馬ㅣ) 무망(無妄)473)의 부친(父親) 즁ᄎᆡᆨ(重責)을 밧ᄌᆞ와 다만 안셔(安舒)히 샤죄(謝罪) 왈(曰),

"ᄒᆡ익(孩兒ㅣ) 몽챵의 단쳐(短處)474)를 야야(爺爺)긔 긔망(欺罔)475)코져 ᄒᆞ오미 아니라 져를 ᄎᆡᆨ(責)ᄒᆞ미 제 ᄉᆡ듯ᄂᆞᆫ 듯ᄒᆞ온지라 다시 부젼(父前)의 고(告)치 못ᄒᆞ온 죄(罪) 만ᄉᆞ유경(萬死猶輕)476)이

---

470) 젼도(顚倒)히: 전도히. 엎어질 듯, 거꾸러질 듯 허둥지둥한 모양.

471) 무샹(無狀): 무상. 사리에 밝지 못함.

472) 규졍(糾正): 규정. 잘못을 밝혀 바로잡음.

473) 무망(無妄): 별 생각이 없는 상태.

474) 단쳐(短處): 단처. 부족하거나 모자란 점.

475) 긔망(欺罔): 기망. 속임.

로쇼이다."

승샹(丞相)이 노왈(怒曰),

"네 가지록 슌셜(脣舌)을 놀녀 발명(發明)⁴⁷⁷⁾코져 ᄒᆞᄂᆞ냐?"

드디여 시노(侍奴)를 지쵹ᄒᆞ여 치기를 ᄲᅡᄌᆞ즈니 어ᄉᆞ(御使ㅣ) 이 광경(光景)을 보고 크게 놀ᄂᆞ고 황공(惶恐)ᄒᆞ믈 이긔지 못ᄒᆞ여 스ᄉᆞ 로 계하(階下)의 돈슈(頓首) 왈(曰),

"쇼ᄌᆡ(小子ㅣ) 블명(不明)ᄒᆞ오미 심(甚)ᄒᆞ옵거ᄂᆞᆯ 엇지 형(兄)이 죄 (罪)를 닙으리잇고? 원(願)컨디 쇼ᄌᆡ(小子ㅣ) 즁죄(重罪)를 닙어지이 다."

승샹(丞相)이 쳥이블문(聽而不聞)⁴⁷⁸⁾ᄒᆞ고 부마(駙馬)를 삼십여(三 十餘) 쟝(杖)을 즁타(重打)ᄒᆞ여 ᄭᅳ어 니치고 ᄯᅩ 어ᄉᆞ(御使ㅣ)를 블너 한셜(閑說)을 아니ᄒᆞ고 위싱(-生)의 셔간(書簡)을 올니라 ᄒᆞ니 어ᄉᆞ (御使ㅣ) 년망(連忙)⁴⁷⁹⁾이 낭즁(囊中)으로죠ᄎᆞ 니여 ᄭᅮ러 드리니 승 샹(丞相)이 보지 아니코 블의 ᄉᆞᆯ오고 ᄯᅩ 닐오디,

"네 가즁(家中)의 졍(情) 둔 재(者ㅣ) 뉘뇨? 바로

• • •

125면

니르라."

어ᄉᆞ(御使ㅣ) 이ᄉᆞ ᄯᅵᆼ 황공(惶恐)ᄒᆞ미 욕ᄉᆞ무디(欲死無地)⁴⁸⁰⁾ᄒᆞ여 다

---

476) 만ᄉᆞ유경(萬死猶輕): 만사유경. 만 번 죽어도 오히려 가볍다는 뜻으로, 그만큼 죄가 매우 무거움을 이르는 말.

477) 발명(發明): 죄나 잘못을 없음을 말하여 밝힘.

478) 쳥이블문(聽而不聞): 청이불문. 듣고도 못 들은 체함.

479) 년망(連忙): 연망. 황급히.

480) 욕ᄉᆞ무디(欲死無地): 욕사무지. 죽으려고 하여도 죽을 만한 곳이 없음.

만 디왈(對曰),

"히이(孩兒ㅣ) 셜ᄉ(設使) 블쵸(不肖)ᄒ나 엇지 이런 일이 이시리잇고?"

승샹(丞相)이 닝쇼(冷笑)ᄒ고 ᄉ민를 썰쳐 닉당(內堂)의 드러가 듕당(中堂)의 안고 시ᄋ(侍兒)로 쇼 시(氏)를 브르니, 쇼 시(氏) 무샹(無常)히 어ᄉ(御使)의 욕(辱)ᄒ믈 만나 심신(心身)이 니톄(離體)481)ᄒ여 금병482)(金屛)483)의 지어 말을 아니터니 승샹(丞相)이 브르믈 듯고 겨유 의샹(衣裳)을 슈렴(收斂)ᄒ고 좌(座)의 ᄂ아오미 ᄎ마 ᄂ츨 드러 뵈올 뜻이 업셔 방셕(方席) 아릭 숟딕 승샹(丞相)이 슉연(肅然)이 ᄂ빗출 곳치고 탄식(歎息)ᄒ여 닐오딕,

"챵ᄋ(-兒)의 무샹(無狀)ᄒ미 현부(賢婦)의 신샹(身上)을 범(犯)ᄒ니 진실(眞實)노 나의 ᄂ츨 보와 져의 거동(擧動)을 개회(介懷)484)치 말고 믹ᄉ(每事)를 녜딕로 ᄒ여 두문(杜門)485)ᄒ기를 굿치과져 ᄒ노라."

쇼 시(氏) 감격(感激)ᄒ미 쳘골(徹骨)ᄒ여 몸을 일워 두 번(番) 졀ᄒ고 부복(俯伏)ᄒ여 ᄀ로딕,

"쇼쳡(小妾)의 힝실(行實)이 무샹(無狀)ᄒ여 밋브미 업ᄂ 고(故)로 필경(畢竟)은 춤혹(慘酷)ᄒ 누

---

481) 니톄(離體): 이체. 너무 놀라서 혼이 흩어짐. 혼불이톄(魂不離體).

482) 병: [교] 원문에는 '벽'으로 되어 있으나 문맥을 고려하여 국도본(10:18)을 따름.

483) 금병(金屛): 금칠을 하여 꾸민 병풍.

484) 개회(介懷): 어떤 일 따위를 마음에 두고 생각하거나 신경을 씀.

485) 두문(杜門): 밖으로 출입을 아니하려고 방문을 닫아 막음.

명(陋名)을 시릭니 스스로 텬일(天日) 보믈 붓그리ᄂᆞ니 이러틋 셩언
(盛言)을 ᄂᆞ리오시니 쇼쳡(小妾)이 손복(損福)⁴⁸⁶⁾홀가 져허ᄒᆞᄂᆞ이
다.⁴⁸⁷⁾"

승샹(丞相)이 위로(慰勞) 왈(曰),

"닉 비록 무샹(無狀)ᄒᆞ나 보지 못흔 간언(間言)을 고지드러 현부(賢
婦)ᄅᆞᆯ 치의(致疑)⁴⁸⁸⁾ᄒᆞ리오. 모릭미 평샹(平常)이 츌입(出入)ᄒᆞ라."

쇼 시(氏) 빗샤(拜謝)ᄒᆞ고 쥬(奏)ᄒᆞ딕,

"쇼쳡(小妾)이 진실(眞實)노 몸의 병(病)이 이시니 슈십(數十) 일
(日) 됴리(調理)ᄒᆞ여 셩교(盛敎)ᄅᆞᆯ 밧들이다."

승샹(丞相)이 허(許)ᄒᆞ니 쇼 시(氏) 스례(謝禮)ᄒᆞ고 믈너ᄂᆞ다.

이쩍 부미(駙馬ㅣ) 쟝칙(杖責)을 닙고 궁(宮)의 도라와 의딕(衣帶)
ᄅᆞᆯ 가뎌니 어싯(御使ㅣ) 니릭러 눈믈을 흘니고 쳥죄(請罪) 왈(曰),

"금일(今日) 형쟝(兄丈)의 죄(罪) 닙으시믄 쇼뎨(小弟)의 죄(罪)라
죽으믈 쳥(請)ᄒᆞᄂᆞ이다."

부미(駙馬ㅣ) 답왈(答曰),

"이 다 나의 블쵸(不肖)ᄒᆞ미라 현뎨(賢弟) 엇지 과도(過度)히 치샤
(致辭)⁴⁸⁹⁾ᄒᆞ랴? 츳휘(此後ㅣ)나 간언(間言)을 듯지 말미 다힝(多幸)홀
가 ᄒᆞ노라."

인(因)ᄒᆞ여 오슬 고치고 본부(本府)의 니릭러 부젼(父前)의 샤죄

---

486) 손복(損福): 손복. 복을 일부 또는 전부 잃음.
487) 져허ᄒᆞᄂᆞ이다: 두려워하나이다.
488) 치의(致疑): 의심함.
489) 치샤(致辭): 치사. 사죄함.

(謝罪)ᄒᆞᄆᆡ 안ᄉᆡᆨ(顔色)이 온화(穩和)ᄒᆞ니 승샹(丞相)이 이의 샤(赦)ᄒᆞ고 후일(後日)을 경계(警戒)

• • •

127면

ᄒᆞ니 부매(駙馬ㅣ) 샤례(謝禮)ᄒᆞ고 믈너 뫼시ᄃᆡ, 승샹(丞相)이 몽챵을 아른 체 아니ᄒᆞ니 어ᄉᆡ(御使ㅣ) 황공(惶恐)ᄒᆞ믈 이긔디 못ᄒᆞ여 ᄎᆞ야(此夜)의 셔당(書堂)의 도라오니, 쇼뷔(少傅ㅣ) 이에 방셕(方席) 아래 꿀니고 ᄎᆡᆨ(責)ᄒᆞᄃᆡ,

"니시(-氏) 가문(家門)은 ᄃᆡᄃᆡ(代代) 쳥딕(淸直)⁴⁹⁰)ᄒᆞ야 분호(分毫)⁴⁹¹) 비례(非禮)와 블법(不法)의 거죄(擧措ㅣ) 업고 더옥 대인(大人)과 가형(家兄)의 셩덕(盛德)이 믈이 동(東)으로 흐름 ᄀᆞᆺ타샤⁴⁹²) 못 밋츨 고디 업고 네 ᄯᅩ 춍명(聰明)이 과인(過人)ᄒᆞ거ᄂᆞᆯ 엇딘 고(故)로 졍실(正室)을 음일(淫佚)ᄒᆞᆫ 곳으로 의심(疑心)ᄒᆞ여 휴슈핍박지언(攜手逼迫之言)⁴⁹³)이 글 넑은 쟤(者)의 ᄒᆞ염 죽디 아니커ᄂᆞᆯ 흔ᄀᆞᆺ 혈긔(血氣)의 분(憤)으로 가(可)티 아닌 바ᄅᆞᆯ 능(能)히 ᄒᆡᆼ(行)ᄒᆞ여 무죄(無罪)ᄒᆞᆫ 동긔(同氣)로써 듕ᄎᆡᆨ(重責)을 어더 주니 이 무슴 도리(道理)뇨?"

인(因)ᄒᆞ야 ᄂᆞᆾ비치 셜샹가샹(雪上加霜) ᄀᆞᆺ투여 엄(嚴)ᄒᆞᄆᆡ 승샹(丞相)과 ᄒᆞᆫ가지라. ᄉᆡᆼ(生)이 크게 두려 부복(俯伏) 샤죄(謝罪)

---

490) 쳥딕(淸直): 청직. 맑고 곧음.

491) 분호(分毫): 매우 적거나 조금.

492) 믈이~ᄀᆞᆺ타샤: 물이 동으로 흐름 같으니. 중국의 물은 다 동해로 흘러들어가기에 물이 동쪽으로 흐른다는 것은 매우 자연스러운 일을 비유한 말임.

493) 휴슈핍박지언(攜手逼迫之言): 휴수핍박지언. 손을 잡고 핍박하는 말.

왈(曰),

"쇼딜(小姪)의 그르믈 금일(今日) 씨드라미 잇ᄂ니 ᄎ후(此後) 경심계지(警心戒志)⁴⁹⁴)ᄒ여 슉부(叔父) 명교(明敎)⁴⁹⁵)를 봉ᄒᆡᆼ(奉行)ᄒ리이다."

쇼뷔(少傅ㅣ) 졍싴(正色) 믁도(默睹)ᄒ니 엄위(嚴威)⁴⁹⁶)ᄒᆫ 안싴(顔色)이 졍(正)히 밍호(猛虎ㅣ) 산샹(山上)의셔 눕쓰ᄂ 닷ᄒ디라 싱(生)이 쇼부(少傅)긔 칙(責) 만나미 금일(今日) 처음이라 황공(惶恐)ᄒ믈 이긔디 못ᄒ더니 쇼뷔(少傅ㅣ) 다시 니르딕,

"밤이 깁허시니 스실(私室)노 드러가라."

싱(生)이 슈명(受命)ᄒ야 즉시(卽時) 몸을 니러 드러가니 무평⁴⁹⁷) 빅이 웃고 닐오딕,

"네 샹시(常時) 몽챵 ᄉ랑이 극(極)ᄒ더니 금일(今日)은 엇디 너모 미몰이 구ᄂ뇨?"

쇼뷔(少傅ㅣ) 웃고 딕왈(對曰),

"쇼뎨(小弟) 몽챵 ᄉ랑이 지극(至極)ᄒ나 저히 부뷔(夫婦ㅣ) 블화(不和)ᄒᆫ즉 엇디 보기 됴ᄒ리오? 이러므로 엄칙(嚴責)ᄒ미로소이다."

빅(伯)이 한가히 웃더라.

어싀(御使ㅣ) 듁미각의 드러가더니 홀연(忽然) 안흐로셔

---

494) 경심계지(警心戒志): 마음과 뜻을 가다듬고 조심함.
495) 명교(明敎): 밝은 가르침.
496) 엄위(嚴威): 엄하고 위엄이 있음.
497) 평: [교] 원문에는 '령'으로 되어 있으나 앞의 예를 따라 이와 같이 수정함.

흔 남지(男子ㅣ) 닉둣거늘 놀나 보니 쇼년(少年) 미남지(美男子ㅣ) 머리의 쳥건(靑巾)을 쓰고 몸의 ᄌᆞ의(紫衣)[498]를 닙고 ᄂᆞᄂᆞᆫ 둣 쒸여 나가니 힝뵈(行步ㅣ) 쾌연(快然)ᄒᆞ야 나ᄂᆞᆫ 새 ᄀᆞᆺ더라. 어ᄉᆞ(御使ㅣ) 보기를 ᄆᆞᆺᄎᆞ매 의심(疑心)이 더옥 깁고 통히(痛駭)ᄒᆞ미 극(極)ᄒᆞ여 ᄎᆞ마 드러가디 못ᄒᆞ고 몸을 두로혀 난간(欄干)의 와 안자 스스로 흔(恨)ᄒᆞ되,

'닉 각별(各別) 가듕(家中)의 시쳡(侍妾)이 업고 소 시(氏) ᄯᅩ 원슈(怨讐ㅣ) 업ᄉᆞ니 뉘 쇼 시(氏)를 해(害)ᄒᆞ리오. ᄯᅩ 남지(男子ㅣ) 의구(依舊)히 담을 너머 당(堂)의 드러 더러온 졍틱(情態) 낭쟈(狼藉)[499]ᄒᆞ되 부뫼(父母ㅣ) 흔갓 날만 그ᄅᆞ다 칙(責)ᄒᆞ시니 딕댱뷔(大丈夫ㅣ) 안해 음난(淫亂)ᄒᆞ믈 보디 다ᄉᆞ리디 못ᄒᆞ니 닉 므ᄉᆞᆷ ᄂᆞᆺᄎᆞ로 텬하(天下)의 셔리오?'

이러틋 혜아리매 노긔(怒氣) 막혀 난간(欄干)의 것구러졋다가 반향(半晌) 후(後) 계유 진졍(鎭靜)ᄒᆞ야 밤을 새와 신셩(晨省)[500]ᄒᆞ고 셔당(書堂)으로 갓더니, ᄣᅢ 츈(春) 이월(二月) 망간(望間)[501]이라 일긔(日氣) 잠간(暫間) 덥거늘 오슬 ᄀᆞ라닙

---

498) ᄌᆞ의(紫衣): 자의. 자줏빛 옷. 중국 춘추전국시대 때 제후들이 입던 옷인바, 이로부터 귀관(貴官)을 가리키는 말로 쓰임.

499) 낭쟈(狼藉): 낭자. 여기저기 흩어져 어지러움.

500) 신셩(晨省): 신성. 아침 일찍 부모의 침소에 가서 밤사이의 안부를 살핌.

501) 망간(望間): 음력 보름께.

고져 ᄒᆞ야 홍우를 블너 열은 오ᄉᆞᆯ 가져오라 ᄒᆞ여ᄂᆞᆯ 쇼뷔(少傅 l) 나오다가 보고 닐오ᄃᆡ,

"듁미각으로 가셔 오ᄉᆞᆯ ᄀᆞ라닙을 거시어ᄂᆞᆯ 엇지 도듕(途中)의셔 닙으려 ᄒᆞᄂᆞᇁ?"

어ᄉᆡ(御使 l) 마디못ᄒᆞ여 거름을 두로혀 듁미각의 니르러 소 시(氏)를 향(向)ᄒᆞ여 오ᄉᆞᆯ 닙라 ᄒᆞ니 쇼졔(小姐 l) 이ᄶᆞ 여러 날 번뇌(煩惱)ᄒᆞ고 식음(食飮)을 폐(廢)ᄒᆞ여시므로 약딜(弱質)이 병(病)이 이러 능(能)히 운신(運身)티 못ᄒᆞᄃᆡ 마디못ᄒᆞ여 몸을 니러 오ᄉᆞᆯ 닙여 노ᄒᆞ니 싱(生)이 오ᄉᆞᆯ ᄀᆞ라닙고 오고져 ᄒᆞ더니 시비(侍婢) 식상(食床)을 가져 니르니 안자 밥을 나오ᄃᆡ 소 시(氏) 먹디 아니ᄒᆞ니 싱(生)이 쟉야(昨夜) 경식(景色)을 싱각하고 노긔(怒氣) 빅(百) 댱(丈)이나 놉하 이에 닐오ᄃᆡ,

"그ᄃᆡ 무ᄉᆞᆷ 우환(憂患)으로 폐식(廢食)502) ᄒᆞᄂᆞᇁ?"

쇼졔(小姐 l) 브답(不答)ᄒᆞ니 싱(生)이 딍셩(猛聲)으로 닐오ᄃᆡ,

"이 반ᄃᆞ시 위싱(-生)을 ᄉᆞ모(思慕)ᄒᆞ미로다."

쇼졔(小姐 l) 답(答)디 아니 〃

어ᄉᆡ(御使 l) 노목(怒目)으로 닐오ᄃᆡ,

"쟉야(昨夜)의 위싱(-生)이 ᄯᅩ 이곳의 니르러시니 그ᄃᆡ 당 〃 (堂堂)

---

502) 폐식(廢食): 밥을 먹지 않음.

이 부모(父母)긔 고(告)ᄒ고 도라가 됴히 화락(和樂)홀 거시어늘 거
짓말을 ᄭ우며 셩총(聖聰)503)을 가리오고 믉은 가듕(家中)의 간부(姦
夫)를 드려 더러온 거죄(擧措ㅣ) 챵누(昌漏)504)ᄒ니 ᄉᆡᆼ(生)이 인분(忍
憤)505)키 어려온디라 그ᄃᆡ ᄂᆡ 죽으믈 보고 가려 ᄒᄂᆞ냐?"

쇼 시(氏) 어히업서 입을 봉(封)ᄒ여 답(答)디 아니〃 ᄉᆡᆼ(生)이 더
옥 믜이 너기고 셩품(性品)이 과도(過度)ᄒ 가온ᄃᆡ 인분(忍憤)키ᄅᆞᆯ
오래 ᄒ여 진실(眞實)노 더 강잉(强仍)키 어려워 분연(憤然)506)이 알
패 노힌 샹(床)을 드러 소 시(氏)ᄅᆞᆯ 향(向)ᄒ여 더지니 방(房) 안해
그ᄅᆞ시 편만(遍滿)507)ᄒ고 므릇 찬믈(饌物)508)이 소 시(氏) 오ᄉᆡ ᄀ
득ᄒᄃᆡ 소 시(氏) 셩ᄉᆡᆨ(聲色)을 브동(不動)ᄒ고 말을 아니터니, 이써
ᄆᆞ춤 뎡 부인(夫人)이 몽챵의 젼후(前後) ᄒᆡᆼᄉᆞ(行事)를 다 듯고 어히
업시 너기며 소 시(氏)를 념녀(念慮)ᄒ여 이날 친(親)히 니ᄅᆞ러 위로
(慰勞)코져 ᄒ더

⋯

132면

니 밋 방문(房門)을 열매 이 거조(擧措)를 보고 블승히연(不勝駭然)509)
ᄒ야 말을 아니ᄒ더니 쇼졔(小姐ㅣ) 날호여 몸을 니러 샹(牀)의 ᄂᆞ리
매 ᄉᆡᆼ(生)은 문(門)을 등도라 안잣ᄂᆞ디라 대즐(大叱) 왈(曰),

---

503) 셩총(聖聰): 성총. 원래 '임금의 총명'을 가리키나 여기에서는 가장의 총명을 의미함.
504) 챵누(昌漏): 창루. 드러남.
505) 인분(忍憤): 분을 참음.
506) 분연(憤然): 성을 벌컥 내며 분해 하는 기색.
507) 편만(遍滿): 널리 그득 참.
508) 찬믈(饌物): 찬물. 반찬.
509) 블승히연(不勝駭然): 불승해연. 놀람을 이기지 못함.

"음뷔(淫婦ㅣ) 어딘로 가느뇨?"

ᄒ고 니러나더니 모친(母親)을 보고 크게 놀나 눛비츨 변(變)ᄒ더니 부인(夫人)이 소 시(氏) 손을 잡고 방듕(房中)의 드러가 보니 소 시(氏) 여러 날 폐식(廢食)ᄒ고 앗가 싱(生)의 무상(無常)ᄒ 곤칙(困責)을 당(當)ᄒ여 심간(心肝)이 폐식(閉塞)[510]ᄒ엿ᄂ디라 큰소리의 넉시 아득ᄒ여 진졍(鎭靜)치 못ᄒ거늘 부인(夫人)이 붓드러 보매 ᄌ가(自家)의 와시믈 보고 과도(過度)히 슈렴(收斂)ᄒ야 뎡(靜)코져 ᄒ나 긔운이 진(盡)ᄒ여 임의 인ᄉ(人事)를 ᄇ리니 부인(夫人)이 밧비 홍벽을 블러 셔헌(書軒)의 가 승상(丞相)긔 고(告)ᄒ라 ᄒ니 홍벽이 나아가 고(告)ᄒ매 승상(丞相)이 놀나 밧비 쳥심약(淸心藥)을 ᄉ매의 녀코 드러와 싱(生)의 거동(擧動)과 방듕(房中) 경식(景色)을 보고 블

• • •

133면

셔 짐쟉(斟酌)ᄒ고 다만 약(藥)을 프러 소 시(氏)를 구(救)ᄒ매, 반향(半晌) 후(後) 인ᄉ(人事)를 출혀 구고(舅姑)의 이러틋 ᄒ시믈 감격(感激)ᄒ야 뉴톄(流涕)ᄒ믈 이긔디 못ᄒ야 겨유 눈믈을 춤고 쳥죄(請罪) 왈(曰),

"쳡(妾)이 일시(一時)의 졍신(精神)이 혼미(昏迷)ᄒ와 셩우(盛憂)를 이러틋 깃치오니 죄(罪) 산ᄒ(山海) 경(輕)ᄒ리로소이다."

승상(丞相) 부뷔(夫婦ㅣ) 위로(慰勞) 왈(曰),

"ᄋ뷔(阿婦ㅣ) 긔운이 블평(不平)ᄒ진ᄃᆡ 됴심(操心)ᄒ야 됴리(調理)ᄒᆯ 거시어늘 엇딘 고(故)로 과도(過度)이 슈렴(收斂)ᄒ여 실셥(失

---

510) 폐식(閉塞): 폐색. 막힘.

攝)511) ㅎㄴ뇨?"

셜파(說罷)의 승샹(丞相)이 운아룰 블너 칙(責)ㅎ듸,

"네 샹셔(尚書)의 명(命)을 밧즈와 쇼져(小姐)룰 보호(保護)홀딘대 엇디 됴심(操心)ㅎ고 보호(保護)ㅎᄂ 도리(道理) 업셔 방듕(房中) 경식(景色)이 이러ㅎ니 무슴 죄(罪)의 가(可)ㅎ뇨?"

운애 황공(惶恐) 샤죄(謝罪)ㅎ고 믈너나니 승샹(丞相)이 즉시(卽時) 니러 나오매 부인(夫人)이 소 시(氏)룰 다시곰 위로(慰勞)ㅎ고 침소(寢所)의 도라오니 승샹(丞相)이 이에 잇다가 마즈 니르듸,

"앗가 소 시(氏)의 엄홀(奄忽)512)

• • •

134면

홈과 방듕(房中) 경식(景色)이 즈못 고이(怪異)ㅎ니 이 아니 몽챵이 소 시(氏)룰 핍박(逼迫)ㅎ여 곤욕(困辱)ㅎ미냐?"

부인(夫人)이 이윽이 팀음(沈吟)ㅎ다가 글오듸,

"몽챵의 거동(擧動)이 크게 외입(外入)513)ㅎ여시니 일시(一時)의 일러 고칠 배 아니라 쳡(妾)이 진실(眞實)노 군후(君侯)514) 안젼(案前)의 뵈오미 참괴(慚愧)토소이다."

인(因)ㅎ여 향각(向刻) 경상(景狀)을 일″(一一)히 옴기니 승샹(丞相)이 문파(聞罷)의 탄왈(嘆曰),

---

511) 실셥(失攝): 실섭. 몸조리를 잘하지 못함.

512) 엄홀(奄忽): 매우 급작스럽게 정신을 잃음.

513) 외입(外入): 도리에서 벗어남.

514) 군후(君侯): 중국 진한(秦漢) 때에는 열후(列侯)로서 승상이 된 자를 칭하는 표현이 었으나 한나라 뒤에는 고관의 귀인(貴人)을 가리키는 표현으로 쓰임. 여기에서는 남편 이관성이 승상 벼슬을 하고 있으므로 이와 같이 칭한 것임.

"챵익(-兒ㅣ) 엇디 졈졈(漸漸) 이디도록 고이(怪異)히 되어 가ᄂᆞ뇨? 필연(必然) 소 시(氏)를 ᄉᆞ지(死地)의 녀흔 후(後) 그치리니 살와 두어 쓸 ᄃᆡ 업도다."

언파(言罷)의 니러 듁셜각의 니ᄅᆞ니 부뫼(父母ㅣ) 혼가지로 계시거늘 공(公)이 나아가 뫼셔 말ᄉᆞᆷᄒᆞ더니 반향(半晌) 후(後) 좌(座)를 써나 몽챵의 젼후(前後) 힝지(行止)515)를 ᄌᆞ시 고(告)ᄒᆞ고 ᄯᅩ ᄂᆞ죽이 취품(就稟)516)ᄒᆞᄃᆡ,

"ᄒᆡ익(孩兒ㅣ) 그윽이 슬피건ᄃᆡ 슬하(膝下)의 여러 ᄌᆞ식(子息)을 두어 욕(辱)이 힝(幸)혀 조션(祖先)의 미츨가 듀야(晝夜) 방심(放心)티 못ᄒᆞ더니 이제 몽챵의

●●●

135면

외입(外入)ᄒᆞ미 묽은 벼ᄉᆞᆯ을 욕(辱)되게 ᄒᆞ니 엄(嚴)히 경계(警戒)ᄒᆞᄂᆞ 도리(道理) 업ᄉᆞ즉 필연(必然) 제 몸을 보젼(保全)티 못ᄒᆞᆯ 누욕(陋辱)517)이 부모(父母)긔 밋츨가 두리ᄂᆞ니 원(願)컨ᄃᆡ 부모(父母)ᄂᆞᆫ 금일(今日)로브터 몽챵을 ᄒᆡ익(孩兒ㅣ) 다ᄉᆞ리ᄂᆞᆫ 대로 두시믈 품(稟)ᄒᆞᄂᆞ이다."

태ᄉᆞ(太師ㅣ) 듯기를 ᄆᆞᆺ고 냥구(良久) 후(後) 탄왈(嘆曰),

"노뷔(老父ㅣ) 박명(薄命)518) 인ᄉᆡᆼ(人生)으로 여러 셰월(歲月)을 무ᄉᆞ(無事)히 누리니 일마다 ᄯᅳᆺ 갓기 쉬오리오? 이제 몽챵의 힝ᄉᆞ(行

---

515) 힝지(行止): 행지. 행동거지.
516) 취품(就稟): 취품. 웃어른께 나아가 여쭘.
517) 누욕(陋辱): 더러운 모욕.
518) 박명(薄命): 복이 없고 팔자가 사나움.

事ㅣ) 한심(寒心)ᄒ니 부ᄌ지정(父子之情)의 죽이디 못ᄒ려니와 ᄯ
흔 다스리기조ᄎ 쥬져(躊躇)519)ᄒ고 쳔연(遷延)520)ᄒ리오?"

ᄯ 뉴 부인(夫人)을 경계(警戒) 왈(曰),

"나와 제 아비 졍(情)이 헐(歇)ᄒ 거시 아니로ᄃᆡ 대의(大義)를 힘
쓰고 ᄉ졍(私情)을 돈521)졀(頓絕)522)ᄒ여 져를 사ᄅᆞᆷ이 되고져 ᄒ미
니 부인(夫人)은 모로미 관ᄋ(-兒)의 ᄒᄂ 대로 두어 범ᄉ(凡事)의 아
른 체 마ᄅᆞ쇼셔."

부인(夫人)이 태ᄉ(太師)의 엄(嚴)

· · ·

136면

흔 경계(警戒) 여ᄎ(如此)ᄒ믈 숑연(悚然)523)ᄒ여 다만 손사(遜辭)ᄒ
여 명(命)을 바드니 승샹(丞相)의 훈ᄌ녀(訓子女)ᄒ미 태ᄉ(太師)의
ᄯᅳᆺ이 이러티 아녀도 프러디지 아닐ᄃᆡ 더옥 붉은 말ᄉᆷ과 엄졍(嚴正)
흔 교훈(教訓)이 이러ᄒ믈 보니 톄ᄉ모골(涕泗毛骨)524)ᄒ야 ᄌᆡᄇᆡ(再
拜) 슈명(受命)ᄒ고 믈너 셔헌(書軒)의 도라와 좌우(左右)로 어ᄉ(御
使)를 블러 계하(階下)의 다ᄃᆞ라ᄂ 시노(侍奴)를 명(命)ᄒ야 결박(結
縛)ᄒ고 수죄(數罪)ᄒᄃᆡ,

"네 처음 남의 규슈(閨秀)를 당면(當面)ᄒ여 언어(言語)를 통(通)ᄒ
고 블고이취(不告而娶)525)흔 죄(罪) 죽엄 즉ᄒᄃᆡ ᄋᆞ부(阿婦)의 슉뇨

---

519) 쥬져(躊躇): 주저. 머뭇거림.

520) 쳔연(遷延): 천연. 미룸.

521) 돈: [교] 원문에는 '존'으로 되어 있으나 오기로 보임.

522) 돈졀(頓絕): 완전히 끊음.

523) 숑연(悚然): 송연. 두려워함.

524) 톄ᄉ모골(涕泗毛骨): 체사모골. 두려워서 땀이 모골에서 남.

(淑窈)526)호믈 과익(過愛)호고 소 공(公)으로 더브러 즈뎡(慈庭)527)
의 슈은(受恩)이 둣겁고 동치(同齒) 막역지괴(莫逆之交ㅣ)528)므로 여
러 가지로 안면(顏面)의 구애(拘礙)호여 네 죽을 죄(罪)를 샤(赦)호고
다시 즈식(子息) 항녈(行列)의 두니 임의 용녈(庸劣)호기 심(甚)호나
네 조곰이나 사름의 므음이 이신즉 기심(改心)529)하미 올

• •

137면

커늘 이제 가닉(家內)의 요쳡(妖妾)을 굼초와 어버이를 긔이고 변난
(變亂)을 니르혀 더러온 소린 닉외(內外)예 냥쟈(狼藉)호고 익미흔
안해를 의심(疑心)호야 씨〃 즐욕(叱辱)530)을 그칠 소이 업스니 힝스
(行事)를 이러틋 호고 네 어듸를 나셔려 호는다? 네 다만 가듕(家中)
의 졍(情) 두니 뉘뇨? 즈시 직고(直告)531)호라."

어시(御使ㅣ) 부친(父親)의 엄졍(嚴正)이 수죄(數罪)호시믈 드르니
크게 씨드르되 다만 옥난은 젼혀 닛고 아모리 되답(對答)홀 줄 몰나
다만 돈슈(頓首) 쳥죄(請罪) 왈(曰),

"히으(孩兒)의 블초(不肖)호미 진실(眞實)노 야〃(爺爺) 말솜과 갓
스오나 연(然)이나 모일(某日)의 홍아 등(等)이 이리이리 흔 말을 호
되 사오나온 시녀(侍女ㅣ) 쥬인(主人)을 히(害)호므로 아라 고디듯디

---

525) 블고이취(不告而娶): 불고이취. 부모에게 고하지 않고 아내를 취하는 것.
526) 슉뇨(淑窈): 숙요. 얌전하고 착함.
527) 즈뎡(慈庭): 자정. 어머니.
528) 막역지괴(莫逆之交ㅣ): 허물없이 아주 친한 사이.
529) 기심(改心): 개심. 잘못된 마음을 바르게 고침.
530) 즐욕(叱辱): 질욕. 꾸짖으며 욕함.
531) 직고(直告): 바른대로 말함.

아니코 쏘 젼일(前日) 쇼화(燒火)532)ᄒ신 셔간(書簡)을 어드듸 그려도 밋디 아니ᄒ여 나타닌 배 업더니 일〃(一日)은 소 시(氏) 간부(姦夫)로 겻지어 희롱(戲弄)ᄒᆞᆯ 보온 후(後)

● ● ●

138면

ᄎᆞᆷ디 못ᄒ야 형(兄)다려 닐넛더니 형(兄)의 칙(責)이 엄(嚴)ᄒᆞ매 그러히 너겻더니 쟉야(昨夜)의 쏘 일(一) 개(個) 남ᄌ(男子ㅣ) 의구(依舊)히 침방(寢房)으로셔 닉ᄃᆞ릭니 진실(眞實)노 소 시(氏)ᄅᆞᆯ 이미이 너기나 진가(眞假)ᄅᆞᆯ 알 길히 업서 일시(一時)의 블통(不通)ᄒᆞᆫ 셩533)을 ᄎᆞᆷ디 못ᄒ여 소 시(氏)ᄅᆞᆯ 칙(責)ᄒᆞᆫ 죄(罪) 만ᄉ유경(萬死猶輕)534)이로소이다. 가듕(家中)의 유졍쟈(有情者)ᄂᆞᆫ 업ᄉ오니 알외디 못ᄒᆞᄂᆞ이다.”

승샹(丞相)이 다시 즐왈(叱曰),

“너의 말이 다 ᄒᆞᆫ ᄌ(字)도 졍논(正論)이 아니니 다시 무어슬 니ᄅᆞ리오? 그러나 이ᄂᆞᆫ 네 시쳡(侍妾) 듕(中) 변(變)이 낫ᄂᆞ니 네 당〃(堂堂)이 바로 니ᄅᆞᆯ딘대 네 몸의 칙(責)이 업ᄉ려니와 만일(萬一) 죵시(終是)535) 은휘(隱諱)536)ᄒᆞ면 필경(畢竟)이 무ᄉ(無事)치 못ᄒᆞ리라.”

싱(生)이 옥난을 그려도 싱각디 못ᄒ고 챡급(着急)537)ᄒᆞᆯ 이긔디 못ᄒ여 다만 머리ᄅᆞᆯ 두ᄃᆞ려 그런 일이 업세라 ᄒᆞ니 승샹(丞相)이 어

---

532) 쇼화(燒火): 소화. 불에 태우거나 사름.

533) 셩: 성. 노엽거나 언짢게 여겨 일어나는 불쾌한 감정.

534) 만ᄉ유경(萬死猶輕): 만사유경. 만 번 죽어도 오히려 형벌이 가볍다는 뜻으로 매우 중한 죄를 지었을 때 쓰이는 말.

535) 죵시(終是): 종시. 끝까지.

536) 은휘(隱諱): 숨김.

537) 챡급(着急): 착급. 몹시 급함.

히업서 왈(曰),

"그럴

139면

딘대 소 시(氏)를 해(害)ᄒ미 뉘 쟉용(作用)이뇨?"

어ᄉ(御使ㅣ) 딕왈(對曰),

"ᄒᄋ(孩兒ㅣ) 엇디 알니잇가?"

승상(丞相)이 블연대로(勃然大怒)ᄒ야 시노(侍奴)를 ᄭᅮ지저 틴쟝(笞杖)홀ᄉᆡ 삼십여(三十餘) 쟝(杖)의 니ᄅ매 ᄉᆡᆼ(生)이 고두(叩頭)ᄒ여 샤(赦)ᄒ시믈 쳥(請)ᄒ거늘 승상(丞相) 왈(曰),

"네 만일(萬一) 유졍쟈(有情者)를 니를딘대 샤(赦)ᄒ리라."

어ᄉ(御使ㅣ) 돈슈(頓首) 왈(曰),

"ᄒᄋ(孩兒ㅣ) 셜ᄉ(設使) 무상(無狀)ᄒ나 만일(萬一) 졍(情) 두니 잇ᄉ오면 ᄎ마 부모(父母) 혈육(血肉)을 상(傷)ᄒ오도록 고(告)티 아냐 부젼(父前)의 여러 번(番) 긔망(欺罔)ᄒ리잇가?"

이ᄶᅥ 무평538)빅과 쇼뷔(少傅ㅣ) 이시디 쇼부(少傅)는 믓춤ᄂᆡ 말니디 아니코 빅(伯)이 글오디,

"제 말이 올흐니 제 만일(萬一) 가듕(家中)의 유졍(有情)ᄒᆫ 쟤(者ㅣ) 이실딘대 현마 긔이리잇가? 쇼졔(小弟)의 ᄂᆞᆺ출 보아 샤(赦)ᄒ쇼셔."

승상(丞相)이 졍ᄉᆡᆨ(正色) 왈(曰),

"현뎨(賢弟)는 제 말을 고디듯디 말나. 제 가지록 우형(愚兄)을 속이니 이런 블쵸ᄌ(不肖子)를 살와 브졀업도다."

---

538) 평: [교] 원문에는 '령'으로 되어 있으나 앞의 예를 따라 이와 같이 수정함.

또 십여(十餘) 쟝(杖)을 밍

타(猛打)539)ᄒ니 셩혈(猩血)540)이 졍젼(庭前)의 흐르고 싱(生)이 졍
신(精神)을 출히디 못ᄒᄂᄃ라 무평빅이 힘뼈 권(勸)ᄒ야 그치고 쓰
어 ᄂᆡ티니 부마(駙馬)와 삼(三) 공ᄌᆞ(公子ㅣ) 븟드러 나와 셔당(書堂)
의셔 구호(救護)ᄒ니 겨유 인ᄉᆞ(人事)ᄅᆞᆯ 출히매, 쇼뷔(少傅ㅣ) 미쳐
와 보고 부마(駙馬)ᄅᆞᆯ 대쵝(大責) 왈(曰),

"몽챵의 무샹(無狀)ᄒ미 부뫼(父母ㅣ) ᄌᆞ식(子息)으로 아ᄅᆞ시디 아
니시고 형댱(兄丈)이 아ᄃᆞᆯ노 아니 아ᄅᆞ시니 네 엇지 ᄉᆞ졍(私情)으로
구완541)ᄒᄂ뇨? ᄒ믈며 이곳은 형댱(兄丈)이 쇼시(少時)적 계시던 ᄃᆡ
오 우리 형뎨(兄弟) 부모(父母) 명(命)을 밧드옵ᄂ 재(者ㅣ) 이실 곳이
라 엇지 몽챵이 이실 ᄃᆡ리오? 쾌(快)히 제 안해ᄅᆞᆯ 맛져 구완ᄒ리라."

셜파(說罷)의 좌우(左右)로 븟드러 듁믜각으로 가라 ᄒ니, 어ᄉᆡ(御
使ㅣ) 쇼부(少傅)의 이 ᄀᆞᆺᄐᆞᆫ 거동(擧動)을 보고 더욱 황공(惶恐)ᄒ야
몸을 겨유 움ᄌᆞ겨 쳥죄(請罪) 왈(曰),

"쇼딜(小姪)의 무샹(無狀)ᄒ미 죽엄 죽ᄒ오나 엇지 쏘 슉뷔(叔父
ㅣ) 이러툿

---

539) 밍타(猛打): 맹타. 몹시 세차게 때리거나 공격함.
540) 셩혈(猩血): 성혈. 붉은 피.
541) 구완: 아픈 사람이나 해산한 사람을 간호함.

ᄒᆞ시ᄂᆞ니잇가?

쇼뷔(少傅ㅣ) 블연변ᄉᆡᆨ(勃然變色) 왈(曰),

"네 날을 아자비로 알진대 나의 니ᄅᆞᄂᆞ 말을 듯디 아니랴? 하믈며 형댱(兄丈)이 너ᄅᆞᆯ ᄌᆞ식(子息)으로 아디 아니시니 날로 ᄯᅩᄒᆞᆫ 슉딜지의(叔姪之義) ᄭᅳ쳐시니 한셜(閑說)⁵⁴²⁾을 말라."

ᄒᆞ고 인(因)ᄒᆞ야 ᄌᆡ쵹ᄒᆞ야 죽미각으로 보ᄂᆡ니 쇼부(少傅)의 화긔(和氣) 변(變)ᄒᆞ여 엄(嚴)ᄒᆞᆫ 안ᄉᆡᆨ(顏色)이 월하(月下)의 ᄎᆞᆫ ᄇᆞ름이 부ᄂᆞ 듯ᄒᆞ며 봉안(鳳眼)을 흘니쓰니 쥰졀(峻截)⁵⁴³⁾ᄒᆞ니 ᄌᆡ하쟈(在下者)⁵⁴⁴⁾의 몸 둘 곳이 업ᄂᆞᆫ디라 어ᄉᆡ(御使ㅣ) 황공(惶恐)ᄒᆞ야 일언(一言)을 못 ᄒᆞ고 듁미각으로 가니 쇼부(少傅)의 ᄎᆡᆨ(責)을 부매(駙馬ㅣ) ᄯᅩᄒᆞᆫ 두려 ᄒᆞᆫ가지로 가디 아니코 셔헌(書軒)으로 가니 쇼뷔(少傅ㅣ) 본ᄯᅳᆺ(本-)은 몽챵이 소 시(氏)로 블화(不和)ᄒᆞᆷ믈 민망(憫惘)ᄒᆞ야 짐짓 ᄒᆞᆫ듸 두어 화의(和意)⁵⁴⁵⁾코져 ᄒᆞ미라.

ᄎᆞ셕(此夕)의 일개(一家ㅣ) 존당(尊堂)의 모다 혼졍(昏定)⁵⁴⁶⁾ᄒᆞᆯᄉᆡ 태ᄉᆡ(太師ㅣ) 딘 부인(夫人) 샹하(牀下)의 ᄭᅮ러 몽챵의 젼후ᄉᆞ연(前後事緣)을 ᄌᆞ시 고(告)ᄒᆞ고 ᄯᅩ

---

542) 한셜(閑說): 한설. 별다른 말.

543) 쥰졀(峻截): 준절. 매우 위엄이 있고 정중함.

544) ᄌᆡ하쟈(在下者): 재하자. 손아래에 있는 사람.

545) 화의(和意): 화해함.

546) 혼졍(昏定): 혼정. 잠자리에 들 때에 부모의 침소에 가서 잠자리를 살피고 밤 동안 안녕하기를 여쭘.

고(告)ᄒ딕,

"관성의 여러 아들이 다 ᄒ갈ᄀ티 못ᄒ야 스스로 도(道)를 일흐미 만ᄉ오니 희ᄋ(孩兒ㅣ) 힝(幸)혀 조션(祖先)의 욕(辱)이 미츨가 ᄒ와 ᄉ졍(私情)을 춤고 관ᄋ(-兒)를 경계(警戒)ᄒ여 엄(嚴)히 잡쥐믈547) ᄆ음딕로 ᄒ라 ᄒ여시니 원(願)컨딕 태〃(太太)는 셩념(盛念)548)을 더으디 마ᄅ쇼셔."

태부인(太夫人)이 텽파(聽罷)의 흔연(欣然) 왈(曰),

"노뫼549)(老母ㅣ) 힝(幸)혀 너 ᄒ나흘 두어 영화(榮華)를 밧고 여러 ᄌ손(子孫)이 이서 시름을 플게 ᄒ니 즐거오믈 알디언졍 훈ᄌ녀(訓子女)ᄒ미야 엇디 날ᄃ려 무ᄅ리오? 모로미 ᄆ음딕로 ᄒ라."

태ᄉ(太師) 부ᄌ(父子ㅣ) 샤례(謝禮)ᄒ더라.

승샹(丞相)이 믈너와 운아 등(等) 졔녀(諸女)를 블너 간인(奸人)이 쇼졔(小姐) 침소(寢所)의 죵횡(縱橫)550)ᄒ딕 아디 못ᄒᄆᆯ 딕칙(大責)ᄒ고 즉시(卽時) 강미, 영미 냥인(兩人)을 블너 듁미각의 근시(近侍)ᄒ여 쇼져(小姐)를 보호(保護)ᄒ라 ᄒ니 강미, 영미 쥰슌(逡巡)551) 슈명(受命)ᄒ고 운아 등(等)은 크게 황공(惶恐)ᄒ여 돈슈(頓首) 빅샤(拜謝)ᄒ고 믈너나니, 희(噫)라552)! 니 승샹(丞相)의 ᄌ

---

547) 잡쥐믈: 단단히 잡아 틀어쥠을.

548) 셩념(盛念): 셩념. 큰 염려.

549) 뫼: [교] 원문에는 '뇌'로 되어 있으나 오기로 보임.

550) 죵횡(縱橫): 종횡. 이리저리 다님.

551) 쥰슌(逡巡): 준순. 약간 뒤로 물러난다는 뜻으로 공손히 순종함을 의미함.

552) 희(噫)라: 아!

부(子婦) ᄉ랑이 이 ᄀᆺ투민뎌.

이쩌 소 시(氏) 어ᄉ(御使)의 쟝칙(杖責)ᄒ믈 듯고 스스로 의ᄉ(意思ㅣ) 어린 듯ᄒ여 ᄉ챵(紗窓)의 지혀 탄왈(嘆曰),

"나의 명운(命運)이 엇디 이대도록 험조(險阻)553)하야 몸의ᄂ 강샹(綱常) 죄악(罪惡)을 무릅쓰고 ᄯ 나의 연고(緣故)로 니 군(君)이 듕칙(重責)을 닙으니 어ᄂ ᄂᆺ츠로 구고(舅姑) 슉당(叔堂)554)인들 뵈오리오?"

졍(正)히 툐챵(怊悵)555)ᄒ을 즈음의 믄득 어ᄉ(御使ㅣ) 븟들녀 드러와 샹(牀)의 안ᄌ며 피 무든 오ᄉᆯ 거두어 아ᄉ라 ᄒᄂ디라. 소 시(氏) 의외(意外)예 어ᄉ(御使)ᄅᆯ 보매 슈괴(羞愧)556)ᄒ미 알플 가리오고 흔(恨)이 심두(心頭)의 ᄀᆺ득ᄒ나 ᄯᅩᄒ 대톄(大體)557)ᄅᆯ 아ᄂ디라 공슌(恭順)558)이 나아가 피 므든 오ᄉᆯ 거두고 ᄌ리ᄅᆯ 평안(平安)이 ᄒ매 ᄉᆼ(生)이 금니(衾裏)의 몸을 바려 괴로이 신음(呻吟)ᄒᄂ디라 소 시(氏) 스스로 져ᄅᆯ 보매 븟그리고 분앙(憤怏)ᄒ미 깁흐나 ᄉ쉭(辭色)디 아니코 친(親)히 약믈(藥物)을 다ᄉ려 구완ᄒ미 지극(至極)ᄒ더니,

명조(明朝)의 부매(駙馬ㅣ) 니르러 ᄉᆼ(生)을 보고 위로(慰勞)ᄒ

---

553) 험조(險阻): 지세가 가파르거나 험하여 막히거나 끊어져 있음.
554) 슉당(叔堂): 숙당. 조부에서 갈린 일가.
555) 툐챵(怊悵): 초창. 한탄하며 슬퍼함.
556) 슈괴(羞愧): 수괴. 부끄러움.
557) 대톄(大體): 대체. 대강의 요점.
558) 공슌(恭順): 공순. 공손하고 온순함.

며 소 시(氏)를 향(向)ᄒ여 칭샤(稱謝) 왈(曰),

"이제 샤뎨(舍弟) 엄하(嚴下)의 칙(責)을 밧ᄌ와 신샹(身上)이 무ᄉ(無事)티 못ᄒ니 동긔(同氣)의 도리(道理) 밤낫 븟드러 구호(救護)ᄒ염 즉ᄒ되 봉친시하(奉親侍下)559)의 ᄆᆞᆷ디로 못 홀 줄은 수쉬(嫂嫂ㅣ) 짐쟉(斟酌)ᄒ실디라 수〃(嫂嫂)는 모로미 져의 블명(不明)ᄒ믈 긔회(介懷)티 마ᄅ시고 병인(病人)의 ᄆᆞ음을 평안(平安)케 ᄒ시믈 ᄇ라ᄂ이다."

소 시(氏) 피셕(避席) 샤례(謝禮) 왈(曰),

"쳡(妾)이 비록 블민(不敏)ᄒ나 엇디 가부(家夫)의 병(病)을 진심(盡心)ᄒ여 구호(救護)티 아니리잇고?"

부매(駙馬ㅣ) 은근(慇懃)이 위로(慰勞)ᄒ고 도라오다.

소 시(氏) 싱(生)의 식믈(食物)560)을 극진(極盡)이 밧들고 일졀(一切) ᄌ긔(自己)는 식음(食飲)을 나오미 업ᄉ니 형싴(形色)이 더옥 익원(哀怨)ᄒ지라.

이날 나조561)히 쇼뷔(少傅ㅣ) 이에 니르러 소 시(氏)를 보고 위로(慰勞)ᄒ며 칭샤(稱謝)ᄒ여 왈(曰),

"우슉(愚叔)562)이 공의(公義)563)를 잡아 질ᄋ(姪兒)를 이곳의 보니

---

559) 봉친시하(奉親侍下): 어버이나 조부모를 받들어 모시는 처지.

560) 식믈(食物): 식물. 먹을거리.

561) 나조: 낮.

562) 우슉(愚叔): 우숙. 숙부뻘 되는 사람이 조카뻘 되는 사람을 상대하여 자기를 낮추어 이르는 일인칭 대명사.

563) 공의(公義): 공평하고 의로운 도의.

여 그딕 병심(病心)을 괴롭게 ᄒ니 졍(正)히 슈괴(羞愧)564)ᄒ여라."

소 시(氏) 믄득 돈슈(頓首) 부복(俯伏)ᄒ야 답(答)디

．••

145면

못ᄒ더니 쇼뷔(少傅ㅣ) 다시 위로(慰勞) 왈(曰),

"그딕 비록 ᄆᆞᆷ이 블평(不平)ᄒ나 엇디 식음(食飮)을 폐(廢)ᄒ여 몸을 도라보디 아닛ᄂᆞ뇨?"

드딕여 일긔(一器) 미쥭(糜粥)565)을 가져와 권(勸)ᄒ니 소 시(氏) 쇼부(少傅)의 이 ᄀᆞᆺ트믈 보매 은혜(恩惠) 산이 낫고 바다히 엿틀지라 ᄆᆞᆷ이 동(動)ᄒ매 옥안화싀(玉顔花顋)566)의 눈믈이 삼〃(滲滲)567)ᄒ여 옷기싀 저즈니 쇼부(少傅) 크게 잔잉ᄒ여568) 위로(慰勞) 왈(曰),

"그딕의 심식(心思ㅣ) 이러ᄒ미 고이(怪異)티 아니ᄒ거니와 연(然)이나 몸을 보듕(保重)ᄒ미 올흐니 원(願)컨딕 관심(寬心)569)ᄒ고 나의 보는 딕 미음(米飮)을 마시면 나의 ᄆᆞᆷ이 반ᄃᆞ시 방심(放心)ᄒ로다."

소 시(氏) 냥구(良久) 후(後) 눈믈을 거두고 몸을 니러 ᄇᆡ샤(拜謝) 왈(曰),

"쇼첩(小妾)이 므슴 몸이완딕 슉부(叔父) 대인(大人)의 ᄋᆡ휼(愛恤)570)ᄒ시미 이에 밋ᄂᆞ니잇고? 죵신(終身)토록 일튁(一宅)의 뫼셔

---

564) 슈괴(羞愧): 수괴. 부끄럽고 창피함.

565) 미쥭(糜粥): 미죽. 미음이나 죽 따위를 통틀어 이르는 말.

566) 옥안화싀(玉顔花顋): 옥안화시. 아름다운 얼굴과 꽃 같은 뺨.

567) 삼〃(滲滲): 삼삼. 눈물이 흘러내리는 모양.

568) 잔잉ᄒ여: 잔잉하여. 애처롭고 불쌍하여 차마 보기 어려워.

569) 관심(寬心): 마음을 놓음.

여론 졍셩(精誠)을 나토고져 ᄒᆞ오나 쳡(妾)의 시운(時運)이 블니(不利)ᄒᆞ고 명되(命途ㅣ) 다쳔(多舛)⁵⁷¹⁾ᄒᆞ와 일신(一身)의 참욕(慘辱)⁵⁷²⁾을 시러 텬일(天日) 보

• • •

146면

미 어려온디라 댱ᄂᆡ(將來) 몸을 보젼(保全)ᄒᆞᆯ믈 밋디 못ᄒᆞ옵ᄂᆞ니 당〃(堂堂)이 구쳔(九泉)의 도라가 플을 믜즈리로소이다."

쇼뷔(少傅ㅣ) 그 언에(言語ㅣ) 비쳑(悲慽)⁵⁷³⁾ᄒᆞᆯ믈 더옥 잔잉ᄒᆞ여 흔연(欣然)이 닐오ᄃᆡ,

"몽챵을 비록 형댱(兄丈)이 싱(生)ᄒᆞ여 계시나 ᄂᆡ 스스로 휵양(慉養)⁵⁷⁴⁾ᄒᆞ여 져 ᄉᆞ랑ᄒᆞ미 몽셕 등(等)의 밋디 못ᄒᆞ니 ᄯᅩ 엇디 그ᄃᆡ 향(向)ᄒᆞᆫ ᄆᆞ음이 헐(歇)ᄒᆞ리오?"

인(因)ᄒᆞ야 극진(極盡)이 권(勸)ᄒᆞ니 소 시(氏) 감격(感激)ᄒᆞ야 두어 번(番) 마시기ᄅᆞᆯ 못ᄎᆞ매 쇼뷔(少傅ㅣ) 극진(極盡)이 위로(慰勞)ᄒᆞ고 나가니, 소 시(氏) 그윽이 싱각ᄒᆞᄃᆡ,

'ᄂᆡ 비록 참혹(慘酷)ᄒᆞᆫ 누명(陋名)을 몸의 시러시나 구고(舅姑)의 홍은(鴻恩)⁵⁷⁵⁾이 뫼ᄀᆞᆺ고 슉당(叔堂) 혜퇴(惠澤)이 여ᄎᆞ(如此)ᄒᆞ시니 ᄂᆡ 엇지 즈레 몸을 ᄇᆞ리리오⁵⁷⁶⁾?'

---

570) 익휼(愛恤): 애휼. 불쌍히 여겨 은혜를 베풂.
571) 다쳔(多舛): 다천. 어그러짐이 많음.
572) 참욕(慘辱): 참혹한 모욕.
573) 비쳑(悲慽): 비척. 슬프고 근심스러움.
574) 휵양(慉養): 보살펴 기름.
575) 홍은(鴻恩): 넓고 큰 은혜.
576) ᄇᆞ리리오: [교] 원문에는 '바리며 ᄯᅩ ᄉᆞ랑ᄒᆞᄂᆞᆫ 딜ᄋᆞᄅᆞᆯ 치원ᄒᆞ리오'라 되어 있으나

이리 혜아리매 본(本)딕 심지577)(心地) 딕ᄒ(大河)의 너르미 잇ᄂ
ᄃ라 다시 슬픈 ᄉ쇠(辭色)을 아니코 음식(飲食)을 맛보며 긔운을 진
졍(鎭靜)ᄒ야 싱(生)을 밤낫 구호(救護)ᄒᄆᆯ 못 미ᄎᆯ ᄃ시 ᄒ니 싱
(生)이 수십(數十)

•••

147면

일(日) 됴리(調理)ᄒ니 샹톄(傷處ㅣ) 알프기 덜ᄒ더라. ᄇ야흐로 소
시(氏) ᄌ가(自家) 구호(救護)ᄒᄂ 졍셩(精誠)을 감동(感動)ᄒ야 혜오
ᄃ,

'소 시(氏) 위인(爲人)이 만〃(萬萬) 그럴 니(理) 업ᄉᄃ 다만 그
얼골을 친(親)히 보아시니 이 아니 귀신(鬼神)의 희롱(戲弄)ᄒ민가?
ᄇᆨ형(伯兄)이 ᄒ시ᄃ 긔용단(改容丹)이란 약(藥)이 이셔 사름의 얼골
을 변(變)ᄒ다 ᄒ니 혹쟈(或者) 그런 일이 잇던가커니와 소 시(氏)
원쉬(怨讎ㅣ) 업ᄉ니 뉘 이런 노ᄅᆮᆯ ᄒ리오?'

ᄯ 혜오ᄃ,

'소 시(氏) 엄졍(嚴正)ᄒ여 시녀ᄇᆡ(侍女輩)를 갓가이 아니ᄒ니 혹
(或) 믜ᄂ니 쟉용(作用)ᄒᆫ가?'

이쳐로 혜아려 반신반의(半信半疑)ᄒ여 말을 아니터니, ᄎ야(此夜)
의 소 시(氏) 댱ᄂ(帳內)578)예 드러와 약(藥)을 다ᄉ리거ᄂᆯ 싱(生)이
눈을 ᄯ 보매 그 졍셩(精誠)이 지극(至極)ᄒ매 귀신(鬼神)도 동(動)ᄒ
거시오 ᄯ 싱(生)이 시녀ᄇᆡ(侍女輩)를 갓가이 못 ᄒ게 ᄒᄆ로 수십

맥락에 맞지 않아 국도본(10:40)을 따름.
577) 지: [교] 원문에는 '긔'로 되어 있으나 문맥을 고려하여 국도본(10:40)을 따름.
578) 댱ᄂ(帳內): 장내. 휘장 안.

(數十) 일(日) 약믈(藥物)을 친(親)히 가져와 곤노(困勞)ᄒᆞ믈 싱각ᄒᆞ니 져기 믜운 ᄆᆞᆷ이 덜ᄒᆞ야 입을 여러 왈(曰),

"부인(夫人)이 필부(匹夫)를 위(爲)ᄒᆞ야 여러 날 곤노(困勞)하니 다샤(多事)579)

• • •

148면

ᄒᆞᄂᆞ니 금일(今日)난 편(便)히 쉬쇼셔."

소 시(氏) 비록 ᄌᆞ긔(自己) 도리(道理)를 다ᄒᆞ여 박졍(薄情)580)ᄒᆞᆫ 지아비를 위(爲)ᄒᆞ야 구호(救護)ᄒᆞ믈 극진(極盡)이 ᄒᆞ나 그 ᄆᆞ음인즉 므슴 졍(情)과 귀(貴)ᄒᆞ미 이시리오. 추언(此言)을 듯고 새로이 비분(悲憤)581)ᄒᆞ여 셩모(星眸)582)를 ᄂᆞ초야 답(答)디 아니ᄒᆞ고 약(藥) 다ᄉᆞ리기를 마ᄎᆞ 그ᄅᆞᆺ시 담고 금병(金屛)583) 밋틔 단좌(端坐)ᄒᆞ야 요동(搖動)티 아니ᄒᆞ니 싱(生)이 냥구(良久)히 보다가 닐오ᄃᆡ,

"그ᄃᆡ 스스로 니ᄅᆞ기를, '일신(一身)의 누명(陋名)을 시럿노라.' ᄒᆞ니 진실(眞實)노 이미ᄒᆞᆯ진대 날노 더브러 부〃(夫婦)의 명회(名號ㅣ) 이시니 언어(言語) 샹통(相通)이 셔의티 아닐 거시로ᄃᆡ 이제 싱(生)을 닝안멸시(冷眼蔑視)ᄒᆞ니 그ᄃᆡ 타인(他人)으로 졍(情) 두미 과연(果然)토다. 그ᄃᆡ 싱각ᄒᆞ여 보라. 이제 그ᄃᆡ 연고(緣故)로 듕칙(重責)을 닙어 몸을 운신(運身)티 못ᄒᆞ니 그ᄃᆡ 사ᄅᆞᆷ의 념치(廉恥) 이실딘대

---

579) 다샤(多事): 다사. 일이 많음.

580) 박졍(薄情): 박정. 인정이 매우 적음.

581) 비분(悲憤): 슬프고 분함.

582) 셩모(星眸): 성모. 별 같은 눈동자.

583) 금병(金屛): 금병풍. 금빛 칠을 한 병풍.

붓그러오미 이시리라."

소 시(氏) 또 답(答)디 아니 "싱(生)이 닝쇼(冷笑)ᄒ고 닐오디,

"그디 거동(擧動)이 가히 우읍도

· ● ●

149면

다. 부모(父母)의 가챠ᄒ시믈 미더 뎌러틋 블통(不通)이 구니 흑싱(學生) 아ᄅᆞᆷ믈 홍모(鴻毛)⁵⁸⁴ᄀᆞ티 너기니 이 어린 몽챵밧긔 어ᄂᆞ 남지(男子 ㅣ) 감심(甘心)ᄒ여 다리고 살니오?"

소 시(氏) 다만 안식(顔色)이 정돈(整頓)ᄒ고 츄패(秋波 ㅣ) 가ᄂᆞ라 귀예 머므러 듯디 아니ᄒ니 츠시(此時) 영민, 승샹(丞相) 명(命)을 바다 듁민각의 잇더니 댱(帳) 밧긔셔 추언(此言)을 다 듯고 이에 드러가 닐오디,

"낭군(郎君)이 병(病)을난 됴리(調理)티 아니시고 므ᄉᆞᆷ 잡말(雜-)을 ᄒ시ᄂᆞ뇨?"

싱(生)이 미쇼(微笑) 왈(曰),

"병(病)든 사ᄅᆞᆷ은 본(本)디 말을 못 ᄒ관디 이러틋 다ᄉᆞ(多事)⁵⁸⁵히 구ᄂᆞ다?"

민 정식(正色) 왈(曰),

"쳔비(賤婢) 비록 당하(堂下) 비지(婢子 ㅣ)나 그윽이 노야(老爺) 힝샤(行事)ᄅᆞᆯ 취(取)티 아니ᄒᄂᆞ니 이제 대노야(大老爺)의 칙(責)이 엄(嚴)ᄒ시고 쇼부(少傅) 노야(老爺) 경계(警戒) ᄌᆞ못 올ᄒ시니 샹공(相公)이 맛당히 소 부인(夫人)을 경듕(敬重)⁵⁸⁶ᄒ시고 젼일(前日)을 뉘

---

584) 홍모(鴻毛): 기러기의 털이라는 뜻으로, 매우 가벼운 사물을 이르는 말.

585) 다ᄉᆞ(多事): 다사. 보기에 쓸데없는 일에 간섭을 잘하는 데가 있음.

우쳐 간언(間言)을 고디듯디 말미 올커늘 흔갓 녀직(女子ㅣ) 말을 못
ᄒ리라 ᄒ샤 혼아(昏夜)587)의 쇼져(小姐)

• • •

150면

의 빙옥(氷玉)588) 일신(一身)을 욕(辱)ᄒ고 디노야(大老爺)긔 칙(責)
닙으시미 쇼져(小姐) 타시라 ᄒ시니 이ᄂᆫ 우흘 원망(怨望)ᄒ미라. 샹
공(相公)이 십팔(十八) 셰(歲)예 경셔(經書)를 닑으미 무어슬 아ᄂ
뇨?"

싱(生)이 영미 ᄌ가(自家) 칙(責)ᄒᆷ을 보매 뎨 비록 당하(堂下) 비
직(婢子ㅣ)나 모친(母親) 화란(禍亂)589)의 구(救)ᄒ 은혜(恩惠) ᄌ못
두텁고 ᄯᅩ ᄒ샹(恒常) 근시(近侍)590)ᄒ야 문ᄌ(文字)를 통(通)ᄒ며 의
논(議論)이 졍딕(正直)ᄒ니 시랑(侍郎)이 샹시(常時) 공경(恭敬)ᄒ던
배오 금일(今日) 말이 다 올흐니 다만 미〃(微微)히 함쇼(含笑)591)하
고 샤례(謝禮) 왈(曰),

"우연(偶然)이 언급(言及)ᄒ야 그디게 허믈을 어드니 만히 참괴(慙
愧)ᄒᄂ니 원(願)컨디 부형 (父兄) 안젼(案前)의 고(告)티 말나."

영미 답왈(答曰),

"쳡(妾)이 무샹(無狀)하나 엇디 샹공(相公) 말슴을 경(輕)히 누셜

---

586) 경듕(敬重): 경중. 공경하여 소중히 여김.
587) 혼아(昏夜): 깊은 밤.
588) 빙옥(氷玉): 얼음과 옥을 아울러 이르는 말로 맑고 깨끗하여 아무 티가 없음을 비
유적으로 이르는 말.
589) 화란(禍亂): 재앙과 난리. 이몽창의 어머니 정몽홍이 예전에 당한 고난을 이름.
590) 근시(近侍): 가까이 모심.
591) 함쇼(含笑): 함소. 웃음을 머금음.

(漏泄)ᄒ리오? 연(然)이나 샹공(相公) 말ᄉᆞᆷ이 겻ᄎᆞ로 언급(言及)⁵⁹²⁾ᄒᆞᆯ
와 ᄒᆞ나 기실(其實)⁵⁹³⁾은 심곡(心曲)의 ᄯᅳᆺ이 이시므로 겻ᄎᆞ로 발(發)
ᄒᆞ미니 냥군(郎君)은 모로미 삼쳑동(三尺童)⁵⁹⁴⁾이라도 속이디 말고
ᄂᆡ외(內外)ᄅᆞᆯ ᄀᆞ죽게⁵⁹⁵⁾ ᄒᆞ쇼셔."

⋯●●

151면

어ᄉᆡ(御使ㅣ) 영ᄆᆡ의 븕은 눈이 쳔(千) 니(里)ᄅᆞᆯ ᄉᆞᄆᆞᆺᄎᆞᆷ를 보고 다만
미〃(微微)히 우울 ᄯᆞᆫ이러라.

이윽고 영ᄆᆡ 나가매 어ᄉᆡ(御使ㅣ) 다시 쇼져(小姐)ᄃᆞ려 왈(曰),
"그ᄃᆡ 싱(生)을 흔(恨)ᄒᆞ미 깁거니와 엇지 부모(父母) 유톄(遺體)
듕(重)ᄒᆞᆫ 줄을 모ᄅᆞᄂᆞ뇨? 모로미 편(便)히 쉬라."

쇼졔(小姐ㅣ) 젼연(全然) 브동(不動)ᄒᆞ니 싱(生)이 다시 권(勸)티
못ᄒᆞ더라.

ᄯᅩ 두어 날이 지나ᄆᆡ 소 시(氏) 잠 못 ᄌᆞ미 거의 ᄒᆞᆫ 달이나 흔디라
약딜(弱質)이 엇디 아니 곤(困)ᄒᆞ리오마ᄂᆞᆫ 가지록 졍신(精神)을 슈렴
(收斂)ᄒᆞ고 긔운을 ᄂᆞ초와 밤낫 구병(救病)⁵⁹⁶⁾을 극진(極盡)이 ᄒᆞ니
봉안(鳳眼)이 프러디고 옥ᄆᆞ(玉貌ㅣ) 심(甚)히 쵸체(憔悴)ᄒᆞ더라. 싱
(生)이 비록 셩되(性度ㅣ) 과격(過激)ᄒᆞ고 의심(疑心)이 깁흐나 부ᄆᆞ
(父母ㅣ) 명졍(明正)이⁵⁹⁷⁾ 니ᄅᆞ시고 져의 졍셩(精誠)을 보매 잠간(暫

---

592) 언급(言及): 어떤 문제에 대해 말함.

593) 기실(其實): 사실은. 실제 사정.

594) 삼쳑동(三尺童): 삼척동. 어린아이.

595) ᄀᆞ죽게: 고르게. 같게.

596) 구병(救病): 병을 간호함.

597) 명졍(明正)이: 명정히. 분명하고 바로.

間) 씨듯는 뜻이 잇고 그 졍(情)은 태산(泰山)과 하히(河海) 경(輕)ᄒ
니 엇디 몸을 념녀(念慮)치 아니리오. 지삼(再三) 기유(開諭)598)ᄒ여
쉬기를 니르디, 소 시(氏) 텽이블문(聽而不聞)599)ᄒ니,

싱(生)이 일야(一夜)는 계교(計巧)를 싱각고 스스로 옥

•••

152면

침(玉枕)의 누어 줌을 드는 체ᄒ디 금〃(錦衾)600)을 덥디 아니코 누
어 짐짓 코를 고으니 소 시(氏) 힝(幸)혀 병인(病人)이 쳠상(添傷)601)
홀가 ᄒ여 강잉(强仍)ᄒ여 몸을 니러 금〃(錦衾)을 다리여 덥더니,
싱(生)이 믄득 도라누으며 그 손을 잡고 닐오디,

"그디 엇디 싱(生)의 몸 샹(傷)ᄒ믈 념녀(念慮)ᄒ며 그디는 쉬디
아닛ᄂᆞ뇨?"

소 시(氏) 의외(意外)예 싱(生)의 집슈(執手)602)ᄒ믈 보니 금즉고
놀나오미 당초(當初) 호광(湖廣)셔 처음으로 옥인각의 드러와 말홀
적이에서 더ᄒ여 년망(連忙)이603) 쓰리티고져 ᄒ나 싱(生)이 구디 잡
아 노티 아니하니 소 시(氏) 더옥 흉(凶)이 너겨 증분(增憤)604)ᄒ믈
이긔디 못ᄒ야 안싴(顔色)이 싀〃ᄒ미 셜샹가상(雪上加霜) ᄀᆞ튼디라
싱(生)이 졍싴(正色) 왈(曰),

---

598) 기유(開諭): 개유. 타이름.

599) 텽이블문(聽而不聞): 청이불문. 듣고도 못 들은 체함.

600) 금〃(錦衾): 금금. 비단 이불.

601) 쳠샹(添傷): 첨상. 몸이 더 상함.

602) 집슈(執手): 집수. 손을 잡음.

603) 년망(連忙)이: 연망이. 황급히.

604) 증분(增憤): 분함이 더함.

"그딕 진실(眞實)로 모진 녀지(女子 ㅣ)로다. 그딕 임의 익미홀딘대 싱(生)이 임의 그딕 가뷔(家夫 ㅣ)라 집슈(執手)ᄒ미 오늘뿐 아니라 이러틋 초독(楚毒)605)히 구ᄂ뇨?"

인(因)ᄒ야 붓드러 편(便)히 눕게 ᄒ고 ᄌ긔(自己) ᄯ호 면니 누어 그

• • •

153면

ᄆ음을 편(便)케 ᄒ니 소 시(氏) 비분(悲憤)606)ᄒᆞᆯ 이긔디 못ᄒᆞᄃᆡ 본(本)ᄃᆡ 위인(爲人)이 심듕(心中)이 대히(大海) ᄀ티 너르고 팀묵온듕(沈默穩重)ᄒ디라 다만 그 ᄒ는 대로 이실지언졍 엇디 편(便)히 누으며 잠이 오리오. 싱(生)은 본(本)ᄃᆡ 총명(聰明)ᄒ디라 이 거동(擧動)을 슬피고 싱각ᄒᆞᄃᆡ,

'소 시(氏) 힝실(行實)이 진실(眞實)노 그러틋 홀딘대 엇디 암실(暗室) 가온대 졍돈(整頓)607)ᄒ미 여ᄎ(如此)ᄒ리오? 연(然)이나 엇던 재(者 ㅣ) 그런 거조(擧措)를 ᄒ고?'

이리 혜아리고 져리 싱각ᄒ나 ᄭᆡ듯디 못ᄒ여 댱신댱의(將信將疑)608)ᄒ더라.

일(一) 월(月)을 신고(辛苦)609)ᄒ여 댱쳬(杖處 ㅣ)610) 아믈고 긔운이 잠간(暫間) 나은지라 강잉(强仍)ᄒ여 의ᄃᆡ(衣帶)를 슈렴(收斂)ᄒ고 존당(尊堂)의 나아가니 승샹(丞相)과 뎡 부인(夫人)이 긔운이 셔

---

605) 초독(楚毒): 매우 독함.
606) 비분(悲憤): 슬프고 분함.
607) 졍돈(整頓): 정돈. 바로잡음.
608) 댱신댱의(將信將疑): 장신장의. 믿기도 하고 의심하기도 함.
609) 신고(辛苦): 어려운 일을 당하여 몹시 애씀 또는 그런 고생.
610) 댱쳬(杖處 ㅣ): 장처. 장형으로 곤장이나 태장을 맞은 자리.

리 ᄀᄐ야 눈을 드디 아닛ᄂᆞᆫ디라. 싱(生)이 좌하(座下)의 ᄭᅮ러 기리 청죄(請罪)홀ᄉᆡ, 태ᄉᆡ(太師ㅣ) 나아오라 ᄒᆞ야 안ᄉᆡᆨ(顔色)을 단엄(端嚴)이 ᄒᆞ고 대ᄎᆡᆨ(大責) 왈(曰),

"네 어려셔브터 셩현셔(聖賢書)를 보아 ᄌᆞ못 ᄉᆞ리(事理)[611]를 알녀든 엇딘

∙∙∙

154면

고(故)로 졍실(正室)을 음슈(淫售)[612]ᄒᆞᆫ 딕로 의심(疑心)ᄒᆞ야 거죄(擧措ㅣ) 무샹(無狀)ᄒᆞ여 소 시(氏) 셜ᄉᆞ(設使) 그런 일이 이실지라도 ᄉᆞᆯ펴 졍대(正大)[613]히 쳐티(處置)ᄒᆞ미 올커ᄂᆞᆯ 엇디 부모(父母)를 긔이고 방듕(房中)의 좌긔(坐起)[614]를 베퍼 졍실(正室)을 능욕(凌辱)[615]ᄒᆞ니 이 므슴 도리(道理)뇨? 네 만일(萬一) 뉘웃ᄂᆞᆫ ᄯᅳᆺ이 잇거든 닉 안젼(案前)의 니ᄅᆞ고 ᄃᆞ[616]시 그런 무샹(無狀)ᄒᆞᆫ 거조(擧措)를 ᄒᆞ려 ᄒᆞ거든 알픠 니ᄅᆞ디 말디어다."

어ᄉᆡ(御使ㅣ) 황공(惶恐)ᄒᆞ여 욕ᄉᆞ무지(欲死無地)[617]ᄒᆞ여 밧비 머리를 두ᄃᆞ려 청죄(請罪) 왈(曰),

"쇼손(小孫)이 당쵸(當初) 블명(不明)ᄒᆞ여 죄(罪)를 ᄉᆞ림(士林)의 어더습다가 이제 부모(父母)의 븕히 경계(警戒)ᄒᆞ시믈 밧ᄌᆞ와 ᄭᅦᄃᆞ

---

611) ᄉᆞ리(事理): 사리. 일의 이치.
612) 음슈(淫售): 음수. '음란한 행실을 함'의 의미인 듯하나 미상임.
613) 졍대(正大): 정대. 의지나 언행 따위가 올바르고 당당함.
614) 좌긔(坐起): 좌기. 원래 관아에 출근하여 일을 시작한다는 의미이나 여기에서는 이 몽창이 소월혜를 혼내는 자리를 마련함을 이름.
615) 능욕(凌辱): 남을 업신여겨 욕보임.
616) ᄃᆞ: [교] 원문에는 '도'로 되어 있으나 문맥에 맞지 않아 국도본(10:48)을 따름.
617) 욕ᄉᆞ무지(欲死無地): 욕사무지. 죽고자 해도 용납될 땅이 없음.

라습ᄂ니 엇디 두 번(番) 그르미 이시리잇가?"

태ᄉᆡ(太師ㅣ) 왈(曰),

"네 비록 ᄂᆡ 알픠셔 일시(一時) 말을 쾌(快)히 ᄒᆞ나 믈너간즉 쏘 다시 녜 ᄀᆞᄐᆞ리라."

ᄉᆡᆼ(生)이 돈슈(頓首) 왈(曰),

"쇼손(小孫)이 비록 무샹(無狀)ᄒᆞ나 텬디(天地) 아릭셔 ᄎᆞ마 부모(父母)와 ᄃᆡ부(大父)를 속이리잇가?"

태ᄉᆡ(太師ㅣ) 바야흐로 승샹(丞相)

●●●

155면

부″(夫婦)를 도라보아 왈(曰),

"챵ᄋᆞ(-兒ㅣ) 기과(改過)ᄒᆞ미 이시니 오ᄋᆞ(吾兒)ᄂᆞᆫ 현부(賢婦)로 더브러 모로미 샤(赦)ᄒᆞ라."

냥인(兩人)이 빅샤슈명((拜謝受命)618)홀 ᄯᆞ름이러라.

이윽고 믈너 셔당(書堂)의 와 쇼부(少傅)긔 뵈고 방셕(方席) 아릭 ᄭᅮ러 쳥죄(請罪)ᄒᆞ니 쇼뷔(少傅ㅣ) 냥구(良久) 후(後) 닐너 글오ᄃᆡ,

"네 이제나 기과(改過)ᄒᆞ미 잇ᄂᆞ냐?"

어ᄉᆡ(御使ㅣ) 돈슈(頓首) 빅샤(拜謝) 왈(曰),

"쇼딜(小姪)이 무샹(無狀)ᄒᆞ와 슉부(叔父) 셩의(誠意)619)를 져ᄇᆞ리오니 죄(罪) 만ᄉᆞ유경(萬死猶輕)이라 엇디 다시 그르미 이시리잇고?"

쇼뷔(少傅ㅣ) 비록 것ᄎᆞ로 엄(嚴)ᄒᆞᆫ ᄉᆡᆨ(色)을 지으나 어ᄉᆞ(御使)를

---

618) 빅샤슈명((拜謝受命): 배사수명. 존경하는 웃어른에게 공경히 받들어 사례하고 명령을 받음.

619) 셩의(誠意): 성의. 정성스러운 뜻.

귀듕(貴重)ᄒ미 극(極)ᄒ디라 드듸여 ᄂᆞᆺ빗츨 화(和)히 ᄒ고 손을 잡아 경계(警戒)ᄒ듸,

"소 시(氏)ᄂᆞᆫ 고금(古今)의 다시 엇디 못홀 슉녀(淑女ㅣ)어ᄂᆞᆯ 네 블명(不明)ᄒ여 슬피디 못ᄒ여 정실(正室)을 욕(辱)하니 ᄂᆡ 너를 어려셔붓터 양휵(養慉)ᄒ여 ᄀᆞᄅ치디 못ᄒᄆᆞᆯ 붓그려 셔ᄅᆞ 보디 아니려 ᄒ더니 이제 네 ᄭᆡ듯ᄅᆞ미 이시니 ᄯᅩ 엇디 오릭 유감(遺憾)[620]ᄒ리오?"

이ᄉᆡ(御使ㅣ)

•••

156면

ᄇᆡᄉᆡ(拜謝)ᄒ고 뫼셔 말ᄉᆞᆷᄒ다가 대셔헌(大書軒)의 니ᄅᆞ러 승샹(丞相)긔 뵈니 승샹(丞相)이 본 톄 아니ᄒ고 긔ᄉᆡᆨ(氣色)이 엄졍(嚴正)ᄒ니 ᄉᆡᆼ(生)이 숑구(悚懼)[621]ᄒ미 여ᄅᆞᆫ 어름을 드된 ᄃᆞᆺᄒ여 져므도록 뫼셔더니 셔당(書堂)의 니ᄅᆞ니 쇼뷔(少傅ㅣ) 듁미각으로 가라 ᄒ니, ᄉᆡᆼ(生)이 ᄃᆡ왈(對曰),

"소 시(氏) 젼(前)브터 식음(食飮)을 젼폐(全廢)[622]ᄒ고 심녀(心慮)[623]를 심(甚)히 벗고 쇼딜(小姪)의 병(病)의 구완ᄒ기로 일(一) 삭(朔)을 잠을 못 자시니 쇼딜(小姪)이 금일(今日)난 슉부(叔父)긔 시침(侍寢)ᄒ야 소 시(氏) 몸을 됴리(調理)케 ᄒ여디이다."

쇼뷔(少傅ㅣ) 올타 ᄒ니 ᄉᆡᆼ(生)이 드듸여 쇼부(少傅)를 뫼셔 자니라.

---

620) 유감(遺憾): 마음에 차지 아니하여 섭섭하거나 불만스럽게 남아 있는 느낌.

621) 숑구(悚懼): 송구. 두려워서 마음이 거북스러움.

622) 젼폐(全廢): 전폐. 아주 그만둠.

623) 심녀(心慮): 심려. 마음속으로 걱정함.

역자 해제

1. 머리말

<쌍천기봉>은 18세기에 창작된 것으로 추정되는 작가 미상의 국문 대하소설로, 중국 명나라 초기를 배경으로 남경, 개봉, 소흥, 북경 등 다양한 공간에서 벌어지는 사건을 그려낸 작품이다. '쌍천기봉(雙釧奇逢)'은 '두 팔찌의 기이한 만남'이라는 뜻으로, 호방형 남주인공 이몽창과 여주인공 소월혜가 팔찌로 인연을 맺는다는 작품 속 서사를 제목으로 정한 것이다. 이현, 이관성, 이몽현 및 이몽창 등 이씨 집안의 3대에 걸친 이야기로, 역사적 사건을 작품의 앞과 뒤에 배치하고, 중간에 이들 인물들의 혼인담 및 부부 갈등, 부자 갈등, 처첩 갈등 등 한 가문에서 벌어질 수 있는 다양한 갈등을 소재로 서사를 구성하였다. 유교 이념인 충과 효가 전면에 부각되고 사대부 위주의 신분의식이 드러나 있으면서도, 이러한 이데올로기에 저항하는 인물들이 등장함으로써 작품에는 봉건과 반봉건의 팽팽한 길항 관계가 형성될 수 있었다.

2. 창작 시기 및 작가

<쌍천기봉>의 창작 연도는 정확히 알 수 없고, 다만 18세기에 창작되었을 것으로 추정할 뿐이다. 온양 정씨가 필사한 규장각 소장

<옥원재합기연>은 정조 10년(1786)에서 정조 14년(1790) 사이에 단계적으로 필사되었는데, 이 <옥원재합기연> 권14의 표지 안쪽에는 온양 정씨와 그 시가인 전주 이씨 집안에서 읽었을 것으로 보이는 소설의 목록이 적혀 있다. 그중에 <雙釧奇逢>의 후편인 <이씨세대록>의 제명이 보인다.[1] 이 기록을 토대로 보면 <雙釧奇逢>은 적어도 1786년 이전에 창작된 것으로 짐작할 수 있다.

또, 대하소설 가운데 초기본인 <소현성록> 연작(15권 15책, 이화여대 소장본)이 17세기 말 이전에 창작된바,[2] 그보다 분량과 등장인물의 수가 훨씬 많은 <雙釧奇逢>은 <소현성록> 연작보다 후대의 작품일 가능성이 높다.

<雙釧奇逢>의 작가를 확정할 만한 자료는 아직 발견되지 않았다. 작품 말미에 이씨 집안의 기록을 담당한 유문한이 <이부일기>를 지었고 그 6대손 유형이 기이한 사적만 빼어 <雙釧奇逢>을 지었다고 나와 있으나 이는 이 작품이 허구가 아니라 사실임을 부각하기 위한 가탁(假託)일 가능성이 크다.

<雙釧奇逢>의 작가는 확인할 수 없으나 작품의 수준과 서술시각을 고려하면 경서와 역사서, 소설을 두루 섭렵한 지식인이며, 신분의식이 강한 인물로 추정할 수 있다. <雙釧奇逢>은 비록 국문으로 되어 있으나 문장이 조사나 어미를 제외하면 대개 한자어로 구성되어 있고, 전고(典故)의 인용이 빈번하다. 비록 대하소설 <완월회맹연>(180권 180책)에는 미치지 못하지만, 다른 유형의 고전소설에 비

---

1) 심경호, 「樂善齋本 小說의 先行本에 관한 一考察 - 온양정씨 필사본 <옥원재합기연>과 낙선재본 <옥원중회연>의 관계를 중심으로-」, 『정신문화연구』 38, 한국정신문화연구원, 1990.
2) 박영희, 「소현성록 연작 연구」, 이화여대 박사논문, 1994 참조.

하면 작가의 지식 수준이 매우 높은 편이다. <쌍천기봉>에는 또한 집안 내에서 처와 첩의 위계가 강조되고, 주인과 종의 차이가 부각되어 있으며, 사대부 집안이 환관 집안과 혼인할 수 없다는 인식도 드러나 있다. 이처럼 <쌍천기봉>의 작가는 학문적 소양을 갖추고 강한 신분의식을 지닌 사대부가의 일원으로 추정된다.

3. 이본 현황

<쌍천기봉>의 이본은 현재 국내에 2종, 해외에 3종이 있는 것으로 확인된다.[3] 국내에는 한국학중앙연구원(이하 한중연본)과 국립중앙도서관(이하 국도본)에 1종씩 소장되어 있고, 해외에는 러시아, 북한, 중국에 각각 소장되어 있는 것으로 알려져 있다.

한중연본은 예전 낙선재(樂善齋)에 소장되어 있던 국문 필사본으로 18권 18책, 매권 140면 내외, 총 2,406면이고 궁체로 되어 있다. 국도본은 국문 필사본으로 19권 19책, 매권 120면 내외, 총 2,347면이며 대개 궁체로 되어 있으나 군데군데 거친 여항체가 보인다. 두 이본을 비교한 결과 어느 본이 선본(善本) 혹은 선본(先本)이라고 말할 수는 없을 것 같다.[4] 축약이나 생략, 변개가 특정한 이본에서만 이루어져 있지 않기 때문이다.

러시아의 경우 상트페테르부르크레닌그라드 아시아민족연구소 아세톤(Aseton) 문고에 22권 22책의 필사본 1종이 소장되어 있고,[5] 북

---

3) 이하 이본 관련 논의는 장시광, 「쌍천기봉 연작 연구」, 서울대 석사논문, 1996, 6~21면을 참조하였다.

4) 기존 연구에서는 국도본을 선본(善本)이라 하였으나(위의 논문, 21면) 더욱 면밀한 검토가 필요하다.

5) О.П.Петрова, Описание Письменых Памятников Корейской Культуры, Москва: И здальство Асадемий Наук СССР, Выпуск1:1956, Выпуск2:1963.

한의 경우 일찍이 <쌍천기봉>을 두 권의 번역본으로 출간하며 22권의 판각본으로 소개한 바 있다.[6) 권1을 비교한 결과 아세톤 문고본과 북한본은 거의 동일한 본으로 보인다. 다만 북한에서 판각본이라 소개한 것은 필사본의 오기로 보인다. 한편, 중국에서 윤색한 <쌍천기봉>은 현재 미국 하버드대학교의 하버드-옌칭 연구소에서 확인할 수 있다고 한다.

필자가 직접 확인하지 못한 중국본을 제외한 4종의 이본을 검토해 보면, 국도본과 러시아본(북한본)은 친연성이 있는 반면, 한중연본은 다른 이본과의 친연성이 떨어진다.

4. 서사의 구성

<쌍천기봉>의 주인공은 두 팔찌를 인연으로 맺어지는 이몽창과 소월혜다. 특히 이몽창이 핵심인데, 작가는 그의 이야기를 작품의 한가운데에 절묘하게 배치해 놓았다. 전체 18권 중, 권7 중반부터 권14 초반까지가 이몽창 위주의 서사이다. 이몽창이 그 아내들인 상씨, 소월혜, 조제염과 혼인하고 갈등하는 이야기가 중심을 이루고 있다. 이몽창 서사의 앞에는 그의 형 이몽현이 효성 공주와 늑혼하고 정혼자였던 장옥경을 재실로 들이는 내용이 전개되고, 이몽창 서사의 뒤에는 이몽창의 여동생인 이빙성이 요익과 혼인하는 이야기가 이어진다.

작가는 이처럼 허구적 인물들의 서사를 작품의 전면에 내세우는 한편, 역사적 사건담으로 이들 서사를 둘러싸는 구성 방식을 취하고

---

6) 오희복 윤색, <쌍천기봉>(상)(하), 민족출판사, 1983.

있다. 즉, 작품의 전반부에는 명나라 초기 연왕(燕王)의 정난(靖難)의 변을, 후반부에는 영종(英宗)이 에센에게 붙잡히는 토목(土木)의 변을 배치하였다. 그리고 이들 역사적 사건을 허구적 인물의 성격 내지 행위와 연관지음으로써 이들 사건이 서사에 자연스럽게 녹아들도록 하였다. 즉, 정난의 변은 이몽창의 조부 이현이 지닌 의리와 그 어머니 진 부인에 대한 효성을 보이는 수단으로 활용되었고, 토목의 변은 이몽창의 아버지인 이관성의 신명함과 충성심을 보이는 수단으로 제시되어 있다.

물론 작품의 말미에는 이한성의 죽음, 그리고 그 자식인 이몽한의 일탈과 회과가 등장하며 열린 결말을 보여주고 있지만, 전체적으로 보았을 때 역사적 사건이 허구적 사건을 감싸는 형식은 <쌍천기봉>이 지니는 구성상의 특징이라 할 수 있다.

5. 유교 이념과 신분의식의 표출

<쌍천기봉>에는 유교 이념인 충과 효가 강하게 드러나 있고, 아울러 사대부 위주의 신분의식 또한 두드러지게 나타나 있다. 이러한 면에서 <쌍천기봉>은 상하층이 두루 향유할 수 있는 작품이라기보다는 상층민이자 기득권층을 위한 작품임을 알 수 있다.

충과 효는 조선시대를 지탱하는 국가 이념으로, 이 둘은 원래 임금과 신하, 부모와 자식 사이에 상호직인 의리를 기빈으로 배대된 이념이었으나, 점차 지배와 종속 관계로 변질된다. 두 가지는 또 유비적 속성을 지녔다. 곧 집안에서 부모에 대한 자식의 효도는 국가에서 임금에 대한 신하의 충성과 직결되도록 구조화한 것이다.

<쌍천기봉>에는 충과 효가 이데올로기화한 모습이 적나라하게 나

타나 있다. 예컨대, 늑혼(勒婚) 삽화는 이데올로기화한 충의 대표적 사례이다. 이몽현은 장옥경과 이미 정혼한 상태였으나 태후가 위력으로 이몽현을 효성 공주와 혼인시키려 한다. 이 여파로 장옥경은 수절을 결심하고 이몽현의 아버지 이관성은 늑혼을 거절하다가 투옥된다. 끝내 태후의 위력으로 이몽현은 효성 공주와 혼인하고 장옥경은 출거된다. 태후로 대표되는 황실이 개인의 혼인을 지배하고 있다. 그리고 그 시배 논리를 충(忠)에서 찾고 있다.

효가 인물 행위의 동기와 방향을 결정하는 경우도 나타난다. 부모가 특정한 사안에 대해 자식의 선택권을 저지하고 자신의 뜻을 관철시키려 한다면 그것은 인지상정의 관계를 권력 관계로 변질시켜 버린 것이다. 예를 들어 이현이 자기의 절개를 굽히는 것은 모두 어머니 진 부인에 대한 효성 때문이다. 이현이 처음에 정난의 변을 일으키려 하는 연왕을 돕지 않겠다고 하였으나 결국 어머니 때문에 연왕을 돕니다. 또 연왕이 황위를 찬탈해 성조가 되었을 때 이현은 한사코 벼슬하기를 거부하지만 자기의 뜻을 굽히고 벼슬하게 되는 것도 어머니 진 부인이 설득했기 때문이다. 이외에도 자식은 부모의 뜻에 무조건 순종해야 한다는 논리는 작품 전편에 두드러진다.

<쌍천기봉>은 또 사대부 위주의 신분의식을 드러내고 있다. 이를 선민의식이라 해도 무방하다. 예를 들면, 이몽창이 어렸을 때 집안의 시동 소연을 활로 쏘아 눈을 맞히자 삼촌인 이한성과 이연성이 웃는 장면이라든가, 이연성이 그의 아내 정혜아가 괴팍하게 군다며 마구 때리자 정혜아의 할아버지가 이연성을 옹호하며 웃으니 좌중이 함께 웃는 장면 등은 신분이 낮은 사람, 여자 등의 약자에 대한 인식과 배려가 부족함을 보여주는 대목으로, 신분 차에 따른 뚜렷한 위계를 사대부 남성 위주의 시각에서 형상화한 것이다.

이외에 이현이 자신의 첩인 주 씨가 어머니의 헌수 자리에 나와 앉아 있는 것을 보고 나중에 꾸짖는 장면도 처와 첩의 분별을 분명하게 드러내는 부분이다. 또 이씨 집안에서 이몽창이 소월혜와 불고이취(不告而娶: 아버지의 허락을 받지 않고 혼인한 것)한 것을 알았는데 소월혜의 숙부가 환관 노 태감이라는 오해를 하고 혼인을 좋지 않게 생각하는 장면 또한 그러하다. 후에 이씨 집안에서는 노 태감이 소월혜의 숙부가 아니라 소월혜 조모의 얼제라는 사실을 알고 안도한다. 첩이나 환관에 대한 신분적 차별 의식을 엿볼 수 있다.

6. 발랄한 인물과 주체적 인물

<쌍천기봉>에 만일 유교 이념과 신분의식만 강하게 노정되어 있다면 이 작품은 독자들에게 이념 교과서 이상의 큰 매력을 주지 못했을 것이다. 소설에 교훈이 있다면 흥미도 있을 터인데 작품에서 그러한 역할을 하는 이는 남성인물인 이몽창과 이연성, 주체적 여성인물인 소월혜와 이빙성, 그리고 자신의 욕망을 가감 없이 드러내는 반동인물 조제염 등이다.

이연성과 그 조카 이몽창은 작품에서 미색을 밝히며 여자에 관한 자신의 의지를 밀어붙여서 끝내 관철시키는 인물이다. 그러한 과정에서 독자에게 웃음을 제공하기도 한다. 이연성은 미색을 밝히는 인물이지만 조카로부터 박색 여자를 소개받고 또 혼인도 박색 여사와 함으로써 집안사람들의 기롱을 받고 웃음을 자아내게 한다. 이연성은 자신의 마음에 든 정혜아를 쟁취하기 위해 이몽창을 시켜 연애편지를 전달하기도 해 물의를 일으키는데 우여곡절 끝에 정혜아와 혼인한다. 이몽창의 경우, 분량이나 강도 면에서 이연성의 서사보다

더 강력한 모습을 보인다. 호광 땅에 갔다가 소월혜를 보고 반하는데 소월혜와 혼인하려면 소월혜가 갖고 있는 팔찌의 한 짝이 있어야 한다는 말을 듣고, 할머니 유요란 방에서 우연히 팔찌를 발견해 그 팔찌를 가지고 마음대로 혼인한다. 이른바 아버지에게 고하지 않고 자기 마음대로 아내를 얻은, 불고이취를 한 것이다.

이연성이 마음에 든 여자에게 연애 편지를 보낸 행위나, 이몽창이 중매 없이 자기 마음대로 혼인한 행위는 현대 사회에서는 얼마든지 있을 수 있는 일이었으나, 18세기 조선의 사대부 집안에서는 있으면 안 되는 일이었다. 이것은 가부장의 권한을 침해하는 매우 심각한 일이었기 때문이다. 집안의 질서가 어그러지는 문제인 것이다. 가부장인 이현이나 이관성이 이들을 심하게 때린 것은 그러한 연유에서이다.

이연성이나 이몽창은 가부장의 권한을 침해하면서까지 중매를 거부하고 자유 연애를 추구하려 한 인물이다. 그리고 결국 그것을 관철시켰다. 작가는 경직된 이념을 보여주면서 한편으로는 이처럼 자유 의지를 가진 인물을 등장시킴으로써 서사의 흥미를 제고하고 있다.

이몽창의 아내 소월혜와 요익의 아내이자, 이몽창의 여동생인 이빙성은 남편에 대한 절대적 순종을 강요하는 이념에 맞서 자신의 주체적 면모를 드러내려 시도한 인물들이다. 결국에는 가부장적 이념에 굴복하기는 하지만 이들의 시도는 그 자체로 신선하다. 소월혜는 이몽창이 자신과 중매 없이 혼인했다가 이후에 또 마음대로 파혼 서간을 보내자 탄식하고, 결국 이몽창과 우여곡절 끝에 혼인하기는 하였으나 그 경박함을 싫어해 이몽창에게 상당 기간 동안 냉랭하게 대한다. 이빙성 역시 남편 요익이 빙성 자신을 그린 미인도를 매개로 자신과 혼인했다는 점에서 그 음란함을 싫어해 요익을 냉대한다. 소월혜와 이빙성의 논리가 비록 예법에 근거한 것이기는 하지만, 남편에 대해 무조건 순종하는 대신 자신의 감정과 호오의 판단을 적극적으로 드러냈다는 점에서 이들의 행위는 의미가 있다.

<쌍천기봉>에는 여느 대하소설에서와 마찬가지로 욕망을 추구하는 여성반동인물이 등장하는데 이 작품에서 그러한 역할을 하는 인물은 이몽창의 세 번째 아내 조제염이다. 이몽창은 일단 조제염이 늑혼으로 들어왔다는 점에서 싫었는데, 혼인한 후 그 눈빛에서 보이는 살기 때문에 조제염을 더욱 싫어하게 된다. 이에 반해 조제염은 이몽창에 대한 애정이 지극하다. 그러나 조제염의 애정은 결국 동렬인 소월혜를 시기하고 소월혜의 자식을 살해하는 데까지 연결된다. 조제염의 살해 행위는 물론 어느 사회에서든지 용납될 수 없는 것이다. 그러나 그녀가 그렇게까지 행동하게 된 원인을 짚어 보면, 그것은 처첩을 용인한 가부장제 사회에서 비롯되었음을 알 수 있다. 또한 남성의 애정이나 성욕은 용인하면서 여성의 그것은 용인하지 않는 차별적 시각도 한 몫 하고 있다. 조제염의 존재는 이처럼 가부장제의 질곡을 드러내는 기제이면서, 한편으로는 갈등을 심각하게 부각시킴으로써 서사를 흥미로운 방향으로 이끌어가는 역할을 한다.

7. 맺음말

<쌍천기봉>은 일찍이 북한에서 번역본이 나왔고, 러시아에서도 관심을 가지고 소실 목록에 포함시긴 바 있다. 시회주의 국가에서 이처럼 <쌍천기봉>을 주목한 것은 '자유로운 사랑에 대한 열렬한 지향과 인간의 개성을 억압하는 봉건적 도덕관념에 대한 반항의 정신이 구현되어 있기'[7] 때문일 것이다. <쌍천기봉>에 비록 유교 이념이

---

7) 오희복 윤색, 앞의 책, 3면.

부각되어 있지만, 또한 주인공 이몽창의 행위로 대표되는 반봉건적 성격이 내재되어 있음을 주목한 것이다. 일리 있는 해석이다.

<쌍천기봉>에는 여성주동인물의 수난과 여성반동인물의 욕망이 부각되어 있는데, 이것들은 당대의 여성 독자에게 정서적 감응을 충분히 불러일으킬 수 있는 소재들이다. 아울러 명나라 역사적 사건의 배치, <삼국지연의>와 같은 연의류 소설의 내용 차용 등은 남성 독자에게도 매력적으로 보이는 소재였을 것이다. 그리고 이 소설이 지닌 이러한 매력은 당대의 독자에게뿐만 아니라 현대의 독자에게도 충분히 흥미로울 것이라 기대한다.

장시광

전북 진안에서 출생하여 서울대학교에서 고전소설에 관한 연구로 문학박사 학위를 받았다. 서울대 강사, 아주대 강의교수 등을 거쳐 현재 경상대학교 국어국문학과 교수로 재직 중이며, 경상대학교 여성연구소 부소장을 맡고 있다.
논문으로 「대하소설의 여성반동인물 연구」(박사학위논문), 「여성영웅소설에 나타난 여화위남의 의미」, 「대하소설 갈등담의 구조 시론」, 「운명과 초월의 서사」, 「대하소설의 호방형 남성주동인물 연구」 등이 있고, 저서로『한국 고전소설과 여성인물』이 있으며, 번역서로『조선시대 동성혼 이야기:방한림전』, 『홍계월전:여성영웅소설』, 『심청전: 눈먼 아비 홀로 두고 어딜 간단 말이냐』 등이 있다.
현재 고전 대하소설의 현대화 작업에 주력하고 있으며, 고전 대하소설의 인물과 사건 등에 대한 연구를 진행 중이다. 이후 고전 대하소설의 현대화 작업을 완료하는 것을 목표로 하고 있다. 아울러 고전 대하소설의 창작 방법 및 대하소설 사이의 층위를 분석하려 한다.

(팔찌의 인연) 쌍천기봉 4

초판인쇄 2018년 12월 31일
초판발행 2018년 12월 31일

지은이 장시광
펴낸이 채종준
펴낸곳 한국학술정보㈜
주소 경기도 파주시 회동길 230(문발동)
전화 031) 908-3181(대표)
팩스 031) 908-3189
홈페이지 http://ebook.kstudy.com
전자우편 출판사업부 publish@kstudy.com
등록 제일산-115호(2000. 6. 19)

ISBN 978-89-268-8214-6 04810
      978-89-268-8226-9 (전9권)